Das Buch
Kapstadt, Grote-Schuur-Krankenhaus, 3.12.1967: Unter der Leitung des erfahrenen Herzspezialisten Christiaan Barnard wird die erste erfolgreiche Herztransplantation in der Geschichte der Medizin durchgeführt. Die Welt feiert Barnard und trauert mit ihm, als der Patient Louis Washkansky 18 Tage später stirbt. Doch der Pionier der Herzchirurgie gibt nicht auf. Die nächste Operation, einen Monat danach angesetzt, gelingt, und aus dem Arzt wird endgültig ein Star. Medien, Kollegen, Politiker reißen sich um ihn. Die einen sonnen sich in seinem Glanz, die anderen beuten ihn aus. Die Wissenschaft lauscht seinen Vorlesungen und Berichten über die Herzchirurgie, lobt und kritisiert ihn, das Showbusiness hofiert ihn, er wird zum Mittelpunkt des Jet-Sets. Interviews, Affären, Reisen, Vorträge in aller Welt bestimmen das zweite Leben des Christiaan Barnard, der seine Popularität auch nutzt, um seinem unbeirrbaren Kampf gegen die Apartheid mehr Gewicht zu verleihen.
Doch die ungeheure Publicity droht den Menschen Barnard zu zerstören. Seine Ehen zerbrechen, sein Sohn begeht Selbstmord, der Streß macht ihn krank. Der Ruhm beginnt ihn zu zermürben ...
Ein begnadeter Mediziner erinnert sich an die Stationen seiner großen, bewegten Karriere.

Der Autor
Christiaan Barnard wurde 1922 im südafrikanischen Beauford West geboren. Nach dem Studium der Medizin und einer Anstellung als Arzt an der Medical School der Universität Kapstadt hielt er sich zu Forschungszwecken in Minnesota/USA auf und spezialisierte sich dann auf Herzforschung und Chirurgie am offenen Herzen. Am Grote-Schuur-Krankenhaus in Kapstadt gelangen ihm die ersten erfolgreichen Operationen am offenen Herzen und die erste Herztransplantation. 1984 verließ Barnard die Klinik und betätigte sich als Berater beim Aufbau amerikanischer Herzzentren. 1987 hat er sich ins Privatleben zurückgezogen.

CHRISTIAAN BARNARD

DAS ZWEITE LEBEN

Die Erinnerungen
des weltberühmten Herzchirurgen

Herausgegeben von Chris Brewer

Aus dem Englischen
von Inge Leipold

WILHELM HEYNE VERLAG
MÜNCHEN

HEYNE ALLGEMEINE REIHE
Nr. 01/9734

Titel der Originalausgabe
THE SECOND LIFE
erschienen 1993 bei Vlaeberg Publishers, Cape Town

Umwelthinweis:
Dieses Buch wurde auf
chlor- und säurefreiem Papier gedruckt.

Wissenschaftliche Beratung für die deutsche Ausgabe:
Dr. Helmut Schneeberger, München

Copyright © 1993 by Christiaan Barnard
Copyright © 1994 der deutschen Ausgabe
by R. Piper GmbH & Co. KG, München
Wilhelm Heyne Verlag GmbH & Co. KG, München
Printed in Germany 1996
Umschlagillustration: Deutsche Presseagentur / Lehtikura
Umschlaggestaltung: Atelier Ingrid Schütz, München
Gesamtherstellung: Elsnerdruck, Berlin

ISBN 3-453-09257-0

Inhalt

Washkansky und Blaiberg – mein Leben ändert sich . . 7

Die große Welt 79

Neuanfang und neues Glück mit Barbara 242

Politik 306

Die Huckepack-Transplantation 351

Wieder allein 435

Abschied von der Klinik 462

Karin 475

Dank, Bildnachweis 519

Schnitt durch das menschliche Herz (Grafik) 520

Glossar 521

Washkansky und Blaiberg – mein Leben ändert sich

Der nackte Körper Louis Washkanskys lag auf der weißen Marmorplatte des Operationstisches. Sein letzter Herzschlag, in den frühen Morgenstunden, hatte aus dem allseits beliebten, sorgsam umhegten und gepflegten Patienten ein Stück medizinisches Anschauungsmaterial gemacht. Der erste Mensch, dem man das Herz aus einem menschlichen Leichnam eingepflanzt hatte, war tot.

Jetzt interessierte nur noch eines: Was konnte man aus seinem Tod lernen? Wo hatte ich einen Fehler gemacht? Was konnte ich bei der nächsten Operation besser machen?

Ich stand da, von tiefem Schmerz erfüllt. Große Traurigkeit überkam mich. Unmöglich, jetzt mit meinen Kollegen in der Leichenhalle zu sprechen – ich hatte Angst, daß ich zu weinen anfangen würde. Schon immer bin ich leicht zu rühren gewesen und lache oder weine schnell.

Die Ereignisse der letzten achtzehn Tage hatten mich meine letzte Kraft gekostet, und es gelang mir nur mit Mühe, meine Gefühle unter Kontrolle zu bringen. Der Erfolg war uns allen versagt geblieben. Versagen war immer mein Feind gewesen – ein Feind, den ich viele Male besiegt hatte. Aber jetzt war Louis Washkansky tot.

Was geschieht, wenn ein Mensch stirbt, wie verändert sich die Beziehung zwischen Arzt und Patient, Vater und Sohn, Mann und Frau? Als mein Vater und, später, meine Mutter starben, weigerte ich mich, sie nach ihrem Tod noch einmal zu sehen. Ich wußte, die Gegenwart des Todes würde das Bild, das ich von ihnen hatte, verändern, vielleicht sogar meine Liebe zu ihnen verdunkeln.

Die Angst vor dem Versagen – oder davor, wie die Leute sich über mein Versagen äußern würden – hat mir eigentlich nie besonders zu schaffen gemacht. Wichtig war einzig und allein das Bewußtsein, daß das, was ich getan hatte, richtig gewesen war.

Ich wußte, ich hatte alle mir zur Verfügung stehenden Mittel genutzt und mich in monate- und jahrelangen Experimenten im Labor so gut wie nur möglich auf die erste Transplantation vorbereitet. Aber früher oder später mußt du die Courage haben, vom Labor in den Operationssaal zu gehen.

Diesen Schritt hatte ich getan, als ich zum ersten Mal Patienten mit schweren Herzklappenfehlern eine künstliche Herzklappe einsetzte. Damit hatte ich eine neue chirurgische Methode zur vollständigen Korrektur der Transposition der großen Gefäße und der Ebstein-Anomalie eingeführt, bis dahin äußerst kräftezehrenden Leiden, die unausweichlich zum Tod führten.

Als ich das kranke Herz von Louis Washkansky herausgenommen und durch das Herz von Denise Darvall ersetzt hatte, war ich sicher gewesen, ausreichend darauf vorbereitet zu sein, und ich hatte wirklich geglaubt, es würde funktionieren.

Es schmerzte mich zutiefst, daß Louis gestorben war – er war ein tapferer, sehr liebenswerter Mensch gewesen, mit dem ich achtzehn Tage lang zusammen gelebt und gelitten und mich gefreut hatte. Daß ich letztendlich gescheitert war und daß dies meinen Glauben an mich selbst zutiefst erschütterte, machte den Schmerz noch bitterer.

»Können wir anfangen?«

Das war Professor James G. Thomson, Leiter der Pathologie. Die Möglichkeiten einer Herztransplantation hatten ihn im Grunde genommen nie sonderlich interessiert. Wenn wir darüber diskutiert hatten, hatte er mir oft das Wort abgeschnitten. Auf jeden Fall hatte er mich in keiner Weise ermutigt. Aber jetzt hatte er beschlossen, die Obduktion selber durchzuführen.

Ich nickte.

Professor Thomson war nicht alleine. Es war wirklich amüsant gewesen zu beobachten, wie das Interesse des medizinischen Personals in der Nacht nach dem Eingriff, als ein ausländisches Fernsehteam ins Groote-Schuur-Krankenhaus gekommen war, um das Transplantationsteam zu interviewen, schlagartig angestiegen war. Als das Operationsteam später für ein Photo posierte, war kaum mehr Platz für mich, und ich mußte mich ganz hinten dazwischenquetschen.

Professor Thomson zog einen langen Schnitt senkrecht durch die Mitte von Washkanskys Körper. Wir wußten zwar, daß dieser an respiratorischer Insuffizienz infolge einer massiven Infektion beider Lungenflügel gestorben war, aber es gab doch noch einige offene Fragen.

In den letzten drei Jahren hatten wir im Labor viele Tierherzen transplantiert, jedoch immer bei gesunden Empfängern. In der Klinik war die Situation eine ganz andere gewesen, denn bei dem Empfänger hatte es sich um einen Patienten gehandelt, dessen Körper monate- oder sogar jahrelang einem zu hohen venösen Druck und unzureichender arterieller Durchblutung ausgesetzt gewesen war. Die Frage war gewesen, ob die daraus resultierenden pathologischen Funktionsveränderungen durch eine Transplantation rückgängig gemacht werden konnten.

Einige Antworten darauf hatten wir in der kurzen Zeit von achtzehn Tagen, die Louis Washkansky überlebt hatte, bereits gefunden. Von dem Augenblick an, als das Herz von Denise Darvall den Kreislauf übernommen hatte, hatten seine Nieren literweise Urin ausgeschieden, und zwar ohne den Einsatz von Diuretika.

Seine Lungen, vorher voller Wasser, waren nach kurzer Zeit frei gewesen. Vor der Operation hatten wir zu der äußersten Maßnahme greifen müssen, kleine rostfreie Kanülen in das subkutane Gewebe seiner Beine einzuführen, um die angestaute Flüssigkeit abzuleiten. Nach der Operation waren seine Beine mit jedem Tag erkennbar abgeschwollen, bis sie wieder ihren normalen Umfang gehabt hatten. Die Funktion der Nieren und auch der Leber hatte sich normalisiert. Die Operation als solche war eindeutig ein Erfolg gewesen.

Aufgrund dieser klinischen Beobachtungen war ich überzeugt, daß dieses Operationsverfahren eines Tages sehr erfolgreich sein würde, da es zu einer enormen Verbesserung der Lebensqualität todkranker Herzpatienten führte. Sie wären keine Invaliden mehr, sondern könnten praktisch ein normales Leben führen.

Professor Thomson war jetzt soweit, uns die Antworten hinsichtlich der Pathologie zu geben. Er hatte die Organe in Brust und Bauch freigelegt und diktierte, während er sie untersuchte, seinen Befund.

»Die Nieren scheinen normal zu sein«, hörte ich ihn sagen.

Wie können sie normal sein? Sie sind tot. Sie sind nicht mehr in der Lage, das Blut zu reinigen. Sie sind nicht mehr in der Lage, Urin abzusondern und die Ödeme zu beseitigen.

Ich erinnerte mich an das Histologiepraktikum in meinem zweiten Jahr als junger Medizinstudent – wie ich mir durch das Mikroskop Objektträger mit Proben von Niere, Leber, Herzmuskel, Gehirn und anderen Organen und Geweben angesehen hatte, alle mit dem Etikett »normal« versehen. Schon in diesem frühen Stadium meiner medizinischen Laufbahn hatte mich die Tatsache irritiert, daß selbst bei der riesenhaften Vergrößerung unter dem Mikroskop kein Unterschied zwischen lebendigen und toten Zellen festzustellen war. Zwischen kranken und normalen Zellen zu unterscheiden ist einfach, aber das Geheimnis des Lebens beziehungsweise des Todes bleibt unsichtbar.

Mittlerweile hatte Professor Thomson alle Organe entfernt. Mein Patient war nur mehr eine leere Hülse aus Knochen, Muskeln und Haut.

»Kein sichtbarer Hinweis auf eine Abstoßung. Das Problem war eindeutig die Lunge. Sie weist die typischen Anzeichen einer Pseudomonas-Pneumonie auf.« Das wußten wir bereits. Die Frage, die Professor Thomson nicht beantworten konnte, lautete, warum es uns nicht gelungen war, diese Infektion unter Kontrolle zu bringen.

Vier Tage zuvor hatte Professor Forder uns über eine massive Zunahme von Pseudomonas- und Klebsiella-Bakterien in Kulturen aus dem Sputum von Louis informiert. Da diese Organismen auf Wirkstoffe wie Carbenicillin, Gentamycin und Cephaloridin reagieren, hatten wir alle drei eingesetzt und laufend Blutproben entnommen, um sicherzugehen, daß wir die Konzentration erreichten, die laut Professor Forders Untersuchungen diese Bakterien abtöten mußte. Aber sie hatten nicht nur überlebt, sondern sich ständig vermehrt und schließlich meinen Patienten getötet.

Bei Bakterien in Kulturen waren solche Tests durchaus geeignet, aber bei Patienten, deren natürliche Abwehrkräfte gegen Infektionen durch die Medikamente erheblich eingeschränkt waren, die man zur Vorbeugung gegen eine Abstoßung eingesetzt hatte, hatten sie keine Aussagekraft.

Unser Ziel war es daher, die Medikamente zur Immunsuppression, die damals zur Verfügung standen, in Dosen einzusetzen, die eine Abstoßung verhinderten, aber das Immunsystem nicht in einem solchen Maße unterdrückten, daß der Körper sich nicht mehr gegen die allgegenwärtigen tödlichen Bakterien, Viren und Pilze wehren konnte. Würde das je gelingen?

Der Erfolg von Nierentransplantationen ermutigte uns. Allerdings war in diesem Fall die Situation eine ganz andere: Bei verwandten Spendern verminderte die genetische Kompatibilität unter Familienmitgliedern die Gefahren einer Abstoßung beträchtlich. Beim Herzen kamen jedoch lebende Familienangehörige als Spender nicht in Frage – ganz einfach, weil jeder nur ein Herz hat. Zusätzlich wurde eine Herztransplantation dadurch erschwert, daß uns kein künstliches Herz zur Verfügung stand, auf das wir im Falle eines Fehlschlags der Transplantation zurückgreifen konnten.

Bei einer Nierentransplantation konnte der Chirurg die Medikamente zur Immunsuppression relativ niedrig dosieren und das Risiko einer Abstoßung in Kauf nehmen, da er in diesem Fall eine künstliche Niere einsetzen konnte. So blieb ihm genügend Zeit, um entweder die Abstoßung rückgängig zu machen oder um die abgestoßene Niere zu entfernen und auf einen neuen Spender zu warten.

Und dann traf mich plötzlich die schreckliche Wahrheit – mit einer solchen Wucht, daß es mir den Atem verschlug und ich gequält aufstöhnte: Zwei äußerst wichtige Faktoren hatte ich übersehen.

Vor der Operation hatte Professor Forder mich darauf aufmerksam gemacht, daß er in den Abstrichen aus den Punkturwunden, wo zur Austrocknung der Ödeme in den Beinen des Patienten die Kanülen eingeführt worden waren, Pseudomonas aeruginosa isoliert hatte. Jetzt wurde mir klar: Ich hätte nicht operieren dürfen, solange die Infektion nicht abgeklungen war. Die Behandlung zur Vermeidung einer Abstoßung hatte die Widerstandskraft Washkanskys derart geschwächt, daß die tödlichen Organismen ungehindert in den Körper eindringen konnten.

Zudem hatte Louis Diabetes gehabt, ein Leiden, das das Vermögen des Körpers, mit einer Infektion fertig zu werden, ebenfalls einschränkt.

Wir hatten uns geirrt, als wir geglaubt hatten, bei der Auswahl von Patienten gäbe es keine Gegenindikationen. Vielleicht sind bestimmte Patienten einfach zu krank, um von dem durch das transplantierte Herz verbesserten Kreislauf zu profitieren? Vielleicht hatten die Kritiker recht. Vielleicht wußten wir nicht genug. Vielleicht sollte ich aufhören?

Mit einem Mal war mir, als müßte ich in dem Raum ersticken. Als mir klar wurde, was ich getan hatte, war das einfach mehr, als ich ertragen konnte. Ich stürzte nach draußen.

Das Morgengrauen begann Kapstadt mit Licht zu überfluten – ein weiterer heißer Sommertag kündigte sich an. Tief atmete ich die frische Morgenluft ein, beruhigte mich, so gut ich konnte, und machte mich auf den Weg vom Labor hinauf zur Klinik.

Mit hängenden Schultern und gesenktem Kopf ging der hochgewachsene Mann langsam über den Parkplatz auf das Hauptgebäude zu.

Durch ein Fenster beobachtete ihn Eileen Blaiberg; sie stand neben dem Bett ihres Mannes.

»Du bist früh dran – arbeitest du heute nicht?« fragte Philip Blaiberg.

»Nein.« Sie lächelte schwach. »Ich wollte dich einfach sehen.«

»Die Schwestern haben gesagt, Professor Barnard wird heute vormittag auch vorbeischauen.«

Immer noch beobachtete sie den Professor. Er war stehengeblieben und starrte jetzt das Gebäude an. Sie wußte: Washkansky war tot. Die Krankenschwester, die sich im Zimmer aufhielt, wußte es auch, und beide vermieden es, den Patienten anzusehen.

Philip Blaiberg lehnte sich in seinem Bett im Groote-Schuur-Krankenhaus zurück und wartete. Wartete, daß das Wunder einer Herztransplantation ihm das Leben retten würde, wie sie das Leben von Louis Washkansky gerettet hatte. Er wußte nichts von der Tragödie, die sich im Morgengrauen abgespielt hatte.

In Gedanken versunken stieg ich die Treppe in den dritten Stock hinauf zu Station D 1. Es hatte gar keinen Sinn, im zweiten Stock einen Blick in die Stationen C 2 und C 3 zu werfen, denn ich wußte, daß Louis' Bett leer und frisch bezogen und das Zimmer ausgeräumt sein würde und auf den nächsten Patienten wartete.

Warum nimmt es mich so mit, wenn ein Patient stirbt oder Komplikationen auftreten? Warum mache ich den Schwestern und Ärzten die Hölle heiß und werfe ihnen vor, sich nicht genügend Mühe gegeben zu haben? Warum treibe ich mich selber – und alle um mich herum – bis an die Grenzen der Leistungsfähigkeit: um des Patienten oder um meines Ego willen?

Ich will ganz ehrlich sein. Ich war immer ein schlechter Verlierer – ich wollte immer der Beste sein. Bei Medizinerkongressen war ich stolz, wenn ich berichten konnte, daß meine Ergebnisse genauso gut oder besser waren als die anderer Chirurgen. Das war es, was mich eigentlich vorwärtstrieb. War das denn wirklich so schlimm? Wenn ich tatsächlich der Beste war, bedeutete dies doch, daß ich das tat, was für meine Patienten das Beste war.

Viele im ärztlichen Bereich Tätige werden dem nicht zustimmen und behaupten, ihr Streben gelte zuerst und vor allem dem Patienten. Möglicherweise sehr edel gedacht – aber schlicht Unsinn. Wie jeder andere – vom Sportler bis hin zum Prediger – will auch der Arzt zunächst einmal seinen eigenen Ehrgeiz und sein Ego befriedigen. Das ist vollkommen menschlich, und Ärzte sind schließlich und endlich auch nur Menschen.

Eileen Blaiberg stand auf und wollte sich zurückziehen, als der Chirurg den Raum betrat.

»Nein, bleiben Sie«, sagte Professor Barnard zu ihr. »Ich möchte mit Ihnen beiden reden.«

Philip Blaiberg sah sich seinen Arzt etwas genauer an, der abgespannt und erschöpft wirkte, so als hätte er die ganze Nacht nicht geschlafen. Er empfand Mitleid mit dem Mann, als er den Kummer in seinen Augen sah.

»Also, wann bekomme ich die gleiche Chance wie Washkansky?«

Sehr langsam sah Barnard zu ihm auf. Und da wußte Philip Blaiberg, daß etwas nicht in Ordnung war.

»Wissen Sie denn nicht, daß Louis Washkansky tot ist?« fragte Barnard. »Er ist heute früh gestorben, an Lungenentzündung.«

Allmählich dämmerte Blaiberg, warum seine Frau und Professor Barnard ihn so unerwartet besuchten. Jetzt wußte er auch, was der Grund für ihre Niedergeschlagenheit war.

Chris Barnard fühlte seinem Patienten den Puls und berichtete, er sei eben bei der Obduktion gewesen. »Das Herz war stark, bis zum Schluß – aber der Körper konnte die Lungenentzündung nicht verkraften«, erklärte er ruhig.

Voller Angst, nach dem Mißerfolg bei Washkansky könnten alle weiteren Transplantationen abgesagt werden, erklärte Philip Blaiberg mit Nachdruck: »Professor Barnard, ich will nicht so weiterleben wie bisher. So ist mein Leben nichts mehr wert. Ich kann nicht atmen. Ich sitze Tag und Nacht da und ringe verzweifelt nach Luft, und ich leide so sehr, daß der Tod besser wäre als diese Art von Leben.

Wenn also auch nur die geringste Hoffnung besteht, daß mein Leben sich durch diese Operation zum Besseren verändert, dann bin ich bereit, das Risiko einzugehen.«

Für den Fall, daß er sich nicht klar genug ausgedrückt hatte, fügte er hinzu: »Ich möchte das durchstehen, jetzt mehr denn je. Ich weiß, daß Sie niedergeschlagen sind, weil Louis Washkansky gestorben ist, und vielleicht sind Sie sich auch Ihrer selbst nicht mehr ganz sicher – aber, Herr Professor, Sie haben ihm Hoffnung geschenkt, und er hat, soweit ich gehört habe, nach der Operation ein paar wundervolle Tage erlebt, als er von der Qual des völligen

Herzversagens erlöst war. Ich will auch diese Hoffnung haben. Ich will auch diese paar Tage haben.«

Die beiden Männer lächelten, als sie sich ansahen.

»Ich werde Sie operieren«, sagte Professor Barnard. »Ich werde Ihnen ein neues Herz geben, und diesmal wird es klappen.«

»Professor Barnard, ein Anruf für Sie.« Meine Sekretärin Ann Levett. Ich ging auf den Gang, wo eine Krankenschwester mir den schwarzen Apparat reichte. »Ja?« Meine Stimme klang hohl und weit weg. »Prof., die Leute vom CBS sind hier. Sie und Ihre Frau fahren doch heute nachmittag in die Vereinigten Staaten.«

Zwei Wochen zuvor hatte Gordon Manning vom CBS mich zu einem Auftritt in *Face the Nation*, Amerikas populärster Sendung, eingeladen.

Noch fünf Minuten vorher hätte ich keinem Menschen gegenübertreten können, aber das Gespräch mit Philip Blaiberg hatte mir geholfen, mein Selbstvertrauen wiederzugewinnen. Ich wußte, daß ich auf dem richtigen Weg war und weitermachen mußte. Ich wußte, eines Tages würde die Herztransplantation eine erfolgversprechende und routinemäßige Operation sein.

Aber vorher waren noch viele Fragen zu beantworten.

Warum war die erste Transplantation ausgerechnet in Südafrika vorgenommen worden? Dr. Gould – er hatte mich kurz nach der Operation von London aus interviewt – hatte die Ansicht geäußert, ich hätte die erste Transplantation in Südafrika durchgeführt, »um das schlechte Image meines Landes im Ausland etwas aufzupolieren«; damit war erstmals angedeutet worden, daß politische Gründe eine Rolle spielen könnten.

Sodann gab es jede Menge offener Fragen zu den ethischen, moralischen und juristischen Aspekten einer Herztransplantation – als wären diese bei Nierentransplantationen anders. Die Zeitungen schlachteten den Vorschlag aus, den irgend jemand gemacht hatte, daß man mich vor dem Internationalen Gerichtshof des Mordes anklagen sollte, weil ich einem menschlichen Wesen ein *lebendes* Herz entnommen hatte.

Da man das Konzept des Gehirntodes nicht ganz verstand, geschweige denn allgemein akzeptierte, stand ich im Kreuzfeuer von Kritikern und Anklägern gleichermaßen. Es gab Leute, nach deren Ansicht wir voreilig gehandelt hatten – die Herztransplantation sei nach wie vor ein experimentelles Verfahren und sollte nur im Labor bei Tieren durchgeführt werden.

Jeder fühlte sich berufen, derlei Fragen zu erörtern, insbesondere Theologen, Rechtsanwälte und, natürlich, Politiker. Es war dies eine sichere Methode, mit Namen und Bild in die Zeitung zu kommen.

Ich hatte die Einladung von CBS mit Professor Louw, dem Leiter der Chirurgischen Abteilung, und Dr. Burger, dem Medizinischen Direktor des Groote-Schuur-Krankenhauses, diskutiert. Sie waren der Ansicht gewesen, ich sollte fahren.

Wäre Washkansky noch am Leben gewesen, keinen Augenblick hätte ich in Betracht gezogen, das Land zu verlassen, aber Louis war tot. Jetzt war da nur noch Blaiberg – und der wartete. Was würde geschehen, wenn ich in Amerika war und sein Zustand sich plötzlich verschlechterte? Professor Velva Schrire, der Leiter der Herzklinik, hatte mir versprochen, sich um ihn zu kümmern, bis ich zurückkam.

Vel hatte gemeint, ich sei es dem amerikanischen Volk schuldig. Schließlich und endlich hatte ich mit Hilfe einer Stiftung der American National Institutes of Health die erste Herz-Lungen-Maschine angeschafft, die ich benutzte, um 1958 in Kapstadt meine erste Operation am offenen Herzen durchzuführen. Und auch bei der ersten Transplantation hatte ich mit eben dieser Herz-Lungen-Maschine gearbeitet.

In Minneapolis, an der University of Minnesota, hatte ich bei den Ärzten Lillehei und Varco gelernt, wie man am offenen Herzen operiert. Vel hielt es für ein Gebot der Höflichkeit, meine Dankbarkeit zum Ausdruck zu bringen, indem ich dem amerikanischen Volk Bericht erstattete und ihm zeigte, daß das Geld gut angelegt worden war.

Ich ging zu Dr. Blaiberg zurück. Er litt fürchterlich an Atemnot, und die Schwester hatte ihm eine Sauerstoffmaske übers Gesicht gestülpt. »Was ist los?« fragte ich erschrocken.

Mrs. Blaiberg wandte sich zu mir um. »Philip hatte gerade einen Hustenanfall. Danach bekommt er immer nur sehr schwer Luft, aber das wird gleich wieder besser.«

»Ich wollte Ihnen nur sagen, daß ich für ein paar Tage außer Landes sein werde, aber wenn ich zurück bin, operieren wir Sie.« Dr. Blaiberg nahm die Maske ab. »Ich werde auf Sie warten«, sagte er lächelnd.

Ich ging in die Leichenhalle zurück. Mittlerweile waren alle weg, bis auf Professor Thomson, der verschiedene Gewebe und Organe sezierte, um sie histologisch untersuchen zu lassen.

Wir besprachen kurz seine Befunde. Er war sich ziemlich sicher, daß das Hauptproblem die massive Lungenentzündung gewesen war. Sie hatte zum Tod von Louis Washkansky geführt.

Auf dem Weg nach draußen begegnete ich einem alten Freund, Jacques Roux. Wir hatten schon zusammen studiert und waren gute Freunde geblieben. Er war nur eben heruntergekommen, um mir zu sagen, wie leid es ihm tat, daß Louis Washkansky gestorben war. Und dann sagte er etwas, das ich nie vergessen werde: »Chris, dein Leben wird sich grundlegend ändern, und du wirst nie zurückblicken.« Ich verstand damals nicht so recht, was er damit meinte, aber ich sollte es bald merken.

Mein Leben sollte sich ändern, das stimmte, aber ich würde trotzdem zurückblicken – oft.

Ich ging in mein Büro; dort erwarteten mich drei Leute vom CBS, unter ihnen Frank Manitzas, der wild entschlossen war, mich von den anderen Medien fernzuhalten und mich als seinen »Gefangenen« in die USA zu bringen. Wir vereinbarten, daß uns am Nachmittag ein Wagen in *Zeekoevlei*, wo ich wohnte, abholen sollte. (»Zeekoevlei« – ein afrikaanser Name für »Flußpferdsee« – ist ein am See gelegener Vorort von Kapstadt, ungefähr eine halbe Stunde vom Groote Schuur entfernt.)

Aber erst war noch eine Pressekonferenz fällig. In einem Raum, in dem ein fürchterlicher Lärm herrschte, versammelten wir uns alle um einen Tisch, der mit Mikrophonen übersät war, und blinzelten in das Licht der Scheinwerfer. Ich hoffte, daß ich in der Lage sein würde, meine Gefühle unter Kontrolle zu halten.

Ich las eine vorbereitete Erklärung vor, in der bestätigt wurde, daß Louis Washkansky an respiratorischer Insuffizienz infolge einer Lungenentzündung gestorben war und daß es keine Hinweise auf eine Abstoßreaktion als Todesursache gab.

»Bedeutet dies das Ende des Experiments Herztransplantation?« fragte jemand.

»Das war kein Experiment«, brauste ich auf, »es war die korrekte Behandlung für einen todkranken Mann – und nichts wird mich davon abhalten, Patienten mit tödlichen Herzkrankheiten weiterhin auf diese Weise zu behandeln. Wir werden bei der nächsten Gelegenheit mit Sicherheit wieder transplantieren.«

Wie anders war das als an dem Morgen, als ich nach der ersten Transplantation das Krankenhaus verlassen hatte. Damals hatte auf dem Parkplatz kein einziger Reporter auf mich gewartet, kein Photograph, keine Fernsehkamera. Wir hatten damals nicht mal ein Photo gemacht. Es war nicht wichtig gewesen.

In den Radionachrichten am 4. Dezember hatte es lediglich geheißen: »Im Groote-Schuur-Krankenhaus hat heute zum ersten Mal ein Team von Ärzten ein menschliches Herz transplantiert.«

Innerhalb der nächsten Stunde waren Anrufe aus Australien, Schweden, Großbritannien, Amerika, Europa und sogar aus Rußland gekommen. Innerhalb der nächsten Tage waren massenweise Reporter, Photographen und Fernsehteams aus allen Teilen der Welt herbeigeströmt und in das Krankenhaus, die medizinische Fakultät und bei mir zu Hause eingefallen.

Auf derlei waren wir nicht vorbereitet gewesen, und wir hatten nicht gelernt, wie man mit einer solchen Situation umgeht. Es gab Tage, da hatte ich mehr Zeit damit verbracht, Interviews zu geben und für Photos zu posieren, als mich um meine Patienten zu kümmern.

Wenn irgendwelche Journalisten ein Exklusivinterview oder ein besonderes Photo wollten und ich es nicht einrichten konnte, waren sie verärgert gewesen und hatten bitterböse Geschichten verfaßt, die unweigerlich Schlagzeilen machten. Als ich beispielsweise keine Zeit für einen Reporter aus Istanbul aufbringen konnte, hatte die Schlagzeile gelautet: »Barnard mag keine Türken«.

Als ich mich dann schier überschlagen hatte, um ihnen von unserer Arbeit zu erzählen und mich photographieren zu lassen, war ich beschuldigt worden, publicitysüchtig zu sein. Ein Vorwurf, der vor allem von meinen Kollegen häufig geäußert wurde – leider.

Was ich auch tat, es schien verkehrt zu sein, und es dauerte viele Jahre voller Peinlichkeiten und Ärger, bis ich lernte, mit der Presse umzugehen.

Nachdem ich jetzt die Erklärung verlesen und einige Fragen beantwortet hatte, stellte ich Professor Thomson vor. Während er die Obduktionsbefunde darlegte, zog ich mich zurück.

Ich fuhr nach Hause. Louwtjie (ein afrikaanser Spitzname, der sich von ihrem Mädchennamen – Louw – ableitet und »Lautje« ausgesprochen wird) war mit Packen beschäftigt und bereitete alles vor. Sie hatte schon ziemliches Reisefieber. Da ich furchtbar müde war, beschloß ich, mich ein wenig hinzulegen, ehe wir losfuhren.

Schon immer hat es mir mein Leben sehr erleichtert, daß ich praktisch überall schlafen kann. Vielleicht ist das eine Folge der vielen Jahre des Studierens und des Krankenhauspraktikums rund um die Uhr, davon, ständig auf Abruf zu sein und zu jeder Tages- und Nachtzeit Babys zu holen.

Gegen drei Uhr duschte ich und zog mich an. Auf meine Kleidung habe ich nie besonders geachtet. Dieser Punkt interessierte mich einfach nicht. Nach unserer Scheidung behauptete Louwtjie sogar, und zwar wahrheitsgemäß, sie hätte darauf bestanden, daß ich Unterhosen anzog! Ich schlüpfte also in das Hemd, das am wenigsten verschlissen war, und in einen blauen Anzug, den ich vor fünfzehn Jahren gekauft hatte, als meine Tochter Deidre getauft worden war. Dann setzte ich mich zu meiner Frau ins Wohnzimmer, und wir warteten auf den Wagen.

Louwtjie sah wunderschön aus in ihrem blau-weißen Kleid, das sie selber genäht hatte. Sie war eine wundervolle Frau. Ihre und Deidres Kleider schneiderte sie alle selber, in einem winzigen Kämmerchen im Dachgeschoß unseres Hauses, in das sie nur über eine Leiter gelangen konnte.

In den vergangenen Jahren, in denen wir entweder im Krankenhaus gewohnt hatten oder von einem gemieteten Haus ins nächste gezogen waren, hatten wir es nicht immer leicht gehabt. Außerdem waren wir immer knapp bei Kasse gewesen, und bei meinem damaligen Gehalt hatten wir jeden Penny zweimal umdrehen müssen. Sie hatte das schwierige Eheleben mit einem Medizinstudenten durchgestanden, hatte selber als Krankenschwester gearbeitet und sogar die Zeit gehabt, zwei Kinder auf die Welt zu bringen – Deidre und Andre. Meist hatte unsere Ehe auf etwas wackligen Beinen gestanden, vor allem in letzter Zeit; vielleicht würde jetzt alles besser werden?

Schließlich kam jemand, um uns abzuholen: Vor unserem kleinen Haus in Zeekoevlei hielt die größte schwarze Limousine, die ich je gesehen hatte, und los ging es, zum Flughafen – und nach Amerika.

Auf dem D.-F.-Malan-Flughafen in Kapstadt wollte ich meine Koffer aufgeben, aber nein, das wollte man nicht zulassen. Die leitenden Angestellten der South African Airways sorgten dafür, daß jemand unsere Koffer und Mäntel trug. Wir wurden in die VIP-Lounge geführt, wo man viel Aufhebens um uns machte und die Reporter fernhielt.

Ich dachte an das, was Jacques Roux gesagt hatte, und stellte fest, daß mein Leben sich in der Tat veränderte.

Zuerst flogen wir nach Johannesburg, wo wir in ein Flugzeug nach London umstiegen. Zum ersten Mal in unserem Leben flogen wir erster Klasse und saßen in der ersten Reihe – Sitze A und B – einer neuen Boeing 707.

Nachdem die Leuchtanzeige *Fasten your seatbelts* erloschen war, wurden Drinks serviert. Ich bat um ein Glas französischen Champagner für mich und einen Tomatensaft für

Louwtjie. Soweit ich mich entsinnen kann, war dies das erste Mal in meinem Leben, daß ich Champagner kostete, und ich muß sagen, ich fand ihn köstlich.

Dann brachte uns die Stewardeß die Speisekarte: eine ganze Seite bedruckt mit Namen, die ich noch nie gehört oder gelesen hatte – was, um alles in der Welt, waren zum Beispiel *Canapés* und *Fois gras*? Von diesen für mich exotischen Delikatessen bestellte ich vorsichtshalber nichts – einfach weil ich nicht so recht wußte, was es war. Bei den Getränken konnten wir zwischen verschiedenen südafrikanischen Weinen wählen; ich hielt mich jedoch weiter an den französischen Champagner.

Während des Essens beobachtete Louwtjie mit ausdruckslosem Gesicht, wie ich das alles genoß. Sie gab mir nicht einmal Antwort, als ich sie fragte, worüber sie nachdachte.

Schließlich verstellte ich die Rückenlehne meines Sitzes, zog Schuhe, Krawatte und Jackett aus und schloß meine Augen. Ich hatte einen langen Weg zurückgelegt seit den Tagen meiner Kindheit in Beaufort West, einer kleinen Stadt in der Karru genannten Wüstenlandschaft in Südafrika, 573 Kilometer von Kapstadt entfernt.

In jener Zeit hatte mein Abendessen aus ein paar Scheiben selbstgebackenen, mit Bratenfett bestrichenen Schwarzbrots, gewürzt mit Pfeffer und Salz, bestanden. Zu besonderen Anlässen bekamen wir Sirup aus Rohrzuckersaft, den wir mit dem Bratenfett mischten, ehe wir ihn auf das Brot träufelten.

Auch damals konnte ich zwischen verschiedenen Getränken wählen – entweder schwarzen Kaffee mit Zucker oder schwarzen Kaffee ohne Zucker. Es war der beste Kaffee, den ich je getrunken habe; meine Mutter bereitete ihn aus Kaffeebohnen zu, die sie in einem Eisentopf auf dem Herd röstete. Die gerösteten Bohnen wurden von uns Kindern eigenhändig in einer Kaffeemühle gemahlen und dann zum Filtern in einen Beutel gefüllt (den meine Mutter aus dem gleichen Stoff machte, aus dem sie unsere Schlafanzüge schneiderte), der dann an einem Drahtring in den schwarzen Kessel gehängt wurde.

Über der Erinnerung an die sorglosen Tage meiner Jugend

schlief ich ein. Ich muß fest geschlafen haben, denn geweckt wurde ich von der Stimme des Piloten, der verkündete, daß wir uns im Anflug auf Heathrow befanden.

Von London aus sollten wir mit der TWA nach Washington weiterfliegen. Immerhin brauchten wir nicht durch die Transithalle, sondern wurden vom Flugzeug der South African Airways aus mit einem Auto direkt zu der TWA-Maschine gebracht.

Erst jetzt erfuhr ich, daß der SAA-Flug Verspätung gehabt hatte und der TWA-Flug um mehrere Stunden verschoben worden war, damit ich es schaffte. Nur für mich! Plötzlich kam ich mir ungeheuer bedeutend vor.

Als wir an Bord des TWA-Flugzeugs gingen, mußte ich lachen, als eine hübsche Stewardeß mich bat, die neueste Ausgabe des *Time-Magazine* zu signieren: Auf dem Umschlag war ein Bild von mir. Noch vor drei Wochen hätte ich es mir kaum leisten können, diese Zeitschrift zu kaufen, dachte ich sarkastisch.

Plötzlicher Ruhm ist ein berauschendes Erlebnis.

Johannesburg – London war ein Nachtflug gewesen, aber jetzt flogen wir untertags. Ich fühlte mich erfrischt und war fest entschlossen, jede einzelne Minute zu genießen. Louwtjie las in einer Monatsschrift, die sie abonniert hatte, *Path of Truth*, also ging ich in die Kombüse und plauderte mit den Stewardessen.

Es hatte mir schon immer Spaß gemacht, meine Zeit in Gesellschaft amerikanischer Mädchen zu verbringen. Normalerweise strahlten sie Selbstsicherheit aus und waren stolz auf ihr Aussehen und fast durchweg freundlich und voller Lebenslust. So seltsam es klingen mag, mir gefiel auch, daß sie immer sauber rochen und sich die Beine rasierten. Nichts stößt einen Mann mehr ab als Haare auf einem weiblichen Körper an Stellen, wo keine sein sollten.

Diese beiden Stewardessen waren typisch amerikanisch: Julie war eine Blondine aus Florida, und die brünette Anne kam aus Washington. Sie erzählten mir pausenlos, wie sehr sie meine Arbeit bewunderten und was für ein faszinierender Mann ich sei. Das war natürlich äußerst schmeichelhaft, aber es kam noch besser: Sie ließen durchblicken, daß sie bereit seien, mir jeden Wunsch zu erfüllen. Zwar hatte ich von dieser Art Service schon gehört, hätte jedoch nie gedacht, daß es derlei wirklich gibt.

Der Gong ertönte: Der Pilot lud mich ein, ins Cockpit zu kommen. Anne wies mir den Weg, und ich folgte ihren wiegenden Hüften. Als wir an Louwtjie vorbeikamen, blickte sie ausdruckslos von ihrem *Path of Truth* auf.

Captain John Cunningham war ungefähr im gleichen Alter wie ich. Ich hatte damit gerechnet, daß er mir bestimmte Flugtechniken erklären und ein paar von den Apparaturen zeigen würde. In Wirklichkeit wollte er jedoch eine kostenlose medizinische Beratung. Er flog seit nunmehr zwanzig Jahren, und wie einige andere Piloten, die ich kennenlernte, machte auch er sich Sorgen wegen der jährlichen Gesundheitsprüfung, der er sich unterziehen mußte. Was konnte er tun, um Problemen mit dem Herzen vorzubeugen? Er wußte genau, wie hoch sein Blutdruck war, und kannte sogar das Verhältnis zwischen den Lipoproteinen niedriger und hoher Dichte! Ich erklärte ihm, ich sei Chirurg und träte erst dann auf den Plan, wenn ein Patient ernsthafte Probleme mit dem Herzen hatte. Den Leuten zu raten, wie sie einer Herzkrankheit vorbeugen können, ist eher Aufgabe des Allgemeinarztes.

Es wurde Zeit fürs Mittagessen; dadurch blieben mir weitere Fragen zu seiner Gesundheit erspart, und ich ging zu meinem Platz zurück. Als ich das Cockpit verließ, fühlte er sich gerade den Puls.

Beim Essen fragte Louwtjie: »Wie lange soll diese Farce eigentlich dauern?« Sie sprach abgehackt, und ihre Stimme hatte einen bitteren Unterton. Sie machte gar nicht erst den Versuch zu verhehlen, daß dies nicht ihre Welt war.

»Ich weiß es nicht«, antwortete ich vorsichtig, denn ich hatte keine Lust, mich auf einen Streit mit ihr einzulassen. Nach einem Schluck Mouton Rothschild 1959 (der – nach meiner beschränkten Kenntnis, was Weine betraf – als »Jahrhundertjahrgang« gepriesen wurde) fügte ich hinzu: »Ich hatte gedacht, die Transplantation würde vielleicht ein oder zwei Wochen lang Schlagzeilen machen, und damit hätte sich's.«

Vielleicht würde tatsächlich alles bald vorbei sein. Aber in der Zwischenzeit, dachte ich mir, wollte ich jede Sekunde von dem, was die Leute wohl als »flottes Leben« bezeichnen, genießen. Wer weiß, vielleicht war bei unserer Ankunft in den Vereinigten Staaten der Glanz schon verblaßt?

Als wir ankamen, stellte sich jedoch heraus, daß das Gegenteil der Fall war. Hier erwarteten uns noch mehr Kameras und noch mehr Journalisten. Allerdings haben die Amerikaner derlei gut im Griff, und binnen weniger Augenblicke wurden wir vom Flughafen weggebracht. Kurz darauf packten wir in unserer Suite im Washingtoner *Hilton* unsere Koffer aus.

Inzwischen schien es sogar Louwtjie Spaß zu machen, aus unserem bescheidenen Häuschen in Zeekoevlei plötzlich in die Präsidentensuite des Hilton versetzt worden zu sein.

Wir standen am Fenster und blickten auf die Wahrzeichen, die wir vor elf Jahren zusammen mit unseren beiden Kindern besichtigt hatten. Das war auf unserem Weg nach New York gewesen; anschließend waren die drei mit dem Schiff nach Kapstadt zurückgekehrt, während ich wieder nach Minneapolis gefahren war, um dort mein Studium fortzusetzen.

Das Management hatte uns, »mit den besten Empfehlungen«, eine Flasche Champagner kaltgestellt. Ich mußte lächeln – ein Monatsgehalt von mir hätte kaum ausgereicht, um den Champagner zu bezahlen, ganz zu schweigen von der Suite.

Und so entdeckten wir Amerika von neuem – aber wie anders war es diesmal!

Jegliche Hoffnung, uns in dem ungewohnten Luxus ein bißchen entspannen zu dürfen, konnten wir vergessen, als plötzlich die CBS-Assistenten unsere Zimmer stürmten und mir einen Zeitplan vorlegten.

Es ging um meinen Auftritt in *Face the Nation* und andere Verpflichtungen sowie um unseren Besuch auf der Ranch von Lyndon B. Johnson.

Es fällt mir schwer, mir jetzt meine Gefühle von damals zurückzurufen. Seitdem habe ich derlei wohl Tausende von

Malen erlebt, aber damals war das alles noch so neu für mich, und der Wirbel, den man um mich machte, war ein echtes Erlebnis, zu schön, um wahr zu sein.

Ich fügte mich mit, wie ich damals glaubte, einer gar nicht mal so schlechten Imitation eines abgebrühten Profis ihren Anweisungen.

Profi? In Südafrika hatten wir damals noch nicht mal Fernsehen, und ich hatte kaum je Live-Interviews gesehen, ganz zu schweigen davon, selbst im Mittelpunkt eines solchen zu stehen. Ich spürte erste Anzeichen von Panik, als einer von den CBS-Leuten mich daran erinnerte, daß diese Sendung bei weitem die populärste in Amerika war und daß Millionen mich aus nächster Nähe beobachten würden.

Nach einer Weile überließen sie uns wieder uns selber. So erkundeten wir das, was für die nächsten drei Tage unser Heim sein sollte, erst einmal. Die Suite war größer als unser ganzes Haus in Kapstadt – zwei große Schlafzimmer, ein riesiges Wohnzimmer, zwei Toiletten und zwei Badezimmer.

»Was ist denn das, Louwtjie?« fragte ich, als ich den Wasserhahn aufdrehte. Das Wasser spritzte nach oben, mir direkt ins Gesicht.

»Ich habe in Illustrierten Photos davon gesehen«, erwiderte sie und lachte schallend. »Ich glaube, man nennt das ›Bidet‹, aber frag mich nicht, wozu das gut sein soll«, fügte sie hinzu. Mir blieb nichts anderes übrig, als mein Gesicht und meine Hemdbrust abzutrocknen.

Wir streiften durch das Wohnzimmer. Es war fast dreißig Meter lang, und durch die großen Fenster hatte man einen herrlichen Blick auf Washington. Überall waren in wertvoll aussehenden Vasen wunderschöne Blumen arrangiert.

Louwtjie richtete einen Teller mit ein paar Crackern und Käse her, und wir setzten uns an die Bar. Endlich waren wir allein.

Sie sah mich mit ihren großen braunen Augen an und sagte: »Wir wollen uns lieben, Chris. Es ist schon so lange her.«

Völlig desorientiert wachte ich auf. Wo war ich? Wie spät war es? Was sollte ich hier eigentlich? Allmählich dämmerte es mir, daß heute der Tag war, an dem ich »der Nation gegenübertreten« sollte – »*face the nation*«.

Louwtjie schlief noch fest. Ich breitete eine Decke über sie, ging ans Fenster und starrte hinaus auf Washington, die Hauptstadt der Vereinigten Staaten mit ihren Wahrzeichen, dem Weißen Haus und dem Arlington-Friedhof.

Ich fragte mich, ob sie meinen Patienten wohl schon beerdigt hatten, über den zu sprechen ich hierhergekommen war. Dann versuchte ich mir die Millionen Leute im ganzen Land vorzustellen, die darauf warteten, das Interview mit mir zu sehen. Der Arzt aus Afrika, der das Herz eines jungen Mädchens in die Brust eines Mannes verpflanzt hatte.

Was erwarteten sie? Eine Art Frankenstein? Einen verrückten Wissenschaftler? Einige Reaktionen der Amerikaner hatte ich bereits gelesen. Ich erinnerte mich an die Schlagzeile in den *Daily News*:

»**Es funktioniert!
Todkranker Afrikaner bekommt
das Herz eines Mädchens und überlebt!**«

Und im *Washington Evening Star* hieß es:

»**Südafrikaner schafft es als erster:
Gemüsehändler lebt mit
verpflanztem Herzen**«

So in etwa lauteten die Stellungnahmen – allerdings hatte ich auch noch eine andere Passage gelesen, eine Art Prophezeiung, die sich in den kommenden Jahren bewahrheiten sollte: »In den Kommentaren führender amerikanischer Herzspezialisten, die gehofft hatten, auf dem Gebiet der Herztransplantation die ersten zu sein, gibt es gewisse Anzeichen für Berufsneid.«

Neid unter Kollegen – das war etwas, womit ich nicht gerechnet hatte.

Auch wenn das wahrscheinlich nur ein Reklametrick der Medien war, drängte sich mir doch unwillkürlich die Frage auf, was sie von den Beteiligten dachten, zum Beispiel von Denise Darvall? Würde irgend jemand sich an sie erinnern? An das hübsche Mädchen, dessen Gehirn bei einem Verkehrsunfall zerquetscht worden war, und an ihren Vater, der seine Einwilligung gegeben hatte, ihr Herz zu entnehmen? Und was für ein Bild machten sie sich von Louis Washkansky? Sie kannten ihn nur als den »Gemüsehändler aus Kapstadt« – ich hatte ihn ganz anders gekannt.

Geistesabwesend öffnete ich die Flasche Champagner, während ich auf die reglose Landschaft starrte, die so anders war als die, die ich vor nur vierundzwanzig Stunden vor Augen gehabt hatte.

Die meisten Kritiker hatten recht behalten. Dr. William Mustard hatte sich nur um ein paar Wochen vertan, als er gesagt hatte: »Diese Herztransplantation wird nur zwei oder drei Monate vorhalten«, und er hatte hundertprozentig recht gehabt mit seiner Äußerung: »Ein Herz transplantieren kann jeder.«

Der springende Punkt war nur, daß niemand anderer es getan hatte. Ich lächelte unwillkürlich, als ich mich daran erinnerte, wie unser Geschichtslehrer uns von Kolumbus erzählt hatte – was übrigens gar nicht so weit hergeholt war, da ich mich ziemlich nahe bei der Stelle befand, wo er gelandet war. Gewisse Höflinge hatten seine Entdeckung Amerikas mit der Bemerkung abgetan: »Das hätte jeder können.« Seine Antwort war, daß er sie alle, die um einen runden Tisch saßen, bat, ein Ei zu nehmen und es gerade hinzustellen. Einer nach dem anderen versuchte es – ohne Erfolg. Als man das Ei schließlich ihm reichte, drückte er es einfach unten ein, so daß er es hinstellen konnte. »Oh, das hätte jeder können«, riefen sie. »Ja«, meinte er, »jeder *kann* das machen, aber ich *habe* es gemacht.«

Trotzdem verunsicherten mich die Äußerungen in der amerikanischen Presse.

Der Präsident der American Heart Association, Dr. Irvine Page, hatte gesagt: »Sie können nicht einfach hergehen und den Leuten die Herzen rausnehmen«, und ein anderer berühmter Arzt in Washington hatte geäußert: »Ich habe die schreckliche Vision von Leichenfledderern, die mit gezückten Messern um ein Unfallopfer herumschleichen und darauf warten, seine Organe herausschneiden zu können, sobald es für tot erklärt wird.«

War es das, was die Amerikaner erwarteten – einen Leichenfledderer? Die Tatsache, daß ich aus Südafrika kam, würde die Sache vermutlich nicht leichter machen.

Ich goß zwei Gläser Champagner ein, und Louwtjie trat zu mir ans Fenster. Wir prosteten einander zu, und als könnte sie meine Gedanken lesen, zeigte sie mir einen Zeitungsausschnitt mit Äußerungen von Dr. Michael deBakey, dem Nestor aller Herzchirurgen auf der ganzen Welt, der mit mir zusammen in *Face the Nation* auftreten würde: »Die einzige Frage, die offen bleibt, ist, ob wir in der Lage sein werden, eine Abstoßung zu verhindern.« Auf eine Frage bezüglich meiner Klinik in Kapstadt hatte er geantwortet: »Es gibt dort ein paar sehr gute Leute. Ich empfinde große Sympathie für sie. Sie leisten hervorragende Arbeit, und die Transplantation war in der Tat eine enorme Leistung.«

Freundliche und ermutigende Worte von einem Mann, den ich wirklich bewunderte. Ärzte, die mit ihm zusammengearbeitet hatten, erzählten mir immer wieder, was für ein Mistkerl er sein konnte. Es kursierten Geschichten, wie die, daß er seine Assistenten zwang, sich im Operationssaal »in die Ecke zu stellen«, wenn sie ihm nicht zu seiner Zufriedenheit assistiert hatten. Einmal hatte auch ich seinen Zorn zu spüren bekommen.

Während meines Praktikums in Minneapolis hatte Professor Wangensteen, der Leiter der Abteilung für Chirurgie, es für eine gute Idee gehalten, mich nach Houston zu schicken, um deBakey und Cooley bei der Arbeit zuzusehen.

Ich war dabeigewesen, als deBakey ein Bauchaorten-Aneurysma resezierte. Dabei hatte ich mich vorgebeugt, um die Bauchhöhle richtig zu sehen. Dr. deBakey hatte versucht, eine Blutung aus der Vena cava inferior zu stillen. Plötzlich hatte er zu mir aufgeblickt.

»Raus hier!« hatte er gebrüllt. »Sie besudeln meinen Operationsbereich!«

Vielleicht hatte ich mich ja wirklich zu weit vorgebeugt und war ihm im Weg gewesen, aber ich war damals noch jung und wollte etwas lernen.

Mir wäre wohler gewesen, wenn statt seiner Dr. Cooley in der Sendung aufgetreten wäre, der immer sehr nett zu mir gewesen war. Ich dachte an das Telegramm, das er mir am Montagmorgen nach der Washkansky-Operation geschickt hatte: »Herzlichen Glückwunsch zu Ihrer ersten Transplantation, Chris. Ich werde bald über meine ersten hundert referieren.«

»Der andere Chirurg, der mit dir in *Face the Nation* auftreten wird, ist Adrian Kantrowitz«, fuhr Louwtjie fort.

Dr. Kantrowitz kannte ich nicht besonders gut. Er arbeitete am Maimonides-Krankenhaus in New York. Ich hatte einige seiner Arbeiten zur Kreislaufunterstützung mit mechanischen Hilfsmitteln und auch über seine Experimente mit jungen Hunden als Spendern gelesen, anhand derer er das Wachstum des Herzens nach der Transplantation beobachtete. Daß man ihn ausgesucht hatte, war eine gute Entscheidung gewesen, da er als erster in den Vereinigten Staaten eine Herztransplantation durchgeführt hatte – drei Tage nach mir.

Damals hatte ich das Gefühl, daß er einen ungeeigneten Empfänger ausgewählt hatte – ein Baby mit einer sehr komplizierten angeborenen Herzanomalie. Auch die Wahl des Spenders, eines Babys ohne vollständiges Gehirn, war umstritten gewesen. Obwohl diese bedauernswerten Kinder mit einem Gehirn geboren werden, das die höheren Funktionen nicht erfüllt – insbesondere fehlen Cortex und Medulla –, ist der Hirnstamm vorhanden, so daß sie spontan atmen können.

Ehe Denise Darvall von den Neurochirurgen für hirntot erklärt worden war, hatten sie darauf bestanden, daß vorher sämtliche möglichen Untersuchungen durchgeführt wurden. Bei keiner durfte, unter normalen Temperaturverhältnissen, noch eine Hirnaktivität feststellbar sein. Eine weitere Voraussetzung war gewesen, daß sie drei Minuten lang, nachdem man das Beatmungsgerät abgeschaltet hatte, nicht mehr spontan geatmet hatte.

Ich fragte mich damals, zu welchem Zeitpunkt Dr. Kantrowitz es vom Legalen und Ethischen her für gerechtfertigt gehalten hatte, das Herz des Spenders herauszunehmen. Wenn sich die Gelegenheit dazu ergab, würde ich ihm im Lauf der Sendung diese Frage stellen.

Das Telefon riß mich aus meinen Grübeleien. Es war die Dame vom Empfang, die mir mitteilte, der Wagen, der mich ins Studio bringen sollte, sei vorgefahren. Louwtjie hatte beschlossen, nicht mitzukommen; sie wollte sich die Sendung auf einem der drei Apparate in unserer Suite ansehen.

Als ich im Studio ankam, brachte man mich umgehend in einen Raum voller Spiegel, Bürsten, Kämme, Cremetöpfe und Puderdosen. Ein junger Mann (oder war es ein Mädchen?) bat mich, auf einem Stuhl Platz zu nehmen. Das Schminken begann. Zuerst trug er mit einem feuchten Schwamm die Grundierung auf, dann, mit einer Quaste, den Puder. Er kämmte meine Haare und sogar meine Augenbrauen!

Als diese etwas irritierende Prozedur vorüber war, brachte man mich ins Studio, wo bereits Dr. deBakey und Dr. Kantrowitz saßen. Beide standen auf und begrüßten mich überschwenglich.

Man ließ uns alle drei um ein Plastikmodell des Herzens und der großen Gefäße Aufstellung nehmen, um Aufnahmen zu machen; während der Sendung selber war Photographieren nicht erlaubt.

Der Boden war mit Kabeln übersät, überall standen Fernsehschirme, kurz: es herrschte das reinste Chaos. Nur in der kleinen Ecke nicht, in der wir sitzen würden.

Ehe das rote Lämpchen aufleuchtete und wir live auf Sendung waren, starrte ich völlig verwirrt auf das Schauspiel, das sich hinter der Kamera abspielte. Ich hatte immer geglaubt, der Operationssaal sei ein Ort spannungsgeladener Betriebsamkeit, aber das hier, das war die absolute Hektik! Ich fragte mich, wie viele von den Leuten hier in Kürze einen Herzinfarkt bekommen würden.

Ich versuchte, mich bequemer hinzusetzen – mit dem Erfolg, daß sich eines der Mikrophonkabel löste. Ein Mädchen schrie entsetzt auf und robbte über den Boden auf uns zu, um in aller Eile den Anschluß wiederherzustellen, während ein Mann vor der Kamera »zehn, neun, acht...« zählte und Martin Agronsky noch einmal seinen Reißverschluß kontrollierte.

Plötzlich wurde es in dem Raum ganz still, und eine Stimme dröhnte los: »*Face the Nation* präsentiert ein einstündiges Sonderinterview mit dem südafrikanischen Chirurgen...«

Ich versuchte hinter die Kameras und Scheinwerfer zu spähen, aber alles, was ich sehen konnte, war eine Bank, auf der Zeitungsreporter saßen. Auf merkwürdige Weise erinnerte es mich in der Tat an einen Operationssaal – die gleiche nervöse Angespanntheit, die gleiche unterschwellige Dynamik.

Der Sprecher holte mich in die Realität zurück: »Es spricht CBS-Moderator Martin Agronsky!«

Ruckartig, wie eine Marionette, die durch die Fäden, an denen sie hängt, zum Leben erweckt wird, blickte Agronsky in eine der Kameras und begann, über Transplantationen und Louis Washkansky und mich zu reden.

Über mich! Mein Mund wurde trocken, und ich spürte, wie ein kleiner Schweißtropfen meine Wirbelsäule hinunterlief.

Meine Hände wurden feucht. Was, um alles in der Welt, sollte ich sagen? Hätten wir nicht das Ganze vorher proben müssen?

Martin Agronsky lächelte mir zu. Er war offenbar mit seiner Einleitung fertig, aber ich konnte mich nur an ein einziges Wort erinnern: »Willkommen.«

Also lächelte ich ebenfalls. Er lächelte zurück und sagte: »Ich danke Ihnen.«

Ich hörte, wie er Earl Ubell, den Wissenschaftsredakteur der WCBS-Nachrichten in New York, Dr. Michael deBakey und Dr. Adrian Kantrowitz vorstellte, und registrierte, daß er mit ihnen plauderte, während ich immer noch versuchte, meine Augen an das blendende Licht zu gewöhnen.

Ich glaube, eine meiner größten Begabungen ist, daß ich mich übergangslos auf ein beliebiges Problem konzentrieren kann. Sobald ich mir klargemacht habe, was zu tun ist, fällt es mir leicht, meine Gedanken in diese Richtung zu kanalisieren, und es passiert nur selten, daß ich mich dann noch ablenken lasse. Diese Befähigung, gewissermaßen mit Scheuklappen zu denken, war seit jeher ein großes Plus – angefangen vom Examen bis hin zu einer stundenlangen Operation. Ich wandte mich also meinen Gastgebern zu und konzentrierte mich auf das, was sie hören wollten. Jetzt fühlte ich mich so richtig wohl und nicht im mindesten mehr nervös.

Dr. Kantrowitz hieß mich ebenfalls zu der Sendung willkommen und fragte mich, zu welchem Zeitpunkt ich gewußt hätte, daß das Transplantat funktionieren würde.

»Na ja, wir wußten wohl die ganze Zeit, daß es funktionieren würde«, erwiderte ich. »In den letzten neun Jahren haben wir über tausend Operationen am offenen Herzen durchgeführt. Mein Team hat folglich eine Menge Erfahrung darin, schwer herzkranke Patienten für größere Eingriffe vorzubereiten. Zudem wissen wir, wie man den Patienten im Verlauf einer solchen Operation am offenen Herzen mit Hilfe der Herz-Lungen-Maschine überwacht und, was noch wichtiger ist, wie man ihn nach der Operation versorgt. Es war also nicht so, daß wir zum ersten Mal am offenen Herzen operierten. Zudem hatten wir mit Transplantationen bei Hunden im Labor die Operationstechnik perfektioniert.

Ich glaube, daß diese beiden Aspekte für den Erfolg der Operation ausschlaggebend waren. Aber um Ihre Frage zu beantworten: Erst in dem Augenblick, als ich den Kreislauf nicht mehr mit der Herz-Lungen-Maschine unterstützen mußte und das transplantierte Herz, wie man an den Werten für Blutdruck, Venendruck und Urinabsonderung ablesen konnte, selber ausreichend für die Durchblutung sorgte, erst da wußte ich, daß es funktionieren würde.« Jetzt war Michael deBakey an der Reihe. Er fragte: »Uns alle würde es sehr interessieren, welche Faktoren für Ihre Entscheidung ausschlaggebend waren, die Operation bei Mr. Washkansky durchzuführen. Gab es neue medizinische Erkenntnisse, die vor einem Jahr, als Sie vom Technischen her bestimmt schon in der Lage gewesen wären, diese Operation durchzuführen, noch nicht zur Verfügung gestanden hatten? Warum haben Sie sich ausgerechnet zu diesem Zeitpunkt zum Operieren entschlossen?«

Ich bestätigte, daß wir, vom Technischen her, die Operation sogar noch eher als vor einem Jahr hätten durchführen können, daß es mir aber nie darum gegangen war, der erste zu sein. Wir hatten uns vorbereitet, indem wir zuerst eine Nierentransplantation vorgenommen hatten. Das hatte uns Gelegenheit gegeben, Erfahrungen mit der südafrikanischen Gesetzgebung, was menschliche Organspenden betraf, und auch mit dem Einsatz immunsuppressiver Medikamente zu sammeln.

Meine Gesprächspartner reagierten erstaunt, als ich erklärte, ich hätte die Transplantation schon etliche Wochen früher durchführen können, als ein sehr geeigneter schwarzer Spender zur Verfügung gestanden hatte. Wir hatten diese Gelegenheit jedoch nicht wahrgenommen, da Dr. Schrire und ich beschlossen hatten, bei der ersten Transplantation keinen schwarzen Empfänger oder Spender zu nehmen, um nicht, als Südafrikaner, des »Experimentierens« mit Schwarzen bezichtigt zu werden.

Dann bat ich, ein Dia von Washkanskys Herz zu zeigen, das ich mitgebracht hatte, und erklärte, wo die linke Herzkammer zerstört war.

Dr. Kantrowitz fügte noch hinzu: »Wenn man sich diese Aufnahme ansieht, ist es offensichtlich, wie enorm vergrößert das Herz ist – es sieht so aus, als würde es 600 oder 700 Gramm wiegen, während ein normales Herz nur etwa 300 Gramm wiegt.«

»Ja, das ist richtig«, antwortete ich. »Das Herz hatte sich infolge der Schäden vergrößert und konnte dem normalen Druck in der Kammer nicht mehr standhalten. Die einzige Alternative wäre gewesen, den kranken Teil des Herzens zu entfernen, was in Louis Washkanskys Fall nicht möglich war, da man etwa 90 Prozent hätte wegschneiden müssen.«

Um zu verhindern, daß die Diskussion ins rein Technische abglitt, stellte Martin Agronsky eine Frage, mit der ich schon früher konfrontiert worden war: »Haben Sie, Dr. Barnard,

Mr. Washkansky darüber aufgeklärt, wie seine Chancen bei einer solchen Operation stehen, und was hat er gesagt, als Sie das mit ihm besprachen?«

Ich erwiderte: »Man muß bei jeder Behandlung dem Patienten gegenüber vollkommen ehrlich sein. Wir haben Mr. Washkansky erklärt, daß unserer Ansicht nach eine Transplantation – die noch nie an einem Menschen durchgeführt worden war – die einzige Möglichkeit wäre, ihm zu helfen. Er sagte: ›Sie brauchen mir gar nichts weiter zu erzählen – transplantieren Sie.‹«

Und so ging es weiter. Wir diskutierten über die Fähigkeit des transplantierten Herzens, das nicht von Nerven versorgt wird, auf die wechselnden Bedürfnisse des Körpers zu reagieren. Ein mechanisches Hilfsmittel, für das sich Dr. deBakey und Dr. Kantrowitz aussprachen, wäre dazu nicht in der Lage. Wir stimmten schließlich darin überein, daß noch kein mechanisches Hilfsmittel zur Verfügung stand, das man als Ganzes einpflanzen und das die volle Funktion des Kreislaufs übernehmen könnte.

Ich ging auch kurz auf die rechtlichen und ethischen Aspekte ein.

In Südafrika forderten die Neurochirurgen und der Coroner, daß drei Kriterien erfüllt sind, damit ein Patient für hirntot erklärt wird.

Erstens darf im Rahmen einer klinischen Untersuchung bei Normaltemperatur keinerlei Hirntätigkeit mehr festzustellen sein. Zweitens darf es keine spontane Atmung geben, nachdem das Beatmungsgerät drei Minuten lang abgeschaltet war, und drittens darf es keine elektrische Aktivität im Gehirn, ablesbar am Elektroenzephalogramm, mehr geben.

Zudem betonte ich, daß wir im Fall von Denise Darvall nach der Abschaltung des Beatmungsgeräts den Brustkorb erst öffneten, als bei ihrem Herzen Kammerflimmern eingesetzt hatte.

»Was den ethischen Aspekt betrifft, ist für mich die Sache ziemlich eindeutig. Meine Pflicht als Arzt ist es, den Patienten zu behandeln. Was die Spenderin betraf – sie konnte ich nicht mehr behandeln. Sie war jenseits des Bereichs, in dem medizinisches Wissen noch helfen kann – also hatte ich ihr gegenüber keine Pflichten mehr. Sie war tot.

Was den Empfänger betraf, so gab es eine einzige Möglichkeit, ihn zu behandeln, nämlich, ein Herz zu transplantieren. Und genau das haben wir getan. Ich befinde mich in diesem Punkt in keinerlei moralischem Zwiespalt.«

Plötzlich war alles vorbei, und obwohl die Sendung für mein Empfinden nur einige wenige Minuten gedauert hatte, war es in Wirklichkeit eine volle Stunde gewesen.

Als die Scheinwerfer ausgeschaltet und die Mikrophone weggeräumt wurden, stieg ich vorsichtig über den Kabelsalat und dachte mir, daß die Sache mit dem Fernsehen eigentlich gar nicht so schlecht sei. Ich hatte den Eindruck, daß es ganz gut gelaufen war.

Ich fühlte mich rundum wohl. In den kommenden Jahren sollte ich noch vielen angriffslustigen Interviewern gegenübertreten – und nicht immer so gut davonkommen.

Louwtjie Barnard war eine von den Millionen Zuschauern, die sich die Sendung angesehen hatten, und sagte später: »*Mit Selbstvertrauen, Wissen, Witz und Charme eroberte er die Herzen von Millionen, und erneut jubelte die Welt ihm zu und beglückwünschte ihn. Er nahm dies mit Würde und einem Lächeln entgegen.*

Ich dankte Gott für die Gnade, mit diesem herausragenden Mann verheiratet zu sein.

Als ich ihn in Face the Nation *sah, bewunderte und liebte ich ihn. Ich hatte ja keine Ahnung, daß mein Mann sich in den nächsten Jahren bis zur Unkenntlichkeit verändern würde. Hätte ich das nicht von Anfang bis Ende miterlebt, ich hätte es nicht für möglich gehalten.*«

Sie spazierte durch ihre Suite in dem luxuriösen Hilton-Hotel *in Washington und dachte darüber nach, wie sehr sie es doch genoß, als Berühmtheit behandelt zu werden. Als sie jedoch die Schranktür öffnete, lächelte sie ein wenig sarkastisch und dachte:* »*Nein, wir gehören nicht hierher.*« *Die drei Anzüge ihres Mannes und ihre vier Kleider wirkten fehl am Platz, verloren.*

Draußen war es bitterkalt. Ihr wurde klar, daß sie Heimweh hatte.

Montag war Weihnachten. Louis und ich hatten oft darüber gesprochen, wie er sein erstes Weihnachten mit seinem neuen Herzen feiern würde, aber er hatte es nicht geschafft. Er lag in seinem Sarg auf dem Friedhof, und ich war im *Plaza*-Hotel, mit Blick auf den Central Park von New York.

Nach dem Interview in Washington waren Louwtjie und ich mit einem Privatflugzeug von CBS nach New York geflogen, wo wir den Weihnachtstag im Haus des Bosses der Sendergruppe, Gordon Manning, verbrachten.

Am nächsten Tag hatte ich ein volles Programm: Zuerst ein Interview mit Walter Kronkite, damals der bekannteste Moderator in Amerika und ein hochangesehener Mann. Wir wurden gute Freunde, und in den kommenden Jahren begegneten wir uns noch oft.

Und dann ein weiteres wichtiges Interview mit einem Reporter von der *New York Times*. Die Leute vom CBS hatten ihr Erstinterview bekommen; jetzt waren sie damit einverstanden, daß auch die anderen Medien auf ihre Kosten kamen.

Der Wissenschaftsjournalist dieser einflußreichen Zeitung nahm im Wohnraum meiner Suite Platz und schlug sein Notizbuch auf. »Heute vormittag ist telegraphisch durchgegeben worden, daß Dr. Blaiberg einen sehr schweren Rückfall hatte und im Sterben liegt«, sagte er ohne ein Anzeichen irgendeiner Gefühlsregung.

Ruckartig setzte ich mich auf; ich war völlig überrascht. Er musterte mich prüfend und fuhr fort: »Ja, im Bulletin der Klinik hieß es, Ihr Patient habe einen Lungenembolus entwickelt, und es sei zu einer schweren Herzinsuffizienz gekommen, und das während Ihres Aufenthalts in den Vereinigten Staaten.«

Genau das hatte ich befürchtet. Aber warum hatte Vel Schrire mich nicht angerufen? Wie kam es, daß die Medien das vor mir erfahren hatten?

In den kommenden Jahren sollte ich noch des öfteren die Erfahrung machen, daß Reporter gelegentlich mehr über meine Patienten wußten als ich selber. Es war irgendwie unheimlich, wie sie an Informationen über Patienten und Spender herankamen, ehe diese Informationen zu mir gelangten. Ich habe mich oft gefragt, wieviel sie das wohl kosten mochte.

Ich mußte wissen, was dort unten auf Station D 1 vor sich ging, ehe ich mit dem Interview weitermachte. Ich entschuldigte mich also und ging zu dem Telefon im Schlafzimmer. Verzweifelt hoffte ich, daß ich Vel erreichen würde. In Südafrika mußte es jetzt so ungefähr fünf Uhr nachmittags sein. Wahrscheinlich war er in der Herzklinik und wertete Elektrokardiogramme aus.

Ich wählte 27 für Südafrika, 21 für Kapstadt und schließlich 55-11 11 für das Groote-Schuur-Krankenhaus. Fast sofort hörte ich am anderen Ende der Leitung das Telefon klingeln. Aber warum, verdammt noch mal, hob niemand ab? Es läutete und läutete einfach weiter. Nach ungefähr zwei Minuten antwortete der Mann in der Vermittlung: »Groote-Schuur-Krankenhaus.« Seine Stimme war so deutlich zu hören, als würde er von nebenan sprechen.

»Hier ist Dr. Barnard – ich rufe aus New York an –, bitte, verbinden Sie mich mit der kardiologischen Abteilung – schnell.«

»Hi, Doc, gefällt es Ihnen in den Staaten?« Der Telefonist wollte offensichtlich ein bißchen plaudern, ehe er mich durchstellte.

Ich war sehr kurz angebunden. »Hören Sie, ich habe schon zwei verdammte Minuten gewartet, ehe Sie überhaupt abgehoben haben! Ich muß dringend mit Professor Schrire sprechen – sofort!« »Okay, bleiben Sie dran.« Er war offenbar enttäuscht. Das war mir egal; insgeheim betete ich: »Bitte, lieber Gott, mach, daß Vel in der Klinik ist.«

»Schrire am Apparat.« Die vertraute Stimme des Mannes, den ich nicht nur bewunderte, sondern auch sehr schätzte.

»Vel, hier ist Chris. Wie geht es Dr. Blaiberg? Was ist los? Die erzählen mir, daß er im Sterben liegt, soll ich sofort zurückkommen?« Die Worte sprudelten wie ein Sturzbach aus mir heraus.

»Blödsinn, er hatte einen kleinen Rückfall. Ein kleiner Lungenembolus, aber es besteht keine unmittelbare Gefahr. Er wird durchhalten, bis Sie zurück sind.« Das war typisch Vel, immer gelassen und selbstsicher. Ich bin noch heute der Ansicht, daß er der beste klinische Kardiologe der Welt war.

»Sind Sie sicher, Vel?«

»Natürlich bin ich sicher. Übrigens, ich habe gehört, daß Sie sich in *Face the Nation* sehr gut gehalten haben.«

»Danke – es war bei weitem nicht so schlimm, wie ich befürchtet hatte. Was kann ich Ihnen aus Amerika mitbringen?« Ich war so dankbar und erleichtert, daß ich ihm die Freiheitsstatue mitgebracht hätte, wenn das möglich gewesen wäre.

»Bringen Sie sich selber wieder her, es gibt noch viel zu tun.«

Ich rannte zu dem Reporter zurück. »Sie sind schlecht informiert. Ich habe gerade mit dem Kardiologen gesprochen, der sich um Dr. Blaiberg kümmert. Er hat gesagt, daß alles unter Kontrolle ist.« Mir wurde bald klar, daß dieser sogenannte »Wissenschaftsjournalist« von der *New York Times* sich nicht im geringsten für die medizinischen Aspekte meiner Arbeit interessierte. Ich vermute, er war eher darauf aus, irgend etwas Sensationelles oder Polemisches zu hören.

»Dr. Dwight E. Harken aus Boston behauptet, Sie hätten Dr. Shumway die Technik gestohlen?« erklärte er mit einem hämischen Lächeln. Es war eher eine Feststellung als eine Frage.

»Ich kenne Dr. Harken. Ich habe großen Respekt vor seiner Arbeit, und es steht ihm zu, eine eigene Meinung zu haben.« Ich war einfach nicht in der Stimmung, mich auf einen Streit einzulassen – dazu war ich viel zu erleichtert, daß mit Blaiberg alles in Ordnung war.

Der Reporter gab jedoch nicht auf. »Dr. Shumway hat in einem Interview gesagt, ich zitiere: ›Die chirurgische Technik, die Barnard angewandt hat, basierte auf der von Dr. Lower und Dr. Hurley in Stanford geleisteten Arbeit.‹«

Ich bemühte mich, gelassen zu bleiben, und weigerte mich schlechtweg, in Wut zu geraten. Geduldig erklärte ich: »Lassen Sie uns das ein für allemal klarstellen. Die chirurgische Technik einer orthotopen Herztransplantation wurde zu einem sehr einfachen Verfahren, sobald man auf die Idee kam, Teile des rechten und linken Atriums, in die das Blut aus den

Venen strömt, im Empfänger zu belassen. Das systemische wie auch das zur Lunge gehörige Venensystem des Patienten konnten nun mit dem Spenderherzen verbunden werden, indem man einfach die Atriummanschetten an die Rückwand des entsprechenden Atriums des Spenderherzens anschloß.

Diese Technik wurde 1959 von Cass und Brock im *Guy's Hospital Report* diskutiert. 1960 berichteten Lower und Shumway im *Surgical Forum* über ihre Transplantationsergebnisse bei Hunden, die sie nach dem gleichen Verfahren operiert hatten. Ich überlasse die Entscheidung Ihnen, wessen Technik ich benutzt habe.«

»Dr. Barnard, wollen Sie damit andeuten, daß Dr. Shumway auf diesem Gebiet nichts Eigenständiges geleistet hat?« Jetzt verlor ich allmählich wirklich die Geduld.

»Nein, das will ich durchaus nicht sagen«, seufzte ich. »Dr. Shumway und seine Kollegen haben auf diesem Gebiet hervorragende Forschungsarbeit geleistet, und ich habe das immer voll und ganz anerkannt.

Eines verstehe ich nicht: Warum glauben einige amerikanische Ärzte, ich hätte Dr. Shumways Ideen gestohlen und eigentlich hätte er als erster eine Transplantation durchführen sollen? Ich gebe ohne weiteres zu, daß ich sehr viel von seinen Erkenntnissen profitiert habe. Aber er hat sie doch bestimmt aus dem Grund in medizinischen Fachzeitschriften veröffentlicht, damit andere Ärzte aus seinen Erfahrungen lernen können? Und genau das habe ich getan, denn, und das sollten Sie eigentlich wissen, Ärzte tauschen untereinander Informationen aus – was, nebenbei bemerkt, auch der Grund ist, weshalb ich jetzt hier in Amerika bin.«

Schließlich gab der Reporter auf. Er schaltete sein Tonbandgerät ab und verschwand mit einem halbherzigen »Auf Wiedersehen«. Es war offensichtlich, daß er nicht das bekommen hatte, dessentwegen er hiergewesen war, doch das war nicht weiter von Bedeutung, denn er würde ohnehin schreiben, was er wollte. Aber solche negativen Berichte wurden mehr als wettgemacht durch die Ermutigung, die ich in Amerika erfuhr, so daß die schlechte Presse und der Sensationsjournalismus mich im Grunde genommen kalt ließen.

Weit mehr Sorgen machte mir meine Ehe. Während ich geglaubt hatte, die erregende Erfahrung des Reisens könnte sie wieder kitten, brach sie in Wirklichkeit auseinander.

Louwtjie hatte immer gesagt, es sei schwierig, mit mir zusammenzuleben, und darin gebe ich ihr recht. Tatsache ist, daß alle drei Frauen, mit denen ich verheiratet war (mit einer bin ich es noch), der gleichen Ansicht sind. Ich bin ein launischer, selbstsüchtiger, reizbarer Perfektionist. Ich irre mich nie, und Bescheidenheit ist nicht gerade meine Stärke. Aber abgesehen davon bin ich wirklich ein ganz netter Kerl.

Als mich einmal ein BBC-Reporter fragte: »Warum sind Sie eigentlich so beliebt?«, antwortete ich tatsächlich: »Weil ich ein netter Kerl bin.« Ich bin mir nicht sicher, ob er verstand, was ich damit sagen wollte, denn er meinte: »Könnten Sie uns nicht eine ernsthafte Antwort geben?« Also erklärte ich: »Das war eine ernsthafte Antwort.« Wenn ich jetzt zurückblicke, glaube ich, Louwtjies größtes Problem war, daß sie einen Medizin*studenten* geheiratet hatte und sich nie daran gewöhnen konnte, daß ich schließlich Arzt wurde. Ich glaube nicht, daß unsere Beziehung gehalten hätte, selbst wenn ich Allgemeinarzt in Ceres, einer kleinen Stadt eine Stunde von Kapstadt entfernt, geblieben wäre. Sie schob die Schuld daran dem Ruhm zu, aber ich glaube, die Gründe waren weit vielschichtigerer Natur.

Sie war eine wundervolle Mutter und eine gute Ehefrau, in der echten Afrikaander-Tradition. Es machte ihr Spaß, zu nähen und zu kochen und den Haushalt zu führen. Sie wollte nie mehr sein als eine *boere meisie* (ein Mädchen vom Land). Aber da sie mit jemandem wie mir verheiratet war, der viel, viel mehr vom Leben erwartete, hatte die Ehe eigentlich nie große Aussicht auf Erfolg gehabt. Und als die Welt sich dann für mich öffnete und ich mit einem Fanfarenstoß im Scheinwerferlicht landete, war das für sie wahrscheinlich ein grauenhafter Alptraum.

Leider hatte Louwtjie nicht viel Sinn für Humor. Zwar war sie im Grunde genommen ein zufriedener Mensch, der oft und gerne lächelte – aber ernsthaft, und diese überaus ernsthafte Art und Weise, das Leben zu betrachten, kann schauerlich langweilig werden. Und nach den Jahren des Studierens und der harten Arbeit brauchte ich einfach ein bißchen Spaß.

Meinem Leben fehlte der Kick, das gewisse Etwas, das es zu einer Freude macht zu leben. Das ist der Grund, weshalb ich begann, mich nach anderen Mädchen umzudrehen, schon lange vor der Transplantation. Es war die alte Geschichte vom Arzt und den Krankenschwestern – und in meinem Fall stimmte sie. Ich bedaure einiges, aber ich versuche nicht, irgend etwas zu entschuldigen.

Wenn ich darüber nachdenke, glaube ich, daß man Louwtjie keinen Vorwurf machen kann – aber mir auch nicht. Wir sind einfach irgendwie auseinandergedriftet. Ich habe mich im Verlauf meiner Karriere weiterentwickelt, sie aber war immer noch mit dem Medizinstudenten verheiratet. Die ersten paar Schlucke des Erfolgs schmeckten so süß, daß ich jeden Tropfen einzeln auskosten wollte – aber eben dieser Erfolg und die Berühmtheit, derer wir uns jetzt in Amerika erfreuten, waren unausweichlich darauf angelegt, unsere Ehe einem schmerzlichen Ende zusteuern zu lassen. Sie wußte es, und ich wußte es auch.

Wir verließen New York und kamen am späten Nachmittag in San Antonio an. In Kürze sollten wir dem mächtigsten Mann der ganzen Welt begegnen, dem Präsidenten der Vereinigten Staaten. Die Reporter wollten wissen, worüber der Präsident und ich sprechen würden. Würde ich ihn untersuchen? Zu jenem Zeitpunkt wußte ich nicht einmal, daß Präsident Johnson Probleme mit dem Herzen hatte.

Dr. Reid, ein anerkannter Allgemeinchirurg, der noch im Alter von siebzig Jahren jeden Tag im Operationssaal stand, kümmerte sich während unseres Aufenthalts in San Antonio um uns. Daß er in dieser Stadt sehr angesehen war, wurde mir klar, als er ein Interview einfach beendete, ohne daß die Leute von den Medien auch nur mucksten. Eindeutig ein einflußreicher Mann.

Auf dem Weg in unser Hotel erzählte er, er hätte gehört, wie sehr ich Dixieland-Musik schätze, und hätte ein Abendessen für uns im *Riverside Club* organisiert, wo eine hervorragende Dixieland-Band spielte.

Louwtjie erklärte, sie sei müde und würde lieber im Hotel bleiben und dort eine Kleinigkeit essen. Also machte ich mich ohne sie mit unseren Gastgebern auf den Weg.

Es wurde ein wundervoller Abend. Ich erklärte mich sogar bereit, zur Begleitung der Band zu singen, ein Lied mit dem Titel *Release me*; die Worte waren, den Eindruck hatte ich damals, ein böses Omen für unsere Ehe: »Laß mich frei«. Den Leuten schien es zu gefallen, obwohl irgend jemand mir nahelegte, ich sollte lieber nicht ernstlich daran denken, meinen Hauptberuf aufzugeben.

Es war schon nach Mitternacht, als ich ins Hotel zurückkehrte. Dort fand ich eine Nachricht vor, daß Dr. Reids Tochter uns gleich nach dem Frühstück abholen würde, um ein paar historische Stätten in San Antonio zu besichtigen. Etwa um zehn Uhr würde uns dann ein Wagen abholen, um uns zur Ranch von LBJ zu bringen.

In unserer Suite brannte noch Licht, aber Louwtjie schlief schon. Sie wirkte so verletzlich, so verloren in dem riesigen Bett, wie sie zusammengerollt dalag, das Gesicht der dunklen Seite des Raums zugewandt.

»Wirklich schade«, murmelte ich, als ich daran dachte, wie sehr ich den ausgelassenen, fröhlichen Abend im Club genossen hatte.

Es war ein strahlendfrischer Morgen, als wir uns mit Dr. Reids Tochter auf den Weg nach *The Alamo* machten, das ursprünglich eine katholische Missionsstation gewesen war. Unsere Begleiterin erzählte uns eine ziemlich rührselige Geschichte, wie hundertfünfzig Texaner unter Lieutenant Colonel William Baret Travers vom 23. Februar bis zum 5. März 1836 dem Angriff von fünftausend mexikanischen Soldaten unter General Antonio Lopez de Santa Ana standgehalten hatten. Am Ende war den tapferen Männern die Munition ausgegangen, und die Mexikaner hatten die Mauern gestürmt. Die Texaner, so berichtete sie uns mit Tränen in den Augen, hatten mit ihren Gewehren als Knüppel gefochten, bis der letzte von ihnen tot war. Unter den Toten waren auch die Helden James Bowie und Davy Crockett.

Anschließend fuhren wir weiter zur Ranch des Präsidenten. Ich war überrascht, daß uns keine Photographen und Reporter folgten. Der Fahrer der Limousine versicherte mir, daß ich sie schon noch zu Gesicht kriegen würde, ehe der Tag um sei. »Auf Dauer kommt man denen nicht aus«, fügte er lachend hinzu.

Nach der Ermordung Präsident Kennedys vier Jahre zuvor hatte ich damit gerechnet, daß die Farm von bewaffneten Wachen strotzen und daß man mich und Louwtjie peinlich genau untersuchen würde, aber wir mußten nicht einmal anhalten und fuhren direkt durch das Tor vor eine ganz gewöhnliche Farm. Zwei Männer kamen heraus und führten uns in einen bescheiden möblierten Raum.

Präsident Johnson saß auf einem jener Stühle, die seitlich einen Hebel haben. Wenn man ihn nach vorne drückt, klappt die Rückenlehne zurück, und unten kommt eine Fußstütze heraus. LBJ trug ein Hemd mit offenem Kragen und einen Lumberjack. Ich meinerseits steckte in einem blauen Anzug mit Krawatte, während Louwtjie eines ihrer hübschesten selbstgenähten Kleider angezogen hatte. Auf seinem Schoß hatte der Präsident seinen Enkelsohn.

Dieser Mann, der innerhalb weniger Stunden die Börsenkurse auf der ganzen Welt nach unten stürzen lassen konnte und der in eben diesem Augenblick das Leben einer halben Million junger Amerikaner in Vietnam in der Hand hatte, hätte ohne weiteres als Schafzüchter in der Karru, der Wüstengegend am nördlichen Kap Südafrikas, durchgehen können.

Nach der Vorstellung und Begrüßung forderte Mrs. Johnson Louwtjie auf, mit ihr zu kommen, und ich blieb mit dem Präsidenten allein. Ich rechnete mit einem Schwall von Fragen zu Herztransplantationen – aber nein. In Wirklichkeit interessierte Präsident Johnson sich absolut nicht für meine Arbeit, sondern redete pausenlos davon, was er alles erreicht hatte, seit er Präsident war.

»Ich bin Texaner«, erklärte er in seinem schleppenden Tonfall, »und seit Jacks Tod haben wir hier eine Menge geleistet. Ich habe die Gesetzesvorlage zu den Bürgerrechten eingebracht – davon könnte Ihre Regierung einiges lernen –

und habe ›Medicare‹ eingeführt, so daß unser Volk uneingeschränkt Zugang zu medizinischer Versorgung hat.

Viele Leute sagen, ich sei nicht besonders beliebt – aber haben Sie gewußt, daß ich 1964 bei den Wahlen 61 Prozent der Stimmen bekommen habe? Das ist eine größere Mehrheit, als sie je ein Präsident gehabt hat.« Und er lehnte sich mit einem Lächeln zurück.

Nachdem ich mir das eine Viertelstunde lang angehört hatte, versuchte ich, das Gespräch auf den Vietnamkrieg zu bringen. Schließlich und endlich war er der Oberbefehlshaber der amerikanischen Streitkräfte, aber das war etwas, worüber er offensichtlich nicht sprechen wollte.

Ich frage mich jetzt, ob er damals wußte, daß der Vietnamkrieg ihn zu einem der unbeliebtesten Präsidenten in der Geschichte machen würde?

Nach dem Mittagessen, bei dem es wilden Truthahn gab, lud Präsident Johnson uns zu einem Hubschrauberflug über die Ranch ein. Es war das erste Mal, daß Louwtjie und ich in einem Helikopter flogen, und wir waren ganz begeistert, daß wir diese »Premiere« zusammen mit dem Präsidenten der Vereinigten Staaten und seiner Frau erlebten. Wir konnten es gar nicht erwarten, wieder nach Hause zu kommen und unseren Freunden davon zu berichten.

Nachdem wir wieder zu der Ranch zurückgekehrt waren, nahm mich der Präsident, ehe wir uns verabschiedeten, auf die Seite und erinnerte mich daran, ja nicht zu vergessen, der Presse von all seinen Leistungen zu erzählen. Mir war immer noch nicht klargeworden, daß unser Treffen ein echtes Medienereignis und eine willkommene Gelegenheit für ihn war, ein wenig von seiner Beliebtheit zurückzuerobern. Allerdings hat es ihm nicht viel geholfen.

Er erzählte mir also noch einmal, wieviel Geld er für das Sozialwesen, für Krankenhäuser und Gesundheitsprogramme ausgegeben hatte. Ich war in Versuchung, ihn zu fragen, wieviel Geld er für die Tötung von Menschen ausgegeben hatte, überlegte es mir dann aber doch anders.

Das war also der Präsident der Vereinigten Staaten von Amerika. Was für eine Enttäuschung!

Vielleicht ist es ungerecht, einen Menschen nach so kurzer Zeit zu beurteilen, aber ich muß sagen, er war weit davon entfernt, der große Führer zu sein, den ich erwartet hatte. Der Körpergröße nach war er beeindruckend – dem Verstand nach nicht.

Bei der Pressekonferenz war die erste Frage, die mir gestellt wurde: »Was für einen Eindruck hat der Präsident auf Sie gemacht?« Ich sagte, er habe ein wenig abgespannt gewirkt, als wir zu ihm kamen, sei dann aber im Lauf des Gesprächs immer lebhafter geworden.

Am nächsten Tag lauteten die Schlagzeilen: »Herzspezialist Dr. Barnard erklärt: Der Präsident wirkt abgespannt«. Mir war nicht klar gewesen, daß man meine beiläufigen Bemerkungen so ernst nehmen und ihnen eine solche Bedeutung beimessen würde. Ich mußte mich erst noch an die Tatsache gewöhnen, daß alles, was ich sagte, registriert und veröffentlicht wurde.

Ein paar Wochen später erhielt ich einen Brief von Lyndon B. Johnson, dem diverse Zeitungsausschnitte beigelegt waren und in dem er sich beschwerte, wie sehr meine Äußerungen vor der Presse seinem Ansehen geschadet hätten. Die Präsidenten auf der ganzen Welt sind besessen von ihrem Image in den Medien. Ich hatte naiverweise angenommen, er würde sich für meine Arbeit interessieren – aber sein Hauptanliegen war es gewesen, meine Berühmtheit für seine eigenen politischen Zwecke auszunutzen.

In Kapstadt wartete Blaiberg, also brachen wir am nächsten Tag nach Südafrika auf.

Die Aufgabe, die vor mir lag, stand mir kristallklar vor Augen. Obwohl das amerikanische Volk und die medizinische Welt im großen und ganzen von der Operation Louis Washkanskys begeistert und fasziniert waren, teilten sie nicht meine Zuversicht, was zukünftige Transplantationen betraf.

Unsere erste Operation hatte lediglich gezeigt, daß eine Herztransplantation bei einem schwer herzkranken Patienten vom Technischen her erfolgreich sein kann, aber konnte ein solcher Patient länger als achtzehn Tage überleben? Konnte er schließlich aus dem Krankenhaus entlassen werden? Und würde er zu Hause als an den Rollstuhl gefesselter Invalide leben, der jeden Tag eine Handvoll Pillen schlucken mußte, oder könnte er mit seinen Kindern Ball spielen, Freunde besuchen und ein normales Leben führen?

Auf alle diese Fragen mußte Blaiberg uns die Antworten geben. Die Welt wartete. Auf unserem Rückflug nach Hause ging ich in Gedanken die Blaiberg-Operation wieder und wieder durch.

Am Neujahrstag trafen wir auf dem D.-F.-Malan-Flughafen in Kapstadt ein und fuhren gleich nach Hause. Zwei Stunden später rief mich Dr. »Bossie« Bosman, einer der Ärzte, mit denen ich im Krankenhaus zusammenarbeitete, an: »Prof., wir haben einen Spender für Blaiberg.«

Eileen Blaiberg wußte, daß Professor Barnard jetzt jeden Tag nach Kapstadt zurückkommen mußte, und drückte zärtlich und ermutigend die Hand ihres Mannes.

»Weißt du noch«, fragte er, »wie wir erfahren haben, daß ich ein anderes Herz eingepflanzt bekomme?«

»Oh, ja, daran erinnere ich mich sehr gut.«

»Da saßen wir – wir beide, seit über dreißig Jahren verheiratet und Eltern einer erwachsenen Tochter, und lachten und weinten wie Kinder!«

Als er wieder zu husten anfing, reichte sie ihm ein Glas Wasser.

Sie blickte durch das Krankenhausfenster auf die Journalistenmeute, die sich draußen versammelt hatte, und wunderte sich, wie sie herausbekommen hatten, daß Phil der nächste Transplantationpatient sein sollte. Irgendwie war etwas durchgesickert, daß eine Operation bevorstand, und irgend jemand hatte etwas von einem »Zahnarzt, der sich zur Ruhe gesetzt hat«, erwähnt. Mit dieser Information brauchten die Lokalreporter nicht lange, um Blaibergs Namen aufzuspüren: Sie schlossen einfach anhand des Telefonbuches und mittels einiger Anrufe alle diejenigen aus, die nicht in Frage kamen.

Das war das letzte, was das Groote-Schuur-Krankenhaus gewollt hatte – nach dem Chaos im Anschluß an die Washkansky-Operation. Eileen fragte sich, wie sie ihnen ausweichen könnte, wenn sie wieder nach Hause ging – sie wußte einfach nicht mehr, was sie antworten sollte.

Ihr Mann war eben eingeschlafen, als Dr. Bosman sie ins Wartezimmer bat.

»Großartige Neuigkeiten!« rief er. »Sieht so aus, als könnten wir die Transplantation noch heute abend vornehmen – vielleicht schon in ein paar Stunden.« Tränen kullerten über ihre Wangen. Sie hatte das Gefühl, gleich zusammenzubrechen, und hielt sich an »Bossie« Bosman fest.

Zur gleichen Zeit betrauerte in einem anderen Teil des Krankenhauses die Familie Haupt den Verlust Clives, eines Mannes, der noch wenige Stunden zuvor am Strand gespielt hatte, als plötzlich eine schwere Hirnblutung seinem Leben ein Ende setzte.

In jener schlimmen Zeit, als die Apartheid-Gesetze die südafrikanische Gesellschaft von innen heraus zersetzten, war Clive Haupt in einem anderen Teil des Krankenhauses behandelt worden als Philip Blaiberg, denn Philip war »Weißer«, Clive »Nicht-Weißer«. Aber das spielte jetzt keine Rolle mehr. Nun würde sein Herz Philip Blaiberg neues Leben schenken. Die beiden Männer lagen in zwei aneinandergrenzenden Sälen, in denen ein Schauspiel ganz besonderer Art stattfinden sollte.

Die Hauptdarsteller befanden sich bereits auf der Bühne. Der eine war tot, der andere war nahe daran zu sterben.

In dem Drama, das sich an diesem 2. Januar 1968 im Operationstrakt *Charles Saint* abspielen sollte, würde die ganze Welt als Publikum fungieren und Zeuge werden, wie die Toten den Sterbenden neues Leben schenken.

Nacheinander kamen auch die verschiedenen anderen Mitwirkenden und nahmen ihre Plätze ein. Einer von ihnen war ich. Ungeduldig und nervös, weil wir bis jetzt erst eine Vorstellung gegeben hatten, wartete ich darauf, daß die Lichter angingen. Ich hoffte nur, daß ich meinen Text nicht vergessen hatte.

Um meine Nerven zu beruhigen, atmete ich tief durch und versuchte, die Arthritisschmerzen in meinen Händen zu ignorieren. Langsam ging ich in den Raum, grimmig lächelnd, und nickte meinen Kollegen kurz zu.

»Licht an!«

Ich mußte blinzeln, als die OP-Lichter angingen und den kleinen Bereich auf Blaibergs Brust anstrahlten.

Er war bereits anästhesiert und lag flach hingestreckt auf dem Tisch; an seinen Körper waren überall Schläuche und Kanülen angeschlossen.

Ein Schlauch, der durch seinen Mund zur Trachea (Luftröhre) führte, war mit einem mechanischen Beatmungsgerät verbunden.

Von seinem linken Nasenloch führte eine Magensonde zu einem Absaugapparat, um eine Überdehnung des Magens während der Operation zu verhindern.

In seinem rechten Nasenloch steckte ein elektrisches Thermometer, dessen Sensor in den Ösophagus (Speiseröhre) eingeführt worden war, hinter dem Herzen, um eine exakte Überwachung der Herztemperatur zu ermöglichen.

Durch den Anus war ein zweites elektrisches Thermometer in das Rektum eingeführt worden, um die Körpertemperatur zu messen.

Vom Penis führte ein Katheter in die Blase; er war über einen Schlauch mit einer Flasche verbunden, die unter dem Operationstisch stand. Die Menge des Harnflusses ist ein wichtiger Indikator für die Durchblutung der Nieren und damit für den Kreislauf generell.

An beiden Unterarmen waren intravenöse Zugangswege angelegt worden, durch die während der Operation wie auch in der postoperativen Phase Flüssigkeit, Medikamente und Blut zugeführt werden konnten.

An seinem linken Bein befand sich eine Metallmanschette, von der aus eine elektrische Leitung zum Diathermiegerät führte.

Die Arme meines Patienten waren mit Bandagen an seiner Seite fixiert, und sein Körper war mit einem Ledergurt festgeschnallt, so daß man den Operationstisch schrägstellen konnte.

Alle diese Apparate waren notwendig, da wir fast sämtliche natürlichen Kontrollmechanismen des Körpers aufheben würden.

Das gesunde warmblütige Tier verfügt über die erstaunliche Fähigkeit, das sogenannte innere Milieu, *milieu intérieur* (ein Begriff des französischen Physiologen Claude Bernard), innerhalb bestimmter normaler oberer und unterer Grenzwerte zu halten, und zwar mittels eigener Sensoren, die die Funktionen der Organe wie Nieren und Lunge, des kardiovaskulären Systems und der Schweißdrüsen regulieren.

Unter normalen Umständen paßt der Körper sich auf natürliche Weise an. Wenn beispielsweise die Körpertemperatur steigt, führt dies zu einer Zunahme der Verbrennung und somit des Stoffwechselbedarfs. Kreislauf und Atmung beschleunigen sich augenblicklich, um auf den höheren Sauerstoff- und Brennstoffbedarf der verschiedenen Organe und Gewebe des Körpers zu reagieren. Gleichzeitig nimmt die Schweißabsonderung zu. Dadurch verdunstet an der Körperoberfläche mehr Wasser, um den Körper abzukühlen. Wenn sich dies eine gewisse Zeit fortsetzt und zu einer Dehydration führt, halten die Nieren Wasser zurück und sondern ein geringeres, aber konzentrierteres Urinvolumen ab, um so zwar den Flüssigkeitsverlust zu reduzieren, aber trotzdem die Abfallprodukte auszuscheiden.

Während der Transplantation würde jedoch mindestens zwei Stunden lang die Lunge nicht arbeiten und das Herz nicht schlagen, beziehungsweise sich nicht einmal im Brustkorb befinden.

Die Funktionen dieser beiden lebenswichtigen Organe würde die Herz-Lungen-Maschine übernehmen, die nicht den Befehlen der Körpersensoren gehorchte. Während der Operation würde daher »Ozzie« Ozinsky, der Anästhesist, die Konstanz des inneren Milieus des Körpers überwachen.

Häufig entnommene Blutproben würden auf schnellstem Weg ins biochemische Labor gebracht werden, um es auf den Salz-, Säure- und Sauerstoffgehalt zu untersuchen. Diese Werte lassen darauf schließen, wie sich das innere Milieu verändert; falls entsprechende Korrekturen notwendig wären, würde Ozzie sie vornehmen. Wenn beispielshalber der Säuregehalt steigt, dann verabreicht man intravenös Natriumbikarbonat; wenn der Kaliumspiegel sinkt, führt man Kaliumchlorid zu.

Der Chirurg verläßt sich voll und ganz darauf, daß der Anästhesist und die Techniker an der Herz-Lungen-Maschine sich um diese äußerst wichtigen Dinge kümmern.

Während Johan van Heerden und Dene Friedman, beide hervorragende Techniker, ein letztes Mal die Herz-Lungen-Maschine überprüften, präparierten Dr. Hitchcock und Schwester Peggy Jordaan den Operationsbereich, indem sie den Körper mit einer Jodlösung bestrichen und ihn dann mit einer sterilen, durchsichtigen Plastikfolie abdeckten, in die man einen Einschnitt machen würde.

Schließlich wurde der ganze Körper in sterile grüne Tücher gehüllt, so daß nur noch die rechte Leistengegend und die Vorderseite der Brust und des oberen Abdomens offenlagen. Da man ab jetzt mit der Immunsuppression beginnen würde, mußte man äußerst vorsichtig sein, um ein Eindringen von Bakterien oder Viren während der Operation zu verhindern.

Ich ließ Blaiberg in Operationssaal A zurück und ging durch einen angrenzenden Raum hinüber in Operationssaal B, um zu sehen, was mit Clive Haupt, dem Spender, geschah.

Dort überprüften Dr. Cecil Moss, ein Anästhesist, und einer meiner Ärzte Laborergebnisse, die sie eben erhalten hatten.

Obwohl Clive tot war, mußte er genauso sorgfältig untersucht und überwacht werden wie Philip. Das war noch schwieriger als bei einem lebenden Patienten, da zwei der wichtigsten Sensoren – das Gehirn und die Hypophyse, die erdnußgroße Drüse an der Unterseite des Gehirns – tot waren.

Schwerwiegende Veränderungen des inneren Milieus können zu massiven Schäden am Spenderherzen führen. Da kein mechanisches Hilfsmittel zur Verfügung stand, auf das wir hätten zurückgreifen können, wie im Fall von Nieren, würde der Erfolg vollkommen davon abhängen, daß Clives Herz richtig arbeitete, sobald nach der Transplantation die Herz-Lungen-Maschine abgeschaltet wurde.

»Wie sieht es aus?« fragte ich.

»Ich glaube, es ist ein sehr kräftiges Herz«, antwortete Marius, mein Bruder. Er und Dr. Terry O'Donovan waren, wie bei der ersten Transplantation, das Chirurgenteam, das sich um den Spender kümmerte.

Als der verantwortliche Anästhesist nannte Cecil Moss mir Einzelheiten der Vitalfunktionen: »Der mittlere arterielle Druck ist 95, der Puls 86, der venöse Druck 2; er scheidet eimerweise Urin aus, und zwar ohne irgendwelche Herzstimulanzien. Mit dem Isoprenalin habe ich schon aufgehört, vor ungefähr zwanzig Minuten.«

»Kalium?«

»War auf 3, aber ich habe noch 2 Gramm gegeben.«

»Ich finde, wir sollten den Venendruck etwas erhöhen, obwohl die Durchblutung gut ist«, schlug ich vor, da der Körper sein Blutvolumen nicht selber regulieren konnte, weil ja die Hirnanhangdrüse tot war. »Terry, Sie und Marius nehmen das Herz heraus.« Bei der ersten Transplantation hatte ich das selber gemacht.

Bei der Washkansky-Operation hatte ich das Beatmungsgerät, an das Denise Darvall angeschlossen war, abgeschaltet und gewartet, bis bei ihrem Herzen Kammerflimmern eingesetzt hatte. Erst dann hatte ich ihren Brustkorb öffnen lassen. Obwohl dies das Risiko erhöht hatte, daß das Spenderherz Schaden nehmen und folglich die Operation selber nicht erfolgreich sein würde, hatten wir uns zu dieser Vorgehensweise entschlossen, um der Kritik, wir hätten ein noch schlagendes Herz herausgenommen, zuvorzukommen. Diesmal hielt ich diese Vorsichtsmaßnahme für überflüssig.

Aus dem Operationssaal A konnte ich hören, wie die Säge das Brustbein durchtrennte; ich ging also in den Desinfektionsraum, um mich auf die Operation vorzubereiten.

Ich bin zwar nicht abergläubisch, aber ich glaube an bestimmte Routinehandlungen, die einfach »funktionieren« und die mir in der Vergangenheit »Glück« gebracht haben. Mehr als alles andere bin ich also ein Gewohnheitsmensch.

Beispielsweise verwendete ich, seit wir 1958 mit der Herz-Lungen-Maschine zu arbeiten begonnen hatten, stets den Bubble-Oxygenator, mit dem ich immer gute Ergebnisse erzielt hatte, während viele Chirurgen abwechselnd mit Scheiben-Oxygenatoren, Film-Oxygenatoren und Membran-Oxygenatoren experimentierten. Ich arbeitete immer mit den gleichen künstlichen Herzklappen, dem gleichen Nahtmaterial und ließ die gleiche postoperative Überwachung durchführen. Dieses Festhalten an bestimmten Gewohnheiten ging so weit, daß ich im Desinfektionsraum jedesmal das gleiche Waschbecken benutzte, und auf meinem Weg ins Krankenhaus trug ich, wenn eine große Operation bevorstand, meistens das gleiche Jackett.

Ich nahm ein Stück Seife und eine Bürste und fing an, mir die Hände zu waschen, wie ich dies schon Tausende von Malen gemacht hatte. Dabei ging ich in meinem Kopf immer wieder durch, welche Veränderungen bei der Operationstechnik ich geplant hatte.

Bei der ersten Transplantation hatte ich das Spenderherz nach der Methode herausgenommen, die viele Chirurgen für die beste hielten und nach der man den linken und den rechten Vorhof und die Wandung, die die beiden Kammern voneinander trennt, durchschnitt.

Wir hatten jedoch festgestellt, daß man bei diesem Einschnitt Gefahr lief, die komplizierte Nervenversorgung des Herzens zu beschädigen, was zu einer Art Herzblock führt. Shumway und seine Kollegen hatten daher vorgeschlagen, routinemäßig einen mechanischen Schrittmacher einzusetzen, um in der postoperativen Phase gegebenenfalls das Herz zu stimulieren. Dies bringt allerdings spezifische Risiken mit sich, so daß wir eine eigene Technik entwickelt hatten, um sicherzustellen, daß die Nerven während des Herausschneidens nicht beschädigt werden konnten. Statt durch die oberen Kammern und das Septum zu schneiden, entfernten wir diese Kammern als ganze, indem wir die sechs Venen durchtrennten, die sie mit dem Körper verbanden. Später würde man in die Rückwand der Kammern des neuen Herzens kleine Löcher schneiden, um sie mit den Atriummanschetten im Körper des Patienten zu verbinden. Ich war überzeugt, daß diese abgewandelte Technik die Ergebnisse erheblich verbessern würde.

Meine Arme waren noch voller Seifenschaum, als ich zu der Tür zu Operationssaal A ging und rief: »Rodney, ist alles in Ordnung?« Dr. Rodney Hewitson hatte geschickte Hände und arbeitete seit Jahren als mein Erster Assistent. Daß er dabei war, war beruhigend.

»Ich finde, das arterielle Blut ist ein bißchen dunkel, aber Ozzie meint, er sei's zufrieden, daß der Patient gut ventiliert ist.«

»Wie kann er gut mit Sauerstoff versorgt sein, wenn das Arterienblut dunkel ist? Das verstehe ich nicht«, sagte ich erstaunt.

»Meiner Ansicht nach liegt das am schwachen Kreislauf. Er ist auf 80 Prozent Sauerstoff. Ich habe den Schlauch in der Luftröhre doppelt überprüft, er liegt richtig; allerdings scheidet der Patient nicht viel Urin aus. Der venöse Druck ist 20, aber der mittlere arterielle Druck nur 50.«

Das gefiel mir gar nicht, bedeutete es doch, daß Blaiberg möglicherweise starb, ehe wir mit der Operation auch nur beginnen konnten.

Ich legte meinen Kopf zurück und schloß die Augen. Bitte, lieber Gott, hilf uns. Laß es nicht zu einem Kammerflimmern kommen, ehe wir ihn an die Herz-Lungen-Maschine angeschlossen haben!

Mein Patient hatte so lange auf einen Spender gewartet – es wäre eine Tragödie, wenn er nur wenige Augenblicke, ehe wir die Operation durchführen konnten, um die er gebetet hatte, sterben würde.

»Überprüfen Sie den A-Streifen, und erhöhen Sie das Isoprenalin, Ozzie. Rodney – verabreichen Sie das Heparin, und führen Sie die Kanüle in die Oberschenkelarterie ein, ich bin gleich soweit.« Man hörte, wie angespannt ich war.

Rodney Hewitson rief. »Chris, ich glaube, wir sollten die Arterienkanüle in die Aorta einführen.«

Er hatte recht. Jetzt erinnerte ich mich, daß wir bei der Washkansky-Operation große Probleme gehabt hatten, weil wir die Kanüle in die arteriosklerotische Arteria femoralis, die Oberschenkelarterie, eingeführt hatten. Sobald wir auf Bypass gegangen waren, hatte Johan, der Herz-Lungen-

Techniker, einen anomal hohen Druck in der Kanüle gemeldet. Das bedeutete fast mit Sicherheit, daß aufgrund der gleichen arteriosklerotischen Erkrankung, die die Koronararterien verschlossen hatte, die Arteria femoralis oder Arteria iliaca externa verstopft war. Mitten unter der Operation hatten wir die Kanüle in die Aorta einführen müssen. In der Panik, die dann ausbrach, hatte sich der Arterienschlauch aus seiner Verbindung zum Wärmeaustauscher gelöst.

Es ist schwirig, mitten im Strom die Pferde zu wechseln, und fast wäre Washkansky unter meinen Händen gestorben, noch ehe ich Zeit gehabt hatte, ihm das neue Herz einzusetzen, das ich ihm versprochen hatte. Diesmal würde ich vielleicht nicht solches Glück haben, und um alles noch schlimmer zu machen, campierten draußen vor dem Krankenhaus Horden von Reportern und warteten auf Neuigkeiten.

Ihnen kam es, so stellte ich mir vor, nicht so sehr darauf an, ob die Operation gut ausging oder nicht. Sie wollten nur ihre Schlagzeilen so sensationell wie möglich aufmachen, und ich glaube, viele von ihnen hätten am liebsten geschrieben: »*Blaiberg stirbt auf dem Operationstisch.*«

»Sie haben recht, Rodney, machen wir es so«, erklärte ich und ging hinüber in Operationssaal B.

»Terry, Sie und Marius können jetzt anfangen, und vergessen Sie nicht das Heparin«, erinnerte ich sie.

Ich wandte mich zu den Herz-Lungen-Technikern von Marius' und Terrys Team: »Alastair, sobald Sie und Nick auf Bypass sind, fangen Sie mit dem Abkühlen an.«

Ich hatte beschlossen, wie bei der ersten Transplantation das Spenderherz mit sauerstoffangereichertem Blut zu kühlen, um es vor einem Anoxieschaden zu bewahren. Auf die gleiche Weise würden wir auch die Nieren schützen, die zwei weiteren Patienten in einem anderen Krankenhaus, die an einer unheilbaren Nierenerkrankung litten, eingepflanzt werden sollten.

Ich hastete zurück und wusch mir die Hände fertig. Die Schwester goß Alkohol über meine Arme und Hände und reichte mir mit einer Zange ein steriles Handtuch. Ich zog meinen Kittel und meine Handschuhe an und ging in Operationssaal A.

Blaibergs Brust war durch eine Mittelsternotomie weit geöffnet worden. Das Herz, das ihn achtundfünfzig Jahre lang am Leben gehalten hatte, kämpfte immer noch tapfer, um den Anforderungen seines Körpers zu genügen, auch nachdem durch die massive Erkrankung der Koronararterien große Teile der linken Herzkammer zerstört worden waren.

Das Herz – was für eine erstaunliche Pumpe! Kein Wunder, daß es seit Jahrhunderten in Religion, Poesie und Prosa einen so herausragenden Platz einnimmt. Man liebt mit dem Herzen – nicht mit der Niere oder der Leber, zwei sehr wichtigen und viel komplexeren Organen. Man haßt mit dem Herzen, und viele halten es für den eigentlichen Sitz der Seele.

Es ist noch gar nicht so lange her, da glaubten die Chirurgen, wenn man das Herz antaste, würde das Leben sofort enden – oh, wie sehr sie sich geirrt hatten!

In den zwölf Jahren, seit denen ich operierte, war ich immer wieder erstaunt gewesen über seine Fähigkeit, unmittelbar auf die Forderung des Körpers nach Blut zu reagieren, selbst wenn es durch Krankheit oder durch das Messer des Chirurgen in Mitleidenschaft gezogen war. Das Herz gibt nicht so leicht auf.

Ich nahm meinen Platz auf der rechten Seite des Tisches ein und bat Rodney, sich auf die linke Seite zu stellen, neben den Zweiten Assistenten, Dr. Hitchcock.

»Wie sieht es aus?« fragte ich und sah mir zum ersten Mal Blaibergs Herz an. Dieses Herz hielt ihn immer noch am Leben – dieses Herz, das ich herausnehmen und für immer zerstören würde.

Keiner gab mir Antwort. Angespanntheit und Besorgnis lagen in der Luft.

Rodney hatte bereits den Arterienkatheter oben an der aufsteigenden Aorta angebracht. Ich brauchte mindestens zehn Zentimeter Aorta, um sie unter der Einführungsstelle des Katheters abzuklemmen und eine Anastomose mit der Spenderaorta herzustellen, sobald das Herz des Empfängers entfernt war.

»Geben Sie mir den Schlauch, Dene«, bat ich die Zweite Herz-Lungen-Technikerin; sie war die hübsche Tochter von Captain Friedman, einem alten Freund von mir.

Sie reichte mir ein Stück sterilen Dreiviertel-Zoll-Plastikschlauchs, der mit der Herz-Lungen-Maschine verbunden und mit rotem Blut gefüllt war. Ich schlang ihn um meinen Körper und gab das offene Ende Dene, damit sie es an den venösen Schenkel der Herz-Lungen-Maschine anschloß. Der Schlauch würde nun unterteilt und der Abschnitt auf meiner linken Seite mit dem Arterienkatheter, der Abschnitt auf meiner rechten Seite mit zwei Venenkathetern, die ich gleich einführen würde, verbunden werden. Damit wäre der extrakorporale Kreislauf geschlossen.

Sobald wir auf Bypass gingen, würden die beiden Katheter verhindern, daß Blaibergs venöses Blut in Herz und Lunge strömte, und das Blut in den venösen Schenkel umleiten. Von dort aus würde die Venenpumpe es in die Mischkammer treiben, wo Sauerstoff aus einem Zylindergefäß in das Blut eingeschäumt würde. Dieser Schaum übernimmt die Funktion der Lungenbläschen, der kleinen Luftsäcke in der Lunge. Aus den Blasen des Schaums diffundiert dann der Sauerstoff in das Blut und macht es rot, während das Kohlendioxyd in die Bläschen diffundiert. Der Kreislauf führt dann zu der Entschäumungskammer, wo die Bläschen zerplatzen und das Kohlendioxyd freisetzen, das ausströmt.

Mit einer zweiten Pumpe wird das sauerstoffangereicherte Blut über den Arterienschlauch in den Kreislauf des Patienten zurücktransportiert. So kann der Körper abgekühlt und mit sauerstoffangereichertem Blut versorgt werden, auch wenn sein eigenes Herz und seine eigene Lunge nicht funktionieren.

Diese von Forschern wie Gibbon und De Waal Mitte der fünfziger Jahre entwickelte Technik hat erfolgreiche Operationen am offenen Herzen überhaupt erst ermöglicht. Wir alle schulden diesen Pionieren großen Dank.

»Venenkatheter einführen.« Ich streckte meine rechte Hand aus, und Schwester Jordaan reichte mir einen Nadelhalter, in dem eine gebogene Nadel mit einem Drei-Zoll-Seidenfaden befestigt war.

Sie assistierte mir seit vielen Jahren und wußte jeden Handgriff im voraus, noch ehe ich sie darum bat. Aus diesem Grund zog ich es vor, jedesmal mit demselben Team zu arbeiten. Das war auch der Grund, weshalb ich es ablehnte, in anderen Ländern und unter ungewohnten Umständen zu operieren. Ich habe das nur ein einziges Mal gemacht, in Delhi. Es war das erste und letzte Mal.

Rodney nahm einen feuchten Tupfer, setzte ihn am rechten Vorhof an und zog ihn vorsichtig auf sich zu, so daß ich die Tabaksbeutelnaht anbringen konnte, durch die die Venenkatheter so niedrig wie möglich am rechten Vorhof eingeführt werden sollten. Da die beiden Katheter an Ort und Stelle bleiben mußten, wenn das Herz herausgeschnitten wurde, würde ihre Position weit hinten vorne auf der Vorhofwand genügend Platz für die Anastomose des Spenderherzens lassen.

»Der arterielle Druck ist ganz unten«, warnte Ozzie unaufgeregt. Er tat ruhig seine Arbeit.

»Na schön, und was unternehmen Sie dagegen?« fuhr ich ihn an. Ich war alles andere als ruhig.

»Ich kann nichts dagegen unternehmen, solange Sie das Herz derart herumschieben.«

Aber ich mußte sehen, was ich tat, und das Herz war mir im Weg. »Rodney, hören Sie auf, den Vorhof rumzuschieben.«

Eine Minute lang herrschte Schweigen.

»Blutdruck steigt. Geben Sie dem Herzen die Möglichkeit, sich etwas zu erholen, dann können Sie weitermachen«, sagte Ozzie.

»Wenn das so weitergeht, werden wir den ganzen Tag hier stehen«, erklärte ich gereizt. Aber ich wußte, er hatte recht, denn der Druck auf den rechten Vorhof hatte den venösen Rückfluß behindert, so daß die Herzauswurfsleistung sofort nachgelassen hatte. Sobald wir den Druck auf den Vorhof wegnahmen, normalisierte sich die Situation.

»Wie weit ist Marius?«

Die Antwort kam von der Stationsschwester. »Sie haben gerade durchgegeben, daß Clive auf Bypass ist und sein

Herz durch die Abkühlung zu fibrillieren begonnnen hat. Sie sind bereit, das Herz herauszunehmen, sobald Sie es brauchen, Prof.«

»Sagen Sie ihnen, sie sollen noch ein bißchen warten, ich werde soweit sein, sobald Ozzie mir erlaubt, mit der Operation weiterzumachen«, antwortete ich knapp.

Ozzie reagierte überhaupt nicht auf diese sarkastische Bemerkung. Wir kannten einander gut genug, um zu wissen, daß derlei Äußerungen keinerlei Bedeutung hatten.

»Okay, Sie können weitermachen«, bestätigte Ozzie, nachdem er die einzelnen Werte überprüft hatte.

Ich legte die beiden Tabaksbeutelnähte; der Blutdruck fiel jetzt nicht mehr ab.

Den Katheter der unteren Hohlvene führte ich zuerst ein, durch eine mit einem Stichskalpell gesetzte Inzision in der Mitte der Naht, und sicherte ihn, indem ich die Tabaksbeutelnaht anzog. Auf ähnliche Weise verfuhr ich mit dem Katheter der oberen Hohlvene.

»Der Blutdruck ist wieder unten«, warnte Ozzie erneut.

»Okay, wir legen den Venenschlauch an. Das Y-Stück, Schwester«, aber Peggy hatte das bereits vorweggenommen und den einen Arm des Y mit dem Venenschlauch verbunden.

Meine Polyarthritis war wiederaufgeflackert, und meine Hände schmerzten so sehr, daß ich Mühe hatte, die Enden der Venenkatheter über die beiden anderen Arme des Y zu schieben.

Oh, mein Gott, hilf mir, diese Operation durchzustehen, betete ich stumm. Es ist so menschlich, sich nur dann an Gott zu wenden, wenn man in Schwierigkeiten ist: Wenn nichts anderes mehr hilft, dann betet man um Hilfe.

»Okay. Pumpe an.«

»Geht nicht, Prof!« rief Johan erschrocken. »Der Arterienschlauch ist noch nicht angeschlossen.«

Gütiger Gott, was tat ich da? Mein Gehirn war so müde, daß ich offenbar nicht mehr logisch gedacht hatte. Insgeheim verfluchte ich mich selber, daß ich vor der Operation diese Amerikareise unternommen hatte.

»Normalerweise schließen Sie zuerst den Arterienschlauch an«, erinnerte Rodney mich gelassen.

»Warum, verdammt noch mal, haben Sie mir das nicht gesagt! Wozu, zum Teufel, sind Sie eigentlich hier?« brüllte ich und versuchte so, die Panik zu verbergen, die mich erfaßt hatte.

Ich schnitt eine Grimasse, als ich den Arterienschlauch mit einem Verbindungsstück aus Metall fest in meine linke und das Ende des Aortenkatheters in meine rechte Hand nahm. Schreckliche Schmerzen schossen durch meine Finger.

»Langsam die Arterienklammer lockern.« Als das Blut nach oben stieg und die Luft hinauspreßte, versuchte ich, das Ende des Katheters über das Verbindungsstück aus Metall zu schieben, aber die Schmerzen hatten mir alle Kraft genommen. Mit meinen zitternden Händen konnte ich die beiden Enden nicht geradehalten.

Dann geschah das Allerschlimmste, was überhaupt passieren konnte. Das Verbindungsstück aus Metall entglitt mir, und bei einem übertriebenen Versuch, das wiedergutzumachen, riß ich den Arterienkatheter aus der Aorta. Ein tödlicher Fehler.

Blaibergs sich abmühendes Herz fand einen einfacheren Weg, seine Last loszuwerden, und pumpte das Blut in hohem Bogen aus dem Loch in der Aorta. Augenblicklich waren das Herz und die Aorta von einem Schwall roten Bluts verdeckt. Ich war in ernstlichen Schwierigkeiten – ganz zu schweigen von Philip Blaiberg.

Seit mir als Krankenhausarzt eine kleine Patientin gestorben war, hatten Jahre der Erfahrung mich gelehrt, daß man eine Blutung fast immer unter Kontrolle bringen kann, wenn man mit dem Finger auf die entsprechende Stelle drückt.

Ohne einen Augenblick zu zögern begann ich mit meinem rechten Zeigefinger in dem Blutstrom nach der Aorta zu tasten. Ich fand sie und drückte fest zu.

»Blutdruck ganz unten.« Ozzies besorgte, aber immer noch ruhige Stimme klang sehr weit weg.

»Das ist gut! Der niedrigere Druck wird die Blutung verlangsamen«, entgegnete ich ungeduldig – wobei mir sofort klar wurde, was für eine dumme, hochnäsige Bemerkung das war, und ich bedauerte, das gesagt zu haben.

»Absaugen, Johan.«

Da der Patient Heparin bekommen hatte, konnten wir das Blut zurück in die Herz-Lungen-Maschine saugen.

Es gab ein schlürfendes Geräusch, als der Herzbeutel sich leerte. Jetzt konnte ich die Aorta sehen. Der mit dem Finger ausgeübte Druck hatte die Blutung völlig zum Stillstand gebracht, aber die Aorta war weich. Nach einem solchen Blutverlust war das Herz nicht mehr in der Lage, einen hohen Druck zu erzeugen.

Ich mußte ruhiger werden. Ich konnte es mir nicht leisten, noch mehr Fehler zu machen, denn jetzt kam es darauf an, schnell zu arbeiten, um zu verhindern, daß Blaiberg einen Hirnschaden erlitt.

»Die Naht ist nicht gerissen«, versuchte Rodney mir Mut zuzusprechen.

»Okay, lockert die Naht langsam, damit ich den Katheter wieder in die Aorta einführen kann.«

Ich drückte immer noch zu, während ich mit der Spitze des Katheters unter meinem Finger das Loch suchte.

»Ein bißchen mehr nachgeben – es ist immer noch zu eng.« Mir war schlecht vor Anspannung. Ich mußte den Katheter wieder an Ort und Stelle bringen, und zwar schnell, oder das Gehirn meines Patienten würde absterben.

Langsam schob ich die Spitze des Katheters in kleinen kreisförmigen Bewegungen unter meinem Finger hin und her – wo war denn das verdammte Loch!

Plötzlich schlüpfte, zu meiner großen Erleichterung, die Katheterspitze in die Aorta.

»Okay, zieht die Naht an und gebt mir wieder den Arterienschlauch«, sagte ich und versuchte, so ruhig wie nur möglich zu klingen. Aber dann überlegte ich noch einmal eine Sekunde. »Nein, ich glaube, es ist besser, wenn Sie das machen, Rodney, meine Hand schmerzt zu sehr.«

Schnell und sicher stellte Rodney die Verbindung her.

»Gut! Löst die Klemmen und startet die Pumpe, sonst

dreht Ozzie uns noch durch«, sagte ich leichthin und kaschierte mit diesem armseligen Versuch, witzig zu sein, meine Besorgtheit.

»Wer dreht denn hier durch?« gab Ozzie zurück, aber ich hörte die Erleichterung in seiner Stimme.

Ich schaute zu der Uhr an der Wand hinauf. Ich hatte das Gefühl, die Arbeit eines ganzen Tages geleistet zu haben, aber es war erst dreißig Minuten her, daß Rodney mit dem Schneiden angefangen hatte. Es war jetzt 11.53 Uhr.

»Ich glaube, das Schlimmste ist geschafft«, seufzte ich – ich hatte ja keine Ahnung, was uns noch bevorstand.

»Mit dem Abkühlen anfangen. Und sagt Marius Bescheid, daß sie das Herz rausnehmen können.«

Blaibergs Herz brauchten wir jetzt nicht mehr. Bald würden wir an dem Punkt anlangen, an dem es keine Umkehr mehr gab – der Augenblick, wenn wir in die leere Höhle in einem Menschen ohne Herz starren würden, aber in einem Menschen, der immer noch am Leben war.

»Alles in Ordnung, Johan?«

»Ja, Prof, ich habe voll aufgedreht; der Druck im Schlauch ist 120, Speiseröhrentemperatur 32, rektale Temperatur 36.«

»Ozzie, bei Ihnen?«

»Keinerlei Probleme, Chris.«

Ich fühlte mich jetzt viel ruhiger; jetzt konnte nichts mehr schiefgehen, redete ich mir selber gut zu.

»Aortenklemme.« Schwester Jordaan reichte mir die Arterienklemme. Ich brachte sie direkt unter dem Arterienkatheter quer über der Aorta an und schloß sie. Auch die kranken Koronararterien konnten jetzt verschlossen werden; wir brauchten sie nicht mehr.

Ich löste die linke Herzkammer von der Aorta, indem ich sie direkt über der Aortenklappe durchschnitt. Die Wand war angegriffen und der Hohlraum aufgrund der Krankheit erweitert. Das Vernähen würde schwierig werden, rief ich mir ins Gedächtnis.

Auf ähnliche Weise wurde die Lungenarterie von der rechten Herzkammer getrennt. Diese Ader war aufgrund des abnorm hohen Drucks, dem sie infolge der schweren Insuffizienz ihres Gegenstücks auf der linken Seite hatte standhalten müssen, noch stärker erweitert.

Obwohl der Muskel des alten Herzens jetzt kein lebensspendendes Blut mehr bekam, mühte er sich immer noch ab, so als müsse er nach wie vor den Körper, der ihn so lange abgeschirmt und beschützt hatte, mit Sauerstoff und Nährstoffen versorgen.

Aus der Lunge kam viel Blut zurück, aber ich wollte die Lungenarterie nicht auch abklemmen: Ich mußte verhindern, daß sich in der Lunge ein Druck aufbaute und die kleinen Kapillargefäße schädigte.

»Dr. Hitchcock, führen Sie den kleinen Sauger in die Lungenarterie ein. Rodney, Sie heben das Ende der Aorta und der Lungenarterie hoch, damit ich die Rückwand des Herzens sehen kann. Schwester, Schere, bitte.«

Wir waren soweit, horizontal durch die beiden oberen Kammern und die Wandung zwischen ihnen zu schneiden.

Ich begann, die Vorhöfe quer zu durchtrennen, indem ich unter den Wurzeln der großen Gefäße und dann quer über das Septum und entlang des äußeren Randes des rechten Vorhofs nahe der Furche, wo er an die rechte Herzkammer grenzte, einen Einschnitt in die Höhlung des linken Vorhofs machte. Dieser Einschnitt reichte bis zum Zwerchfell hinunter. Auf die gleiche Weise wurde der Einschnitt entlang des äußeren Randes des linken Vorhofs, nahe der atrioventrikulären Furche geführt, bis er auf den Einschnitt im rechten Vorhof traf. Jetzt war nur noch das Septum abzutrennen.

Mit einem letzten Zucken fiel das Herz, das plötzlich von seinen Wurzeln abgetrennt war, in den Herzbeutel zurück, der es so viele Jahre beherbergt hatte. Reglos lag es in der roten Blutlache.

Ich fragte mich, wie oft in seinem Leben es sich wohl zusammengezogen hatte und wieder erschlafft war und ob es wirklich auf jedes menschliche Gefühl reagiert hatte.

Mit meiner Hand griff ich in den Brustkorb, holte Blaibergs Herz heraus und legte es in die Schale, die Schwester Jordaan mir hinhielt.

Hatte ich auch seine Seele herausgeholt?

Es war vier Minuten nach zwölf.

Marius war schon da: »Wir haben den Aortenkatheter und den Entlüftungsschlauch dringelassen. Du kannst sie für die Durchspülung und das Aussaugen der Koronararterien verwenden.«

Ich sah von dem leeren, dunklen Loch auf, als er Peggy die runde Schale reichte, in der das Herz von Clive Haupt lag, in eiskalte Ringer-Laktat-Lösung getaucht. Die beiden Katheter baumelten über den Rand der Schale.

Ich nahm das Herz heraus und legte es auf ein frisches grünes Tuch, das Schwester Jordaan über Blaibergs Schenkel gebreitet hatte. Ehe ich es in seine zukünftige Heimstatt legte, mußte ich zwei Löcher in den rechten und den linken Vorhof schneiden, die ungefähr die gleiche Größe hatten wie die Atriummanschetten, die in der Brust des Patienten geblieben waren.

Ich sah das Herz an. Es war schlaff und hatte eine krankhaft blaßblaue Farbe. Das menschliche Auge konnte keinen Hinweis darauf entdecken, daß es noch lebte, aber irgendwo, und das wußte ich, schlummerte ein Lebensfunken, der urplötzlich aktiv würde, sobald das warme, sauerstoffangereicherte Blut, das durch die Koronararterien strömte, ihn weckte.

Das wäre dann das Signal für das übrige Herz, zum Leben zu erwachen und mit dem Pumpen zu beginnen, um das Leben eines Mannes zu retten, den Clive Haupt nie in seinem Leben gesehen hatte.

Im Herrschaftssystem der Apartheid wurden die Haupts als »Nicht-Weiße« klassifiziert. Es war ihnen untersagt, auf Parkbänken zu sitzen, die mit einem Schild »Nur für Weiße« versehen waren, es war ihnen untersagt, die für Weiße reservierten Busse und Züge zu benutzen. Sie wurden aus den Häusern, in denen sie geboren worden waren und seit Generationen lebten, vertrieben, weil diese sich in der »Weißen« Zone befanden. Die meisten Restaurants, Hotels und die Strände an den herrlichen Küsten Südafrikas waren den Weißen vorbehalten.

Wenn Clive Haupt der Tochter des Mannes begegnet wäre, dessen Leben er retten würde, wäre es ihm nicht erlaubt gewesen, sich in sie zu verlieben, mit ihr zu schlafen oder sie zu heiraten.

Als ich jedoch seinen Vater gefragt hatte, ob er Philip Blaiberg das Herz seines Sohnes spenden würde, hatte er nicht gesagt: »Das Herz meines Sohnes ist nur für Nicht-Weiße.« Ohne zu zögern, hatte er eingewilligt, ohne Zorn und Haß auf die Weißen, die ihn so lange Zeit gedemütigt und entwürdigt hatten.

Ich fragte mich, ob dieses traurige blaue Herz, das da vor mir lag, genau diesen kleinen Funken Haß in sich trug.

Professor Vel Schrire und ich hatten die mögliche Reaktion der regierenden Nationalpartei diskutiert, falls wir ein »schwarzes« Herz in eine »weiße« Brust verpflanzten. Wir waren zu dem Schluß gekommen, daß sie, auch wenn einige entsetzt wären, in der Öffentlichkeit kein Sterbenswörtchen dagegen vorbringen würden, da das Herztransplantationsprogramm die einzige positive Nachricht war, die damals aus Südafrika in die Welt drang.

Als Juden, als Angehörigem einer Rasse, die jahrhundertelang verfolgt worden war, würde es Blaiberg bestimmt nichts ausmachen, da war ich mir sicher. Und als Arzt mußte er schon vor langer Zeit festgestellt haben, daß, unabhängig von Hautfarbe, Religion oder Rasse, alle Menschen unter ihrer Haut gleich sind.

Ich hatte sogar vor, der Presse später zu sagen: »Wir haben das Herz eines Farbigen genommen, es in die Brust eines weißen Juden verpflanzt und ihn mit einem Serum behandelt, das in Deutschland hergestellt wurde.«

»Stille-Schere, bitte.«

Schwester Jordaan legte die kleine Schere in meine Hand.

Behutsam schnitt ich das Stück vom linken Vorhof weg, das zwischen den Öffnungen übriggeblieben war, in die die vier Lungenvenen aus der Lunge gemündet waren, und schielte dann in den leeren Brustkorb, um zu taxieren, ob das so entstandene Loch auf die linke Vorhofmanschette passen würde, in die die vier Lungenvenen des Empfängers mündeten. Ich mußte das so genau wie möglich abschätzen, ohne irgendwelche Messungen vornehmen zu können – ein Chirurg muß gelegentlich dreidimensional sehen können.

Ich spähte noch einmal in den Brustkorb und schnitt noch ein Stückchen weg.

»Glauben Sie, es ist groß genug, Rodney?« Ich mußte es einfach noch einmal hören.

»Ja. Außerdem können Sie es, falls nötig, später immer noch vergrößern.«

Jetzt zum rechten Vorhof. Und genau hier würde unsere abgewandelte Technik den großen Unterschied machen. Ein Stumpf der abgebundenen oberen Hohlvene ragte oben aus dieser Kammer heraus. Dort, wo die beiden aneinanderstoßen, befindet sich der eigene »Schrittmacher« des Herzens, und dieser Bereich darf auf gar keinen Fall beschädigt werden, weder durch Einschnitte noch später beim Nähen.

Ich öffnete also den Vorhof mit einem Schnitt, der von der Öffnung der unteren Hohlvene zur Unterfläche des rechten Vorhof-Ohrs verlief. Dann führte ich den Schnitt von dem vitalen Bereich des »Schrittmachers« weg.

Ich fand den schwarzen Faden, den Marius und Terry als Markierung hinterlassen hatten, und ließ das Herz in Blaibergs Brust hinab. Es war jetzt 12.16 Uhr.

»Perfusion der Koronararterien beginnen.« Das Spenderherz war zwar zwölf Minuten lang ohne Sauerstoff gewesen, aber es war kühl gehalten worden. Ich bezweifelte, daß es irgendeinen Schaden erlitten hatte.

Der in der Aorta zurückgelassene Katheter wurde mit einer kleinen separaten Pumpe verbunden, die sauerstoffangereichertes Blut aus der Herz-Lungen-Maschine saugte.

»Okay, Johan – Koronarperfusion langsam an.«

Der Stumpf der Spenderaorta füllte sich mit Blut, und sobald die Luft ganz entwichen war, klemmte ich über dem Katheter ab.

»Zufluß auf ungefähr 400 ccm pro Minute erhöhen.«

Sofort wurde der Aortenstumpf straff, der Herzmuskel wurde fester. Langsam ging die blaßblaue Farbe in ein gesundes Rosa über. Es sah schöner aus als alle Sonnenuntergänge, die ich je erlebt hatte.

»Entlüftungsschlauch anschließen.« Er würde als Sicherheitsventil dienen, um eine Überdehnung des linken Ventrikels zu verhindern.

Dunkles, fast schwarzes Blut kam aus dem Koronarsinus. Das bedeutete, daß der Herzmuskel zu wenig Sauerstoff bekam.

»Rodney, würden Sie mit der rechten Hand vorsichtig die Herzkammer wegschieben?« bat ich.

Die sogenannte Darstellung (das richtige Offenlegen des Operationsfeldes) ist in der Chirurgie von ungeheuer großer Bedeutung, vor allem, wenn man eine Anastomose an einer Stelle vornehmen muß, wo man nur schwer an eine später einsetzende Blutung herankommt, die tödlich sein könnte. Der linke Vorhof ist einer dieser Bereiche, da er sich, sobald das Herz an seinem richtigen Platz ist, hinter der Herzkammer befindet.

Als ich die schwarze Markierung gefunden und die Mitte des rechten Randes der Vorhofmanschette angepeilt hatte, verband ich die beiden Bereiche mit einem Vier-Zoll-Seidenfaden, an dessen beiden Enden sich eine Nadel befand.

Zuerst nähte ich mit der einen Nadel die beiden Vorhofhälften zusammen, und zwar in Richtung des Kopfes des Patienten und an einem Punkt, wo das Septum die rechte von der linken Kammer trennte. Dann verwendete ich die zweite Nadel, um jetzt wieder eine Naht nach unten, zum Septumbereich, zu legen.

»Noch einen Faden, bitte.« Den brauchte ich, um die untere Naht mit einem Knoten zu sichern, und einen dritten für die obere Naht. Als nächstes fügte ich mit einer fortlaufenden Naht von oben nach unten die Septen zusammen. Auf ähnliche Weise stellte ich die Verbindung mit dem rechten Vorhof her.

Jetzt konnte das Blut, das aus der Lunge und dem Körper zurückfloß, in die Pumpkammern des Spenderherzens strömen.

Nachdem ich die Naht sorgfältig untersucht und noch ein paar zusätzliche Stiche gesetzt hatte, wo meinem Gefühl nach die Zwischenräume zu groß waren, ließ Rodney die Herzkammern in den Herzbeutel hinab.

Es war jetzt 13.00 Uhr – die Verbindung der Herzkammern hatte fast eine Stunde gedauert, aber das war nicht weiter von Bedeutung, da das Spenderherz ununterbrochen perfundiert wurde.

»Wie sieht es bei Ihnen aus, Ozzie?«

»Sehr gut. Arterieller Druck 90, venöser Druck Null, Speiseröhrentemperatur 22,5, rektal 27. Er scheidet jede Menge Urin aus, und der A-Streifen ist okay.«

»Ist das Gehirn nach der langen Niedrigdruckphase in Ordnung?«

»Ich denke schon.« Ozzie klang nicht gerade überzeugt.

»Was wollen Sie damit sagen – ›Sie denken schon‹?« Die Phase geringer Durchblutung machte mir Sorgen.

»Na ja, wie soll ich das mit Sicherheit sagen, solange er anästhesiert ist? Ich kann ihn schließlich nicht fragen.«

»Was ist mit seinen Pupillen?«

»Erweitert, aber das kann von den Medikamenten kommen.«

»Wir wissen also nicht, ob unser Patient schließlich ein gesundes Herz, aber einen Hirnschaden haben wird, Oz?« fragte ich gereizt.

»Kümmern Sie sich um das gesunde Herz, Chris, und überlassen Sie alles andere mir.«

»Machen wir fertig«, wandte ich mich an meine Assistenten, irritiert durch seine Unsicherheit.

Die zwei Lungenarterien ließen sich problemlos zusammenfügen, blieb also nur noch die Aorta. Der Katheter für die Durchblutung der Koronararterien machte das Nähen jedoch schwierig.

»Wir machen das besser ohne Durchblutung.«

Rodney nickte.

»Koronarperfusion aussetzen.« Sogleich wurde der Aortenstumpf weich.

Das Spenderherz war nun ohne Blut, und jetzt kam es darauf an, schnell zu arbeiten. Ich sah auf die Uhr. Es war 13.35 Uhr.

»Ihr könnt jetzt mit dem Erwärmen des Patienten beginnen. Schwester, geben Sie mir die kalte Kochsalzlösung, damit wir das Herz kühlen können.« Sie reichte mir ein Becherglas mit eiskalter Kochsalzlösung, die ich in den Herzbeutel goß, um das Herz darin einzutauchen.

»Drei-Zoll-Faden bitte.«

Die Öffnungen der beiden Aorten paßten nicht zusammen. Die Aorta des Patienten war ungefähr doppelt so groß wie die des Spenders. Das Nähen war schwierig, und die Zeit verstrich – verstrich ungeheuer schnell.

Nur noch einen guten halben Zentimeter, und wir hatten es geschafft. Ich kam mir vor wie ein Langstreckenläufer, der die letzte Kurve passiert und die Ziellinie ein paar Schritte vor sich sieht.

Plötzlich gingen die Lichter im Operationssaal aus.

»Wer hat denn die verdammten Lichter ausgeschaltet? Ich sehe nichts mehr!« brüllte ich.

»Oh, mein Gott, ein Stromausfall, Prof!« Denes Stimme zitterte.

»Was ist mit den Pumpen?« stieß ich hervor.

»Sind auch stehengeblieben«, erklärte Johan besorgt.

Blaiberg hatte kein Herz mehr – die Herz-Lungen-Maschine arbeitete nicht mehr – sein Kreislauf stand still. Das bedeutete, daß er sterben würde.

»Was ist mit dem Notaggregat des Krankenhauses?«

»Ist noch nicht eingeschaltet.«

»Johan, Sie und Dene betätigen die Pumpen mit der Hand!«

»Würden wir ja gerne, aber wir können den verdammten Griff der Venenpumpe nicht finden!« schrie Johan; er wühlte wie wild in der Werkzeugkiste.

Ich mußte jetzt die Ruhe bewahren und klar denken. Ich schloß kurz meine Augen. Plötzlich hob sich der dunkle Vorhang, und ich konnte vollkommen klar sehen, selbst in dem trüben Licht, das durch das Fenster des Operationssaals sickerte. Ich hatte nun alles unter Kontrolle – mich selber und die Krise. Ich wußte genau, was zu tun war.

Absolut ruhig und gelassen sagte ich: »Johan, hören Sie genau zu. Nehmen Sie den Schlauch aus der Venenpumpe, so daß das Blut durch sein eigenes Gewicht ungehindert in die venöse Kammer fließen kann, und betätigen Sie die Arterienpumpe mit der Hand. Ozzie, den Tisch weiter rauf.«

»Arterieller Druck steigt – er ist wieder auf 90.«

»Mal sehen, ob wir das Herz in Gang setzen können. Ich halte die Öffnung in der Naht zu, und Sie lösen die Aortenklemme, Rodney weiter erwärmen, Johan.«

Langsam lockerte Rodney die Aortenklemme; Luft und Blut drangen durch die noch offene Stelle in der Aortennaht, auf die ich jetzt meinen Finger preßte.

»Okay, nehmen Sie die Klemme ab.«

Das transplantierte Herz wurde straff und verfärbte sich rasch rosa.

»Es fibrilliert!« konstatierte Ozzie.

»Wie hoch ist die Temperatur, Oz?«

»Die in der Speiseröhre ist auf 35,7 rauf, aber die rektale ist immer noch niedrig: 27,1.«

»Weiter erwärmen, Johan – und wir benachrichtigen besser den Medizinischen Direktor, daß wir hier Probleme haben. Wenn überall Stromausfall ist, hat er wahrscheinlich die gesamte Presse auf dem Hals.«

Die Medienleute wußten genausogut wie ich, daß die Stromversorgung lebensnotwendig war. Ich vermutete, daß sie bereits spekulierten, ob die Operation einen unglücklichen Ausgang genommen hatte.

Dann begann das Herz – als wüßte es, daß Blaiberg, wir und der Rest der Welt völlig auf sein Mitmachen angewiesen waren – spontan und ohne Unterstützung zu schlagen.

»Es schlägt!« jubelten ein paar Stimmen.

Dann gingen die Lichter wieder an.

»Schaltet die Pumpen wieder ein – und stoppt die Meldung.« Ich drehte mich um und hob den Kopf, damit die Stationsschwester mir den Schweiß von der Stirn wischen konnte. Erst jetzt bemerkte ich, daß die Galerie voller Zuschauer war.

Geistesabwesend registrierte ich, wie ungewöhnlich es war, daß sogar Dr. Mibashan da war, der Leiter der Abteilung für Hämatologie.

»Fangen Sie mit dem Beatmen an, Oz.« Jetzt übernahm die

Lunge Blaibergs zum ersten Mal nach zweieinhalb Stunden wieder ihre Funktion des Gasaustauschs.

Mit Hilfe einer Seitenklemme verschloß ich behutsam die Öffnung in der Naht unter meinem Finger und vervollständigte dann die Aortenanastomose.

»Wie ist die Temperatur, Oz?«

»Er erwärmt sich ganz ordentlich, die rektale Temperatur ist auf 31,8 rauf.«

»Wie lange hat der Kreislauf ausgesetzt?« Blaiberg war zweimal nur schwach durchblutet gewesen – einmal, als der Aortenkatheter herausgerutscht war, und dann, als die Pumpen stehengeblieben waren. Es war durchaus möglich, daß er einen Gehirnschaden erlitten hatte.

»Etwas mehr als zwei Minuten, Chris, aber zu diesem Zeitpunkt lag seine Temperatur bei 25 Grad, und das müßte das Gehirn geschützt haben.«

»Hoffentlich haben Sie recht, Oz. Lockern Sie die Venenschlingen, und dann ziehen wir den Katheter der oberen Hohlvene in den Vorhof und nehmen den Katheter der unteren Hohlvene heraus.«

Jetzt war Blaiberg nur noch teilweise auf Bypass. Zum Teil hatte das transplantierte Herz den Kreislauf übernommen.

Es schien einwandfrei zu arbeiten. Bei jedem Schlag sahen wir, wie die Herzkammern die ganze Menge an Blut, die sie aus den Arterien erhielten, ausströmten.

»Pumpe verlangsamen. Immer noch okay, Oz?«

»Alles sieht prima aus, mittlerer arterieller Druck 95, venöser nur 7.«

»Geben wir dem Herzen, sagen wir, fünf Minuten, um sich zu erholen, dann stellen wir die Pumpe ab.«

Ich nutzte diese Pause, um sorgfältig die Nähte zu kontrollieren. Ein wenig Blut sickerte durch, aber das würde aufhören, sobald wir das Heparin neutralisierten, so daß das Blut wieder gerinnen konnte.

»Okay, wie steht's? Alles in Ordnung?«

Das war der Augenblick der Wahrheit – würde das neue Herz die Funktionen vollständig übernehmen, wenn wir jetzt die Pumpe abschalteten?

»Pumpe aus.«

Es war 15.25 Uhr. Die Operation hatte vier Stunden gedauert.

Das Herz, kräftig und selbstsicher, übernahm augenblicklich.

»80... 85... 90... 95. Hier hält er sich – venöser Druck lediglich 5, und er scheidet jede Menge Urin aus!« bestätigte Ozzie freudig – zum ersten Mal ließ er eine gefühlsmäßige Anteilnahme erkennen.

Wir nahmen den Venenkatheter und den Arterienkatheter heraus und schlossen die Öffnung; die Tabaksbeutelnaht war bereits gelegt.

»Ozzie, fangen Sie mit dem Protamin an.« Das war das Medikament zur Neutralisierung des Heparin.

Vor dem Krankenhaus warteten Hunderte von Vertretern der Medien auf Neuigkeiten. Zwischen den Reportern und den Kameraleuten vom Fernsehen, die aus aller Welt herbeigeströmt und jetzt auf dem Parkplatz versammelt waren, hatte sich so etwas wie ein Gefühl der Kameradschaft entwickelt. Das Ganze erinnerte an ein gigantisches Picknick. Die Leute lehnten sich an die Autos oder an Mauern oder saßen einfach auf dem Pflaster.

»Wenn er diesmal versagt, werden die Leute ihn als Schlächter bezeichnen, nicht als Genie«, war die vorherrschende Meinung.

Ein Reporter erzählte lachend das neueste Gerücht aus seiner Redaktion. »Habt ihr schon gehört, daß man in der Ambulanz zwei als Schwestern verkleidete Kerle von der Times *aufgestöbert hat?«*

»Ich frage mich, was, zum Teufel, da drinnen los ist«, meinte ein anderer und starrte zu dem Gebäude hinüber. »Ich habe nur noch eine Stunde bis Redaktionsschluß – wenn der Strom im ganzen Krankenhaus ausgefallen ist, steckt er ganz schön in der Scheiße. Ist noch Kaffee da?«

Ich sah auf den Elektrokardiographen. Das Herz pulsierte in perfektem Sinus-Rhythmus.

»Würden Sie und Hitchcock bitte den Brustkorb zumachen, Rodney? Ich könnte eine Tasse Tee gebrauchen; ich schätze, das könnten wir alle.« Ich gab ihm den Arterien- und den Venenschlauch, streifte meine Handschuhe ab und verließ Operationssaal A.

Clive Haupt war bereits aus Operationssaal B geschoben worden. Er war auf dem Weg in sein einsames Grab – ohne Herz.

Marius und Bossie waren schon in der Teeküche.

»Wie ist es gelaufen?« fragte Marius. Er wußte es bereits, aber er wollte es von mir bestätigt wissen.

»Na ja, es war eine Art Hindernislauf, aber wir haben es geschafft.«

»Glaubst du, daß sein Gehirn okay ist?«

»Uns bleibt nichts anderes übrig als abzuwarten, bis er aufwacht«, sagte ich und fügte dann grimmig hinzu: »Das heißt, wenn er aufwacht.« Ein Pfleger steckte seinen Kopf durch die Tür: »Dr. Bosman, Telefon für Sie, im Korridor.« Bossie rannte aus der Teeküche.

»Chris«, setzte Marius an, »ich habe nachgedacht. Das ist die beste Art von Spender, die man sich vorstellen kann.«

»Was meinst du damit?« fragte ich meinen Bruder und trank einen Schluck von dem kochendheißen Tee. Krankenhaustee ist nicht gerade berühmt für seinen hervorragenden Geschmack, aber das war der köstlichste Tee, den ich je getrunken hatte.

»Ich meine, ein Spender, dessen Hirntod auf die Ruptur eines Hirnbasis-Aneurysmas zurückzuführen ist. Im Gegensatz zu Opfern von Verkehrsunfällen haben sie keine großflächig blutenden Verletzungen. Daher ist das Risiko nicht so groß, daß sie lange Zeit schlecht durchblutet sind.«

»Du hast wohl recht. Das Herz hat sofort übernommen und von Anfang an für eine gute Durchblutung gesorgt. Hat uns aus einer verdammten Klemme rausgeholfen. Hast du gehört, was passiert ist?«

»Sicher, ich war ja dabei.« Marius schaute mich an, und es erfüllte mich mit Dankbarkeit, als ich in seinen Augen sah, daß er wirklich Respekt vor mir hatte. »Ich glaube, es gibt nicht viele Chirurgen, die eine so verfahrene Situation gemeistert hätten. Es stimmt schon, was Ozzie von dir sagt – du bist wirklich ein Schnelldenker.« Dafür, daß wir Brüder waren, kamen Marius und ich sehr gut miteinander aus. Er war mehrere Jahre Allgemeinarzt in Rhodesien, dem heutigen Zimbabwe, gewesen. Als ihm klargeworden war, daß Ian Smith den falschen Weg einschlug, hatte er aufgehört und eine Stelle in der Abteilung für Chirurgie bei Professor Jannie Louw angetreten. Ein Jahr lang hatte er in meinem Labor sehr gute Forschungsarbeit geleistet; er hatte die Zusammenhänge zwischen niedrigem Serumkalium und Digitalis-Toxizität bei Patienten, bei denen eine Operation am offenen Herzen durchgeführt wurde, untersucht. Ich bin überzeugt, daß er mit seiner Arbeit vielen Patienten das Leben gerettet hat.

Dann war er nach Houston gegangen, wo er bei deBakey und Cooley praktiziert hatte. Anschließend war er nach Kapstadt zurückgekommen und zu unserem Transplantationsteam gestoßen.

»Prof, Dr. Vivier ist dran.« Ich hatte gar nicht bemerkt, daß Bossie zurückgekommen war. »Er sagt, die Presseleute machen ihn noch verrückt, er muß eine Stellungnahme abgeben.«

»Ich schwör's euch, wir arbeiten für die Presse und nicht fürs Krankenhaus! Sagen Sie ihnen, die Transplantation ist beendet, und Dr. Blaiberg ist wohlauf.«

Bossie und Marius sahen mich fragend an, als wollten sie sagen: »Bist du dir da wirklich sicher?«

Ich überlegte einen Augenblick. »Nein, sagen wir lieber: ›Die Transplantation ist beendet, das Herz schlägt regelmäßig, der Kreislauf ist stabil.‹«

Bossie stand immer noch da; ich spürte, daß er noch etwas auf dem Herzen hatte: »Die wollen auch wissen, wie Sie sich fühlen«, fügte er vorsichtig hinzu und wich meinem Blick aus.

Das war einfach zuviel. »Sagen Sie ihnen: ›Ich habe das Gefühl, daß ich dringend auf die Toilette muß. Sie haben mich in den letzten Tagen derart auf Trab gehalten, daß ich nicht mal Zeit zum Scheißen hatte!‹«

»Wütend zu werden bringt überhaupt nichts, Chris. Du mußt lernen, mit ihnen zu leben.«

Marius hatte recht. »Okay, sagen Sie ihnen, daß ich sehr erschöpft bin, aber glücklich, daß alles so glatt gelaufen ist«, gab ich seufzend nach.

Ein Exklusivinterview mit einer der großen Zeitungen, was für ein Drama sich in Wirklichkeit an diesem Vormittag abgespielt hatte, hätte wahrscheinlich eine Menge Geld gebracht, aber an derlei dachte ich nicht einmal. In diesem Augenblick zählte einzig und allein, ob das Gehirn meines Patienten durch meine Schuld Schaden genommen hatte.

Ich trank meinen Tee aus, zog mir meine Maske über die Nase und ging wieder in Operationssaal A.

Rodney war gerade dabei, mit einer Ahle Drahtnähte durch das Sternum zu legen. Auf diese Weise wurden die beiden Hälften des Sternums geschient, so daß sie sich beim Atmen nicht bewegten und heilen konnten.

Durch zwei Inzisionen in die Haut des Abdomen waren zwei Drainagen eingeführt worden. Eine lag hinter dem Herzen im Herzbeutel, die andere würde sich unmittelbar unter dem Sternum befinden, sobald es geschlossen war.

Nach einer Operation am offenen Herzen kommt es immer zu Sickerblutungen, da einige der Substanzen, die für die Blutgerinnung notwendig sind, durch die fremden Oberflächen, über die das Blut in der Herz-Lungen-Maschine fließt, zerstört werden.

Die zwei Saugdrainagen wurden angeschlossen, um in der postoperativen Phase dieses Blut aus dem Herzbeutel und dem Bereich unter dem Sternum abzusaugen. Dies würde uns auch einen Hinweis darauf geben, wie hoch der Blutverlust war und wieviel Blut ersetzt werden mußte.

»Was ist mit dem Kortison?« Ozzie beatmete jetzt mit der Hand, damit die Lunge aufgebläht blieb.

»Wollen mal sehen«, sagte ich, »vor der Operation hat er 200 Milligramm Imurek und 100 Milligramm Hydrokortison bekommen. Während der Operation haben Sie ihm 100 Milligramm Hydrokortison gegeben. Er hat also schon 200 Milligramm. Ich möchte, daß er in den ersten vierundzwanzig Stunden insgesamt 500 Milligramm Hydrokortison erhält. Geben Sie ihm jetzt gleich noch einmal 100 Milligramm, und die restlichen 200 Milligramm verabreichen wir ihm dann auf der Intensivstation, irgendwann vor morgen vormittag.«

Am liebsten hätte ich das Tuch gelüftet, um zu sehen, ob seine Pupillen auf Licht reagierten. Ich wußte jedoch, daß ich damit Ozzie kränken würde – das fiel in seine Zuständigkeit. Also ging ich wieder in die Teeküche.

Als ich eintrat, blätterte Marius in einer medizinischen Zeitschrift.

»Was liest du da?«

»Ich hab' mir gerade den Artikel in *Circulation* angeschaut, den Lower und seine Kollegen letztes Jahr veröffentlicht haben, über die elektrokardiographischen Veränderungen bei Hunden nach einer Herztransplantation.«

»Ja, den Artikel kenne ich – ich habe ihn ein paarmal gründlich durchgearbeitet. Allerdings habe ich das Gefühl, daß die elektrokardiographischen Veränderungen, die sie beschreiben, sich erst dann manifestieren, wenn eine Abstoßung bereits stattgefunden hat. Wir müssen eine sensiblere Methode entwickeln, um den Beginn solcher Komplikationen zu diagnostizieren.«

Ich schenkte mir noch eine Tasse Tee ein.

Marius legte die Zeitschrift beiseite und fragte mit einem kleinen Lächeln: »Ist Norman Shumway wirklich so deprimiert, weil du ihm zuvorgekommen bist? Ich habe gehört, daß er an Selbstmord denkt.«

»Davon weiß ich nichts. Ich habe ihn bei meinem Besuch in den Vereinigten Staaten nicht gesehen, und er hat auch von sich aus keine Verbindung mit mir aufgenommen. Ich weiß nur, daß eine Menge Unsinn verbreitet wird, wir hätten seine Idee ›gestohlen‹.«

»Wie denn? Du hast nie bei ihm gearbeitet. Du hast nur das gewußt, was du in den Artikeln gelesen hast, die er veröffentlicht hat!« Marius stellte seine Tasse mit einem lauten Scheppern ab.

»Genau das ist der springende Punkt. Die da drüben haben wirklich seltsame Vorstellungen.«

»Sie werden in Operationssaal A verlangt, Prof«, unterbrach uns die Stationsschwester.

Marius und ich sprangen auf und hasteten zum Operationssaal A zurück.

Ein Blick auf den Monitor zeigte, daß das Elektrokardiogramm und die Herzgeschwindigkeit sich nicht verändert hatten.

»Was ist los? Was gibt's für ein Problem?«

»Gar keines«, antwortete Ozzie. »Ich wollte nur wissen, ob der Patient anschließend beatmet werden soll.«

»Ich möchte, daß der Schlauch so bald wie möglich aus seiner Lunge entfernt wird, aber vielleicht sollten wir ihn in den ersten Stunden doch beatmen; Sie können die Kanüle ja auf der Station rausnehmen.«

Die Gefahr einer Lungenkomplikation ist geringer, wenn der Patient selbständig atmen und husten kann.

Rodney legte gerade die letzten Hautnähte. Anschließend wurde die Wunde mit einer antiseptischen Lösung gesäubert, mit sterilem Mull abgedeckt und mit Elastoplast verklebt.

Die grünen Tücher wurden entfernt und über Blaibergs nackten Körper eine Decke gebreitet. Johan legte gerade die Wundschläuche frei, die an die Drainagen angeschlossen waren.

»Kommt viel Blut, Johan?«

»Nein, Prof, in den letzten zwanzig Minuten aus beiden Drainagen nur 25 ccm. Keine Gerinnsel. Wahrscheinlich ist es nur eine leichte Sickerblutung.«

In der Brust war anscheinend alles in Ordnung. Und im Schädel?

Als könnte er meine Gedanken lesen, sagte Ozzie: »Ich neutralisiere jetzt das Skolin und wecke ihn auf – einverstanden?«

Ich schickte ein stummes Stoßgebet gen Himmel: »Bitte, lieber Gott, laß ihn aufwachen!« und nickte.

Ozzie injizierte das Prostigmin. Wir warteten, aber Blaiberg rührte sich nicht.

Ich beugte mich über sein Gesicht: »Philip, können Sie mich hören?« Keine Reaktion.

Ich wandte mich zu Ozzie um: »Was ist denn los?«

»Lassen Sie dem Prostigmin etwas Zeit zu wirken, Chris«, sagte er leise.

Aber ich konnte nicht warten. Ich hatte fürchterliches Herzklopfen. Ich beugte mich wieder über ihn: »Philip, ich bin's, Professor Barnard, können Sie mich hören?«

Irgendwo tief drinnen in seinem Gehirn mußte etwas das registriert haben. Mein Patient öffnete die Augen. Dann lächelte er mühsam – und blinzelte mir zu!

An einem heißen Mittwochnachmittag verließ ich Kapstadt. Mein Ziel war Deutschland. Ich war erleichtert, daß ich von hier wegkam – ich fühlte mich wie ein eingesperrter Hengst, der die grünen Weiden mit den Stuten nur von ferne, über den Rand der Stalltür sehen kann. Ich mußte zurück in diese neue, erregende Welt, die ich eben erst entdeckt hatte. Unterwegs wollte ich mich in Rom mit einigen Kollegen treffen.

Es war bereits der zehnte Tag nach Blaibergs Operation. Schon am ersten Tag danach hatten wir ihn extubieren können. Meiner Meinung nach gibt es nichts Besseres, um postoperative Komplikationen mit der Lunge zu verhindern, als den Patienten so schnell wie möglich selbständig atmen und husten zu lassen.

Aufgrund der Erfahrungen mit meinem ersten Patienten bearbeitete der Physiotherapeut zweimal untertags und einmal nachts seine Lunge. Die routinemäßigen täglichen Röntgenaufnahmen zeigten, daß beide Lungenflügel frei waren, abgesehen von einem kleinen Schatten im rechten Lungenflügel unten, den Vel als Folgeerscheinung des Lungenembolus interpretierte, zu dem es während meiner Amerikareise gekommen war.

Dr. Blaiberg konnte nun schon das Bett verlassen; er erholte sich gut und genoß seine Berühmtheit. Dennoch kam es zu einer postoperativen Komplikation – allerdings nicht medizinischer Art.

Ohne meine Erlaubnis, und ohne die von Philip Blaiberg, hatte Dr. Mibashan während der Operation heimlich Photos gemacht und anschließend versucht, sie an die Medien zu verkaufen. Ich erinnerte mich, wie ich vom Operationstisch aufgeblickt und mich gewundert hatte, daß ausgerechnet ein Hämatologe ein solches Interesse an der Operation entwickelte.

Als die Verwaltung des Krankenhauses das erfuhr, beschuldigte man sofort meinen Freund, den Photographen Don Mackenzie. Drohungen, juristische Schritte einzuleiten, klärten schließlich die Lage. Man nahm Dr. Mibashan die Bilder ab, die übrigens von sehr schlechter Qualität waren. Ich habe sie seitdem nie wieder gesehen – und Dr. Mibashan auch nicht. Seine Karriere im Krankenhaus hatte ein abruptes Ende genommen, nur wegen einiger dummer kleiner Photographien.

Seit wir Operationen am offenen Herzen durchführten, hatten wir es uns zur Regel gemacht, daß der Kardiologe die Verantwortung für den Patienten übernahm, sobald dieser sich von der Operation erholt hatte. Damit stellten wir sicher, daß eine unvoreingenommenere Bewertung der Langzeitergebnisse veröffentlicht wurde. Von Chirurgenteams selber veröffentlichte Analysen der Ergebnisse betrachte ich immer mit einer gewissen Skepsis – Resultate und Prognosen sind weit glaubwürdiger, wenn sie von einer neutralen dritten Partei zusammengestellt und überprüft werden.

Die große Welt

Auf Einladung des Südwestfunks absolvierte ich meinen ersten Fernsehauftritt in Europa in Baden-Baden – und meinen ersten Auftritt im Bett eines Filmstars.

Die Sendung war ein Frage- und Antwortspiel und kam nicht so recht in Schwung. Meiner damals sehr unmaßgeblichen Meinung nach war es eine äußerst phantasielose Produktion; sie war schlecht organisiert und zog sich qualvoll in die Länge. Als wir das Studio verließen, war es bereits spätabends, und ohne warmen Mantel setzte mir die Kälte in Deutschland ziemlich zu. Das trug nicht gerade dazu bei, mir das Gefühl der Enttäuschung zu nehmen, das mich bei dem Gedanken überkam, was die deutsche Öffentlichkeit wohl für einen Eindruck von dem Chirurgen aus Südafrika haben würde, der als erster eine Herztransplantation durchgeführt hatte.

Da es schon sehr spät war, schlugen der SWF-Direktor und sein Produktionsleiter vor, das geplante Abendessen in einem Restaurant außerhalb der Stadt zu streichen und statt dessen in ein Lokal gleich gegenüber zu gehen.

Es ist erschreckend, welch unvorhersehbare und dramatische Konsequenzen eine kleine Änderung des Programms oft haben kann.

Als wir den Platz überquerten, hörte ich beschwingte Musik aus einem Nachtclub. Die beiden fragten mich, ob ich Lust hätte reinzugehen. Ich dachte mir natürlich nichts dabei; zumindest wäre es da drinnen warm. Das Problem war nur, daß ich auf dieses neue Leben nicht vorbereitet war; ich hätte mir eigentlich denken können, daß der letzte Ort, an dem ich mich jetzt hätte sehen lassen sollen, ein Nachtclub war, vor allem, da überall Photographen lauerten.

Wir nahmen an einem Tisch gleich neben der Tanzfläche Platz. Der Produktionsleiter entschuldigte sich und kam kurz darauf in Begleitung einiger junger Damen zurück.

Beim Anblick eines der Mädchen wurden meine Knie weich. Sie hatte einen atemberaubenden Körper, braune Haare und ein slawisches Gesicht mit hohen Backenknochen und tiefbraunen, schrägstehenden Augen.

»Das ist Uta Levka, und das ist Professor Barnard«, stellte er uns vor. In Gegenwart dieser Schönheit kam ich mir furchtbar linkisch vor und murmelte so etwas wie eine Begrüßung. Für mich war es ein einzigartiges Erlebnis, und ich bekam regelrecht Herzflattern. Uta hingegen strahlte Sinnlichkeit, Vitalität und Selbstsicherheit aus.

»Würden Sie gerne tanzen?« gurrte sie.

Ich bin nie ein guter Tänzer gewesen. Meine Mutter hatte Tanzen für eine Art von Unzucht gehalten, daher hatte man mir in meiner Jugend verboten, mich auch nur in die Nähe einer Tanzfläche zu wagen; allerdings hatte ich es doch heimlich ein paarmal getan.

Als Student hatte ich bei meinem ältesten Bruder, Johannes, und seiner Frau gewohnt. Er hatte mir erlaubt, im Arthur-Murray-Studio in Kapstadt ein paar Tanzstunden zu nehmen – mit einem Mädchen, das mindestens fünf Jahre älter war als ich. Dort hatte man mir die Grundschritte von Foxtrott und Walzer und sogar ein paar Tangoschritte beigebracht.

Später dann schaffte Louwtjie es einfach nicht, im Rhythmus zu bleiben. Sosehr sie sich auch anstrengte, sie schien sich auf der Tanzfläche nie wohl zu fühlen. Ehrlich gesagt kannte sie nicht einmal den Unterschied zwischen einem Quickstep und einem Walzer. Tanzen stand daher auf der Liste ihrer Lieblingshobbys nicht ganz oben, so daß ich wenig beziehungsweise gar keine Gelegenheit hatte, zusammen mit meiner Frau meine tänzerischen Fähigkeiten zu vervollkommnen.

Und jetzt hatte mich dieses wundervolle Mädchen, wahrscheinlich ein Model, zum Tanzen aufgefordert! Glücklicherweise spielte die Band etwas Langsames. Wir gingen auf die Tanzfläche. Mit der größten Selbstverständlichkeit glitt sie in meine ausgestreckten Arme, und unsere Körper verschmolzen miteinander. Augenblicklich tauchte das Blitzlichtgewitter der Photographen die Tanzfläche in strahlendhelles Licht, aber ich war wie hypnotisiert von der Nähe ihres Körpers. Wir tanzten fast den ganzen Abend und schmusten und lachten, als wären wir ein Liebespaar.

Heute kann ich es kaum fassen, wie einfältig ich damals war. Ich kam gar nicht auf die Idee, daß das in eine Katastrophe münden könnte – schließlich und endlich tanzten wir ja nur miteinander.

Um die ganze Sache noch schlimmer zu machen, trug ich mich, als wir gingen, ins Gästebuch ein:

*Ein unvergeßlicher Abend in den Armen
des schönsten Mädchens der Welt!*

Ich erinnere mich, wie ich mich am nächsten Morgen in meinem Bett aalte und daran dachte, wie unglaublich sexy dieses Mädchen war und was für einen wundervollen Abend ich mit ihr verbracht hatte. Dann sah ich die Zeitungen. Ein Eimer kalten Wassers hätte nicht ernüchternder wirken können.

Auf der Titelseite prangten Photos von mir, wie ich mit diesem Mädchen tanzte und flirtete, das offenbar eine bekannte Nacktdarstellerin in irgendwelchen Filmen war. Der Begleittext witzelte, daß sie normalerweise weniger anhatte als meine Patienten, wenn sie auf dem Operationstisch lagen!

Ich stöhnte auf, als ich sah, daß sie wortwörtlich abgedruckt hatten, was ich ins Gästebuch geschrieben hatte.

Nach einem starken Kaffee und einer Zigarette begann ich, das Ganze von der komischen Seite zu sehen, und tröstete mich mit dem Gedanken, daß die Geschichte nur von lokalem Interesse war und ich wahrscheinlich nie mehr etwas davon hören würde.

Was war ich doch für ein Narr! Natürlich wurde die Geschichte über Presseagenturen in mehreren Zeitungen gleichzeitig veröffentlicht, und Louwtjie las sie nur ein paar Stunden später als ich, was natürlich nicht gerade dazu beitrug, unsere Beziehung zu verbessern.

Louwtjie Barnard las den Artikel zu Ende und warf die Zeitung auf den Boden. Sie schenkte dem Telefon, das schon den ganzen Vormittag läutete, keine Beachtung; wahrscheinlich waren sowieso nur irgendwelche Zeitungsleute dran. Warum, warum nur konnte Chris sich nicht einfach ganz normal verhalten? Warum mußte er sich in aller Öffentlichkeit mit einer Nutte zeigen?

Sie zündete sich eine neue Zigarette an und stürmte in den Garten. Dabei stieß sie mit dem Fuß wütend die Zeitung beiseite.

»Mrs. Barnard?« rief ein junger Mann vom Straßenrand her. »Ob ich Sie wohl kurz sprechen könnte?« Eindeutig ein Reporter.

»Können Sie nicht!« erwiderte sie erbost.

»Das Telefon wird nicht aufhören zu läuten, bis Sie einem von uns etwas über die Geschichte des Tages sagen«, erklärte er und deutete mit dem Kopf Richtung Telefon.

Er sah, daß sie zögerte. »Na, kommen Sie schon, mir wird das allmählich auch zu dumm, es dauert nur ein paar Minuten.«

Sie schnippte die Zigarette in einen Busch und stand unbewegt da, die Arme verschränkt, und starrte auf ihre Füße.

»Bitte«, beharrte der Reporter.

Sie rührte sich nicht, blickte aber langsam auf und sah ihn an. Schien ein recht netter junger Mann zu sein. Schließlich gab sie nach: »Na schön, eine Minute. Aber Sie müssen mir versprechen, daß Sie Ihren Freunden sagen, sie sollen von hier verschwinden und mich in Ruhe lassen.«

»Geht klar«, lächelte er und ging rasch über den Rasen zu ihr auf die Veranda.

Während er sich hinsetzte und seine Beine übereinanderschlug, zog er ein kleines Notizbuch aus seiner Jackentasche und fragte: »Also, was halten Sie von den Geschichten, die heute in der Zeitung stehen?«

»Das Ganze kotzt mich an«, stieß sie hervor.

»Das mit Ihrem Mann?«

»Nein! Die Presse! Es ist absolut widerwärtig, wie da überall anklingt, daß es irgendwie anstößig ist, wenn mein Mann abends ausgeht und sich vergnügt. Meiner Ansicht nach ist das eine absolut harmlose Geschichte! Ich bin wirklich froh, daß mein Mann sich gut amüsiert hat, und ich hoffe, den beiden hat das Tanzen Spaß gemacht.«

Ihr war klar, daß Reporter immer maßlos übertreiben, aber instinktiv war ihr auch klar, daß mehr als ein Körnchen Wahrheit an der Geschichte war. Würde der Reporter ihr abnehmen, daß sie wirklich so unbesorgt war, wie sie tat?

Chris wollte heute abend anrufen, vielleicht auch erst morgen. Dann würde er was zu hören bekommen!

Es war wirklich ein harmloser Abend gewesen, und ich hatte – damals – nichts mit dem Mädchen, aber wenn die Ehefrau in den Zeitungen solche Bilder sieht und derartige Geschichten liest, ist es ziemlich schwer, ihr das klarzumachen. Im Grunde genommen konnte ich es ihr auch nicht verdenken, daß sie glaubte, das Ganze sei mehr als nur eine zufällige Begegnung gewesen.

Aber jetzt hatte ich erst einmal einen Vormittag für mich, was eher lästig war, da ich auf diese Weise Zeit hatte, über den Abend nachzugrübeln. Warum machten die Zeitungen ein solches Theater, nur weil ich mit einem Mädchen getanzt hatte? Ich bin sicher, viele meiner verheirateten Kollegen hatten die gleichen Erfahrungen in Nachtclubs gemacht, ohne daß es gleich einen Skandal gegeben hatte.

Wäre mir das zwei Monate zuvor passiert, kein Mensch hätte auch nur Notiz davon genommen. Aber was soll's, eine solche Gelegenheit ergibt sich nicht alle Tage, und man muß sie nutzen, solange man die Chance dazu hat. Ich war entschlossen, sie mir nicht entgehen zu lassen.

An diesem Tag stand nur wenig auf dem Programm, lediglich ein Besuch in dem berühmten Gesundheitszentrum von Baden-Baden und abends eine kleine private Party im Haus des Fernsehdirektors.

Am nächsten Tag würde mich dann Max Scheler, der Photograph des *Stern*, nach München chauffieren, wo ich (hoffentlich ohne allzuviel Aufsehen zu erregen) auf einen Ball im *Bayerischen Hof* gehen würde.

Die private Party entwickelte sich zu einem wunderschönen Abend. Eine Feier in kleinem Rahmen, mit leitenden Angestellten des Senders und, natürlich, Uta.

Von den Hunderten angenehmer Abende, die ich seitdem

verbracht habe, kann ich mich nur an einige wenige erinnern. Dazu gehört dieser, vielleicht weil alles so locker und ungezwungen war. Wir aßen, tranken, tanzten und vergnügten uns bei Gesellschaftsspielen.

Gegen zwei Uhr beschlossen Uta und ich, uns davonzustehlen und bei mir im Hotel vielleicht noch ein Glas zu trinken.

Es hatte ziemlich heftig zu schneien begonnen. Als ich die Haustür öffnete, bewegte sich etwas hinter ein paar Büschen im Garten. Schnell schubste ich Uta ins Haus zurück.

Mindestens zwanzig Photographen hatten den ganzen Abend lang im Schnee ausgeharrt. Mittlerweile sahen sie eher Schneemännern gleich. Arme Kerle – sie versuchten wohl auch nur, ihren Lebensunterhalt zu verdienen.

Im Endeffekt landete ich wiederum alleine in meinem Bett.

Mittags holte Max mich im Hotel ab. Von Baden-Baden nach München braucht man normalerweise nur drei Stunden, aber es schneite so heftig, daß ich mir allmählich Sorgen machte, ob wir es an diesem Abend überhaupt bis nach München schaffen würden.

Nach einer regelrechten Rutschpartie über die Autobahn betrat ich den *Bayerischen Hof* sechs Stunden, nachdem wir von Baden-Baden losgefahren waren. Uta hatte mir versprochen, auch auf den Ball zu kommen, aber ich war sicher, daß sie noch nicht da war. Trotzdem fragte ich die Empfangsdame, ob jemand eine Nachricht für mich hinterlassen hatte. Sie verneinte.

Herr Steinmeyer und Max Scheler sowie gut die Hälfte des Hotelpersonals geleiteten mich in meine Suite. Schwungvoll öffnete der Geschäftsführer die Tür und führte mir alles vor. Besonders stolz war er auf das Badezimmer. Es war eigentlich gar kein Bad, eher ein kleiner, runder Swimming-pool mit riesigen Wasserhähnen aus massivem Gold – so der Geschäftsführer. Meiner Meinung nach war das ein bißchen übertrieben.

Nachdem sie mindestens zehn Minuten lang um mich herumgeschwirrt war, um sicherzugehen, daß ich alles hatte, was ich brauchte, zog sich die Belegschaft zurück, und Max Scheler, Herr Steinmeyer und ich hatten Zeit, unsere Pläne für den Abend zu besprechen.

Das einzige Problem wäre die Presse, wenn man mich schon wieder zusammen mit Uta sah. Die beiden schlugen also vor, ich solle verkleidet auf den Ball gehen, und kreuzten am Abend mit einem Koffer voller Kostüme auf.

Beim Anprobieren alberte ich herum und tauchte in einem Kostüm nach dem anderen aus dem Badezimmer auf, und auch diesmal dachte ich nicht im Traum daran, daß das peinliche Folgen haben könnte. Ich hielt es für einen harmlosen Spaß, aber natürlich machte der *Stern* Aufnahmen davon, wie ich meine Show abzog, und veröffentlichte sie ein paar Wochen später unter der Überschrift: *Der Mensch hinter der Maske*. Wieder einmal stand ich ziemlich dumm da.

Schließlich beschloß ich, mich nicht zu verkleiden, da Uta es bei dem Schneetreiben möglicherweise ohnehin nicht geschafft hatte, nach München zu kommen.

Der Ballsaal war sehr schummrig und voller Leute. Wir drängten uns zu einem reservierten Tisch durch. Ich versuchte, Uta zu erspähen, aber selbst wenn sie dagewesen wäre, es wäre praktisch unmöglich gewesen, sie zu finden.

Wir hatten ausgemacht, uns inmitten der Tänzer zu treffen. Als die Musik einsetzte, wanderte ich also allein zur Tanzfläche. Nachdem ich mich eine ganze Minute vergeblich auf ihre Berührung und den Duft ihres Parfüms gefreut hatte, ging ich zu unserem Tisch zurück. Ich hatte irgendwie das Gefühl, versetzt worden zu sein, so sehr hatte ich mich auf diesen Abend gefreut.

Nach ein paar Gläsern Champagner fühlte ich mich ein bißchen besser. Zum Teufel mit ihr – wahrscheinlich würde ich sie sowieso nie wieder sehen. Dann dachte ich mir, ich probier's doch noch mal. Also ging ich wieder zur Tanzfläche und wartete ein Weilchen. Gerade wollte ich wieder zu unserem Tisch zurück, als ich hinter mir eine Stimme hörte: »Hier bin ich, Liebling«, und da stand sie, aufreizender als eines der Mädchen auf den *Playboy*-Faltblättern. Wir fielen uns in die Arme, und ich war entzückt, als ich merkte, daß sie genauso erregt war wie ich, denn ihre Arme überzogen sich mit einer Gänsehaut, als wir uns umarmten.

»Was war denn los?« flüsterte ich ihr ins Ohr.

»Beinahe hätte ich es nicht geschafft, aber das ist egal – jetzt sind wir zusammen.«

Der Abend verging viel zu schnell. Allmählich gingen die Gäste, und die Tanzfläche wurde zusehends leerer.

»Das wird wohl unser letzter Tanz sein, Chris«, sagte sie und drückte mir ein Stückchen Papier in die Hand.

Ich wünschte meinen Begleitern eine gute Nacht und ging in mein Zimmer hinauf, um den Zettel zu lesen: »Hoffe, dich später noch zu sehen.« Darunter stand eine Adresse.

Rasch zog ich mir etwas Bequemes an, ging hinunter und, ohne meinen Zimmerschlüssel abzugeben, auf die Straße. Dort erwischte ich ein Taxi, das mich in die Kaiserstraße Nummer 22 brachte.

Uta trug ein hauchdünnes Gewand, das der Phantasie nur wenig Spielraum ließ. Gedämpftes Licht und leise Musik verstärkten die romantische Stimmung, und ich hatte keinen Zweifel, aus welchem Grund sie mich in ihre Wohnung eingeladen hatte.

In den frühen Morgenstunden fuhr ich zum Hotel zurück und schlich mich verstohlen am Empfangsschalter vorbei, sorgsam darauf bedacht, den Portier nicht zu wecken.

Dankbar schlüpfte ich zwischen die gestärkten Leintücher, seufzte glücklich und sank binnen Sekunden in einen traumlosen Schlaf.

Uta sah ich erst neun Monate später wieder. In Begleitung ihres Freundes.

Auf südafrikanischen und amerikanischen Flughäfen hatte ich schon erstaunliche Auftritte von übereifrigen Reportern erlebt, aber das Chaos am Flughafen in Rom verschlug mir die Sprache. Selbst in meinen wildesten Träumen hätte ich mir nicht vorstellen können, daß ich je so gefragt sein würde. Ich konnte es nicht fassen, daß diese Menschenmenge hierhergekommen war, um mich zu sehen. Mein erster Gedanke war, daß vielleicht die Beatles im gleichen Flugzeug gesessen hatten.

Die Menge war nicht zu bändigen, und ich geriet in gelinde Panik, als ich versuchte, mir einen Weg durch sie zu bahnen. Ein afrikaanses Wort beschreibt das Gefühl, das mich jetzt überkam, sehr gut: *benoud*. Das bedeutet nicht direkt klaustrophobisch, sondern irgend etwas zwischen erstickend und erdrückend. Es war, so stellte ich mir vor, als würde man in eine Sardinenbüchse gezwängt: schlechtweg unmöglich, sich zu rühren.

Ich wußte, irgendwo war der südafrikanische Botschafter, aber in dem Blitzlichtgewitter konnte ich ihn nicht entdecken. Ein Photograph hatte zwei Hasselblad-Kameras auf einer Stange montiert, so daß er zweiundsiebzig Photos schießen konnte, ohne einen neuen Film einzulegen!

Man hielt mir Autogrammbücher und Mikrophone unter die Nase, und der Lärm war ohrenbetäubend. Ein junges Mädchen knöpfte tatsächlich seine Bluse auf, entblößte die linke Brust und bat mich, meinen Namen auf ihr Herz zu schreiben! Allerdings hütete ich mich, in Gegenwart so vieler Photographen einen solchen Fauxpas zu begehen.

Schließlich gelangte ich, mit Hilfe der Sicherheitsleute vom Flughafen, heil und unversehrt in die VIP-Lounge, wo eine improvisierte Pressekonferenz stattfand.

Ich war damals so überwältigt, daß ich mich an keine einzige der Fragen erinnern kann. Ich weiß nur noch, daß ich kurz den Botschafter begrüßte und dann auf schnellstem Wege mit meinen Leuten in das Hotel *Flora* in der Via Veneto gebracht wurde.

In meiner Suite erwartete mich ein großes Empfangskomitee. Meine beiden Kollegen, M. C. Botha und Bossie, waren da, außerdem der Photograph aus Kapstadt, Don Mackenzie, und der Besitzer der sehr erfolgreichen *La Perla*-Restaurants in Kapstadt, Emiliano Sandri, in Begleitung eines ausnehmend hübschen südafrikanischen Mädchens namens Cathy Bilton. Italien war durch Orilio Cinquegrani – er war der Leiter der Alitalia-Niederlassung in Südafrika und hatte meinen Besuch in Italien als Gast der R.A.I.-Fernsehanstalt organisiert – und drei Repräsentanten der R.A.I. vertreten.

Als ich eintraf, floß der Chianti bereits in Strömen. Wir besprachen das Programm für die nächsten Tage; am wichtigsten waren ein Zusammentreffen mit dem italienischen Präsidenten am nächsten Vormittag und anschließend eine Privataudienz beim Papst. Nachmittags würde im Fernsehen eine Roundtable-Diskussion mit ein paar bekannten italienischen Ärzten stattfinden.

Wie bereits erwähnt, hatte ich mich nie besonders für Mode interessiert, aber da ich mittlerweile an einigen glanzvollen Veranstaltungen teilgenommen hatte – und noch mehr bevorstanden –, fühlte ich mich zunehmend unwohl in meinen schäbigen und von der Reise ziemlich mitgenommenen Kleidern. Vor meiner Abreise aus Kapstadt hatte ich eine Menge Geld ausgegeben und mir einen Anzug von der Stange gekauft, aber der war mittlerweile schon ziemlich ausgebeult.

Jetzt sollte ich dem Papst gegenübertreten, und alles, was ich hatte, war ein Koffer voller verknitterter Anzüge. Am Sonntag waren die Geschäfte geschlossen, ganz abgesehen davon, daß ich mir römische Mode ohnehin nicht hätte leisten können. In dem Augenblick läutete, fast wie eine Antwort auf Aschenputtels Gebet, das Telefon. Es war meine gute Fee.

Die Stimme am anderen Ende der Leitung sagte, in sehr gebrochenem Englisch: »Professore Barnardi, hier ist Angelo Litrico, und ich sehe Bilder von Ihnen im Fernsehen und, bitte, vergeben Sie mir, aber die Kleider, die Sie anhaben, sind nicht gut, um Il Papa zu treffen, und was ich jetzt tue, ich komme und messe Sie und mache einen schönen Anzug für Sie, der für Il Papa richtig sein wird. Ist das okay, Professore?«

Es war einfach unglaublich! Ich willigte natürlich sofort ein. Nachmittags kam er und nahm Maß.

Majestätisch – obwohl er ein künstliches Bein hatte – humpelte er in das Zimmer, gefolgt von drei Assistenten.

»Ich bin Litrico«, führte er sich ein und richtete sich zu seiner vollen Größe auf, »Angelo Litrico, der Schneider von Rom«, fügte er förmlich hinzu, als hätte ich wissen müssen, wer da vor mir stand.

Er sah auf den Anzug, den ich trug, und sein Gesicht verzog sich zu einer Grimasse des Abscheus. Schwungvoll zog er ein seidenes Taschentuch hervor und wischte sich den

Schweiß von der kahlen Stelle auf seinem Schädel. »Was soll denn das sein?« fragte er, und seine Stimme troff vor Hohn.

»Das ist ein neuer Anzug, den ich letzte Woche in Kapstadt gekauft habe.«

Er ermannte sich und berührte tatsächlich die Aufschläge. »Der war vielleicht neu, aber das ist kein Anzug, Professore!« erklärte er geduldig. »Ein Anzug sieht anders aus!« Und verstaute umständlich sein Taschentuch.

Ehe mir überhaupt klar wurde, wie beleidigend diese Bemerkung war, wandte er seine Aufmerksamkeit schon meiner Krawatte zu. »Diese Krawatte, ist die auch neu, aus Südafrika?« gluckste er.

Ich hatte eine Menge Geld für die Krawatte gezahlt und war nicht besonders scharf darauf zu hören, wie ein Fremder meinen Geschmack kritisierte. Aber noch ehe ich antworten konnte, öffnete er mit seiner gepflegten Hand mein Jackett, so daß er mein gestreiftes Hemd sah.

Er zog die Augenbrauen hoch, sog die Luft ein und schürzte die Lippen. Er brauchte gar nichts zu sagen.

Ehe ich wußte, wie mir geschah, hatten seine Assistenten, auf ein Schnippen seiner Finger hin, mir mein Jackett ausgezogen – Angelo nahm es, sah sich das Etikett an und ließ die Jacke augenblicklich zu Boden fallen.

Wie durch Zauberhand hatte er plötzlich ein Zentimeterband in den Fingern und begann Maß zu nehmen, wobei er auf mein abgelegtes Jackett trat. Gleichzeitig fragte mich einer seiner Assistenten nach meiner Meinung zu ein paar Stoffmustern – wobei ich mich allerdings nicht der Illusion hingab, daß diese meine Meinung eine große Rolle gespielt hätte. All das wurde begleitet von viel Kopfschütteln und einem wahren Sturzbach Italienisch.

»Ich, Litrico, werde nicht zulassen, daß Ihr südafrikanischer Schneider solche Schande über Sie bringt. Sie werden sehen!« Und weg war er.

Während »der Schneider von Rom« an diesem Abend meinen Anzug schneiderte, gingen wir zu einem glanzvollen Empfang im wunderschönen Heim der berühmten Modeschöpferin Signora Capucci an der Piazza di Spagna. Dort wurde ich irgendwelchen Aristokraten, sonstigen italienischen Berühmtheiten und allen möglichen Leuten vom Film vorgestellt.

Auf dieser Reise verliebte ich mich unsterblich in Italien. Wahrscheinlich lag das vor allem an dem begeisterten Empfang, den die Italiener mir bereiteten, und an ihrer Herzlichkeit. Die Italiener haben eine solche Lust am Leben! Ich liebte ihre großartige Architektur, ihre Überschwenglichkeit und, natürlich, ihr Essen. Gegen Mitternacht fiel ich erschöpft in mein Bett im Hotel.

In aller Frühe war Litrico wieder da, mit einer vollständigen Kollektion maßgeschneiderter Kleidungsstücke. Auch diesmal warf er meinen blauen Anzug, zusammen mit der Krawatte, einfach in die Ecke. Und die Schuhe, »die tock, tock, tock machen, wenn Il Professore ins Zimmer tritt«, hinterher.

Statt dessen erhielt ich einen doppelreihigen dunkelblauen Anzug und dazu passend Krawatte und ein Hemd mit weichem Kragen. Blaue, spitz zulaufende Schuhe vervollständigten meinen Aufzug.

Der Anzug paßte wie angegossen. Das Hemd lugte nicht unter den Manschetten hervor und rutschte mir auch nicht aus der Hose, und die Schuhe waren so leicht, daß ich auf meine Füße schauen mußte, um mich zu vergewissern, daß ich sie überhaupt anhatte. Dazu kam noch der prachtvollste Mantel mit Samtkragen, den ich je gesehen hatte, und genügend »Socken made in Italy«, daß ich nie wieder zu »Socken made in England« greifen mußte.

Diese Kleider anzuziehen war eines der sinnlichsten Erlebnisse, die ich je hatte. Ich hätte nie geglaubt, daß Kleider sich so gut anfühlen können – es war fast ein Orgasmus. Sie waren absolut perfekt, und ich plusterte mich vor dem Spiegel regelrecht auf.

Allmählich fühlte ich mich tatsächlich wie eine wichtige Persönlichkeit und sah auch so aus. Ich hatte das Gefühl, in diese Kleider hineinzugehören – ein Erlebnis, das meine Einstellung zu Kleidung von Grund auf veränderte. Mittlerweile bin ich der Ansicht, daß die Kleidung die Persönlichkeit eines Menschen widerspiegelt. Das bedeutet nicht, daß sie furchtbar teuer sein muß, nur eben »richtig«, *passend*, für die Person, die sie trägt.

Das beste an dem Ganzen war, daß Litrico sich weigerte, mich für irgend etwas bezahlen zu lassen – ich schätze, die Publicity war ihm das wert. Es war das erste Mal, daß ich ein so teures Geschenk nur dafür bekam, daß ich eben ich war.

Angelo und ich wurden gute Freunde. Er war einer der großzügigsten Menschen, die ich je kennengelernt habe. Solange er lebte, lud er mich jedesmal, wenn ich nach Rom kam, in sein Geschäft ein und stattete mich mit neuen Anzügen, Hemden, Socken und Krawatten aus. Er machte mir bewußt, wie wichtig gute Kleidung ist, und solange er mich anzog, war ich immer tadellos gekleidet. An meinen sizilianischen Schneider werde ich mich immer voller Zuneigung und Hochachtung erinnern.

Ein Wagen fuhr vor, um mich zum italienischen Präsidenten zu bringen. Das Hotel zu verlassen war jedoch eine weit zeitraubendere Angelegenheit, als ich mir vorgestellt hatte: Die Presse wollte noch mehr Verlautbarungen, und in der Hotelhalle traten die Photographen sich gegenseitig auf die Füße.

Mühsam schlängelten wir uns durch das Foyer, beantworteten im Gehen Fragen und posierten für Photos. Schließlich erreichten wir die Straße. Man hat mir gesagt, noch nie habe es in der Via Veneto einen solchen Menschenauflauf gegeben. Einige Leute wollten mich nur berühren, andere baten um ein Autogramm, Mädchen steckten mir Zettel mit ihrer Telefonnummer zu, Frauen umarmten mich und baten mich, ihre Babies zu küssen.

Endlich saßen wir in den Autos und fuhren zu Präsident Saragats Amtssitz. Ich plauderte ungefähr eine halbe Stunde mit ihm; zum Schluß fragte ich ihn, ob er die Geschichte von dem Mann kannte, der sich ein Gehirn transplantieren lassen wollte. Offenbar war er ziemlich neugierig darauf, sie zu hören.

»Es gab da diesen Arzt«, begann ich, »der sehr berühmt war, weil er als einziger Chirurg Gehirne transplantieren konnte.

Eines Tages suchte ein Mann ihn auf und bat ihn um ein

neues Gehirn, sagte dem Chirurgen aber gleich, daß er nicht sehr viel zahlen könne und eines der billigsten wolle.«

Der Präsident unterbrach mich und wollte wissen, ob das eine wahre Geschichte sei.

»Nein, es ist nur ein Witz«, erklärte ich und fuhr fort.

»Der Arzt führte ihn also in einen Raum, wo er die verschiedenen Gehirne in großen Glasbehältern aufbewahrte. Er deutete auf eines der Gläser und sagte zu dem Patienten: ›Sehen Sie das? Das können Sie für tausend Dollar haben.‹

›Oh‹, meinte der Mann, ›warum ist das so billig?‹ Der Chirurg antwortete: ›Weil es einem Mann gehört hat, der von Beruf Straßenkehrer war.‹

Der Patient lächelte und sagte, ein bißchen was Besseres dürfe es schon sein. Also deutete der Chirurg auf ein anderes Glas und erklärte: ›Dieses Gehirn kostet 10 000 Dollar, weil es von einem Mathematiker stammt.‹

Der Patient: ›Das nehme ich. Aber rein interessehalber: Haben Sie auch eins, das noch teurer ist?‹ Der Chirurg: ›Ja, das da drüben kostet 100 000 Dollar‹, und deutete auf ein Glas in der Ecke.

Der Patient wunderte sich über den Preis: ›Das muß von einem sehr intelligenten Menschen stammen!‹ Worauf der Chirurg antwortete: ›Nein, es ist so teuer, weil es nie benutzt worden ist – es stammt von einem Politiker.‹«

Ich weiß nicht, ob der Präsident mein Englisch nicht verstand, jedenfalls lachte er nicht. Nach ein paar Minuten verabschiedete ich mich.

Anschließend fuhren wir in die Vatikanstadt, den kleinsten unabhängigen Staat der Welt mit einer Bevölkerung von 1000 Menschen. Seit dem 14. Jahrhundert residieren dort die Päpste; sie ist das geistliche und weltliche Zentrum der römisch-katholischen Kirche und hat die größte christliche Kirche auf der ganzen Welt. Die Vatikanstadt erstreckt sich über nur 44 Hektar, übt aber die geistliche Herrschaft über Millionen von römisch-katholischen Christen auf der ganzen Welt aus. Ihr Herrscher, der Papst, ist zugleich Bischof von Rom.

Wir fuhren am Tiber-Ufer entlang, vorbei an der *Isola Tiberina*, wo sich auf den Ruinen des berühmten Tempels Äskulaps, des griechischen Gottes der Heilkunst, die Kirche *S. Bartolomeo all' Isola* erhebt. Ich fand das sehr passend. Anschließend bogen wir in eine etwa eineinhalb Kilometer lange Prachtstraße ein, die vom Fluß zum Petersplatz führt, einem großen freien Raum vor dem Petersdom.

Der Platz, großteils von Giovanni Lorenzo Bernini entworfen, besteht aus zwei Brunnen und zwei halbkreisförmig angelegten Kolonnaden, die auf den beiden Schmalseiten des Platzes wie zwei ausgestreckte Arme die ganze Menschheit in einer großen Umarmung zu umfangen scheinen. In der Mitte steht ein 26 Meter hoher Obelisk aus rotem Granit. Beherrscht wird der Platz vom Dom – entworfen von Michelangelos unsterblichem Genie –, der über dem prachtvollen Grab des Ersten der Apostel, St. Peter, aufragt.

Ich stand immer noch mit offenem Mund da, von einer fast religiösen Ehrfurcht angesichts der Großartigkeit des Petersdoms ergriffen, als unsere Gruppe begrüßt und zum Vatikanischen Palast dirigiert wurde, einer Ansammlung ineinander übergehender Bauwerke mit insgesamt mehr als 11 000 Räumen.

Die *Prima Loggia*, die Wohnung des Papstes, befindet sich in einem Trakt des Palastes. Der Präfekt des päpstlichen Haushalts, der die Audienzen bei Seiner Heiligkeit organisiert, begrüßte uns und machte uns darauf aufmerksam, daß nur mein Dolmetscher, ein italienischer Arzt, und ich selber weiter vordringen durften.

Wir gingen die Stufen der *Scala Regia* hinauf, ebenfalls von Bernini entworfen, und so kunstvoll, daß sie viel länger und breiter erscheint, als sie in Wirklichkeit ist. Man führte uns in ein Wartezimmer, das mit unbezahlbaren Gemälden und erlesenen Teppichen ausgestattet war.

Nachdem wir vier oder fünf Minuten gewartet hatten, wurden wir wieder ein Stück weiter die Stufen hinauf in ein zweites Wartezimmer geführt. Erneut warteten wir fünf Minuten und stiegen dann wiederum ein paar Stufen weiter hinauf, bis wir schließlich vor der Tür am oberen Ende der *Scala Regia* anlangten.

Die Tür öffnete sich. Vor dem Schreibtisch stand Papst

Paul VI., ein sehr zarter Mann mittlerer Größe. Er trug ein weißes Gewand und eine Kappe, die wie die Jarmulke der Juden aussah.

Mein Dolmetscher ging sogleich auf den Papst zu und küßte seinen Ring. Ich war mir nicht im klaren, ob das von mir ebenfalls erwartet wurde, also ließ ich es bleiben. Den Papst schien das nicht weiter zu stören, denn er begann unverzüglich, mir Fragen zum Thema Transplantationen zu stellen – zu welchem Zeitpunkt wir das Spenderherz herausnahmen, wann der klinische Tod eintrat, welche Zukunft wir uns für diese Art Operation wünschten und so weiter. Er interessierte sich selbst für die winzigsten Details der Operation und war auch sehr gut informiert – ganz anders als der Präsident der Vereinigten Staaten!

Aufgrund seines Interesses an medizinischen Fragen, besonders an den moralischen und ethischen Aspekten einer Transplantation, dauerte die Audienz länger als vorgesehen.

Am Ende richtete er folgende Worte an mich: »Professor Barnard, ich bin kein Mediziner, und ich verfüge nicht über das Wissen, um Ihnen zu sagen, ob Sie sich auf dem richtigen Weg befinden, aber ich beglückwünsche Sie aufrichtig zu Ihrer großartigen Leistung. Etwas gibt es, das ich für Sie tun kann, und das werde ich auch: Ich werde für Sie, für Ihre Patienten und dafür beten, daß Ihre Arbeit weiterhin erfolgreich ist.« Dann reichte er mir ein signiertes Buch und eine Gedenkmünze; beide befinden sich jetzt im Beaufort West Museum in Südafrika.

Seine Worte bedeuteten ausgesprochen Unterstützung und Ermutigung für mich. Ich bin kein Katholik, ich bin Protestant. Mein Vater war, als Calvinist, sehr anti-katholisch eingestellt, und ich bin sicher, er hätte sich im Grabe umgedreht, hätte er gewußt, daß ich mich mit den Katholiken einließ. Er war derart gegen den Katholizismus gewesen, daß er in seinem Letzten Willen niedergelegt hatte, seine erste Enkelin würde eine bestimmte Summe Geldes erben, sofern sie nicht einen Katholiken heiratete oder selber Katholikin wurde.

So rigoros bin ich in meinen Glaubensvorstellungen nie

gewesen. Es gab eine Zeit, da war ich der Überzeugung, die medizinische Wissenschaft könnte – das entsprechende Wissen und die Befähigung vorausgesetzt – mit jeder Herausforderung fertig werden. Mit zunehmender Erfahrung gelangte ich jedoch zu der Einsicht, daß die Medizin, sobald sie für einen Patienten alles getan hat, was in ihrer Macht steht, zur Seite treten und alles weitere anderen Mächten – Gott – überlassen muß.

Nachdem ich noch mehr Erfahrungen gesammelt hatte, wurde mir klar, daß das verkehrt rum gedacht war: Wenn bestimmte Kräfte, auf die das ärztliche Wirken keinen Einfluß hat, nicht schon vorher zugunsten des Arztes am Werk waren, dann hat er, bei aller Befähigung, kaum Aussichten, erfolgreich zu sein.

Diese Überzeugungen waren es, die mich solchen Trost in den Worten des Papstes finden ließen: vielleicht so etwas wie eine Bestätigung, daß Gott nicht gegen Herztransplantationen war.

Nach dem Besuch in der Vatikanstadt war ich so bewegt, daß ich unmöglich in irgendeinem Restaurant etwas essen hätte können. Ich konnte es immer noch nicht fassen, daß Chris Barnard eine Privataudienz beim Papst gehabt hatte, bei einem Mann, den Millionen Menschen noch in den entlegensten Winkeln der Erde verehrten und anbeteten.

Wir beschlossen, auf einen Cappuccino in *Harry's Bar* zu gehen, uns draußen hinzusetzen und das Leben und Treiben auf der Via Veneto zu betrachten.

Es dauerte nicht lange, da stöberte uns die südafrikanische Delegation auf, und das gab mir Gelegenheit, mir Cathy Bilton etwas näher anzusehen. Sie war eine hinreißende Blondine, groß, mit ausgeprägten Wangenknochen, blauen Augen und einem vollen Mund. Emiliano Sandri stand in dem Ruf, stets wunderschöne Frauen um sich zu haben. Das Mädchen war der lebende Beweis, daß er diesen Ruf zu Recht genoß.

In der Zwischenzeit hatte Bossie im Groote Schuur angerufen und überbrachte mir die freudige Nachricht, daß er mit Vel gesprochen hatte: Philip Blaiberg hatte kein Fieber, und die Amplitude des Elektrokardiogramms war zwar gering, aber gleichbleibend. Er war wieder auf den Beinen und sandte mir seine besten Grüße.

Der Tag hätte nicht vollkommener sein können, und ich schickte ein stummes Dankgebet gen Himmel.

Im Laufe des Nachmittags brachte man Bossie, M. C. Botha und mich zu der Diskussion in den Studios der R.A.I. Die Sendung entsprach in etwa *Face the Nation*, war allerdings bei weitem nicht so gut organisiert. Als man uns ins Studio brachte, standen überall Leute herum. Einige waren in ernsthafte Diskussionen vertieft und fuchtelten dabei mit den Armen; wahrscheinlich erklärten sie ihren Zuhörern, was bei einer Transplantation passiert.

Ich erkannte zwei sehr betagte und sehr angesehene italienische Chirurgen, Professor Steffanini und Professor Valdoni. Steffanini kannte ich nicht persönlich, aber 1960 hatte Dr. George Sachs, ein Chirurg in Kapstadt, es arrangiert, daß ich der Poliklinik in Rom einen Besuch abstattete, wo Professor Valdoni die chirurgische Abteilung leitete. Da man dort ebenfalls Operationen am offenen Herzen vornahm, hatte er mich eingeladen, einen Vortrag über die Behebung der sogenannten »Blue-baby«-Anomalie – der Fallotschen Tetralogie – zu halten.

Es handelt sich dabei um eine ziemlich komplizierte Operation, und in der Anfangszeit der Chirurgie am offenen Herzen war die Sterblichkeitsrate sehr hoch.

Zu diesem Zeitpunkt hatten wir fünfunddreißig solcher Operationen durchgeführt, mit einer Sterblichkeitsrate von 15 Prozent. In der Folge operierte ich noch hundert solcher Fälle; dabei starben nur drei Patienten.

Als ich mit meinem Vortrag fertig gewesen war, hatte Professor Valdoni mich beglückwünscht und erklärt, ihre Ergebnisse seien nicht annähernd so gut, denn sie hätten eine Sterblichkeitsrate von 50 Prozent.

Anschließend hatte mich einer seiner Ärzte, ein Amerikaner, zu meinem Hotel zurückgefahren. »Wissen Sie, Dr. Barnard, Professor Valdoni glaubt wirklich, die Sterblichkeitsrate liege bei 50 Prozent, aber ich kann Ihnen, da ich bei ihm gearbeitet habe, sagen, daß ich nicht einen Patienten gesehen

Christiaan Barnard

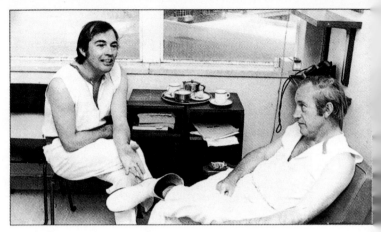

Teepause mit meinem Bruder Marius

Mein italienischer Schneider, Angelo Litrico

habe, der sich erholt hat. Ich bin sicher, die Sterblichkeitsrate liegt eher bei 100 Prozent.«

»Wie kommt es, daß er das nicht weiß?« hatte ich ihn bestürzt gefragt.

Der amerikanische Arzt hatte erklärt: »Sehen Sie, Professor Valdoni kümmert sich nach der Operation kaum mehr um die Patienten, also verheimlichen seine Assistenten ihm die wahren Ergebnisse, um nicht in Ungnade zu fallen.«

In vielen europäischen Kliniken dauerte es Jahre, bis Operationen am offenen Herzen, bei denen man die Herz-Lungen-Maschine einsetzte, erfolgreich verliefen. Der Hauptgrund dafür war, daß man nach wie vor an dem System festhielt, in dessen Mittelpunkt, wie im Fall von Valdoni, der »Herr Professor« stand, der große Meister. Oft handelte es sich dabei um einen älteren Herrn, der ein guter Allgemeinchirurg war und seine Abteilung wie ein Diktator regierte. Wenn ein junger Arzt nach einigen Jahren Ausbildung in einem, sagen wir einmal, amerikanischen Herzzentrum zurückkam, durfte er nicht selber operieren. Vielmehr mußte der Professor, der wahrscheinlich noch nie ein pulsierendes Herz gesehen hatte, die Operation vornehmen – assistiert von dem jungen Arzt, dessen Zukunft und Karriere vom Wohlwollen des »Herrn Professor« abhingen. Diese autoritäre Struktur führte, aus naheliegenden Gründen, oft zu sehr schlechten Ergebnissen.

Gott sei's gedankt, daß Professor Jannie Louw in Kapstadt mir die volle Zuständigkeit für die Herzchirurgie übertragen hatte, als ich aus Minneapolis zurückgekehrt war.

Nachdem wir etwa eine halbe Stunde im Fernsehstudio gewartet hatten – den Betrieb dort konnte man nur als »organisiertes Chaos« bezeichnen –, nahmen wir Platz, und die Diskussion begann.

Es war meine erste Erfahrung mit einer Simultanübersetzung. Ich fand es sehr schwierig, mich zu konzentrieren, da ich beim Reden gleichzeitig, durch den Kopfhörer, die italienische Übersetzung hörte. Ich war mir zudem nicht ganz sicher, ob die Übersetzerin wirklich genau das gleiche sagte wie ich.

Die Fragen waren praktisch dieselben, die man mir schon bei früheren Interviews immer wieder gestellt hatte. Ein paar

Ärzte versuchten, Punkte zu sammeln, indem sie mit unserer Arbeit streng ins Gericht gingen. Allerdings stellte sich heraus, daß dies ein törichter Fehler ihrerseits war und ihnen nur Minuspunkte einbrachte, denn in den Augen der italienischen Öffentlichkeit konnte ich gar nichts falsch machen – ich wußte selber nicht so recht, was ich getan hatte, um ihre Gunst zu gewinnen, aber ich hatte in Italien zahlreiche Bewunderer und erfreute mich großer Beliebtheit.

Nach einem kurzen Presseinterview wurden wir ins Hotel zurückgebracht, um uns für eine kleine Party im Haus des Filmproduzenten Alfredo Beni umzuziehen.

Als wir abends dort eintrafen, war es alles andere als eine kleine Party. Die »beautiful people«, zumeist Leute aus der Filmbranche, hatten sich mehr oder weniger vollzählig versammelt.

Ich erinnere mich, daß ich mit Franco Zeffirelli, Catherine Spaak und Rosana, Benis Frau, zusammenstand, als Alfredo dazukam und mich fragte, ob ich Gina Lollobrigida vorgestellt werden wollte.

»Ob ich ihr vorgestellt werden will? Selbstverständlich!« Ich folgte ihm in das angrenzende Zimmer. Da stand sie, alleine, und begrüßte mich, offenbar nicht sonderlich begeistert, mit der Andeutung eines Lächelns.

Obwohl sie schon Ende Dreißig war, sah sie mit ihren dunkelbraunen Haaren, die ihr in die Stirn fielen, wie ein Schulmädchen aus. Gina verwendete nur sparsam Make-up, denn mit ihren wunderschönen dunklen Augen, der vollkommenen Nase, den vollen Lippen und dem makellosen Teint hatte sie das gar nicht nötig. Ich erinnere mich, daß sie auch sehr gut Englisch sprach.

Nachdem man uns ein paarmal darum gebeten hatte, posierten wir für ein paar Aufnahmen. Was sollte daran schlimm sein? Am nächsten Tag berichteten die Zeitungen natürlich ausführlich und sensationslüstern über meine »Affäre« mit Gina Lollobrigida.

Komischerweise war die Geschichte, wiewohl eine wilde Spekulation der Presse, gar nicht so weit von der Wahrheit entfernt, wie manche damals vielleicht glaubten – nur voreilig. Denn während wir uns unterhielten, stellte ich fest, daß sie mich immer stärker anzog. Sie war wirklich wunderschön. Ich erinnerte mich, sie in einem Film mit dem Titel *Trapeze* gesehen zu haben, zusammen mit Burt Lancaster, und für einen Jungen aus der Karru war es ein unglaubliches Erlebnis, mit einer solchen Schauspielerin zusammenzusein und über den Film zu reden, den sie gerade in Catania, Sizilien, drehte: *Buona sera Mrs. Campbell*.

Und was noch unglaublicher war: Ich hatte eindeutig das Gefühl, daß sie an mir genauso interessiert war wie ich an ihr.

Nach einer Weile, als die Party so richtig in Schwung gekommen war, schlug ich vor: »Gehen wir doch irgendwohin, wo wir in Ruhe ein Glas trinken können – hier ist es viel zu laut.« Sie erklärte jedoch, es tue ihr sehr leid, aber sie sei nicht alleine hier. Ich meinte, eine Schauspielerin mit ihrer Begabung könnte doch sicher einen geeigneten Vorwand finden, aber sie blieb standhaft.

Wir spielten eine Art Ritual durch, und ich beschloß jetzt, einen letzten Angriff zu riskieren, und sagte: »Wirklich schade – vielleicht treffen wir uns irgendwann mal wieder«, und schloß mich einer anderen Gruppe an.

Es dauerte nicht lange, da stand sie erneut neben mir, drückte meinen Arm und flüsterte mir ins Ohr: »Kommen Sie in ungefähr einer halben Stunde unten auf den Parkplatz.« Ich weiß nicht, was sie ihrem Begleiter erzählt hatte.

Wir trafen uns also unten und ließen uns von ihrem Chauffeur in ihrem Rolls-Royce in einen Nachtclub fahren. Ich muß sagen, sie war wirklich sehr vorsichtig. Wir gingen in eine Bar, in der niemand uns behelligte – keine Photographen oder Zeitungsleute. Wir tranken etwas, und als wir tanzten, ließ sie keinen Zweifel daran, was sie vorhatte. Ich war wie berauscht vor Aufregung, und als wir schließlich gingen, gab ich dem Portier aus Versehen 100 Dollar Trinkgeld statt 10!

Ich fragte, ob ich auf einen Schlummertrunk mit zu ihr kommen könnte, aber diesmal blieb sie hart: »Nein, das geht nicht, das ist unmöglich. Der Chauffeur ist so etwas wie ein

Vater für mich, und ich möchte nicht, daß er sieht, wie du jetzt mit zu mir kommst und vielleicht erst morgen früh wieder gehst.« Allerdings fügte sie, mit einem spitzbübischen Grinsen, hinzu: »Morgen abend hat er frei – warum besuchst du mich nicht dann?«

Sie gab mir einen flüchtigen Gutenachtkuß, und ich sagte zu, sie am kommenden Abend zu besuchen. Und wieder lag ich schließlich alleine in meinem Hotelbett – angespannt und fürchterlich wütend wegen der 100 Dollar.

Für den nächsten Tag hatte ich dem Papst zugesagt, ein paar katholische Krankenhäuser zu besuchen, was ich dann, nachdem ich ein paar Presseinterviews verschoben hatte, auch schaffte. Im Laufe des Vormittags erfuhr ich, daß Sophia Loren unsere Delegation für den nächsten Tag zu einem Mittagessen einladen wollte.

Die Zeit verging wie im Flug, während wir von einem Hospital zum anderen und von einer Pressekonferenz zur nächsten fuhren. Am frühen Abend marschierten wir alle miteinander zu einer typischen Cocktail-Party in die südafrikanische Botschaft. Ich gab die richtigen Floskeln von mir und nahm an der allgemeinen Unterhaltung teil, aber mit den Gedanken war ich eigentlich ganz woanders: bei den unausgesprochenen Verheißungen, was den weiteren Verlauf des Abends bei Gina betraf.

Ich war richtig froh, als jemand mich abholen kam und mich in ihr Haus in der Via Appia brachte: ein wunderschönes Grundstück, dessen Garten strahlendhell beleuchtet war. Aus dem Haus schimmerte gedämpftes Licht. Geduldig wartete ich darauf, eingelassen zu werden.

Nach ein paar Augenblicken wurde ich in das große Wohnzimmer geleitet – und blieb mit offenem Mund stehen: Das Zimmer war voller Leute! Das also war der romantische und leidenschaftliche Abend, den ich mir ausgemalt hatte.

»Gina, ich habe gedacht, wir wollten einen ruhigen Abend miteinander verbringen? Ich habe kaum geschlafen und bin unglaublich müde; noch eine Party stehe ich einfach nicht mehr durch! Hast du etwas dagegen, wenn ich mich irgendwo ein bißchen ausruhe? Vielleicht kann ich später zu eurer

Party stoßen?« ergänzte ich leichthin und versuchte, mir meine Enttäuschung nicht anmerken zu lassen.

Sie führte mich in ihr Schlafzimmer, das von einem riesigen Doppelbett beherrscht wurde. Ich hängte meinen Litrico-Mantel auf einen Kleiderständer neben der Tür – vermutlich hängt er noch heute dort, denn als ich später ging, vergaß ich ihn vor lauter Aufregung –, zog meine Schuhe und mein Jackett aus, lockerte meine Krawatte, legte mich auf das Bett und schlief auf der Stelle ein.

Ich wachte erst auf, als ich Gina ins Zimmer kommen hörte, in der Hand eine Flasche Champagner und zwei Gläser. Mit belegter Stimme flüsterte sie: »Jetzt sind wir alleine«, setzte sich neben mich aufs Bett und strich mit ihren grazilen Fingern über meine Wangen. Meine Augen folgten ihren schwellenden Brüsten, als sie sich schwer atmend über mich beugte.

In dieser Nacht stießen wir mehrmals mit Champagner an.

Am frühen Morgen fuhr sie mich – völlig nackt unter ihrem Nerzmantel – in ihrem Jaguar zu meinem Hotel zurück. Ich habe mich oft gefragt, was wohl geschehen wäre, wenn wir einen Unfall oder eine Panne gehabt hätten.

Sie mochte mich offensichtlich sehr gerne und war, so empfand ich es, eine ungemein lebenssprühende Frau, frei von sexuellen Hemmungen. Zwischen uns war einfach alles vollkommen. Wenn ich allerdings gewußt hätte, was für einen Alptraum das Ganze zur Folge haben würde, ich hätte in jener Nacht einen großen Bogen um die Via Appia gemacht.

Unablässig bat sie mich, nicht zu dem Mittagessen bei Sophia Loren zu gehen; es wäre ihr unangenehm, wenn man mich dort photographieren würde. Sie war wie besessen davon, aber das letzte, was ich damals gebrauchen konnte, war eine besitzergreifende Frau. Ich konnte das Mittagessen gar nicht absagen, denn ich war der Ehrengast, und überhaupt: Ich wollte mir das nicht entgehen lassen.

Nachdem ich Gina *Ciao* gesagt hatte, ging ich auf mein Zimmer, rasierte mich, zog mich an und fuhr mit dem Rest der Gesellschaft zu Sophia Lorens Haus; anschließend sollten wir nach London fliegen.

Sophia Loren wohnte draußen auf dem Land. Das Haus

war, glaube ich, einst eine Sommerresidenz der Päpste gewesen. Sie und ihr Mann, Carlo Ponti, hatten eine herrliche Kunstsammlung. Insbesondere schätzten sie die Arbeiten von Sir Henry Moore, die ich persönlich nicht besonders reizvoll fand – aber was verstand denn ich schon von Kunst? Ich kannte ja höchstens die Bilder der Buschmänner in der Karru.

Sophia verkörperte alles, was ich an einer Frau bewunderte. Sie war ganz in Schwarz gekleidet und hatte zwei weiße Blüten oberhalb ihrer linken Brust befestigt. Ihr Haar war dunkelbraun, kurzgeschnitten und in der Mitte gescheitelt. An ihrem Gesicht hätte kein Schönheitschirurg etwas verbessern können. Und dann, als wäre das nicht genug: ihre großen, schrägstehenden Augen. Ich konnte Peter Sellers vollkommen verstehen, der gesagt hatte: »Sophia ist die unglaublichste, die unwiderstehlichste, die schönste Frau, der ich je begegnet bin.« Allerdings war er wahnsinnig verliebt in sie gewesen.

Sie sprach ein perfektes Englisch, das durch ihren italienischen Akzent noch reizvoller wurde. Zudem war sie sehr intelligent und wundervoll schlagfertig und hatte einen köstlichen Sinn für Humor.

Einige Jahre später erzählte M. C. Botha mir, er hätte, als sie ihm ihren äußerst gepflegten Garten zeigte, in dem an allen Ecken und Enden Skulpturen standen, bemerkt: »Sollten Sie nicht besser Dr. Barnard Gesellschaft leisten? Er ist heute der wichtigste Mann.« Ich spazierte ein Stückchen hinter den beiden, zusammen mit Cathy Bilton, Franco Zeffirelli und Valentino. Lächelnd gab sie ihm, ohne aufzusehen, eine recht witzige Antwort: »Nein, der wichtigste Mann ist immer derjenige, der mir Gesellschaft leistet.«

Die Photographen stolperten regelrecht übereinander, um »das« Bild zu ergattern, das Schlagzeilen machen würde, und einem von ihnen gelang es schließlich, dieses Photo zu schießen, oder, besser gesagt, zu kreieren. Sophia Loren, Carlo Ponti und ich saßen auf einer Bank, und da sie rauchen wollte, beugte ich mich zu ihr hinüber und gab ihr Feuer. In dem Augenblick klickte die Kamera. Das Bild wurde später veröffentlicht, allerdings ohne Carlo Ponti: Ihn hatten sie einfach herausgeschnitten, so daß nur noch Sophia und ich in einer »intimen Pose« zu sehen waren. Sie hatte die Beine übereinandergeschlagen, und der Photograph hatte es geschafft, das Photo in einem Winkel aufzunehmen, daß man ein Stück ihres nackten Schenkels oberhalb des Strumpfes sehen konnte. Kein Mensch, der dieses Photo sah, konnte ahnen, daß Dutzende von Leuten um uns herumstanden.

In Kapstadt erschien das Bild ebenfalls auf den Titelseiten, und der Effekt war, daß meine Frau verletzt und meine Kinder peinlich berührt waren. Aber es steigerte die Auflage, und das scheint das Hauptziel der Redakteure zu sein, egal, ob sie jemand anderen damit in Schwierigkeiten bringen oder ihm Kummer bereiten.

Ich traf später noch des öfteren mit Sophia Loren zusammen. Diese hinreißend schöne und zudem ungemein kluge Frau bewunderte ich wirklich sehr. Einmal sagte sie etwas, das ich nie vergessen werde. Einbrecher waren, als sie in einem Hotel wohnte, in ihre Suite eingedrungen und hatten ihr gedroht, sie und ihre Kinder umzubringen, wenn sie ihnen nicht ihren Schmuck im Wert von 200 000 Dollar gäbe. Als ich bemerkte, daß es ihr doch das Herz gebrochen haben mußte, sich von dem Schmuck zu trennen, zuckte sie lediglich die Schultern und meinte: »Weine nie um etwas, das um dich nicht weinen kann.«

Wir wollten gerade zum Flughafen fahren, als Litrico mit einem Schrankkoffer voller Anzüge, Hemden und passender Schuhe eintraf, die ich in Sophias Schlafzimmer anprobierte. Dieses Leben war viel zu schön, als daß ich der Warnung des südafrikanischen Botschafters Beachtung geschenkt hätte, ich würde nur »benutzt«. Ich lächelte vor mich hin, als ich meine Hose auszog. Noch ein paar Wochen zuvor hatte ich diese wunderschönen italienischen Filmstars nur aus dem Kino gekannt, und jetzt spazierte ich in ihren Schlafzimmern ein und aus, als hätte ich mein Leben lang nichts anderes getan.

Emiliano blieb in Rom, aber Cathy Bilton flog mit uns nach London. Rein zufällig verließen wir beide das Flugzeug gleichzeitig. Am nächsten Tag erfand eine Zeitung die Geschichte, diese niedliche kleine Blondine sei meine »Sekretärin«, die mit mir reise. Die Anspielungen zwischen den Zeilen waren unmißverständlich.

Bossie, M. C. Botha und ich quartierten uns im Savoy ein, das eines meiner Lieblingshotels in London wurde und in dem einige Schlafzimmer wundervolle Erinnerungen bergen.

An dem Abend ging ich früh ins Bett – die paar Tage in Rom waren sehr anstrengend gewesen.

Ich schreckte aus tiefem Schlaf auf, als jemand an die Tür hämmerte. Es waren Bossie und M. C. mit den Zeitungen. Beide waren sie fürchterlich verärgert über den Artikel über mich und meine »Sekretärin« Cathy Bilton oder, wie Bossie sie nannte, Cathy *Biltong* (in Südafrika bedeutet das: ein Stück getrocknetes Fleisch, aber in meinen Augen war sie alles andere als das!). Bossie hielt derlei Berichte für nicht gerade förderlich, und ich versprach, in Zukunft etwas vorsichtiger zu sein. Allerdings trat ich wenige Stunden später schon wieder in ein Fettnäpfchen. Ein Photograph bat mich, ob er ein paar Aufnahmen von mir machen dürfe, mit London im Hintergrund. Ich bräuchte nur ein bißchen auf und ab zu spazieren.

Meine Kollegen und ich hielten das für eine gute Idee – vielleicht würde es bei den Engländern ein wenig Stimmung für mich machen. Tadellos gekleidet – ich zog einen meiner Litrico-Anzüge und einen neuen Mantel an – machte ich mich also auf den Weg.

Gemächlich schlenderten wir zum Trafalgar Square. Der Photograph versicherte mir, dies sei eine typische Londoner Szenerie. Er gab mir eine Tüte mit Körnern, um die Tauben zu füttern, und es dauerte nicht lange, da saßen sie auf meinen Schultern und sonstwo und bekleckerten meinen Litrico-Anzug. Jetzt hatte er sein Photo, und mein Bild würde genau die richtige Reklame für uns sein – zumindest glaubte ich das. Wieder falsch.

Ein paar Tage später zierte ein unglaublich albernes Bild von mir und den Tauben die Titelseite des *Evening Standard*.

Ich sah aus wie ein kompletter Idiot – voller flatternder Vögel, die auf meinem Kopf saßen.

Als später Louwtjie das Bild sah, lachte sie sich halb kaputt und meinte: »Endlich siehst du so aus, wie du dich aufführst: wie ein Clown.«

An dem Abend waren M. C. Botha und ich Gäste in dem BBC-Programm *Tomorrow's World* (»Die Welt von morgen«), und zwar in einer Sondersendung mit dem Titel *Barnard Faces his Critics* (»Barnard stellt sich seinen Kritikern«) – es war die bislang härteste Konfrontation in der Öffentlichkeit.

Moderiert wurde die Sendung von Raymond Baxter, und im Publikum befanden sich mehr als hundertfünfzig Mediziner, Theologen, Juristen und Zeitungsleute. Sie saßen alle in einem Studio mit übereinander gestaffelten Sitzreihen, ungefähr so wie in einem Hörsaal. Allerdings kam mir das Ganze damals eher wie ein öffentliches Verhör als wie ein Gedankenaustausch vor.

Einen bleibenden Eindruck hat das Ganze bei mir hinterlassen: daß sie einander sehr oft mit »Sir« betitelten und ein unglaublich perfektes Englisch sprachen, vor allem verglichen mit meinem südafrikanischen Karru-Akzent.

Zwar waren unter den Anwesenden viele angesehene Ärzte wie Professor Roy Calne, Professor Arnott, Sir Holmes-Sellars, Professor Beaconsfield und Professor Batchelor, aber im Grunde genommen war es eine Auseinandersetzung zwischen einigen Schlüsselfiguren: M. C. und ich auf der einen Seite und Malcolm Muggeridge und Dr. Donald Gould auf der anderen.

Raymond Baxter eröffnete die Diskussion, indem er einige kritische Stellungnahmen der letzten Zeit zitierte und betonte, daß die medizinische Fachwelt in England sehr geteilter Meinung sei. Er fragte mich, was ich von solchen Äußerungen hielt. Meine Antwort lautete ganz einfach: »Jeder hat das Recht auf eine eigene Meinung. Wenn die Leute unsere Arbeit kritisieren wollen, dann sollen sie das tun. Solange sie sich an die Tatsachen halten, nehmen wir gerne Stellung zu ihrer Kritik.«

Seitens des Publikums ergriff als erster Dr. Gould das

Wort und bat um eine Erklärung, wie wir »Erfolg« definierten. Dabei wedelte er mit einem Exemplar der Dezember-Ausgabe des *South African Medical Journal*. Solche Zeitschriften sind für die internationale medizinische Fachwelt bestimmt und werden überall auf der Welt aufmerksam gelesen. Neuentdeckungen oder chirurgische Methoden werden normalerweise in diesen Publikationen veröffentlicht, damit die Fachleute sich auf den neuesten Stand bringen können.

Diese Ausgabe hatte sich ausschließlich mit verschiedenen Aspekten der ersten Transplantation beschäftigt. Dr. Gould wies darauf hin, daß wir im Leitartikel geschrieben hatten: »Die Transplantation eines Menschenherzen – ein Zwischenbericht über eine am Groote-Schuur-Krankenhaus in Kapstadt mit Erfolg durchgeführte Operation.«

Voller Schadenfreude verlas er dann das Postskriptum der Redaktion, das mit einem schwarzen Trauerrand versehen war: »Mit großem Bedauern teilen wir mit, daß der Patient, Mr. Louis Washkansky, am 21. Dezember 1967 gestorben ist.«

Ich machte Dr. Gould darauf aufmerksam, daß wir keineswegs von einem »vollen Erfolg der Herztransplantation« gesprochen hatten. Diese Bemerkung erntete stürmischen Beifall. Des weiteren erklärte ich, wir hätten die Operation insofern für erfolgreich gehalten, als es uns gelungen war, das Herz eines schwerkranken Patienten herauszunehmen, es durch ein menschliches Spenderherz zu ersetzen, letzteres wieder zum Schlagen und soweit zu bringen, daß es sich in der postoperativen Phase normal erholte. Technisch gesehen war es also ein Erfolg gewesen.

Professor Roy Calne griff uns wegen unserer Informationspolitik an: Warum hatten wir uns nicht geweigert, persönliche Angaben zum Spender und so weiter zu machen? »Ich habe das Gefühl, wenn Sie das getan hätten, würden Sie nicht hier sitzen und sich der Kritik stellen müssen«, erklärte er, und das ärgerte mich wirklich.

Als erfahrenem Transplantationschirurgen hätte ihm eigentlich klar sein müssen, daß derlei völlig unkontrollierbar war. Obwohl ich über seinen Einwurf wütend war, blieb ich ruhig und antwortete: »Wenn das möglich gewesen wäre, hätten wir es getan – aber es war einfach nicht möglich«, und fügte hinzu: »Wir haben alles getan, um diese Publizität von Anfang an zu unterbinden. Bestimmt erinnern Sie sich, daß im ersten Bericht überhaupt keine Namen genannt wurden. Aber anschließend hat sich das einfach verselbständigt.«

M. C. unterstützte mich und erklärte: »Als wir unseren zweiten Patienten aussuchten, gaben wir lediglich bekannt, daß es sich um einen Zahnarzt handelte, der nicht mehr praktizieren konnte. Die Presse hat ihn dann mittels eines Prozesses der Elimination identifiziert, indem man einfach die Telefonbücher durchging. So etwas können wir einfach nicht verhindern.«

»Wenn Sie jedoch der Meinung sind, daß wir auf Publicity aus waren«, ergänzte ich, »dann müßten Sie uns zugute halten, daß wir uns dabei ausgesprochen ungeschickt angestellt haben, denn vor der ersten Operation haben wir überhaupt nichts verlauten lassen.«

»Tatsache ist, daß wir nach der ersten Herztransplantation eine Tasse Tee getrunken und beschlossen haben, den Medizinischen Direktor zu verständigen. Das war der einzige Anruf, den wir getätigt haben«, schloß M. C.

Professor Arnott, ein sehr angesehener Mann, schaltete sich ein: »Ich muß wirklich Ihre Partei ergreifen, Dr. Barnard. Ich bin überzeugt, daß Sie absolut keinen Einfluß auf die Publicity hatten. Sie hatten es mit einem Herzen zu tun, einem Organ, dem, anders als der Niere, seit alters her ein fester Platz in der fundamentalen Gedankenwelt der Menschheit zukommt. Dieser Faktor spielt eine entscheidende Rolle dabei, daß derlei auf unkontrollierte Art und Weise Aufsehen erregt, anders als bei einer Transplantation beispielsweise der Niere oder der Blase oder des Magens, wo das nicht so der Fall wäre.«

Anschließend zog Malcolm Muggeridge vom Leder: »Der Mensch wurde nach dem Bilde Gottes geschaffen. Das ist eine grundlegende christliche Glaubensvorstellung. Und daraus, so will mir scheinen, ergibt sich, daß wir dem Körper des Menschen mit größtem Respekt begegnen müssen. Nun legt die Sichtweise der Wissenschaft nahe, daß den körperlichen Bedürfnissen des Menschen der Vorrang gegenüber allen anderen einzuräumen ist. Wenn man diese Vorstellung konsequent weiterdenkt, sehe ich unsere Gesellschaft sich in eine riesige Schrotthalde verwandeln, wo Autos ausgeschlachtet werden. Und weil ich die Herztransplantationen als Teil dieses Prozesses betrachte, empfinde ich sie instinktiv als widerwärtig. Ich frage mich, ob wir nicht den Zorn Gottes auf uns ziehen, wenn wir unseren Körper als Ersatzteillager betrachten.«

Dies wurde mit Riesengelächter und Pfiffen quittiert.

Nach einigem Hin und Her meldete sich eine Frau aus Australien zu Wort, der eine Niere eingepflanzt worden war: »Ich kann nur sagen, daß ich sehr dankbar für mein ›Ersatzteil‹ bin, denn ich bin wieder völlig gesund.«

Und ein Arzt fragte: »Würde Mr. Muggeridge einer Hornhautverpflanzung zustimmen, wenn er blind wäre und auf diese Weise wieder sehen könnte?«

Ich dachte, das würde ihm den Wind aus den Segeln nehmen, aber er erwiderte: »Ein Auge würde ich akzeptieren, denn ich wüßte, daß es von einem Menschen stammt, der zweifelsfrei tot ist.«

Als das Publikum höhnisch lachte und Zwischenrufe laut wurden, spürte er, daß die Leute nicht mehr auf seiner Seite waren, also änderte er seine Taktik und fuhr fort: »Warum, Professor Barnard, wurde diese Operation erstmals in Südafrika durchgeführt? Weil Sie dort bessere Chirurgen haben? Bessere Apparaturen? Oder war es, wie ich vermute, weil dort aufgrund der schändlichen Doktrin der Apartheid ein Menschenleben weniger zählt?«

Als ich eine derart lächerliche Äußerung aus dem Munde eines so hochangesehenen Mannes hörte, wurde ich zornig, und mein erster Impuls war, ihn als Dummkopf zu beschimpfen, als einen Dummkopf, dem die Argumente ausgegangen waren und der Zuflucht zu Schlammschlacht-Methoden nahm, und das im Rahmen einer angeblich »intelligenten« Diskussion. Ich dachte jedoch einen Augenblick lang nach und ging ihm nicht in die Falle. Ich erklärte einfach, wir hätten sehr gute Chirurgen und hervorragende medizinische Apparate, und für uns zähle das Leben eines Menschen sehr viel, denn wir hatten die Operation durchgeführt, um einem todkranken Mann zu helfen.

Es war nicht das erste und auch nicht das letzte Mal, daß ich als Südafrikaner – und zwar als Südafrikaner, der strikt gegen die Apartheid ist – mit solchen Anschuldigungen gegen mein Land konfrontiert wurde.

Diesmal bekam ich Unterstützung von Professor Calne, der erklärte: »Sir, darf ich Ihnen versichern, daß ich und die Mehrzahl meiner Kollegen uns von der Frage, die Ihnen eben gestellt wurde, distanzieren!«, womit er zahlreiche Hört-hört-Rufe, Getrampel und Applaus erntete.

Und so ging es weiter – ideologisches Philosophieren über Definitionen von Tod, die Ethik von Transplantationen, die Moral der Ärzte und so fort. Was alle zu vergessen schienen, das waren die Patienten – und daß Philip Blaiberg in Kapstadt sein neues Leben genoß. Meines Erachtens stand es einzig und allein den Patienten zu, auf derlei Anschuldigungen zu antworten.

In diesem Sinne hätte die Sendung keinen besseren Abschluß haben können: Ein Chirurg aus dem Publikum stellte einen Patienten vor, der seit acht Jahren an einer unheilbaren Herzkrankheit litt und fünfundzwanzig Notoperationen durchgemacht hatte, um »am Leben« zu bleiben – im Rollstuhl.

Er sagte: »Ich habe Professor Barnards Arbeit von Anfang an verfolgt, und ich bin begeistert, denn seit 1962 warte ich darauf, ein anderes Leben führen zu können, das, so hoffe ich, ein neues Herz mir schenken wird.«

Raymond Baxter versuchte, den Mann auf die Risiken einer solchen Operation aufmerksam zu machen, und fragte: »Ist Ihnen nicht etwas unbehaglich zumute bei der Vorstellung, einen Schritt von solcher Tragweite zu tun und diese spezielle Operation an sich durchführen zu lassen?«

»Ich würde diesen Schritt schon morgen tun.« Mit dieser

einfachen, präzisen Antwort entkräftete er endgültig alle Anschuldigungen, wir würden »mit nichtsahnenden Patienten experimentieren«.

Die Sendung war zu Ende, und wir waren uns einig, daß wir uns gar nicht schlecht gehalten und die Fragen gut pariert hatten. Es war eine angenehme Abwechslung, am nächsten Tag in den Zeitungen einmal positive Artikel über uns zu lesen.

Ein Landsmann, Donald Ross, der zusammen mit mir an der Universität von Kapstadt studiert hatte, führte seine erste Herztransplantation im März dieses Jahres in England durch, im National Heart Hospital. Nach der Operation posierte das Team mit einem großen Union Jack, der englischen Nationalflagge, vor dem Krankenhaus. Das nur zu ihrem Wunsch, Publicity zu vermeiden.

Donald führte das Transplantationsprogramm fort, aber da es nur begrenzten Erfolg hatte, verhängten die britischen Chirurgen bis 1980 ein Moratorium für Herztransplantationen.

Am nächsten Tag wurde ich zu einem Mittagessen des Royal College of Surgeons eingeladen. Das war die einzige Anerkennung, die diese angesehene Institution mir je für meine Leistungen gewährte. Tatsächlich wurde ich in fast allen Ländern der westlichen Welt mit Preisen und Ehrungen bedacht – die einzige Ausnahme bildete Großbritannien.

Am späten Nachmittag flogen wir nach Paris, und nach dem üblichen Chaos auf dem Flughafen quartierten wir uns im *Plaza Athénéé* ein.

Der Abend war für »Paris bei Nacht« reserviert.

Vor dem berühmten Lido war ein solcher Menschenauflauf, daß es mir nicht einmal gelang, aus der Limousine zu steigen, und wir beschlossen, es statt dessen im *Crazy Horse* zu probieren.

Shows mit nackten Mädchen haben mich nie besonders interessiert. Erstens ist alles schrecklich gewollt und gekünstelt, und zweitens ist man zu weit von der Ware entfernt. Im *Crazy Horse* wurde ich jedoch bevorzugt behandelt, und man lud mich hinter die Bühne ein, um ein paar von den Mädchen kennenzulernen. Ich fand sie zwar nicht sonderlich attraktiv, aber ich war fasziniert, wie absolut hemmungslos sie unbekleidet durch die Gegend spazierten.

Als wir den Nachtclub verließen, holten die Reporter und Photographen uns ein, und es kam zu aggressiven Rempeleien zwischen ihnen. Ein paar verloren die Beherrschung, und das Ganze endete in einer allgemeinen Schlägerei.

Am nächsten Tag stand in einigen Zeitungen, wir seien daran schuld gewesen, und obwohl wir das entschieden abstritten, bin ich mir sicher, daß ich gesehen habe, wie M. C. einem Photographen – wahrscheinlich nicht ohne Grund – einen Fausthieb versetzte.

Am nächsten Vormittag trafen wir uns mit Professor Charles Du Bost. Er war einer der Pioniere der Gefäßchirurgie, und es freute mich zu hören, daß er und seine Kollegen beabsichtigten, mit einem Transplantationsprogramm anzufangen. Professor Du Bost war ein hochangesehener Chirurg und würde ein mächtiger Verbündeter für uns und unsere Sache sein.

Claude Terell lud uns zum Mittagessen in das berühmte Restaurant *Tour d'Argent* ein, das für seinen Entenbraten berühmt ist. Man servierte mir die 113 690. Ente in einer Sauce aus schwarzen Kirschen, was mich nicht sehr beeindruckte, ganz im Gegensatz zu der Gesellschaft, in der wir uns befanden. Das galt vor allem für die äußerst attraktive Frau, die rechts von mir saß: Madame Sukarno, die Frau des später entmachteten indonesischen Präsidenten.

Bei meinen früheren Aufenthalten in Paris hatte ich mich, wegen unseres knappen Budgets, immer sehr einschränken müssen, aber Paris in diesem Stil, das war phantastisch, und ich reiste nur sehr ungern wieder ab.

Unsere nächste und letzte Station vor unserer Rückkehr nach Hause war Mailand. Der hauptsächliche Zweck dieses Zwischenstops war es, mich mit den Leuten vom Mondadori-Verlag zu treffen und mit ihnen die Biographie zu diskutieren, die sie über mein bisheriges Leben veröffentlichen wollten. Noch ehe ein Wort geschrieben worden war, hatten sie die Weltrechte gekauft und waren daher sehr daran interessiert, anzufangen.

Der Generaldirektor Giorgio Mondadori machte den Vorschlag, ich solle zu ihm in sein Landhaus kommen, damit wir wenigstens einen Tag lang in Ruhe und ungestört von den Paparazzi arbeiten konnten.

Mit einem kleinen Privatflugzeug starteten wir in Richtung der kleinen Stadt – und verflogen uns. Nachdem wir ungefähr eine halbe Stunde lang über der italienischen Landschaft gekreist waren, fanden wir schließlich die behelfsmäßige Landebahn und setzten, sehr zu unserer Erleichterung, endlich auf. Giorgio und seine Frau Nara holten mich ab und brachten mich zu ihrem Haus, das eher ein Palast war, umgeben von wunderschönen Gärten mit Kirschbäumen, makellosen Rasenflächen, einem Tennisplatz und einem Swimming-pool.

Bis spät in die Nacht arbeitete ich mit den Verlagsleuten einen Entwurf für das Buch aus. Giorgio war ganz fasziniert von den Geschichten aus meiner Kindheit und von den Kämpfen, die ich als junger Arzt zu bestehen gehabt hatte, aber auch von der Zeit, als ich mich auf die erste Transplantation vorbereitet hatte.

Schließlich kamen wir auf meine Beziehung zu Gina Lollobrigida zu sprechen. Ich wollte sie unbedingt wiedersehen, und ich glaube, es hätte die Möglichkeit einer gemeinsamen Zukunft für uns bestanden, aber davon wollte Mondadori nichts wissen. Er sagte, die Publicity würde dem Verkauf des Buches schaden – und auch meinem Ruf. Ich durfte sie nicht einmal anrufen.

Am nächsten Tag kehrten wir nach Mailand zurück, wo ich die üblichen Interviews mit den immer gleichen Antworten auf die immer gleichen Fragen gab.

Alfredo Beni hatte von dem Plan zu dem Buch gehört, und die Möglichkeit, einen Film daraus zu machen, war ein gefundenes Fressen für die Presse, auch wenn es damals nur eine vage Idee war. Man berichtete, die Rolle des Christiaan Barnard würde entweder Gregory Peck oder Warren Beatty, oder Maximilian Schell, oder Vince Edwards, oder James Coburn spielen. Alle diese Spekulationen waren äußerst amüsant und in gewisser Weise sehr schmeichelhaft. James Coburn hatte mich offenbar schon einmal recht gut dargestellt, in einem Film, der gerade angelaufen war, *Candy*.

Bei der Party an diesem Abend tauchte Beni in Begleitung eines phantastischen Mädchens auf, einer ehemaligen Miß Italien. Sie war Anfang Zwanzig. »So ein Glückspilz!« dachte ich, obwohl ich wußte, daß Filmproduzenten immer wunderschöne Mädchen bei sich haben, die es meistens darauf angelegt haben, ein Filmstar zu werden.

Als wir vor meinem Hotel, dem *Cavour*, ankamen, wünschte ich den beiden eine gute Nacht und stieg aus. Ich war völlig verblüfft, als seine »Freundin« sich mir anschloß. Da Jenny kein Englisch konnte und mein Italienisch damals auch nicht besonders gut war, hatte ich Schwierigkeiten zu verstehen, was sie vorhatte.

Der Filmproduzent lachte schallend und fragte mich: »Kapieren Sie denn nicht? Sie will die Nacht mit Ihnen verbringen!«

Ich konnte es einfach nicht fassen, drehte mich um und sah sie an. Sie hatte dunkle Haare und dunkelgrüne Augen – einfach umwerfend. Sie lächelte verführerisch und zeigte dabei ihre vollkommen ebenmäßigen, strahlendweißen Zähne. Fragend zog ich meine Augenbrauen hoch. Sie reagierte darauf, indem sie ihre schlanken Arme um meinen Hals schlang und mich auf den Mund küßte. Zärtlich nagte sie an meiner Unterlippe und preßte ihren Körper an meinen. Nicht einmal das kalte Wetter konnte verhindern, daß sie meine Erregung spürte; sie lachte spitzbübisch und warf ihren Kopf zurück, während sie mich immer noch umklammerte und sich an mich drängte.

»Sehen Sie«, rief mein Gastgeber mir beim Wegfahren fröhlich zu, »Sie sind in Italien sehr gefragt!«

Es war bis jetzt eine sehr anstrengende Reise gewesen, und ich war mir nicht sicher, ob ich überhaupt in der Lage war, die Nacht auf die Weise zu verbringen, wie man es offensichtlich von mir erwartete. Für alle Fälle ging ich mal ins Bad, putzte meine Zähne und zog mich aus. Als ich zurückkam, war das Licht gelöscht, und nur der Mond schien durch das Fenster.

Plötzlich stand sie aufrecht vor mir. Ihre Finger kitzelten sanft Nervenenden, von denen ich während meines ganzen Medizinstudiums nie etwas gehört hatte, während ihr Körper sich an mich drängte. Ich streckte meine Arme aus und zog sie an mich, und wir versanken in einen langen, leidenschaftlichen Kuß. Unsere Körper schienen eins zu werden.

Ihre Brüste waren voll und fest und hoben und senkten sich ungeduldig bei jedem Atemzug. Ihr Parfum vermischte sich mit dem Geruch animalischer Lust, und sie stöhnte, als ihre Lippen meine Ohren, meinen Hals und meinen Bauch liebkosten und sie langsam auf die Knie sank.

Es war viel zu schnell vorbei, und erschöpft schliefen wir ein.

Ich wurde von einem entsetzlichen Lärm im Korridor geweckt. Leise öffnete ich die Tür und spähte hinaus. Einer meiner Kollegen im Pyjama und eine Frau in Jeans und Bluse standen da und schrien sich an.

Folgendes war passiert: Jemand auf der Party hatte ein Mädchen für ihn organisiert, aber er hatte keine Ahnung gehabt, daß sie eine Prostituierte war. Als sie morgens ging, wollte sie bezahlt werden.

Der Unglücksrabe kapierte das einfach nicht, denn da, wo wir herkamen, gab es Prostitution nur in den Docks, wo häßliche und zumeist kranke Frauen ihrem Gewerbe nachgingen. Mit Sicherheit hatte er es noch nie mit einem erstklassigen, sauberen und noch dazu hübschen Callgirl zu tun gehabt.

Nachdem sie ihm ein paar italienische Beleidigungen an den Kopf geworfen hatte – unter anderem *stronzo*, was wahrscheinlich sogar er verstand –, stürmte sie, immer noch lautstark schimpfend, den Korridor hinunter: kaum der romantische Abschluß einer leidenschaftlichen Nacht!

Ich ging in mein Zimmer zurück, und da Jenny eindeutig nicht in diesem Geschäft war und die Nacht genossen zu haben schien, liebten wir uns noch einmal.

Noch am gleichen Tag kehrten wir nach Südafrika zurück.

Ich war überrascht und freute mich sehr, daß Louwtjie und Deidre mich erwarteten, als ich auf dem D.-F.-Malan-Flughafen in Kapstadt ankam, aber ich bat sie trotzdem, mich zuerst zum Krankenhaus zu bringen, ehe wir nach Hause fuhren. Ich traf Philip Blaiberg bei bester Gesundheit an. Mein Bruder Marius brachte mich auf den neuesten Stand, was die Verfassung und die unglaublichen Fortschritte betraf, die unser Patient gemacht hatte.

»Für dich interessieren die Medien sich nicht mehr«, erklärte Marius augenzwinkernd. »Jetzt wollen sie Photos von Blaiberg.«

»Ich weiß nicht so recht«, entgegnete ich. »Roy Calne hat uns fürchterliche Vorwürfe gemacht, daß wir über den ersten Patienten und den ersten Spender zuviel an die Öffentlichkeit haben durchsickern lassen. Wie dem auch sei, mir hängt der ganze Presserummel zum Hals raus.«

»Ja, wir haben die Berichte von einigen deiner Abenteuer gelesen«, meinte er grinsend, »ist das alles wahr?«

»Na ja, teils-teils«, gab ich lachend zurück. Wir waren Brüder, und er verstand mich.

»Ich glaube nicht, daß man dir zu Hause ein sehr herzliches Willkommen bereiten wird«, fügte er, jetzt etwas ernster, hinzu.

Nachdem ich mit Philip und Eileen Blaiberg gesprochen hatte, gab ich meine Einwilligung, daß ein oder zwei Photos und vielleicht auch, später, ein paar Interviews gemacht wurden. Vorausgesetzt natürlich, es geschah unter Einhaltung aller Sterilitätsvorschriften. Anschließend fuhr ich mit Louwtjie und Deidre zu unserem Haus in Zeekoevlei.

Am nächsten Morgen begrüßte Philip Blaiberg seine Frau und meinte: »Weißt du was, Eileen, ich finde diesen Mann wirklich phantastisch. Sieh mal, er hat regelmäßig im Krankenhaus angerufen und sich nach mir erkundigt, während er in Europa war. Und kaum eine halbe Stunde, nachdem er die ganze Strecke von Italien zurückgeflogen ist, ist das erste, was er tut, daß er mich besucht! Ich meine, ich muß wirklich eine ziemlich wichtige Persönlichkeit sein!«

»Ja, du bist sein berühmtester Patient, also machst du dich jetzt am besten für den Photographen fertig. Die wollen nämlich ein paar offizielle Aufnahmen, was für Fortschritte du machst.«

»Was, so wie ich aussehe!«

»Nein, sie wollen dich beim Rasieren photographieren«, erklärte sie fröhlich lachend.

»Du meinst, ich kann mich selber rasieren?«

»Ja, das können Sie – Sie haben sich ohnehin viel zu lange viel zu sehr verwöhnen lassen«, scherzte die Schwester, die gerade in den sterilen Raum trat. »Und wenn Sie ein Geheimnis für sich behalten können: Ich glaube, die werden Sie bald ein paar Schritte mehr gehen lassen, sogar außerhalb dieses Zimmers. Sie werden also schon bald zumindest aus dem Fenster schauen können.«

Er war außer sich vor Freude. »Und dann, meinen Sie, kann ich hier raus und nach Hause?«

»Nicht so ungeduldig«, ermahnte ihn die Schwester, »eins nach dem anderen.« Er konnte nicht sehen, wie sie hinter ihrem Mundschutz lächelte. Alle Schwestern hier mochten ihn sehr und waren begeistert, was für Fortschritte er machte und daß er sich wieder seines Lebens freuen konnte.

Und so zeigte sich Philip Blaiberg, der Patient, der nach einer Herztransplantation bislang am längsten überlebt hatte, dreiundvierzig Tage nach seiner Operation zum ersten Mal vor einer Kamera – im Pyjama. Und er tat das, was Männer normalerweise jeden Morgen tun: Er stand vor einem Spiegel, seifte sich mit Rasierschaum ein und rasierte sich.

Don Mackenzie und seine Kamera wurden dem umständlichen Sterilisierungsritual unterzogen, ehe er zu der Trennwand aus Milchglas in der speziellen Intensivstation vorgelassen wurde. Dort durfte er durch ein Glaspaneel, das in Augenhöhe eingelassen war und durch das man in die sterilen Räume sehen konnte, ein paar Photos machen. Der Blickwinkel war denkbar ungünstig, aber er schoß ein Photo, das berühmt wurde.

Jetzt wußte die Welt, daß Philip Blaiberg in Kapstadt gesund und munter war. Und sich rasierte.

Ich hatte schon damit gerechnet, daß Louwtjie wütend sein würde, und konnte es ihr auch nicht verdenken. Seit sie mich am Flughafen abgeholt hatte, war sie sehr still gewesen. Als wir dann alleine waren, hielt sie mir die diversen Zeitungsberichte vor. Die Pornoschauspielerin, Gina Lollobrigida, Sophia Loren, meine »Sekretärin« in London, das Handgemenge mit den Photographen vor dem Nachtclub in Paris und »Oh, ja, die Tauben, die dir den Kopf vollscheißen. Ich dachte, du seist in Sachen Medizin unterwegs und nicht, um von einem Nachtclub zum anderen und von einem Mädchen zum nächsten zu ziehen!« zischte sie.

Ich wollte sie nicht rundweg anlügen, also überging ich die meisten Geschichten und konzentrierte mich auf die Schlagzeilen zu Sophia Loren und den Vorfall vor dem *Crazy Horse*. Eines habe ich gelernt: Wenn man schon lügen muß, dann ist es am besten, wenn ein bißchen von dem, was man erzählt, wahr ist.

»Nichts als Lügen«, wehrte ich ab. »Du weißt doch, wie diese Kerle sind. Die würden alles sagen, um eine Skandalgeschichte zu kriegen. Ich mag ja naiv gewesen sein, aber ich konnte sie einfach nicht daran hindern, diesen Unsinn zu schreiben.«

»Vielleicht, und für dich mag das ja in Ordnung sein, aber für mich war es derart demütigend! In der ganzen Zeit hast du dich hauptsächlich vergnügt und sonst nichts. Das ist keine Art für einen Vater und Ehemann!

Die Zeitungsleute haben uns fast verrückt gemacht mit ihren Fragen, und wir mußten immer nur lächeln und so tun, als würde es uns nichts ausmachen, von diesen ekelhaften Typen belästigt zu werden!

Und dann haben Deidre und ich geduldig am Flughafen gewartet und mußten von der Polizei beschützt werden. Wir konnten nicht mal aus dem Auto raus, weil das bei diesem verrückten Mob von Reportern und Photographen einfach unmöglich war. Ich wollte, diese neugierigen Typen würden sich um ihre eigenen Angelegenheiten kümmern!«

Nachdem sie ein bißchen Dampf abgelassen hatte, schien es ihr etwas besser zu gehen. Aber ich wurde einfach den Gedanken nicht los, wie unterschiedlich wir doch waren. Trotz allem kam ich mir wie ein Schweinehund vor, als ich sah, wie sehr sie das mitnahm. Es kostete mich einige Mühe, mein Schuldgefühl abzuschütteln – zum Teufel noch mal, mir hatte es gefallen!

Es waren nur noch ein paar Wochen bis zu einem Vortrag, den ich am American College of Cardiology in San Francisco halten sollte. Louwtjie würde mich begleiten, also schoben wir die scheußlichen Geschichten in der Presse beiseite und richteten uns, mit Mühe, wieder in unserer angespannten Beziehung und zerbröckelnden Ehe ein.

In der Zwischenzeit hatte ich – abgesehen davon, daß ich mich um meine Patienten und den Verwaltungskram meiner Abteilung kümmern mußte – mit einer regelrechten Invasion der Medien aus aller Welt fertig zu werden.

Aus den Vereinigten Staaten und Deutschland flogen Fernsehteams nach Kapstadt ein, um mich, Philip Blaiberg, der Welt in persona zu präsentieren. In meinen Zimmern wurden sterilisierte Scheinwerfer installiert. Ich würde, so erklärte man mir, auf den Fernsehschirmen in Millionen Haushalten der Star sein – der »Mann der Stunde« und »Der Mann mit dem neuen Herzen«.

Ich setzte mein strahlendstes Lächeln auf und tat mein Bestes, um ihre Fragen zu beantworten, ja, nur so zum Spaß sang ich sogar ein oder zwei Lieder! Mir wird immer noch ganz schwindlig bei dem Gedanken, daß man mich überall auf der Welt sehen und hören konnte.

Und dann durfte ich endlich aus dem sterilen Zimmer heraus in die anderen Räume meiner »Suite«. Das klingt nicht weiter aufregend, aber es war ein wichtiger Meilenstein und ein Beweis dafür, daß ich auf dem Weg war, wieder völlig gesund zu werden.

Jetzt konnte ich an dem versiegelten Fenster stehen und auf die Straße vor dem Krankenhaus schauen, den Passanten zuwinken und für Photos posieren. Ich habe wohl in tausend Videokameras und Teleobjektive geblinzelt und dabei Churchills Victory-Zeichen gemacht. Weltreisende, auf deren Route Kapstadt lag, machten bei ihren Besichtigungsfahrten einen Abstecher zum Groote Schuur, um mir zuzuwinken. Ich war jetzt anscheinend eine ebenso beliebte Touristenattraktion wie der Tafelberg.

Dann hatte Don Mackenzie, der Photograph, eine glänzende

Idee. Eines Abends überredete er Professor Barnard, mitzuspielen und mit Mundschutz und seinem üblichen sterilen Anzug in mein Zimmer zu kommen, in der Hand eine durchsichtige Plastikschüssel – in der mein altes Herz in einer Konservierungslösung lag. Draußen, hinter dem Glaspaneel im Durchgang, drückte Don Mackenzie fröhlich ein um das andere Mal auf den Auslöser.

Professor Barnard und ich saßen auf meinem Bett und untersuchten sachlich professionell mein Herz. Er zeigte mir, daß über 90 Prozent des Herzmuskels nur mehr aus funktionsuntüchtigem vernarbtem Gewebe bestanden. Wie ich es geschafft hatte, bis zur Transplantation am Leben zu bleiben, war ein Wunder.

Professor Barnard blickte von meinem Herzen auf und fragte mich: »Dr. Blaiberg, ist Ihnen eigentlich klar, daß Sie der erste Mensch in der Geschichte der Menschheit sind, der so dasitzt und sich sein eigenes, totes Herz ansieht?« Dieses Photo wurde auf der ganzen Welt veröffentlicht.

Kurz nach meiner Rückkehr nach Kapstadt beriefen der Vorsitzende des Aufsichtsrats des Krankenhauses, Mr. Lionel Murray, und andere leitende Beamte der Medizinischen Fakultät von Kapstadt und des Groote-Schuur-Krankenhauses eine Sitzung ein. Sie machten sich, erklärten sie, Sorgen um das Wohlergehen der Familie Darvall. Bei der ersten Transplantation hatte Washkansky das Herz ihrer Tochter Denise erhalten, die als einzige für den Lebensunterhalt der Familie gesorgt hatte. Man hatte daher einen Fonds gegründet, falls die Familie Unterstützung brauchte.

Harry Oppenheimer, Vorsitzender der Diamantengesellschaft De Beers und Kanzler der Universität Kapstadt, hatte die Idee, die Chamber of Mines (die Bergbau-Kammer) könnte an der Medizinischen Fakultät ein Forschungsteam einrichten, um die Fortführung der Forschungen zu Transplantationen und Immunologie zu ermöglichen.

Man war übereinstimmend zu der Ansicht gelangt, daß man sich intensiv um Spenden für den Fonds bemühen sollte, vor allem unter Verwendung meines Namens, um ein kontinuierliches kardiologisches Forschungsprogramm auf die Beine zu stellen. Ob ich bereit wäre mitzumachen?

Ich erklärte, ich würde alles tun, was ich konnte, daß wir uns aber davor hüten sollten, meinen Namen allzusehr zu »kommerzialisieren«. Dies könnte sich nachteilig auf die medizinischen Institutionen in Südafrika und auf das Herztransplantationsprogramm als solches auswirken, ganz zu schweigen von meinem Ruf. In letzter Zeit war in der Presse ziemlich oft von mir die Rede gewesen, keineswegs immer im negativen Sinne. Aber die kritischen Artikel schienen sich auf die Unterstellung zu konzentrieren, ich sei »publicitysüchtig«.

Von Privatpersonen waren bereits Spenden eingegangen, und die Shell Company ließ, in Zusammenarbeit mit der Trust Bank, Goldmünzen von einer Unze Gewicht prägen, die mit beträchtlichem Gewinn verkauft wurden.

Die größten Hoffnungen richteten sich auf die Gewinne, die das Buch über mein bisheriges Leben einbringen sollte. Mr. Murray und die anderen Herren hatten bereits, für eine beträchtliche Summe, die Weltrechte verkauft und waren nun neugierig, wie meine Gespräche mit dem Verleger verlaufen waren. Ich berichtete ihnen von meinem Treffen mit Mondadori, wies aber darauf hin, daß ich unmöglich das Buch selber schreiben könnte, einfach aus Zeitgründen. Wir beschlossen also, in Südafrika einen Schriftsteller zu suchen, der mir helfen könnte.

Alle waren hoch zufrieden und weit optimistischer als ich, was die Nachfrage nach einem solchen Buch betraf. Dr. Nico Malan, Administrator der Provinz Kapland und (damals) ein guter Freund von mir, gab, wie sich das gehörte, eine Presseverlautbarung heraus:

»Der Darvall Memorial Fund verfügt mittlerweile über ausreichend Mittel aus Spenden, um Mr. Darvall und seine beiden Söhne angemessen zu unterstützen.

Auf Ersuchen des Komitees habe ich mich mit der Einrichtung eines Forschungsfonds einverstanden erklärt, aus dem ausgewählten praktizierenden Ärzten in aller Welt finanzielle Mittel für Forschungen zu Herz- und Organverpflanzungen zur Verfügung gestellt werden sollen.

> Mr. Darvall hat den Wunsch geäußert, daß der Fonds
> direkt Professor Barnard zugeordnet wird, daher wird er
> den Namen »Chris-Barnard-Stiftung« tragen. Ich glaube,
> daß alles, was auf diesem Gebiet der Medizin bis jetzt
> geleistet wurde und zweifellos noch geleistet wird, von
> großem Nutzen für die Menschheit sein wird.

Jetzt begann die Suche nach einem Koautor. Ein Vorschlag nach dem anderen wurde aus den verschiedensten Gründen wieder verworfen. Wie ich vorhergesagt hatte, hielt man mir sogleich wieder meine »Publicitysucht« vor.

Es erschien eine Reihe von Artikeln über verschiedene Ghostwriter – ein pensionierter Verleger, der sich durch seine Publikationen über das Verbrechen in Südafrika einen Namen gemacht hatte, »gab auf«, weil ich nicht genügend Zeit erübrigen konnte, um ihm zu helfen.

Dann übernahm ein Professor für Physik, aber das funktionierte auch nicht, weil er – er arbeitete selbständig – zu viele Details erfand. Beispielsweise erinnere ich mich, daß er eine Menge über meine »Liebe zum Forellenfischen« schrieb, dabei habe ich in meinem ganzen Leben keine einzige Forelle gefangen. Ich glaube, er schrieb eher über seine Kindheit als über meine.

»Wann, wenn überhaupt, wird Barnards Buch fertig?« schrieben die Zeitungen, als sie darüber berichteten, wie schwierig es war, sich mit mir zu treffen. Das war jedoch nur deswegen schwierig, weil ich von den verschiedensten Seiten her enorm unter Druck stand. Die Leute schienen nicht begreifen zu wollen, daß ich zuerst und vor allem *Arzt* war und es nicht als meine Lebensaufgabe ansah, Gelder für die Stiftung aufzutreiben oder mich als Schriftsteller zu profilieren. Meine Patienten waren mir wichtiger.

Als nächstes erschien eine Geschichte mit der Überschrift »Mutter von drei Kindern enthüllt, daß sie Barnards Ghostwriterin ist«, die von einem anderen Autor widerlegt wurde. Schließlich kam es zu Streitigkeiten, wer wann was geschrieben hatte, wobei alle der Ansicht zu sein schienen, für alle diese Fehlstarts sei ich verantwortlich – was natürlich nicht stimmte.

Und inmitten dieses Trubels mußte ich operieren, an Konferenzen teilnehmen, Forschungsarbeiten überwachen und eine Abteilung leiten.

Schließlich ging ich noch einmal zu dem Komitee (mir blieb gar nichts anderes übrig) und erklärte, ich würde das Buch selber schreiben und jemanden suchen, der mir dabei helfen würde.

In der Zwischenzeit hatte Louwtjie, eigentlich ganz untypisch für sie, einem Presseinterview zugestimmt, das mit der Untertreibung des Jahres als Überschrift veröffentlicht wurde:

»Chris ist kein Heiliger, sagt Mrs. Barnard.«

Widerstrebend öffnete Louwtjie Barnard die Tür. Warum machte sie das? Sie verabscheute Zeitungsreporter. Trotzdem, vielleicht war es besser zu kooperieren, als sich immer zu verweigern. Vielleicht würde dieser Reporter die Wahrheit schreiben, ohne die üblichen Übertreibungen und Lügen?

»Wirklich ein schönes Zuhause«, sagte er, als er in das kleine Häuschen trat.

»Freut mich, daß es Ihnen gefällt«, antwortete sie und zündete sich eine Zigarette an, »denn das bedeutet, daß Ihnen mein Geschmack gefällt. Chris ist das Haus völlig egal, also überläßt er alles mir. Schon vor Wochen habe ich ihn gebeten, den Rasen zu mähen, aber er hat, wie Sie vermutlich wissen, andere Dinge im Kopf. Trotzdem, er hat versprochen, es dieser Tage zu machen. Ich habe nur keine Ahnung, wann.«

»Er ist also ein vielbeschäftigter Mann?« fragte der Reporter.

»Seit der Transplantation bekomme ich ihn kaum mehr zu Gesicht. Das einzige sind die zehn Minuten in der Frühe, wenn er eine halbe Tasse Kaffee hinunterstürzt, und dann abends, wenn er völlig erschöpft ist.

Ich sag' Ihnen was: Der Mann treibt Schindluder mit seiner Gesundheit, und eines Tages wird sich das rächen. Aber er läßt sich natürlich nichts sagen. Er will nicht hören, sondern schaltet einfach auf stur.

Eines sollten Sie wissen: Chris weiß, wo seine Prioritäten liegen. Seine Patienten kommen an erster Stelle, und an zweiter kommt seine Familie. Glauben Sie bitte nicht, daß ich mich beklage. Bei einem berühmten Chirurgen ist das nun mal so.

Aber ich kann auch stur sein«, erklärte sie und drückte ihre Zigarette aus, »besonders wenn es um das ganze Getue von wegen Ruhm geht. Auf einmal ist die Familie Barnard berühmt – na und? Und nichts, sage ich! Ich weigere mich zuzulassen, daß sich dadurch hier irgend etwas ändert. Ich habe einen Haushalt zu führen, ob wir nun berühmt sind oder nicht.

Natürlich ist Chris begeistert von allem, was geschehen ist, und er genießt diese Lobhudeleien. Aber wenn auch ich mich davon mitreißen ließe, dann wäre hier der Teufel los.

Nein, man muß auf dem Teppich bleiben. Als Chris mich nach der Transplantation in aller Frühe aus dem Krankenhaus angerufen hat, um mir zu sagen, daß es dem Patienten gutgeht, habe ich gesagt: »Herzlichen Glückwunsch, das ist wundervoll«, und habe weitergeschlafen.

Vielleicht sollte ich ein bißchen mehr Begeisterung an den Tag legen, aber in unserer Familie trägt man seine Gefühle nicht zur Schau. Die ganze Welt überschüttet Chris mit Rosen. Man bietet ihm phantastische Stellen an, und Frauen aus aller Welt schreiben ihm Liebesbriefe. Wo auch immer er hinfährt, er wird wie ein König behandelt. Er wird mit Komplimenten überhäuft. Mit einemmal kann Chris offenbar überhaupt nichts mehr falsch machen.

Aber das kann er sehr wohl. Er ist kein Heiliger. Und wenn seine eigene Ehefrau ihn wie einen solchen behandeln würde, dann würde er überschnappen.

Wenn Chris hier zur Tür reinkommt, tritt er in die Realität ein. Und die Realität ist genau das, was er jetzt mehr als alles andere braucht. Ich bin der einzige Mensch, der ihm das geben kann. Wenn man einem Mann zu oft auf die Schulter klopft, wird er schließlich das Gleichgewicht verlieren und umkippen. Ich bin hier, um dafür zu sorgen, daß das nicht passiert.«

Der Reporter zögerte einen Augenblick, ehe er ihr die nächste Frage stellte: »Mrs. Barnard, ich glaube, Sie stehen in dem Ruf, eine ›harte‹ Frau zu sein. Sind Sie der Ansicht, daß das stimmt?«

Sie hielt nur so lange inne, wie sie brauchte, um eine neue Zigarette anzuzünden, dann antwortete sie hastig: »Nicht hart. Nur ehrlich. Ich weiß beispielsweise, daß einige Leute der Ansicht sind, ich hätte längst Mrs. Washkansky und Mrs. Blaiberg besuchen sollen. Und das werde ich auch. Aber erst dann, wenn ich finde, daß es an der Zeit ist. Und ich weiß, daß man einige unschöne Dinge über mich gesagt hat, weil ich mich weigere, mit der Presse zu kooperieren. Das alles läuft auf eines hinaus: Ich will mich nicht in Chris' Ruhm sonnen oder mich selber in den Mittelpunkt rücken.«

»Guten Morgen, Miss Levett, irgendwas Interessantes in der Post?« Ann Levett war seit etlichen Jahren meine Sekretärin, sehr loyal und sehr tüchtig. Unglücklicherweise hatte sie Probleme mit ihrer Freundin, und ich sah, daß sie schon wieder geweint hatte.

Ohne von ihrem Schreibtisch aufzublicken, antwortete sie: »Nur das Übliche: Unmengen von Verehrerpost und Einladungen.«

Jeden Tag bekam ich ungefähr zweihundert Briefe aus aller Welt, die alle möglichen Angebote enthielten – von Frauen, die mir ihr Herz als potentielle Ehefrau, bis hin zu anderen, die mir ihr Herz als Spenderin anboten. Zu diesem Zeitpunkt war ich im Guinness-Buch der Rekorde als die Person verzeichnet, die am meisten Verehrerpost erhielt, wobei ich nicht weiß, ob das der Wahrheit entsprach.

Ich ging in mein Büro, um die letzten Vorbereitungen für meine nächste Reise nach Übersee zu treffen. Es handelte sich um eine wichtige Verpflichtung, denn ich würde zum ersten Mal meinen Kollegen Bericht erstatten – dem American College of Cardiology, das in San Francisco zusammentraf. Zu diesem Zeitpunkt gaben die Ergebnisse auf dem Gebiet der Herztransplantation keinerlei Anlaß zum Optimismus.

Drei Tage nach der Blaiberg-Operation hatte Norman Shumway seine erste Transplantation an Mike Kasperak durchgeführt. Die postoperativen Probleme, mit denen er und seine Leute zu tun bekamen, könnten ein ganzes Lehrbuch der Pathologie füllen. Der Patient war nach zwei Wochen gestorben.

Drei Tage nach Shumway hatte Kantrowitz seine zweite Transplantation vorgenommen, diesmal an einem achtundfünfzigjährigen Patienten. Das Ergebnis war nicht viel besser als bei seinem ersten Versuch, denn der Patient war acht Stunden nach der Operation gestorben.

Am 16. Februar hatte in Bombay Dr. Sen einen neunundzwanzigjährigen Patienten operiert; auch der war drei Stunden später gestorben.

Als ich eingeladen wurde, vor dem American College of Cardiology in San Francisco zu sprechen, waren also insgesamt sechs Herztransplantationen durchgeführt worden. Und einzig mein Patient Dr. Blaiberg hatte überlebt.

»Wo sind meine Dias?« rief ich Ann durch die offene Tür zwischen meinem und ihrem Büro zu.

»Ich hab' sie noch nicht gerahmt, weil Don noch die Graphiken hat, die er photographieren sollte.«

»Rufen Sie ihn an, er soll sie sofort herbringen. Wenn nötig, photographiere ich sie selber, sonst muß ich noch ohne meine Dias abreisen!«

Da ich noch nie über klinische Transplantationen referiert hatte, war es notwendig gewesen, einige neue Dias vorzubereiten. Einer meiner Ärzte, Des Fernandez, hatte ein paar Farbzeichnungen angefertigt, die die chirurgischen Techniken veranschaulichten. Und Ann Levett hatte, da uns kein darauf spezialisierter Zeichner zur Verfügung stand, einige Graphiken zum postoperativen Verlauf bei Blaiberg vorbereitet: Sie dokumentierten die Werte für Puls, Temperatur, Atmung, Amplitude des Elektrokardiogramms und die Medikation zur Immunsuppression.

Die Graphiken sahen nicht besonders professionell aus, aber ich war stolz auf sie, bezogen sie sich doch auf einen Patienten, der fünfundsechzig Tage nach einer Herztransplantation noch am Leben und wohlauf war.

Endlich tauchte Don Mackenzie auf, völlig aufgelöst, wie üblich. »Was, zum Teufel, ist denn mit dir los?« fragte ich. »Wahrscheinlich wieder mit einem Teenager-Model unterwegs, vermute ich!«

Don war Modephotograph und im Grunde genommen kein schlechter Kerl. Seit der Transplantation arbeiteten wir oft zusammen, zum beiderseitigen Vorteil: Er bekam mehr Geld, und ich hatte die Kontrolle über sämtliche Photos.

In seiner atemlosen Art zu reden fing er an, mir von den Schwierigkeiten mit seinen diversen Freundinnen zu erzählen. Er redete wie ein Maschinengewehr.

»Jetzt vergiß mal kurz deine Probleme – hast du meine Sachen photographiert?«

Ich hatte nicht mehr viel Zeit, da Deidre, meine Tochter, nachmittags nach Australien abreiste und ich sie zum Flughafen bringen wollte.

»Ja«, erwiderte er, als er zum Vorführapparat ging und eine Spule Film entrollte.

Ich suchte die besten Photos aus und bat Ann, sie aufzuziehen. Zwar waren sie nicht von der gleichen Qualität wie die meiner Kollegen in den Vereinigten Staaten, aber bessere hatte ich nicht. Überdies würde ich meinen Vortrag im Flugzeug schreiben müssen, weil mir vorher keine Zeit mehr blieb. Ich verstaute also einige Aufzeichnungen und einen kleinen Diaapparat in meinem Aktenkoffer, während Don mir in allen Einzelheiten von seinen neuesten Eroberungen berichtete.

Ann brachte das Kästchen mit den Dias, und ich verließ mein Büro. Vor mir lag eine Reise, die mich nach Portugal, Italien und in die Vereinigten Staaten führen sollte.

Da Deidre zu einer Wasserski-Weltmeisterschaft in Australien unterwegs und Andre, mein Sohn, in Pretoria auf der Schule war, hatte Louwtjie beschlossen, mich zu begleiten, allerdings nur in die USA. Wir wollten uns in ein paar Tagen auf dem Fiumicino-Flughafen in Rom treffen.

Am nächsten Morgen landete die Boeing 707 der South African Airways in aller Frühe in Lissabon. Ich wollte nur einen Tag hierbleiben und meinen für später geplanten Besuch der Universität Coimbra besprechen. Noch für den gleichen Abend hatte ich eine Verabredung in Mailand, um den neuen Koautor meiner Biographie kennenzulernen.

In der Hotelhalle begrüßte mich der bitter-süße Refrain von *Fado*-Sängern, die alle in schwarze Umhänge gehüllt waren. Sie waren schon in aller Herrgottsfrühe vier Stunden unterwegs gewesen, um mich hier zu begrüßen. Ihre traurigen Lieder fand ich wundervoll. Die düstere Fado-Stimmung hellte sich allerdings schnell auf, als begeisterte Studenten, stolz auf die Tradition der ältesten Universität in Portugal, mit mir aufgeregt die Einzelheiten meines Besuchs in ein paar Wochen diskutierten.

Im Hotel stand mir für den Tag ein Zimmer zur Verfügung, und so beschloß ich, mich ein paar Stunden hinzulegen.

Normalerweise kann ich im Flugzeug gut schlafen, aber letzte Nacht hatte ich fürchterliches Sodbrennen gehabt, und Borax hatte es an Bord nicht gegeben. So war es eine lange, unangenehme Nacht gewesen.

Gegen meine Arthritis nahm ich damals Indocin; ich wußte, daß man dieses Medikament nur nach Mahlzeiten einnehmen soll, da es sonst Magengeschwüre verursachen kann. Mein Leben war jedoch mittlerweile so unregelmäßig geworden, daß ich die Kapseln oft schon in den frühen Morgenstunden auf leeren Magen schluckte, damit ich zumindest ohne die lähmenden Schmerzen aus dem Bett kam.

Eben hatte ich es mir in dem Doppelbett bequem gemacht, als das Telefon läutete.

Vor Schreck machte mein Herz einen Satz – der Anruf mußte aus Südafrika kommen, denn ich hatte an der Rezeption die Anweisung hinterlassen, keine Anrufe durchzustellen, es sei denn, sie kämen aus Kapstadt. Inständig hoffte ich, daß meinem Patienten nichts passiert war.

»Ja?« fragte ich besorgt.

»Verzeihen Sie die Störung, aber hier ist eine junge Dame, die erklärt, sie habe eine dringende Nachricht für Sie«, entschuldigte sich der Telefonist.

»Von wem?« fragte ich gereizt.

»Sie meint, das könne sie mir nicht sagen. Sie muß sie persönlich überbringen und schwört, daß sie sich nicht von der Stelle rührt, ehe sie ihren Auftrag erledigt hat.«

Ich überlegte kurz. Die Tatsache, daß es sich um ein junges Mädchen handelte, machte die Störung eher verzeihlich.

»Okay, schicken Sie sie rauf.«

Ein paar Minuten später klopfte es leise an meine Tür.

»Kommen Sie rein – es ist offen.«

Nach kurzem Zögern trat meine Besucherin ein. Sie war nicht besonders jung, Anfang Dreißig, schlank und großgewachsen. Sie trug Hosen, eine weiße Bluse und einen Blazer.

Sie sah etwas verunsichert drein, und es war klar, daß sie diesen Besuch so schnell wie möglich hinter sich bringen wollte.

»Hallo, was kann ich für Sie tun?« Ich lächelte, denn mittlerweile hatte mein Ärger sich gelegt. Wir nahmen beide Platz.

Sie sprach mit italienischem Akzent: »Gina hat mich mit einem Privatflugzeug hierhergeschickt, um Sie abzuholen.«

»Mich abholen?« Ich wäre fast vom Stuhl gefallen.

»Ja, sie hat mich gebeten, Ihnen diesen Brief zu geben und auf Sie zu warten.«

Die Botin öffnete ihre Gucci-Handtasche und zog einen blauen Umschlag heraus. Wirklich, ein phantastischer privater Kurierdienst! Der Brief war von Gina Lollobrigida. Zu Beginn ließ sie einige Momente jener Nacht in ihrem Haus wiederaufleben. Sie hielt sich jetzt in Catania auf, bei den Dreharbeiten zu *Buona sera Mrs. Campbell*; sie beklagte sich, sie könne sich nicht konzentrieren, und bat mich, für ein paar Tage zu ihr zu kommen.

Mein Gott, wie gerne hätte ich diese Einladung angenommen! Aber es war einfach nicht möglich. Ich erklärte, daß ich keinesfalls meine Pläne ändern könnte, und tat dann etwas sehr Dummes: Ich steckte den Brief in meinen Aktenkoffer – und vergaß ihn. Er wurde später gefunden und war der Auslöser für einen ziemlich aufsehenerregenden Skandal, für Drohungen, mich juristisch zu belangen, und schließlich auch noch für einen Selbstmordversuch. Kurzum: Er brachte mich in Teufels Küche.

Noch sehr müde, flog ich nachmittags nach Mailand weiter. Giorgio Mondadori holte mich am Flughafen ab, in Begleitung eines Mannes, der, so vermutete ich, mein Koautor war. Er hatte schulterlanges Haar, trug eine dunkel gefaßte Brille und hatte ein weißes Polohemd, eine dunkle Hose und ein schwarzes Jackett an. Über seiner Schulter hing eine Tasche mit einem Diktaphon.

»Das ist Bill Pepper«, stellte Giorgio ihn vor. »Ihr werdet im Lauf des nächsten Jahres oft zusammensein.«

»Hi«, sagte Pepper und streckte mir seine Hand entgegen. Wir fuhren sofort ins *Principe di Savoia*. Um mein Gepäck wollte sich einer von Giorgios Leuten kümmern.

Bill hatte früher für die *Time* gearbeitet, sich aber vor ein paar Jahren selbständig gemacht. Er war Amerikaner, lebte jetzt jedoch zusammen mit seiner Frau Beverly, die für ihre riesigen Stahlplastiken berühmt war, in Rom.

Mondadori hatte eben ein Buch mit dem Titel *The Artist and the Pope* veröffentlicht, das Bill über die einzigartige Beziehung zwischen dem berühmten italienischen Bildhauer Giacomo Manzù und Papst Johannes XXIII. geschrieben hatte. Giorgio war sehr beeindruckt, welchen Erfolg das Buch hatte. Er mochte Bills Stil und war der Ansicht, er wäre genau der Richtige, um mit mir zusammenzuarbeiten.

Wahrscheinlich lag es an meinem tiefverwurzelten Konservatismus als Afrikaander, daß Bill zunächst keinen besonderen Eindruck auf mich machte. Ich war sicher, daß er einer jener Liberalen war, die die ganze Welt umkrempeln wollen, aber nicht wissen, wie sie das anstellen sollen.

Doch ich hatte mich geirrt. Je länger wir uns über mein Buch unterhielten, um so mehr überzeugte er mich. Er war begeisterungsfähig, aufrichtig und äußerst intelligent. Es lag auf der Hand, daß er entschlossen war, seine ganze Zeit und sein ganzes Talent auf mein Buch zu verwenden.

An diesem Abend ging ich mit dem Gefühl zu Bett, nicht nur meinen Koautor, sondern auch einen neuen Freund gefunden zu haben – was sich als richtig herausstellen sollte. Wir verbrachten viele Stunden gemeinsam bei der Arbeit, und seine klugen Ratschläge machten einen besseren Menschen aus mir.

Seine Wohnung in Trastevere in Rom wurde auch mein Zuhause. Immer werde ich mit Freude an die herrliche Zeit denken, die ich zusammen mit Bill Pepper bei unserer gemeinsamen Arbeit an *One Life* (dt.: *Mein Weg als Arzt und Mensch*) verbrachte – so der Titel, den wir für mein Buch ausgesucht hatten.

Am nächsten Morgen brachen wir zusammen nach Rom auf. Obwohl es nur ein kurzer Flug war, besprachen wir unser gesamtes Programm für die kommenden Monate und beschlossen, daß Bill so bald wie möglich nach Südafrika kommen und ein paar Monate bei mir verbringen sollte.

Auf dem Flughafen Rom teilte man mir mit, daß mittlerweile Louwtjie eingetroffen war und mich in der VIP-Lounge erwartete. Als Bill und ich eintraten, war sie hinter den Reportern und Photographen kaum zu sehen. Wahrscheinlich war es für sie ziemlich aufreibend gewesen, seit sie ihren Fuß auf italienischen Boden gesetzt hatte.

Ich bahnte mir einen Weg durch die Menschenmenge, schenkte den Leuten, wie üblich, ein strahlendes Lächeln, und das erste, was meine Frau sagte, war: »Du lächelst wie eine grinsende Hyäne!« Das saß, aber ich konnte ihre schlechte Laune verstehen.

Bei der anschließenden Pressekonferenz beantwortete ich alle Fragen, die man ihr und mir stellte, selber, und schließlich wurden die Reporter und Photographen, die noch schnell ein paar allerletzte Photos schossen, aus dem Raum gedrängt. Jetzt waren nur noch Louwtjie, Bill und ich da sowie ein paar Flughafenangestellte, die darauf warteten, uns zu unserem Flugzeug nach San Francisco zu begleiten.

Ich merkte, daß Louwtjie Bill sofort als einen weiteren »Feind« eingestuft hatte. Die Atmosphäre war spannungsgeladen, und ich war richtiggehend erleichtert, als man uns bat, an Bord zu gehen.

Nach einem langen Flug landeten wir schließlich in San Francisco, dem Herrschaftsbereich von Norman Shumway: Er und sein Team arbeiteten im etwa 80 Kilometer entfernten Palo Alto.

Norman und ich waren zur gleichen Zeit am Krankenhaus von Minneapolis tätig gewesen. Wir hatten beide unter Dr. Lillehei und Dr. Varco gearbeitet: in den fünfziger Jahren zwei der Pioniere der Chirurgie am offenen Herzen. Man teilte mir mit, daß Norman an der Podiumsdiskussion nach meinem Vortrag teilnehmen würde, und ich freute mich darauf, ihn wiederzusehen.

Zu diesem Zeitpunkt hatte er erst eine Herztransplantation durchgeführt, bei der jedoch, wie berichtet, zahlreiche postoperative Probleme aufgetreten waren.

Fast sofort, nachdem der Patient sich von der eigentlichen Operation erholt hatte, hatte er Probleme mit der Lunge bekommen. Zwar war es gelungen, die inneren Blutungen zum Stillstand zu bringen, aber am zweiten Tag waren dann Komplikationen mit der Leber und den Nieren hinzugekommen. Im Lauf der nächsten drei Tage hatte der Patient zeitweise selbständig geatmet, aber die Nierenfunktion mußte von einem Dialysegerät übernommen werden. Weil die Leber so schlecht funktionierte, war er schließlich ins Halbkoma gefallen. Man hatte zahlreiche Bluttransfusionen vorgenommen, um das Blut zu reinigen; außerdem war die Gallenblase entfernt und der Patient über einen in seine Speiseröhre eingeführten Plastikschlauch ernährt worden. Trotzdem war noch eine weitere Notoperation erforderlich geworden, um die inneren Blutungen zu stoppen.

In fünf Tagen hatte er drei große Operationen durchgemacht und war schließlich nur noch halb bei Bewußtsein gewesen. Seine Atmung war durch ein Beatmungsgerät unterstützt, seine Nierenfunktionen von einem Dialysegerät übernommen worden. Und dann war er gestorben.

Dr. Donald Ross, Chefchirurg am National Heart Hospital in London, hatte dazu sehr treffend bemerkt: »Es ist kein Wunder, daß Mr. Kasperak gestorben ist. Ich bin überrascht, daß sie es geschafft haben, ihn so lange am Leben zu halten.«

Man schleuste Louwtjie und mich durch die Paß- und Zollkontrolle; anschließend brachte uns ein Mitglied des College zum *Hilton*, wo wir wohnen würden und wo am darauffolgenden Tag in einem der großen Veranstaltungssäle im zweiten Stock auch die Konferenz stattfinden sollte.

Zum Auftakt hatte das College einen geselligen Abend mit einigen Filmstars organisiert. Louwtjie und ich saßen an einem Tisch mit Milton Berle und Jack Lemmon , deren gute Laune mir half, meine Probleme mit Louwtjie zumindest zeitweise zu vergessen.

Der Vortragssaal war bis zum letzten Platz gefüllt, und es amüsierte mich insgeheim, als ich sah, daß einige Chirurgen sich im Gang auf dem Boden niedergelassen hatten. Ich ging zu dem Projektionsgerät, um die Dias selber einzulegen, denn es ist qualvoll, wenn man mit seinem Vortrag beginnt und das letzte Dia als erstes gezeigt wird oder wenn die Bilder auf dem Kopf stehen.

Zudem gab es immer Leute, die einem Gastredner gelegentlich einen Streich spielten, indem sie ein Dia mit einer spärlich bekleideten Schönheit unter die Bilder schmuggelten.

Einmal hatte ich einen Vortrag eines Chirurgen über Patienten, die an einer tödlichen Herzkrankheit litten und denen er künstliche Herzklappen einsetzte, gehört.

»Das wird Ihnen eine Vorstellung vermitteln, wie sehr diese Patienten leiden«, hatte er gesagt. »Nächstes Dia, bitte.«

Aber statt einer Patientin, die mit einer Sauerstoffmaske aufrecht im Bett saß und nach Atem rang, war eine aufreizende Blondine in einem Bikini ohne Oberteil zu sehen gewesen. Einen Augenblick lang war der Redner sprachlos gewesen, hatte sich aber schnell wieder gefaßt und erklärt: »Nein, das ist die Patientin nach der Operation!« Zu meinem Entsetzen stellte ich beim Einlegen meiner Dias fest, daß Bilder fehlten: das Bild mit den Katheterbefunden Blaibergs vor der Operation und das mit den entsprechenden Werten nach der Operation, an denen man die durch das transplantierte Herz erzielte Verbesserung der Hämodynamik ablesen konnte.

Ich erkundigte mich, wo ein Telefon war, rief Louwtjie in unserem Zimmer an und bat sie, die Dias zu suchen. »Ich komme gleich rauf.«

In ihrer Suite im dreiundzwanzigsten Stock des Hilton in San Francisco ruhte Louwtjie Barnard sich ein wenig aus.

Es war strahlend schönes Wetter. Ihr Mann hatte eben eine Pressekonferenz gegeben, die großen Anklang gefunden hatte. Und jetzt war er unten und würde gleich einen Vortrag vor seinen amerikanischen Kollegen halten.

Sie wollte sich immer noch nicht eingestehen, daß dieser neue

Lebensstil sie faszinierte. »Na ja, so übel ist es gar nicht«, murmelte sie vor sich hin.

Träge überlegte sie, was sie zum Abendessen anziehen sollte, als das Telefon sie aus ihren Gedanken riß.

»Okay«, antwortete sie auf die Bitte ihres Mannes, »ich schau' gleich nach.«

In seinem Koffer fand sie nichts. Dann fiel ihr Blick auf den Aktenkoffer, der neben dem Bett stand. Rasch öffnete sie ihn und begann ihn zu durchstöbern.

Sie seufzte zufrieden, als sie, ohne lange zu suchen, den Umschlag mit den Dias und Notizen fand und ihn triumphierend aus dem Aktenkoffer nahm.

Als sie den Koffer gerade wieder zumachen wollte, bemerkte sie den Rand eines blaßblauen Blattes Papier, das in einem der Fächer steckte. Alarmglocken schrillten. Es schien so fehl am Platze – so weiblich unter all den Sachen, die eindeutig einem Mann, einem Mediziner gehörten.

Langsam öffnete sie den Aktenkoffer wieder und starrte ein paar Augenblicke lang den Brief an, denn das Blatt Papier war, wie sie jetzt sah, ein Brief.

Sie durfte ihn nicht aufmachen. »Laß es sein«, sagte sie zu sich selber. »Rühr ihn nicht an – red dir ein, daß er gar nicht da ist – er hat wahrscheinlich sowieso nichts zu bedeuten.«

»Wenn er nichts zu bedeuten hat, dann schadet es nichts, wenn ich ihn mir ansehe«, gab sie sich selber zur Antwort, während sie vorsichtig mit Daumen und Zeigefinger den Brief herauszog.

Sie saß auf der Bettkante und schlug mit dem Brief leicht gegen ihren Schenkel, immer noch mit sich selber uneins, ob sie ihn lesen sollte oder nicht. Plötzlich überfiel sie eine große Traurigkeit. Und dann Panik.

Sie warf die Dias und Aufzeichnungen auf das Bett, entfaltete den Brief und begann zu lesen.

Glücklicherweise funktionierten die Aufzüge hier besser als im Groote-Schuur-Krankenhaus. Die Tür glitt auf, ich drückte auf den Knopf für den dreiundzwanzigsten Stock und spürte augenblicklich, wie der Lift beschleunigte und nach oben sauste.

Ungeduldig klopfte ich an die Tür. Keine Reaktion. Vielleicht war Louwtjie im Bad? Ich drückte auf die Klinke, und die Tür ging auf. Das jagte mir einen Schrecken ein, denn normalerweise war Louwtjie sehr vorsichtig und achtete immer darauf, daß die Türen verschlossen waren. Im Wohnzimmer war niemand.

»Louwtjie!« rief ich. Wiederum keine Antwort.

Als ich ins Schlafzimmer ging, sah ich sie sofort – und war entsetzt von dem Anblick, der sich mir bot. Sie saß, nur mit einem Nachthemd bekleidet, auf dem Sims des offenen Fensters. Dreiundzwanzig Stockwerke unter ihr war die Straße.

»Was, zum Teufel, machst du da?« fragte ich, innerlich bebend vor Angst. Sie wandte mir ihr Gesicht zu, und ich sah, daß sie weinte.

»Was ist denn los? Hast du meine Dias nicht gefunden?«

Müde schwenkte sie den blauen Brief. »Ich kann nicht mehr, Chris, nicht, wenn du mich derart belügst und betrügst. Ich will nicht mehr leben.« Ihre Stimme war ohne jede Gefühlsregung. Nichts als schiere Resignation.

Wie hypnotisiert starrte ich den Brief an. Ginas Brief, den ich in Lissabon erhalten und in dem sie mir die wundervollen Stunden in ihrem Schlafzimmer in Erinnerung gerufen und mir gesagt hatte, wie sehr sie sich wünschte, daß ich zu ihr käme.

Oh, ich blöder sentimentaler Trottel! Warum hatte ich das verdammte Stück Papier nicht vernichtet? Warum, um Gottes willen, hatte ich es in meinen Aktenkoffer gesteckt? Ich würde den Brief sowieso nie beantworten, er bedeutete mir nichts – oder etwa doch? Vielleicht war er eine Art Trophäe oder Talisman? Eine Bestätigung meiner Manneskraft? Etwas besonders Wertvolles?

»Bitte, Louwtjie, fang nicht jetzt damit an. Ich muß einen sehr wichtigen Vortrag halten.« Ich beschloß, ganz sachlich, ruhig und logisch zu sein und die Selbstmorddrohung zu ignorieren. Falls nötig, könnte ich es ja immer noch auf andere Weise versuchen. Ich wäre auf meinen Knien gerutscht, wenn ich gewußt hätte, daß das helfen würde.

Ausdruckslos sah sie mich an. »Ich fange nicht jetzt damit

an, Chris – es hat schon vor vielen Jahren angefangen. Und ich werde es zu einem Ende bringen.« Mein Herz blieb fast stehen, als sie dem Tod ein Stück näher rückte.

Würde sie wirklich springen? Sie war in einem fremden Land, ohne Freunde, an die sie sich wenden konnte, und sie hatte den Beweis für das gefunden, was sie schon seit langem vermutet hatte.

Wo war jetzt mein Platz? In diesem Schlafzimmer im dreiundzwanzigsten Stock, bei der Frau, die mir zwei wundervolle Kinder geboren hatte – oder in einem Vortragssaal im zweiten Stock, bei Fremden, denen es völlig gleichgültig war, was mit mir und meiner Familie geschah?

Es war eine Krisensituation, wie im Operationssaal, und sie erforderte eine sofortige Entscheidung. Allerdings: mit einem solchen Problem war ich noch nicht konfrontiert worden.

Ich betrachtete die bemitleidenswerte Gestalt, die da im offenen Fenster saß, und traf meine Entscheidung. Es würde nichts bringen, wenn ich hierbliebe – vermutlich wäre es das beste, sie jetzt alleine zu lassen. Ich betete zu Gott, daß entweder ihr Mut sie verlassen oder es ihr klar werden würde, daß dies keine Lösung war.

»Louwtjie, es tut mir unendlich leid, bitte, vergib mir. Ich werde dir später alles erklären.« Und damit ging ich, ohne meine beiden Dias.

Der Vortragssaal war jetzt gesteckt voll. Als ich eintrat, ebbte der Lärm ab. Vorsichtig bahnte ich mir einen Weg zum Podium und stieg dabei über die Beine von Chirurgen, die auf dem Fußboden saßen.

Der Präsident des American College of Cardiology sprach ein paar einführende Worte, aber meine Gedanken waren ganz woanders. Ich wartete auf das Aufheulen von Sirenen. Würde sie es wirklich tun? Sie war eine gute Mutter – ihre Liebe zu ihren Kindern würde sie doch bestimmt davon abhalten? Irgendwie mußte ich diesen Vortrag hinter mich bringen und wieder in das Schlafzimmer im dreiundzwanzigsten Stock zurückkehren.

Beifall brandete auf, und mir wurde klar, daß er mir galt. Ich ging auf das Podium und versuchte, mich darauf zu konzentrieren, wie ich meinen Vortrag beginnen sollte. Ich war völlig benommen, wahrscheinlich von dem Adrenalin, das wegen dieser Versammlung wie auch wegen meiner Frau, die mit Selbstmord drohte, durch meinen Körper gejagt worden war. Ich mußte unbedingt einen klaren Kopf bekommen.

Bei Vorträgen greife ich nur selten auf vorbereitete Notizen zurück, sondern spreche lieber aus dem Stegreif. Mehr oder weniger wußte ich auch diesmal, was ich sagen wollte, aber mir war nicht ganz klar, wie ich anfangen sollte.

»Meine Damen und Herren«, setzte ich an, aber meine Kehle war so ausgetrocknet, daß ich kaum ein Wort herausbrachte. Ich sah, wie einige Ärzte sich Blicke zuwarfen und grinsten. Mir war klar, daß sie mir meinen beruflichen Erfolg neideten, so wie mir auch klar war, daß in dem Saal eine Art Zirkusatmosphäre herrschte – wie bei Leuten, die einem Seiltänzer zusehen und insgeheim hoffen, daß er strauchelt und abstürzt. Ich bin sicher, einige hofften, ich würde während meines Vortrags steckenbleiben.

Glücklicherweise stand ein Glas Wasser auf dem Rednerpult. Ich trank also einen Schluck und schloß die Augen. Plötzlich war mir, als sähe ich mit Louwtjies Augen, wie der Erdboden auf mich zuraste, während ich in tödlichem Kreiseln durch die Luft wirbelte, ein sich um sich selbst drehender Körper, der im nächsten Augenblick auf dem Asphalt zerschmettern würde, bis zur Unkenntlichkeit entstellt – den blauen Brief fest umklammert.

Ich öffnete meine Augen, blinzelte und unternahm erneut einen Versuch, mit meinem Vortrag anzufangen.

»Es ist mir eine große Ehre, daß ich die Gelegenheit habe, unsere ersten Erfahrungen mit klinischen Herztransplantationen vor einem so erlesenen Publikum vorzutragen, und ich möchte mich beim American College of Cardiology für die Einladung bedanken.« Das war schon besser, aber ich war immer noch angespannt und nervös, und die Zuhörer spürten das; sie scharrten mit den Füßen, flüsterten und husteten.

Dann hatte ich eine Idee: Ich würde mit etwas Heiterem beginnen, mit etwas, auf das ich mich nicht konzentrieren mußte – eine kleine, lustige Anekdote vielleicht?

»Vor ein paar Wochen hatte ich ein haarsträubendes Erlebnis«, begann ich.

Das Publikum wurde sofort ruhiger, und ich fühlte mich langsam besser. Die Worte kamen ungezwungener, und meine Kehle war nicht mehr so trocken.

»Nein, nicht im Operationssaal – es passierte während eines Vortrags in einer kleinen Stadt in Südafrika.

Da ich unter enormem Zeitdruck stand und jeden Tag in einer anderen Stadt einen Vortrag halten mußte, hatte ich vor einiger Zeit beschlossen, einen Chauffeur anzuheuern. Dieser Luxus erlaubte es mir, unterwegs zumindest ein wenig auszuruhen und vielleicht sogar ein Nickerchen zu machen.

Der Mann, den ich einstellte, war ein typischer Afrikaander. Er hieß van der Merwe, kurz Van genannt, und war sehr stolz auf seine Stellung. Um angemessen gekleidet zu sein, besorgte er sich ein weißes Jackett und eine weiße Mütze.

Van setzte mich einigermaßen in Erstaunen, denn er legte großes Interesse für meine Arbeit an den Tag – möglicherweise mehr Interesse als das Publikum, vor dem ich heute spreche«, fügte ich um des Effekts willen hinzu, und augenblicklich verstummte auch das letzte Flüstern.

»Jeden Abend, an dem ich einen Vortrag hielt, saß er in seinem weißen Jackett und mit seiner weißen Mütze auf dem Kopf hinten im Saal und lauschte aufmerksam meinen Ausführungen, obwohl er das alles schon kannte.

Beim Chauffieren stellte er mir gelegentlich Fragen zu meiner Arbeit: Wie wir Patienten für Transplantationen aussuchten, wie wir den Zeitpunkt des Todes des Spenders bestimmten, ja, hin und wieder wollte er sogar etwas über die Operationstechniken erfahren und über Abstoßung.«

Jetzt konnte ich mir ihrer vollen Aufmerksamkeit sicher sein, und allmählich machte mir das Ganze selber Spaß. Und genau das ist das Geheimnis eines guten Vortrags.

»Nach ein paar Wochen stellte ich fest, daß mein Chauffeur eine ganze Menge über Herztransplantationen gelernt hatte. Eines Abends fuhren wir zu einer kleinen Stadt, wo die Leute, da war ich mir sicher, nicht einmal wußten, wie ich aussah. Ich war sehr müde und hätte mich gerne ein bißchen ausgeruht.

Ich fragte ihn: ›Van, glauben Sie, daß Sie sich für mich ausgeben und heute abend den Vortrag halten können?‹ Ohne zu zögern antwortete er: ›Selbstverständlich, Herr Professor, ich habe Ihnen so oft zugehört, daß ich Ihren Vortrag mittlerweile auswendig kann.‹

›Okay, abgemacht. Wir halten etwas außerhalb der Stadt an und tauschen unsere Kleidung. Sie ziehen meinen Anzug an und ich Ihr weißes Jackett und die weiße Mütze. Und dann fahre ich Sie in die Stadt. Sie können dann den Vortrag halten, während ich hinten im Saal sitze und ein Nickerchen mache.‹

Und genau das taten wir. Aber obwohl ich so müde war, konnte ich nicht schlafen: Ich fand Vans Vortrag derart interessant, daß ich vor Bewunderung mit offenem Mund dasaß und ihm zuhörte.

Als er geendet hatte, setzte stürmischer Applaus ein, und der Vorsitzende fragte ihn, ob er bereit wäre, einige Fragen aus dem Publikum zu beantworten. Ohne zu zögern willigte er ein.

Bei den medizinischen Fragen war er etwas unsicher, dafür aber um so besser bei den politischen Fragen. Und dann kam die Katastrophe.

Ein Herr aus dem Publikum stand auf. Selbst von ganz hinten erkannte ich ihn – und bekam eine Gänsehaut. Es war Michael deBakey.«

Schallendes Gelächter antwortete mir. DeBakey war ebenfalls anwesend; er saß in der ersten Reihe und lächelte. Ich wartete also einen Augenblick, ehe ich mit meiner Geschichte fortfuhr.

»Dr. deBakey muß gemerkt haben, daß da irgend etwas nicht stimmte, und stellte Van eine sehr schwierige Frage zu Immunologieproblemen.

Van schaute auf seine Füße, und ich merkte, daß er keine Ahnung hatte, wovon deBakey eigentlich redete.

Ich wollte gerade aufspringen und den Anwesenden alles gestehen, als Van aufblickte und lächelte. Mit angehaltenem Atem wartete ich, was er jetzt sagen würde.

Er räusperte sich, richtete sich zu seiner vollen Größe auf und fragte: ›Entschuldigen Sie, Sir, sind Sie nicht Dr. deBakey aus Houston?‹ DeBakey bejahte. ›Nun, Dr. deBakey, es überrascht mich, daß ein Mann mit Ihrem Wissen und Ihrer Erfahrung eine derart dumme Frage stellt!‹«

Die Leute im Saal brüllten vor Lachen. Ich wartete, bis es wieder ruhig war, ehe ich meine Geschichte zu Ende erzählte.

»Van fuhr fort: ›Und nur um Ihnen zu zeigen, wie dumm Ihre Frage ist – mein Chauffeur sitzt hinten im Saal, und er wird sie Ihnen beantworten.‹«

Es dauerte mehrere Minuten, bis das Lachen abebbte, und da wußte ich, jetzt konnte nichts mehr schiefgehen. Ich hoffte nur, daß oben im dreiundzwanzigsten Stock auch alles in Ordnung war.

Ich bat um mein erstes Dia. Im Saal wurde es fast dunkel, und auf der Leinwand erschien das Dia, das die drei Kriterien auflistete, nach denen wir einen Patienten für eine Herztransplantation auswählten:

1. Fortgeschrittene, irreversible Erkrankung des Herzmuskels.
2. Völlige Herzinsuffizienz. Der Patient spricht auf eine intensive medizinische Behandlung nicht an.
3. Die Krankheit kann mit den gängigen chirurgischen Methoden nicht behoben werden.

Ich erklärte auch, inwiefern Washkansky und Blaiberg diese drei Kriterien erfüllt hatten, indem ich die Vorgeschichte sowie die körperlichen Befunde und die Ergebnisse der speziellen Untersuchungen darlegte – ohne die beiden Dias zu dem hämodynamischen Veränderungen, die immer noch in meinem Schlafzimmer lagen. Kurzfristig ließ meine Konzentration nach, aber schnell verdrängte ich den Gedanken an das, was mich möglicherweise nach dem Vortrag erwartete – obwohl ich bis jetzt draußen noch keine Sirenen gehört hatte.

Anschließend ging ich auf die Operationstechnik ein und darauf, wie wir sie modifiziert hatten. Mein Vortrag näherte sich rasch seinem Ende, und ich wollte die mir zugestandene

Zeit nicht überschreiten – noch ein Geheimnis eines guten Vortrags: Er darf nicht zu lang sein.

Schnell zeigte ich also noch die Dias zu den Tests, die wir durchgeführt hatten, um eine mögliche Abstoßreaktion festzustellen, und das Dia für die immunsuppressive Medikation, an die wir uns gehalten hatten.

Das letzte Dia zeigte Dr. Blaiberg, wie er vor dem Waschbecken stand und beim Rasieren das »V«-Zeichen machte, das durch Winston Churchill so berühmt geworden ist.

»Sie können die Bedeutung dieses Photos weit besser beurteilen als die Presse«, erklärte ich. »Vor der Transplantation konnte dieser Mann sich nicht einmal selber rasieren, denn die Anstrengung war zu groß, und er wäre sofort außer Atem gewesen. Für meinen Patienten – und für das kardiologische Team in Kapstadt – war dies also wahrhaft ein Meilenstein, und es beweist unserer Meinung nach endgültig, daß eine Herztransplantation in der Tat eine Heilmaßnahme ist, denn sie verbessert die Lebensqualität von todkranken Patienten – und genau das ist, dessen bin ich mir sicher, das Ziel von uns allen, die wir heute hier versammelt sind.

Ich danke Ihnen«, schloß ich.

Ich ging zu meinem Platz zurück und war überwältigt von den stehenden Ovationen, die nun folgten und etwa drei Minuten andauerten. Die Anerkennung von meinen Kollegen war ein so phantastischer Höhepunkt meiner Karriere, daß sich mir die Kehle zuschnürte und ich feuchte Augen bekam. Der Vortrag war ein weit größerer Erfolg geworden, als ich je zu wünschen gewagt hatte. Warum konnte mein Privatleben nicht genauso erfolgreich sein? fragte ich mich.

Der Vorsitzende verkündete, daß sich nun eine Podiumsdiskussion anschließen würde, Dr. Shumway aber leider verhindert sei und sich entschuldigen lasse.

Ich war sehr enttäuscht, denn ich hatte mich darauf gefreut, Norman wiederzusehen. Zwanzig Jahre sollte es schließlich dauern, bis wir, auf einer Konferenz in Madrid, wieder miteinander sprachen. Er nahm nicht einmal meine Einladung zum ersten Internationalen Herztransplantationskongreß 1968 in Kapstadt an.

Wie ich später erfuhr, hatte er sich verzweifelt gewünscht, als erster eine Transplantation durchzuführen, und das Bewußtsein, daß er nicht einmal in Amerika der erste gewesen war, quälte ihn furchtbar.

Völlig absurde Auswirkungen zeitigte dieser Berufsneid, als meine Operationsschwester, Miss Rautenbach, auf einer Reise in die USA Shumways Station einen Besuch abstattete. Sein Personal weigerte sich, sie herumzuführen oder ihr auch nur die üblichen Aufmerksamkeiten zu erweisen, wie sie normalerweise jeder ausländische Kollege, der zu Besuch kam, erwarten durfte.

Bei mir hinterließ die Podiumsdiskussion – vor allem, weil Dr. Shumway fehlte – eher ein Gefühl der Enttäuschung. Ein interessanter Aspekt kam allerdings zur Sprache, nämlich die unterschiedliche Vorgehensweise bei der Auswahl eines Empfängers.

Meine Kollegen wiesen darauf hin, daß sie rechtliche Konsequenzen befürchteten, falls sie einen Patienten mit völliger Herzinsuffizienz auswählten, sein Herz herausnahmen und die Transplantation dann mißlang. Ihrer Ansicht nach war die Möglichkeit, daß man sie unter solchen Umständen verklagte, nicht von der Hand zu weisen.

Um dieses Risiko auszuschließen, hatten sie sich darauf geeinigt, eine Transplantation nur dann vorzunehmen, wenn bei einem Patienten nach einer routinemäßigen Herzoperation das Herz nicht wieder zu schlagen begann. Die Alternative war dann, entweder die Herz-Lungen-Maschine abzuschalten und den Patienten sterben zu lassen, oder aber das Herz herauszunehmen und eine Transplantation durchzuführen.

Es lag auf der Hand, daß man unmöglich eine Operation so planen konnte, daß sie mit dem Zeitpunkt zusammenfiel, zu dem ein geeigneter Spender vorhanden war, so wie es auch unmöglich war vorherzusagen, in welchen Fällen das Herz nach einer Operation seine Funktion nicht wiederaufnehmen würde.

Die Ehre, als erster Chirurg der Welt eine Herztransplantation durchgeführt zu haben, verdanke ich also nicht zuletzt dem Rechtssystem der Vereinigten Staaten.

Die Konferenz endete damit, daß alle Teilnehmer der Podiumsdiskussion darin übereinstimmten, daß man mit Herztransplantationen weitermachen sollte.

Jetzt konnte ich mich wieder meinem Problem mit Louwtjie zuwenden. Ich rannte zum Aufzug und fuhr in den dreiundzwanzigsten Stock hinauf Die Tür war abgeschlossen, und auf mein inständiges Bitten, mich einzulassen, erhielt ich keine Antwort. Vollkommene, grauenerregende Stille.

Mein Gott! Was ging da drinnen vor? Ich fuhr wieder in die Hotelhalle hinunter. Nein, der Schlüssel war nicht am Empfang abgegeben worden, aber der zweite Geschäftsführer hatte einen Hauptschlüssel und konnte die Tür öffnen. Er fuhr also mit mir nach oben.

»'ne Menge Leute bei Ihrem Vortrag, Herr Doktor. Wie ist es denn gelaufen?« Er war einer von der redseligen Sorte.

»Oh, ich glaube, ganz gut.« Ich war nicht in der Stimmung für höfliche Konversation. Mich quälte einzig die Sorge, was ich hinter der verschlossenen Tür vorfinden würde.

»Kann ich sonst noch was für Sie tun?« fragte der zweite Geschäftsführer, als die Türe aufschwang.

»Nein, danke«, antwortete ich und schloß die Tür hinter mir.

Im Wohnzimmer war sie nicht, und sie saß auch nicht mehr auf dem Fenstersims. Im Badezimmer hörte ich Wasser laufen. Mein Gott, sie hatte sich ertränkt!

Hastig öffnete ich die Tür zum Badezimmer. Mit geschlossenen Augen lag Louwtjie in der Wanne; sie hatte den Hahn nicht zugedreht. Mein Herz blieb einen Augenblick lang stehen – und fing dann an zu rasen.

»Louwtjie!« schrie ich voller Angst.

Sie öffnete die Augen, und ich sah, daß sie ganz ruhig war und sich mit der Situation abgefunden hatte. Ich drehte den Hahn zu. Sie sprach als erste: »Was habe ich getan, Chris, womit habe ich das verdient?«

Ich zögerte einen Augenblick und zermarterte mein Gehirn, um die richtige Antwort zu finden.

»Es geht nicht um das, was du getan hast, Louwtjie. Du warst eine wundervolle Ehefrau, und du hast eine Menge geopfert, um mir zu helfen, dorthin zu kommen, wo ich heute bin. Aber was du nicht getan hast: Du hast nicht einmal versucht, mir eine Gefährtin zu sein.«

Sie wollte mich unterbrechen, aber ich hob meine Hand, um sie daran zu hindern.

»Du warst bereit, die schlechten Zeiten mit mir zu teilen – warum kannst du nicht auch die guten mit mir teilen? Warum muß immer alles so trist sein, warum müssen wir ständig anderen Menschen aus dem Weg gehen und ungesellig sein, warum können wir uns nicht einfach auch mal amüsieren?« Meiner Meinung nach war das nicht zuviel erwartet oder zuviel verlangt.

Sie stieg aus der Badewanne, und ich reichte ihr ein Handtuch, das sie um ihre Taille schlang. »Und das soll wohl bedeuten, daß du mit jeder Frau, die du kennenlernst, ins Bett gehen kannst? Sind das die Menschen, die dir fehlen?«

Louwtjie war immer eine gute Liebhaberin gewesen. Sie war das erste Mädchen gewesen, mit dem ich geschlafen hatte, und ich bin sicher, daß ich der erste Mann in ihrem Leben gewesen war. Mit unserem Sexualleben war alles in Ordnung.

»Nein, das ist es nicht. Sex ist nicht alles.« Obwohl ich genau wußte, was mich in fremde Betten trieb, war ich nicht bereit, das jetzt zu diskutieren.

»Ich will dir sagen, was es ist, Chris, du hast ein riesengroßes Ego. Du hast dir und dem Rest der Welt bewiesen, daß es keine Operation gibt, die du nicht durchführen kannst, und jetzt willst du zeigen, daß es keine Frau gibt, die nicht die Beine für dich breit macht. Aber ich werde dir etwas sagen, Chris.« Sie deutete mit dem Finger auf sich. »Hier steht eine Frau, die dein männliches Ego nicht mehr befriedigen wird.«

Wir waren seit achtzehn Jahren verheiratet; Louwtjie kannte mich besser als irgend jemand sonst. Ich starrte sie nur an. Das war es also. Wünschte ich mir das insgeheim auch?

»Bitte, geh jetzt«, sagte sie mit einem häßlichen, scharfen Unterton, »ich möchte mich ungestört anziehen, und dann kannst du mich zu dem Dinner führen.«

Ich war derart erleichtert, so glimpflich davongekommen

zu sein, daß ich ins Schlafzimmer ging, um meine beiden fehlenden Dias zu suchen.

Als er das Badezimmer verlassen hatte, schloß sie mit Nachdruck die Tür, lehnte sich mit dem Rücken dagegen und betrachtete sich im Spiegel.

Vorhin hatte sie nur noch eines gewollt: sich das Leben nehmen. Nun war sie völlig erschöpft und wollte nur noch schlafen.

Waren alle Männer gleich? Gab es auf dieser ganzen weiten Welt nicht wenigstens einen Mann, der ein treuer und liebevoller Ehemann sein konnte?

Sie seufzte tief auf, stieß sich von der Tür ab und begann, sich für das Galabankett fertig zu machen, das für heute abend angesetzt war.

Der Abend wurde jedoch ebenfalls zu einer Katastrophe. Kein Mensch nahm von ihr Notiz: Man wollte einzig und allein ihren berühmten Ehemann sehen und mit ihm gesehen werden. Und was das Ganze noch schlimmer machte: Ganz offensichtlich genoß er es in vollen Zügen.

In dem Augenblick, in dem die beiden den Bankettsaal betraten, nahmen die Leute ihn in Beschlag, und sie blieb allein unter lauter Fremden zurück. Gleich darauf sah sie ihn mit den VIPS, Filmstars und Schauspielern an der großen Tafel lachen und scherzen. Wieso waren alle so lustig? Sie fand das alles überhaupt nicht komisch.

Wie konnten die Veranstalter es wagen, sie in eine solche Situation zu bringen? Es wäre nur recht und billig gewesen, ihr einen Ehrenplatz neben ihrem Mann zuzuweisen. Und warum unternahm Chris nichts dagegen?

Das Ende des Diners und der Reden bedeutete noch lange nicht das Ende ihrer Qual. Jetzt drängten sich Scharen von Autogrammjägern und Photographen um ihn. Sie hatte man völlig vergessen.

»Und was ist mit mir?« hätte sie am liebsten geschrien. Unauffällig verließ sie den Saal, holte sich ihren Schlüssel und ging auf ihr Zimmer zurück, wo sie, total ausgebrannt und erschöpft, in einen tiefen, aber unruhigen Schlaf fiel.

Als das Flugzeug landete und auf die Ankunftshalle zurollte, wanderten meine Gedanken zu jenem 28. Dezember 1955 zurück, als ich aus dem heißen Südafrika zum ersten Mal hierher nach Minneapolis gekommen war, wo es damals etliche Grade unter Null hatte.

Ich hatte noch nie Schnee gesehen, außer auf Berggipfeln in weiter Ferne, und verstand einfach nicht, was diese Mauern aus weißem Zeug zu beiden Seiten der Rollbahn sollten. Als jedoch die Tür des Flugzeugs sich öffnete, drang ein Schwall eiskalter Luft durch meine Kleider auf meine Haut – ich besaß damals noch keinen Mantel. »Wir sind höchstwahrscheinlich nahe am Nordpol!« Ich zitterte unkontrollierbar.

Damals holte mich niemand ab, aber ich hatte die Telefonnummer einer gewissen Mrs. McKinley. Ich rief sie also an, nachdem ich herausgefunden hatte, was die Anweisungen auf dem Telefon, »Nickel« und »Dime«, bedeuteten. Sie hatte ein Zimmer für mich, und die vier Monate, bis Louwtjie, Andre und Deidre nachkamen, wohnte ich bei ihr, am Ostufer des Mississippi.

In diesen vier Monaten litt ich unter einer so unerträglichen Einsamkeit wie nie zuvor in meinem Leben. Normalerweise blieb ich abends, wenn ich mit der Arbeit fertig war, bis gegen Mitternacht im Labor, nur wegen der Leute, die zum Saubermachen kamen.

Wie anders war das jetzt, zwölf Jahre später!

Draußen erwartete mich eine riesige, aufgeregte Menschenmenge. Auch Professor Wangensteen, mein ehemaliger Chef, und seine Frau waren da. Louwtjie und ich sollten bei ihnen wohnen.

Am nächsten Tag ging ich in das Krankenhaus, wo alles begonnen hatte. Es kam mir so vor, als sei es erst gestern gewesen, daß ich an einem bitterkalten Dezembermorgen zum erstenmal die Universitätsklinik Minnesota betreten hatte.

In diesem Gebäude, wo ich zwei Jahre lang gearbeitet hatte, waren die Grundlagen für die erste Herztransplantation am Menschen gelegt worden. Und jetzt war ich zurückgekommen, zum ersten Mal seit 1958, um danke zu sagen und gemeinsam mit den andern den Triumph der Chirurgie über den Tod zu feiern.

Es gab praktisch keinen Korridor und keinen Raum, der nicht irgendwelche Erinnerungen, gute oder schlechte, für mich barg. Ich bog um eine Ecke, und da war das Büro der Krankenhausverwaltung, das mich der Sicherheitsabteilung gemeldet hatte, weil ich angeblich einen Ventilator gestohlen hatte.

Folgendes war passiert: Wir hatten Professor Wangensteen und seine Frau bei uns zu Hause zum Abendessen eingeladen. Da es ein sehr schwüler Tag war und ich keine Air-condition hatte, fragte ich Dr. Perry, den diensthabenden Assistenzarzt im Labor, ob ich mir für diesen Abend einen Ventilator ausleihen dürfe. Er war einverstanden, und als ich nachmittags das Krankenhaus verließ, spazierte ich ungeniert mit dem Ventilator in der Hand durch die Klinik, an der Dame im Verwaltungsbüro vorbei zum Parkplatz.

Am nächsten Morgen brachte ich den Ventilator zurück – Gott sei Dank, denn nur wenige Tage später kam ein Anruf von der Sicherheitsabteilung des Krankenhauses.

»Hi, spreche ich mit Dr. Barnard?« fragte eine höfliche, aber förmliche Stimme.

»Ja.«

»Hier ist die Sicherheitsabteilung.« Die Stimme schwieg einen Augenblick, wahrscheinlich, um das erst einmal richtig wirken zu lassen, und fügte dann hinzu: »Haben Sie zufällig etwas gestohlen?«

Einen Augenblick lang war ich sprachlos vor Verblüffung, aber dann wurde mir klar, was er meinte. »Sprechen Sie etwa von einem Ventilator?«

»Ja, Dr. Barnard, die Verwaltungssekretärin hat uns das gemeldet.«

Er klang nicht übermäßig verärgert, aber ich bebte vor Wut. Dieses Miststück! »Ich bin in einer Minute bei Ihnen«, stieß ich hervor.

Ich rannte aus dem Labor, den Korridor entlang und vier Stufen auf einmal nehmend, die Treppe hinauf zum Büro der Sicherheitsabteilung. Die Mühe anzuklopfen sparte ich mir und marschierte schnurstracks hinein.

»Sir, ich habe es der Großzügigkeit dieses Krankenhauses

zu verdanken, daß ich hier bin«, begann ich, »und ich schätze mich glücklich, daß man mir Gelegenheit gegeben hat, hier etwas zu lernen. Glauben Sie etwa, ich würde das alles wegen eines lumpigen Ventilators aufs Spiel setzen?«

Der Beamte merkte, daß ich äußerst verärgert war, und rutschte unruhig auf seinem Stuhl hin und her. »Herr Doktor, ich tue nur meine Pflicht. Die Sekretärin sagt, sie hätte gesehen, wie sie mit einem Elektroventilator das Krankenhaus verlassen haben, mit einem Ventilator, der Eigentum der Klinik ist.«

»Warum hat sie mich denn nicht aufgehalten und gefragt, was ich damit vorhatte? Warum mußte sie mich melden? Jetzt stehe ich in Ihren Akten, wegen des Verdachts auf Diebstahl!« brüllte ich.

Nachdem ich mich etwas beruhigt hatte, erklärte ich ihm, was tatsächlich passiert war. Er hörte mir aufmerksam zu, lachte leise und sagte: »Dr. Barnard, Ihr Name wird in meinen Akten nicht erscheinen: Es handelt sich hier offensichtlich um ein Mißverständnis.«

Ich lächelte vor mich hin, als ich mich an den Vorfall erinnerte, der mir damals so ungeheuer wichtig erschienen war.

Aber trotz all der Erinnerungen war ich ziemlich traurig, denn unter meinen Freunden wollte keine rechte Begeisterung aufkommen, als ich von meinen Erfahrungen mit den ersten beiden Transplantationen berichtete. Sie schienen nicht sonderlich interessiert, und ich hatte sogar den Eindruck, daß sie ein wenig verstimmt waren.

Als ich nach meinem Vortrag durch das Krankenhaus schlenderte, überkam mich ein Gefühl der Niedergeschlagenheit. Die Aufregung von damals, vor acht Jahren, war verflogen, und auch die alten, vertrauten Gesichter waren nirgends mehr zu sehen. Traurig erinnerte ich mich einiger Verse von Wordsworth, die ich noch aus meiner Schulzeit kannte, und murmelte sie vor mich hin:

> Wohin ist sie entflohen, die strahlende Vision?
> Wo sind sie jetzt, der Traum und auch der Ruhm?

Wahrscheinlich war es falsch gewesen, eine Art Begrüßung des Helden nach gewonnener Schlacht zu erwarten. Für sie war ich nach wie vor der Arzt aus Afrika, der mitten in der Nacht alleine im Labor saß.

Professor Wangensteen holte mich ein. Man hatte ihm gerade mitgeteilt, daß wir beide zu einer Anhörung bei einer Sitzung des Senatsausschusses vorgeladen waren, der sich mit den juristischen, moralischen, ethischen und finanziellen Aspekten von Herztransplantationen befaßte.

Seine Aufregung war ansteckend, und meine Laune besserte sich schlagartig. Selbst nach so langer Zeit konnte dieser Mann mich immer noch mühelos motivieren. Am nächsten Morgen brachen wir nach Washington auf.

Seit dem Drama in San Francisco lebten Louwtjie und ich wie Fremde nebeneinander her. Zwar teilten wir noch das Bett miteinander, aber Mann und Frau waren wir nur noch dem Namen nach. Ich war mir sicher, daß es Professor Wangensteen und seiner Frau nicht entging, wie gespannt unser Verhältnis war. Zwar war ich ein recht guter Schauspieler, aber es fiel mir zunehmend schwer, so zu tun, als sei alles eitel Sonnenschein, wenn in meinem Schlafzimmer eine so düstere Stimmung herrschte.

Als wir abfuhren, ging mir erneut durch den Kopf, wie anders diesmal alles war als 1958, als ich nach Kapstadt zurückgekehrt war. Damals hatte ich mich aus den Armen eines Mädchens losreißen müssen, in das ich mich verliebt hatte, obwohl mir das, als verheiratetem Mann, eigentlich nicht hätte passieren dürfen. Sharon war mir länger als ein Jahr sehr nahe gestanden, und sie hatte mich, als ich abreisen mußte, mit Tränen in ihren großen blauen Augen angefleht, nicht zu meiner Frau und meinen Kindern zurückzukehren.

Schon damals war ich ein treuloser Kerl gewesen – der »Ruhm« hatte mich also kaum verändert, er hatte es mir nur einfacher gemacht.

Damals hatte mich, obwohl es mir sehr schwerfiel, mein tiefverwurzeltes Verantwortungsgefühl bewogen zu gehen. Weg von den vielen Träumen, die wir zusammen geträumt hatten. Das Lied *Memories Are Made of This* von Dean Martin, zu dem wir an den Samstagabenden, wenn ich es mir leisten konnte, sie auszuführen, getanzt hatten, verfolgte mich jetzt, als wir in das Flugzeug nach Washington stiegen.

Meine Aussage bei der Anhörung geriet zu einer lebhaften Diskussion zwischen dem Vorsitzenden, Mr. Walter Mondale, und mir. Er schien wild entschlossen, den Ärzten in Amerika das Leben schwerzumachen, und ich hatte die Ehre, daß man mich um meine Meinung und um Vorschläge bat.

Mondales Hauptbedenken war, daß bei einer Herztransplantation zu viele wichtige Dinge in Betracht zu ziehen waren, als daß man, so glaubte er, zulassen konnte, daß derlei Entscheidungen von Medizinern in eigener Verantwortung getroffen wurden.

Mir war nicht so recht klar, wer denn sonst diese Verantwortung übernehmen sollte. Doch gewiß nicht die Politiker, so hoffte ich, denn deren einzige Sorge bestand darin, möglichst viele Stimmen für sich zu verbuchen. Ein breites öffentliches Interesse an Operationen wie einer Herztransplantation garantierte große Publicity.

Mein Standpunkt hierzu läßt sich mit wenigen Worten umreißen: Allein Ärzte sind in der Lage, medizinische Eingriffe wie Transplantationen zu kontrollieren. Die Tatsache, daß die Herztransplantation ein so breites Interesse wachgerufen hatte, war für sich genommen noch kein Grund, an dem derzeit praktizierten Verfahren etwas zu ändern.

Ich argumentierte, daß die Angehörigen der ärztlichen Berufe als einzige dafür ausgebildet und qualifiziert waren, die erforderlichen Entscheidungen zu treffen, um einen Patienten auszuwählen, um einen Patienten für tot zu erklären und auch, um die Operation durchzuführen. Derlei konnte eindeutig nicht einem Politiker oder, noch schlimmer, einem Politikergremium überlassen werden – das wäre einfach undenkbar gewesen.

Als Beispiel führte ich an, was passiert, wenn ein Passagierflugzeug einen Motorenschaden hat und der Pilot zur Landung gezwungen ist. Kein Mensch würde erwarten, daß er die Passagiere um ihre Meinung oder gar um ihre Erlaubnis fragt. Er, und nur er, ist in der Lage, die notwendigen Schritte zu unternehmen, denn er ist dafür ausgebildet.

So argumentierten wir hin und her, ohne daß einer von uns auch nur einen Fingerbreit nachgegeben hätte.

Daraufhin beschloß Mondale, an einem anderen Punkt anzusetzen, und fragte mich: »Dr. Barnard, wer bezahlt diese Operationen?« Mir persönlich erschien das völlig irrelevant, denn ich hatte nie frei praktiziert, hatte nie einem Patienten eine Rechnung geschickt und verdiente damals 600 Dollar im Monat. Aber instinktiv wußte ich, worauf diese Frage hinauslief.

»Ich weiß nicht, wer hierzulande dafür aufkommt, aber in Südafrika werden solche Operationen nur in den Kliniken durchgeführt, die den einzelnen Provinzen unterstehen und von der Regierung beträchtliche Zuschüsse erhalten.«

Ich sah, wie er pfiffig lächelte, als wollte er sagen: »Aha! Hab' ich diesen schlauen kleinen Doktor in die Enge getrieben!« Er legte seine Fingerspitzen gegeneinander und erklärte triumphierend: »Also bezahlen die Steuerzahler die Rechnung, nicht wahr, Dr. Barnard? Wenn sich das so verhält, finden Sie dann nicht, daß es nur recht und billig wäre, wenn sie in dieser Angelegenheit auch ein Mitspracherecht hätten?«

Hinter mir war beunruhigtes Gemurmel zu hören, aber ich hätte beinahe laut gelacht über seine durchsichtige Strategie, und ich wußte, daß ich Mr. Mondale jetzt am Haken hatte.

Ich hielt seinem Blick stand und bemühte mich, langsam und deutlich zu sprechen. »Sir, Sie führen doch zur Zeit Krieg in Vietnam?« fragte ich. »Wer kommt eigentlich für diese unglaubliche Verschwendung von Geldern auf? Doch die Steuerzahler – ist das richtig?«

Er merkte nicht, worauf ich hinauswollte. »Ja, das ist richtig«, antwortete er und lächelte mich über seine Fingerspitzen hinweg listig an.

»Dann sagen Sie mir doch, Mr. Mondale, wenn die Generäle einen Angriff führen wollen, fragen sie dann jedesmal zuerst die Steuerzahler, welcher Taktik sie sich bedienen und welche Waffen sie einsetzen sollen?«

Die Leute von der Presse brachen in schallendes Gelächter aus, und Walter Mondale blickte sich um. Als der Tumult sich gelegt hatte, antwortete er leicht geknickt: »Eine gute Frage... Keine weiteren Fragen, Dr. Barnard, vielen Dank.«

Als ich mich von Professor Wangensteen verabschiedete, klopfte er mir kräftig auf die Schulter und beglückwünschte mich zu meinem Auftritt.

Ich sollte meinen alten Freund und Lehrmeister nie mehr wiedersehen. Ein paar Jahre später erlitt er einen Herzanfall und starb; seine Frau erzählte mir, daß seine letzten Worte waren: »Wo ist Chris?«

Wieder in Kapstadt, berief ich eine Versammlung der Leute von der Krankenhausdirektion ein und erklärte, Bossie – er war der für die postoperative Versorgung Philip Blaibergs zuständige Arzt – und ich seien übereinstimmend der Meinung, daß es keinen Grund gäbe, unseren Patienten noch länger im Krankenhaus zu behalten. Wir hätten also beschlossen, ihn am Samstag, dem 16. März 1968, zu entlassen.

Er war zu diesem Zeitpunkt der einzige Patient, der eine Herztransplantation überlebt hatte, und er würde der erste sein, der entlassen wurde und nach Hause gehen konnte, um ein ganz normales Leben zu führen.

»Diese Information muß streng vertraulich bleiben«, betonte ich. »Ich will nicht noch mehr Vorwürfe zu hören bekommen, daß wir auf Publicity aus sind. Ich schlage also vor, wir treffen Vorkehrungen, um den Krankenhausausgang besser abzuschirmen. Außerdem müssen wir für Sicherheitsmaßnahmen in Blaibergs Haus sorgen; ansonsten wird die Presse ihm nicht nur das Leben schwermachen, sondern auch jede Menge Bakterien einschleppen.«

Auch mit Eileen Blaiberg besprach ich die Einzelheiten. »Sagen Sie es keinem Menschen, auch nicht Ihren Freunden und nicht einmal Ihrer Tochter. Überraschen Sie sie lieber alle. Es ist entscheidend, daß niemand das genaue Datum kennt.«

Sie hielt sich daran und verriet niemandem etwas. Aber gerissen, wie sie waren, rechneten die Leute von den Medien sich aus, daß die Entlassung kurz bevorstehen mußte.

»Meine Freunde und Zeitungen und Fernsehanstalten auf der ganzen Welt rufen mich Tag und Nacht an und wollen wissen, wann Phil nach Hause kommt«, klagte sie. »Sie wollen Photos von dem Stuhl machen, auf dem er sitzen, und von dem Bett, in dem er schlafen wird. Die treiben mich noch zum Wahnsinn!«

»Ignorieren Sie sie einfach. Lächeln Sie, und sagen Sie ihnen, daß Sie auch nicht mehr wissen als sie – vielleicht sogar weniger«, erwiderte ich und gab ihr ein paar Ratschläge, die auf meinen eigenen Erfahrungen mit den Medien beruhten.

Sie stimmte zu, daß es so wohl am besten wäre, und ich bat sie, am Freitagnachmittag ein paar Anziehsachen für ihn zu bringen.

Einen Tag, bevor Philip Blaiberg nach Hause durfte, kam daher seine Frau ins Groote Schuur, mit einer Reisetasche für ihren Mann, von dem sie geglaubt hatte, er würde nie wieder das Krankenhaus verlassen – es sei denn in einem Sarg.

Endlich war der Augenblick gekommen!
Phil kam nach Hause.
Professor Barnard hatte sie gebeten, ein paar Sachen für ihren Mann mitzubringen, damit er etwas zum Anziehen hatte, wenn er entlassen wurde.

Mit zitternden Händen legte sie seinen Blazer von der Königlichen Zahnklinik, ein Hemd, eine Hose, Schuhe und seine Lieblingskrawatte in eine Reisetasche. Sie konnte immer noch nicht glauben, daß er nach Hause kam – und dennoch, nach all der Verzweiflung und all den Tränen stand sie nun da und packte die Sachen für seine Rückkehr.

Katie, ihr Hausmädchen, polierte wie besessen alle Tische, bis sie glänzten: Alles mußte perfekt und vollkommen sauber sein, wenn Philip Blaiberg nach Hause kam.

Als Eileen Blaiberg zum Krankenhaus kam, hatte sie den Eindruck, daß nicht mehr Presseleute da waren als üblich, und wie üblich fragten sie sie, wann der berühmteste Patient der Welt entlassen werden sollte.

Sie war nicht besonders gut im Schwindeln, aber sie erklärte, sie wisse es wirklich nicht.

»Was ist denn in der Tasche?« fragte ein schlauer Reporter.
»Oh, nur ein paar Anziehsachen für Phil.« Das genügte als Bestätigung.
Binnen weniger Stunden trafen Nachrichtenteams aus aller Welt im »Big Barn«-Krankenhaus ein – dem Groote Schuur.
Als sie wieder ging, schlief ihr Mann fest und tief, und sie mußte lächeln, als sie ihn beobachtete, wie er friedlich seiner letzten Nacht im Krankenhaus entgegenschnarchte.
Im Gegensatz zu ihrem Mann, um den sich das Krankenhauspersonal kümmerte, konnte Eileen Blaiberg nur ein, zwei Stunden schlafen – unablässig läutete das Telefon: Zeitungen und Fernsehteams aus aller Welt wollten das genaue Datum der Entlassung ihres Mannes wissen. Sie wollte schon den Hörer neben das Telefon legen, aber was wäre, wenn ein Notruf aus dem Krankenhaus käme?
Sie tat nach wie vor so, als hüte sie ein großes Geheimnis, aber es war ihr völlig klar: Alle wußten, daß es morgen passieren sollte.
Ihre Sorge galt mehr ihrem Mann als sich selber. Schließlich und endlich hatte sie so oft die Aufdringlichkeit der Reporter ertragen, daß sie sie mittlerweile kaum mehr bemerkte, aber bei Phil war das etwas ganz anderes. Würde sein neues Herz die Anstrengung und die Aufregung verkraften?

Ich ging durch den unterirdischen Gang in den alten Teil des Gebäudes zur Hals-Nasen-Ohren-Ambulanz, wo sich unser neuer Transplantationstrakt befand. Auf diesem Weg war der Leichnam Louis Washkanskys in den wartenden Krankenwagen und zur Leichenhalle gebracht worden. Jetzt ging ich zur Krankenstation eines Patienten, dem sein neues Herz ein neues Leben geschenkt hatte und der nun aus dem Krankenhaus entlassen werden konnte.
Die Welt wartete ebenfalls darauf, diesen Mann zu sehen, lebendig, mit dem Herzen eines anderen Menschen in seiner Brust. Sie wollte sehen, ob er das Krankenhaus als Gesunder verlassen konnte oder ob er es im Rollstuhl verließ, als Invalide.
Die Frage war: Wie würde sein Leben ab jetzt aussehen? Würde er ans Bett gefesselt sein, oder könnte er all das tun, was jeder andere auch tun konnte – an den herrlichen wei-

ßen Stränden von Kapstadt spazierengehen, entlang den Küsten des Indischen und des Atlantischen Ozeans?

Louis Washkansky war in der postoperativen Phase in einem Einzelzimmer versorgt worden, im gleichen Stockwerk wie die anderen Patienten, die am offenen Herzen operiert worden waren. Gegenüber seiner Tür hatte sich ein abgeschirmter Bereich befunden, wo das Personal sich waschen und umziehen konnte, ehe es sein Zimmer betrat – eine notwendige Vorsichtsmaßnahme, um das Risiko einer Hospitalinfektion möglichst gering zu halten.

Bei Dr. Blaiberg hatte die Krankenhausverwaltung ungewöhnlich schnell drei Räume der HNO-Ambulanz zu einem Transplantationstrakt umbauen lassen. Es überraschte mich, wie schnell jetzt auf einmal Geld zur Verfügung stand, um das Transplantationsprogramm fortzusetzen. Während es vorher Monate oder sogar Jahre gedauert hatte, irgendwelche neuen Apparaturen zu bekommen, brauchte ich jetzt nur noch eine beiläufige Bemerkung fallenzulassen, und schon kriegte ich alles.

Ich bin sicher, wenn ich Champagner Dom Pérignon und Beluga-Kaviar zum Frühstück verordnet hätte, es wäre am nächsten Morgen serviert worden.

Ich betrat den »schmutzigen« Bereich des Trakts. Das Büro war leer, aber aus Blaibergs Zimmer hörte ich Gelächter. Ich ging also in den Umkleideraum, zog einen Kittel, Überschuhe, Kappe und Mundschutz an, alles steril, und ging, nachdem ich meine Hände desinfiziert hatte, in den »sauberen« Bereich.

Dr. Blaiberg war auf und saß auf einem Stuhl, Schwester deVilliers links und Schwester Lindsay rechts neben ihm. Die beiden hatten ihren Arm um ihn gelegt: sie hatten mich nicht kommen hören. Das Gesicht des Patienten war von den Steroiden aufgedunsen – wir bezeichnen das als »Mondgesicht« –, aber ansonsten sah er aus wie das blühende Leben.

»Ihr zwei versucht also, einen verheirateten Mann zu verführen?« Die Krankenschwestern sprangen auf. »Hallo, Prof«, begrüßten sie mich unisono.

»Ich bin froh, daß Sie wieder da sind«, erklärte Philip Blaiberg und stand von seinem Stuhl auf »Es gibt da einiges, das ich Sie fragen möchte. Erstens: Wann komme ich aus diesem Gefängnis raus? Zweitens: Wie sieht es mit Sex aus?«

Die beiden Krankenschwestern lachten schallend. Genau darüber mußten sie gesprochen haben, ehe ich gekommen war.

»Die Antwort auf Ihre erste Frage lautet: morgen.«

»Sehen Sie! Ich habe es Ihnen gesagt – Sie haben die Wette verloren!« warf Schwester deVilliers aufgeregt ein.

»Und was die zweite Frage betrifft: Natürlich ist Sex erlaubt. Allerdings müssen Sie versprechen, nicht mit dem Herzen dabeizusein.« Ich bemühte mich, ernst zu bleiben, aber wir mußten alle vier lachen.

»Nachdem wir die Sache mit Ihrem Liebesleben geklärt haben, möchte ich jetzt sehen, was Ihr Herz macht«, erklärte ich und ging zu der großen Karte, die an der Tür festgepinnt war. Auf ihr waren die Werte für seine Vitalfunktionen eingetragen sowie Laborergebnisse, die Amplituden des Elektrokardiogramms und die Behandlung seit der Operation. Ich studierte sie ein paar Minuten lang. Das einzige, was mir Sorgen machte, war die nach wie vor niedrige Amplitude des Elektrokardiogramms, aber wenigstens war sie seit vier Wochen unverändert geblieben.

»Wie ich sehe, hat Bossie das Kortison auf 30 mg pro Tag reduziert«, bemerkte ich und ging wieder zu Dr. Blaiberg. »Können Sie sich auf das Bett legen, damit ich Sie abhören kann?«

Die beiden Krankenschwestern halfen ihm, sein Hemd auszuziehen, und er hüpfte auf das Bett und legte sich hin.

Die Wunde war gut verheilt, und es gab keinerlei Anzeichen für eine Infektion. Das Brustbein war stabil. Alle Herzgeräusche waren klar, kein Hinweis auf ein systolisches Geräusch.

Ich nahm das Stethoskop aus meinen Ohren. »Scheint alles in Ordnung zu sein, Philip, aber ich hätte gerne, daß Professor Schrire das definitive Okay gibt.

Ab morgen werden Sie wieder mit der Welt da draußen in Berührung kommen, ich sehe also keinen Grund, warum ich das noch tragen soll«, erklärte ich und nahm meinen Mundschutz ab. »Die Schwestern dürfen Ihnen jetzt auch ihre Gesichter zeigen, damit Sie sehen, wer Sie in den letzten sechs Wochen herumkommandiert hat.«

Langsam nahmen Schwester deVilliers und Schwester Lindsay ihren Mundschutz ab – Dr. Blaiberg beobachtete sie fast wie ein Voyeur, der einer Striptease-Tänzerin zusieht. Er hatte die Gesichter der Krankenschwestern bis jetzt natürlich noch nie zu sehen bekommen und lächelte voll freudiger Erwartung.

»Mein Gott, seid ihr hübsch«, rief er aus, »ich glaube, ich will gar nicht mehr nach Hause!«

»Kommen Sie, Ihre Frau ist viel hübscher«, protestierten die beiden Schwestern, während ich den Raum verließ.

»Na schön, bis morgen dann.«

Schwester deVilliers folgte mir in mein Büro. »Wir haben Sie vermißt, Prof«, bemerkte sie und sah mir in die Augen.

Ich wußte, was sie damit sagen wollte. »Nun, jetzt bin ich wieder da, und jetzt werden wir alles nachholen.« Ich trat näher an den hochgewachsenen, schlanken Körper heran, und sie streckte ihre Arme aus – da spazierte Dr. Bosman ins Büro.

Ich drehte mich um. »Sie haben gute Arbeit geleistet, Bossie. Ich bin sehr stolz auf das ganze Team«, erklärte ich und versuchte, möglichst gelassen zu wirken.

»Danke, Prof. Glauben Sie, daß Philip morgen entlassen werden kann?«

»Ja, aber ich hätte gerne, daß Vel ihn zuerst noch mal untersucht.« Bossie sah etwas unbehaglich drein.

»Ich habe ihn angerufen. Er hat gesagt, daß die Kardiologen sich künftig nicht mehr um die postoperative Versorgung von Transplantationspatienten kümmern wollen. Sie hätten auch so genug zu tun.« Ich hatte schon so eine Ahnung gehabt, daß irgend etwas zwischen Vel und mir nicht mehr stimmte. Was für ein Jammer. Daß die Abteilung so erfolgreich arbeitete, seit wir 1958 mit Operationen am offenen Herzen begonnen hatten, war vor allem auf die enge Zusammenarbeit zwischen Kardiologen und Chirurgen zurückzuführen. Allerdings war Vel schon lange zuvor mein Lehrer und Freund geworden, und zwar als ich mich auf die Abschlußprüfungen vorbereitet hatte. Vel hatte mir Kardiologie beigebracht; er war der beste Kardiologe, dem ich je begegnet bin, und auch einer meiner besten Freunde.

Was war da jetzt am Kochen? Ich wußte, daß einige meiner Kollegen mir vorwarfen, ich würde mich in den Vordergrund spielen – aber doch bestimmt nicht Vel? Ich mußte unbedingt mit ihm reden.

»Na schön, wenn das so ist, werden wir uns eben selber um die Transplantationspatienten kümmern müssen. Ich möchte, daß Dr. Blaiberg einmal in der Woche bei uns vorbeischaut. Und wenn irgend etwas ihm komisch vorkommt, soll er gleich anrufen. Ich zieh' mich jetzt um und bin in den nächsten paar Stunden in meinem Büro, falls Sie mich brauchen.«

Bossie begleitete mich in den Umkleideraum. »Wenn Sie einverstanden sind, Prof, sehe ich jeden Tag nach Dr. Blaiberg.« »Natürlich, Bossie, ich habe nichts dagegen.«

Die Krankenschwestern hatten mir schon gesagt, daß Bossie Bosman Dr. Blaiberg quasi adoptiert hatte; sie waren sehr enge Freunde geworden.

Als ich in mein Büro kam, erwartete mich das übliche Chaos: Hunderte von Briefen und Einladungen. Da Ann Levett die Arbeit über den Kopf gewachsen war, hatte die Provinzadministration einen Sekretär, Mr. Stoffberg, für mich abgestellt; er sollte sich nur um die Einladungen kümmern.

Als ich eintrat, saß er an meinem Schreibtisch.

»Morgen, Stoffie, was gibt's Neues?«

Er deutete auf die Briefe, die sich auf dem Boden stapelten. »Prof, ich weiß wirklich nicht, wo ich anfangen soll – da liegen Briefe und Einladungen aus aller Welt. Außerdem hat der Stadtrat beschlossen, Ihnen die Ehrenbürgerwürde von Kapstadt zu verleihen, und die Regierung hat mir eben mitgeteilt, daß Sie deren höchste Auszeichnung erhalten haben, den Hendrik-Verwoerd-Orden.«

»Ist das wirklich eine solche Auszeichnung, Stoffie?«

»Na ja, vor Ihnen haben nur zwei Leute sie bekommen. Außerdem ist sie mit einer ganz ansehnlichen Summe dotiert. Ich finde, Sie sollten den Orden annehmen.«

Ich hatte jedoch meine Zweifel. Als Premierminister war

Dr. Verwoerd, der später im Parlament erstochen worden war, der Architekt der Apartheid gewesen, die so viel Elend über so viele Menschen gebracht hatte.

Als Sohn eines Missionars, der mitangesehen hatte, wie seine farbige Gemeinde unter dieser irrationalen Ideologie leiden mußte, war mir alles andere als wohl bei dem Gedanken, einen Orden anzunehmen, der seinen Namen trug.

»Okay, Stoffie, ich werde mir das durch den Kopf gehen lassen.«

»Und dann ist da eine Einladung von Fürst Rainier und Fürstin Gracia, als Ehrengast am Ball des Roten Kreuzes in Monaco teilzunehmen.«

Ich drehte mich um und sah Stoffie an. Er zwinkerte mir zu und lächelte breit.

»Meinen Sie das ernst?« fragte ich ungläubig.

»Ja, Prof, und ich habe bereits zugesagt – ich hoffe, Sie haben nichts dagegen.«

»Verdammt noch mal, nein, das ist phantastisch!« Ich sah auf meine Uhr. »Tut mir leid, aber ich muß mich beeilen. Deidre kommt heute nachmittag aus Australien zurück, und ich möchte sie vom Flughafen abholen.«

Stoffie war sichtlich enttäuscht, daß ich so schnell wieder gehen wollte, aber ich mußte wirklich los.

Seit fünf Jahren standen Deidre und ich uns sehr nahe, ja, bis zur Transplantation hatte ich mich ganz auf sie konzentriert. Ihre Erfolge im Wasserskifahren waren Höhepunkte auch in meinem Leben. Sie war nicht nur meine Tochter, sondern auch mein Kumpel. Jetzt würde sie aus Australien zurückkehren, wo sie die »Moomba«-Meisterschaft und das »Australian Open« gewonnen hatte, und ich wollte unbedingt am Flughafen sein, wenn sie ankam.

Mein Sohn Andre (von uns »Boetie« genannt) besuchte die Schule in Pretoria und wohnte dort bei Martin und Kitty Franzot. Martin war ein Patient von mir, und ich hatte ihm eine neue Mitralklappe und später dreimal einen Bypass eingesetzt. Er war so etwas wie ein zweiter Vater für Boetie geworden. Ob er wohl gemerkt hatte, daß der richtige Vater seinen einzigen Sohn vernachlässigte?

Auf der Fahrt nach Zeekoevlei drifteten meine Gedanken von jenen herrlichen Tagen, als Deidre anmutig und gekonnt durch die Slalomstrecke auf dem spiegelglatten *Vlei* (See) geglitten war, zur Einladung der Hoheiten in Monaco. Zu gerne hätte ich gewußt, ob ich mit Grace Kelly tanzen würde. Wie würde es sein, wenn ich diese wunderschöne Frau in meinen Armen hielt? Würde ich eine Verbeugung machen müssen?

Abrupt wurde ich aus diesen wundervollen Träumereien gerissen, als ich bei meinem Haus am See ankam. Als »Zuhause« konnte ich es nicht länger bezeichnen: Es war zu einem Ort geworden, wo ich nur mehr zum Essen und Schlafen hinkam.

Seit unserer Rückkehr war Louwtjie immer stiller und mißmutiger geworden. Nichts konnte sie mehr zum Lachen oder auch nur zum Lächeln bringen. Jetzt stand sie gerade in der Küche, mit völlig ausdruckslosem Gesicht, was jedoch möglicherweise an dem Valium lag, das sie jetzt ständig einnahm.

»Morgen wird Blaiberg entlassen – was sagst du dazu? Der erste Patient mit einem transplantierten Herz, der das Krankenhaus verläßt!«

»Wie schön.« Keine Spur von Begeisterung in der gleichmütigen Antwort. Dann Schweigen. Eine Weile darauf:

»Glaubst du, daß du bei deinem vollen Terminkalender die Zeit erübrigen kannst, mal wieder deine Mutter zu besuchen? Seit du berühmt geworden bist, warst du nicht mehr bei ihr.«

Ihr Sarkasmus machte die Wahrheit noch schmerzlicher. Es stimmte: Seit Monaten hatte ich meine Mutter, die in einem Altersheim lebte, nicht mehr besucht. Ich fragte mich, ob sie überhaupt wußte, was in den letzten paar Wochen geschehen war. Wußte sie, daß ihr Sohn zu einer Berühmtheit geworden war?

Vor mittlerweile sechs Jahren hatte Maria Elizabeth Barnard eine schwere Gehirnblutung erlitten, aber ihr immenser Überlebenswille hatte sie aus dem Koma zurückgeholt – nur um eine Last für ihre vier Söhne zu werden.

Sie war rechtsseitig fast vollständig gelähmt und dazu verdammt, den Rest ihres Lebens – oder besser: ihres Existierens – im Bett und im Rollstuhl zu verbringen.

Anfangs war sie entschlossen gewesen, wieder gesund zu werden, und oft sah ich, wenn ich sie besuchte, wie sie unter großen Schmerzen ihre rechte Hand massierte, um Leben dorthin zurückzuzwingen, aber die Hand, welche die Socken ihrer Söhne gestopft und die köstliche Bohnensuppe für ihre Familie zubereitet hatte, weigerte sich, den Befehlen ihres Gehirns zu gehorchen. Jetzt war sie eine einsame alte Frau in einem Altersheim, und der einzige Lichtblick in ihrem Leben waren die seltenen Besuche ihrer Söhne.

Johannes, ihr ältester Sohn, der direkt in Kapstadt wohnte, besuchte sie vielleicht einmal im Jahr. Dodsley, der Zweitälteste, lebte in Vryburg (einer kleinen Stadt weit im Norden, mehr als 1000 Kilometer von Kapstadt entfernt) und besuchte sie in den sechs Jahren ihrer Krankheit ein einziges Mal. Marius und ich sahen öfter nach ihr, aber mit Sicherheit nicht so oft, wie sie uns besucht hätte, wenn die Situation andersherum gewesen wäre.

So sah die Dankbarkeit ihrer Söhne aus, für die sie sich ihr Leben lang aufgeopfert hatte. Ich glaube, sie spürte, daß sie eine Last geworden war, denn oft fragte sie mich: »Wann wird Gott kommen und mich zu sich holen?«

Das Flugzeug landete pünktlich, und Deidre kam mit einem großen, kuscheligen Koalabären im Arm in die Ankunftshalle gerannt. Sie erzählte von allem möglichen, nur nicht von ihren Erfolgen. Ich wollte etwas über die Wettkämpfe erfahren und darüber reden, wie gut sie sich gehalten hatte, aber Deidre plapperte die ganze Zeit nur davon, wie wundervoll Australien war und was für faszinierende Leute sie kennengelernt hatte.

Nachdem sie ihre Wasserskier und ihr Gepäck abgeholt hatte, fuhr sie mit Louwtjie nach Zeekoevlei, während ich mich auf den Weg ins Altersheim machte, um meine Mutter zu besuchen.

Sämtliche Insassen lagerten auf der Veranda, wie kleine Felshasen, die von ihren lieben Angehörigen unter dem Vorwand hierhergebracht worden waren, daß sie sich da wohler fühlen würden als zu Hause. Schließlich waren sie hier unter ihresgleichen. So jedenfalls lautete die gängigste Erklärung der Kinder, um ihre Schuldgefühle zu verdrängen. Ich weiß das, denn genau das hatte auch ich meiner Mutter erzählt.

Als ich ankam, blickten alle auf und fingen an zu klatschen – manche, weil sie mich erkannten und von der Transplantation gehört hatten, einige, weil sie einfach das gleiche machen wollten wie die anderen.

Meine arme Mutter war völlig verwirrt, weil sie keine Ahnung hatte, was das bedeuten sollte. Sie wußte nicht, daß ihr Sohn mittlerweile einer der berühmtesten Ärzte der Welt war.

Fragend blickt sie mich an. Sie war jetzt fünfundachtzig und hatte kaum noch Erinnerungsvermögen. Ich setzte mich neben sie, küßte sie flüchtig auf die Wange und erzählte ihr die Geschichte von der ersten Herztransplantation und warum die anderen applaudiert hatten.

Ich glaube nicht, daß sie die Bedeutung dessen wirklich erfaßte. Sie wechselte sofort das Thema und sprach von ihren Problemen: von ihrer Verstopfung und daß ihre Blase, wenn sie Wasser ließ, so brannte.

Alle paar Minuten sah ich auf meine Uhr, ob ich schon lange genug bei ihr geblieben war, und ging dann, sobald die Schicklichkeit es zuließ.

Als ich aufwachte, fühlte ich mich miserabel – und das am Tag meines Triumphes, dem Freudentag des ersten Chirurgen, dem es gelungen war, ein Herz zu transplantieren und seinen Patienten aus dem Krankenhaus zu entlassen.

Aber ich fühlte mich elend. Jede Bewegung schmerzte: Die Arthritis war wieder aufgeflackert, und außerdem hatte ich eine ganze grauenhafte Nacht hindurch versucht, Louwtjie zu beruhigen.

In ihrer Unsicherheit und Ungewißheit eingesperrt, reagierte sie wie ein Tier, das aus seinem Käfig will; in ihren Augen war ich das einzige Hindernis, das sie von ihrem Glück trennte. Obwohl ich völlig erschöpft gewesen war, hatte sie mir kaum eine Chance gegeben, mich auszuruhen.

Mitten in der Nacht hatte sie mich halb zu Tode erschreckt, als sie mit ihren Händen meine Kehle umklammert und wie verrückt geschrien hatte. Ich war hochgeschreckt und hatte ihre wild flackernden Augen vor mir gehabt.

Schließlich war ich auf die Couch im Wohnzimmer umgezogen. Glücklicherweise mußte ich an dem Tag nicht operieren.

Als ich in Philip Blaibergs sterilisiertem Trakt eintraf, war man gerade dabei, Eileen die Einzelheiten der häuslichen Pflege und der medizinischen Versorgung zu erklären. Sie war furchtbar nervös und zitterte vor Aufregung; vermutlich verstand sie nur die Hälfte von den Anweisungen, die die Schwestern und Bossie ihr gaben.

Inzwischen zog mein Patient sich an. Er war richtig aufgedreht und alberte mit den Leuten herum.

Und dann ging Eileen in den sterilen Trakt und sah ihren Mann an; zum ersten Mal seit zehn Wochen trug sie keinen Mundschutz. Prompt brach sie in Tränen aus.

Sie umklammerten einander: zwei Menschen, die schon ein Leben lang miteinander verheiratet waren und sich immer noch liebten und denen es vergönnt war, sich zumindest noch eine Zeitlang gemeinsam an einem lebenswerten Leben zu freuen.

Wieviel Zeit ihnen blieb, war in diesem Moment völlig unwichtig. Nur der Augenblick zählte. Es versetzte mir einen Stich, und ich wurde regelrecht eifersüchtig darauf, daß zwei Menschen einander in ihrem Fühlen so nahe sein konnten. Ich wünschte, ich hätte das gleiche von meiner Ehe sagen können.

Nachdem wir die beiden mit etwas linkischen Glück- und Segenswünschen überschüttet hatten, kam ein Pfleger mit einem Rollstuhl. Sehr gegen Philips Willen hatten wir darauf bestanden, daß er sich hineinsetzen und sich aus dem Krankenhaus rollen lassen mußte. Ich habe mir oft überlegt, daß das eigentlich eine unsinnige Vorschrift war, aber man hielt sich streng daran; es hatte, glaube ich, irgend etwas mit der Versicherung zu tun.

Ehe Dr. Blaiberg endgültig ging, wollte Bossie noch eine

letzte Elektrokardiographie machen. Der Rollstuhl mußte also noch warten. Schwester Lindsay legte die Elektroden an, und Bossie konnte die Werte ablesen.

»Völlig normal«, verkündete er mit seinem Schuljungengrinsen.

Und dann wurde Dr. Philip Blaiberg, vierundsiebzig Tage nach seiner Operation, die weltweit Aufsehen erregt hatte, zum Krankenhausausgang geschoben, begleitet von Schwester Lindsay, Schwester deVilliers und vielen anderen, die an seiner Genesung beteiligt gewesen und alle seine Freunde geworden waren. Ich hatte, ehrlich gesagt, noch nie einen so beliebten Patienten gesehen.

Als er bei der riesigen Tür des Krankenhauses ankam, entschied Philip Blaiberg, daß er genug hatte von dem Rollstuhl. Er sprang auf und sagte zu den Umstehenden: »Schaut mal, da draußen warten Hunderte Presse- und Fernsehteams und jede Menge anderer Leute, und das schon seit Stunden. Und die wollen bestimmt keinen Invaliden sehen, also schafft dieses Ding da weg.« Und sicheren Schrittes ging er auf die Tür zu.

Draußen überkam ihn ein Gefühl überschwenglicher Begeisterung, als er der Welt gegenübertrat, die ihn bereits aufgegeben hatte.

»Da bin ich wieder, an der frischen Luft und im Sonnenschein!« rief er und winkte den Tausenden von Menschen zu, die sich auf dem Parkplatz versammelt hatten.

Ein junger Reporter grinste und rief: »Hey, Doc! Was ist das denn für ein Gefühl, wieder die verpestete Luft zu atmen?«

Einen Augenblick lang sah Blaiberg verdutzt drein. »Verpestet? Verpestet? Sie ist himmlisch!«

Nachdem er seine zwei Krankenschwestern ein letztes Mal umarmt und den anderen Krankenhausangestellten die Hand geschüttelt hatte, stiegen er und seine Frau in das wartende Auto.

Langsam fuhr der große, auf Hochglanz polierte Mercedes aus dem Krankenhausbereich und über die Schnellstraße in den Vorort, wo Dr. Blaiberg und seine Frau eine Wohnung in einem Apartmenthaus hatten, das den Namen »Highbury« trug. Man hatte von dort aus einen herrlichen Blick auf das wunderschöne Constantia-Tal, wo einige der besten Weine der Welt angebaut werden – Napoleon hatte, ehe er starb, um eine letzte Flasche Wein aus dieser Gegend gebeten.

Philip Blaiberg konnte es gar nicht erwarten, nach Hause zu kommen und diesen Ausblick in sich aufzunehmen – und vielleicht sogar ein bißchen durch die Weinberge zu spazieren?

Als sie ankamen, waren da noch mehr Leute, noch mehr Reporter und Photographen... es machte ihm nichts aus.

»Ich lebe... ich lebe wieder«, murmelte er vor sich hin, als man ihn zu Wohnung 204 am Ende des Korridors begleitete. Endlich gingen die Besucher, und Philip und Eileen Blaiberg waren allein, allein in ihrem Zuhause.

»Du bist wahrscheinlich fürchterlich müde, Phil«, meinte sie.

»Ein bißchen, aber gleichzeitig schrecklich aufgeregt. Hast du all diese Leute gesehen?«

»Ja«, erwiderte sie, »das schon, aber eigentlich habe ich nur dich angesehen!«

»Wo war denn Professor Barnard? Ich glaube, ich habe mich nicht mal richtig von ihm verabschiedet. Der heutige Tag war schließlich und endlich eher ein Triumph für ihn als für mich.«

»Du bist wieder gesund, und ich glaube, das ist das einzige, was er sich wirklich wünscht. Außerdem wirst du ihn sowieso bald wieder sehen.«

»Weißt du was, Eileen, alle glauben, ich wäre ›tapfer‹ gewesen. Aber das war ich in Wirklichkeit gar nicht. Mir blieb gar nichts anderes übrig. Ich hätte sowieso sterben müssen. Tapfer war der Professor, weil er den Mut aufbrachte, mir ein neues Herz einzupflanzen, nachdem Louis Washkansky gestorben war.

Die machen alle soviel Aufhebens von mir, aber ich werde einfach das Gefühl nicht los, daß das nicht in Ordnung ist. In Wirklichkeit ist dies Chris Barnards Tag.«

Er streckte sich auf seinem Bett aus, angenehm erschöpft.

»Eileen«, sagte er noch. »Die Welt ist wundervoll. Verdammt wundervoll.« Und schlief ein.

Nachdem ich Philip Blaiberg zum Abschied noch einmal zugewinkt hatte, ging ich wieder in mein Büro, um mit Stoffie mein Reiseprogramm für den nächsten Monat zu besprechen.

Zuerst ging es nach Rio; dort sollte ich Gast der Gama-Filho-Universität sein und eine Ehrendoktorwürde verliehen bekommen. Dann nach Buenos Aires; dort wartete eine Auszeichnung der argentinischen Regierung auf mich. Anschließend für eine Woche zurück nach Kapstadt, ehe Louwtjie und ich nach Spanien und Frankreich aufbrechen würden.

Noch ehe Stoffie mir alle Einzelheiten erklärt hatte, meldete sich über die Gegensprechanlage Ann Levett und erklärte, daß ein schwerkranker Patient aus Rumänien eingetroffen sei und ich in der kardiologischen Abteilung dringend gebraucht würde. Mit flatternden Rockschößen rannte ich durch die Gänge und die Treppe hinauf, vier Stufen auf einmal nehmend. Den Lift benutze ich sowieso nur selten, weil ich es nie erwarten kann, dort hinzukommen, wo ich hinwill, und Aufzüge sind so unendlich langsam.

In C 2 erwartete mich Marius.

»Was gibt's für ein Problem?« fragte ich und rang nach Atem.

»Schwer zu sagen. Vor kurzem ist eine völlig verzweifelte Frau aus Rumänien hier angekommen, zusammen mit ihrem Sohn. Sie spricht kein Englisch, und ich habe noch niemanden gefunden, der Rumänisch kann. Auf jeden Fall geht's dem Jungen sehr schlecht.«

Wir traten in das Einzelzimmer. Der Junge war ungefähr dreizehn Jahre alt und blau wie eine Pflaume, obwohl er durch eine über Nase und Mund gestülpte Maske Sauerstoff einatmete.

Plötzlich blickte seine Mutter, die in einem vergeblichen Versuch, seinen Kreislauf anzuregen, die Füße ihres Sohnes massierte, zu uns auf, und ich sah die abgrundtiefe Verzweiflung und Sorge in ihren Augen.

»Es war vermutlich eine sehr lange und anstrengende Reise«, erklärte Marius. »Als er eintraf, hat Vel Schrire darauf bestanden, ihn sofort zu katheterisieren. Seiner Meinung nach war keine Zeit zu verlieren.«

Nach den Untersuchungen hatte sich, wie so oft bei »blauen Kindern«, der Zustand des Jungen weiter verschlechtert. Ich lächelte ihm zu und fühlte seinen Puls. Er ging sehr schnell und war kaum fühlbar.

»Was haben sie festgestellt?«

»Sie konnten keine gründliche Untersuchung vornehmen, aber Vel ist sicher, daß es sich um eine Tetralogie handelt.«

Plötzlich schien die Mutter mich zu erkennen. Sie ergriff meine beiden Hände und begann sie zu küssen. Obwohl ich kein Wort von dem verstand, was sie sagte, wußte ich genau, was sie meinte. Sie trug ein einfaches, sackartiges schwarzes Gewand und hatte abgearbeitete Hände – ich konnte nicht einmal erahnen, wie sie es geschafft hatte, bei ihrem letzten verzweifelten Versuch, das Leben ihres Sohnes zu retten, überhaupt bis hierher zu kommen.

»Wahrscheinlich glaubt sie, daß du Wunder wirken kannst, Chris, wir beeilen uns also besser – ich glaube nicht, daß der Junge es noch lange macht. Ich habe im Operationssaal schon alles vorbereiten lassen und Ozzie und die Herz-Lungen-Techniker benachrichtigt.«

Kardiologische Teams sind daran gewöhnt, schnell und in Notsituationen zu arbeiten, es war also nur eine Sache von Minuten, bis der Junge für die Operation vorbereitet war und zum Operationssaal geschoben wurde, wo wir schon warteten.

Die Operation verlief problemlos; es stellte sich heraus, daß es sich um eine unkomplizierte Standardkorrektur handelte. Ich mußte lediglich das Loch zwischen den beiden Ventrikeln (den unteren Herzkammern) schließen und das Muskel- und Fasergewebe herausschneiden, das das freie Strömen des Blutes in die Lunge behinderte.

»Das war Glück«, meinte Marius, als die Operation vorbei war. »Jetzt dürfte er eigentlich keine Probleme mehr haben – und seine Mutter hat ihr Wunder!«

»Gott sei Dank, daß wir ab und zu Glück haben«, erwiderte ich und zog erschöpft meine Handschuhe aus. »Aber ich frage mich, warum sie den ganzen Weg hierherkommen mußte. In Europa gibt es doch mit Sicherheit Dutzende von Kliniken, die das gleiche hätten machen können.«

Plötzlich fühlte ich mich fürchterlich ausgepumpt, und ich fügte hinzu: »Würde es dir was ausmachen, ihn auf die Station zurückzubringen? Ich habe letzte Nacht kaum geschlafen.«

Mein Bruder sah mich an und nickte; ich wußte, er verstand mich.

Am nächsten Morgen war Schwester Geyer im Büro, als ich zur Visite kam. Sie war eine ungemein fürsorgliche, mütterliche Frau, mit freundlich zwinkernden Augen und rosigen Wangen – genau der Mensch, von dem man sich wünscht, daß er einen schön warm und kuschelig ins Bett steckt –, und sie war eine der besten Schwestern, mit denen ich je zusammengearbeitet habe.

Ihre Patienten kamen bei ihr vor allem andern, und ich habe oft gesehen, wie sie etliche Stunden nach Dienstschluß noch geschäftig durch die Station hastete. Sie tat immer sehr streng und professionell, aber tief drinnen hatte sie, glaube ich, eine Schwäche für mich.

»Wie geht es dem Patienten von letzter Nacht, Schwester?«
Sie lächelte »*Guten Morgen*, Herr Professor.«

Ich ignorierte den leichten Tadel, daß ich die üblichen Höflichkeitsfloskeln übergangen hatte. »Haben Sie jemanden gefunden, der Rumänisch kann?«

Sie ging an mir vorbei in den Korridor. »Ja, Dr. Marius ist bei ihm im Krankenzimmer.« Eilig gingen wir zusammen durch die Halle.

Ich traute meinen Augen nicht, als wir in das Krankenzimmer kamen. Der Junge, der vor nur zwölf Stunden blau verfärbt und dem Tode nahe gewesen war, saß jetzt aufrecht im Bett, und sein Gesicht hatte eine gesunde rosige Farbe. Quietschvergnügt plauderte er mit dem Dolmetscher.

Als ich eintrat, verstummte das Geplapper, und alle wandten sich zur Tür um. Die Mutter fiel auf die Knie, als wäre Gott erschienen. Sie preßte beide Hände auf ihr Herz und murmelte ein Gebet, während sie mich anstarrte und Tränen über ihre Wangen rannen. Ich wußte nicht, was ich in dieser peinlichen Situation tun sollte.

»Denk dir nichts, Chris, mir ging's gerade genauso«, sprang Marius mir bei. »Aber ihre Geschichte ist wirklich umwerfend. Was diese Mutter für ihren Sohn an Opfern gebracht hat, würde sogar dem Krankenhausdirektor die Tränen in die Augen treiben!«

Das Wunder, über das wir am Tag zuvor gescherzt hatten, war geschehen, aber geschafft hatte das die Mutter, nicht wir.

Es gab mir einen Stich ins Herz, denn ich sah meine Mutter, wie sie alleine in einem Rollstuhl auf der Veranda des Altersheimes saß – vielleicht dachte auch sie an die Opfer, die sie für ihre Kinder gebracht hatte?

Marius erzählte mir die Geschichte, die er von dem Dolmetscher gehört hatte.

Horia war als »blue baby« zur Welt gekommen und hatte sich von Anfang an körperlich nur sehr langsam entwickelt, wobei er aber ein sehr aufgeweckter Junge war. Da er nicht in der Lage war, mit anderen Kindern zu spielen, stellte die Mutter ihr gesamtes Leben auf ihn ab. Zuerst brachte sie ihn in eine rumänische Klinik, aber dort sagten ihr alle, man könne nichts für ihren Sohn tun.

Dann fing sie an zu sparen, indem sie zusätzliche Arbeiten übernahm, und sobald sie genug Geld hatte, brachte sie ihn in immer neue Krankenhäuser außerhalb Rumäniens – zuerst nach Deutschland, dann nach Frankreich, dann nach Rußland und schließlich nach Polen. Aber überall bekam sie die gleiche Antwort: Man könne nichts tun, und ihr Sohn werde bald sterben. Trotz alledem weigerte sie sich aufzugeben – ich habe festgestellt, daß die Mütter auf der ganzen Welt sehr hartnäckig sind, wenn es um ihre Kinder geht, was man von dem Durchschnittsvater nicht gerade behaupten kann.

Als sie von der Möglichkeit der Herztransplantation hörte, beschloß sie, ihren Sohn nach Kapstadt zu bringen. Die rumänischen Ärzte, denen sie ihre Entscheidung mitteilte, rieten ihr jedoch, ihren Sohn lieber nach England oder Frankreich oder Deutschland zu bringen, weil dann die Rückführung des Leichnams nicht so teuer kommen würde. Sie ließ sich durch diesen dumpfen Fatalismus nicht beirren und blieb eisern: Sie würde es schaffen, daß ihr Sohn nach Südafrika und in die kardiologische Abteilung des Groote Schuur kam.

Damals befand Rumänien sich unter kommunistischer Herrschaft und hatte keine diplomatischen Beziehungen mit Südafrika. Sie überwand auch diese Hürde und flog ohne

Visum und ohne Geld über Frankfurt nach Johannesburg, in der Hand einen Zettel: *Zu Doktor Barnard.*

Die Einwanderungsbehörde verzichtete auf alle bürokratischen Formalitäten, und die Fluggesellschaft South African Airways entschloß sich, Mutter und Sohn kostenlos nach Kapstadt zu bringen.

Auf dem Flughafen von Kapstadt erwartete sie ein Krankenwagen, der sie ins Groote Schuur brachte, wo wir übernahmen.

Horia erholte sich, ohne daß es zu irgendwelchen Komplikationen kam, und kehrte nach Rumänien zurück. Trotz der kommunistisch kontrollierten Presse machte er Schlagzeilen, und seitdem kamen regelmäßig Rumänen nach Südafrika, ohne Visum und ohne Geld, und alle wurden sie mit der gleichen Gastfreundlichkeit aufgenommen und erhielten die gleiche medizinische Versorgung wie südafrikanische Bürger. Die Operationen waren kostenlos. Es gab Perioden, da hatte ich mehr Rumänen auf meiner Station als Südafrikaner.

Zwischen unserer Abteilung und den rumänischen Ärzten entwickelte sich eine enge Zusammenarbeit, und zweimal fuhr Marius mit Mitgliedern unseres Teams dorthin, um ihnen beim Aufbau einer eigenen Abteilung für Herzchirurgie zu helfen.

Zwar war ich mittlerweile ziemlich weit herumgekommen, aber noch nie war ich in eines der südamerikanischen Länder eingeladen worden; dies sollte mein erster Besuch in Brasilien sein.

Vor dem Flughafengebäude hatte sich eine riesige Menge farbenprächtig gekleideter Männer und Frauen versammelt, die zu den Rhythmen der Samba-Gruppen sangen und tanzten – was für ein Empfang! Davon, daß das Land vom Militär regiert wurde, das erst vor vier Jahren die Macht an sich gerissen hatte, merkte ich nichts.

Ich war überzeugt, daß mein erster Aufenthalt in Südamerika zu einem aufregenden Erlebnis werden würde, und war entschlossen, es in vollen Zügen zu genießen.

Der Flug war schon ein guter Anfang gewesen. Von Kapstadt nach Rio fliegt man acht Stunden, aber da wir westwärts geflogen waren, hatten wir Zeit gewonnen. Wir hatten um fünf Uhr nachmittags abgehoben und landeten um sieben Uhr – gerade rechtzeitig zur »happy hour«!

Obwohl ich von der Gama-Filho-Universität eingeladen worden war, war auch der Gesundheitsminister zum Flughafen gekommen und begrüßte mich im Namen der Regierung von Brasilien.

Diese Geste wußte ich wirklich zu schätzen, denn damals war Südafrika aufgrund seiner Rassenpolitik von den meisten Ländern der Erde geächtet und isoliert, und als Südafrikaner wurde ich von den Politikern der Länder, die ich besuchte, oft brüskiert oder schlechtweg ignoriert.

Die Berichterstattung über mein Land beschränkte sich damals auf den Sportler Gary Player, mich und die Apartheid. Gary Player mit seiner blütenweißen Weste und seinem tadellosen Lebenswandel hatte natürlich eine hundertprozentig »gute« Presse. Meine war genau halbe-halbe, teils gut, teils schlecht (allerdings nichts dazwischen). Die Berichterstattung über die Apartheid war zu 100 Prozent »schlecht«, und das zu Recht.

Schlechte Nachrichten machen unweigerlich die größeren Schlagzeilen, und so blieb Südafrika auch weiterhin der Prügelknabe der Weltpresse.

Mir standen eine Reihe offizieller Empfänge bevor. Vor allem sollte ich den Ehrendoktor für Naturwissenschaften von der Gama-Filho-Universität entgegennehmen. Darüber hinaus wurde ich zum Ehrenmitglied sowohl im brasilianischen Chirurgenkollegium als auch im Forschungszentrum des staatlichen Krankenhauses von Lagoa, zum Ehrenbürger des Bundesstaates Guanabara und der Stadt São Paolo ernannt.

Allerdings hatte ich auch andere, weniger glanzvolle, dafür aber vergnüglichere Verpflichtungen. Zum ersten Mal auf all meinen Reisen waren fünf nicht uniformierte, aber bewaffnete Leibwächter für meine Sicherheit zuständig. Ich kam mir ziemlich albern vor, da diese Männer, wo auch immer ich hinging, ständig in meiner Nähe waren, aber es hatte auch seine Vorteile. Wenn wir beispielsweise einen Nachtclub aufsuchten, sorgten sie dafür, daß ich mich immer in äußerst angenehmer Gesellschaft befand, oft für die ganze Nacht. Viele dieser Mädchen hatten eine phantastische Figur, und in Rio entdeckte ich wirklich und wahrhaftig die Bedeutung des Wortes »Leidenschaft«.

Die nächste Station war Argentinien. In Buenos Aires hatte ich keine Leibwächter – zumindest keine, deren Anwesenheit mir bewußt wurde – und eindeutig keinen Spaß. Verglichen mit Rio war es furchtbar langweilig.

Meine Verpflichtungen waren alle sehr offizieller und ernsthafter Natur. Der Präsident der argentinischen Ärztevereinigung teilte mir mit, daß sie mich für den Nobelpreis nominieren würden, aber das nahm ich nicht ernst. Abgesehen davon, daß die Herztransplantation keine grundlegende wissenschaftliche Entdeckung war, kam ich für den Preis schon deswegen nicht in Frage, weil ich Südafrikaner war – und ein weißer noch dazu.

Überall waren die Vortragssäle bis zum letzten Platz gefüllt. Ich konnte kein Spanisch, daher brauchte ich einen Dolmetscher. Das empfand ich als äußerst schwierig, vor allem, wenn es keine Simultanübersetzung war, denn ich mußte alle paar Minuten meinen Vortrag unterbrechen und auf die Übersetzung warten. Referate, bei denen man immer wieder neu ansetzt, geraten oft langweilig. Außerdem werden sie doppelt so lang, und es gelingt einem nicht, direkten Kontakt zu den Zuhörern zu bekommen. Eines habe ich dadurch allerdings gelernt: Man sollte unter derlei Umständen nie versuchen, eine lustige Geschichte zu erzählen. Man erntet nur selten Gelächter, da die Pointe unweigerlich auf der Strecke bleibt – Humor ist kein guter Reisender.

Ein Vortrag ist dann gut, wenn man selber in Aufregung und Begeisterung gerät. Das Publikum geht dann sehr schnell mit – schließlich und endlich sind Vorträge eine Art Unterhaltung. Aber das war einfach unmöglich, wenn ich alle paar Minuten unterbrechen mußte. Trotz dieser Einschränkungen waren die Zuhörer jedesmal begeistert, und auf alle Vorträge folgten lebhafte Diskussionen am runden

Tisch, an denen viele der führenden Herzchirurgen des Landes teilnahmen.

Bei einer dieser Diskussionen kam die Rede auf die Indikationen für Herztransplantationen und die Behandlung der ischämischen Herzkrankheit (aufgrund der Blockierung der dafür zuständigen Koronararterien wird der Herzmuskel nicht ausreichend mit Blut versorgt).

Wenn durch diese Unterversorgung der Herzmuskel weitgehend abgestorben ist, dann ist, darin stimmten wir überein, eine Transplantation die einzige Option.

Ich hob hervor, daß keiner der Patienten, die wir bislang ausgesucht hatten, an Angina pectoris (die nichts anderes ist als ein ischämischer Schmerz) gelitten hatte. Denn nur ein *lebender* Muskel kann Schmerzen hervorrufen, und das Fehlen einer Angina ist ein klarer Hinweis auf eine weitgehende und dauerhafte Beschädigung des Herzmuskels. In einem solchen Fall sollte transplantiert werden.

Eine Frage lautete, wie man vorgehen solle, wenn der Patient nach wie vor große Schmerzen hat – was darauf hindeutet, daß ein Teil des Muskels gerettet werden könnte, so daß eine Transplantation möglicherweise nicht indiziert sei.

Der Gesprächsleiter wies stolz darauf hin, daß ein junger argentinischer Chirurg namens René Favoloro, der an der Cleveland-Klinik arbeitete, als erster eine Operation durchgeführt hatte, bei der eine Vene aus dem Unterschenkel genommen und als Bypass für die verstopfte Arterie verwendet wurde. Ermöglicht wurde dies dadurch, daß ein Kardiologe derselben Klinik, Mason Soanes, eine Technik entwickelt hatte, mittels derer ein Kontrastmittel selektiv in die Koronararterien injiziert und während der Injektion eine Kinegraphie gemacht wurde.

Dies ermöglichte ihm, die genaue Lokalisierung der Blockierung und die Durchlässigkeit des distalen Teils der Arterie zu dem blockierten Bereich sichtbar zu machen.

Favoloro hatte bislang sechzehn Patienten operiert, deren Schmerzen schlagartig nachgelassen hatten. Die Frage lautete nun, ob diese Operation die Transplantation überflüssig machen würde. Dieser Meinung war ich nicht. Vielmehr wies ich darauf hin, daß es keinen Sinn hat, einen abgestorbenen Baum noch zu wässern. Die korrekte Behandlungsmethode für einen toten Muskel war und blieb die Transplantation. Ein noch lebender Muskel bedurfte lediglich einer Verbesserung der Blutzufuhr – eines Bypasses.

Obwohl die Einführung der Bypass-Operation kein solches öffentliches Aufsehen erregt hatte wie später die Herztransplantation (und die Namen der Chirurgen, die diese Operation als erste durchgeführt hatten, tauchten nicht im Guinness-Buch der Rekorde auf wie meiner), sollte diese Operation auf lange Sicht von weit größerer Bedeutung für die Behandlung von Herzpatienten sein als die Transplantation.

Meiner Meinung nach handelt es sich dabei um eine der größten Errungenschaften auf dem Gebiet der Herzchirurgie überhaupt. Die Tatsache, daß die Bypass-Operation mittlerweile beispielsweise in Amerika mit zu den gängigsten Operationen zählt, beweist dies.

Oft prägen Publizität und die Medien die Geschichte und stellen unser Wertesystem auf den Kopf. Fragen Sie heutzutage zehn junge Leute, wer das Penicillin entdeckt hat* – ich wette fast jede Summe, daß kein einziger von ihnen es weiß, aber fragen Sie sie, wer die Beatles waren, dann wird zumindest die Hälfte von ihnen die richtige Antwort wissen.

Die Wissenschaftler und Forscher sind es, die mit ihren Entdeckungen auf dem Gebiet der Medizin die Welt verbessern. Wenn sie jedoch nicht berühmt werden, ist es viel unwahrscheinlicher, daß ihren Anstrengungen Erfolg beschieden ist, denn der »Ruhm« sorgt auch dafür, daß ihnen finanzielle Mittel zur Verfügung gestellt werden.

---

* Zwei Briten, der aus Australien gebürtige Pathologe Howard Florey und der deutschstämmige Biochemiker Ernest Chain, entwickelten – nachdem Gerhard Domagk das Sulfanilamid entdeckt hatte – ein industrielles Herstellungsverfahren für Penicillin, einen Schimmelpilz, dessen antibakterielle Eigenschaften Alexander Fleming 1928 zwar festgestellt, aber nicht ausgenutzt hatte. Obwohl Fleming, Florey und Chain sich 1945 den Nobelpreis für Medizin teilten, erntete Fleming allein den Ruhm.

Daß ich berühmt – oder berüchtigt (was immer Sie vorziehen) – bin, hat mir und meiner Familie beträchtlichen Schaden zugefügt, aber es hat auch viel Gutes bewirkt: Beispielsweise unterstützt die »Chris-Barnard-Stiftung« nach wie vor große Forschungsprojekte zu Herzkrankheiten. Und die Leute hören einfach eher zu, wenn ich etwas sage. Die Treuhänder solcher Stiftungen haben dieses Phänomen erkannt und bedienen sich seiner, wann immer es gilt, Gelder aufzutreiben.

Favoloro, der für seine brillante Operationstechnik kaum Anerkennung erntete, kehrte schließlich nach Argentinien zurück und gründete dort ein Zentrum für Herzchirurgie. Wir wurden gute Freunde, und ich habe ihm oft beim Operieren zugesehen.

Er erzählte mir eine sehr amüsante Geschichte, wie einige amerikanische Herzchirurgen sich einmal bei einem Vortrag von mir verhalten hatten. Er berichtete, sie hätten sich abgesprochen, sich alle in die erste Reihe zu setzen und aufzustehen und den Raum zu verlassen, sobald ich zu reden anfing.

Vielleicht nimmt die Öffentlichkeit an, unter Ärzten gäbe es keinen Berufsneid. In Wirklichkeit herrscht jedoch verrissenes Konkurrenzdenken.

Was nun diese amerikanischen Chirurgen betrifft, so kann ich nur sagen, sie haben wahrscheinlich einen guten Vortrag versäumt. Ich war sehr gerührt und fühlte mich wirklich geehrt, als Favoloro in diesem Zusammenhang einige Zeilen von Jonathan Swift zitierte: »Wenn ein wahres Genie in dieser Welt erscheint, so kannst du es daran erkennen, daß alle Dummköpfe sich gegen es verschwören...«

In anderen Teilen der Welt waren die Ärzte allerdings aufgeschlossener. Als beispielsweise die südamerikanische Sektion des American College of Cardiology ihren jährlichen Kongreß in der peruanischen Hauptstadt Lima abhielt, wurde ich eingeladen, über unsere bisherigen Erfahrungen mit Herztransplantationen zu referieren. Anschließend ernannte mich der Präsident von Peru zum Mitglied des Ordens »Hipolito Unaneu«, außerdem bekam ich den »Sonnen«-Orden.

In Lima wurde ich in einer großen schwarzen Limousine herumkutschiert und von vier Verkehrspolizisten auf großen

Harley-Davidson-Motorrädern eskortiert, die mir mit heulenden Sirenen den Weg freimachten. Allerdings irritierte es mich, wenn ich sah, wie meine Freunde morgens darauf warteten, mit dem Bus zu dem Kongreß gebracht zu werden, während ich von meinem speziellen VIP-Wagen abgeholt wurde. Ich habe nie um irgendeine dieser Vergünstigungen gebeten, aber ich muß zugeben, ich habe sie genossen, wenn sie mir angeboten wurden.

In Kapstadt wartete am Flughafen Louwtjie auf mich – es war ein eisiger Empfang. Nachdem ich mein Gepäck geholt hatte, fuhren wir mit dem Wagen nach Zeekoevlei. Ich saß selber am Steuer und versuchte, ein bißchen Konversation zu machen, als sie völlig unvermittelt explodierte und mich ins Gesicht schlug. Was auch immer der Grund war, vermutlich hatte ich es verdient, also fuhr ich einfach weiter.

Mir wurde klar, daß wir wahrscheinlich am Ende unseres gemeinsamen Weges angelangt waren.

Er reihte alle seine Tabletten mit militärischer Präzision auf. Zweiundzwanzig Stück. Wenn er eine schluckte, hakte er sie von einer Liste ab, die er in seinem Notizbuch bei sich trug. Es war fast so etwas wie eine religiöse Zeremonie, die er viermal täglich vollzog.

Vom Wohnzimmer rief ihn seine Frau und schlug einen Ausflug zum Rhodes-Denkmal vor, einem seiner Lieblingsplätze im Schatten des Tafelberges.

Das gesamte Land hier hatte einst Cecil Rhodes gehört; heute befinden sich dort der Amtssitz des Präsidenten von Südafrika sowie das Groote-Schuur-Krankenhaus und die Universität von Kapstadt.

Hoch oben auf dem Hang des Devil's Peak steht das Denkmal, das Philip Blaiberg so gerne und oft besuchte – einst der Lieblingsplatz von Rhodes selber, jenes Mannes, der mit Diamanten und Gold ein Vermögen gemacht hatte und nach dem ein Land benannt worden war, jenes Mannes, der als Vorkämpfer des britischen Ideals der Kolonisierung eine ganze Nation versklavt hatte, jenes Mannes schließlich, der seine politische Karriere selbst zerstört hatte, als er sich auf das verheerende Unternehmen »Jameson Raid« eingelassen hatte. Die 470 Kämpfer Jamesons wurden von den Afrikaandern gefangengenommen, und Rhodes wurde gezwungen, von seinem Amt als Premierminister der Kapkolonie zurückzutreten. Ironischerweise – aber typisch für die irrationale Politik der britischen Imperialisten – mußte Jameson in England eine Gefängnisstrafe verbüßen, kehrte nach dem Burenkrieg jedoch nach Südafrika zurück und wurde nun seinerseits Premierminister der Kapkolonie und später zum Baronet ernannt.

Philip Blaiberg stand vor dem von Francis Masey und Sir Herbert Baker gestalteten gewaltigen Denkmal und las erneut die Worte, die Kipling anläßlich des Todes von Rhodes geschrieben hatte:

> »Möge der ungeheure grübelnde Geist
> wiederaufleben und von neuem regieren.
> Solange er lebte, war er das Land, und
> seine Seele wird die Seele des Landes sein,
> nun da er tot.«

Er wandte sich um, um den großartigen Ausblick auf Kapstadt und die Berge, die in der Ferne dahinter aufragten, zu genießen, als er zwei Männer bemerkte, die auf ihn zukamen. Offenbar handelte es sich um Ärzte, denn sie hielten Abstand, etwas, das er anderen Leuten nur schwer klarmachen konnte. Da sein Immunsystem noch immer ziemlich schwach war, mußte er äußerst vorsichtig sein.

»Wissen Sie, daß Sie in England eine Berühmtheit sind?« fragte der eine von ihnen. »Mein Name ist Griffith, Kenneth Griffith – und das ist Dr. Richard Heald« fuhr er fort.

Die drei Männer setzen sich auf die niedrige Einfriedungsmauer des Denkmals und unterhielten sich über Rhodes, über das Krankenhaus, Christiaan Barnard und, natürlich, über Herztransplantationen.

Kenneth Griffith war auf Besuch in Südafrika, um einen Film über das Leben von Cecil Rhodes vorzubereiten. Richard Heald war ein junger Assistenzarzt am Guys Hospital in London und nahm an der jährlichen Konferenz der Chirurgenvereinigung teil, die im Groote Schuur stattfand.

»Ich habe mit Lord Russell Brock, einem der führenden Herzspe-

zialisten in England, über Ihre Operation gesprochen«, erklärte Heald. »Er bewundert Professor Barnard und seine Leistungen sehr und ist überhaupt einer der entschiedensten Befürworter von Herztransplantationen.«

Sie plauderten zwanglos über die postoperative Versorgung, die Medikamente, die er einnahm, und die Behandlung, der er sich nach wie vor im Krankenhaus unterzog. Philip Blaiberg merkte gar nicht, wie kritisch und professionell der Arzt ihn beobachtete und taxierte.

Ihr Gespräch dauerte etwa eine halbe Stunde.

Einen Monat später reichte Eileen Bleiberg ihrem Mann eine Kapstadter Zeitung mit einem Bericht über einen Brief, den der Arzt an die Londoner Times geschrieben hatte und in dem es hieß: »Es liegen zahlreiche unautorisierte und sehr unterschiedliche Berichte darüber vor, wie das Leben aussieht, das Dr. Blaiberg seit seiner Herztransplantation führt. Ich habe ihn persönlich kennengelernt, und eine kurze Beschreibung von einem unvoreingenommenen Beobachter, wie ich es bin, könnte vielleicht von Interesse sein.

Er geht und spricht völlig normal, außer daß er nach wie vor ein bißchen schwach auf den Beinen ist. Zu keinem Zeitpunkt habe ich bemerkt, daß er außer Atem geraten wäre.

›Schon seit hundert Tagen führe ich jetzt ein schönes Leben. Es ist geliehene Zeit‹, sagte er, ›und selbst wenn ich nächste Woche sterben würde, weil mein Körper das neue Herz abstößt – die Operation war trotzdem ein Erfolg.‹

Ich habe selber gesehen, daß Dr. Blaiberg sein Leben genießt, und kann daher allen Zweiflern versichern, daß Berichte, die das Gegenteil behaupten, unwahr sind.«

»Jetzt sind die Jungs im Krankenhaus bestimmt erleichtert«, kicherte Philip Blaiberg und reihte wieder einmal seine Pillen auf.

Zu Hause angekommen, rief ich Bossie an.

»Wie geht es Dr. Blaiberg?« fragte ich.

»Er kommt morgen vormittag zu einer Routineuntersuchung. Ich glaube, es geht ihm gut.«

Er klang durchaus nicht besorgt, und nichts in seiner Stimme gab irgendwie Anlaß zur Beunruhigung, aber ich habe es noch nie ausstehen können, wenn Krankenhausärzte mir erzählten, was sie »glaubten«.

»Sie sind sich nicht sicher?« hakte ich nach, etwas verärgert über seine vage Auskunft.

Vielleicht spürte er meine Gereiztheit, denn er erklärte: »Nein, Prof, alle Untersuchungsergebnisse liegen im Normbereich.«

Wenn ich mich allerdings jetzt zurückerinnere, glaube ich doch, daß Bossie sich damals ziemliche Gedanken machte.

»Bossie, ich bin höllisch müde. Ich komme gerade vom Flughafen. Ich sehe Sie und Dr. Blaiberg dann also morgen.«

Die Verbindung war sofort unterbrochen: Er hatte ohne weiteren Kommentar den Hörer aufgelegt. Keine Spur von dem üblichen Austausch von Höflichkeiten, nur ein feindseliges »Klick«.

Was, zum Teufel, ist da los? dachte ich und starrte das stumme Telefon an. So etwas hatte Bossie noch nie gemacht. Es war, als hätte er mir, wie Louwtjie, eine Ohrfeige versetzt. Ich tastete nach meiner Nase, ob sie auch wirklich nichts abbekommen hatte.

Als ich am nächsten Vormittag kam, war Bossie gerade mit dem Elektrokardiogramm fertig.

»Morgen, Bossie. Hallo, Philip – na, was haben Sie denn so getrieben, seit wir uns das letztemal gesehen haben, Sie Berühmtheit?«

»Ich schätze, das gleiche wie Sie, Herr Professor«, erwiderte er, und ein spitzbübisches Lächeln erschien auf seinem runden Gesicht.

»Und das wäre?« fragte ich neugierig.

»Na ja, ich schätze, ich sollte Ihnen lieber alles sagen, oder?«

»Selbstverständlich – wieso, ist irgendwas nicht in Ordnung?«

»Nein, es könnte, ehrlich gesagt, gar nicht besser sein: Eileen und ich haben unsere ehelichen Beziehungen wiederaufgenommen, zwanzig Tage, nachdem ich aus dem Krankenhaus entlassen worden war. An unserem Hochzeitstag, um genau zu sein.«

Für gewisse Blätter der Boulevardpresse und die Klatschillustrierten wäre das *die* Geschichte gewesen.

»Ich hab' mir gedacht, Sie sollten das wissen, vor allem

jetzt, wo meine Krankengeschichte für die offiziellen Berichte und für Lehrbücher über Kardiologie und Herzchirurgie zusammengestellt wird.«

»Völlig richtig, Philip«, lächelte ich.

»Vielleicht«, fuhr er fort, »sollte ich es auch anderen Leuten erzählen, um irgendwelche Ängste zu zerstreuen, die vielleicht einige Männer quälen, daß ihr Liebesleben unter einer Herzoperation leiden könnte?«

»Ehrlich gesagt, ich finde, Sie sollten derlei nicht publik machen«, wandte ich ein, »auch wenn ich sicher bin, daß das für viele, die sich in Zukunft ähnlichen Operationen unterziehen müssen, sehr tröstlich wäre. Es ließe sich nämlich wohl kaum vermeiden, daß Ihnen die Medien auf den Pelz rücken, wenn das allgemein bekannt wird. Und das könnte sehr unangenehm für Sie und Ihre Familie werden.«

Wir machten mit der Untersuchung weiter. Es war der 24. Mai 1968, sein neunundfünfzigster Geburtstag.

»Sie fühlen sich also insgesamt recht wohl?«

»Na ja, ehrlich gesagt, nicht immer«, gab er widerstrebend zu. »Und ich bin oft schrecklich müde«, fügte er mit einem tiefen Seufzer hinzu.

Irgend etwas an Philip Blaiberg beunruhigte mich. Alle Untersuchungsergebnisse schienen normal zu sein, aber die Erfahrung hat mich gelehrt, daß der Eindruck, den einem ein Patient vermittelt, wenn man ihn einfach beobachtet, genauso wichtig ist wie die speziellen Untersuchungen. Man entwickelt mit der Zeit eine Art sechsten Sinn, so daß man beim Betreten eines Krankenzimmers, auch ohne den Puls zu fühlen oder den Blutdruck zu messen, sofort spürt, daß irgend etwas anders ist als sonst.

Vielleicht hatte Bossie das ebenfalls so empfunden – das wäre eine Erklärung dafür gewesen, warum er am Tag zuvor so kurz angebunden gewesen war.

Meinem Patienten ging es nicht gut.

Wie bereits erwähnt, bereue ich kaum etwas, das ich je getan habe, aber wenn ich an jene hektische Zeit zurückdenke, habe ich das Gefühl, daß ich doch einen Fehler gemacht habe – ich habe zu viele Einladungen angenommen.

Schließlich und endlich war ich immer noch in erster Linie Chirurg und nicht ein Public-Relations-Beauftragter für Südafrika. Nicht, daß meine Patienten irgendwie vernachlässigt worden wären, denn glücklicherweise war ja Marius da und kümmerte sich um die Leute, während ich mich auf meinen Reisen rund um die Welt vergnügte. Aber es war einfach nicht das gleiche – es war, als würde der Erste Maat die Verantwortung für das Schiff übernehmen, während der Kapitän an Land geht.

Trotz des unguten Gefühls, was Blaiberg betraf, fuhr ich also mit Louwtjie nach Spanien und in den Iran. Anschließend wollte ich alleine nach London fliegen, um Dr. Donald Ross, meinen früheren Studienkollegen, zu besuchen.

Am frühen Morgen trafen wir im Land des Flamenco, der tapferen Stiere und der großherzigsten Menschen ein, denen ich je begegnet bin.

Am Flughafen wurden wir vom Minister für Soziales im Namen der Regierung begrüßt, und nach einer Pressekonferenz, an der teilzunehmen Louwtjie sich weigerte, brachte man uns in ein Fünf-Sterne-Hotel. In der Suite voll herrlicher Blumen erwartete uns eine Flasche erlesener *Tio Pepe*. Obwohl es noch früh am Tag war, beschloß ich, mir einen steifen Drink zu genehmigen. Ich brauchte eine schnellwirkende Immunisierung gegen Louwtjies Verdrießlichkeit; schon während des Fluges war die Stimmung ziemlich gereizt gewesen.

General Francos einzige Tochter, Carmen, war mit Martinus Bordeaux verheiratet, dem Leiter der Abteilung für Herzchirurgie am La-Paz-Krankenhaus. Als Mitgift hatte sie ihm einen Adelstitel mit in die Ehe gebracht: »Marqués de Villaverde«.

Im Hotel lag eine Nachricht für mich, daß man mich abholen würde, um bei einer Operation am offenen Herzen dabeizusein, die der Marqués durchführen wollte.

Die Abteilung für Herzchirurgie war mit den neuesten und besten Überwachungsgeräten ausgerüstet, die in einer hypermodernen Intensivstation und einem ebenso modernen Operationstrakt installiert waren. An finanziellen Mitteln für medizinische Apparaturen herrschte offenbar kein Mangel.

Ich zog Operationskleidung, Kappe und Mundschutz an und ging in den Operationssaal, wo der Marqués bereits mit dem Einsetzen einer künstlichen Mitralklappe begonnen hatte.

Der linke Vorhof des Patienten war ziemlich klein, so daß es schwierig war, ihn freizulegen, und ich litt mit dem Marqués, als er verzweifelt nach der richtigen Stelle suchte, um die Nähte zu legen.

Er hatte seine Ausbildung bei Denton Cooley erhalten, daher kam es ihm vor allem auf Schnelligkeit an – genau das Gegenteil meiner Vorgehensweise. Ich war von Natur aus kein besonders geschickter Chirurg, und für mich war es, unter normalen Bedingungen, nicht weiter wichtig, wie schnell ich arbeitete. Ich brauchte lieber zehn Minuten länger und achtete dafür genauestens darauf, daß jede Naht richtig gelegt und verknotet war. Um diese Mitralklappe zu ersetzen, hätte ich wahrscheinlich mindestens eineinviertel Stunden gebraucht, aber der Marqués war schon nach fünfundvierzig Minuten fertig.

Das Schließen der Brust überließ er seinem Assistenten. Wir duschten, zogen wieder Straßenkleidung an und gingen in den *Jockey Club* essen.

Glücklicherweise war für den Abend nichts angesagt, so daß ich mich ausruhen konnte, denn für den nächsten Tag war ich zu einem weiteren blutigen Schauspiel eingeladen: zu einem Stierkampf.

Auf der »*Las Ventas*« *Plaza de Toros* war die Atmosphäre spannungsgeladen. 24 000 Zuschauer hatten sich eingefunden. Über der staubigen, heißen Arena lastete schwer die unbewegte Luft, in der Aufregung und erwartungsvolle Vorfreude sich mit dem unverkennbaren Geruch des Todes mischten.

Wir nahmen unsere Plätze in der *corrida* ein, gegenüber der Stelle, wo die Mitwirkenden an diesem Schauspiel ihren großen Auftritt zelebrieren würden. Rechts von der Mittellinie der 50 Meter breiten Arena saß hoch oben im Schutz einer Art von hölzernem Unterstand *el presidente* des Ereignisses. Er fungierte als Schiedsrichter und würde entscheiden, wann der Stier getötet werden durfte. Er würde auch die Leistung des *matador* beurteilen.

Heute sollten fünf Stiere getötet werden. El Cordobés würde gegen drei antreten, zwei andere, weniger bekannte Stierkämpfer würden je einen hinmetzeln.

Manuel Benítez oder *El Cordobés* – unter diesem Namen war er berühmt geworden – war der geschickteste, meistbewunderte und bestbezahlte Stierkämpfer Spaniens, ein gelehriger Schüler seiner Vorgänger: Juan Belmonte, Luis Dominguín und Manolete. Er war genauso unsterblich wie sie: In den sechziger Jahren schmückten Posters von ihm Schlafzimmer und Wohnungen auf der ganzen Welt.

Man erzählt sich, daß er vor seinem ersten großen Stierkampf zu seiner Mutter gesagt hatte: »Heute werde ich dich entweder in Seide kleiden oder in ein Trauergewand.« Er hat sie in Seide gekleidet.

Während wir es uns im Schatten bequem machten – es waren die besten Plätze, da wir hier nicht der sengenden Sonne ausgesetzt waren –, beteten er und seine Landsleute in der Kapelle neben der kleinen Erste-Hilfe-Station um Tapferkeit und Ehre.

Die Menge verstummte mit einem Schlag, als eine Trompetenfanfare ertönte. Die Tore in der Arena, gegenüber unseren Sitzplätzen, öffneten sich, und das große Schauspiel begann.

Die Spitze des Zuges bildeten die berittenen *alguaciles*, die würdevoll vor die Loge des Präsidenten ritten, ihn grüßten, indem sie ihren federgeschmückten Dreispitz, die *montera*, zogen, und feierlich den Schlüssel zu den *tori* entgegennahmen.

Als nächste im *paseo* folgten die *matadores*, in mit Ziermünzen geschmückte, farbenprächtige »Anzüge des Lichts« (*trajes de luces*) gekleidet. Ihr glänzendes schwarzes Haar hatten sie zu Pferdeschwänzen zusammengebunden.

Nach ihnen kamen die *banderilleros* mit ihren vielfarbigen, mit Widerhaken versehenen Speeren und die *picadores* auf ihren mit wattierten Decken geschützten Pferden, in den Händen die *varas*, Lanzen. Den Schluß bildete die *cuadrilla*.

In der Mitte der Arena kam die Prozession zum Stehen. Alle drehten sich zur Loge des Präsidenten um und entboten ihm ihren Gruß, indem sie sich verbeugten und ihre Hüte schwenkten. Dann wandten sie sich zu uns und begrüßten uns ebenfalls.

Die Berittenen verließen die Arena wieder, während die anderen ihre Plätze hinter den hölzernen Barrikaden rings um die Arena einnahmen. Eine Trompete ertönte, ein Tor schwang auf, und ein Stier stürmte in die Arena. Seine mächtigen Muskeln schimmerten und glänzten in der Sonne.

Was für ein herrliches Tier! Er rannte bis zur Mitte der Arena, blieb stehen, hob seinen Kopf und schüttelte ihn, als wolle er damit zum Ausdruck bringen: »Ich fürchte euch nicht, keinen von euch!«

Jeder »Kampf« dauerte ungefähr zwanzig Minuten, und ich mußte zusehen, wie drei Stiere auf der ausgedörrten Erde vor mir buchstäblich verbluteten. Man überreichte mir zwei abgeschnittene Stierohren – eine Ehrung, die zurückzuweisen undenkbar gewesen wäre.

Ich bin Chirurg und als solcher den Anblick von Blut gewöhnt, aber bei diesem barbarischen Ritual wurde mir regelrecht übel. Da ich ständig von Leuten belästigt wurde, die Autogramme und Photos von mir wollten, diente mir das als idealer Vorwand, um mich vorzeitig zurückzuziehen.

Hemingway hat geschrieben: »Der Stierkampf ist die einzige Kunst, bei der der Künstler sich in Todesgefahr begibt und bei der die Brillanz der Ausführung eine Frage der Ehre des Kämpfers ist.«

Aber gilt dies nicht genauso für das Boxen und vielleicht auch für den Motorsport? Ist es überhaupt zulässig, dies als »Kunst« zu bezeichnen? Wann hört Blutrünstigkeit auf, barbarisch zu sein, und wird zu einem Sport? Immer größere Teile der spanischen Gesellschaft forderten ein Verbot der Stierkämpfe, aber bezeichnenderweise unterstützte keine politische Partei diese Forderung, hätte sie damit doch riskiert,

Stimmen zu verlieren. Meiner Unterstützung hätten diese Leute sicher sein können.

Als wir aufbrachen, verspürte ich eine ungeheure Traurigkeit. Als der Stier in die Arena gestürmt war, hatte er ein prachtvolles Bild der Kraft und des Mutes geboten. Dann war er allmählich aufgerieben worden, bis er schließlich vor dem Matador stand, den Kopf gesenkt, die Zunge heraushängend, und mit den Vorderhufen im Sand scharrte, was ein Ausdruck des Wunsches ist, Frieden zu schließen (und nicht ein Zeichen der Angriffslust, wie viele glauben). Ich bin sicher, könnte ein solcher Stier sprechen, er würde sagen: »Du hast mir genügend Verletzungen zugefügt, können wir jetzt nicht aufhören?«, aber die Menge schreit nach noch mehr Blut. Sie zeigt keine Gnade, und nur selten wird ein Stier verschont.

In meinen Augen waren diese Stiere ungeheuer tapfer. Keiner von ihnen wich zurück, als die Lanzen der *picadores* immer wieder in seine harten Rückenmuskeln eindrangen, bis sie sich von all dem Blut purpurrot verfärbten, und als die *banderilleros* ihre mit Widerhaken versehenen Speere in seinen Nacken rammten, damit das Tier den Kopf senkte.

Schweigend fuhren wir zurück. Schließlich wandte ich mich an den Marqués: »Martinus, ich danke Ihnen, daß Sie mich zu dem Stierkampf mitgenommen haben, aber ich will nie wieder einen sehen.«

Erstaunt sah er mich an. Er konnte einfach nicht glauben, was er da gerade gehört hatte. Wahrscheinlich war er, als Vollblutspanier, auch zutiefst gekränkt.

»Aber warum denn, Chris, was gefällt Ihnen daran nicht?«

»Ich weiß nicht, mir haben die Stiere leid getan. Es waren so prachtvolle Tiere, und es war eine solche Tragik, sie sterben zu sehen. Das Ganze war furchtbar deprimierend.«

Sein Gesicht hellte sich auf. »Dann, Chris, war es ein voller Erfolg!«

Das verstand ich nicht.

Martinus fuhr fort: »Ein Stierkampf *ist* eine Tragödie – es ist der Tod eines Stieres.«

»Aber diese armen Tiere hatten doch keine Chance«, wandte ich ein; ich konnte immer noch nicht einsehen, was so großartig sein sollte an dem, was ich gerade mitangesehen hatte.

»Chris, betrachten Sie es doch einmal von der Seite: Angenommen, Sie wären ein Stier und der Bauer hätte Sie drei Jahre lang auf seinen besten Weiden grasen lassen und müßte Sie jetzt loswerden. Was würden Sie vorziehen – ins Schlachthaus geführt zu werden oder in der Stierkampfarena um Ihr Leben zu kämpfen?« Ich beschloß, mir das durch den Kopf gehen zu lassen.

Die spanische Sitte, nachmittags eine *Siesta* zu halten, kam mir sehr gelegen, vor allem weil Louwtjie und ich erst um zehn Uhr abends zu einem Essen bei Eduardo Barreiros und seiner Frau Dori abgeholt werden sollten.

Señor Barreiros war ein sehr reicher Industrieller; unter anderem ließ er in Spanien Autos zusammenbauen. Er war auch einer der großzügigsten Menschen, die ich je kennengelernt habe, und an diesem Abend beschloß er, sich in Zukunft um die Familie Barnard zu kümmern.

Alle *beautiful people* von Madrid waren eingeladen, und sein herrliches Haus hallte vom Klang der spanischen Gitarren und der Musik der Flamencotänzer wider. Der Marqués de Villaverde tauchte erst ziemlich spät auf, in Begleitung von Audrey Hepburn und Doris (der Ex-Frau von Yul Brunner); sie war Chilenin und sehr heißblütig, wie die meisten Lateinamerikanerinnen.

Audrey Hepburn hatte holländische Vorfahren und verstand mein Afrikaans. Wir plauderten also ein Weilchen. Sie war sehr schön – aber traurig. Sie hatte gerade eine Scheidung hinter sich, und ihre großen, schwermütigen braunen Augen sagten mir, daß sie nicht in der Stimmung für eine Party war. Ich hätte viel darum gegeben, wieder ein Lächeln in dieses unschuldige Gesicht zu zaubern.

Wir gingen um drei Uhr morgens, und um zehn Uhr brachte dann ein Wagen Louwtjie und mich in das Atelier eines berühmten spanischen Bildhauers, Juan d'Avalos. Eduardo Barreiros hatte ihm den Auftrag erteilt, eine Büste von jedem von uns zu machen. Meine steht jetzt in einem Museum in Beaufort West.

Noch am gleichen Nachmittag ging es nach Mallorca. Barreiros besaß auf der Insel ausgedehnte Ländereien, und er zeigte uns ein Grundstück am Meer, wo er ein Ferienhaus für sich und seine Familie bauen wollte – und eines für uns!

Sie kümmerten sich sehr um Louwtjie und überhäuften sie mit Geschenken. Darüber war ich sehr froh, denn es gab ihr ein wenig von ihrem alten Selbstvertrauen zurück. Ich bin mir sicher, sie kam sich jetzt nicht mehr so vor, als spielte sie immer nur die zweite Geige, denn genau das hatte sie in letzter Zeit so verdrießlich und feindselig gemacht.

Und dann überflogen wir Persis, die Heimat der Achaimeniden-Dynastie, und landeten schließlich in der Hauptstadt des Iran.

Länder wie der Iran, bis 1935 Persien genannt, haben mich schon immer fasziniert: ein uraltes Reich, das Ende des 16. Jahrhunderts unter der Safawiden-Dynastie ein Nationalstaat wurde. Einst, unter Kyros dem Großen im 6. Jahrhundert v. Chr., hatte es sich von Indien bis Europa erstreckt, bis Alexander der Große gekommen war und weite Teile des Reiches erobert hatte.

Das Land war immer von Schahs regiert worden, bis Rußland und Großbritannien es in zwei getrennte Gebiete mit einer neutralen Pufferzone geteilt und im Jahre 1906 eine liberale Verfassung eingeführt hatten.

1926 war Colonel Resa Pahlewi zum Schah gekrönt worden. Er hatte 1941, nachdem er umfassende Modernisierungen eingeführt hatte, zugunsten seines Sohnes abdanken müssen.

Der Flughafen von Teheran war wie jeder andere auch, nur daß eine latente Spannung zu spüren war, als wir durch das Gebäude gingen. Einige Jahre zuvor war es zu schweren Unruhen gekommen, und man hatte die Nachbeben noch nicht ganz unter Kontrolle bekommen. Ich hatte von einem islamischen geistlichen Führer gelesen, Ayatollah Khomeini, der von seinem Exil aus religiösen Fanatismus schürte und das Volk zu einer gewaltsamen Massenbewegung aufrief. Die galoppierende Inflation war der Sache des Schah auch nicht eben förderlich, und es erfüllte mich mit Schuldbewußtsein, als ich die Türme seines Palastes über den Dächern der Stadt aufragen sah. Ich wußte, daß man uns dort üppig bewirten würde, während vor den Palastmauern die Bauern sich abrackerten.

Die Begegnung mit dem Schah war eine große Enttäuschung. Louwtjie war nicht mit eingeladen, aber auch die Gemahlin des Schah war nicht anwesend. Er schien es sehr eilig zu haben, und unser Gespräch dauerte nur zehn Minuten. Um ehrlich zu sein, ich kann mich nicht einmal erinnern, worüber wir sprachen, es kann also nichts sehr Wichtiges oder Interessantes gewesen sein.

Zusammen mit Louwtjie besichtigte ich die Kronjuwelen. Zum erstenmal in meinem Leben sah ich solche Schätze. Der »Pfauenthron« überstieg jede Vorstellungskraft, und das wertvollste Stück in der Sammlung war ein Dolch, den der türkische Sultan dem Vater des Schah geschenkt hatte. Der Griff der herrlichen Waffe war mit Diamanten und Rubinen übersät, manche von ihnen walnußgroß. Ich konnte ihren Wert nicht einmal erahnen – aber das ist eben das Widersprüchliche am Mittleren Osten: unermeßliche Schätze inmitten von Hunger, religiösem Wahn und Krieg.

Die Mitglieder der königlichen Familie und ihre Freunde behandelten Louwtjie mit großem Respekt, aber bei gesellschaftlichen Anlässen wurde sie in der Menge rücksichtslos beiseite geschoben, und oft hörte ich sie wütend brüllen: »Ich bin *Mrs.* Barnard!«

Ehrlich gesagt, es war ziemlich hart für Louwtjie: Abgesehen von der königlichen Familie schenkte ihr kaum jemand Beachtung. In einem Land, in dem Frauen ohnehin keine besondere Wertschätzung genießen, wurde ihre Anwesenheit geduldet, nicht mehr und nicht weniger.

Das spürte sie und sagte es auch. Ich gab ihr recht, bat sie aber, nicht zu vergessen, daß wir uns in einem Land mit einer ganz anderen Kultur aufhielten und daß die Leute im Grunde genommen sowieso nur meinen Vortrag über Herzoperationen hören wollten.

Obwohl ich ihr das so schonend wie möglich beibrachte,

bekam sie es in die falsche Kehle und stürmte wütend davon; über die Schulter rief sie mir noch zu: »Du bist so verdammt von dir selber eingenommen – es geht immer nur um dich, dich, dich!« Natürlich hatte sie recht, aber zumindest in diesem Fall war es nicht allein meine Schuld.

Ich war sehr gerührt, als der Schah die Pahlewi-Universität in Shiraz anwies, mir den Ehrendoktor für Medizin zu verleihen. Für den Angehörigen eines anderen Glaubens war das eine große Ehre.

Shiraz war eine wundervolle Stadt. Die Straßen waren von Rosensträuchern gesäumt, die in voller Blüte standen. Genauso farbenprächtig war die Zeremonie. Ich trug einen Talar, der eigens für diese Gelegenheit angefertigt worden war: ein bodenlanges, bunt gewirktes schweres Gewand, mit Hermelin besetzt und mit Goldspangen geschmückt. Als es mir umgelegt wurde, verwandelte ich mich in einen König und fühlte mich auch wie ein solcher, als die prunkvolle Zeremonie begann.

Nachdem wir noch das Ölzentrum Basrah besucht und die riesigen Fördertürme des Iran besichtigt hatten, kehrte Louwtjie nach Südafrika zurück, während ich alleine nach London flog.

In London quartierte ich mich wieder im *Savoy* ein. Am Morgen des darauffolgenden Tages wurde ich nach einem eiligen Frühstück zu einem Besuch im National Heart Hospital abgeholt, wo ich meinen alten Studienfreund Donald Ross wiedersah. Er hatte gerade die erste Herztransplantation in Großbritannien durchgeführt. Wir unterhielten uns ein Weilchen mit dem Patienten, Fred West, und dann bat man mich, einige Worte vor einer Gruppe von Medizinstudenten zu sagen.

»Ladies und Gentlemen«, begann ich (ich war mir nie ganz sicher, ob dies die korrekte Anrede war, denn die Studenten fingen immer an zu kichern, wenn ich das sagte), »macht es Ihnen etwas aus, wenn wir heute nicht über Transplantationen reden? Zu Hause bin ich gebeten worden, vor ein paar Politikern über ›Gesundheit und Gesellschaft‹ zu sprechen – vielleicht darf ich meinen Vortrag bei Ihnen üben?

Ich habe gestern gelesen, daß nach Ansicht Ihres medizinischen Forschungsrats ›verstopfte Arterien‹ sich zu einem großen Problem ausgewachsen haben. Schuld daran sollen unter anderem zunehmendes Alter und ein Leben in Überfluß und Luxus sein.

Wenn dies der Fall ist – was ich bezweifle –, dann muß ich, nachdem ich jetzt seit ein paar Tagen dem Londoner Verkehr ausgesetzt bin, sagen, es ist wirklich schade, daß die neuen Stadtterroristen jene Leute, die die riesigen Verkehrsadern planen und bauen –, sich diese Warnungen nicht ihrerseits zu Herzen nehmen.

Ein britischer Forscher hat vor kurzem Berechnungen angestellt und die durchschnittliche Länge eines Autos mit der Anzahl der zugelassenen Automobile multipliziert. Diese Zahl hat er dann mit der Gesamtlänge des Straßennetzes in Großbritannien verglichen. Er kam zu dem Ergebnis, daß der Abstand zwischen den einzelnen Fahrzeugen weniger als einen halben Meter betragen würde, wenn jeder Fahrer sein Auto aus der Garage holen und man sie hintereinander auf sämtlichen Straßen des Landes parken würde.

Wenn Sie wissen wollen, wohin das alles führt, dann fragen Sie die Bürger von Los Angeles, jener schrecklichen Stadt, wo in den Schulen nur an den Tagen unterrichtet wird, an denen die Luftverschmutzung ein erträgliches Maß nicht übersteigt. Dort durchleben Menschen, die nie den Horizont gesehen haben, einen Alptraum von Asthma, und die Hals-Nasen-Ohren-Ärzte sind fast alle Millionäre. Sie sehen also, man macht es sich zu leicht, wenn man den verstopften Arterien die Schuld zuschiebt – Sie brauchen sich nur umzuschauen.

Verstopfte Straßen sind Kloaken, die die unsichtbare Verschmutzung über Ihre Türschwelle schwappen lassen, sie vergiften Ihre Kinder und verkürzen Ihr Leben, sie zerstören Ihre Umwelt und ziehen Ihnen das Geld aus der Tasche.

Man erzählt Ihnen auch, daß Rauschgift gefährlich ist, daß Alkohol Ihnen schadet, daß Zigaretten Krebs erregen und daß die Welt überbevölkert ist.

Das stimmt alles – abgesehen davon, daß es in der Umwelt vieles gibt, das weit gefährlicher ist, und wenn Tod das Kriterium ist, dann kann ich etliches nennen, das in der Liste gefährlicher Dinge viel weiter oben rangiert als das Rauchen.

Ich habe noch nie etwas von Rauchen als unmittelbarer Todesursache gehört, aber ich habe unzählige Totenscheine ausgefüllt, auf denen ich schwere körperliche Verletzungen infolge eines Verkehrsunfalls als Ursache angegeben habe. Auf Ihren Straßen wurden bislang pro Quartal mehr Leute getötet als in zehn Jahren Bürgerkrieg in Belfast.

Aber noch nie ist jemand auf den Gedanken gekommen, an Autos eine Aufschrift mit dem Hinweis anzubringen: ›Autofahren gefährdet Ihre Gesundheit‹ – wie dies die Regierungen in einigen Ländern für jede Zigarettenschachtel vorschreiben.

Als das Drogenproblem von den sozialen Randgruppen auf die ganz normalen Teenager übergriff und in den frühen sechziger Jahren zu einer weltweiten Gefahr wurde, nahmen die westlichen Staaten rasch zu strengen Maßnahmen Zuflucht, um die Händler und Schieber zu bekämpfen – bis die Raubüberfälle und die sozialen Unruhen klarmachten, daß bei der Antidrogenkampagne irgend etwas völlig schieflief. Aufgrund von Forschungsergebnissen zeigte sich, daß das harte Vorgehen lediglich die Preise in die Höhe schnellen ließ, die Süchtigen zu Verzweiflungstaten trieb und den Dealern eine Goldgrube öffnete.

Ähnliches passierte während der Prohibition, als amerikanische Moralapostel sich durchsetzten und der Verkauf von Alkohol verboten wurde. Sie erreichten damit nur, daß die Verbrechen anstiegen – übrigens mit Millionengewinnen –, ein Problem, mit dem sie noch immer zu kämpfen haben, und daß der Alkoholismus Ausmaße angenommen hat wie nie zuvor.

Jeder Medizinstudent kann demonstrieren, daß Alkohol eine höchst gefährliche Substanz ist. Dieser Stoff ist wahrscheinlich für mehr Krankheiten, menschliches Elend und soziale Not verantwortlich als jedes andere Rauschmittel. Würde heute jemand den Alkohol erfinden, dann müßte man ihn in der Tat verbieten oder dürfte ihn nur auf Rezept ausgeben, wie eine verschreibungspflichtige Droge.

Die Hersteller könnten nicht einmal dem Beispiel der Zigarettenhersteller folgen und ein ›unschädlicheres‹ alkoholisches Getränk auf den Markt bringen. Es ist nun mal so: Eine ›unschädliche‹ Flasche Gin gibt es einfach nicht.

Übrigens gibt es auch keine unschädliche Zigarette, aber wer hätte je von einem starken Raucher gehört, dessen Ehe wegen der Zigaretten in die Binsen gegangen wäre oder der seine Frau und seine Kinder geschlagen oder einen Unfall verursacht hätte, weil er unter Nikotineinfluß stand?

Meiner Ansicht nach werden die Menschen sich auch weiterhin auf die ihnen genehme Weise zugrunde richten, ob dies nun ungesetzlich, ungesund oder unmoralisch ist, und Angstkampagnen werden bestenfalls neurotische Sünder hervorbringen.

Weit besser wäre es, man setzte es sich zum Ziel, die Leute umfassend über die Gefahren aufzuklären, denen sie sich aussetzen, und stellte es dann den einzelnen anheim, ausgehend von diesen Informationen ihre eigene Entscheidung zu treffen.

Es wird immer und überall einen kleinen Prozentsatz von Leuten geben, die wild entschlossen sind, sich und andere zugrunde zu richten, aber auch Heilige, die uns alle retten wollen, während das der großen Mehrheit so egal ist wie sonst was.«

Es hat mir immer Spaß gemacht, vor Studenten zu sprechen: Man braucht nur etwas Ketzerisches zu sagen, und schon hat man gewonnen. Ich hatte das Gefühl, den Studenten hatte mein Vortrag besser gefallen, als wenn ich ihnen etwas über Herztransplantationen erzählt hätte. Trotzdem kam während der anschließenden Fragestunde die Rede auch auf verschiedene Aspekte von Organtransplantationen, unter anderem auf die Kosten.

Ein junger Mann erhob sich. Lässig stand er in seinem Dufflecoat da. Mit gestutztem Bart und geschnittenen Haaren hätte er gar keine schlechte Figur gemacht.

»Dr. Barnard, halten Sie es für richtig, soviel Geld für Herztransplantationen auszugeben, die nur einigen wenigen helfen, wenn gleichzeitig in Ihrem Land Tausende von schwarzen Kindern an Unterernährung und Hunger sterben?«

Es gibt bestimmte Fragen, die immer wieder gestellt werden dazu gehört auch die Kostenfrage. Ich hatte daher meine Antwort parat.

»Ich bin froh, daß Sie diese Frage gestellt haben, denn in diesem Punkt machen sehr viele sich falsche Vorstellungen. Allerdings bin ich mir nicht sicher, ob ich Ihre Frage beantworten kann, denn dort, wo ich operiere, braucht der Patient nichts zu zahlen. Seit ich Operationen am offenen Herzen vornehme, habe ich noch nie einem Patienten, weiß oder schwarz, eine Rechnung geschickt.«

Ein Murmeln der Überraschung ging durch das Publikum. Ich sah, wie der junge Mann verächtlich seine Augenbrauen hochzog. Bestimmt nahm er mir das nicht ab.

Ich blickte ihn direkt an und erklärte: »Falls irgend jemand glaubt, sich verhört zu haben: Die staatlichen Krankenhäuser in Südafrika sind kostenlos, für alle, einschließlich ausländischer Patienten.« Ich schwieg einen Augenblick. »Ja, *alle* Südafrikaner werden kostenlos behandelt, und wenn Sie, junger Mann«, und ich deutete auf ihn, »in Kapstadt Urlaub machen würden und irgendwelche schwerwiegenden Probleme mit dem Herzen bekämen, könnte es durchaus sein, daß Sie unter meinem Messer landen, und es würde Sie keinen Penny kosten.

Aber sagen wir mal, um einen Anhaltspunkt zu haben, eine solche Operation kostet 30 000 Pfund. Ich schätze, das ist ziemlich viel Geld, aber wie ich aus der Art Ihrer Fragestellung schließe, gehen Sie offenbar davon aus, daß es nichts kostet, wenn die Transplantation nicht durchgeführt wird?

Das trifft eindeutig nicht zu. In Wirklichkeit kann es sogar viel teurer kommen, wenn man die Operation unterläßt. Denken Sie daran, der Patient leidet an völliger Herzinsuffizienz und bedarf einer intensiven medizinischen Behandlung. In vielen Fällen muß er zu wiederholten Malen ins Krankenhaus, und das kostet ebenfalls Geld. Sodann kann er nie wieder einen Beruf ausüben und für seine Familie sorgen, anders als ein Patient, dem mit Erfolg ein neues Herz eingepflanzt wurde. Wieviel kostet das? Und schließlich, da er oder sie ja in absehbarer Zeit sterben wird, wie hoch ver-

Eine Audienz bei Papst Paul VI.

43 Tage nach der Herztransplantation rasiert Philip Blaiberg sich zum ersten Mal selber

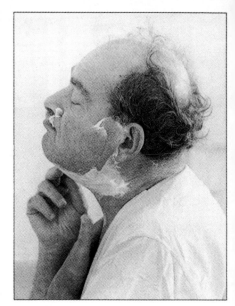

Der Patient Philip Blaiberg als Arzt

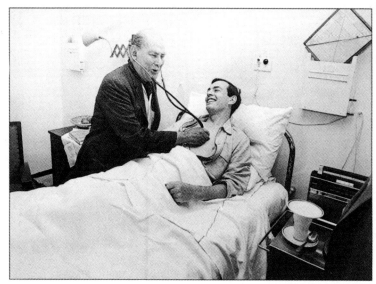

anschlagen Sie den Tod eines Vaters, einer Mutter oder eines Bruders?

Noch eine persönliche Bemerkung: Wenn Sie mit Ihrem Vater oder Ihrer Mutter zu mir kämen, und man könnte sie durch eine Transplantation retten, wie würde es Ihnen dann gefallen, wenn ich sage: ›Nein – lassen Sie ihn oder sie sterben, dafür gebe ich kein Geld aus. Lieber verwende ich das Geld für die hungernden Kinder in Afrika‹?

Der springende Punkt ist doch, daß genügend Geld für *beides* da sein müßte – um den Kindern zu essen zu geben und um Herzen zu transplantieren. Und das *ist* möglich, denn schließlich haben die Politiker doch offenbar immer genügend Geld dafür, teure Waffensysteme zu kaufen und in ihren Kriegen Menschen zu töten.«

Ohrenbetäubender Applaus setzte ein – derlei hörten sie gerne, denn die Mehrheit der Studenten war gegen Krieg und gegen Aufrüstung.

Am nächsten Morgen wollte ich zusammen mit MC Botha frühstücken. Als er kam, ließ er sich schwer auf einen Stuhl fallen und erklärte mir, er habe gerade schlechte Nachrichten aus dem Groote-Schuur-Krankenhaus erhalten. Philip Blaiberg hatte einen Rückfall erlitten und war wieder auf die Intensivstation gebracht worden. Wir beschlossen, noch am gleichen Abend nach Kapstadt zurückzufliegen.

Mittlerweile hatte auch die Presse Wind davon bekommen, und den ganzen Tag über versuchten wir, den Reportern und Photographen aus dem Weg zu gehen. Ich hatte oft Grund, mich über die Presse zu ärgern, am meisten jedoch dann, wenn es irgendwelche schlechten Neuigkeiten gab. Das Leid anderer Menschen schien sie anzulocken wie ein Kadaver die Aasfresser.

Binnen vierundzwanzig Stunden waren wir wieder in Kapstadt, und ich fuhr direkt vom Flughafen zu meinem Patienten. Sein Zustand hatte sich erheblich verschlechtert, seit ich ihn das letztemal gesehen hatte. Ich machte mir Vorwürfe, daß ich verreist war, obwohl ich geahnt hatte, daß irgend etwas nicht richtig lief.

Das Funkeln in seinen Augen war verschwunden, und, schlimmer noch, er schien keinen Lebenswillen mehr zu haben. Kaum daß ich den Patienten wiedererkannte, über den ich in London gesprochen hatte, den Mann, der sein Leben in vollen Zügen genoß und sich darauf freute, den ersten Jahrestag seiner Herztransplantation zu feiern.

Ich begann mit der Untersuchung. Er war eindeutig gelbsüchtig: Die gelbe Verfärbung des Weißen in seinen Augen war deutlich zu erkennen. Seine Leber war vergrößert und unter dem Rippenrand tastbar. Am meisten Sorgen machte mir jedoch, daß er alle Symptome einer schwachen Herzauswurfsleistung zeigte.

Ich fühlte seine Füße: Sie waren kalt und der Puls kaum spürbar. Seine Lippen waren blau, und er interessierte sich überhaupt nicht für das, was um ihn vorging: ein Zeichen für eine schlechte Hirndurchblutung. Sein Krankenblatt zeigte, daß er wenig Urin ausschied und daß der Blutharnstoff erhöht war.

»Wie fühlen Sie sich, Philip?« fragte ich und hoffte, eine irgendwie ermutigende Antwort von meinem Patienten zu bekommen. Er schlug die Augen auf und brachte ein schwaches Lächeln zustande.

Ich sah die Besorgtheit in Bossies Augen. »Seit drei Tagen geht es abwärts mit ihm«, flüsterte er mir zu. »Ich habe die Internisten gebeten, ihn sich anzusehen, sie glauben, es ist eine Infektion.«

»Warum hat er dann kein Fieber, und warum ist die Senkung nicht erhöht?« fragte ich schneidend.

»Ihrer Ansicht nach liegt das an den Medikamenten: Sein Immunsystem sei nicht in der Lage zu reagieren.«

Bossie blätterte in seinen Unterlagen und reichte mir den Bericht der Internisten. Ich las ihn kommentarlos. Professor Eales war, nachdem er die Symptome und Anzeichen aufgezählt hatte, zu dem Schluß gekommen, daß Philip Blaiberg an einer schweren Infektion litt. Ich sah Bossie an und legte den Bericht hin.

»Bossie, ich glaube nicht, daß es sich um eine Infektion handelt. Das ist eine massive Abstoßung. Sie ist seit der

Transplantation im Gange, und deshalb ist die Amplitude des Elektrokardiogramms nie gestiegen.«

Ich merkte, daß Bossie nicht dieser Ansicht war und wahrscheinlich befürchtete, wir würden den gleichen Fehler machen wie bei Washkansky, als unsere Behandlung gegen Abstoßung es überhaupt erst möglich gemacht hatte, daß es zu einer tödlichen Infektion gekommen war.

»Was ist mit der Gelbsucht, Prof?«

»Stauungsleber«, antwortete ich, »und vielleicht obendrein noch die toxische Wirkung des Imurek.«

Wir gingen langsam in eine Ecke des Krankenzimmers, wo wir miteinander reden konnten, ohne daß der Patient uns hörte.

»Sollen wir das Kortison erhöhen?« fragte ich.

Bossie sah nervös auf den Boden. »Verdammt, Prof, ich weiß nicht. Das müssen Sie entscheiden.«

Genau das war mein Problem. In Kapstadt gab es niemanden, der irgendwelche Erfahrungen auf diesem Gebiet hatte und den ich zu Rate ziehen konnte. Genaugenommen gab es überhaupt niemanden auf der ganzen Welt, an den ich mich wenden konnte. Ich war völlig auf mich gestellt.

»Wie ich sehe, haben Sie ein paar Blutproben ins Labor geschickt, um Kulturen anzulegen.«

»Ja, Prof. Bislang sind sie negativ. Heute früh habe ich das letztemal angerufen.«

Kein Zweifel, Bossie hatte alles Menschenmögliche getan, um Blaiberg optimal zu behandeln, während ich weg gewesen war. Er hatte praktisch mit dem Patienten zusammengelebt. Ich fragte mich, ob das gut war? Wenn ein Arzt sich so engagierte, konnte das leicht seine Urteilskraft trüben.

Ich stand vor folgendem Dilemma: Wenn ich Blaiberg gegen Abstoßung behandelte, sein Zustand aber die Folge einer Infektion war, würde ich praktisch sein Todesurteil unterzeichnen, denn dann würde ich seine körpereigenen Abwehrmechanismen unterdrücken. Wenn es jedoch tatsächlich eine Abstoßung war und ich diese nicht behandelte, würde sein Herz innerhalb des nächsten Tages zerstört werden, und zwar in einem solchen Ausmaß, daß es aufhören würde zu schlagen.

Ich ging zum Telefon, um Vel in der Herzklinik anzurufen. Vielleicht konnte er mir helfen, die richtige Entscheidung zu treffen. Niemand hob ab. Als ich den Hörer auflegte, wandte ich mich zu Bossie um und sagte: »Ich vermute, Professor Schrire macht gerade Visite; vielleicht schaut er später mal vorbei.«

Verlegen scharrte Bossie mit den Füßen und trat einen Schritt näher, ehe er antwortete: »Er kommt nur, wenn wir ihm eine offizielle Überweisung schicken.« Er sah mir nicht in die Augen.

Was, zum Teufel, war mit Vel los? Ich war erstaunt und wütend über ein derart selbstherrliches und gefühlloses Verhalten, aber ich traf meine Entscheidung. »Wir erhöhen das Kortison auf 60 Milligramm täglich. Wieviel geben Sie ihm jetzt – 20? Halten Sie das Imurek auf 200 Milligramm.«

Ich ging aus dem Krankenzimmer. Alleine.

Sie besuchte Phil nach wie vor zweimal täglich, und sie sah, wie er von Mal zu Mal schwächer wurde. Er konnte kaum sprechen und war gefährlich untergewichtig.

Dann, am Donnerstag, dem 4. Juli, teilte man ihr mit, daß noch eine weitere Komplikation hinzugekommen war: eine Lungenentzündung, genau wie bei Louis Washkansky.

Sie sah ihn durch die Glasscheibe an und versuchte, über die Gegensprechanlage mit ihm zu reden, aber sie brachte kein Wort hervor. Es schien ihm schlechter zu gehen als je zuvor. »Er stirbt, und niemand kann etwas dagegen tun«, sagte sie zu sich selber, als sie das Krankenhaus verließ, »es ist aus.«

Auf dem Weg zu ihrem Auto erblickte sie Professor Barnard. Selbst aus dieser Entfernung sah sie, daß er abgespannt und müde wirkte. Schweigend beobachtete sie ihn.

Er sah sie nicht, wie er so dahinging, mit gesenktem Kopf – ein Zeichen der Resignation und des Eingeständnisses, gescheitert zu sein.

»Ja, es ist aus«, wiederholte sie.

Philip Blaiberg lag im Sterben. Uns blieben zwei Möglichkeiten, also bat ich Eileen Blaiberg um eine Unterredung.

Ich traf sie am Samstagmorgen, dem 6. Juli 1968, im Krankenzimmer ihres Mannes an.

Sie war eine starke Frau, die bisher allen Schwierigkeiten tapfer ins Auge geblickt hatte, ich konnte also offen mit ihr reden: »Eileen, wenn Sie Ihren Mann nicht verlieren wollen, müssen wir die Möglichkeit einer zweiten Herztransplantation in Betracht ziehen – und einer Lungentransplantation ebenfalls.«

»Meinen Sie das ernst, Professor?« fragte sie mich ungläubig. Ihre Augen weiteten sich vor Furcht.

»Ja – sehr ernst«, erwiderte ich. »Aber vielleicht probieren wir es zuerst mit einem Serum, auch wenn das sehr riskant ist. Ich brauche also Ihr Einverständnis, um alles Notwendige für eine zweite Transplantation vorzubereiten, falls sie erforderlich wird.« Sie wurde blaß – aber sie willigte ein.

Als sie weg war, ging ich wieder zu Philip Blaiberg. Er war in einen unruhigen Schlaf gesunken, wachte aber auf, als ich in sein Zimmer trat. Ich legte ihm die Situation völlig offen dar, und mit einem Ausdruck der Endgültigkeit gab er seine Zustimmung. Er war immer ein Kämpfer gewesen, aber jetzt machte er den Eindruck, als stünde er kurz davor, das Handtuch zu werfen.

Als ich damals mit den Vorbereitungen zum Transplantationsprogramm begonnen hatte, war ich zu Dr. Starzl nach Denver gefahren, um zu lernen, wie man ALS (Antilymphozytenserum) herstellt, das er mit guten Ergebnissen bei Patienten einsetzte, denen eine Leber transplantiert worden war.

Menschliche – aus dem Blut oder den Lymphknoten isolierte – Lymphozyten werden einem Pferd injiziert. Das Immunsystem des Tieres klassifiziert diese Zellen als fremd und beginnt, Antikörper zu produzieren, um sie zu zerstören. Man entnimmt dem Pferd regelmäßig Blutproben und bestimmt die Konzentration der Antikörper. Wenn sie hoch genug ist, zapft man dem Pferd einige Liter Blut ab und separiert das Serum; so gewinnt man Antilymphozytenserum oder ALS.

Wir haben nie selber Antilymphozytenserum hergestellt,

sondern es jeweils von Professor Carras vom Pasteur-Institut in Lyon und von Professor Brendel in München erhalten.

Die Überlegung, die hinter der Verwendung dieses Serums zur Behandlung einer Abstoßung steht, ist folgende: Die Lymphozyten des Patienten sind immunologisch zuständig und für die Zerstörung des transplantierten Organs verantwortlich. Wenn die von dem Pferd produzierten Antikörper injiziert werden, töten sie diese Lymphozyten, verringern dadurch ihre Anzahl erheblich und stoppen so die Abstoßung. Die einzige Gefahr besteht darin, daß das Pferdeserum ein fremdes Eiweiß ist und, wenn es einem Menschen intravenös injiziert wird, eine allergische Reaktion mit tödlichem Ausgang hervorrufen kann.

An diesem Abend nahm ich an einer Wohltätigkeitsveranstaltung des Krankenhauses teil. Ich weiß nicht mehr, welchem guten Zweck sie diente, aber eine Feier war es jedenfalls nicht, denn die Situation hätte gar nicht schlechter sein können. Alle im Krankenhaus waren in tiefer Sorge um Philip Blaiberg.

Ich trank etliche Gläser Wein, um der grausamen Wirklichkeit zu entfliehen, und tanzte gerade mit Schwester Geyer, als ich ans Telefon gerufen wurde. Es war Bossie.

Er erklärte, Blaiberg reagiere nicht auf die erhöhte Kortisondosis, und fragte, ob er es mit dem Antilymphozytenserum versuchen solle. Wir hatten keinerlei Erfahrung mit diesem Wirkstoff, und ich war mir der Risiken bewußt. Ich war mir aber auch bewußt, daß eine Entscheidung gefällt werden mußte, und zwar schnell. Dabei dachte ich an das, was Dr. Perry mir einmal gesagt hatte, als ich in Minneapolis praktizierte: »Entweder runter vom Topf – oder reinpissen.«

Ich traf eine Entscheidung: »Okay, Bossie, berechnen Sie die Dosis aus dem Proteingehalt des Serums, mischen Sie sie mit 250 Milliliter Kochsalzlösung, und verabreichen Sie sie intravenös, ganz langsam.«

Wahrscheinlich hatte der Alkohol meine Bedenken eingelullt, aber es stellte sich schließlich heraus, daß dies der Wendepunkt war. Die Frucht des Weinstocks trug dazu bei, Blaiberg das Leben zu retten.

Mittlerweile machte die Presse natürlich alle verrückt. Allerdings steckten die Berichterstatter und Kommentatoren selber in einer Zwickmühle. Zu gerne hätten sie mich verdammt, weil ich eine Transplantation gewagt hatte, aber gleichzeitig schreckten sie davor zurück, jemanden zu kritisieren, der schließlich und endlich Menschenleben rettete.

Ich weiß bis heute nicht, wer ihnen den Tip gegeben hatte, daß wir die Möglichkeit einer zweiten Transplantation ins Auge gefaßt hatten, jedenfalls war dies offensichtlich eine interessantere Neuigkeit als die erste Operation.

Zeitungen in aller Welt benutzten diese Spekulation als Aufhänger für ihre Leitartikel. Die englische *Daily Mirror* machte in einer eindeutig paradoxen Verlautbarung Front gegen die Publicity, die sie selber mit einer auf der Titelseite abgedruckten Verurteilung hervorgerufen hatte; in der Erklärung sprach sie sich allerdings weder für noch gegen eine Behandlung meines Patienten aus, sondern belehrte die Leser:

> Jedermann würde sich freuen, wenn der tapfere Überlebende einer Transplantation wieder gesund würde. Aber es muß auch jedermann zu denken geben, zu welchen Spekulationen jeder seiner Rückfalle Anlaß gibt. Herzplantationen sind nach wie vor als solche umstritten.
>
> Noch umstrittener werden sie, wenn sie, wie in diesem speziellen Fall, mit einem regelrechten Trommelfeuer von Publicity, Gerüchten und Spekulationen einhergehen.
>
> Gerüchte sind laut geworden, daß Dr. Blaiberg möglicherweise ein neues Herz und eine neue Lunge erhält. Es hat Berichte gegeben, daß er eine zweite Transplantation abgelehnt hat, Berichte, die von seiner Frau und Professor Barnard dementiert wurden.
>
> Das alles reicht aus, daß jeder Herzkranke es sich zweimal überlegt, ob er sich einer solchen Tortur aussetzen soll.
>
> Professor Barnard und das Groote-Schuur-Krankenhaus in Kapstadt werden immer unter dem Druck ste-

hen, daß man von ihnen erwartet, Informationen herauszugeben. Wahrscheinlich wird es nicht leicht für sie sein, den richtigen Mittelweg zwischen Offenheit und Diskretion einzuschlagen. Aber solange die Kontroverse über Herztransplantationen anhält, sollten sie sich vor der falschen Art von Publicity und dem Schaden, den sie anrichten kann, in acht nehmen.

Ich wünschte, ich hätte den Verfasser dieser Zeilen in meiner Mannschaft gehabt. Er wußte offenbar, wie man öffentliches Aufsehen vermeidet, und das hätte uns das Leben beträchtlich erleichtert. Ich muß zugeben, das, was er sagte, klang einleuchtend. Und daß eine Zeitung zugab, ein Problem verschärft zu haben, war ein unglaubliches Eingeständnis.

Eileen Blaiberg las die Zeitungen ebenfalls, und ihr war speiübel davon, wie ihre Äußerungen ständig aus dem Zusammenhang gerissen, falsch ausgelegt und aufgebauscht wurden.

Genauso leid war sie es, unablässig von Journalisten gehetzt zu werden, die alle vor Redaktionsschluß fertig werden mußten, die mit einer Geschichte aufwarten mußten, mit irgendeiner Geschichte, jeden Tag.

Sie hatte eine unglaubliche Wut auf die Leute, die in ihre Privatsphäre eindrangen, sie mitten in der Nacht anriefen und ihr keine Zeit ließen, sich auszuruhen oder für ihren Mann zu beten.

Am Sonntag, dem 3. Juli, traf sie Dr. Bossie Bosman. Er nahm ihren Arm und sagt sanft: »Eileen, ich glaube, Sie sollten zu Philip gehen und mit ihm reden.«

Sie wußte genau, was es zu bedeuten hatte, daß er sie in den Trakt gehen ließ, der für sie immer Sperrgebiet gewesen war: Sie sollte ihm Lebewohl sagen.

Sie wußte nicht mit Sicherheit, ob Chris Barnard tatsächlich beschlossen hatte, Philip mit dem Antilymphozytenserum zu behandeln; sie glaubte sogar, es sei nur eine Geste der Freundlichkeit gewesen, daß er das gesagt hatte.

Wie üblich zog sie ihren sterilen Kittel über und ging in das Zimmer ihres Mannes. Ihre Knie wurden weich, und ihr war schlecht vor Angst.

Philip Blaiberg war totenbleich und lag völlig reglos auf seinem Bett.
»Oh, mein Gott!« rief sie. »Phil... Phil!«
Er schlug die Augen auf und lächelte schwach.
Dann rannen Tränen über sein Gesicht. Er wußte es.
Irgendwie schaffte sie es, die Fassung zu bewahren, bis er wieder eingeschlafen war. Dann verließ sie leise das Zimmer – zum letzten Mal.
Als sie nach Hause kam, brach sie zusammen. Wilde Schluchzer schüttelten sie. Zum erstenmal seit Wochen weinte sie, weinte hemmungslos.
Sie lag auf ihrem Bett, einem hysterischen Anfall nahe. Scheinbar stundenlang hatte sie so dagelegen, als plötzlich das Telefon schrillte.
»Jetzt ist es also soweit.« Sie nahm allen Mut zusammen und nahm den Hörer ab, brachte aber keinen Ton hervor.
Sie erkannte die Stimme von Chris Barnard.
»Hallo? Hallo!« sagte die Stimme. »Sind Sie da, Eileen?«
Sie versuchte, ein Aufschluchzen zu unterdrücken.
»Eileen«, rief er, »ich habe eine wundervolle Nachricht für Sie – Philip wird leben. Er wird leben!*«*
Sie verstand nicht. Mit einem heiseren Flüstern fragte sie: »Haben Sie einen Spender gefunden?«
»Nein!« erklärte er aufgeregt. »Eine Transplantation ist nicht nötig – das Serum hat gewirkt! Ihr Mann ist auf dem Weg der Besserung!«

Sechsunddreißig Stunden hatte es gedauert, bis das Serum wirkte, und wir setzten die Behandlung fort, mit äußerst zufriedenstellenden Ergebnissen.

Die Resultate und die Schlußfolgerungen daraus veröffentlichen wir in den medizinischen Fachzeitschriften. Viele Forscher auf der ganzen Welt entwickelten reges Interesse an dem Wirkstoff und erhielten neuen Auftrieb.

Philips Rekonvaleszenz verlief jetzt derart normal, daß nur noch in regelmäßigen Abständen Bulletins veröffentlicht wurden. Allmählich verschwand die Geschichte von den Titelseiten der Zeitungen und schließlich aus dem Nachrichtenteil überhaupt. Der Erfolg, den wir bei Blaiberg erzielt hatten, führte zu einem sprunghaften Anstieg der Zahl der Herztransplantationen auf der ganzen Welt.

Ich setzte mich mit Dr. L. A. P. A. Munnik zusammen, einem Mitglied des Exekutivausschusses der Administration der Kap-Provinz, der für das Krankenhauswesen zuständig war, und schlug ihm vor, den weltweit ersten Herztransplantationskongreß in Kapstadt abzuhalten. Er stimmte sofort zu und erklärte, er würde das Geld auftreiben, um das ganze Unternehmen, einschließlich der Reise- und Unterbringungskosten für die Delegierten, zu finanzieren.

Persönlich lud ich die Leiter von fünfzehn Herzzentren ein, in denen bis dahin Transplantationen durchgeführt worden waren. Sie sagten alle zu, außer Dr. Shumway und Dr. Lower, die selber nicht kommen konnten, aber statt dessen ein Mitglied ihres Teams schicken würden.

In der Zwischenzeit hatte ich eine äußerst großzügige Einladung von Eduardo Barreiros erhalten. Er bot mir an, alle Kosten für mich, meine Familie und einige unserer Freunde zu übernehmen, wenn ich Lust hätte, zusammen mit seiner Familie in Las Togas Urlaub zu machen. Leider überschnitt sich das zeitlich mit dem Kongreß. Nach etlichen Telefonaten kamen wir überein, daß Louwtjie und Andre mit ein paar Freunden, Tubby Farquhar, Maureen und Fritz Brink, kommen würden. Ich würde später zu ihnen stoßen, wenn Deidre ihr Wasserskiturnier in Ruislip bei London hinter sich hatte.

Mir paßte das sehr gut, denn ich machte damals ohnehin schon Überstunden, und das würde mir Gelegenheit geben, den Rückstand aufzuholen. Immer mehr Patienten aus dem Ausland wurden zur Behandlung in meine Abteilung überwiesen. Bei den komplizierteren Fällen handelte es sich zumeist um Kinder mit angeborenen Herzschäden – etwa die schwerkranken »blue babies«, bei denen die zur Lunge führenden Arterien unterentwickelt oder überhaupt nicht vorhanden waren, oder Kinder mit Septumdefekten, bei denen das Herz nur zwei oder drei Kammern hatte statt vier, oder Kinder, bei denen die Arterien aus dem falschen Ventrikel kamen.

Da derlei Defekte äußerst schwierig zu korrigieren sind und es dazu eines erfahrenen Chirurgen bedarf, operierten entweder Marius oder ich.

Nach wie vor erhielt ich eine Menge Post, um die ich mich selber kümmern wollte. Das bedeutete Überstunden in meinem Büro, nachdem ich meistens den ganzen Tag über im Operationssaal gestanden hatte.

Die meisten Briefe waren sehr anerkennend und schmeichelhaft, aber ich erhielt auch immer mehr anonyme Briefe. Viele äußerten sich einfach beleidigend und abfällig, aber einige troffen vor Wut und Haß oder enthielten sogar Morddrohungen.

Man kritisierte meine berufliche Tätigkeit wie auch mein Privatleben. Laut diesen Anschuldigungen war ich entweder Satan höchstpersönlich, oder aber ich spielte Gott, war ich ein lüsterner alter Mann oder ein Playboy.

Anfangs war ich naiv genug, diese Briefe zu lesen, und sie taten sehr weh. Aber irgendwann beschloß ich, Briefe, deren Absender zu feige waren, ihren Namen und ihre Adresse anzugeben, sofort in den Papierkorb zu werfen, ohne auch nur einen Blick darauf zu werfen.

Die Morddrohungen nahm ich nicht ernst – außer einer, bei der Zeit und Ort meines Todes klar und deutlich benannt waren.

Louwtjie und ich waren in die Hauptstadt der Gegend der Straußenfarmen – Oudtshoorn in der Kleinen Karru – eingeladen worden. Dort sollte ein offizielles Abendessen stattfinden, und außerdem stand ein Besuch eines der großen Weltwunder, der berühmten »Cango-Höhlen«, auf dem Programm.

Die Höhlen waren von den »San« entdeckt worden, den eingeborenen Buschmännern Südafrikas, die später von den marodierenden schwarzen Stämmen im Norden und von den weißen Kolonialisten im Süden systematisch ausgelöscht wurden. Die Höhlen liegen in einer Art Oase in der heißen, staubigen Halbwüste. Die »San« hatten diese Gegend »Kango – Ort mit viel Wasser« genannt.

In diesen Höhlen kann man eine phantastische Ansammlung von Tropfsteinen bewundern – Stalaktiten, Stalagmiten und Heliziten, die zum Teil riesengroß und Jahrtausende alt sind.

Die Besucher werden durch die Höhlen geführt, und an einer bestimmten Stelle wird das Licht gelöscht, um das unterirdische Wunderland in seiner ganzen Großartigkeit bewundern zu können.

Der Schreiber des besagten Briefes wußte, daß ich diese Höhlen besichtigen wollte, und hatte erklärt, wenn das Licht ausging, würde ich getötet werden.

Ich versuchte, mir deswegen keine Sorgen zu machen, aber die südafrikanische Polizei nahm die Drohung sehr ernst und stellte ein paar Leibwächter für mich ab. Pflichtgemäß marschierten wir alle in die Höhlen und gelangten schließlich zu der Stelle, wo das Licht gelöscht werden sollte. Meine Leibwächter scharten sich dichter um mich, und ich fragte mich, ob mein Mörder schon auf mich zielte.

Als dann die Lichter ausgingen, rückte ich unwillkürlich ein Stückchen weiter nach links, aber niemand versuchte, mich umzubringen.

Später, als wir alle wieder draußen in der Sonne standen, sagte einer der Polizisten zu mir: »Na bitte, hab' Ihnen doch gesagt, daß Sie sich keine Sorgen zu machen brauchen.« Aber ich konnte nicht übersehen, daß er genauso schwitzte wie ich und daß seine Hand ein wenig zitterte, als er sich eine Zigarette anzündete.

In der Woche darauf brachen Louwtjie, Andre und ihre Freunde nach Madrid auf, um sich Eduardo und seiner Familie anzuschließen.

Mittlerweile trafen Tag für Tag Chirurgen in Kapstadt ein. Sooft ich konnte, holte ich sie persönlich vom Flughafen ab. Natürlich fand jedesmal, wenn einer von ihnen eintraf, eine Pressekonferenz statt. Einige beantworteten die Fragen kurz und bündig – zum Beispiel Denton Cooley, der, als er gefragt wurde, warum er gekommen sei, scherzte: »Ich bin hier, um Blaiberg das Leben zu retten.«

»Zu spät«, witzelte Bob Malloy, einer der wenigen Journalisten, die ich respektierte, »der ist schon gerettet.«

Dr. Kantrowitz hingegen scherzte nicht, sondern äußerte sich sehr schmeichelhaft, als er bei seiner Ankunft den Reportern gegenüberstand.

Adrian Kantrowitz, der Chirurg, der die erste Herztransplantation in Amerika durchgeführt hatte, trat bei seiner Ankunft in Südafrika den Reportern sichtlich gelöst gegenüber und hörte sich ihre Fragen an.

Sorgfältig zündete er seine Pfeife an und dachte eingehend nach, ehe er antwortete. Schließlich, nach dem dritten Streichholz, sagte er: »Das Verfahren der Herztransplantation befindet sich nach wie vor im Versuchsstadium, außer bei einem – Professor Chris Barnard.

Dieser Mann widmet sich bedingungslos seiner Aufgabe, und ich habe den Eindruck, daß Chris Barnard Herztransplantationen inzwischen als Routineoperationen betrachtet, eine Leistung, derer keiner von uns sich rühmen kann.

Zwar steckt die Herztransplantationschirurgie noch in den Kinderschuhen, aber Chris Barnard ist besser als wir alle.«

Bob Malloy, ein mit allen Wassern gewaschener Reporter aus Kapstadt, machte sich ausführliche Notizen und überschlug, wieviel Zeit ihm blieb, um seine Geschichte noch vor Redaktionsschluß der Cape Times *durchzutelefonieren.*

»Warum ist Chris Barnard der einzige Chirurg auf der Welt, der so erfolgreich ist?« fragte er den Professor.

»Warum?« erwiderte Kantrowitz, nahm seine Pfeife aus dem Mund und betrachtete nachdenklich die Glut. »Ich will Ihnen sagen, warum – weil er besser ist als wir. Besser als wir alle. Er und sein ganzes Transplantationsteam hier in Kapstadt sind auf diesem herausfordernden und aufregenden Spezialgebiet der Chirurgie führend. Bitte, achten Sie darauf, daß Sie das auch so bringen.«

Der Kongreß trat in einem der Vorlesungssäle der Universität Kapstadt zusammen. Fünf Tage lang fanden vormittags und nachmittags je zwei eineinhalbstündige Sitzungen statt.

Jeder Tag war sorgfältig geplant und jeweils einem Hauptthema gewidmet: »Auswahl der Patienten«, »Auswahl des Spenders«, »Operationstechnik«, »Abstoßung und ihre Behandlung« und schließlich »Postoperative Probleme – Ergebnisse und Ausblick«.

Ich war stolz auf die meisterhafte Organisation, die hauptsächlich in den Händen von Stoffie Stoffberg lag. Alles war bis ins kleinste Detail vorbereitet, und wir konnten in diesen fünf Tagen ein breites Themenspektrum abhandeln.

Vom Gesellschaftlichen her genügte die Konferenz ebenfalls höchsten Ansprüchen. Das Essen im »Leeuwenhof«, dem Haus von Dr. Nico Malan, Administrator der Kap-Provinz, war ein Höhepunkt. Er hielt eine sehr geistreiche kurze Rede und zitierte ein Gedicht, das sowohl Denton Cooley als auch ich seitdem oft in Vorträge aufgenommen haben. Es stammt von einem amerikanischen Dichter namens Sharp:

> Ist es nicht seltsam, daß Fürst und König
> und Clowns, die im Sandrund tollen,
> und Leute wie du und ich
> die Ewigkeit erringen wollen?
>
> Jedem wird gegeben ein Beutel mit Gerät,
> eine formlose Masse, mit Regeln ein Buch,
> und jeder muß draus formen, eh' die Zeit vergeht,
> einen Stolperstein oder zum Sprunge ein Brett.

Dieses Gedicht hat mich immer sehr angeregt, denn ich habe mich in meinem Verhalten und meinen Entscheidungen stets danach gerichtet, ob das Problem, mit dem ich konfrontiert wurde, ein Stolperstein oder ein potentielles Sprungbrett war.

Einen der Abende waren wir zum Abendessen im Amtssitz des Premierministers eingeladen, und John Vorster bezauberte mit seinem trockenen Humor alle Gäste.

Dann gab ich eine Party im Haus meines italienischen Freundes, Emiliano Sandri. Er hielt sich zu der Zeit in Europa auf und hatte mir seine Villa, von der aus man einen wunderbaren Blick auf das Meer hatte und wo die Wogen des Atlantik sich an dem felsigen Ufer brachen, zur Verfügung gestellt. Er war ein sehr erfolgreicher Restaurantbesitzer, und sein Lokal *La Perla* lieferte das Essen und die Getränke.

Don Mackenzie hatte, da er als Modephotograph über die entsprechenden Beziehungen verfügte, dafür gesorgt, daß die schönsten Models von Kapstadt kamen, um die Chirurgen bei Laune und über die weibliche Anatomie auf dem laufenden zu halten. Unter all den Ländern und Städten, die ich besucht habe, kenne ich keine, die sich so vieler faszinierender Frauen rühmen könnten. Wer Südafrika besucht, braucht nur einmal Clifton Beach entlangzuschlendern, und er wird sehen, was ich meine.

Als Abschiedsgeschenk gab es für die Teilnehmer der Konferenz ein Straußenei, das alle anwesenden Ärzte signiert hatten. Als ich später einige der Chirurgen besuchte, konnte ich feststellen, daß die Straußeneier in ihren Büros einen Ehrenplatz einnahmen.

Tag für Tag erhielt ich Anrufe aus Spanien, wann ich denn endlich käme. Nach Auskunft von Maureen Brink hatte Eduardo äußerst aufwendige Vorbereitungen getroffen, um mir eine Freude zu machen. »Er hat ein Schnellboot zum Wasserskifahren«, erklärte sie, »und man kann trapschießen, und jeden Abend gibt es herrliches Essen. Wir warten nur auf *Sie*.«

Mir war klar, daß es jetzt das richtige gewesen wäre, meine Koffer zu packen und hinzufahren.

Aber ich fuhr nicht.

Als nächstes erhielt ich die Nachricht, daß sich Deidre beim Wasserskifahren in Ruislip einen Bänderriß geholt hatte und in London am Knie operiert werden mußte. Barreiros hatte Louwtjie und Fritz Brink ein Privatflugzeug zur Verfügung gestellt, um sie zu besuchen. Sie schlugen vor, wir sollten uns in London treffen, und ich könnte dann mit ihnen zurückfliegen.

Ich fuhr nicht.

Obwohl es mir weh tut, dies jetzt zuzugeben, ist mir mittlerweile klar, daß ich das Interesse an meiner Familie und meinen alten Freunden verloren hatte. Der Glanz und Glitzer der neuen Welt, in der ich jetzt lebte, hatten mich berauscht. Ich war süchtig nach allem, was sie zu bieten hatte, und wollte immer mehr davon. Mein Hunger nach Luxusleben schien unstillbar zu sein.

Der endgültige Bruch mit Louwtjie war unaufhaltsam.

Ich war entschlossen, die Einladung zu dem Rotkreuzball in Monaco anzunehmen, obwohl Louwtjie mir klar zu verstehen gegeben hatte, daß dies das Ende unserer Ehe bedeuten würde.

Ich wußte, daß ihr damit ernst war, und obwohl ich versuchte, die Situation zu rationalisieren, hatte ich, glaube ich, doch das Gefühl: Wenn diese Reise zum Bruch führt, dann soll sie das eben! Vielleicht *wollte* ich die Scheidung sogar? Vielleicht wäre sie das beste für alle Beteiligten? Seitdem hat sich allerdings meine Meinung darüber etwas geändert.

Immer wieder hatte ich zu Louwtjie gesagt: »Wie oft noch werde ich solche Chancen haben? Ich habe in meinem Leben sehr hart gearbeitet, um dahin zu kommen, wo ich jetzt bin, und jetzt, wo sich mir solche Möglichkeiten bieten, werde ich sie beim Schopf packen. Wahrscheinlich wird das ohnehin nicht mehr lange anhalten.«

Aber unerbittlich hatte sie darauf beharrt, daß dies das Ende unserer Beziehung bedeuten würde.

Und doch konnte ich es nun nicht über mich bringen, die Einladung abzusagen. Welcher Mann, der normalerweise von einem Gehalt als Angestellter im Öffentlichen Dienst lebt und plötzlich im Rampenlicht steht und eine persönliche Einladung von Königlichen Hoheiten erhält, ihr Ehrengast zu sein, würde *nicht* zusagen?

In meinem gesellschaftlichen und privaten Leben war es zwar zu einigen drastischen Veränderungen gekommen, aber für meinen Beruf galt das nicht. Ich arbeitete jetzt sogar noch härter: um der Welt zu zeigen, daß meine Erfolge kein Strohfeuer gewesen waren, und vielleicht auch, um endgültig zu beweisen, daß ich einer der besten Herzchirurgen der Welt war.

Im Labor experimentierten wir mit neuen Ideen auf dem Gebiet der Transplantation, und in der Klinik operierte ich immer kompliziertere Defekte, oft bei Patienten, die die überweisenden Ärzte für inoperabel gehalten hatten.

Wie schon gesagt: Vielleicht reiste ich zuviel und nahm zu viele Einladungen an. Aber ich versuchte immer, nur möglichst kurz wegzubleiben, und wenn ich zurückkam, machte ich mich sofort wieder an die Arbeit. Ich hatte auch insofern großes Glück, als ich äußerst kompetente Mitarbeiter hatte, die sich um die Patienten kümmerten, wenn ich nicht da war. Und dann war da natürlich Marius.

Einmal bat mich die Zeitschrift *Stern*, in Frankfurt vor Oberschülern zu sprechen. Das Unternehmen trägt den Namen *Jugend forscht* und bietet den angehenden Wissenschaftlern Gelegenheit, vor diesem Forum ihre Forschungsprojekte vorzutragen.

Ich mußte in dieser Woche in Kapstadt eine wichtige Operation durchführen, also verließ ich Kapstadt um vier Uhr nachmittags, flog die Nacht durch die 9000 Kilometer nach Frankfurt und kam am nächsten Morgen an. Ich nahm an der Konferenz teil und hielt einen Vortrag vor einem überaus interessierten und begeisterten Publikum. Noch am gleichen Abend flog ich zurück und stand am nächsten Nachmittag wieder am Operationstisch.

Die Zeitungen meldeten, ich sei der erste Südafrikaner gewesen, der von Südafrika nach Deutschland und wieder zurück geflogen war – damals dauerten der Hin- und der Rückflug jeweils achtzehn Stunden –, ohne eine Nacht in Europa zu verbringen.

Dieser Lebensstil war natürlich nicht die beste Methode, eine primärchronische Arthritis zu behandeln. Inzwischen waren mehrere Gelenke betroffen, und die Schmerzen waren nur dann einigermaßen erträglich, wenn ich übermäßige Dosen steroidfreier, entzündungshemmender Medikamente einnahm, und das oft auf leeren Magen.

Eines Morgens war mir beim Aufstehen ungewöhnlich schwindlig, aber ich führte das auf die Handvoll Aspirin zurück, die ich am Abend zuvor geschluckt hatte. Im Bett bleiben konnte ich auf keinen Fall, denn in Durban fand gerade der Kongreß der Südafrikanischen Ärztevereinigung statt, und ich hatte zugesagt, am Nachmittag auf der Sitzung über Kardiologie ein Papier zu verlesen.

Als ich auf die Toilette ging, stellte ich fest, daß mein Stuhl schwarz verfärbt war, aber ich dachte, daran sei die Lakritze schuld, die ich am Tag zuvor gegessen hatte.

Nachdem ich mich geduscht und rasiert hatte, fuhr ich schnell ins Krankenhaus, um noch Visite zu machen, ehe ich abflog. Mir war immer noch schwindlig, und als ich die Treppe zur Station hinaufging, fühlte ich mich furchtbar schwach.

Bei meinem Eintreten schrieb Schwester Geyer in ihrem Büro gerade den Stationsbericht. Sie stand auf und begrüßte mich: »Morgen, Herr Professor.« Dann sah sie mich genauer an und fügte hinzu: »Was ist denn mit Ihnen los? Sie sind ja weiß wie die Wand!«

»Morgen, Schwester – oh, ich glaube, ich habe etwas gegessen, das mir nicht so recht bekommen ist«, erwiderte ich schwach und ließ mich auf einen Stuhl fallen.

»Doktor Marius ist auf der Station, er soll Sie sich mal ansehen.«

Ich merkte, daß sie äußerst besorgt war. Also stand ich auf und ging in das Arztbüro, um mich im Spiegel zu begutachten. In dem Augenblick bog Marius um die Ecke.

»Was ist los? Die Schwester sagt, du siehst furchtbar aus«, erklärte er.

»Mir ist nur ein bißchen schwindlig«, erwiderte ich und setzte mich hin.

Marius trat näher und zog mein Augenlid herunter, um zu sehen, was für eine Farbe die Bindehaut hatte.

»Du hast Blut verloren«, sagte er, ohne lange zu überlegen. »Ich seh' mir mal dein Hämoglobin an.«

Er stach mich in den Finger und nahm mir einen Tropfen Blut ab, verteilte es auf einen Objektträger und schaute dann in das Hämoglobinometer. »Mein Gott!« rief er aus, »dein Hämoglobin ist auf 10!«

Man rief Dr. Solly Marks, den Leiter der Abteilung für Gastroenterologie. Ich zählte kurz meine Symptome auf; er untersuchte mich und kam zu dem Schluß, daß ich aus einem Magen- oder Zwölffingerdarmgeschwür blutete, das sich möglicherweise infolge der Medikamente gebildet hatte.

»Sie werden ein Weilchen im Krankenhaus bleiben müssen, mein Freund«, verkündete Solly und fügte hinzu: »Wie kann ein intelligenter Kerl wie Sie nur auf die Idee kommen, daß der Blutstuhl von Lakritzen kommt!«

Er verschrieb mir zweimal stündlich Antazid und Tagamet, eine ausgewogene Diät – und viel Ruhe.

Es war wirklich ernst: Ich brach zusammen, noch ehe sie mich ins Bett bringen konnten. Mein Freund, Don Mackenzie, der immer eine Kamera dabei hatte, schoß ein Photo, für das er, schätze ich, ein Vermögen bekommen hätte, aber auf meine Bitte hin veröffentlichte er es nicht. Es war ziemlich dramatisch: ich schmerzverzerrt und einer Ohnmacht nahe, während mir die Schwestern und Pfleger aufs Bett halfen.

Die Zeitungen bekamen sofort Wind von der Sache, und man schrieb einige nette Dinge über mich:

ERFOLG FORDERT SEINEN TRIBUT VON BARNARD

Prof. Chris Barnard wurde gestern ins Groote-Schuur-Krankenhaus eingeliefert. Mit zunehmender Sorge wurde beobachtet, wie er sich in letzter Zeit übernommen hat...

ÄRZTE WARNEN BARNARD: ES IST ZEIT, ETWAS KÜRZER ZU TRETEN

Zahlreiche öffentliche Auftritte – einschließlich der Entgegennahme der Auszeichnung »Mann des Jahres« in London – sind nun in Frage gestellt.

Nach Auskunft seiner Kollegen wird es harte Auseinandersetzungen hinsichtlich seiner zukünftigen Aktivitäten geben.

Seine vielfältigen Verpflichtungen sind äußerst aufreibend, und aufgrund der ihm eigenen Höflichkeit will er die Leute nicht enttäuschen. Wenn er jedoch nicht zur Ruhe kommt, wird er bald ernsthafte Probleme mit seiner Gesundheit bekommen.

In den letzten neun Monaten ist er 300 000 Meilen oder durchschnittlich 1000 Meilen pro Tag gereist. Er hat zahllose Verpflichtungen in verschiedenen Ländern wahrgenommen, wurde durchschnittlich zweimal die Woche von Fernseh- oder Zeitungsleuten in die Mangel genommen und hat Dutzende Vorträge gehalten.

Es gab auch sehr gehässige Kommentare, etwa den folgenden, der zudem völlig überflüssig war:

LOUWTJIE ERKLÄRT: ICH MACHE MIR KEINE ALLZU GROSSEN SORGEN

Und dann der lachhafteste Bericht von allen, verfaßt von irgendeinem Verrückten in Italien:

BARNARD LEIDET UNTER ERFOLGSDEPRESSION

Professor Carlo Sirtori ist der Ansicht, Chris Barnard habe mit der ersten Transplantation ein plötzliches Erfolgserlebnis gehabt, und über diese »Sternstunde« könne er nun nicht mehr hinaus, egal, was er in seinem künftigen Leben noch tun wird.

Seine ausufernde Betätigung als Vortragsredner stellt einen Versuch dar, mit der dadurch hervorgerufenen Depression fertig zu werden. Die Depression hat mittlerweile den Teil des Gehirns in Mitleidenschaft gezogen, der als Dienzephalon oder Zwischenhirn bezeichnet wird und alle wichtigen Funktionen des Körpers steuert.

Man schließt nicht aus, daß Professor Barnard sich einer psychoanalytischen Behandlung unterzieht.«

Warum man teuren Platz in einer Zeitung opfert, um solchen Schrott zu drucken, werde ich wohl nie begreifen.

Ich war jetzt also auf meiner eigenen Station Patient. Am nächsten Tag kam Dr. Blaiberg, um mich zu besuchen, aber er konnte auch nicht mehr sagen, als daß mit meinem Herzen alles in Ordnung war, woraufhin die Zeitungen einen Riesenwirbel darum veranstalteten, daß jetzt der Patient den Chirurgen untersuchte.

Ich bekam Besuch von vielen Leuten, aber sie machten mich eher nervös, weil ich nur ungern zugab, daß ich selber krank war. Am meisten erboste mich eine Matrone, die nur einen einzigen Satz sagte, als sie in mein Krankenzimmer trat: »Ja, ja, Hochmut kommt vor dem Fall.«

Alte Hexe.

Aber über einen Brief von Sophia Loren, in dem sie mir gute Besserung wünschte, freute ich mich sehr. Die Blumen allerdings, die Gina Lollobrigida schickte, waren potentielles Dynamit, also behauptete Stoffie, sie seien von seiner Frau, um unangenehme Szenen mit Louwtjie zu vermeiden.

Glücklicherweise kam es zu keinen Blutungen mehr, und die Röntgenbilder ergaben keinen Hinweis auf irgendein Magen- oder Zwölffingerdarmgeschwür, so daß ich nach fünf Tagen schon wieder aus dem Krankenhaus und erneut voll im Einsatz war – innerhalb und außerhalb der Klinik.

Da man beschlossen hatte, mir keine Bluttransfusion zu geben, war ich immer noch anämisch und fühlte mich müde und lustlos. In einer Woche sollte ich nach Monaco fahren, und da ich bei diesem Anlaß in Höchstform sein wollte, entschloß ich mich, Martin Franzots Einladung anzunehmen, ein paar Tage im Krüger-Nationalpark zu verbringen.

Es war ihm gelungen, einen privaten Lagerplatz zu mieten, und er schlug vor, daß die ganze Familie für ein paar Tage raufkommen sollte, weg von dem Gedränge und Gehetze in der Stadt.

Der Krüger-Nationalpark ist unvorstellbar groß. Er erstreckt sich zwischen dem Fluß Sabi und dem Krokodilsfluß über eine Fläche von annähernd zwei Millionen Hektar. Unser Camp befand sich am unteren Lauf des Sabi, inmitten der Gegend, wo es die meisten Löwen im ganzen Park gibt, da dort riesige Antilopenherden grasen.

Trotz der majestätischen Ruhe und der rauhen Schönheit Afrikas, die man dort besser als sonst irgendwo genießen kann, war es kein angenehmer Urlaub. Louwtjie setzte mir pausenlos zu, nicht nach Monaco zu fahren, aber genauso stur, wie sie darauf beharrte, ich solle nicht fahren, wollte ich mit dem Kopf durch die Wand und war entschlossen, doch abzureisen.

Nach ein paar quälenden Tagen fuhr mich also Martin eines frühen Morgens nach Johannesburg zurück, damit ich meinen UTA-Flug nach Frankreich erreichte. Sobald wir in der Luft waren und die bezaubernden Stewardessen mich verwöhnten, schüttelte ich die traurige Stimmung einfach ab.

Als ich auf dem Flughafen von Nizza eintraf, erwartete mich eine Limousine, die mich ins *Hôtel de Paris*, ganz in der Nähe des Casinos, brachte. Dort war eine herrliche Suite mit Blick auf den Jachthafen, den Parkplatz des internationalen Jet-set, für mich reserviert.

Am nächsten Tag gab ich eine Pressekonferenz, besuchte einige Krankenhäuser und ließ mich dann durch das berühmte Casino führen, in dem oft Millionen verloren, aber selten welche gewonnen werden. Man zeigte mir die Tische, an denen Leute sich, nachdem sie ihr Vermögen verspielt hatten, eine Kugel durch den Kopf gejagt hatten.

Beim Hinausgehen begegnete ich dem Sohn von Mussolini. Er war Pianist in einer der Bars. Diese Begegnung rief mir ins Gedächtnis, wie die Zeiten sich ändern können: Es war noch gar nicht so lange her, da hatte sein Vater zusammen mit Hitler der Welt den Krieg erklärt; jetzt erfreute sich der Sohn in Monte Carlo einer gewissen Berühmtheit.

Am Nachmittag ruhte ich mich aus und bereitete mich auf den Galaabend vor, für den Angelo Litrico mir speziell einen Smoking angefertigt hatte.

Der Ball war öffentlich, und alle Ehrengäste versammelten sich vorher in einer Halle, wo wir Fürst Rainier und Fürstin Gracia vorgestellt wurden. Sie war sogar noch schöner, als ich erwartet hatte. Nach einem Glas Champagner hatten wir unseren großen Auftritt und nahmen unsere Plätze an dem Tisch ein, der für die Fürstin und ihre Gäste reserviert war.

Ich war überrascht, daß der Fürst nicht neben seiner Frau saß. Prinz Alfonso de Borbon y Dampiert, ein Verwandter des derzeitigen Königs von Spanien, Juan Carlos, und mittlerweile beim Skifahren ums Leben gekommen (er wurde unter einer Lawine begraben), saß zu ihrer Rechten und ich zu ihrer Linken. Die Zeitungen machten am nächsten Tag ein Riesenaufhebens davon: Eigentlich sei gar nicht ich der Ehrengast gewesen, sonst hätte nämlich ich zur Rechten der Fürstin gesessen. Zudem habe Prinz Alfonso die Ehre des ersten Tanzes gehabt.

Das ließ mich völlig kalt. Es war ein glanzvolles Ereignis: eine Show mit Charles Aznavour, ein spektakuläres Feuerwerk und, was ich am meisten genoß, ein paar Tänze mit Fürstin Gracia – ausführlichst dokumentiert von einer Horde von Photographen.

Sie lachte viel und plauderte fröhlich, aber ich hatte den Eindruck, daß das nur gespielt war. Vielleicht erwartete sie sich mehr vom Leben – vermißte sie etwas?

Nach dem Ball wurden einige von uns in die königliche Stadtresidenz eingeladen. Fürst Rainier ließ sich entschuldigen, aber wir feierten bis in die frühen Morgenstunden weiter.

Am nächsten Vormittag rief mich Prinz Alfonso an und meinte: »Hören Sie, meine Jacht liegt dort unten im Hafen, warum nehmen Sie sich nicht einfach frei und gehen mit uns ein paar Tage auf Kreuzfahrt?«

Ich erklärte, das könne ich nicht, da ich wieder nach Hause müsse, meine Patienten brauchten mich.

Das erwähne ich hier nur, weil es wahr ist – die Leute können über meinen privaten Lebensstil spekulieren, soviel sie wollen, aber ich habe mir immer ein ausgeprägtes Verantwortungsgefühl bewahrt, was das Wohlergehen meiner Patienten betraf. Tatsache ist, daß ich oft sehr verführerische Angebote ausschlug, um nach Südafrika und zu meinen Patienten zurückzufahren (oft um festzustellen, möchte ich hinzufügen, daß es gar nicht notwendig gewesen wäre, so schnell wieder zurückzukommen!).

Ich erklärte also, ich könne nicht mit. Daraufhin schlug er vor, dann wolle er mich wenigstens am nächsten Tag abholen und mit seiner Jacht zum Flughafen von Nizza bringen.

Der Flughafen liegt am Meer, und er hatte alle erforderlichen Zulassungen, um dort anzulegen.

Er holte mich also ab und brachte mich auf seine Jacht. Am liebsten hätte ich mir die Haare gerauft, daß ich seine Einladung nicht angenommen hatte: Es waren so wunderschöne Mädchen an Bord, die in ihrer ganzen braungebrannten Pracht auf dem Deck lagerten – wie in einem James-Bond-Film.

Es tat mir verflucht leid, daß mir das entging; ich hätte mich an Oscar Wildes Rat halten sollen: Die einzige Möglichkeit, sich von einer Versuchung zu befreien, ist, ihr nachzugeben.

Stoffie Stoffberg brachte den großen Wagen vor Chris und Louwtjie Barnards Heim, »The Moorings« in Zeekoevlei, zum Stehen und parkte ihn neben dem silberfarbenen MG Dart, den Eduardo Barreiro Louwtjie geschenkt hatte.

Chris Barnards Reise nach Monaco, ohne seine Frau, war für die Presse ein gefundenes Fressen gewesen, und Stoffie war mehr oder weniger klar, was ihn erwartete, als er Louwtjie sah. Die Presse gierte nach Sensationen und Gerüchten, und damit wurde sie einfach nicht fertig.

In dem Augenblick, als er sie sah, wußte er, daß er richtig vermutet hatte. »Ich will, daß das ganze Zeug von hier verschwindet, Stoffie – alles!« schluchzte sie.

Er sah die vom Regen durchweichten persischen Teppiche, Geschenke des Schah, auf der Mülltonne liegen. Traurig schüttelte er den Kopf.

»Mir ist kotzübel von dem allen, Stoffie«, fuhr sie fort, »alle diese Geschichten in den Zeitungen und diese ekelhaften Anrufe von irgendwelchen Verrückten. Ich halte das einfach nicht mehr aus!«

Er hatte von den Gerüchten gehört – einer weitverbreiteten Ansicht zufolge hatte Chris Barnard sich systematisch durch die Betten aller attraktiven Angestellten des Groote-Schuur-Krankenhauses hindurchgeschlafen, und zwar schon ehe er in die Schlagzeilen gekommen war.

Abgesehen von den Geschichten über Chris und Gina Lollobrigida kursierten auch Gerüchte, Sophia Loren, die angeblich ihren

Ehemann für impotent hielt, wünsche sich ein Baby und habe über dieses Problem mit Chris gesprochen. Und jetzt wurden diese Geschichten in aller Öffentlichkeit ausgebreitet.

Aber Stoffie wußte, daß sie nicht der Wahrheit entsprachen – Chris selber hatte ihm das gesagt, und der erzählte ihm fast alles.

»Und ich habe gesehen, wie er mit dieser Grace Kelly getanzt hat, er hat sogar seine Hand unter ihr Cape geschoben!«

»Sie sollten diese Geschichten nicht alle glauben, Louwtjie«, versuchte er sie zu beschwichtigen.

»Es ist mir egal, ob sie wahr sind oder nicht, ich will, daß er hier verschwindet. Für immer!«

Stoffie packte also so viele von den Habseligkeiten des Professors in den Kofferraum des Wagens, wie er konnte, und fuhr zum Flughafen.

Gedankenverloren sinnierte er beim Fahren darüber nach, ob die persischen Teppiche, die Tausende von Dollar wert waren, wohl noch zu retten waren.

Als ich in Nizza, an Bord der Jacht des Playboys, beschlossen hatte, nach Hause zu fahren, hatte vermutlich auch ein ziemlich massives Schuldbewußtsein mit hereingespielt: Wie kannst du dich hier amüsieren, wenn Louwtjie zu Hause sitzt und sich grämt? Also flog ich, wenn auch ungern, nach Südafrika zurück, wo Stoffberg mich vom Flughafen abholte.

Als wir losfuhren, erklärte er: »Übrigens, alle Ihre Sachen sind im Kofferraum. Louwtjie hat sie rausgeschmissen, und Sie auch, und sie sagt, sie will Sie nicht mehr dort sehen. Ich habe soviel eingepackt, wie in der Eile möglich war.«

»Es mußte ja so kommen, Stoffie«, meinte ich seufzend. »Hat sie die Scheidung eingereicht?«

»Ich glaube nicht, noch nicht, aber sie sagt, sie wird es tun.«

Er brachte mich nach Clifton, einem hübschen Vorort an der atlantischen Küste bei Kapstadt, wo die Strände weiß und die Wohnungen extrem teuer sind. Im Sommer sind die Sandstrände der vier Buchten mit phantastischen Bikini-Mädchen übersät, alle wie die Lemminge drauf und dran, sich Hautkrebs zu holen und ihre Haut so auszudörren, daß sie vorzeitig faltig wird.

Eine sehr freundliche Dame, Mrs. Krugel, besaß in einem Wohnblock, »La Corniche«, zwei Apartments, und stellte mir das leere zur Verfügung, bis ich selber eine Wohnung gefunden hätte.

Louwtjie und ich würden uns also scheiden lassen. Das würde tiefgreifende Auswirkungen auf das Leben einiger Leute haben, insbesondere auf das meiner Kinder. Zu der Zeit hatte Andre vor, nach Schulabschluß zur Ableistung seines Wehrdienstes zur Marine zu gehen, und Deidre war auf der Universität.

Daß ihre Eltern sich wohl scheiden lassen würden, erfuhren sie aus der Zeitung – noch ehe wir selber richtig darüber geredet hatten und auf jeden Fall ehe wir eine Chance gehabt hatten, es unseren Kindern zu sagen.

Andre erzählte mir, er habe es erfahren, als er eines Nachmittags aus seiner Schule in Pretoria kam und auf einem Zeitungsplakat in Riesenlettern von der Scheidung seiner Eltern las. Wer könnte je ermessen, was für Auswirkungen eine so schockierende Neuigkeit auf einen Heranwachsenden hat?

Ganz allein war er bis spät in die Nacht ziellos durch die Straßen gelaufen, wütend und verwirrt. Eines steht fest, bei einer Scheidung sind es immer die Kinder, die am meisten leiden. Ich glaube, damit ein Kind normal aufwächst, braucht es seine Mutter und seinen Vater und, soweit möglich, geordnete Verhältnisse zu Hause.

Scheidungskinder sind verschüchterte und oft depressive Waisen besonderer Art. Auch wenn die Eltern sich um sie bemühen, sind sie doch selten in der Lage, ihnen wirklich zu helfen und genügend moralische und gefühlsmäßige Unterstützung zu bieten. Die Kinder stehen daher unter einer enormen Belastung – verwirrt, hilflos, alleingelassen.

Im Falle unserer Kinder machten Louwtjies Verbitterung und Feindseligkeit und das allgemeine Interesse, das die Verhandlung erregte, alles noch viel schlimmer. Ich persönlich hätte eine unaufgeregte, einigermaßen würdevolle

Scheidung vorgezogen, aber das erwies sich als unmöglich. Wir konnten nichts tun, um das öffentliche Aufsehen zu vermeiden, und so durchlitten unsere Kinder Seelenqualen – wahrscheinlich schlimmere als wir selber – und lasen jeden Sonntag in der südafrikanischen Regenbogenpresse das Neueste über die Tragödie ihrer Familie.

Ich kam zu dem Schluß, für mich sei es die beste Therapie, mich in meine Arbeit zu stürzen und mich möglichst zurückzuhalten, was andere Frauen betraf.

Ich hatte noch zwei weitere Transplantationen durchgeführt, und zu diesem Zeitpunkt waren von vier Transplantationspatienten noch drei am Leben. Darüber hinaus machte ich immer mehr Routineoperationen. Mittlerweile kamen Patienten aus aller Welt zu uns, weil sie glaubten, wir seien die einzigen Chirurgen, die solche Operationen durchführen könnten. Sie kamen vor allem aus Ländern wie Italien, Portugal, Rumänien, aus afrikanischen Ländern und sogar aus Großbritannien.

Diane war Engländerin und arbeitete als freiberufliche Journalistin in Amerika. Sie rief meine Sekretärin an, ob sie mich für einen Artikel interviewen dürfe, den sie für eine Zeitschrift vorbereitete.

Louwtjie hatte sich unerwartet kooperativ gezeigt und ihr gestattet, nach »The Moorings« zu kommen. Sie hatte ihr nicht nur beim Interview geholfen, sondern sie auch zum Mittagessen eingeladen und ihr erlaubt, sich für ein paar Stunden im Kinderzimmer auszuruhen.

Ich mußte nach Johannesburg, aber um ihr zu helfen, willigte ich ein, daß wir uns, wenn sie einen Platz im selben Flugzeug bekäme, während des Fluges unterhalten könnten.

Als ich an Bord und zu meinem Platz ging, sah ich, daß Diane bereits da war. Wir plauderten ungefähr eine Stunde lang, und als sie durch den Gang zur Toilette ging, stellte ich fest, daß sie phantastisch gebaut war – allerdings hatte ich in dem Augenblick rein gar nichts davon.

Im Verlauf unseres Gesprächs erwähnte ich, daß ich in ein paar Tagen nach Amsterdam fliegen würde, woraufhin sie vorschlug, daß wir uns dort treffen könnten. Begeistert nannte ich ihr den Namen meines Hotels.

In Johannesburg nahm sie ein Flugzeug zurück nach Kapstadt, während ich nach Europa aufbrach. Ich rechnete nicht damit, sie wiederzusehen, da sie mittlerweile vermutlich alle Informationen hatte, die sie brauchte. Aber ich irrte mich. Als ich mich eine Woche später in das Hotel in Amsterdam eintrug, erwartete sie mich bereits.

Jetzt war ich mir sicher, daß sie auf mehr aus war als nur auf eine Geschichte, also erklärte ich ihr, ich bräuchte dringend ein Bad, und wenn sie mich weiter interviewen wollte, müßte sie das tun, während ich mein Bad nahm. Sie war einverstanden – solange es ein Schaumbad war.

Wir setzten also unser Gespräch fort; ich lag in der Badewanne, und sie saß auf einem Hocker daneben.

Sie fragte mich über die Leute aus, die ich kennengelernt hatte, und nur der Himmel weiß, warum ich das tat – wahrscheinlich, um sie zu beeindrucken –, jedenfalls sagte ich: »Diane, wenn ich Ihnen eine Geschichte über etwas wirklich Aufregendes erzähle, das ich erlebt habe, versprechen Sie dann, daß Sie nie etwas darüber schreiben oder irgend jemand etwas davon erzählen?«

Sie gab mir ihr Ehrenwort.

Und ich Riesentrottel glaubte ihr – und erzählte ihr alles über meine Affäre mit Gina Lollobrigida.

Anschließend ging sie in die Suite zurück, während ich fertig badete. Als ich ins Schlafzimmer kam, wartete meine Journalistin unter der Bettdecke auf mich. Vielleicht hatte meine Geschichte sie angeturnt, oder vielleicht war es einfach so, wie Graham Greene einmal geschrieben hat: »Ruhm ist ein machtvolles Aphrodisiakum«. Ich weiß es nicht, jedenfalls schlüpfte ich zu ihr unter die Bettdecke, und zwar nicht, um das Interview fortzusetzen.

Manche Mädchen sind gut im Bett, andere nicht. Sie war, soweit ich sagen kann, schlechtweg fürchterlich. Wir liebten uns nicht, wir hatten lediglich Verkehr. Eine mechanische, phantasielose und unbefriedigende Angelegenheit.

Als wir fertig waren, sank ich auf mein Kissen zurück und

bemerkte, daß draußen ein Kerl dabei war, das Schlafzimmerfenster zu putzen. Ich weiß nicht, wieviel er gesehen hat, aber ich bin sicher, er fand es noch langweiliger als ich.

Während ich so auf dem zerknitterten Laken lag, mußte ich an eine Geschichte denken und fing an zu kichern. Sie handelte von einem kleinen französischen Jungen, der im Garten der Pension seines Vaters spielte und zu ihm gerannt kam, um ihm zu berichten, daß zwei Leute sich auf dem Rasen liebten.

»Mein Sohn«, sagte der Vater, »wir sind in Paris, und es ist Frühling – da ist das nur natürlich.«

»Ja, Papa«, meinte der Junge, »aber die Frau ist tot.«

Das war natürlich etwas anderes, also ging der Vater raus, um selber nachzusehen. Was sein Sohn ihm berichtet hatte, stimmte, und er rannte wieder ins Haus und rief bei der Polizei an.

»Wachtmeister! Auf meinem Rasen lieben sich zwei Leute«, stieß er atemlos hervor.

»Monsieur«, erklärte der, »wir sind in Paris, und es ist Frühling da ist das nur natürlich.«

»Schon, schon, das weiß ich selber, aber die Frau ist tot!«

Also ging der große, dicke Gendarm in voller Montur, mit gewichstem Schnurrbart, Umhang und Knüppel, zu dem Haus, und der Vater zeigte ihm den Weg zum Garten.

Kurz darauf kehrte er wieder zurück und grinste breit: Er hatte den Fall gelöst. »Monsieur, die Dame ist nicht tot – sie ist Engländerin.«

Einigermaßen widerstrebend hatte ich eingewilligt, am Abend mit Diane zusammen zu essen, und endlich ging sie in ihr Hotel zurück.

Ich kuschelte mich in mein Bett und sah dem Fensterputzer zu, als das Telefon läutete. Es war MC Botha. Er war in Amsterdam und erzählte mir, daß wir zu einer Party im Haus eines Freundes eingeladen waren, die phantastisch zu werden versprach. Jan de Hoop war Junggeselle und kannte alle schönen Mädchen von Amsterdam. Wir beschlossen, zusammen hinzugehen.

Auf der Stelle rief ich Diane an und erklärte ihr, daß ich an dem Abend nicht mit ihr essen gehen könne, da mein Immunologe eingetroffen sei und wir wichtige Dinge zu bereden hätten.

Die Party hielt alles, was MC versprochen hatte. Eine ganze Truppe der schönsten Frauen, die ich je gesehen hatte: ein riesiger Harem mit einer wundersamen Auswahl von Formen, Farben und Größen. Ich kam mir vor wie ein kleiner Schuljunge, der sich in einem Laden mit Süßigkeiten alles nehmen darf, was sein Herz begehrt. Ich konnte mich einfach nicht entscheiden, welches Bonbon ich als erstes nehmen sollte. Aber dann wurde ich Monique Pell vorgestellt, die absolut umwerfend war. Sie trug einen denkbar kurzen Minirock, nicht viel breiter als ein Ledergürtel. Er war die Krönung der wohlgeformtesten Beine, die ich je gesehen habe. Ihr enganliegendes Oberteil saß wie angegossen, und unter dem seidigen Stoff zeichneten sich ihre phänomenalen Brüste ab.

Sie war zusammen mit einem Freund von uns gekommen, dem Immunologen Hans Balner, aber das hinderte mich nicht daran, ihr meine ganze Aufmerksamkeit zu widmen. Ich ließ all meinen Charme spielen, als ich sie unauffällig vom Rest der Gruppe weg in eine ruhige Ecke lotste, wo ich mein Bestes tat, um sie zu überreden, mit mir zu verreisen.

Die Zeitschrift *Stern* hatte es arrangiert, daß ich am nächsten Tag nach Heidelberg fahren sollte, um an der Universität einen Vortrag zu halten. Ich bat Monique, sich uns anzuschließen. Sie meinte, sie könne nichts versprechen, würde aber am Bahnhof sein, falls sie ihre Termine ändern konnte.

Am nächsten Vormittag wartete ich zusammen mit meinen Kollegen auf dem Bahnsteig auf den Zug und hielt ängstlich Ausschau nach Monique; ich hoffte, daß sie es schaffen würde. Doch da schlug das Schicksal grausam zu: Durch die Bahnhofshalle kam Diane auf uns zugetrippelt.

Wie ein Geier stieß sie auf uns herab und fing an, aufgeregt etwas von Zufällen zu plappern, während ich insgeheim ein Stoßgebet gen Himmel sandte, daß Monique nicht auftauchen würde.

Aber natürlich kam sie ein paar Minuten später den Bahnsteig entlang auf uns zu. Ich bemühte mich, nicht auf ihre wunderbar langen Beine zu starren, und stellte sie vor – als Balners Freundin.

Monique aber wandte sich zu mir und lachte: »Ich habe mein Versprechen von gestern abend auf der Party, daß ich mit Ihnen nach Heidelberg fahre, also doch gehalten!«

Diane schaute mich an, und ich sah das Gift in ihren zusammengekniffenen Augen. Ich bin sicher, am liebsten hätte sie losgebrüllt: »Du gemeiner Mistkerl!«, aber statt dessen nahm sie ihre Reisetasche und erklärte: »Na schön, ich will sie nicht länger aufhalten, Herr Professor. Wie ich sehe, sind Sie beschäftigt«, machte eine Kehrtwendung und marschierte davon.

Na ja, sie war sowieso eine miese Liebhaberin. Zwar ahnte ich, daß dies ein Nachspiel haben könnte, aber nicht einmal in meinen schlimmsten Träumen hätte ich mit dem gerechnet, was dann kam.

Heidelberg, am Neckar gelegen, ist der Sitz der ältesten Universität in Deutschland und berühmt wegen seines Schlosses aus dem 13. Jahrhundert. Man hatte mich vor dem Vortrag gewarnt, daß die Studenten möglicherweise gegen Südafrika demonstrieren würden. Ich beschloß, die Taktik anzuwenden, derer sich, wie ich gehört hatte, General Smuts bedient hatte, als er sich an eine Gruppe streikender Grubenarbeiter wandte. Er hatte gesagt: »Gentlemen, ich habe viel über die Waliser gehört und darüber, wie wunderschön sie singen. Ich würde mich also sehr freuen, wenn sie mir ein paar Lieder vorsingen, ehe wir anfangen.« Sie hatten mit großer Begeisterung gesungen – und ihm dann aus der Hand gefressen.

Der Vortragssaal war bis auf den letzten Platz gefüllt. »Meine Damen und Herren«, begann ich, »ich glaube, es gibt da ein Lied: ›Ich hab' mein Herz in Heidelberg verloren‹ – kennen Sie das?« »Ja, ja«, brüllten sie.

»Würde es Ihnen etwas ausmachen, es mir vorzusingen? Aber zuerst brauche ich einen Dirigenten«. Ich wählte ein sehr hübsches Mädchen in der vordersten Reihe aus und bat sie, aufs Podium zu kommen.

Die Studenten sangen aus voller Kehle, und das Mädchen dirigierte äußerst schwungvoll. Es kam zu keiner Demonstration, und ich habe mir unter den Studenten viele Freunde geschaffen, die mich, glaube ich, für meine Arbeit ebensosehr bewunderten wie für meinen Geschmack, was Frauen betraf, denn sie warfen Monique neidvolle Blicke zu.

Nach dem Vortrag sagte ein Journalist zu mir: »Sie werden nie als Professor akzeptiert werden.«

»Warum denn nicht?« fragte ich.

»Weil Sie sich nicht wie ein Professor benehmen.« Vermutlich spielte er damit auf meine Zwanglosigkeit an.

Ich erklärte seelenruhig: »Mir wäre es weit lieber, wenn man mich als Chris Barnard, den Menschen, und nicht als Chris Barnard, den Professor, in Erinnerung behält.«

Im Verlauf meiner Karriere habe ich nie gelogen, wenn es um meine Leistungen ging, und ich habe nie vorgegeben, etwas zu sein, das ich nicht bin. Meine Ehrlichkeit, hat man mir gesagt, ist meistens so direkt, daß sie an Unverschämtheit grenzt. Vielleicht war dies der Grund für viele meiner Schwierigkeiten.

»Der Himmel kennt nicht solchen Zorn wie Liebe verkehrt in Haß, noch die Hölle ein Rasen wie das einer verschmähten Frau.« An diese Wahrheit wurde ich schmerzlich erinnert, als Bill Pepper mich zwei Wochen später aus Rom anrief.

»Chris, es wäre besser, wenn Sie nach Rom kommen und sich bei Gina entschuldigen, denn die würde Sie am liebsten in Stücke reißen – sie schäumt vor Wut!«

»Warum denn? Was habe ich getan?« Ich verstand nicht, wo das Problem lag.

»Diese Woche ist in einer deutschen Illustrierten ein Artikel erschienen. Erinnern Sie sich nicht an das Interview, das Sie in Amsterdam einer englischen Journalistin gegeben haben?«

Oh, mein Gott. Wie hatte ich nur so dumm sein können, einem solchen Miststück zu vertrauen? Ich überlegte kurz und erklärte dann: »Ich kann jetzt nicht nach Rom kommen.« Ich brauchte etwas Zeit, um nachzudenken.

»Chris, ich glaube, es ist ungeheuer wichtig, daß Sie so schnell wie möglich hierherkommen – Ihre Zukunft steht auf dem Spiel.«

»Okay, ich bin morgen abend da«, gab ich nach.

Bill holte mich vom Flughafen ab und brachte mich in seine Wohnung in Trastevere. Als ich ins Wohnzimmer trat, saß da Gina. Sie hatte offenbar schon ein paar Gläser intus. Als sie mich sah, funkelte sie mich an und begrüßte mich mit den Worten: »Du verdammter Mistkerl!«, was, wie ich traurig überlegte, ganz anders klang als die Kosenamen, mit denen wir uns bei unserem letzten Zusammensein bedacht hatten.

Ich sagte: »Bitte, Liebling, sei nicht so – ich bin genauso wütend wie du, und es tut mir furchtbar leid.«

»Nenn mich nicht ›Liebling‹! Sieh dir lieber an, was diese Leute geschrieben haben«, kreischte sie und fuchtelte mit einer Zeitung vor meinem Gesicht herum. »Wie konntest du nur!«

Ich log wie gedruckt und versicherte, mit hinter dem Rücken gekreuzten Fingern: »Ich hab' kein Wort davon gesagt, Gina. Ich weiß auch nicht, wo die die Geschichte herhaben.«

Sie war immer noch fürchterlich wütend und erklärte herausfordernd: »Hier ist ein Stück Papier. Du schreibst jetzt, was für eine phantastische Frau ich bin, und entschuldigst dich bei mir und sagst, wie leid es dir tut!«

Na ja, ich hatte keine andere Wahl, also schrieb ich, was sie verlangte. Das schien sie zu besänftigen.

Als sie schließlich die Wohnung verlassen und mir im Gehen noch ein paar italienische Ausdrücke an den Kopf geworfen hatte, die vermutlich alles andere als schmeichelhaft waren, sagte Bill: »Sehen Sie mal, hier ist der Zettel!« Sie hatte ihn offenbar beim Hinausgehen fallenlassen. Schnell hob ich ihn auf, und damit war dieser Abend beendet – zumindest für mich, denn ich glaube, Gina fuhr auf dem Heimweg mit ihrem Wagen gegen eine Mauer oder einen Masten.

Die Schwierigkeiten waren damit allerdings noch nicht beendet, denn ein paar Wochen später verklagte sie mich und die Illustrierte auf eine enorme Summe. Ich wäre fast in Ohnmacht gefallen, als ich den Brief ihres Rechtsanwalts las. Wo sollte ich so viel Geld auftreiben? Doch mein Anwalt, Noel Tunbridge, ein alter Freund, holte mich da irgendwie raus, ohne daß ich auch nur einen Penny zahlen mußte.

Das war das letzte Mal, daß ich Gina Lollobrigida sah, bis ich sie kürzlich erblickte: Sie saß zusammen mit einem Herrn in der Bar des Hotels *Pierre* in New York. Ich beschloß, ihr hallo zu sagen, ging auf sie zu und setzte an: »Hi, erinnerst du dich an mich?« Sie warf mir einen vernichtenden Blick zu und schnaubte: »Ja, leider – hau ab.«

Der Herr rief mich später an und entschuldigte sich für ihr Verhalten.

Gina, wenn du dieses Buch liest, sollst du wissen, daß ich das, was geschehen ist, zutiefst bedaure. Du bist eine ganz besondere Frau, und ich werde die Erinnerung an die wundervolle Zeit, die wir zusammen verbracht haben, immer wie ein Kleinod bewahren. Der eigentliche Grund dafür, daß aus unserer Beziehung nichts geworden ist, sind die Medien.

Wir kamen mit unserem Transplantationsprogramm nur noch langsam voran, und zwar weil wir zu wenig Spender hatten. Einige der von den Kardiologen zu uns überwiesenen Patienten waren hervorragende Kandidaten, aber sie starben, ehe wir einen passenden Spender finden konnten.

Dieser Mangel an Spendern hatte mehrere Gründe. Erstens hatten wir in der Anfangszeit die Technik noch nicht vervollkommnet, mittels derer man das Herz bis zur Transplantation mehrere Stunden konservieren kann. Das bedeutete, daß der Spender im angrenzenden Operationssaal liegen mußte, damit sein Herz so schnell wie möglich an den Kreislauf des Patienten angeschlossen wurde, sobald wir dessen Herz herausgenommen hatten. Wir konnten daher nur solche Spender brauchen, die in unserem oder einem nahegelegenen Krankenhaus für tot erklärt und möglichst schnell in unsere Abteilung gebracht wurden.

Heute kann man ein Herz auch noch vier Stunden nach der

Entnahme ohne weiteres transplantieren. Und zwar bedient man sich dabei der Technik, daß man das Herz paralysiert, indem man es abkühlt – man bezeichnet dies als kardioplegische Hypothermie – und dann auf Eis legt. Auf diese Weise ist es möglich, Herzen von Spendern in Krankenhäusern zu entnehmen, die mehrere hundert Kilometer von der Transplantationsabteilung entfernt sind, und sie dann – falls nötig, per Flugzeug – zum Empfänger zu transportieren.

Der zweite Grund für den Mangel an Spenderherzen war die Publicity, der die Spender und ihre Familien ausgesetzt waren. Kurz nach jeder Transplantation wurden die Todesursache des Spenders und äußerst intime Details über ihr oder sein Leben unweigerlich von der Presse ausgeschlachtet, was für die betroffenen Angehörigen mehr als unangenehm war.

Ich erinnere mich daran, daß man uns einmal ein achtzehnjähriges Mädchen vorschlug, das eine sehr geeignete Spenderin gewesen wäre. Wir hatten einen Patienten, der jeden Augenblick sterben konnte und wartete... in der Transplantationsabteilung verzweifelt auf ein neues Herz wartete.

Als ich an den Vater herantrat, um ihn um seine Einwilligung zu bitten, das Herz seiner Tochter zu verwenden, erklärte er: »Herr Professor, ich habe keinerlei Einwände dagegen, daß die Organe meiner Tochter für Transplantationen verwendet werden. Sie können ihre Nieren und ihre Augen haben, aber nicht ihr Herz. Verstehen Sie, sie hat mit einer Überdosis Schlafmittel Selbstmord begangen. Wenn ich Ihnen ihr Herz zur Verfügung stelle, werden alle Einzelheiten über ihren Selbstmord in der Presse breitgetreten, und das kann ich nicht zulassen.«

Infolge dieser Weigerung starb mein Patient, ehe wir einen anderen Spender fanden. Ich vermute, man könnte sagen, daß letztendlich die Presse an diesem Tod schuld war. Aber das ist natürlich eine rein theoretische Überlegung.

Und schließlich spielte der Mangel an Kooperation seitens der Neurochirurgen eine nicht unbedeutende Rolle. Ihre Auffassung war: »Warum sollen wir uns die Mühe machen, wenn doch Chris Barnard der einzige ist, der von unserer harten Arbeit profitiert.«

Auf einmal standen sie dem Transplantationsprogramm ablehnend gegenüber und brachten, wann immer sich eine Gelegenheit dazu ergab, ihre »moralische Entrüstung« darüber zum Ausdruck. In Wirklichkeit ist moralische Entrüstung jedoch nur zu 2 Prozent Moral, zu 48 Prozent Entrüstung – und zu 50 Prozent schierer Neid. Der Bequemlichkeit halber vergaßen sie dabei völlig die todkranken Patienten und daß sie sie vor dem Tod hätten bewahren können, wenn sie uns Spender zur Verfügung gestellt hätten.

Ein Arzt, der in der Abteilung für Schwerverletzte am Groote Schuur arbeitete, erzählte mir einmal, daß er einen Neurochirurgen hinzugezogen hatte, um einen Patienten für hirntot zu erklären. Nachdem der Chirurg den Patienten untersucht hatte und zu der Ansicht gelangt war, daß es keinerlei Hinweise mehr auf Gehirnaktivitäten gab, entschied er plötzlich, daß er noch ein Blutbild brauche, aus Gründen, die kein Mensch nachvollziehen konnte. Es war schon später Nachmittag, und er erklärte, er werde am nächsten Morgen kommen und sich die Ergebnisse ansehen.

Der junge Arzt, dem klar war, daß sich der Kreislauf des Patienten im Verlauf der Nacht so drastisch verschlechtern könnte, daß das Herz sich nicht mehr für eine Transplantation eignete, schlug vor, dem Neurochirurgen die Ergebnisse nach Hause zu bringen, sobald sie vorlagen.

Der Neurochirurg schnauzte den Arzt an: »Wenn Sie es wagen, zu mir nach Hause zu kommen und mich zu stören, hetze ich meine Hunde auf Sie!« und stürmte aus dem Krankenhaus, wild entschlossen, so unkooperativ zu sein wie nur möglich.

Angesichts dieser Probleme entschloß ich mich, die Möglichkeit zu erforschen, Tierherzen zu verwenden, sogenannte Xenotransplantate. In Südafrika wurden Gorillas als Schädlinge betrachtet und oft von den Farmern getötet, so daß sie ohne weiteres zur Verfügung standen. Wir zogen sie daher ernsthaft als Spender in Betracht.

Allerdings warnten die Virologen uns, daß bei Gorillas ein Virus endemisch war, das bei den Tieren aufgrund ihrer natürlichen Abwehrkräfte nur eine abgeschwächte Form einer bestimmten Krankheit hervorrief, während es beim Menschen, der nicht über diese natürliche Immunität verfügte, zu einer tödlichen Infektion führen konnte. Es erwies sich daher als notwendig, jeden einzelnen Gorilla auf dieses Virus zu testen und diejenigen zu isolieren, die sich noch nicht damit infiziert hatten. Schließlich hatten wir etwa ein Dutzend solcher virusfreien Gorillas unterschiedlicher Blutgruppen.

Uns war klar, daß die Abstoßung ein großes Problem darstellen würde, und wir beschlossen, nur in äußersten Notfällen ein Gorillaherz zu verpflanzen.

Diese Möglichkeit rückte näher, als ein kleiner italienischer Junge, Paolo Fiocca, in unsere Abteilung kam. Die Zeitungen berichteten, Sophia Loren habe ihn zu mir geschickt. Davon wußte ich allerdings nichts, denn sie hatte persönlich nie mit mir über ihn gesprochen.

An dem bleichen, bläulich verfärbten Gesicht des Jungen sah ich, wie sehr er litt. Er wußte nicht, was es heißt, ein normales Leben zu führen, wie es ist, wenn man atmet, ohne nach Atem zu ringen. Er hatte nie erlebt, wie aufregend es ist, wenn man spielen und mit seinen Freunden mithalten kann. Wie unfair das doch ist, dachte ich bei mir, als ich ihn zum ersten Mal untersuchte. Was für eine Sünde hatte dieser kleine Kerl begangen, daß er so gestraft wurde?

Aber Paolo war ein tapferer Junge, geistig seinem Alter weit voraus und willens zu kooperieren, auch wenn er in seinem gebrochenen Englisch oft lauthals Einspruch gegen die Behandlung erhob, der er sich unterziehen mußte.

Bei der Untersuchung stellten wir fest, daß sein Herz extrem deformiert war. Er war mit nur einer funktionierenden unteren Herzkammer zur Welt gekommen; die rechte war ausgefallen. Der einzige Grund, warum er nach der Geburt überhaupt überlebt hatte, war, daß zwischen den zwei oberen und den zwei unteren Kammern große Löcher waren. Auf diese Weise konnte sich das Blut von der rechten Seite ungehindert mit dem von der linken Seite vermischen. Außerdem ermöglichte dies, daß die linke untere Kammer Blut sowohl in den Körper als auch in beide Lungenflügel pumpte.

Das große Problem war jedoch, daß die Lunge, da sie sich viel weiter unten im Körper befindet, bei jeder Kontraktion der Herzkammer ungefähr Dreiviertel des Blutes erhielt. Folglich wurde die Lunge ständig überschwemmt und enthielt die meiste Zeit extrem viel Flüssigkeit, was zu schwerer Atemnot und wiederholten Lungenentzündungen führte.

Diese Art von Anomalität hatte ich noch nie operiert. Damals hielt man derlei für nicht korrigierbar und schickte die Patienten nach Hause, um dort zu sterben.

Aber jetzt konnten wir das Herz durch ein neues ersetzen. Die Sache hatte nur einen Haken: Wir konnten ihm nicht das Herz eines erwachsenen Spenders einpflanzen – es hätte in seiner kleinen Brust keinen Platz gehabt. Spenderherzen stammen normalerweise von Opfern eines Überfalls oder eines Verkehrunfalls. Kinder als Spender waren äußerst selten.

Wir warteten und warteten. Der Zustand Paolos verschlimmerte sich zusehends, bis es unumgänglich war, sofort etwas zu unternehmen. »Heute müssen wir Paolo operieren, Marius«, beschloß ich nach einer Visite bei Paolo.

»Wie sieht es denn mit einem Spender aus, Chris?«

»Wir nehmen einen Gorilla.« Ich versuchte, so zuversichtlich wie nur möglich zu klingen.

»Ist das dein Ernst?« Marius blieb wie angewurzelt stehen.

»Ja. Hast du einen besseren Vorschlag?«

Ich rief Bossie im Labor der medizinischen Fakultät an und bat ihn, einen der isolierten Gorillas mit einer kompatiblen Blutgruppe vorzubereiten. Er mußte ihn rasieren, anästhesieren und abdecken und, sobald ich ihm grünes Licht gab, das Herz herausnehmen und es zum Rotkreuz-Krankenhaus in Kapstadt bringen, wo ich die Operation durchführen würde.

Als ich den Herzbeutel öffnete, in dem das deformierte Organ verborgen war, schien es aus der Brust hüpfen zu wollen. Infolge der siebenjährigen Belastung war es extrem vergrößert, und die zur Lunge führenden Arterien waren mindestens dreimal so groß wie normal: Sie hatten sich geweitet, um mit der ungeheuren Blutmenge fertig zu werden, die sie transportieren mußten.

»Sagen Sie Bossie, er soll mit der Entnahme des Gorillaherzens beginnen«, sagte ich, an niemanden direkt gewandt.

Es gab noch eine andere Möglichkeit. Ich könnte die Lungenarterie abbinden und auf diese Weise den Widerstand gegen den Durchfluß in diesem Gefäß erhöhen und damit die Blutmenge, die aus dem Herzen in die Lunge floß, vermindern. Sollte ich zuerst das probieren und erst dann, wenn dies fehlschlug, die Transplantation durchführen?

Das Problem ist leicht zu verstehen; ich habe es seitdem oft erklärt. Stellen Sie sich eine Pumpe vor, die Wasser in zwei Leitungen pumpt. Die eine Leitung führt zu einem etwas hügelaufwärts gelegenen Grasflecken, die andere zu einem etwas hügelabwärts gelegenen. Sie werden feststellen, daß aufgrund des abnehmenden Widerstands in der hügelabwärts verlaufenden Leitung mehr Wasser auf den unteren Grasflecken fließt, so daß er bald überflutet ist. Infolge des größeren Widerstands in der hügelaufwärts verlaufenden Leitung wird auf diesen Grasflecken weniger Wasser gepumpt.

Um dies zu korrigieren beziehungsweise auszugleichen, kann man den Hahn an der hügelabwärts verlaufenden Leitung teilweise zudrehen und so die Menge des abfließenden Wassers verringern.

In der Herzchirurgie umschlingt man zu diesem Zweck die Lungenarterie (die Arterie, die zur Lunge führt) mit einem Baumwollband und zieht dann die Schlinge langsam zu, bis der Widerstand, den sie erzeugt, in etwa dem Widerstand entspricht, dem die Arterie ausgesetzt ist, die zum Körper führt. Die zulässige Fehlerbreite ist allerdings minimal, denn wenn man die Schlinge zu eng zuzieht, versagt das Herz auf der Stelle, der Patient wird ganz blau und stirbt.

Ich legte das Baumwollband um die enorm geweitete Lungenarterie und überprüfte den Druck in der im Verhältnis zur Position des Bandes distalen Arterie sowie den Druck in der Aorta.

Dann zog ich die Schlinge an... nichts. Ein wenig enger... immer noch nichts. Noch enger... da rief Ozzie aufgeregt: »Chris, es funktioniert! Der Druck in der Lungenarterie fällt und der Venendruck auch – und der Kreislauf ist ebenfalls besser.«

»Okay, Ozzie, ich ziehe noch ein bißchen stärker an. Sagen Sie mir weiter, was passiert«, und ich begann, die Schlinge ganz vorsichtig noch enger zu ziehen.

»Der Arteriendruck fällt, der Venendruck steigt!«

»In Ordnung, ich lockere das Band ein wenig.« Das Herz reagierte sofort darauf. Ich sah zu Marius: »Scheint so genau richtig zu sein. Wir fixieren das Band in dieser Position.«

»Das Gorillaherz ist da, Prof.« Bossie streckte den Kopf durch die Tür zum Operationssaal.

»Glücklicherweise brauchen wir es nicht, Bossie.« Der Gorilla hatte umsonst sein Leben gelassen. Bossie, ein großer Tierfreund, ließ den Kopf hängen und ging wieder.

Paolo erholte sich gut und kehrte nach Italien zurück – nicht in ein Leben wie bisher, sondern in ein weit besseres.

Als ich mich am nächsten Tag mit Professor Vel Schrire über die Operation unterhielt, erklärte er, wie froh er sei, daß wir das Gorillaherz nicht verwendet hatten, denn die Presse hätte uns sicherlich vorgeworfen, wir würden mit Kindern experimentieren, und darauf hätte die Öffentlichkeit nicht übermäßig positiv reagiert.

Ich sah das nicht so. Wenn es nötig gewesen wäre, ein Tierherz zu verwenden, hätte ich das Kind nach dieser einzigen mir zur Verfügung stehenden Methode behandelt. Das war meine Pflicht als Arzt. Aber ich bin eben seit jeher nicht so diplomatisch – und bestimmt nicht so vorsichtig – wie die meisten anderen Chirurgen.

Obwohl Louwtjie und ich noch nicht geschieden waren, hatten sie und ihr Anwalt ein Schriftstück aufgesetzt, in dem die Bedingungen für die endgültige Regelung niedergelegt waren, und es Noel Tunbridge, der mich vertrat, zustellen lassen.

Im Endeffekt bedeutete diese Regelung, daß sie mich so arm machen wollten, wie es nur irgend ging. Ich sollte aus meinem Haus in Zeekoevlei nichts mitnehmen dürfen außer meinen Kleidern. Louwtjie würde weiterhin dort wohnen, bis zu ihrem Tod oder bis sie sich wieder verheiratete. Ich würde für die Abzahlung, die Steuern, die Versicherung und für die Instandhaltung des Hauses aufkommen. Außerdem verlangte sie einen monatlichen Unterhalt in Höhe von 500 Rand, und die Ausbildung meiner beiden Kinder sollte ich ebenfalls bezahlen.

Dies stellte eine ungeheure Belastung für jemanden wie mich dar: Ich verdiente damals nur 1200 Rand im Monat – brutto. Da ich jedoch vermeiden wollte, daß die Scheidung in eine endlose juristische Rangelei ausartete, war ich mit allem einverstanden und wies – entgegen den Ratschlägen von vielen Seiten – Noel an, allem zuzustimmen.

Ich führte nun in der Zweizimmerwohnung am Clifton Beach, die Mrs. Krugel mir so großzügig zur Verfügung gestellt hatte, das Leben eines Junggesellen. Giela Krugel wohnte mit ihrem Freund und ihrer Tochter Mercedes im »San Michel«, einem Apartmenthaus neben dem »La Corniche«. Sie war eine außergewöhnlich gute Köchin und lud mich oft ein, zusammen mit ihr, ihrem Freund und ihrem Ex-Mann zu essen, der im gleichen Block wohnte. Sie waren gute Freunde geblieben, und ich hoffte von Herzen, daß dies nach meiner Scheidung auch so sein würde, wußte aber, daß das äußerst unwahrscheinlich war.

Zwar hatte ich beschlossen, nicht wieder zu heiraten, doch fand ich es unerträglich, abends in die leere, stille Wohnung zu kommen.

Diesem Zustand abzuhelfen war nicht weiter schwierig, aber ich beschloß natürlich, sehr diskret vorzugehen, da sich nach wie vor die Presse sehr für mich interessierte. Ich sorgte also dafür, daß ich in der Öffentlichkeit kaum je in Begleitung einer Frau gesehen wurde. Wenn ich mich mit einem Mädchen verabredete, trafen wir uns normalerweise in meiner Wohnung. Einige waren einfach Freundinnen, die auf einen Drink vorbeikamen, andere waren mehr als das und blieben gelegentlich auch über Nacht.

Da ich in dem Ruf stand, ein »Lover« zu sein – vor einiger Zeit war ich in *Paris Match* sogar als einer der vier größten »Lover« der Welt aufgeführt worden, zusammen mit Prinzessin Astrid von Belgien, Björn Borg und Christina Onassis –, nahmen die meisten Leute an, jede Frau, der ich begegnete, würde schließlich in meinem Bett landen. Die meisten dieser Geschichten waren allerdings maßlos übertrieben.

Dennoch, wie Louwtjie in dem Hotel in San Francisco völlig richtig gesagt hatte: Ich wollte mir einfach beweisen, daß ich jede Frau bekommen konnte, die ich haben wollte. Sie hatte jedoch nur teilweise recht gehabt, denn obwohl ich es sehr schätze, Frauen um mich zu haben, machte mir die Jagd oft viel mehr Spaß als das »Erlegen des Wildes«.

Ich glaube, im allgemeinen sind diese Frauen gerne mit mir ins Bett gegangen, denn wenn wir uns dann liebten, ging es mir nicht so sehr um meine eigene Befriedigung als vielmehr darum, zu spüren, daß sie erregt waren und ihren Höhepunkt erreichten. Ich habe es genossen, die Sehnsüchte und Phantasien einer Frau zu erahnen und zu erfüllen – möglichst mit einem Paukenschlag.

Aufgrund der hartnäckigen Verweigerungshaltung, auf die wir im Krankenhaus stießen, waren seit der Transplantation bei Dr. Blaiberg an die neun Monate vergangen. Das war weder für die Moral des Teams noch für das Programm als Ganzes gut, denn die bei der vorangegangenen Operation gewonnenen Erfahrungen verblaßten mit der Zeit.

Die Voraussetzungen für eine erfolgreiche Herztransplantation sind ein Patient, bei dem die Kardiologen eine tödliche Herzinsuffizienz festgestellt, und ein Patient, den die Neurochirurgen für hirntot erklärt haben. Und beide mußten sich im gleichen Operationstrakt befinden, wenn die Operation Erfolg haben sollte.

Während dieser Zeit waren uns von den Kardiologen einige Patienten überwiesen worden, aber sie waren alle gestorben, weil wir keine Spender finden konnten.

Dann wurde der zweiunddreißigjährige Pieter Smith eingeliefert, der sich im Endstadium einer Herzmuskelerkrankung unklarer Genese befand, die man als idiopathische Kardiomyopathie bezeichnet. Da sich der Zustand seines Herzens rapide verschlechterte, war seine allgemeine körperliche Verfassung noch recht gut. Patienten mit langandauernder Herzinsuffizienz leiden oft unter einem allgemeinen Kräfteverfall, wie ein krebskranker Patient. Die Erfahrung hat gezeigt, daß sie hohe Dosen von Kortison nur schlecht verkraften. Pieter Smith war also ein idealer Kandidat für eine Transplantation. Wir wußten, wir konnten sein Leben retten.

Das Team stand auf Abruf bereit; wir hatten uns alle auf die Operation eingestellt. Inzwischen war er allerdings so verzweifelt und litt solche Schmerzen, daß er versuchte, sich das Leben zu nehmen, um sich von diesen Qualen zu erlösen.

Am Abend nach seinem Selbstmordversuch riefen die Neurochirurgen – endlich, und ich vermute, nur widerwillig – an, um uns mitzuteilen, daß sie eine schwarze Frau hätten, die sie für tot erklärt hatten und die als mögliche Spenderin in Frage kam.

Alle Untersuchungen führten zu dem Ergebnis, daß die Voraussetzungen bei ihr denkbar günstig waren. Allerdings gab es ein Problem: Es war fast Mitternacht, und wir konnten keine Verwandten von ihr finden, um die Erlaubnis zur Entnahme ihres Herzens einzuholen. Wir schickten die Polizei los, ihre Angehörigen zu suchen, aber in jener Zeit der Apartheidgesetze lebten diese unglückseligen Menschen zusammengepfercht in den Ghettos, so daß es unmöglich war, die Verwandten zu finden.

Unter derart extremen Bedingungen läßt es das Gesetz zu, daß der Amtsarzt und der Medizinische Direktor die Erlaubnis erteilen. Aber beide zögerten, da die Spenderin schwarz war und sie fürchterliche Angst hatten, es könnte einen Skandal geben. Daß sie sich so dagegen sträubten, sollte sich als weit folgenschwerer erweisen.

Als mir klar wurde, daß sie immer noch um eine Entscheidung rangen, während der Zustand des Spenderherzens sich ständig verschlechterte und das Leben eines anderen Menschen auf dem Spiel stand, rief ich den Generalstaatsanwalt an. Ich erklärte ihm, in welch schier ausweisloser Situation ich mich befand, und fragte ihn, ob er mir die Erlaubnis geben könnte.

»Professor Barnard«, erwiderte er. »Es liegt nicht in meiner Macht, Ihnen diese Erlaubnis zu erteilen, aber ich kann Ihre Einstellung verstehen. Es gibt nur eine einzige Möglichkeit, wie ich Ihnen helfen kann, nämlich, daß ich Sie nicht unter Anklage stellen werde.« Das genügte mir. In dieser Nacht führten wir eine sehr erfolgreiche Transplantation durch.

Am nächsten Morgen begannen die ortsansässigen Zeitungsleute herumzuschnüffeln. Sie vermuteten, daß da eine »gute« Story zu holen wäre. Reporter wurden losgeschickt, und nach etlichen Stunden fanden sie die Angehörigen der Spenderin – wobei sie allerdings, im Gegensatz zu uns, das Tageslicht und genügend Zeit auf ihrer Seite hatten.

Natürlich wären die Verwandten – so der Tenor der Berichte »gegen« die Transplantation gewesen und hätten »niemals« ihre Einwilligung gegeben. Ein geschickt gestelltes Photo, das veröffentlicht wurde, zeigte einen Schwarzen und einige Kinder, die sich verzweifelt aneinanderschmiegten und wehklagten, daß ich ihre Gefühle mißachtet hätte.

Daraufhin beschloß eine der Zeitungen, den Leuten einen Anwalt zur Verfügung zu stellen, um mich zu verklagen. Es ginge vielleicht etwas weit, wenn ich behaupten würde, daß diese Geschichte eher »gemacht« als »berichtet« wurde, aber in den sechziger Jahren gab es in der Tat einen solchen »Scheckheftjournalismus«.

Wir hatten den Namen der Spenderin nicht bekanntgegeben, da L. A. P. A. Munnik und der Krankenhausdirektor in Absprache mit mir beschlossen hatten, daß es von nun an die Politik des Krankenhauses sein würde, die Namen der Spender geheimzuhalten. Das ersparte es mir zu bestätigen (oder zu leugnen), daß es sich bei der fraglichen Frau tatsächlich um die Spenderin handelte.

Leider erregte dieser Fall großes öffentliches Aufsehen, nicht nur in Südafrika, sondern auch in der internationalen Presse.

Ich fühlte mich durchaus nicht schuldig, denn ich hatte mich an die juristischen Vorgaben gehalten – dem Buchstaben nach. Da jedoch der Direktor und der Amtsarzt so unglaublich ängstlich gewesen und allen nur denkbaren Konfrontationen aus dem Weg gegangen waren, hatten sie die Situation für heikler gehalten, als sie in Wirklichkeit gewesen war, und damit das Ganze nur noch schlimmer gemacht. Die ganze Aufregung wäre uns erspart geblieben, hätten sie schlicht und einfach ihre Pflicht getan.

Mittlerweile erholte Pieter Smith sich bemerkenswert gut und wurde sechs Wochen nach der Operation aus dem Krankenhaus entlassen. Er hat viel für das Transplantationsprogramm getan, denn er war der erste Patient mit einem neuen Herzen, der Tennis spielte und auf diese Weise bewies, daß Transplantationspatienten durchaus in der Lage sind, Leistungssport zu betreiben.

Leider starb er zwei Jahre nach der Transplantation, aber nicht an Herzversagen, sondern an Magenkrebs.

Alle hatten mir geraten, die Einladung von David Frost abzulehnen, in London live in seiner Show aufzutreten. Mit seinen hinterhältigen Befragungsmethoden hatte er manchmal Gäste in seiner Sendung so fertiggemacht, daß sie fast weinten – aber ich sah das als Herausforderung an. Schließlich und endlich war kaum anzunehmen, daß er über Herztransplantationen oder, was das betrifft, über Medizin im allgemeinen besser Bescheid wußte als ich – wie könnte er mich da also in Verlegenheit bringen?

Als ich dann eines Nachmittags im Studio eintraf, wurde ich kurz David vorgestellt; er gab sich sehr charmant und freundlich. Als Arzt sah ich ihn mir genau an, und schließlich fiel mein Blick auf seine Hände. Seine Fingernägel waren sehr schmutzig, und ich dachte mir, dies könnte eine recht nützliche Information sein, um es ihm heimzuzahlen, falls er während der Show unangenehm würde.

Mein weißes Hemd war fürs Fernsehen ungeeignet, also zog ich ein blaues an, und wir nahmen unsere Plätze vor den Kameras und dem Live-Publikum ein.

Nachdem er verkündet hatte, dies sei die »David Frost Show – live aus London«, wandte er sich zu mir und fragte: »Professor Barnard, Sie haben das Herz von Evelyn Jacobs ohne die Einwilligung ihrer Angehörigen entnommen. Wie konnten Sie nur so gefühllos sein? Oder ist es vielleicht so, daß Sie, als Afrikaander, keine Achtung vor den Gefühlen der Schwarzen haben?«

Damit hatte ich nicht gerechnet. Ich hatte nicht die leiseste Ahnung gehabt, daß seine Fragen in diese Richtung zielen würden. Aber ich faßte mich schnell genug, um meine Überraschung zu verbergen.

»Mr. Frost, woher wissen Sie den Namen? Denn uns ist es untersagt, die Namen der Spender zu nennen.«

»Er stand doch in allen Zeitungen!« rief er aus und fuchtelte mit einer Zeitung, in der das Familienphoto abgedruckt war, vor meinem Gesicht herum.

»Mr. Frost, es überrascht mich, daß ein erfahrener Journalist wie Sie alles glaubt, was in der Zeitung steht.« Ich sah mit einiger Genugtuung, daß er ein wenig wütend wurde.

»Aber war sie nun die Spenderin oder nicht?« fragte er.

Ich lehnte mich in meinen Stuhl zurück, mittlerweile vollkommen entspannt, und erwiderte: »Ich habe Ihnen doch eben erklärt, daß es uns untersagt ist, den Namen des Spenders preiszugeben.«

Wir argumentierten hin und her, und schließlich fragte er, mittlerweile ziemlich entnervt: »Haben Sie je einem Spender ohne die Einwilligung der Angehörigen das Herz entnommen?«

Herrgott, dachte ich bei mir, jetzt hat er mich. Ich kann nicht lügen, aber als Herzchirurg bin ich es gewöhnt, schnell zu denken. Ich schaute so unschuldig drein wie nur möglich und antwortete: »Mr. Frost, die Gesetze meines Landes schreiben eindeutig vor, daß ich eine Erlaubnis brauche, ehe ich irgendein Organ entnehme.«

Ich betete zu Gott, daß er jetzt nicht das Naheliegende fragen würde, etwa ob ich je gegen die Gesetze verstoßen hätte – er tat es nicht.

Wir unterhielten uns dann über andere Aspekte von Transplantationen, und schließlich hatte ich ihn so verwirrt, daß das Publikum sich offen über ihn lustig machte.

Frost war wütend und überzog die Sendung um fünfzehn Minuten, aber er konnte mich nicht ausstechen, denn Zorn macht einen Menschen nur noch dümmer.

Es gab mir richtigen Auftrieb, als ich am nächsten Tag in den Zeitungen zur Abwechslung mal positive Berichte über mich las, und ich war entzückt, als ich die Geschichte des Tages sah:

FROST IST BARNARD NICHT GEWACHSEN

David Frost hat bei seinem Interview mit Professor Barnard eindeutig seinen Meister gefunden.
Dem brillanten Frost, der mit einem Kardinal, dem Premierminister und zahllosen anderen Berühmtheiten fertig geworden ist, hat das Quecksilber Barnard sichtlich den Boden unter den Füßen weggezogen...

Als ich abreiste, wünschte er mir einen angenehmen Heimflug, und sobald ich weg war, leitete er alles in die Wege, um ein paar Wochen später einen seiner Rechercheure nach Kapstadt zu schicken, um Informationen über meine Aktivitäten zu sammeln.
Zwei Monate später wollte er mich erneut in seiner Show haben, aber ich hielt es für besser, diesmal die Einladung auszuschlagen.

**VON BARNARD IN DIE SCHRANKEN
GEWIESENER TV-STAR
FORDERT REVANCHE**

Dr. David Frost, der unter der Niederlage leidet, die Professor Barnard ihm vor drei Wochen in einer Fernsehdiskussion beigebracht hat, versuchte, Barnard erneut für seine Sendung zu gewinnen, um den Spielstand auszugleichen.
Professor Barnard war dieses Wochenende nicht erreichbar, um einen Kommentar abzugeben. Man hält es jedoch für äußerst unwahrscheinlich, daß einer der meistbeschäftigten Chirurgen der Welt alles stehen und liegen läßt und nach London fliegt, um die Eitelkeit Frosts zu befriedigen.

Da Frost sich aber mit der Niederlage nicht abfinden konnte, veranstaltete er doch eine Show, deren Gegenstand ich war, ohne dabeizusein, und erzählte dem Publikum, wie ich die Öffentlichkeit hinters Licht geführt hätte.

Damals ahnte ich nicht, daß unsere Wege sich erneut kreuzen würden.

Mittlerweile war Mondadori ziemlich unzufrieden, was die Fortschritte meiner Biographie betraf. Da ich alle Tantiemen der »Chris-Barnard-Stiftung« versprochen hatte, schlug Lionel Murray, der Präsident der Stiftung vor, Bill Pepper für ein paar Monate nach Kapstadt kommen zu lassen.

Mit diesem Vorschlag war ich mehr als einverstanden, denn ich hatte Bill in der kurzen Zeit, die wir zusammen verbracht hatten, wirklich schätzen gelernt. Es war ein Vergnügen, mit einem so klugen und einfühlsamen Menschen zusammenzuarbeiten. Schließlich kam er in Kapstadt an und quartierte sich im *Clifton Hotel*, ganz in der Nähe von »La Corniche«, ein.

In den folgenden Wochen arbeiteten wir, wann immer es möglich war, zusammen an *One Life*. Wir beschlossen, daß das Buch meine Kindheit, meine Studentenzeit und meine Zeit als junger Arzt umfassen und in der ersten Transplantation gipfeln sollte.

Ich zeigte Bill die Medizinische Fakultät, an der ich studiert, die Labors, in denen ich geforscht, und das Krankenhaus, in dem ich gearbeitet hatte. Er sah bei einigen Herzoperationen zu, um selber den Geruch, die Geräusche und die spannungsgeladene Atmosphäre in einem Operationssaal mitzuerleben.

Wir besuchten Ceres, die Stadt, in der ich als junger Ehemann zwei Jahre lang als praktischer Arzt gearbeitet hatte. Wir reisten 450 Kilometer nach Beaufort West, wo ich das Licht der Welt erblickt hatte und zur Schule gegangen war: eine kleine Provinzstadt in der Karru, wo mein Vater fast fünfzig Jahre lang als Missionar tätig gewesen war. Ich war nicht mehr dort gewesen, seit mein Vater sich 1950 zur Ruhe gesetzt hatte.

Überall in dieser Gegend waren die Narben sichtbar, die

die Apartheid hinterlassen hatte, aber nirgends empfand ich dies schmerzlicher als in der ehemaligen Kirche meines Vaters. Sie wurde nun nicht mehr als Kirche benutzt, denn die Gegend, in der man sie vor fünfundsiebzig Jahren erbaut hatte, war mittlerweile »nur für Weiße«. Die Gemeinde meines Vaters hingegen hatte hauptsächlich aus Farbigen bestanden, die ihn übrigens sehr gemocht hatten.

Man hatte die Kirchenbänke entfernt und die Orgel verkauft. Die Kanzel, vor der ich vor fünfundvierzig Jahren getauft worden war, hatte man abgerissen. Der leere Raum diente jetzt als Badminton-Platz.

Als ich vor der entweihten Stätte stand, schwor ich mir, nicht mehr in diese Stadt zurückzukommen, ehe nicht die Kirche meines Vaters wiederhergestellt war. Inzwischen sind sowohl die Kirche als auch das Haus nebenan, in dem ich geboren wurde, restauriert und in ein Museum umgewandelt worden. Man hat die Orgel zurückgekauft und wieder installiert sowie die Kanzel ersetzt, und auch das Taufbecken ist wieder da.

Nach etwa zwei Monaten kehrte Bill nach Rom zurück. Ich war traurig, daß er abreiste, denn er war eine Art Ratgeber für mich geworden und hatte mich moralisch unterstützt. Aber nun hatte er alles Material beisammen, das er brauchte, um das Buch fertig zu schreiben.

Wenn man einen so guten Freund gewinnt, scheint es einem unvorstellbar, daß diese Beziehung je zu Ende gehen könnte. Leider haben sich nach Abschluß des Buches unsere Wege getrennt, ohne daß es dafür einen besonderen Grund gegeben hätte – ähnlich wie in dem Lied: »Denk daran, selbst die besten Freunde müssen scheiden...«

Neuanfang und neues Glück mit Barbara

Wenn ich auf mein Leben zurückblicke, kommt es mir regelrecht unheimlich vor, wie sehr mein Schicksal von zufälligen Begegnungen und irrationalen oder nebensächlichen Entscheidungen bestimmt wurde. So hatte ich nie etwas von Minneapolis gehört und schon gar nicht die Absicht gehabt, dort zu studieren, bis ich eines Tages auf dem Parkplatz der Medizinischen Fakultät rein zufällig einem meiner Professoren, Dr. Brock, in die Arme lief. Ich war damals Krankenhausarzt und in der Allgemeinchirurgie tätig.

»Chris, würden Sie gerne nach Minneapolis gehen?«
»Minneapolis?« fragte ich völlig verdutzt.
»Ja, ich glaube, ich kann Ihnen ein Stipendium verschaffen, um bei Professor Wangensteen zu arbeiten.«

Und so kam ich an das Krankenhaus von Minneapolis und studierte dort allgemeine Chirurgie. Zufällig arbeitete damals, ohne daß ich etwas davon wußte, eines der führenden Teams in der Herzchirurgie intensiv an der Entwicklung der Herz-Lungen-Maschine. Ziel war es, längere Zeit im Herzinneren operieren zu können. Das Gerät sollte eine Vielzahl von Operationsverfahren am offenen Herzen und in letzter Konsequenz auch die Herztransplantation ermöglichen.

Ungefähr acht Monate nach meiner Ankunft dort arbeitete ich im Hundelabor an einer neuen Technik, die Speiseröhre wieder zusammenzunähen. Rein zufällig ging ich an einem anderen Labor vorbei, in dem Dr. Vince Gott mit der Herz-Lungen-Maschine experimentierte.

»Chris, würde es Ihnen was ausmachen, sich die Hände zu desinfizieren und mir zu helfen? Mein Assistent ist krank geworden.«

Das war meine erste Begegnung mit der Herz-Lungen-Maschine und gab den Anstoß, von der allgemeinen Chirurgie zur Herzchirurgie zu wechseln.

Noch einmal nahm mein Schicksal eine unvorhergesehene

Wendung. Das war in Kapstadt, etwa drei Monate, bevor ich zum ersten Mal ein Herz transplantierte. Aus einem unerfindlichen Grund hatte Professor Kench mir vorgeworfen, ich sei egoistisch und nähme keinerlei Rücksicht auf meine Kollegen. Aber so bin ich nun mal: Ich erwarte Perfektion – von mir selber und von den Leuten um mich herum. Oft bin ich brutal ehrlich, wie viele Operations- und Krankenschwestern bestätigen können. In dieser Hinsicht habe ich mich nicht geändert. Jedenfalls war ich nach dieser Besprechung zutiefst verletzt und blätterte, als ich wieder in meinem Büro saß, in der neuesten Ausgabe des *British Medical Journal*. Da sah ich eine Anzeige für eine Stelle als Chirurg am National Heart Hospital in London und dachte bei mir: »Zum Teufel mit diesen Typen in Kapstadt« – und bewarb mich um den Job.

Wieder hatte das Schicksal seine Hand im Spiel, denn infolge eines Poststreiks traf meine Bewerbung zu spät in London ein, und ich bekam die Stelle nicht. Wenn ich alle Brücken hinter mir abgebrochen hätte und nach London gegangen wäre, hätte ich mit Sicherheit nicht die erste Herztransplantation durchgeführt.

Zu einer weiteren zufälligen Begegnung, die mein Leben dramatisch verändern sollte, kam es, nachdem ich Bill Pepper zum Flughafen gebracht hatte. Als ich meinen Wagen beim Krankenhaus parkte, begegnete ich Solly Marks, der vor ein paar Monaten mein Magengeschwür behandelt hatte.

»Chris, Sie sind jetzt wieder Junggeselle, stimmt's?« meinte er mit einem kleinen Lächeln.

»Ja, haben Sie eine Frau für mich?« witzelte ich.

Solly überlegte einen Augenblick, dann sagte er: »Wissen Sie was, ich gebe morgen abend bei mir eine Party. Ich habe ein paar Freunde eingeladen, und einer davon ist ein Patient von mir, aus Johannesburg. Er hat eine Tochter, die phantastisch aussieht. Ich glaube, die ist genau das richtige Mädchen für Sie. Kommen Sie doch einfach vorbei.«

Wie es so geht, ich mußte an dem Abend arbeiten und konnte nicht zu der Party, aber aus einem unerfindlichen

Grund ließ die Vorstellung, dieses Mädchen kennenzulernen, das »phantastisch aussieht«, mich nicht mehr los.

Ein paar Tage später war ich zur Präsentation irgendwelcher aufsehenerregender Holzschnitzereien in einer Synagoge in Johannesburg eingeladen. Ich erinnerte mich an das, was Solly gesagt hatte, und rief ihn an: »Hören Sie, Solly, tut mir leid, daß ich neulich nicht zu Ihrer Party kommen konnte, aber ich fahre morgen nach Johannesburg. Glauben Sie, Sie könnten es arrangieren, daß ich dieses Mädchen kennenlerne, vor dem Sie mir erzählt haben?«

Lange Pause. Ich fragte, ob er überhaupt noch dran war.

»Ja, Chris, ich habe nur gerade überlegt. Sie ist noch keine achtzehn und das einzige Kind eines sehr reichen deutschen Industriellen. Es sind ziemlich zugeknöpfte Leute, aber, zum Teufel, ich werde sie jedenfalls mal anrufen.«

Eine Viertelstunde später rief Solly mich zurück: »Sie Glückspilz! Zufällig geben sie am Abend nach der Veranstaltung, zu der Sie gehen, bei sich zu Hause eine offizielle Dinnerparty und haben gesagt, daß Sie herzlich eingeladen sind.«

In Johannesburg quartierte ich mich im *Sunnyside Hotel* ein und ging am Abend zu der Veranstaltung in der Synagoge. Am Abend darauf zog ich Litricos Smoking an und schlenderte in die Lounge hinunter.

Ein älteres Paar saß dort bei einem Drink, und ich plauderte ein wenig mit den beiden. Sie müssen geglaubt haben, ich hätte ein Gespenst gesehen, denn plötzlich hörte ich auf zu reden und starrte mit offenem Mund zur anderen Seite des Raumes. Eine so unglaublich schöne Frau, wie ich selten eine gesehen habe, war hereingekommen und in der Türöffnung stehengeblieben. Ihr Blick schweifte durch die Lounge; offensichtlich suchte sie jemanden. Ich betete, daß dies das Mädchen war, von dem Solly gesprochen hatte.

Plötzlich erkannte sie mich und kam auf mich zu, ohne daß sich dabei ihr leicht abweisender Gesichtsausdruck veränderte.

Ich habe viele Schönheitsköniginnen gesehen, aber die sahen alle gleich aus: lange blonde Locken, rundes Gesicht, große Augen und jede Menge Zähne. Dieses Mädchen gehörte in eine ganz andere Kategorie. Sie trug ein fließendes schwarzes Gewand und durchquerte mit langen, auf elegante Weise langsamen Schritten anmutig die Lounge – die Art von Bewegung, die einen Dichter dazu bringt, seine Feder aus der Hand zu legen.

Sie hatte braune Haare und blaue Augen, aber ihr Gesicht war ganz anders als das der Reklameschönheiten. Unter ihren schmalgeschnittenen Augen saß eine freche Stupsnase; die einzelnen Gesichtszüge hatten, jeder für sich genommen, nichts Außergewöhnliches an sich, aber die Kombination war erregend.

Sie blieb vor mir stehen und streckte ihren langen, zierlichen Arm aus, um mir die Hand zu reichen. Während sie sich vorstellte, warf ich einen flüchtigen Blick auf ihre perfekt manikürten Nägel.

»Ich bin Barbara.«

»Oh, ja, ja«, stotterte ich, »ich bin Professor, ich meine, ich bin Barnard – ich meine, tut mir leid, ich bin Chris«, schloß ich lahm.

Ihr teutonisch-strenger Gesichtsausdruck veränderte sich auch jetzt nicht. »Mein Vater wartet draußen im Wagen. Gehen wir?« Ich wurde Fred Zöllner vorgestellt, und in einem großen schwarzen Cadillac fuhren wir zu ihrem Haus, »Three Fountains« in Inanda, einem Vorort, wo die oberen Zehntausend wohnten.

Einige Gäste standen schon in der Halle und tranken Moët et Chandon aus kannelierten Kristallgläsern. Die Einrichtung des Hauses zeugte von einem erlesenen Geschmack. Dr. Zöllner besaß eine beeindruckende Jadesammlung, und an den Wänden hingen echte alte Meister. Ich hatte keinen blassen Schimmer von Kunst, allerdings kam es mir so vor, als hätte ich den Namen Brueghel schon einmal gehört.

Barbara stellte mich einer attraktiven blonden Deutschen vor, die geschieden war und meine Tischnachbarin sein würde. Außerdem fiel mir ein junger Mann auf, der wie ein Italiener aussah. Er hieß Philip und war offenbar Barbaras Freund.

Ich habe mir inzwischen oft überlegt, daß es ziemlich naiv von mir war, überhaupt mit dem Gedanken zu spielen, daß ich auch nur die geringste Chance bei diesem wunderschönen Mädchen haben könnte, das siebenundzwanzig Jahre jünger als ich und die einzige Tochter sehr reicher Eltern war. Ich paßte einfach nicht in diesen Kreis von Leuten, die über Kunst und klassische Musik redeten. Aber ich war entschlossen, es zu versuchen.

Das Essen war nicht weiter bemerkenswert, aber die Weine waren erlesene Jahrgänge und stammten aus hervorragenden französischen Kellereien.

Eines mißfällt mir an Dinnerpartys gründlich: daß man nach dem Essen am Tisch sitzen bleibt und Konversation macht. Als daher der Abend dieses Stadium erreichte, erklärte ich: »Wie wäre es mit etwas Musik und Tanz?« Meine Bemerkung rief leicht indignierte Blicke hervor. Meine Anwesenheit wurde, glaube ich, nur aufgrund der Tatsache, wer, und nicht, was ich war, geduldet. Wahrscheinlich hielten sie mich alle für einen unkultivierten *boer*, aber ich verfolgte mit meiner Taktik ein ganz bestimmtes Ziel: Mir war mittlerweile klargeworden, daß meine einzige Chance, Barbara näherzukommen, darin bestand, mit ihr zu tanzen.

Nach und nach begannen einzelne Paare zu tanzen, aber Philip beobachtete Barbara mit Argusaugen. Nachdem ich höflich eine Weile gewartet hatte, bat ich sie ganz unschuldig um einen Tanz. Zu meinem Glück war es eine langsame, romantische Melodie.

Sie hatte ein phantastisches Gefühl für Rhythmus. Aber was mich wirklich überraschte, war, daß sie sehr viel enger tanzte, als ich erwartet hatte. Ich erinnere mich sehr gut an die Woge von Leidenschaft, die meinen Körper durchflutete, als sie sich sanft an mich schmiegte.

Beim Tanzen fragte ich sie beiläufig: »Was würden Sie sagen, wenn ich Sie bitten würde, meine Frau zu werden?«

Sie blickte mich ein paar Augenblicke wortlos an und hielt spöttisch lächelnd meinem starren Blick stand. Dann murmelte sie, mit leicht zur Seite geneigtem Kopf: »Nun, das ist eine interessante Frage.«

Ich wußte nicht, was ich sagen sollte, also konzentrierte ich mich aufs Tanzen, aber ganz tief drinnen fühlte ich in diesem Augenblick, daß das junge Mädchen, das ich in meinen Armen hielt, eines Tages meine zweite Frau sein würde.

Als ich nach Kapstadt zurückkam, beschloß ich, einen kleinen Urlaub einzulegen und meine alten Freunde Rita und Hentie van Rooyen in *Buffelsbaai* (der Büffelbucht) zu besuchen, wo ich in den letzten vier Jahren zusammen mit meiner Frau und den beiden Kindern die Weihnachtsferien verbracht hatte.

Diese Urlaubsgegend auf der Ostseite des Kaps, entlang der Küste des Indischen Ozeans, hat einen mehrere Kilometer langen weißen Sandstrand, und es war äußerst erholsam, dort in den frühen Morgenstunden lange Spaziergänge zu machen und über mein Leben und meinen Lebensstil nachzusinnen.

Eines Tages wurde ich in meiner Rückschau unterbrochen, als ich einer Frau mit ihrer kleinen sechsjährigen Tochter begegnete. Sie bat mich, ob sie ein Photo von mir und ihrer Tochter machen dürfe.

»Natürlich«, antwortete ich und sagte zu dem kleinen Mädchen, das wunderschöne blaue Augen hatte, es solle sich auf meinen Schoß setzen.

Ich hatte ja keine Ahnung, daß dies das erste Photo von mir mit meiner dritten Frau wurde.

In meinem kurzen Urlaub hatte ich mich prächtig erholt und freute mich darauf, wieder in den Operationssaal und zu den Kindern zurückzukommen, die während meiner Abwesenheit ins Rotkreuz-Krankenhaus eingeliefert worden waren.

Da ich mit Arbeit überlastet und oft unterwegs war, hatte ich beschlossen, Terry O'Donovan praktisch für ganz an das Rotkreuz-Krankenhaus zu versetzen. Es war ungeheuer wichtig, dort einen erfahrenen diensthabenden Chirurgen zu haben. Marius übernahm die gleiche Aufgabe im Groote-Schuur-Krankenhaus. Diese beiden Mitglieder meines Teams waren in jener Zeit eine unschätzbare Hilfe für mich und trugen immens zu den Erfolgen bei, die wir bei schwerkranken Patienten mit wirklich komplizierten Herzfehlern erzielten.

Normalerweise verbrachte ich den ganzen Montag in der

Operationsabteilung des Groote Schuur und machte anschließend im Rotkreuz-Krankenhaus Visite bei den Kindern, die ich dann am Dienstag operierte. Obwohl sie bereits einige Tage vor der Operation eingeliefert wurden, um die notwendigen Untersuchungen und Tests vorzunehmen, hatte ich es mir zur Regel gemacht, sie mir erst am Montagnachmittag anzusehen. Zwar studierte ich vorher sorgfältig die Untersuchungsergebnisse und Berichte, aber die Kinder selber besuchte ich vor der Operation nur ein einziges Mal. Der Grund dafür war, daß ich Angst hatte, zu häufige Besuche würden zu einer gefühlsmäßigen Bindung an diese kleinen Menschenwesen führen, und das hätte unter Umständen in einem kritischen Moment während des Operierens mein Urteilsvermögen beeinträchtigt.

Nach der Operation war das etwas anderes. Wenn sie erst einmal auf der Intensivstation lagen, besuchte ich sie sehr häufig.

Am Montag kam ich zu spät zu meiner Visite im Rotkreuz-Krankenhaus. Terry erwartete mich schon und sah auf die Uhr, als ich eintraf.

»Ja, ja, tut mir leid, ich habe mich verspätet. Aber bei einem meiner Patienten ist es zu einer Blutung gekommen, und ich mußte ihn noch mal öffnen. Wie dem auch sei, was steht denn an?«

»Prof, da drinnen ist ein kleines Mädchen aus Irland. Sie hat nur einen Vorhof.«

»Ja, ich erinnere mich, ich habe mir am Samstag die Katheterbefunde angesehen«, sagte ich, als wir in das erste Krankenzimmer gingen.

Ein wunderhübsches kleines Mädchen saß aufrecht in seinem Bett und strahlte mich aus seinen großen blauen Augen an.

»Hallo, mein Schatz. Wie heißt du denn?« lächelte ich sie an. »Aileen Brassil, und wie heißt du?« fragte sie mit ihrem köstlichen irischen Akzent.

»Ich heiße Chris Barnard. Sag mal, was ist denn mit dir nicht in Ordnung, Schätzchen?« erkundigte ich mich und nahm ihre Hand.

Die blauen Augen blickten mich direkt an, als sie erklärte: »Herr Doktor, ich habe ein gebrochenes Herz.«

Tränen stiegen mir in die Augen, und ich fing an, in meinen Unterlagen zu dem Fall zu blättern, um mich wieder zu fassen. Wahrscheinlich hatte ihre Mutter ihr so am besten erklären können, was ihr fehlte.

In dieser Nacht konnte ich nicht schlafen und ging in Gedanken immer wieder durch, was ich zu tun hatte. Ich mußte den oberen Venenkatheter so weit oben wie möglich und den unteren so weit unten wie möglich einführen, damit ich genügend Platz hatte und sie mir nicht im Weg waren, wenn ich den gemeinsamen Vorhof mit Hilfe eines Plastiklappens in eine rechte und eine linke Hälfte unterteilte.

Ich war zuversichtlich, daß ich ihr gebrochenes Herz ohne allzu große Schwierigkeiten zusammenfügen könnte.

Alles lief gut. Terry hatte das Herz schon freigelegt, als ich den Operationssaal betrat. Ich führte die zwei Katheter wie geplant ein und ging auf Bypass. In die Vorhofwand machte ich einen langen Einschnitt, und Terry zog die beiden Ränder zur Seite.

Ich führte den Sauger ein, um das restliche Blut aus dem Herzen zu entfernen – und starrte ungläubig in den Hohlraum: Teile der beiden Klappen, die die oberen und die unteren Kammern voneinander trennen, hingen schlaff und lose herunter, und der Herzbeutel baumelte im Vorhof.

»Was, zum Teufel, ist denn das, Terry?« fragte ich völlig verwirrt. So etwas hatte ich noch nie gesehen.

»Sieht wie ein einkammriges Herz aus. Ventrikelseptum ist auch keines zu sehen«, erwiderte er ungläubig.

Bei der Entwicklung des Herzens war die Teilung zwischen den oberen und unteren Kammern und die zwischen den unteren Kammern unterblieben. Sie hatte wahrhaftig ein gebrochenes Herz.

Ich wußte nicht, wo anfangen, um irgendwie Ordnung zu schaffen in diesem Durcheinander. Mit Sezierpinzetten zog ich die losen Teile der zweisegeligen Mitralklappe ziellos von einer Seite zur anderen. Das Ganze sah absolut hoffnungslos aus.

Und dann, mit einem Mal, war mir völlig klar, was ich zu tun hatte – es war wie eine Offenbarung.

Ich mußte an eine Bemerkung Giacomo Manzùs denken, des berühmten italienischen Bildhauers. Er fertigte eine Büste von mir an, und ich suchte ihn wiederholt in seinem Atelier auf, um Modell zu sitzen. Als ich eines Tages den Weg zu seinem Atelier hinaufwanderte, bemerkte ich etliche große Marmorblöcke, die einfach so herumlagen, und fragte ihn: »Warum haben Sie eigentlich aus denen nichts gemacht?«

Er erwiderte: »Professor, ich kann nicht sehen, was da drinnen ist.« Ich fand das sehr schön formuliert. Selbstverständlich war er nicht der einzige Bildhauer, der diese Vorstellung hatte. Beispielsweise erinnere ich mich an die Sklaven Michelangelos. Er hat sie nicht ganz fertig modelliert, vielmehr wachsen die Figuren aus den Marmorblöcken heraus.

Bei Aileen Brassils Herz mußte ich daran denken. Ich wußte auf einmal ganz genau, wie ich die Deformierung korrigieren würde.

Ich teilte die unteren Kammern, indem ich mit einigen Stichen einen Plastiklappen zwischen ihnen befestigte. Dann verband ich die losen Segel der Mitral- und Trikuspidalklappen oben an diesem Lappen und probierte aus, ob sie dicht waren, indem ich die unteren Kammern mit Wasser füllte. Die obere Kammer teilte ich, indem ich einen zweiten Lappen einnähte. Um einen Überblick und genügend Spielraum zu haben, damit ich die Stiche an der richtigen Stelle setzte, brachte ich das Herz zum Stillstand, indem ich es auf eine niedrige Temperatur abkühlte. Sobald ich mit dem Nähen fertig war, würden wir es wieder in Gang setzen müssen. Dann würden wir auch sehen, ob die Konstruktion funktionierte.

Dabei mußte ich zwei Risiken einkalkulieren. Erstens gab es, da das Herz nicht schlug, solange ich die Stiche setzte und verknotete, keine Möglichkeit festzustellen, ob ich möglicherweise das Reizleitungsbündel beschädigt hatte. Dies konnte zu einem Herzblock führen; in diesem Fall müßte Aileens Herz mit einem Schrittmacher stimuliert werden, und das vielleicht für den Rest ihres Lebens.

Die zweite Gefahr war folgende: Wenn ich die losen Segel

der Mitral- und Trikuspidalklappen nicht richtig befestigte, konnte es passieren, daß die Klappen leckten. Falls nur wenig Blut durchsickerte, war das nicht weiter schlimm; falls es jedoch zu einer stärkeren Blutung käme, würde das Herz augenblicklich versagen.

»Mit dem Aufwärmen beginnen, Johan«, forderte ich den Herz-Lungen-Techniker auf.

»Aufwärmung läuft, Prof.« Die Antwort kam unverzüglich. Die Spannung war ungeheuer: Jedem einzelnen im Operationssaal war klar, daß dies der Augenblick der Wahrheit war. Würde das kleine Mädchen leben?

Wir warteten.

Ich beobachtete, wie der Sekundenzeiger der Uhr im Operationssaal langsam vorrückte.

Wir warteten. Tick-tack, tick-tack. »O quälende Zeit, o Augenblicke wie Jahre.«

Und dann, sehr langsam, kehrte allmählich das wundersame Phänomen, das wir Leben nennen, in das Herz zurück. Das erste Anzeichen dafür war, daß die Farbe sich aus einem kranken Blau in ein gesundes Rosa verwandelte. Dann spannten sich die schlaffen Fasern an.

»Es fibrilliert!« rief jemand, und ich konnte die unkoordinierten Kontraktionen der Millionen Muskelfasern sehen.

»Die Vorhöfe schlagen!« sagte jemand anderer fassungslos.

Zu meinem blanken Entsetzen sah ich, daß die oberen Kammern sich zusammenzogen, die unteren jedoch nicht reagierten. O mein Gott, wie hatten wir um ihr Leben gekämpft, und jetzt hatte sie einen massiven Herzblock!

»Isoprenalin, Ozzie!« Diese Substanz würde die Erregbarkeit der Ventrikel erhöhen.

»Die Ventrikel schlagen!, Prof.« Denes Stimme drang aus weiter Ferne zu mir. Nur das beharrliche, rhythmische Summen der Pumpen der Herz-Lungen-Maschine war zu hören.

Ja! ja! Gelegentlich war eine Ventrikelkontraktion zu sehen. »Komm schon, Baby!« flüsterte ich drängend, als könnte ich so Leben in die widerstrebenden Herzmuskeln zwingen – und allmählich erhöhte sich die Pulszahl.

»Einen EKG-Streifen bitte«, sagte ich.

Ozzie gab mir einen Ausdruck, auf dem ich die elektrische Aktivität ablesen konnte. Es war ein 2-1-Block, das heißt, die Ventrikel reagierten nur auf jeden zweiten Atriumschlag.

»Sie kommt aus dem Block heraus«, hörte ich mich sagen, und es war, als hätte Aileens Herz mich gehört. Die Pulszahl verdoppelte sich auf der Stelle.

»Sie ist aus dem Block raus!« Zum erstenmal sagte auch Terry etwas. »Ich finde trotzdem, wir sollten zumindest vorübergehend einen Schrittmacher einsetzen; bei solchen Patienten kommt es oft zu einem erneuten Block.«

Ich nähte die Elektroden an den rechten Ventrikelmuskel, schloß sie an einen Draht an und reichte das andere Ende Ozzie.

»Ozzie, stellen Sie den Schrittmacher so ein, daß er in Aktion tritt, wenn die Pulszahl unter hundert sinkt. Ich habe dann ein besseres Gefühl.«

Wir vernähten den Einschnitt im Vorhof und schalteten die Herz-Lungen-Maschine ab.

Die Drücke im linken und rechten Atrium fühlten sich niedrig an, ein Zeichen dafür, daß die Klappe nicht stark leckte.

»Terry, gehen Sie mit Ihrer Hand rein und stellen Sie fest, ob Sie ein Vibrieren spüren können.«

Er fühlte zuerst hinter dem Herzen, über dem linken Atrium, und dann vorne über dem rechten. »Nein, Prof, ich glaube, es funktioniert.« Ich hörte die Erleichterung in seiner Stimme.

Die ersten Tage der postoperativen Phase waren hart. Es kam etliche Male zu einem Herzblock, aber glücklicherweise übernahm jedesmal der Schrittmacher.

Nach etwa drei Wochen hatte Aileen sich soweit erholt, daß ich sie aus dem Krankenhaus entlassen konnte. Ein paar Wochen später reiste sie nach Irland zurück.

Damals gingen alle möglichen Berichte durch die Presse, und einige Politiker und verbitterte Professoren nutzten ebenfalls die Gelegenheit, um selber in die Zeitungen zu kommen.

Die Welt soll glauben, was sie will, daß ich publicitysüchtig bin oder sonstwas, in einem Punkt bleibe ich unnachgiebig: Wenn es um meine Patienten ging, habe ich nie das Bedürfnis gehabt, von ihrer Krankheit zu profitieren, sei es finanziell, sei es, um irgendwie Aufsehen zu erregen.

Es mag ja stimmen, daß ich ein Playboy bin, es mag ja stimmen, daß ich ein Frauenheld und Ehebrecher bin. Aber es stimmt auch, daß ich zuerst und vor allem Arzt bin. Dies, und nur dies allein war immer mein vorrangiges Interesse und meine Motivation.

BARNARD SEHR GEFRAGT

Der südafrikanische Herzchirurg, Professor Chris Barnard, ist heute in Rom eingetroffen und kommt damit einer Bitte Sophia Lorens nach, einige kranke italienische Kinder zu untersuchen.

Aufgrund des Ruhms, der Professor Barnard vorauseilt, haben mehr als hundert italienische Mütter ihn gebeten, sich ihre Kinder anzusehen.

Professor Barnard erklärte, er wisse nicht, wie viele Kinder auf ihn warten, aber er fügte hinzu, daß er sie alle untersuchen wird, wenn sie das wollen...

Man rechnet damit, daß Professor Barnard Kontakt mit Sophia Loren aufnimmt. Dabei geht es vor allem um Paolo Fiocco und um ein vierjähriges Mädchen namens Silvana Cavallini.

Woher sie alle diese Berichte und Zitate von mir hatten, wird mir immer ein Rätsel bleiben. Ich weiß nicht einmal, ob Sophia Loren überhaupt etwas mit diesen Patienten zu tun hatte. Sie hat mir jedenfalls deswegen nie geschrieben.

Übrigens war das nicht nur in Italien so.

BARNARD SCHENKT ENGLISCHEN
ELTERN NEUE HOFFNUNG

Ein zwei Jahre altes englisches Kind, das dazu verdammt ist, innerhalb der nächsten fünf Jahre an seinem schweren Herzleiden zu sterben, erhält von Professor Chris Barnard die Chance, ein normales Leben zu führen.

Die Ärzte haben den Eltern des kleinen Philip Camfield, die in Reading leben, erklärt, in England gäbe es keine Möglichkeit, die Krankheit ihres Sohnes, dessen Herzen ein Loch hat und der irgendwann im Laufe der nächsten fünf Jahre sterben muß, zu behandeln.

Die einzig Chance, ihn zu heilen, besteht darin, ihn nach Südafrika zu schicken.

Die Bürger von Reading haben Geld gesammelt, um Philip die Reise dorthin zu ermöglichen. Mittlerweile traf ein Brief von Dr. Barnards Sekretärin ein, in dem es heißt, daß die Behandlung in Südafrika kostenlos ist.

Mrs. Camfield sagt: »Diese Nachricht ist einfach wunderbar. Jetzt besteht wirklich Hoffnung für Philip.«

Es gelang uns, Philip Camfield zu heilen, aber dann setzte Kritik von anderer Seite ein. Und das lag ganz sicher nicht daran, daß ich oder meine Abteilung auf Publicity aus gewesen wären. Es war vielmehr unausweichlich. Jedesmal, wenn ein Kind zu uns kam, berichteten die Medien unter höchst kontroversen Gesichtspunkten über dieses Ereignis.

KRITIK AN DER BEHANDLUNG
HERZKRANKER JUNGEN IN SÜDAFRIKA

Der italienische Gesundheitsminister Giorgio Bonadies erklärte, man hatte sich die Überweisung Paolo Fioccos und Fabio de Fabris, die auf Anregung Sophia Lorens erfolgte, sparen können, da bestimmte Herzfehler auch in Italien operiert werden können.

BARNARD VON MEDIZINERN
HEFTIG KRITISIERT

Immer mehr Ärzte zeigen sich darüber verärgert, daß Patienten zu Professor Barnard reisen wollen, um sich Operationen zu unterziehen, die ohne weiteres auch in England durchgeführt werden könnten.

Dr. Derek Stevenson, Vorsitzender der britischen Ärztevereinigungen, erklärte gestern gegenüber dem *Daily Express*: »Es wird allgemein anerkannt, daß die Untersuchungs- und Behandlungsmöglichkeiten in England ihresgleichen suchen. Die jeweiligen Patienten wären gut beraten, ihren Arzt zu konsultieren, ehe sie die lange und teure Reise nach Südafrika antreten.«

Als ich mit Mr. und Mrs. Camfield darüber sprach, wie die Presse darauf reagiert hatte, daß sie sich entschlossen hatten, ihren Sohn von mir behandeln zu lassen, zuckten sie nur die Schultern und erklärten: »Die haben gesagt, daß Philip sterben wird – Sie haben uns gesagt, daß er leben wird.«

So einfach war das für sie.

Dann war da noch Suzanne Jones, ein blonder, blauäugiger kleiner Fratz mit einem hinreißenden walisischen Akzent, die jedem Mann das Herz brach, der mit ihr redete – vor allem mir. Sie war fünf Jahre alt und hatte die blauen Schatten um den Mund, die ein sicheres Zeichen für eine Herzkrankheit sind.

Diese Operation wurde von allen möglichen Seiten kritisiert. William Breckon, der für die englische *Daily Mail* schrieb, erklärte, die Operation »hätte genausogut von britischen Chirurgen durchgeführt werden können«, und berichtete, die Ärzte vom Sully-Krankenhaus in Cardiff seien »verärgert darüber gewesen, wie Professor Barnards Mitarbeiter sich verhalten haben«.

Gelegentlich machten mich diese Berichte so wütend, daß ich meinem Schreibtisch einen Tritt versetzte. Ich konnte es einfach nicht fassen, welche Anschuldigungen man gegen mich erhob. Wir jagten den Patienten nicht hinterher – wir hatten auch so alle Hände voll zu tun. Wenn ein Patient zu uns kam, taten wir schlicht und einfach unsere Pflicht und heilten ihn. Es war verdammt egal, ob er aus Timbuktu oder sonst woher kam, ob er schwarz oder weiß, Engländer oder Russe war. Ich war Arzt, und wenn ein Herzkranker zu mir kam, tat ich mein Bestes, um ihm zu helfen.

Breckon fuhr fort: »Es ist herzbewegend, daß Wohlmeinende großzügig gespendet haben, um Suzanne nach Südafrika zu schicken, aber ergibt das einen Sinn? Tatsache ist, daß das Geld für eine Reise ausgegeben wird, für die keine Notwendigkeit besteht...«

Ob diese Reise notwendig war oder nicht, das zu entscheiden überlasse ich dem Leser. Aber fest steht: Suzanne Jones aus Glamorgan, Wales, kam nach Kapstadt, um sich einer Herzoperation zu unterziehen – nachdem die britischen Chirurgen es abgelehnt hatten, sie zu operieren.

Als ich sie sah, vergaß ich den ganzen Rummel, den die Presse um sie gemacht hatte, ich wollte nur noch eines: dieses zarte, wunderhübsche Menschenkind retten. Ich wollte ihre Augen lachen sehen und sie mit ihrem hinreißenden walisischen Akzent wieder ein Kinderlied singen hören, ohne daß sie verzweifelt nach Luft schnappte wie ein Fisch auf dem Trockenen.

Aus ihren Unterlagen wußte ich, daß sie mehrere Herzfehler hatte, und bei den Untersuchungen im Groote-Schuur-Krankenhaus stellten wir fest, daß es sich um schwerwiegende Defekte handelte.

Wie schwerwiegend sie waren, zeigte sich erst im Operationssaal. Es war, als hätte man mir einen Tritt in den Unterleib versetzt, als mir klar wurde, wie dünn der Faden war, an dem ihr Leben hing.

Wie konnte Breckon es wagen zu sagen, daß »wir in der Lage gewesen wären, sie allmählich zu kräftigen und ihr, möglicherweise mittels einer Reihe von Operationen, die Hoffnung zu geben, ein einigermaßen normales Leben zu führen«? Sie hatte absolut keine Hoffnung! Wenn sie in Großbritannien geblieben und nichts unternommen worden wäre, hätte man sie begraben müssen, noch ehe Breckon seinen nächsten Artikel hätte schreiben können.

Schon die Tatsache, daß sie noch lebte, war ein Wunder. Ich war derart wütend, daß ich erst einmal ein paar Augenblicke brauchte, um mich zu beruhigen, ehe ich weitermachte.

Ich wußte nur eines: Sie hatte nur eine minimale Überlebenschance, und sie hätte sich – und das sage ich in aller gebührenden Bescheidenheit – nicht in besseren Händen befinden können. Sie lag auf einem Operationstisch, umgeben von den besten medizinischen Apparaturen auf der Welt, von den besten Technikern, dem besten chirurgischen und Pflegeteam, das je in einem Operationssaal versammelt war, und außerdem hatten wir auch noch das Glück auf unserer Seite.

Da lag sie: Ihr Brustkorb war vom Hals bis zum Nabel geöffnet und aufgespreizt worden, und ihr kleines, mitleiderregendes Herz schlug schwach und nur sporadisch. Ich war erstaunt, daß es überhaupt genügend Blut durch ihren Körper pumpen konnte, obwohl die Klappen und Kammern aufgrund irgendeines seltsamen Fehlers in ihren Genen hoffnungslos deformiert waren.

Ich verdrängte ihr liebes Gesichtchen und ihre bezaubernde Person und betrachtete ihren Körper nur mehr als rein chirurgisches Problem, so kalt und unbeteiligt ich nur konnte.

Wir hatten Erfolg, und ich hörte das ganze kleine Bergarbeitertal in Wales förmlich jubeln. Später schickten mir die Bewohner ihres Dorfes eine echte Grubenlampe als Geschenk, eine Anerkennung, auf die ich stolz bin wie auf wenige sonst.

Ich verließ den Operationssaal und ging in das Wartezimmer, wo, wie ich wußte, ihre Großmutter voller Angst auf und ab ging.

Ich habe seit jeher nahe am Wasser gebaut, und als ich die alte Dame sah, traute ich mich nicht zu sprechen. Ich faßte sie um die Taille, und wie zwei Verrückte tanzten und hüpften wir laut jubelnd durch das Zimmer, unbeschreiblich glücklich.

Später, als ich in den Umkleideraum kam, setzte ich mich auf die Bank und weinte. Hemmungslose Schluchzer schierer Freude. »Danke, Gott, daß du mir erlaubt hast, an diesem Wunder teilzuhaben. All diese lächerlichen und falschen Anschuldigungen kann ich ertragen, aber, bitte, laß mich auch weiterhin das tun, was ich jetzt tue.«

Zwar stehe ich sonst mit Zeitungen und Reportern absolut auf Kriegsfuß – aber über den Artikel, den das *Argus London Bureau* im Dezember 1970 brachte, freuten wir uns alle sehr:

BARNARDS BABIES

In Europa und Großbritannien unternahmen mindestens fünfzehn Kinder, die an schweren Herzkrankheiten litten, die Reise zu Professor Chris Barnard und seinem Team im Groote-Schuur-Krankenhaus in Kapstadt. Sie alle führen heute ein normales Leben.

Wo auch immer diese Kinder und ihre Eltern leben, sie empfinden Dank, Bewunderung und Hochachtung für den Mann, der »den Kindern ein neues Leben geschenkt hat«.

In Rom und anderswo in Italien gibt es zwölf solche Kinder.

Fabio de Fabris, der im September 1968 operiert wurde, tollt nun, so sein Vater, herum »wie ein Teufel«. Vorher war es ihm, aufgrund seiner Herzkrankheit, kaum möglich gewesen, sich überhaupt zu bewegen. Heute ist Fußball seine Leidenschaft, und er »spielt von morgens bis abends«.

Domizia D'Agostino, die im Februar 1967 operiert wurde, ist jetzt sieben. Ihre Eltern erinnern sich daran, daß sie vor der Operation nicht in der Lage gewesen war, in die Schule zu gehen; sie mußte zu Hause unterrichtet werden. »Sie lebt nun völlig unbeschwert«, berichtet ihre Mutter, »immer ist sie in Bewegung, und manchmal müssen wir sie ermahnen, ein bißchen langsamer zu machen. Sie kann es noch gar nicht fassen, daß Professor Barnard ein normales Kind aus ihr gemacht hat.«

Walter Gaggioli wurde im November 1968 operiert. Er war schon vorher, im Alter von drei Jahren, von berühmten italienischen Chirurgen operiert worden. »Vor der Operation in Kapstadt konnte Walter sich nicht bewegen«, erzählt seine Mutter. »Jetzt ist er so lebhaft, daß wir ihn ab und zu schimpfen müssen. Und zugenommen hat er auch.«

Der dreizehnjährige Pier Luigi Buttone wurde erst vor gut drei Monaten operiert, und bei ihm ist, so seine Mutter, jetzt alles normal, »obwohl er das Ganze noch langsam angeht«.

Giovanna Bon wurde im August 1969 operiert. Professor Barnard ersetzte eine Arterie, die von Geburt an deformiert war, um die Verbindung zwischen ihrem Herzen und ihrer Lunge wiederherzustellen. Ihre verwitwete Mutter erklärt: »Giovanna ist das glücklichste Kind der Welt, und das verdankt sie Doktor Chris.«

Die Eltern in Italien rühmen die Ärzte und das Pflegepersonal im Groote-Schuur-Krankenhaus, die, so sagen sie, immer verständnisvoll und hilfsbereit waren.

»Nie hat man uns spüren lassen, daß wir Ausländer sind«, sagte eine Mutter, »und man hat uns auch nie das Gefühl gegeben, daß die Ärzte, die Schwestern und alle anderen uns irgendwie einen Gefallen tun...«

»Wenn Professor Barnard nicht gewesen wäre, würde sie heute nicht mehr leben«, erzählt die Mutter der mittlerweile zwanzigjährigen Maria Margarida Lopez Barros aus Lissabon, die an einer Mißbildung der Herzklappen litt und zwölf Jahre lang kein normales Leben führen konnte.

Aileen Brassils Eltern sind fest davon überzeugt, daß Christiaan Barnard die Antwort auf ihre Gebete war. »Sie ist jetzt ein normales, gesundes Mädchen, das sogar im Meer schwimmt. Jeder, der je ausprobiert hat, wie kalt das Wasser an diesem Küstenstreifen Irlands ist, kann sich eine Vorstellung davon machen, wie robust sie jetzt ist!«

Als vor kurzem Suzanne Jones in Südafrika war, kam eine der ersten Karten mit den besten Genesungswünschen von Aileen.

Philip Comfields Mutter ist der Ansicht, daß die Heilung ihres Sohnes »ein Wunder« war, wenn sie daran denkt, daß die englischen Ärzte ihm vor der Operation nicht mehr als fünf Jahre gegeben hatten.

»Einige der besten Ärzte in England haben uns gesagt, daß die notwendige Operation in diesem Land nicht durchgeführt werden kann.« Ehe er nach Südafrika flog, lag Philip im Krankenhaus, und die Ärzte gaben ihm noch achtundvierzig Stunden. Seine Mutter fuhr in die Klinik, zog Philip an und brachte ihn zum Londoner Flughafen. »Mein Arzt hat mir nachher gestanden, daß er nicht damit gerechnet hat, Philip wiederzusehen. Ehrlich gesagt, er hat nicht einmal geglaubt, daß er es lebend bis Südafrika schafft.«

Immer wenn ich in Johannesburg war, setzte ich alles daran, Barbara zu sehen; einige Male aß ich mit ihr und ihren Eltern in »Three Fountains« zu Abend. Dabei machte ich mich einmal völlig zum Narren: als Artischocken serviert wurden.

Ich hatte noch nie so etwas gegessen und glaubte, man müsse die Dinger ganz verspeisen. Verdammt! Meiner Meinung nach waren sie nicht richtig gargekocht! Ich kaute und kaute und würgte schließlich das fasrige, holzige Zeug hinunter. Dann bemerkte ich, daß die anderen nur den weichen Boden aßen und alles andere auf dem Teller ließen. War ich erleichtert – nie und nimmermehr hätte ich sie auf die Weise, wie ich angefangen hatte, zu Ende essen können. Noch heute mag ich Artischocken nicht besonders.

Barbaras Mutter, Ulli, erzählte mir, in ein paar Tagen führen sie nach Ischia, einer zauberhaften Insel etwa 20 Kilometer vor Neapel. Fred ging jedes Jahr in das Gesundheitszentrum im *Regina Isabella Hotel* dort. Sie luden mich ein, für eine Woche ihr Gast zu sein.

Es war eine herrliche Zeit, und »inoffiziell« ging ich mit Barbara, obwohl – es war nichts Ernstes oder auf Dauer Angelegtes. Jeden Abend besuchten Barbara und ich zusammen mit ihren Eltern irgendeinen Nachtclub. Ich genoß ihre Gesellschaft, natürlich vor allem die von Barbara.

Die letzten Tage meines Aufenthalts auf Ischia waren idyllisch. Barbara und mir machte es Spaß zusammenzusein, aber ich fühlte mich in ihrer Gegenwart immer noch ein wenig befangen und brachte nicht den Mut auf, irgendwelche ernsthaften Annäherungsversuche zu unternehmen.

In den beiden folgenden Wochen mußte ich zu verschiedenen medizinischen Kongressen in Berlin, Toronto und Budapest, aber Barbara willigte ein, mit mir in Rom essen zu gehen, wenn ich wieder zurück wäre.

Während meiner Abwesenheit waren immer mehr Gerüchte aufgetaucht, daß ich beabsichtigte, mich wieder zu verheiraten. Das ging soweit, daß Gina Lollobrigida den Zeitungen erzählte, ich hätte sie gebeten, meine Frau zu werden, sie hätte aber nein gesagt (ich habe sie nie gefragt).

Und jetzt in Rom stöberten sie mich zusammen mit Barbara, Bill Pepper und seiner Frau auf, als wir in einem ruhigen Restaurant zu Abend aßen.

Ein Photograph schlich sich herein, um Photos zu machen. Zu diesem Zweck schob er seine Kamera durch die Blätter irgendwelcher Topfpflanzen. Bill erblickte ihn und bat ihn höflich, uns den Film auszuhändigen – was er, zu unserer Überraschung, auch tat. In den Zeitungen sah die Geschichte natürlich ganz anders aus:

REPORTER VERSUCHT EIN PHOTO ZU MACHEN – BARNARD REISST DEN FILM HERAUS

Ein Pressephotograph, der Photos von Professor Barnard machte, wie er in Begleitung eines attraktiven Mädchens in einem Restaurant zu Abend aß, mußte erleben, daß dieser ihm seine Kamera aus der Hand riß und den Film herauszerrte.

Bei der jungen Dame, die mit Professor Barnard speiste, handelt es sich um Barbara Zöllner; die italienischen Illustrierten wollen von einer romantischen Beziehung zwischen Barnard und der schlanken, blonden Miss Zöllner, der Tochter eines südafrikanischen Industriellen, wissen.

Professor Barnard, der gestern abend von Rom aus nach Kapstadt aufbrach, streitet dies ab.

Es ist schon erstaunlich, wie ein paar übertriebene Ausschmückungen einem ganz harmlosen Vorfall eine völlig andere Färbung geben können. Und natürlich können einige Zeitungsleute genau das besonders gut.

Ich war gerade auf Mallorca, als das Oberste Gericht in

Kapstadt meine Scheidung von Louwtjie bestätigte. Es war ein trauriger Tag. Es heißt, wenn man ertrinkt, laufe, kurz bevor man das Bewußtsein verliert, vor dem inneren Auge noch einmal das ganze Leben ab. Dieser Tag wurde zu einem Kaleidoskop der zwanzig Jahre, die ich mit der Frau zusammengelebt hatte, von der ich jetzt rechtskräftig geschieden werden sollte.

Noch einmal erlebte ich den Tag, an dem ich sie zum erstenmal gesehen hatte: als Patientin auf Station C 2, der gleichen Station, wo Washkansky gestorben war. Damals waren dort kranke Pflegerinnen untergebracht.

Die wundervollen Minuten, wenn wir uns geküßt und uns im Schatten der Krankenhauskapelle liebevoll voneinander verabschiedet hatten, ehe um zehn Uhr die Tore des Schwesternheims geschlossen wurden.

Die grauenvoll linkische Rede, die ich bei der kleinen Feier nach unserer Trauung in der Groote Kerk (der »Großen Kirche« der Niederländischen Reformierten Kirche) gehalten hatte.

Unsere Hochzeitsreise entlang der »Gartenstraße« Südafrikas und wie ein fürchterlicher Sonnenbrand sie uns verdorben hatte.

Erinnerungen. Die Worte des irischen Dichters, Thomas Moore, schienen mir jetzt angemessen:

>»...Sel'ge Erinnerung bringt das Licht
>Vergang'ner Tage zurück;
>Das Lächeln, die Tränen,
>Die Worte der Liebe;
>Die leuchtenden Augen,
>Jetzt verloschen und tot,
>Die glücklichen Herzen, gebrochen nun.«

Wir waren nach Ceres gezogen, und unser erstes Kind, Deidre, wurde dort im Booth Memorial Hospital geboren, in dem dann auch unser zweites Kind, Andre, zur Welt kam. Und in eben diesem Krankenhaus schied, viele Jahre später, meine Mutter aus dem Leben.

Und so durchlebte ich den ganzen Tag über mein Leben mit Louwtjie noch einmal. Wie traurig, daß alles so enden mußte. Und es wurde dadurch noch schlimmer, daß Louwtjie und ich nie wieder Freunde werden sollten.

Ich kehrte nach Hause zurück und traf mich oft mit Barbara. Ihre Mutter war sehr angetan von unserer Beziehung, aber ich glaube, Fred hätte es lieber gesehen, wenn wir Schluß gemacht hätten. Er beschloß kurzerhand, Barbara solle Kunst studieren, in Paris.

Wir blieben telefonisch in Verbindung, aber ich verabredete mich auch mit anderen Mädchen. Tatsache ist, daß ich mir nicht sicher war, ob ich wieder heiraten wollte. Obwohl ich tief in meinem Herzen, dort, wo das Skalpell des Chirurgen nicht hinkommt, spürte, daß ich mich allmählich in Barbara verliebte.

In der Zwischenzeit verkuppelten mich die Zeitungen mit Frauen auf der ganzen Welt: Johanna in Spanien, Prinzessin Pinatelli in Rom, Doris Brynner in Paris und Janice in Kapstadt.

Natürlich las Barbara all diese Geschichten und nahm daher, so vermute ich, unsere Beziehung nicht allzu ernst.

In Madrid richtete der Marqués de Villaverde einen Transplantationskongreß aus und lud Marius und mich ein. Er bat mich, Pieter Smith ebenfalls mitzubringen, der damals als einziger Patient beweisen konnte, was für ein aktives Leben ein Patient nach einer Herztransplantation zu führen vermochte.

Zu dem Kongreß kamen Chirurgen und Immunologen aus aller Welt, darunter auch Denton Cooley und seine Frau sowie Carras (der uns das Antilymphozytenserum geliefert hatte).

Allzusehr konzentrierten wir uns bei diesem Treffen in Madrid nicht auf die Medizin: Der Marqués de Villaverde sorgte schon dafür, daß seine Gäste sich amüsierten.

Eines Abends wurde mir im Rahmen einer Feier von General Franco das Blaue Kreuz verliehen, was mich ungeheuer beeindruckte – allerdings nicht so sehr wie das amerikanische Mädchen, das ich später am Abend in einer Disco kennenlernte.

Sean Rayan war die Tochter von Amerikanern, die in Madrid ein Sommerhaus besaßen. Sie war nicht so hübsch wie Barbara, aber vielleicht war die Erinnerung an Barbara, die ich jetzt seit ein paar Monaten nicht mehr gesehen hatte, etwas verblaßt. Jedenfalls war ich völlig überwältigt, als ich diese lebenssprühende Amerikanerin kennenlernte. Wir sahen uns praktisch jede Nacht – und fast jeden Tag. Dann spielten wir Tennis oder lagen einfach in der Sonne.

Am meisten faszinierte mich an Sean, daß ich nicht dahinterkam, was sie für mich empfand, und daß sie sehr unnahbar tat. Aber, wie schon gesagt, ich liebe vor allem die Jagd.

Zusammen mit Denton Cooley und seiner Frau reiste ich in die USA, versprach Sean aber, daß ich sie ein paar Wochen später in St. Tropez treffen würde.

Von Amerika aus flog ich nach Kopenhagen, um ein paar Tage mit Deidre zu verbringen, die sich auf die europäischen Meisterschaften in Wasserski vorbereitete.

Die Begegnung mit Deidre ging mir sehr nahe. Sie lebte nun nicht mehr mit ihrem Vater zusammen, sie fuhr nicht mehr gut Wasserski, und, das war das Schlimmste, sie hatte beträchtliches Übergewicht. Damals wurde mir klar, daß man unter einem körperlichen Mangel, den die anderen sehen, viel mehr leidet als unter einem unsichtbaren. Nie wieder werde ich Leute kritisieren, die ihr Heil bei der plastischen Chirurgie suchen.

Ich ging mit Deidre Kleider kaufen, die ihre üppigen Formen etwas kaschierten. Sie flehte mich an, bei ihr zu bleiben – sie brauchte einfach ein wenig Sicherheit. Aber St. Tropez zog mich an wie ein Magnet.

Sean holte mich am Flughafen ab. Sie war sehr müde und schlief während der ganzen Fahrt auf dem Rücksitz. Mir war klar, daß sie sich voll auslebte. An dem Abend machten wir uns um zehn Uhr auf einen Streifzug durch die Discos, bis morgens um fünf.

In einem dieser Clubs traf ich Odette. Sie war eine alte Freundin und die Frau des verstorbenen Rubirosa, des berühmten Playboys, der bei einem Autounfall ums Leben gekommen war. Ich hatte sie einige Male auf Parties getroffen, die mir zu Ehren im Haus von Paul Louis Wellier stattgefunden hatten, einem schon etwas betagten Franzosen, der jeden kannte, der Rang und Namen hatte. Er bewirtete seine Gäste – von Präsidenten bis hin zu Königen – fürstlich.

Er war *Commandeur* und Ritter der Ehrenlegion. Diesen Orden hatte Napoleon 1802 eingeführt, um Leute von besonderem Verdienst auszuzeichnen: ein fünfarmiger Stern mit einem Medaillon in der Mitte, auf dem die *République Française* symbolisch dargestellt war. Auf diesen Orden war er ungeheuer stolz. Wir wurden sehr gute Freunde, und jedesmal, wenn ich nach Paris kam, wohnte ich bei ihm.

Als ich an diesem Abend mit Odette tanzte, erzählte sie mir, daß Paul-Louis sich in seinem Haus, »Reine Jeanne«, aufhielt, das etwa 40 Kilometer von St. Tropez entfernt war. Ich bat sie um seine Telefonnummer, nur für den Fall, daß ich mal vorbeischauen und hallo sagen wollte.

Die Parties mit Sean gingen immer so weiter, eine Nacht nach der anderen, bis das Ganze schließlich in einen einzigen langen Rausch der Sinne mündete. Eines Abends waren wir zu einer Party auf einer Luxusjacht eingeladen, die die ganze Nacht dauern sollte. Ich ging auch hin, aber als sie eben dabei waren, die Segel zu setzen, beschloß ich, daß ich genug hatte von diesem Leben, und wankte die Landungsbrücke wieder hinunter.

Ich kehrte in mein Hotel zurück, setzte mich auf mein Bett und sagte zu mir selber: »Chris, die ganze Sache entgleitet dir völlig – du treibst ziellos dahin. Es wäre besser, du würdest wieder auf den Boden der Tatsachen zurückkehren.«

Ich beschloß, Paul-Louis anzurufen.

Es schien eine Ewigkeit zu dauern, bis jemand ans Telefon ging, und ich wollte gerade wieder auflegen, als eine Stimme sagte: »*Bonsoir, c'est la résidence du Commandeur Paul-Louis Wellier, que puis-je faire pour vous?*«

Zwar hatte ich nicht verstanden, was er gesagt hatte, aber ich hatte den Namen Paul-Louis erkannt, also hatte ich wohl die richtige Nummer gewählt.

»Tut mir leid, aber ich spreche kein Französisch!«, und da ich befürchtete, daß er gleich wieder auflegen würde, probierte ich es mit: »*Non-parle français – praat Engels asseblief*« vom Französischen ins Afrikaans wechselnd.

Da erwiderte dieser Mistkerl in perfektem Englisch: »*I beg your pardon, Sir, to whom would you like to speak?*«

Mir fiel ein Stein vom Herzen. »Ich möchte Mr. Wellier sprechen, bitte.«

»Tut mir leid, Sir, aber Commandeur Wellier speist gerade, könnten Sie später noch einmal anrufen?« Mir war klar, daß man den Mann angewiesen hatte, irgendwelche Anrufer abzuwimmeln.

»Nein, nein, sagen Sie, daß Professor Barnard dran ist.« Augenblicklich veränderte sich sein Ton, und ich war entzückt, daß mein Name seine Wirkung auf seine Hochnäsigkeit nicht verfehlt hatte.

»Oh, gewiß doch, Herr Professor, bleiben Sie bitte einen Augenblick dran.« Nach etwa zwei Minuten erkannte ich die Stimme von Paul-Louis.

Er begrüßte mich herzlich, und als ich ihm sagte, daß ich mich in St. Tropez aufhielt, lud er mich umgehend ein, ein paar Tage bei ihm in der »Reine Jeanne« zu verbringen. Er erklärte, er habe einige interessante Leute zu Gast und würde sie mir gerne vorstellen – und fügte dann, als sei ihm das erst nachträglich eingefallen, hinzu: »Übrigens, Barbara ist auch da.«

Ich war wie vom Donner gerührt. Wieso, zum Teufel, war sie dort? Als ich sie am Telefon gebeten hatte, sich in Madrid mit mir zu treffen, hatte sie erklärt, sie hätte keine Zeit. Irgendwas stimmte da nicht. Panik überfiel mich – bestimmt hatte sie einen anderen.

»Kann ich sie bitte kurz sprechen?« fragte ich und versuchte, mir meine Verzweiflung nicht anmerken zu lassen.

Ein paar Minuten später hörte ich Barbaras Stimme durchs Telefon:

»Ja?«

Dieses beiläufige »Ja« – obwohl sie doch genau wußte, wer am Telefon war – machte mich noch wütender.

»Was, zum Teufel, machst denn du dort!« fuhr ich sie an. »Bist du jetzt auch so eines von diesen französischen Flittchen geworden?« Ich wußte, daß dies eine unerhörte Beleidigung war, aber ich konnte nicht anders.

Barbara war, wie ihr Vater, sehr willensstark und ihre Stimme klang schneidend: »Wie kannst du es wagen, so etwas zu sagen, wenn dein Name in allen Zeitungen steht, und jedesmal zusammen mit einem anderen Mädchen! Na schön, ich habe beschlossen, daß ich nicht einfach in Paris rumsitzen und versauern will, während du dich amüsierst. Ich mache auch Ferien.«

Ein Wort gab das andere, und wir stritten eine Weile, aber allmählich legte sich mein Zorn.

»Sag mir nur eines, Barbara, was machst du wirklich dort?« fragte ich, jetzt etwas vernünftiger und höflicher.

Ihr reichte es auch, und zärtlich erwiderte sie: »Ich weiß es eigentlich selber nicht so recht. Komm doch einfach her und sieh selber.«

Paul-Louis schickte mir seinen Chauffeur, um mich abzuholen, und als ich in der »Reine Jeanne« eintraf, tranken er und seine Gäste im Wohnzimmer gerade einen Verdauungsschnaps. Und da stand Barbara, in der rechten Hand einen Kognakschwenker, in der linken eine Zigarette. Als ich eintrat, sah sie mich an und lächelte. Ihr Zorn war verraucht.

Paul-Louis begrüßte mich und stellte mich seinen Freunden vor. Ich weiß nicht mehr, wer alles da war, aber ich erinnere mich an Merle Oberon und ihren Mann, einen russischen Prinzen. Ein Mitglied der norwegischen Königsfamilie war ebenfalls dabei, aber mich faszinierte vor allem ein Gast: Paul Getty senior, damals einer der reichsten Männer der Welt. In der Folgezeit erfuhr ich, daß er auch einer der schäbigsten war. Über ihn kursierte eine Geschichte, daß er in seinem englischen Landhaus eine Telefonzelle installiert hatte, damit seine Gäste nicht auf seine Kosten telefonieren konnten.

Da ich in den letzten Wochen nie vor Sonnenaufgang ins Bett gekommen war, bat ich, mich zu entschuldigen, und Paul-Louis zeigte mir mein Zimmer. Ganz nebenbei erwähnte er, das von Barbara befände sich gleich nebenan.

Ich zog mich aus und legte mich aufs Bett. Die Party unten war noch voll im Gang, und ich hörte das fröhliche Gelächter. Mir war es so vorgekommen, als ob Barbaras Begleiter der norwegische Prinz wäre. Unzusammenhängende Gedanken schossen mir durch den Kopf, und ich war so durcheinander, daß ich nicht zur Ruhe kam. Ich döste halb ein, und Bilder von Frauen jagten vor meinem inneren Auge vorbei: ... Barbara... Sean... Odette... dann wieder Barbara... Monique... Barbara... immer wieder Barbara. Was wollte ich eigentlich wirklich?

Eine Stunde später hörte ich, wie Barbara ihr Zimmer betrat. Ich wußte nicht so recht, ob ich nach nebenan gehen und mit ihr reden oder das Ganze einfach vergessen sollte.

Schließlich raffte ich all meinen Mut zusammen und schlich auf Zehenspitzen zu ihrer Tür und klopfte leise.

Keine Reaktion.

Ich probierte den Türgriff: Die Tür war nicht verschlossen. Ich wagte es kaum zu atmen, öffnete die Tür, und da war Barbara und wartete auf mich...

Das Niveau der Berichterstattung der südafrikanischen Presse über Neuerungen auf dem Gebiet der Medizin war erschreckend niedrig. Der Grund dafür lag darin, daß man keine auf dieses Fachgebiet spezialisierten Reporter hatte, anders als in den Vereinigten Staaten oder Großbritannien.

Oft traf ich auf Reporter, die mich bedrängt hatten, ihnen ein Interview zu geben. Wenn ich dann widerwillig zugesagt hatte, sah ich mich einem einfältig dreinschauenden und desinteressierten Journalisten gegenüber, dessen erste Frage ungefähr so lautete: »Also, Professor Barnard, was gibt es Neues auf Ihrem Gebiet?« Dies bedeutete unweigerlich, daß er sehr wenig über den Gegenstand wußte und sich auch nicht die Mühe gemacht hatte, sich auf unsere Zusammenkunft vorzubereiten.

In einer solchen Situation erklärte ich meistens geduldig, ich sei begeistert von einem neuen Verfahren zum Beispiel zur Behandlung eines Koronararterien-Aneurysmas. Unvermeidlich kam dann die Frage: »Was ist ein Koronararterien-

Aneurysma?«. Schließlich gab der Reporter zu, daß er normalerweise über Damenmode oder Fußball berichtete, aber vom Redakteur beauftragt worden sei, »ein Interview mit mir an Land zu ziehen«.

Die Folge dieser Unkenntnis der Materie war, daß die Artikel, die erschienen, sehr oberflächlich waren. Vor allem die Sonntagszeitungen konzentrierten sich mehr auf die sensationellen Aspekte unserer Arbeit als auf die wissenschaftlich bedeutsamen Neuigkeiten. Beispielsweise war es für diese sogenannten Wissenschaftsredakteure einfacher, die sozialen Probleme der Spender zu beschreiben, als über unsere Fortschritte im Überwinden der Schwierigkeiten bei unseren Patienten zu berichten.

Mit der Zeit wuchs die Entfremdung zwischen der Ärzteschaft und den Medien, und die Südafrikanische Ärztevereinigung berief ein Treffen der beiden Gruppen ein, um möglicherweise einen Kompromiß zu erzielen. Die Zusammenkunft fand in Johannesburg statt, und ich bereitete mich sehr gründlich darauf vor, denn ich war ziemlich erbost darüber, wie sehr diese Sensationslüsternheit unserer Arbeit schadete.

Es kam zu einer lebhaften Diskussion, wie viele Informationen an die Medien weitergegeben werden sollten, ohne die Privatsphäre, auf die jeder Patient ein Recht hat, zu verletzen.

Die Tatsache, daß in Krankenhäusern für Informationen Geld auf den Tisch gelegt wurde – der schon erwähnte sogenannte Scheckbuchjournalismus –, stand ebenfalls zur Debatte. Seitens der Medien wurde das mit allem Nachdruck geleugnet, obwohl doch jeder im Saal wußte, daß ständig Informationen – und auch Falschinformationen – gekauft wurden.

Als die Reihe an mir war zu sprechen, erklärte ich, ich hätte nichts dagegen, daß die Medien Zugang zu medizinischen Informationen hätten. Wir würden uns auch gerne kooperativ zeigen, allerdings störe mich die unverantwortliche Art und Weise, wie mit den Informationen umgegangen würde. Ich hätte den Eindruck, daß sie bei ihrer Berichterstattung weniger an den Fakten als daran interessiert wären, ihre Auflagenhöhe zu steigern.

Pressefreiheit sei von grundlegender Bedeutung, das gleiche gelte aber auch für den verantwortungsbewußten Gebrauch dieser Freiheit. »Sie sind die ersten, die ›ungerecht!‹ schreien, wenn der Zensor Ihnen untersagt, etwas zu veröffentlichen, aber Sie kümmern sich überhaupt nicht um die Beschwerden derjenigen, die unter den Lügen zu leiden haben, die Sie verbreiten. Wenn wir sagen: ›Das ist ungerecht!‹, nehmen Sie das gar nicht zur Kenntnis. In meinen Augen ist das schiere Scheinheiligkeit.«

Um zu verdeutlichen, was ich meinte, zeigte ich ein paar Dias von Schlagzeilen auf der Titelseite einer Ausgabe, die eine sensationell aufgemachte Geschichte über einen Spender gebracht hatte. Am nächsten Tag hatte es in den Schlagzeilen geheißen, der Betreffende sei nicht der Spender gewesen.

Der Chefredakteur von *Die Burger* (eine führende rechtsorientierte Zeitung in afrikaans), Mr. Piet Cillie, war ungeheuer empört. Nachdem er mich wegen meiner angeblich unfairen Äußerungen angegriffen hatte, schloß er: »Professor Barnard, Ihnen muß doch klar sein, daß es bei Ihnen gute und schlechte Ärzte gibt. Und genauso gibt es bei uns gute und schlechte Journalisten.«

»Ja, das ist mir durchaus klar«, warf ich ein, »der einzige Unterschied ist der, daß Sie sich den Arzt aussuchen können, der Sie behandeln soll, aber ich kann mir nicht aussuchen, welcher Journalist über mich berichten soll.«

Ich glaube nicht, daß dieses Treffen irgend etwas gebracht hat. Weder hat es die Methoden der Berichterstattung verändert, noch hat es unwahrhaftigen Journalismus verhindert. In vielen Teilen der Welt ist das Leben und Treiben bestimmter Angehöriger der medizinischen Profession für die Medien zu einer recht gewinnträchtigen Ware geworden.

Nach wie vor wurden medizinische Kongresse von Reportern, Photographen und TV-Teams zu regelrechten Jahrmarktveranstaltungen umfunktioniert. Für mich gab es nichts Irritierenderes als einen Photographen, der während eines Vortrags plötzlich auftauchte und mich mit seinem

Blitzlicht blendete. Und nichts war ärgerlicher, als wenn die Fernsehscheinwerfer die Leinwand anstrahlten und das Dia, das ich gerade hatte einlegen lassen, überbelichteten.

In meinem Falle konzentrierten die Interviews sich mehr auf mein Privatleben als auf die Papers, die ich bei solchen Veranstaltungen vorlegte. Und diese sensationsgierige Berichterstattung beschränkte sich nicht auf die Zeitungen.

Eines Tages landete ich in Bulawayo. Ich war auf dem Weg zu einem Kongreß der Rhodesischen Ärztevereinigung (wie sie damals hieß). Ehe ich zu meinem Hotel fuhr, wurde ich in ein Fernsehstudio eingeladen, um ein kurzes Interview zu geben. Man erklärte mir, es handle sich um eine sehr beliebte Unterhaltungssendung, und sie würden gerne mit einigen der Ärzte, die an dem Kongreß teilnahmen, sprechen.

Als ich im Studio ankam, unterhielt sich der Moderator gerade mit Dr. Hansen, einem Kinderarzt vom Rotkreuz-Kinderkrankenhaus in Kapstadt. Er saß da, einen kleinen Jungen auf dem Schoß, und referierte über Kwasiorkor – eine Krankheit bei Kleinkindern, die die Folge von Mangelernährung und in Südafrika leider sehr verbreitet ist.

Ich wiegte mich in Sicherheit, denn Dr. Hansen hatte gelächelt, als er das Studio verließ. Ich nahm also vor der Kamera Platz.

»Professor Barnard, wir haben heute abend schon viel über Ihre Arbeit gehört, haben Sie etwas dagegen, wenn wir jetzt über Sie reden – über Sie als Mensch?« lächelte der Interviewer.

»Natürlich nicht«, willigte ich ein, immer noch nicht auf irgend etwas außer der Reihe gefaßt.

»Professor Barnard, es existieren zahlreiche Photos von Ihnen, wie Sie mit schönen Frauen tanzen. Was sagt eigentlich Ihre Frau dazu?«

Ich umklammerte die Armlehne meines Stuhls. Damit hatte ich nicht gerechnet, daß das »persönliche« Interview diese Richtung nehmen würde. Ich hatte gedacht, er würde etwas über meine Kindheit als Sohn eines Missionars in der Karru wissen wollen oder irgend etwas in der Art.

»Solche Bilder gefallen wohl keiner Ehefrau – meiner auch

nicht. Aber wäre es Ihnen denn lieber, wenn ich mit einem Mann tanzen würde?« erwiderte ich und versuchte, das Ganze ins Lächerliche zu ziehen.

Er lächelte nicht einmal, vielmehr machte er unbeirrt mit seinem »tiefschürfenden« Interview weiter, das eher einer moralischen Hinrichtung glich. Ich beantwortete seine Fragen so gelassen und freundlich, wie ich nur konnte.

Aber dann machte er einen Fehler.

»Professor Barnard, ständig erscheinen in Zeitungen und Illustrierten Geschichten über Ihre Operationen und über Ihre Patienten. Kommt das nicht einer Werbekampagne gleich? Und erregt das nicht das Mißfallen der Mediziner?«

Du superschlauer kleiner Mistkerl, dachte ich bei mir, jetzt will ich dich mal in Verlegenheit bringen.

»Sagen Sie mir, Sir«, setzte ich an, »diese Sendung wird doch live übertragen, und 300 000 Rhodesier sehen sie?«

»Ja«, bestätigte er stolz.

»Also, könnte man dann sagen, daß ich heute abend Reklame mache?«

»Ja, das könnte man schon«, gab er zu und schaute etwas unbehaglich drein, merkte aber noch nicht so recht, worauf ich hinauswollte. »Nun, haben ein Agent oder ich persönlich uns um diesen Auftritt bemüht, oder bin ich hier, weil Sie mich darum gebeten haben?«

»Na ja – nein, wir haben Sie darum gebeten hierherzukommen, da Sie gerade im Lande sind, um an dem Kongreß teilzunehmen.«

»Dann habe ich nur noch zwei Fragen: Bezahlen Sie mich für meinen Auftritt?«

»Nein, nein.«

»Werden Sie dafür bezahlt, daß Sie ein Interview mit mir machen?«

»Ja, selbstverständlich, das ist mein Job.«

»Mit anderen Worten, Sie verdienen daran, daß Sie Reklame für mich machen?«

»Nun, so würde ich das nicht formulieren«, stammelte er.

»Wie würden Sie es denn formulieren?« fragte ich unschuldig. Und damit war das Interview beendet.

Der 2. Januar 1969 war der Jahrestag von Dr. Blaibergs Transplantation. Er war der erste Mensch, der schon ein ganzes Jahr lang mit dem Herzen eines anderen Menschen in seiner Brust lebte.

Ich machte gerade Urlaub in Knysna, aber die Illustrierte *Stern* war anläßlich dieses Ereignisses an mich herangetreten und hatte mir ein Privatflugzeug geschickt, um mich für ein Interview und eine Photositzung nach Kapstadt zu bringen.

Ein Kuchen mit einer Kerze stand auf dem Tisch, und als ich eintraf, waren schon zahlreiche Gratulanten, Photographen und Reporter versammelt. Bossie machte ein Getue wie eine aufgescheuchte Henne mit ihren Küken, um seinen Lieblingspatienten vor der Menge zu beschützen.

»Wir haben gehört, daß Sie an einem Buch schreiben, Philip«, rief einer der Reporter. »Wie werden Sie es nennen?«

»*Looking at My Heart*« (dt.: *Mein zweites Herz*), antwortete er ohne zu zögern.

»Warum dieser ausgefallene Titel?« wollte ein anderer wissen.

»Weil ich der erste Mensch bin, der das Herz, das ihn neunundfünfzig Jahre lang am Leben gehalten hatte, in seinen Händen hielt.«

Die Reporter schauten etwas verwirrt drein.

Bossie schaltete sich ein: »Dr. Blaiberg will damit sagen, daß sein Herz, nachdem man es herausgenommen hatte, von einem Pathologen in einem speziellen Gefäß konserviert wurde. Eines Tages zeigte Professor Barnard es ihm.«

»Und was war das für ein Gefühl, als Sie Ihr Herz betrachteten, Herr Doktor?« wollte eine junge Dame wissen.

»Als Professor Barnard mir erklärte, was da alles kaputt war, da war ich heilfroh, daß das Ding in dem Glas war und nicht mehr in meiner Brust!« Alle lachten.

»Ich glaube, Philip hat jetzt genügend Fragen beantwortet«, meinte Bossie, der die Leute endlich loswerden wollte.

»Nur noch eine Frage«, beharrte jemand ganz hinten.

»Na schön, noch eine einzige Frage, aber dann müssen Sie wirklich gehen«, flehte Bossie.

»Dr. Blaiberg, Sie haben sich einer schweren Operation unterzogen, Sie mußten immer wieder ins Krankenhaus, und heute noch schlucken Sie jede Menge Pillen. Finden Sie, daß es sich gelohnt hat?« Überrascht blickte Philip Blaiberg von seiner Tasse auf. »Natürlich hat es sich gelohnt!«

»Dr. Blaiberg, wann wurde Ihnen klar, daß es sich gelohnt hat – heute, nachdem Sie ein Jahr lang überlebt haben?«

Ich war äußerst gespannt auf die Antwort meines Patienten.

»Nein, nicht erst heute. Daß es das Risiko und all die Schwierigkeiten wert gewesen war, wußte ich, als ich aus der Narkose aufwachte und merkte, daß ich wieder atmen konnte. Vorher hatte ich Tag und Nacht nach Atem gerungen. Können Sie sich vorstellen, wie das ist, wenn man nicht genügend Luft in seine Lungen bekommt?« Er schwieg einen Augenblick, aber keiner sagte etwas. Dann fuhr er fort: »Als ich nach der Operation wieder zu Bewußtsein kam, wußte ich sofort, daß das Leben jetzt anders war – es war lebenswerter. Ich konnte wieder frei atmen.«

Als ich in dem kleinen Flugzeug über die Hottentot Holland Mountains und entlang der Südküste Afrikas nach Knysna zurückflog, dachte ich über das nach, was Philip Blaiberg zu dem Reporter gesagt hatte.

Zum ersten Mal wurde mir so richtig klar, daß das eigentliche Ziel der Medizin nicht ist, das Leben zu verlängern. Ihr wahres Ziel sollte es sein, die Lebensqualität zu verbessern. Wenn wir, indem wir das Leben lebenswerter machen, es zugleich auch verlängern, wie das oft der Fall ist, so ist das ein zusätzlicher Vorteil. Ich war schon seit langem dieser Auffassung, aber erst Philip Blaiberg hatte mir bestätigt, wie richtig und wie wichtig diese Einsicht ist.

Diese Bestätigung kam mir in den nächsten paar Jahren – und in meinem ganzen weiteren Berufsleben – sehr zustatten, vor allem als die schlechten Resultate der Herztransplantationen viele Chirurgen entmutigten und eine Abteilung nach der anderen diese Operation nicht mehr durchführte; sie zogen es vor, ihre Patienten dem Elend der totalen Herzinsuffizienz zu überlassen.

Ich werde mich immer an die Worte Dr. Blaibergs erinnern: »*Sobald ich aus der Narkose aufgewacht war, wußte ich, es hatte sich gelohnt.*«

Im April 1969 führte ich zwei Herztransplantationen durch. Bei der ersten ging es um einen Dreiundsechzigjährigen, dessen Gesundheitszustand infolge einer langandauernden Erkrankung der Koronararterien sehr schlecht war.

Zehn Tage nach dieser Operation pflanzte ich zum ersten Mal einer Patientin ein fremdes Herz ein, der achtunddreißig Jahre alten Dorothy Fisher. Sie litt infolge einer rheumatischen Erkrankung des Herzmuskels an einer tödlichen Herzinsuffizienz. Als ich daher zum Zweiten Internationalen Herzkongreß, den Dr. Grondin in Montreal organisierte, eingeladen wurde, waren vier von den fünf Patienten, die wir operiert hatten, noch am Leben. Zu diesem Zeitpunkt war dies das weltweit beste Ergebnis. Norman Shumway hatte inzwischen zwölf Transplantationen durchgeführt; von seinen Patienten lebten noch drei.

Meines Erachtens nahmen einige amerikanische Ärzte zu schnell zu viele Transplantationen vor, und dieser »Wettlauf« verleitete andere, nicht so gut darauf vorbereitete Abteilungen dazu, ebenfalls zu transplantieren – oft mit ausgesprochen schlechten Ergebnissen. Zu diesem Zeitpunkt hatten weltweit 133 Operationen stattgefunden, und nur 13 Patienten hatten überlebt. Dies fügte dem Transplantationsprogramm einen fast nicht wieder gutzumachenden Schaden zu, und einige der konservativeren Ärztevereinigungen, etwa die britische, verfügten für eine Reihe von Jahren einen Transplantationsstop.

Wenn ich mich in Johannesburg aufhielt, hatte ich jetzt ein Zuhause, da Barbara darauf bestand, daß ich in »Three Fountains« wohnte. Ihre Eltern schienen damit einverstanden zu sein. Ulli war nach wie vor sehr an unserer Beziehung interessiert, aber bei Fred wußte ich nicht so recht. Irgend etwas schien ihn daran zu stören.

Auch mich störte so einiges – vor allem der Altersunterschied: Sie war immerhin siebenundzwanzig Jahre jünger als ich. Würde es mir gelingen, am gesellschaftlichen Leben einer Achtzehnjährigen teilzuhaben und es sogar zu genießen? Und wenn mit der Zeit der Reiz des Neuen verflog, würde ich dann sexuell noch aktiv genug sein, um sie zufriedenzustellen? Sex ist schließlich und endlich ein überaus wichtiger Aspekt in der Beziehung zweier Menschen, die sich lieben. Das bereitete mir wirklich Sorgen, besonders weil Barbara natürlicherweise stolz darauf war, eine Frau zu sein, und es genoß, in unserer Beziehung eine aktive Partnerin zu sein.

Nachts lag ich oft wach und grübelte darüber nach, wie wohl unsere Zukunft aussehen würde, wenn wir verheiratet wären. Gelegentlich bat ich auch nahestehende Freunde um Rat. Ihre Antwort lautete eigentlich immer: »Liebst du Barbara? Wenn ja, dann ist das alles kein Problem.«

Mein eigentliches Problem war – und ist es immer noch –, daß ich nicht so recht weiß, was man unter »Liebe« zwischen zwei Individuen versteht, die nicht miteinander verwandt sind.

Die einzige wirkliche Liebe ist, soweit ich sehe, die Liebe von Eltern zu ihren Kindern, denn dies ist die einzige völlig selbstlose Liebe. Ein Vater liebt seinen Sohn, und eine Mutter liebt ihre Tochter, ohne etwas als Gegenleistung zu erwarten.

Im Fall von zwei Liebenden kommen noch andere Aspekte mit ins Spiel, etwa Sex, die Sehnsucht nach Sicherheit und gemeinsame Interessen.

Und eben diese Komponenten verhüllen oder verzerren das wahrhaft göttliche Wesen von Liebe: »Liebe gibt nichts denn sich selber und nimmt nichts denn aus sich selber. Liebe besitzt nicht, noch läßt sie sich besitzen, denn Liebe genügt sich selber«, erinnert uns Khalil Gibran.

Warum also sollte Barbara, ein ausnehmend hübsches, wohlhabendes junges Mädchen sich ausgerechnet in einen Mann verlieben, der mehr als doppelt so alt war wie sie und einen völlig anderen sozialen und wirtschaftlichen Hintergrund hatte?

Anfangs konnte ich mir das nicht erklären, aber mit der Zeit wurde mir klar, daß das eine, wonach Barbara sich in ihrem Leben wirklich sehnte, Sicherheit war, wahrscheinlich weil sie sich in ihrer Kindheit oft so hilflos und allein gefühlt hatte: Sie brauchte eine eigene Familie, und zwar mit einem Mann, den sie lieben und dem sie auch vertrauen konnte.

In ihren Augen war ich ein reifer Mann, der in seinem Leben etwas erreicht hatte, der geachtet wurde und zärtlich war. Ich war der Mann, der ihr Sicherheit geben konnte. Unglücklicherweise neigte sie in ihrem Streben nach dieser zweifelhaften Sicherheit dazu, unsere Liebe zu einer Fessel zu machen und in unserer Beziehung keinen Platz für eine wie auch immer geartete Unabhängigkeit zu lassen, so daß wir keinen Raum hatten, um uns weiterzuentwickeln.

Drei Tage nach der Transplantation bei Dorothy Fisher flog ich nach Gabun. Mit dem gleichen Flugzeug reiste auch Jack Penn, damals einer der führenden plastischen Chirurgen der Welt. In Libreville wurde ich Präsident Bongo vorgestellt und untersuchte auf seine Bitte hin sein Herz. Wir besuchten auch Lambarene, wo Dr. Albert Schweitzer den größten Teil seines Lebens dem Kampf gegen Lepra und Schlafkrankheit gewidmet hatte, die unter diesen unglückseligen Menschen wüteten. Seine Tochter, Rhena Eckert, schenkte mir ein Exemplar der Biographie ihres Vaters und zeigte mir Lambarene.

Dr. Schweitzer lebt in unserer Erinnerung vor allem als der große Menschenfreund und Held der Medizin und natürlich als Nobelpreisträger fort. Aber daß das Krankenhaus furchtbar primitiv und schlecht ausgerüstet war, erinnerte mich daran, wie sehr er sich immer gegen irgendwelche Neuerungen gesträubt hatte. Trifft seine Feststellung zu, daß »der Fortschritt der Selbstmord der Zivilisation« ist? Ich glaube nicht. Ich glaube, hier irrte er. In einem allerdings stimme ich ihm zu: »Behandle nicht nur die Krankheit – behandle auch den Menschen.«

Zweifelsohne hat dieser außergewöhnliche Mensch in Afrika Wunder gewirkt, aber wenn man den offenkundigen Mangel an medizinischen Einrichtungen und die zweifelhafte Hygiene bedenkt, muß man sich eigentlich fragen: »Wie hat er an einem solchen Ort überhaupt so viel leisten können?«

In Gabun wurde ich auch Zeuge des Leids der Flüchtlingskinder, die Opfer des Biafra-Krieges waren, eines Krieges, der ein ganzes Land und seine Bevölkerung spaltete, ganz nach Lust und Laune zweier Großmächte und unter ihrer Beteiligung. Es gab keine Gewinner, es gab nur Verlierer. Afrika ist ein gewalttätiges Land, das die ersten Kolonisten gnadenlos vergewaltigt und ausgeplündert hatten. Nachdem sie den Menschen dort die westliche Spielart der Barbarei vor Augen geführt hatten, überließen sie die einzelnen Länder einfach sich selber und kümmerten sich auch nicht weiter darum, was für Konsequenzen dies haben könnte.

Knapp ein halbes Jahr vor meiner ersten Herztransplantation hatte General Ojukwu ein ausgedehntes Gebiet Ostnigerias, das hauptsächlich von Angehörigen des Stammes der Ibo bewohnt war, zur unabhängigen Republik Biafra erklärt. Daraufhin entsandte der nigerianische General Gowon sofort seine Truppen, und ein blutiger Stammeskrieg brach aus. Die Briten unterstützten die nigerianischen Streitkräfte, während die Franzosen sich auf die Seite der Bevölkerung von Biafra schlugen. Das Ganze war wie ein grauenhaftes Schachspiel, in dem die Figuren Menschen waren, die in einem Alptraum des Leidens hin- und hergeschoben wurden. Als ich das Land besuchte, wütete immer noch der Bürgerkrieg, und die Leute von Biafra leisteten bis zuletzt erbitterten Widerstand, während ihr Führer an die Elfenbeinküste floh.

Während des Krieges und danach waren die eigentlichen Opfer nicht die Soldaten, sondern wehrlose, hilflose Kinder, verwaist, krank, ohne Zuhause und ohne eine Menschenseele auf der ganzen Welt, die sich um sie kümmerte.

Ich hatte noch nie zuvor Kinder gesehen, die verhungerten. Sie waren jenseits aller Tränen und Klagen; sie hatten gerade noch genügend Kraft für einen apathischen, stummen Hilferuf. Mir wurde klar, daß Hunger mehr ist als nur Bauchschmerzen. Es ist die grauenhafte, abstoßende Agonie des Körpers, der bei seinem vergeblichen Kampf gegen den unausweichlichen Tod buchstäblich sein eigenes Gewebe auffrißt.

Die Wirklichkeit läßt sich nie ganz auf einen Film bannen.

Hunger hat einen Geruch, den der Fernseher nicht vermitteln kann. Er beleidigt die Nase und dreht einem den Magen um. Ein Geruch, den ich nie vergessen werde – ein obszöner Gestank.

Ich war, wie jeder Arzt, dafür ausgebildet worden, menschlichem Leid so unbeteiligt wie möglich gegenüberzutreten. Aber beim Anblick dieser Kinder mit aufgedunsenem Bauch, inmitten von Unrat und Fliegen, gezeichnet vom sicheren Tod, brach ich in Tränen aus. Noch nie hatte ich mich so hilflos gefühlt, noch nie war ich so grenzenlos entsetzt gewesen wie an diesem Ort, den Gott offensichtlich verlassen hatte.

Es deprimierte mich maßlos, dieses Leid hinter mir lassen zu müssen, ohne irgendwie helfen zu können, aber gleichzeitig war ich froh, daß ich dieser Verwahrlosung und diesem Elend den Rücken kehren konnte.

Meine Verpflichtungen führten mich nach Paris, London und Neapel. In Rom gab Prinzessin Luciana Pinatelli mir zu Ehren bei sich zu Hause eine Dinnerparty.

Diese Frau hat in meinem Leben – auch wenn wir uns nur selten sahen – eine ganz besondere Rolle gespielt. Sie war sehr erfahren, sehr ehrlich und sehr klug und hatte einen ausgeprägten Sinn für Humor. Sie half mir, mit mir selber klarzukommen, damals und auch später. Denn sie war wirklich eine Freundin. Ich kenne viele, für die das Wort »Freundschaft« etwas ganz anderes bedeutet – sie mochte mich einfach um meiner selbst willen, ein Gefühl, das auf Gegenseitigkeit beruhte.

Am nächsten Tag machte ich unter ihrer sachkundigen Führung einen Bummel durch verschiedene römische Boutiquen. Sie half mir, ein Kleid für Barbara auszusuchen, ein Kleid, das dieser so gut gefiel, daß sie es bei unserer Verlobungsfeier trug.

Unserem vierten Transplantationspatienten, Mr. Killops, ging es nach der Operation nicht besonders gut, und er starb vierundsechzig Tage später.

Unsere eigenen Erfahrungen und die anderer Chirurgen

legten den Schluß nahe, daß unsere Annahme, ein Patient könne nie so »krank« sein, daß ihm mit einer Transplantation nicht geholfen werden könnte, irrig war. Uns wurde klar, daß wir uns damit abfinden mußten: Es gab bestimmte Gegenindikationen, die nichts damit zu tun hatten, daß der Patient nicht in der Lage gewesen wäre, die Operation zu überstehen. Selbst ein todkranker Patient konnte die Operation überleben und sofort von dem verbesserten Kreislauf profitieren. Was viele nicht überstanden, waren die hohen Steroiddosen, die vor allem dann verabreicht wurden, wenn es Anzeichen für eine akute Abstoßung gab.

Steroide unterdrücken nicht nur das Immunsystem, sie wirken auch als sogenannte ananabolische Wirkstoffe: Das Medikament verhindert einen Aufbaustoffwechsel, bei dem einfache Nährsubstanzen zu komplexem lebendem Gewebe synthetisiert werden, wie dies beispielsweise bei der Synthese von Proteinen aus Aminosäuren geschieht.

Ein Patient, der sich aufgrund einer langandauernden Herzinsuffizienz bereits in einem Zustand der Unterernährung befindet, zerfällt daher unter der Einwirkung hoher Steroiddosen buchstäblich, vor allem, wenn er schon älter ist.

Rückblickend wird mir klar, daß vier von den fünf Patienten, denen wir ein Spenderherz einpflanzten, diesen neuen Kriterien nicht genügt hatten. Die einzige, die sie erfüllt hatte, war Dorothy Fisher, unsere fünfte Patientin.

Die Tatsache, daß von diesen vier Leuten zwei mehr als fünfzehn Monate überlebten und daß ihre Lebensqualität in dieser Extrazeit um ein Vielfaches besser war, stellt einen eindeutigen Beweis für die Einsatzfreudigkeit und Befähigung des Groote-Schuur-Transplantationsteams dar.

Dr. Blaiberg starb zwei Monate nach Mr. Killops.

In den drei Monaten vor seinem Tod verschlechterte sich sein Kreislauf zusehends. Die elektrokardiographischen Veränderungen schienen eher auf Ischämie (Blutleere) im Herzmuskel hinzuweisen als auf Abstoßung.

Da Philip auf die zusätzliche Behandlung gegen Abstoßung nicht reagierte, machte ich den Vorschlag, ihm noch einmal ein Herz zu transplantieren. Professor Schrire wollte jedoch nichts davon wissen, und ich glaube, er überredete auch Mrs. Blaiberg, meinem Rat nicht zu folgen.

Es stimmte uns alle sehr traurig, mitansehen zu müssen, wie dieser mutige, liebenswerte Mann langsam in das Unvermeidliche abglitt. Er hatte weltweit sehr zur Anerkennung der Herztransplantation als Behandlungsmethode beigetragen, und zumindest achtzehn volle Monate hatte er sein Leben wirklich noch genießen können. In dieser Zeit hatte er ein Buch geschrieben und war in der Lage gewesen, seine Familie finanziell abzusichern.

Vor allem Bossie, der sich aufopfernd um Blaiberg gekümmert hatte, war völlig niedergeschmettert, und ich glaube, er hat sich nie ganz von diesem Schlag erholt. Er betrauerte den Tod Philip Blaibergs zutiefst.

Ein paar Jahre später nahm er sich das Leben.

»Das ist doch nicht zu fassen!« war Professor Thomsons Kommentar, als er Dr. Blaibergs Herz freilegte. Wir hatten uns wieder alle in der Leichenhalle versammelt, wie damals, als Louis Washkansky gestorben war. »Die Koronararterien sind massiv erkrankt. Das neue Herz hat das gleiche Krankheitsbild entwickelt wie sein eigenes!«

Er wandte sich zu mir um: »Chris, wie alt war der Spender?«

»Clive Haupt war ungefähr fünfunddreißig, als er an einer Hirnblutung starb.«

»Sind Sie sicher, daß er keine Arteriosklerose hatte, als Sie sein Herz entnommen haben?« fragte der Pathologe.

»Nein, vom klinischen Befund her nicht, und auch während der Operation konnte ich nichts dergleichen feststellen, aber wir haben natürlich kein Koronarangiogramm gemacht.«

»Nein, dazu gab es ja auch keinen Grund«, stimmte er zu, während er das Herz von Clive Haupt aus der Brust von Philip Blaiberg nahm.

Mit einer kleinen Schere öffnete er die Hauptschlagader und ihre Verzweigungen. »Und dieses Herz wurde vor zwanzig Monaten transplantiert«, stellte er mit ausdrucksloser Stimme fest.

Zum ersten Mal wurden wir Zeugen der von einer chronischen Abstoßung verursachten pathologischen Veränderungen des Herzens beim Menschen: einer beschleunigten Sklerose der Koronararterien. Dies war – und ist – ein großes klinisches Problem, da Ischämie sich nicht in Form von Schmerzen oder Angina pectoris äußert, denn das Herz ist denerviert, das heißt ohne Nerven. Eine massive Verengung der Koronararterien könnte selbst dann vorliegen, wenn der Patient keines der Symptome zeigt – der erste und einzige Hinweis für den Chirurgen ist ein plötzlicher Tod infolge Kammerflimmerns.

Jährliche Koronarangiographien stellen die einzige Methode dar, das Fortschreiten der Erkrankung zu verfolgen.

Die Erfahrungen, die wir in der Folgezeit machten, zeigten, daß die adäquate Behandlung dieser Erkrankung eine erneute Transplantation ist. Es stellte sich also heraus, daß der Rat, den ich Professor Schrire und Mrs. Blaiberg gegeben hatte, richtig gewesen war. Philip Blaiberg hätte noch länger leben können.

An jenem Nachmittag trafen sich alle Mitglieder des Transplantationsteams in einem kleinen Vortragssaal in der Medizinischen Fakultät. Die Stimmung war gedrückt: Die vorrangige Frage war, ob wir, wie so viele andere Tranplantationsteams, unser Programm einstellen sollten.

Ich war ungeheuer erbost, daß man derlei überhaupt in Betracht zog. Wir hatten nach wie vor zwei Patienten, denen es sehr gut ging, und beide waren aus dem Krankenhaus entlassen worden. Zudem hatte Philip Blaiberg die Monate, um die sein Leben verlängert worden waren, wirklich genossen.

»Wenn er heute hier wäre«, erklärte ich, »dann wäre er, da bin ich mir ganz sicher, der erste, der uns auffordern würde weiterzumachen.«

So beschloß das Team nach einigem Diskutieren, allerdings widerstrebend, auch in Zukunft Herztransplantationen durchzuführen.

Um das Ganze noch schlimmer zu machen, erschien in einem Lokalblatt ein Interview mit Philip Blaibergs Tochter, in dem sie behauptete, Philips Leben sei nach der Transplantation eine einzige Qual gewesen und er hätte es bedauert, sich der Operation unterzogen zu haben.

Ich wußte, daß das nicht stimmte, aber ich hatte keine Gelegenheit, mit ihr darüber zu sprechen, ehe sie wieder nach Israel zurückkehrte, wo sie seit vielen Jahren lebte; selbst als ihr Vater operiert worden war, hatte sie es vorgezogen, dort zu bleiben.

Anfangs hatte sie sich gegenüber der Presse immer begeistert geäußert. Allerdings erfuhren wir später, daß ein Reporter ihr für das Interview Geld gegeben hatte. Der Inhalt gab daher im wesentlichen die Eindrücke des Reporters wieder, nicht die Ansichten Jill Blaibergs.

All das hatte zur Folge, daß im Verlauf des ganzen Jahres 1970 keine einzige Herztransplantation vorgenommen wurde. Trotzdem führten wir unsere verschiedenen Forschungsprojekte weiter. Die Früherkennung und Behandlung von Abstoßung war und blieb das dringlichste Problem, und wir konzentrierten uns vorrangig auf diesen Punkt.

Unsere Forschungsergebnisse hatten unseren klinischen Eindruck bestätigt, daß die zu der Zeit verfügbaren Methoden, eine Abstoßung zu diagnostizieren, unzuverlässig waren und daß oft eine Abstoßung stattfand, lange bevor sie klinisch sichtbar wurde. Dies führte dazu, daß die klinische Manifestation einer solchen Reaktion oft akut und tödlich war. Häufig bemerkten wir sie erst, wenn es schon zu spät war. Daher entwickelten wir eine neue Methode, um einer Abstoßung vorzubeugen: Wir gaben unseren Patienten in den ersten drei Monaten nach der Operation alle ein, zwei Wochen ein Gramm Kortison zusätzlich.

Dahinter stand folgende Überlegung: Falls eine Abstoßung vorlag, der klinische Befund aber keinerlei Hinweise darauf gab, würde diese Behandlung möglicherweise einer Verschlimmerung der Komplikationen vorbeugen.

Obwohl das Verfahren bei den Forschern in anderen Teilen der Welt keinen großen Anklang fand, erzielten wir mit diesem Schuß ins Dunkel damals die besten Ergebnisse. Tatsache ist, daß der Mann, der bis heute am längsten überlebt hat, nämlich zweiundzwanzig Jahre, auf genau diese Weise behandelt wurde. Er erhielt nie Cyclosporin, eine immunsuppressive Substanz, die 1976 entwickelt wurde und einen entscheidenden Einfluß auf die Weiterentwicklung des Transplantationsverfahrens hatte. Man isoliert diese Substanz aus der Fermentationsbrühe eines Bodenpilzes, der in der Nähe eines in den Hardangar-Fjord in Norwegen mündenden Flusses vorkommt. Abstoßung wurde dadurch zwar nicht aus der Welt geschafft, aber sie ist nicht mehr so massiv und tritt nicht mehr so häufig auf. Zudem kommt es seltener zu Infektionen, da man die anderen Immunsuppressiva niedriger dosieren kann.

1974 leistete Dr. Caves, der mit Norman Shumway zusammenarbeitete, einen der meines Erachtens wichtigsten Beiträge auf dem Gebiet der Herztransplantation. Er schlug vor, regelmäßig Biopsien des transplantierten Herzens durchzuführen. Man kann die auf diese Weise aus dem Herzmuskel entnommenen Gewebeproben nach Hinweisen auf eine Abstoßung untersuchen. Damit hatten wir eine Möglichkeit, eine solche Reaktion festzustellen, lange bevor sie klinisch manifest wurde.

Eine Biopsie stellt einen minimalen Eingriff dar. Der Patient braucht nicht einmal in der Klinik zu bleiben. Bei örtlicher Betäubung wird durch eine Ader im Hals ein Katheter eingeführt und unter Überwachung am Röntgenschirm in die rechte Kammer des Spenderherzens geschoben. Dann werden durch den Katheter zwei kleine Biopsiepinzetten eingeführt und zwei oder drei winzige Teile des Herzmuskels weggeschnipselt und herausgeholt.

Anschließend untersucht der Pathologe die Proben aus dem Herzmuskel und teilt dem Chirurgen seinen Befund mit.

Dieser wertvolle Beitrag erleichtert die Nachbehandlung von Herztransplantationen enorm. Mit Sicherheit hat er vielen Menschen das Leben gerettet. Und er ist ein weiterer Beweis dafür, daß Wissenschaftler in jeder Hinsicht kooperieren sollten, um ihre Forschungsarbeit effizienter zu gestalten und um sicherzustellen, daß ihre Entdeckungen adäquat umgesetzt werden.

Während eines Aufenthalts in Miami wurde ich in das Haus eines Amateurjuweliers eingeladen und sah dort einen wunderschönen Ring; es war zwar kein Diamantring, aber er war mit etlichen Steinen besetzt. Ich hatte den Eindruck, daß er zu Barbara passen würde, also kaufte ich ihn als Geschenk für sie.

Als ich wieder in Südafrika war, besuchte ich die Zöllners. Barbara, Ulli und ich saßen am Eßtisch, als ich mich plötzlich an den Ring erinnerte und sagte: »Ich habe dir ein Geschenk mitgebracht.« Ich ging in mein Zimmer und holte den Ring. Er sollte unser Verlobungsring werden, obwohl ich ihn damals gar nicht für diesen Zweck gedacht hatte.

Barbara und ich sahen uns sehr oft, und schließlich machten sie und ihre Mutter den Vorschlag, ich sollte doch mal mit ihrem Vater sprechen und irgendwie die bewußte Frage aufs Tapet bringen.

Eines Abends nach dem Essen tranken wir zu viert im Fernsehzimmer Kaffee. Nach viel Gestikulieren verließen Barbara und ihre Mutter den Raum und zogen hinter sich die Tür ins Schloß. Ich glaube nicht, daß Fred gleich merkte, was gespielt wurde, ich hingegen wußte genau, was man von mir erwartete.

Es würde bestimmt nicht einfach werden: Fred war ein harter Bursche und in gewisser Weise sehr deutsch. Übrigens hatte er eine eiserne Konstitution. Beispielsweise hatte man ihm geraten, seinen Lebensstil etwas zu mäßigen, da er einen hohen Cholesterinspiegel hatte, aber das hinderte ihn nicht daran, jeden Tag ein opulentes Frühstück mit gebratenen Eiern und Speck zu vertilgen, das er oft mit Amstel-Lagerbier hinunterspülte. Er war die Verkörperung des Grundsatzes: »Nichts ist so erfolgreich wie der Erfolg«, und er lebt heute noch, allen Warnungen zum Trotz.

Nachdem ich in einem Gespräch über die Stahlindustrie und seine Walzwerke versucht hatte herauszukriegen, wie die Laune des Mannes war, von dem ich hoffte, daß er mein zukünftiger Schwiegervater würde, fing ich an.

»Fred, Sie haben wahrscheinlich gemerkt, daß Barbara und ich uns sehr mögen.«

Er zog an seiner Zigarre und nickte. Sein Gesichtsausdruck verriet nichts. Aufmerksam betrachtete er die Asche seiner Havanna.

Ich räusperte mich und fuhr fort: »Hätten Sie etwas dagegen, wenn wir heiraten?«

Fred trank einen Schluck Kaffee und sagte erst einmal gar nichts. Dann: »Chris, glauben Sie, daß ihr zusammen glücklich werden könnt? Machen wir uns doch nichts vor. Sie sind viel älter als Barbara. Jetzt und vielleicht noch in den nächsten paar Jahren wird es hinhauen – aber was ist dann?«

Genau das machte mir ja ebenfalls Kopfzerbrechen, und ich hatte lange darüber nachgedacht. »Fred, ich sehe das so: Das Leben findet jetzt statt, nicht morgen oder nächstes oder übernächstes Jahr. Wenn wir zusammen glücklich werden können, und sei es nur für ein paar Jahre, dann ist es den Versuch wert. Ich bin sicher, auch Sie halten es für besser, daß Barbara einen Mann in meinem Alter heiratet und – wenn auch vielleicht nur für kurze Zeit – glücklich ist, als wenn sie einen jüngeren Mann heiratet und dann unglücklich ist, und das möglicherweise für lange Zeit.«

Fred dachte eine Weile nach, dann streckte er seine Hand aus und erklärte: »Chris, wenn Sie das so empfinden und wenn Sie ehrlich glauben, daß Sie Barbara glücklich machen können, dann haben Sie meine volle Unterstützung.«

Barbara und Ulli platzten herein – ich habe keine Ahnung, woher sie wußten, daß Fred und ich uns einig geworden waren. Wir küßten uns und lachten und öffneten eine Flasche Moët et Chandon. Es war ein Augenblick des Glücks, einer jener Augenblicke im Leben eines Menschen, die er nie vergißt.

Bei einer privaten Feier im Haus der Zöllners gaben Barbara und ich ein paar Freunden unsere Verlobung bekannt. Es war ein denkwürdiger Freitag, eine vollkommene Sommernacht in Transvaal, und ich erinnere mich, daß die Sterne nie so gefunkelt haben wie damals – nur Barbaras Augen leuchteten heller. Sie stand neben mir, und wir hielten uns fast den ganzen Abend an den Händen. Sie strahlte vor Glück, und mein Herz schmerzte vor Liebe und Zärtlichkeit, als sie so neben mir stand. Noch nie war ich so stolz gewesen.

Es war eine sehr dezente und ruhige Feier; das war uns nur gelungen, weil alles so schnell gegangen war. Anfang der Woche sollte ich nach New York und dann zu einem Kongreß des American College of Cardiology in San Francisco fliegen.

Wir hatten beschlossen, der Presse nichts zu sagen, aber natürlich kamen sie bald dahinter. Uns alle erstaunte, wieviel Platz dieser Nachricht eingeräumt wurde. Aber wir waren so verliebt, daß wir uns nicht weiter um den Rummel kümmerten, den die Zeitungen veranstalteten. Wenn ich allerdings jetzt zurückblicke, glaube ich, daß vermutlich die Presse und die sensationell aufgemachte Berichterstattung der letzte Nagel zum Sarg unserer Ehe waren. Doch das alles kam erst viel später.

Nach einem geruhsamen Wochenende in »Three Fountains« – wir weigerten uns schlechtweg, Anrufe von Reportern entgegenzunehmen – brachte Barbara mich zum Flughafen, und ich reiste nach New York ab. Barbara trug den Ring, den ich ihr aus Miami mitgebracht hatte, und er stach den Photographen natürlich sofort ins Auge.

Obwohl wir uns abgesprochen hatten, nur mit »Kein Kommentar« zu antworten, wurde uns bald klar, daß wir der Presse irgendeine Erklärung abgeben mußten, vor allem weil Barbaras Bild die Titelseiten der Zeitungen von London über New York bis Kapstadt schmückte.

Als ich sie von Amerika aus anrief, beschlossen wir zu bestätigen, daß wir heiraten würden, und sie willigte ein, einen Reporter zu empfangen und ihm die ganze Geschichte zu erzählen.

Sie war ziemlich aufgeregt, als sie den Reporter in das Wohnzimmer im Haus ihrer Eltern führte, und gab sich weit selbstsicherer und gelassener, als sie in Wirklichkeit war. Sie setzte sich und strich ihren beigefarbenen Leinenrock glatt.

»Miss Zöllner, Sie sind jetzt neunzehn, und Sie werden gelegentlich als ›Jet-set-Schönheit‹ bezeichnet. Würden Sie dieser Beschreibung zustimmen?«

»Na ja, das stimmt schon, ich bin neunzehn«, murmelte sie,

»*aber ich bin keine* ›*Jet-set-Schönheit*‹ *– ich habe nur noch nicht angefangen zu arbeiten, das ist alles.*«

»*Stimmt es, daß Sie mit Professor Chris Barnard verlobt sind?*«

»*Ja.*«

»*Er ist – Augenblick mal*«, *der Reporter blätterte in seinem Notizbuch,* »*er ist jetzt Ende Vierzig?*«

»*Nein, er ist sechsundvierzig.*«

»*Ja. Und, stört Sie dieser Altersunterschied?*«

»*Durchaus nicht.*«

»*Obwohl er nur zwei Jahre jünger ist als Ihre Mutter und eine Tochter ungefähr in Ihrem Alter hat?*«

Sie runzelte leicht die Stirn, daß er so hartnäckig war. »*Das macht nichts. Für uns hat das nichts zu bedeuten.*«

»*Warum haben Sie sich entschlossen zu heiraten?*«

»*Ich weiß nicht, was Sie meinen – warum entschließen Leute sich zu heiraten?*«

»*Weil er berühmt ist?*«

»*Das ganz bestimmt nicht! Und ich hoffe, daß niemand das glaubt. Natürlich habe ich gewußt, wer er ist, als ich ihn kennenlernte. Aber das einzige, was mich wirklich beeindruckt hat, war sein Charme.*«

»*Und sein Ruf als Playboy?*«

»*Ich glaube, dieses Etikett hat er nicht verdient, und daß die Zeitungen so viel über ihn berichten, hat ihn in keiner Weise verändert, da bin ich mir sicher: Er ist immer noch derselbe.*«

»*Und was ist mit den Geschichten über ihn und andere Frauen?*«

»*Mir macht es nichts aus, wenn Chris überall auf der Welt mit immer anderen Frauen photographiert wird. Welcher Mann würde es, wenn sich ihm die Gelegenheit bietet, nicht genießen, daß schöne Frauen sich für ihn interessieren?*«

Hier war also für ihn nichts zu holen, sie hatte sich zu gut im Griff. Er versuchte es daher mit einer anderen Taktik.

»*Wo haben Sie sich kennengelernt?*«

»*Auf einer Dinnerparty – und zwar hier, in diesem Haus.*« *Sie machte mit ihrer Hand eine ausholende Geste.* »*Danach haben wir uns an verschiedenen Orten getroffen, aber erst als wir uns auf Ischia wiedersahen, wurde mir klar, daß er für mich mehr war als nur ein guter Freund. Und dann hat sich das Ganze einfach so entwickelt, und letzten Mittwoch hat er um meine Hand angehalten. Und ich habe ja gesagt«, fügte sie schlicht hinzu.*

»Warum haben Sie und Chris dann abgestritten, daß etwas zwischen Ihnen ist?«

»Na ja, anfangs waren diese Gerüchte einfach verfrüht. Lange bevor es tatsächlich passierte, haben die Zeitungen uns schon als Liebespaar bezeichnet. Und als es dann passierte und wir uns ineinander verliebten, da hat Chris schlicht versucht, mich zu beschützen.«

»Sie vor was zu beschützen?«

»Davor, ständig von Ihren Kollegen verfolgt zu werden und Interviews wie dieses geben zu müssen. Ich schätze derlei nicht sehr, und ich fühle mich dabei äußerst unwohl.«

Er versuchte, sie mit einer letzten Frage aus der Reserve zu locken: »Wann haben Sie vor zu heiraten, Miss Zöllner?«

»Das ist alles noch nicht entschieden. Ich kenne Chris erst seit acht Monaten. Allerdings halte ich nicht viel von langen Verlobungszeiten, also werden wir wahrscheinlich innerhalb des nächsten Jahres heiraten.«

Nicht besonders ergiebig, dieses Interview, dachte er sich – aber eine Schlagzeile wie: »CHRIS IST KEIN PLAYBOY – sagt Barbara«, *das könnte hinhauen.*

Eines Morgens quälte ich mich mühevoll aus meinem Bett. Am Tag zuvor hatten wir im Rotkreuz-Krankenhaus ein volles Programm gehabt, und nach einem langen Tag im Operationssaal flackerte meine Arthritis häufig wieder auf.

Ich hatte das Gefühl, als hätte ich an einem Rugby-Spiel teilgenommen – nicht als Spieler, sondern als Ball. Mühsam kämpfte ich mich ins Bad, und als ich in den Spiegel schaute, dachte ich: »Vielleicht bist du doch älter, als du meinst, und es wird Zeit, etwas kürzer zu treten.« Aber meine Arbeit faszinierte mich nach wie vor sehr, und ich freute mich darauf, nach den Kindern zu sehen, die wir gestern operiert hatten.

Ich ließ heißes Wasser in das Waschbecken laufen, tauchte meine Hände ein, ballte sie zu Fäusten und streckte sie wieder. Dann machte ich das gleiche in kaltem Wasser. Jemand hatte mir gesagt, daß der plötzliche Temperaturwechsel hilft.

Hunderte mitfühlender Leute in aller Welt hatten mir »Heilmittel« empfohlen, unter anderem die beliebten Kupferarmbänder, Kupferpfennige über dem rechten und eine Nickelmünze auf dem linken Knöchel, Gin, Rosmarinöl, Saft aus grünen Tomaten, Himbeertee, Petersilie, Sellerie, transzendentale Meditation, Scientology, Hundevitaminpillen, Bremsflüssigkeit, Rostschutzmittel, Moorpackungen, gekochte Guavenblätter, malaysischen Seetang, Brennesseln, eine Kartoffel in jeder Tasche, eine Spanische Fliege, Erdnußöl, grüne Plastiklockenwickler, Blut aus Nabelschnüren, verschiedene Wurzeln und Akupunktur.

Ich habe nicht viele davon ausprobiert, aber dreißig Jahre, nachdem bei mir Arthritis diagnostiziert wurde, habe ich sie immer noch unter Kontrolle. Allerdings sind die wahnsinnigen Schmerzen manchmal unerträglich, obwohl meine Schmerzschwelle ziemlich hoch ist.

An diesem Morgen fiel es mir schwer, mich zu rasieren und anzukleiden. Merkwürdigerweise ging nach der Hochzeit mit Barbara die Arthritis fast ganz zurück. Ich witzelte oft, das beste Heilmittel sei eine junge Frau.

Es war ein wunderschöner, wolkenloser Tag. Die Strände lagen verlassen da; nur ein paar unermüdliche Fitneßfanatiker joggten auf dem weißen Sand von Clifton Beach. Ich beobachtete einige Boote draußen auf See und einen Kormoran, der nach seinem Frühstück tauchte. Dann drehte ich mich um, sah zum »Lion's Head« hinauf und dachte bei mir: In was für einem herrlichen Land lebe ich doch! Warum nur lassen wir zu, daß die Politik es so häßlich macht?

Ich verbannte die Schmerzen aus meinem Bewußtsein und machte mich auf den Weg zur Arbeit. Während der Fahrt mußte ich an den kleinen schwarzen Jungen denken, den Marius gestern operiert hatte. Er war erst sechs Jahre alt, aber ein rheumatisches Fieber hatte seine Herzklappen so weitgehend zerstört, daß wir die eine durch eine künstliche ersetzen mußten.

Zur Zeit lief gerade eine massive Kampagne gegen »Herzleiden« – darunter verstand man die koronare Herzerkrankung. In großen schwarzen Lettern wurde behauptet, Herzleiden sei die Todesursache Nummer eins in der westlichen Welt. In Südafrika wurde außerdem hervorgehoben, daß sehr viele Afrikaander davon betroffen waren. Mittlerweile kannte jedermann die Risikofaktoren, etwa hohen Blutdruck, hohen Cholesterinspiegel, zu wenig Bewegung und Rauchen. Kaum je wurde die rheumatische Herzerkrankung erwähnt, bei der es sich ohne jeden Zweifel um die häufigste Form von Herzkrankheit in Südafrika handelt.

Lag der Grund darin, daß es zu »Herzanfällen« vor allem bei wohlhabenden Weißen kam, während die rheumatische Herzkrankheit besonders unter der nicht-weißen Bevölkerung und bei den sozial benachteiligten Schichten weit verbreitet war?

Die Ironie des Ganzen ist, daß wir nur sehr wenig darüber wissen, warum Leute überhaupt einen Herzanfall bekommen, und schon gar nicht wissen wir, wie wir dem vorbeugen können. Andererseits ist ganz offensichtlich, warum Leute an rheumatischem Fieber erkranken, und in dem Fall wissen wir auch, wie man es verhindern kann.

In den skandinavischen Ländern ist das rheumatische Fieber heutzutage praktisch unbekannt. In Südafrika hat es jedoch epidemische Ausmaße angenommen.

Die zuständigen Behörden scheinen es vorzuziehen, Millionen für die Behandlung dieser Krankheiten auszugeben, anstatt die gleiche Summe dafür aufzuwenden, der Krankheit vorzubeugen, indem man den Bedürftigen bessere Unterkünfte, mehr zu essen und bessere medizinische Versorgung bietet, vor allem in den ländlichen Gegenden.

Mit einem Gefühl der Hoffnungslosigkeit seufzte ich auf und ging zur Intensivstation des Rotkreuz-Kinderkrankenhauses.

Im Lauf der Jahre hatte die Erfahrung mich gelehrt, innerhalb weniger Minuten den Zustand eines Patienten zu beurteilen. Ich sah sofort, daß »Johnny« (so nannten wir ihn, da wir seinen Xhosa-Namen nicht aussprechen konnten) sehr krank war. Genauer gesagt: Er lag im Sterben.

Vor der Operation hatte der Kardiologe festgestellt, daß er immer noch an einer akuten rheumatischen Entzündung des

Herzmuskels litt. Er hatte uns geraten abzuwarten, bis sie abgeklungen war, aber aufgrund der Schwere der Klappenschäden hatten wir sofort operieren müssen.

Als ich ihn untersuchte, hatte er kaum Blutdruck und schnappte bei jedem Atemzug nach Luft.

Ich wandte mich zu Schwester Meyer um. Sie war mittlerweile seit über einem Jahr für die Intensivstation verantwortlich und eine wunderbar fürsorgliche und aufopferungsbereite Krankenschwester. Sie freute sich überschwenglich, wenn ein Kind sich erholte und genas. Und jedes Kind, das starb, betrauerte sie zutiefst.

»Was ist denn passiert, Schwester?« fragte ich sie, obwohl ich genau wußte, wo das Problem lag.

»Dr. Marius war hier, und er hat gesagt, daß es Myokarditis ist.« Sie bemühte sich, ihre Besorgtheit hinter ihrer kurzangebundenen, professionellen Sachlichkeit zu verbergen, aber das gelang ihr nicht so recht.

»Hat er irgend etwas vorgeschlagen?« Ich wollte wissen, was für eine Behandlung er vorgeschrieben hatte.

»Er hat vorgeschlagen, daß wir die Steroide erhöhen, wir sollten aber zuerst Sie fragen.«

»Ich bin der gleichen Ansicht. Sonst noch was?« fragte ich, obwohl ich wußte, daß wir kaum noch etwas tun konnten.

»Ja, er hat Johnny gefragt, was er gerne haben möchte«, und ihr tapferer Versuch, unbeteiligt zu wirken, mißlang endgültig. Tränen stiegen ihr in die Augen.

»Was hätte er denn gerne?« fragte ich sanft.

Ihre Stimme brach fast, und ich konnte ihre Antwort kaum verstehen: »Ein Stück Brot«, sagte sie mit erstickter Stimme. Sie drehte sich zur Wand und begann hemmungslos zu schluchzen.

Mir wurde es zu eng in dem Raum, und ich rannte zur Toilette, um dort meinen Tränen freien Lauf zu lassen. Ich weinte, weil wir das Leben des kleinen Jungen nicht retten konnten. Ich weinte wegen der abgrundbösen Gesellschaft, die ihm so vieles vorenthalten und damit zugelassen hatte, daß die Krankheit zuschlug. Ich weinte, weil wir Johnny zwar nach den modernsten Methoden behandeln und ihm eine teure, in Amerika gekaufte Herzklappe einsetzen konnten, ihm aber nicht das Stück Brot gegeben hatten, das er gebraucht hätte – denn das war alles, was er wirklich wollte: etwas zu essen.

Zwei Stunden später starb Johnny.

Inzwischen hatte Dr. Watermeyer angerufen, der Direktor des Rotkreuz-Krankenhauses. Er wollte mich dringend sprechen.

Langsam ging ich die Treppe zu seinem Büro im Erdgeschoß hinunter. Bei jedem einzelnen Schritt spürte ich das unsagbare Leid auf mir lasten.

»Herein«, kam die Antwort, nachdem ich angeklopft hatte.

Dr. Watermeyer saß an seinem Schreibtisch und machte einen äußerst besorgten Eindruck. Wahrscheinlich hat er erfahren, daß Johnny gestorben ist, dachte ich. Ich irrte mich – er hatte andere, »wichtigere« Probleme mit mir zu bereden.

»Professor Barnard, Sie müssen mit der Rassenvermischung aufhören«, verkündete er ohne Umschweife.

»Was?« Ich war sicher, daß ich nicht richtig gehört hatte.

»Tut mir leid, aber ich habe Anweisungen aus der Zentrale, daß es der Politik der Regierung zuwiderläuft, wenn weiße und schwarze Kinder auf der gleichen Station behandelt werden.«

Ich spürte die Wut in mir aufsteigen, wie Magma in einem Vulkan. Mein Blut wurde eiskalt, während mein Gesicht brannte. Meine Augen verengten sich, und ich umklammerte die Stuhllehne, bis meine Knöchel weiß wurden. Ich wagte es nicht, den Mund aufzumachen.

»Tut mir leid, Professor Barnard, aber ich tue nur meine Pflicht.« Er sah sehr wohl, wie wütend ich war, und ich schätze, er wollte die unausweichliche Konfrontation vermeiden.

»Dr. Watermeyer«, begann ich vorsichtig und versuchte, so gelassen wie möglich zu bleiben, »ich will Ihnen sagen, was Ihre verdammte Pflicht und Schuldigkeit als Leiter dieses Krankenhauses ist. Ihre Pflicht ist es, diesen selbstgerechten Scheißkerlen in der Zentrale zu sagen, daß sie sich zum Teufel scheren sollen! Wenn Sie den Eindruck vermeiden wollen, daß das Ihre Ansicht ist, dann sagen Sie denen ruhig, meine Antwort ist, daß sie mich am Arsch lecken können!«

Ich drehte mich um und wollte gehen.

»Professor Barnard, bitte, werden Sie nicht gleich so wütend.« Ich merkte, daß ihm alles andere als wohl in seiner Haut war; vielleicht tat er das alles ja nur aus Angst um seine Stelle. Aber ich spürte noch Johnnys Handgelenk, in dem kein Puls mehr zu fühlen war, in meinen Händen.

»Was verlangen Sie denn von mir?« fragte ich resigniert – ich war plötzlich unsagbar müde.

»Nun ja, das Problem ist die Intensivstation. Ich habe immer ein Auge zugedrückt, aber jetzt hat sich ein Vater beschwert, daß sein Kind neben einem Kaffer liegen muß.«

»Sagen Sie ihm, er soll sein Kind in ein anderes Krankenhaus bringen, wenn es sich hier nicht wohl fühlt«, seufzte ich.

»Aber die wollen doch, daß *Sie* ihre Kinder operieren.«

Die Sekretärin brachte zwei Tassen Tee; ich nahm meinen schwarz, ohne Zucker.

»Wenn sie das wollen, werden Sie sich mit meinen Vorstellungen abfinden müssen.« Ich hob meine Hand, um Dr. Watermeyer daran zu hindern, mir ins Wort zu fallen.

»Ich will Ihnen erklären, wo das Problem liegt. Selbst wenn ich es wollte, ich könnte diese unerträglichen Bürokraten und diese fehlgeleiteten und gehässigen Heuchler, die einige unglückselige weiße Kinder zu Eltern haben, nicht zufriedenstellen – das ist schlichtweg unmöglich.

Wir haben nur eine Intensivstation zur postoperativen Betreuung. Es ist völlig abwegig, daß ich in der einen Woche nur Weiße und in der nächsten nur Schwarze operiere, das geht einfach nicht. Krankheit macht keinen Unterschied zwischen Weiß und Schwarz. Und ich auch nicht.«

»Was schlagen Sie also vor?« fragte er; allmählich schien er zu begreifen, wovon ich redete.

»Ich schlage vor, daß wir einfach so weitermachen wie bisher. Den Eltern, die etwas dagegen haben, lasse ich die Wahl: Entweder suchen sie sich ein anderes Krankenhaus, oder ich kümmere mich nach der Operation auf der allgemeinen Station um ihre Kinder, wo sie natürlich nicht so gut versorgt werden wie auf der Intensivstation.«

Dr. Watermeyer begann an seinem Füllfederhalter und dem Papier auf seinem Schreibtisch herumzufummeln. Als er aufblickte, sah ich die Angst in seinen Augen. »Da ist noch etwas.«

Ach du lieber Gott, was ist denn jetzt noch? dachte ich.

»Es hat auch Beschwerden gegeben, daß Sie zur Betreuung der Kinder farbige Krankenschwestern einsetzen.«

Was für eine Krankheit hatte mein Land befallen? Ich hätte eine der vielen Stellen, die man mir nach der Transplantation angeboten hatte, annehmen und diesem gottverdammten, gottverlassenen Erdenwinkel den Rücken kehren sollen. Diese abscheuliche Bemerkung hatte mich so beleidigt, daß ich nur sagen konnte: »Dr. Watermeyer, wenn Sie jemanden haben, der meine Abteilung besser leitet als ich, dann bin ich gerne bereit, sofort zu gehen.«

Ich trank einen Schluck Tee, aber er war bitter – bitter wie die südafrikanische Politik, also stellte ich die Tasse wieder hin.

»In der Zwischenzeit«, fuhr ich fort, »werde ich alles tun, was meinem Empfinden nach im Interesse meiner Patienten liegt. Ist Ihnen eigentlich auch nur ansatzweise klar, wie gut unsere farbigen Krankenschwestern sind? Fragen Sie Dr. Riet, der für die Abteilung für Verbrennungen zuständig ist, fragen Sie irgendeinen der Ärzte, die hier arbeiten. Wir sollten auf die Knie fallen und Gott dafür danken, daß wir sie haben. Mich überrascht nur, daß sie immer noch willens sind, die Sprößlinge unserer ›überlegenen Rasse‹ zu versorgen, angesichts der Art und Weise, wie wir sie behandelt haben!«

Ich hätte es nicht ertragen, noch länger mit ihm zu sprechen, mit diesem Mann, dessen Aufgabe es war, die abscheuliche Doktrin der Apartheid durchzusetzen. Ich stand auf und wandte mich zum Gehen. An der Tür drehte ich mich um: »Übrigens, Dr. Watermeyer, Sie können den Eltern – und Ihren Vorgesetzten –, die sich über den schwarzen Jungen auf der Intensivstation beklagt haben, sagen, daß sie sich keine Sorgen mehr zu machen brauchen. Johnny ist tot.«

Zwei Monate, nachdem ich um Barbaras Hand angehalten hatte, verlobten wir uns auch offiziell, auf einer großen Feier, die Ulli im Haus der Zöllners ausrichtete. Ungefähr hundertfünfzig Gäste waren geladen. Barbara trug das Kleid, das Prinzessin Luciana ausgesucht hatte, und ich zog wieder einmal Litricos Smoking an.

Don Mackenzie war auch da und schoß Photos, die dann in Zeitschriften auf der ganzen Welt veröffentlicht wurden. Wir hatten beschlossen, nur einen Photographen zu der Party zuzulassen, obwohl eine ganze Kompanie draußen auf der Straße praktisch ihr Lager aufgeschlagen hatte. Ich bin sicher, die hervorragenden Photos zahlten sich für Don aus. Mir war lange nicht so recht klar, wie gut Zeitungsverleger derlei bezahlen. So bekam später Bill Pepper für ein Photo von mir und Barbara, wie wir uns nach unserer Trauung küßten, 2500 Dollar, 1970 eine ganz ansehnliche Summe.

Als Termin für unsere Hochzeit setzten wir den 14. Februar fest. Barbara war abergläubisch und hatte Angst vor dem 13., und außerdem hatte Louwtjie an dem Tag Geburtstag. Es wäre reichlich taktlos gewesen, ausgerechnet am Geburtstag meiner Ex-Frau zu heiraten.

Die Feier sollte am Abend des 13. beginnen, im Haus von Barbaras Eltern, und dort sollte uns auch ein Standesbeamter trauen, allerdings erst, wenn es Mitternacht geschlagen hatte.

Wir luden nur eine Handvoll Gäste ein, darunter Dr. Diedrichs, den Finanzminister, und seine Frau, Dr. Tommy Miller, den geschäftsführenden Direktor von Iscor, mit Frau, meine Tochter Deidre und Bill Pepper, der nach Südafrika gekommen war, um *One Life* den letzten Schliff zu geben. Er sollte auch die Hochzeitsphotos machen. Dr. Nico Malan, der Administrator der Kap-Provinz, der mich erst kürzlich mit der Goldmedaille der Provinz ausgezeichnet hatte, war ebenfalls eingeladen, konnte aber nicht kommen. Ich war mit ihm und seiner Frau in der Zeit, als Louwtjie und ich noch verheiratet waren, gut befreundet gewesen. Er verstand es, das Leben zu genießen, und ich mochte beide sehr gerne. Allerdings wußte ich, daß Louwtjie sich vor unserer Scheidung an die beiden gewandt hatte, um mich davon abzubringen, anderen Frauen nachzulaufen. Vielleicht war das der eigentliche Grund dafür, daß sie abgesagt hatten? Ich hoffte, daß Louwtjie sie nicht gegen mich aufgehetzt hatte.

Die Medien berichteten ausführlichst über unsere bevorstehende Heirat, und die große Frage war natürlich, wie Barbaras Kleid aussehen würde. Die freudige Erregung vor dem großen Ereignis wurde durch mehrere Drohungen getrübt, die Barbara von anonymen Anrufern erhielt.

Einer erklärte, er würde »ihr hübsches Gesicht mit Säure verunstalten«. Eine Anruferin gab vor, Deidre zu sein, und bat Barbara, sich mit ihr in der Stadt zu treffen. Die Polizei nahm diese Drohung immerhin so ernst, daß ein stämmiger Polizist, der eine blonde Perücke aufhatte, sie zu dem Rendezvous im Rathaus begleitete. Am Ende stellte sich heraus, daß es nur ein übler Scherz war. Ich selber lachte über diese Drohungen, aber einem neunzehnjährigen Mädchen konnten sie schon Angst einjagen.

Glücklicherweise war »Three Fountains« durch eine hohe Mauer gesichert, und es war wirklich beruhigend, daß die Zulu-Wachen, die mit traditionellen Waffen ausgerüstet waren, Tag und Nacht die Tore bewachten.

Vor der Hochzeit mußte ich noch einer beruflichen Verpflichtung nachkommen: Man hatte mich eingeladen, vor der südafrikanischen Sakekammer (dem afrikaansen Unternehmerverband) einen Vortrag zu halten. Ich hatte ziemliche Bedenken, da ich anläßlich meiner Scheidung von Louwtjie (die selber eine waschechte Afrikaanderin war) und meiner bevorstehenden Heirat mit einer Neunzehnjährigen (die allgemein als englischsprachige Angehörige des Jet-set galt) eine ziemlich schlechte Presse hatte.

Die Probleme in Südafrika werden meistens sehr vereinfacht dargestellt. Natürlich ist es bequem, das Land in weiße Unterdrücker und schwarze Unterdrückte aufzuteilen – aber so stimmt das nicht. Unter den Schwarzen bestehen seit jeher traditionelle Stammesfeindschaften. Und auch bei den Weißen gibt es große Meinungsverschiedenheiten: Die Afrikaanssprechenden haben oft völlig andere Wertvorstellungen als die Englischsprechenden, und die Toleranz zwischen den einzelnen Gruppen ist nicht gerade groß.

Das Publikum an dem Abend würde hauptsächlich aus Afrikaandern bestehen, die traditionellerweise sehr engstirnig sind und eine etwas merkwürdige Auffassung von Moral haben. Außerdem würden sie fast alle der Niederländischen Reformierten Kirche angehören, nach deren Ansicht ich sämtliche im Buch der Bücher verzeichneten Sünden begangen hatte.

Ich bereite mich nie auf einen Vortrag vor, vor allem, wenn man mir kein spezielles Thema genannt hat. Normalerweise schaue ich mir, wenn die Cocktails serviert werden, die Leute an und versuche, mir ein Bild von ihnen zu machen. Erst dann fange ich an, Ideen zu meinem Vortrag zu formulieren und mir ein paar Notizen zu machen.

Als ich im Hotel *President* in Kapstadt ankam, hätte der Empfang nicht herzlicher sein können. Alle schienen hocherfreut, mich zu sehen, und erklärten, wie stolz sie auf meine Leistungen seien, denn schließlich war ich ja einer der Ihren, ein Afrikaander.

Wir nahmen unsere Plätze für das Diner ein, und die Leutseligkeit hielt unvermindert an. Ich sollte nach dem Hauptgang sprechen, daher fiel es mir schwer, das Essen zu genießen. Ich konnte nicht einmal meine Nerven mit ein, zwei Gläsern Wein beruhigen, denn ich hatte festgestellt, daß es unklug ist, vor einer Rede Alkohol zu trinken.

Nachdem ich lustlos in meinem Essen gestochert hatte, stellte mich jemand als »einen der größten Afrikaander, die Südafrika je hervorgebracht hat«, vor, was mit lautem Beifall und Hochrufen quittiert wurde. In diesem Augenblick war ich sehr stolz auf mein afrikaansches Erbe und auch darauf, unter so aufrechten Leuten zu sein. Ich fühlte mich jetzt sehr viel wohler und selbstsicherer als bei meiner Ankunft und begann (auf afrikaans): »Sehr geehrte Damen und Herren, meine Aufregung und Angst vor diesem Abend waren groß, da ich glaubte, all die Geschichten, die in letzter Zeit über meine Eskapaden verbreitet wurden, hätten mich möglicherweise zu einem unwillkommenen Gast bei meinen Landsleuten gemacht.«

»Aber nicht doch!« riefen einige.

»Aber jetzt, wo ich hier bin, stelle ich fest, daß ich unter Freunden bin, und Respekt zwischen Freunden und Loyalität unserem Land gegenüber sind ein Band, das alle Afrikaander eint und das die Medien nicht so ohne weiteres zerreißen können.« Ich lächelte.

Lauter Beifall und »Hört, hört«-Rufe.

Frohgemut fuhr ich fort: »Sie sind die Leute, die immer zu mir halten und mir beistehen werden. Und aus diesem Grund wäre ich sehr froh, wenn Sie mir bei der Beantwortung einiger Fragen helfen könnten, die mir auf meinen Auslandsreisen häufig gestellt werden.

Zur ersten Frage. Oft sagen die Leute zu mir: ›Sie lassen bei sich zu Hause schwarze und farbige Frauen als Dienstmädchen arbeiten, und wenn Ihr Kind krank ist, dann waschen und füttern diese Frauen es und setzen sich an sein Bett. Wenn aber ihr Kind ins Krankenhaus muß, dann ist es der gleichen farbigen oder schwarzen Frau vom Gesetz her untersagt, ihr Kind zu versorgen.‹ Wie soll ich ihnen das erklären?«

Aus dem Publikum war Stühlerücken und Hüsteln zu vernehmen, und allmählich dämmerte mir die erschreckende Wahrheit – daß ich wahrscheinlich ihre Stimmung falsch eingeschätzt hatte und daß ihre Willkommensgrüße nur oberflächliche Höflichkeit gewesen waren. Aber jetzt war es zu spät, um aufzuhören, und ich beschloß, es darauf ankommen zu lassen.

»Die zweite Frage, bei der Sie mir helfen müssen, lautet: Warum muß ein schwarzer oder farbiger Student zwar die gleichen Examen bestehen und die gleichen Gebühren bezahlen, um seinen Abschluß zu machen, aber wenn er dann in einem Krankenhaus auf dem Land eine Stelle bekommt, erhält er weniger Gehalt als sein weißer Kollege. Wie soll ich eine solche Frage beantworten?«

Jetzt waren bereits lautes Flüstern und mißfälliges Murmeln im Publikum zu hören. Ganz hinten rief ein Mann etwas, das ich nicht verstehen konnte. Aber mit Sicherheit war es nichts besonders Höfliches.

»Die dritte Frage«, fuhr ich rasch fort, »lautet: ›Sie erzählen den Zeitungen und Illustrierten, daß die weißen Kinder mit ihren schwarzen und farbigen Freunden in deren Siedlungen spielen, aber wenn sie erwachsen sind, dürfen sie auf dem Sportplatz nicht miteinander konkurrieren.‹ Oft wird der Fall d'Oliviera zitiert – wie Sie wissen, ein ehemaliger Südafrikaner, dem untersagt wurde, mit dem MCC (die für alle britischen Krickestspiele zuständige Vereinigung; Anm. d. Ü.) nach Südafrika zu kommen, weil er ein Farbiger war. Ich finde, das ist ebenfalls eine schwierige Frage.«

Eigentlich wollte ich noch weitere derartige Fragen stellen, aber da das Hohngelächter mich mittlerweile übertönte und ganze Gruppen von Leuten den Saal verließen, befürchtete ich, daß ich schließlich nur noch zu mir selber reden würde.

So bat ich sie ein letztes Mal, mir bei der Beantwortung dieser Fragen zu helfen, dankte ihnen für ihre Aufmerksamkeit und nahm Platz.

Abgesehen von vereinzeltem, zaghaftem Klatschen herrschte Stille.

Irgendwo aus dem Hintergrund des Saales schlug jemand mit lauter Stimme eine Antwort vor: »Sagen Sie denen, daß wir das machen, weil das unsere Angelegenheit ist, nicht die ihre – und Sie können ja zu denen gehen, wenn Sie wollen!«

Der Präsident des Verbandes beschloß, den Abend zu beenden, und ich stand auf, um zu gehen. Die Feindseligkeit um mich herum war deutlich zu spüren. Einer sagte, er habe noch nie erlebt, daß jemand sich so unverschämt aufgeführt habe wie ich.

Ich konnte ihre Erbitterung nicht verstehen, denn ich hatte ihnen ja nichts gesagt, was sie nicht schon wußten.

Mein Freund, der Journalist Bob Mano... erzählte mir später, er habe gemerkt, daß ich eine riesige Bombe hatte platzen lassen. Er war sofort zum nächsten Telefon gerast und hatte einen Bericht an die *Cape Times* durchgegeben.

Es stimmte, ich hatte tatsächlich eine Bombe platzen lassen, denn zum erstenmal hatte ich öffentlich gegen die Apartheid Stellung bezogen.

Die lokale nationalistische Zeitung, *Die Burger*, schrie nach meinem Blut. Die englischsprachigen Zeitungen hingegen applaudierten mir.

Mittlerweile verfügte die Regierung, mich ab sofort auf den Flughäfen nicht mehr als VIP zu behandeln. Als ich den Beamten für Öffentlichkeitsarbeit bei der South African Airways fragte, warum sich ihre Haltung mir gegenüber so drastisch verändert hatte, erklärte er, er habe Anweisungen »von ganz oben«, mich von jetzt an als ganz normalen Passagier zu behandeln.

Das war ihre kleinliche und gehässige Methode, ihr Mißfallen so deutlich wie möglich zum Ausdruck zu bringen.

Am rechten Arm ihres Vaters schwebte Barbara die Treppe hinunter, gekleidet in ein fließendes weißes Gewand – wie schön und anmutig sie aussah! Die Gäste, der Standesbeamte und ich warteten in der Eingangshalle von »Three Fountains« vor einem großen Wandteppich mit dem bedrohlichen Titel »Der Kindermord zu Bethlehem«.

Nach einer kurzen Zeremonie erklärte der Standesbeamte uns für Mann und Frau, und wir küßten uns, während ringsum die Champagnerkorken knallten.

Im Lauf des Tages war die Menschenmenge stetig angeschwollen; aus aller Welt waren Medienleute angereist. Sie versuchten jeden erdenklichen Trick, um auf das Grundstück zu gelangen. Ein Photograph versteckte sich hinten in einem Milchwagen, ein anderer gab vor, Blumen zu liefern, und ein dritter fiel von einem Baum.

Nach der Zeremonie bestürmten die Reporter Dr. Zöllner hartnäckig, ihnen wenigstens für ein paar Minuten den Zutritt zu gestatten. Ich besprach mich mit Bill, und wir kamen zu dem Schluß, daß dies die einzige Möglichkeit wäre, sie loszuwerden. Also wurde das Tor geöffnet, und sie marschierten die Auffahrt hinauf und in das Haus, wo sie Barbara und mich baten, händchenhaltend und uns küssend für sie zu posieren.

Ein Photograph wollte uns von einem ganz besonderen Blickwinkel aus aufnehmen und kletterte auf einen wertvollen Louis-XVI-Tisch, mit dem Erfolg, daß er ihn erheblich beschädigte. Die Leute drängelten derart, daß binnen kurzem die Situation völlig außer Kontrolle geriet. Wir riefen die Wachen herein, und die eskortierten die Photographen und Reporter hinaus.

Was den Rest der Feier betrifft, erinnere ich mich nur, daß ich eine grauenvolle Rede hielt.

Am nächsten Tag fuhren wir zum Jan-Smuts-Flughafen, um mit Bill Pepper nach Rom und in unsere Flitterwochen zu fliegen.

Ich traute meinen Augen nicht, als das Flugzeug auf dem Fiumicino-Flughafen auf den Terminal zurollte. In der Ankunftshalle warteten Tausende von Leute auf uns.

Der Sohn Bill Peppers schaffte es, uns abzufangen, ehe wir die Alitalia 707 verließen, und warnte uns, im Flughafengebäude sei die Hölle los. Er hatte keine Ahnung, wie wir durch die Menschenmenge kommen sollten, ohne verletzt zu werden.

»Sie können weder unter ihnen durch noch über sie wegmarschieren, also müssen Sie einfach mitten durch«, schlug ein Neunmalkluger vor. Und genau das taten wir auch. Vor uns gingen ein paar stämmige Leute von der Alitalia, und so bahnten wir uns einen Weg durch die brodelnde Menschenmenge. Der Lärm der Hochrufe und Pfiffe war ohrenbetäubend.

Einige Leute zogen sogar an Barbaras Haaren, um zu sehen, ob sie echt waren, und mich zwickte jemand in den Po, eine italienische Sitte, die eigentlich, so hatte ich geglaubt, ausschließlich Damen vorbehalten war.

Laut hupend fuhren ein paar Autos voraus, ein paar hinter uns her, und so gelangten wir schließlich nach Trastevere, wo wir die erste Nacht unserer Flitterwochen bei Bill verbrachten.

In den vier Tagen, die wir in Rom blieben, verließen wir kaum je Bills Haus, denn die *Paparazzi* taten ihr Bestes, um uns das Leben schwerzumachen. Tag und Nacht waren Kameras auf die Fenster und Balkone gerichtet.

Zu der Party, die Bill veranstaltete, lud er einige Berühmtheiten ein, darunter Robert Audrey und seine Frau sowie Sophia Loren und Carlo Ponti. Von *Harper's Bazaar* und *Vogue* waren einige Moderedakteure da: Sie waren ganz versessen darauf, daß Barbara als Model für sie posierte, und schließlich schafften sie es, sie zu überreden.

Am nächsten Tag kreuzten sie mit einer Auswahl von Kleidern auf, die Barbara der Reihe nach vorführte. Sie sah hinreißend aus, und ich war der stolzeste Ehemann der Welt, als mich später überall auf der Welt von den Titelseiten der Zeitschriften ihr Gesicht anlächelte.

Als es für uns Zeit wurde, nach New York weiterzureisen, fuhr Bill mit einem Wagen direkt vor den Vordereingang, verstaute sämtliche Koffer, und wir alle rannten blitzschnell zum Auto und sprangen hinein.

Ich kann mich noch erinnern, daß ein alter Mann unbedingt durch das Fenster mit uns sprechen wollte. Er wirkte so harmlos, daß ich Bill bat, das Fenster herunterzukurbeln, damit wir uns anhören konnten, was er zu sagen hatte. Bill hielt also an und sprach kurz mit ihm. Beim Weiterfahren erklärte er: »Typisch italienisch. Er hat gesagt, er sei der Mann, der die Straße vor unserem Haus kehrt, und habe sein Bestes getan, um sie in der Zeit, in der Sie hier waren, besonders sauber zu fegen.«

In New York quartierten wir uns im *Waldorf-Astoria* ein und gingen noch am gleichen Abend in eine Show mit Liza Minelli, in der ich mich prächtig amüsierte. Sie war ein vollendeter Profi, und ich war entzückt, als man uns einlud, hinter die Bühne zu kommen, um ihr vorgestellt zu werden.

Wir sagten ihr, wie ausnehmend gut uns ihre Show gefallen hatte, und das freute sie sichtlich. Ich weiß noch sehr gut, wie ihre riesigen Augen zu glänzen begannen, als sie angeregt mit uns plauderte. Sie hatte unglaublich viel Kraft und Energie in ihren Auftritt gesteckt, und ich sah ihr an, daß sie erschöpft war. Also erinnerte ich sie daran, daß ich Arzt war, und riet ihr, sich auf der Stelle etwas auszuruhen. Alle lachten, und wir verabschiedeten uns und kehrten in unser Hotelzimmer zurück, um zum erstenmal, seit wir verheiratet waren, eine Nacht allein zu zweit zu verbringen.

Am nächsten Morgen fuhren wir in aller Frühe mit dem Zug nach Philadelphia. Ich arbeitete schon eine Zeitlang mit dem dort ansässigen Unternehmen General Electric bei der Vorbereitung einiger Raumfahrtprojekte zusammen.

Barbara wurde von einigen Damen zu einem Treffen und anschließend zum Mittagessen eingeladen, bei dem ihr etwas wirklich Merkwürdiges passierte.

Als sie gefragt wurde, was sie trinken wolle, bestellte sie einen Gin-Tonic. Nach einer Weile kehrte der Kellner zurück und machte sie höflich darauf aufmerksam, daß sie noch zu jung sei, um Alkohol serviert zu bekommen – daß da aber ein Mann sei, der ihre Telefonnummer haben wolle. Als sie fragte, warum, erklärte er ihr, der Mann arbeite für den Playboy und würde sich gerne mit ihr darüber unterhalten, ob sie nicht ein »Bunny« werden und für die Zeitschrift Modell stehen wolle.

Barbara wandte sich zu ihren Gastgeberinnen und erklärte trocken: »Wirklich interessant. Ich bin zu jung, um Alkohol zu trinken, aber nicht, um nackt für das Faltblatt in einer Illustrierten zu posieren.«

Nach sechs Wochen kehrten wir via Oslo nach Kapstadt zurück und zogen in die Zweizimmerwohnung im »La Corniche«. Glücklicherweise waren wir abends oft zum Essen eingeladen, denn zu jener Zeit hatte meine junge Frau noch nicht viel Ahnung vom Kochen. Mir machte das nichts aus, ich dachte einfach an den Komiker, der gesagt hatte, ein Mann, der eine schöne Frau *und* eine gute Köchin heiratet, sei... ein Bigamist.

Ihre Eltern kamen nach Kapstadt, um zu sehen, wie wir zurechtkamen, und Barbara lud sie voller Stolz ein, bei uns zu Abend zu essen. Nachmittags berichtete sie mir, sie wolle Brathuhn servieren. Allerdings wußte sie nicht so recht, wie man so ein Federvieh zubereitet.

Ich erklärte ihr, daß man beim Kochen lediglich ein bißchen gesunden Menschenverstand brauche, und wir alberten in der winzigen Küche herum, brüllend vor Lachen und aufgekratzt kichernd in unserem heimeligen Nest, das ganz allein uns gehörte.

Wir servierten also ein vollendet knuspriges Brathuhn. Leider gab es keinen Nachtisch, denn als Barbara versucht hatte, über dem Spülbecken den Wackelpeter aus der Form auf einen Teller zu bugsieren, war er davongewackelt und wie eine rote Schlange im Ausguß verschwunden.

Ein paar Tage später entdeckte ich an Barbara einen Zug, den ich nie vermutet hätte. Ihre Eltern hatten uns zum Abendessen in das Hotel *Mount Nelson* eingeladen. Der Abend im Grillroom verlief sehr harmonisch, bis mir auffiel, daß ein Paar auf der Tanzfläche hervorragend tanzte. Augenblicklich beschuldigte Barbara mich, dem Mädchen schöne Augen zu machen. Sie steigerte sich in einen derart hysterischen Zustand der Eifersucht hinein, daß sie in dieser Nacht bei ihren Eltern im Hotel blieb und ich zum ersten Mal seit meiner zweiten Heirat alleine schlief.

Und ich hatte gedacht, Barbara sei nicht eifersüchtig oder besitzergreifend!

Politik

1970 war für uns kein besonders produktives Jahr, denn wir führten keine einzige Herztransplantation durch. Allerdings starb einer unserer Patienten, Pieter Smith. Er hatte nach der Operation noch 622 Tage gelebt. Vier Monate vor seinem Tod wurde er mit einem perforierten Magengeschwür in die Klinik eingeliefert. Bei der Operation wurde der Durchbruch ohne weitere Schwierigkeiten geschlossen, aber unglücklicherweise bemerkte der Chirurg nicht, daß es sich um ein bösartiges Geschwür handelte.

Ein paar Wochen vor seinem Tod brach das Geschwür erneut durch. Als wir den Bauch untersuchten, entdeckten wir ein inoperables Magenkarzinom.

Die Erfahrung hat gezeigt, daß bösartige Tumoren bei Transplantationspatienten häufiger auftreten als bei der entsprechenden Altersgruppe insgesamt. Dies gilt vor allem für bestimmte Arten von bösartigen Geschwüren, beispielsweise für solche der Haut, der Lymphknoten und der weiblichen Fortpflanzungs- und Genitalorgane. Wir wissen nicht genau, warum das so ist, aber vermutlich spielt dabei die Suppression des Immunsystems des Patienten eine Rolle.

Untermauert wird diese Theorie durch die Feststellung, daß auch bei Patienten, die an der Immunschwäche AIDS leiden, die Wahrscheinlichkeit, daß sich bestimmte Tumoren entwickeln, höher ist. Die Obduktion bei Pieter Smith ergab, daß die immunsuppressive Medikation, die wir jetzt einsetzten, die Abstoßung sehr gut unter Kontrolle gehalten hatte. Daß es zu dieser Komplikation gekommen war, war tragisch, denn ansonsten hätte er wahrscheinlich noch etliche angenehme Jahre zu leben gehabt.

Dafür ging es Dorothy Fisher, unserer fünften Transplantationspatientin, zwei Monate nach der Operation recht gut.

Allmählich bekam ich wegen meiner Stellungnahmen gegen die Apartheid ernste Schwierigkeiten mit der Regierung und der nationalistischen Presse. Von mir als Angestelltem der Administration der Kap-Provinz erwartete man, daß ich den Mund hielt. Aber ich konnte einfach nicht untätig zusehen, wie mein Land und das Leben so vieler Menschen zerstört wurden, ohne der Welt wenigstens zu sagen, daß ich und meinesgleichen strikt gegen die Rassentrennung waren.

Ich war nach Johannesburg eingeladen worden, um bei einem Arbeitsessen ein paar Worte an die Versammelten zu richten, und ich hatte beschlossen, die Gelegenheit zu nutzen und erneut die Regierungspolitik anzuprangern.

Sie können sich wahrscheinlich vorstellen, wie überrascht und schockiert das Publikum – größtenteils Mitglieder des *Broederbond* (afrikaans: »Bruderbund« – eine Geheimgesellschaft nationalistischer Afrikaander, die sich der Sicherung und Aufrechterhaltung der Kontrolle über wichtige Zuständigkeitsbereiche der Regierung durch Afrikaander verschrieben hat) – war, als ich ans Mikrophon trat und verkündete, der Titel meines Vortrags laute: »Warum wir es verdienen, Nazis genannt zu werden.«

Ohne eine Pause zu machen, so daß man mich nicht unterbrechen konnte, begann ich mit einer Schilderung, wie sehr unsere Apartheidgesetze den Gesetzen ähnelten, die die Nazis in Deutschland erlassen hatten, um die Freiheiten der Juden einzuschränken.

Ich erklärte, die Nationalisten hätten den Group Areas Act verabschiedet, laut dem Farbige, Schwarze und Inder nur in bestimmten Gebieten wohnen durften – die Nazis hatten die Juden in Ghettos zusammengepfercht.

Ich erinnerte sie daran, daß wir Gesetze hatten, nach denen bestimmte Berufe ausschließlich Weißen vorbehalten waren – in Nazideutschland war es den Juden verboten gewesen, bestimmte Positionen in Regierung und Verwaltung und im Geschäftsleben zu bekleiden.

Überall in Südafrika waren Schilder *Whites Only – Nur für Weiße* zu sehen – in Nazideutschland hatte es geheißen: *Für Juden verboten*.

Ich führte noch mehr Beispiele an und erklärte meinem Publikum, daß die erbitterte Ablehnung, auf die wir im Ausland stießen, sie eigentlich nicht verwundern dürfte, da wir den Eindruck vermittelten, als wären wir, die weißen Südafrikaner, die »Herrenrasse«. Zudem beobachte die ganze Welt aufmerksam, wie entwürdigend wir unsere Landsleute behandelten.

Auf die Bemerkung des Vorsitzenden, bei dieser Brandrede sei mit Sicherheit das als Nachtisch vorgesehene Eis geschmolzen, erklärte ich, meiner Ansicht nach sei das kein Thema, um darüber Witze zu machen.

Ein paar Tage später erhielt ich einen Anruf von meinem Freund, Dr. Diedrichs, der erklärte, er könne mich bei Kabinettsbesprechungen nicht länger verteidigen. Und Dr. Nico Malan, ebenfalls, wie bereits erwähnt, ein alter Freund, forderte mich auf, ihn in seinem Büro aufzusuchen.

Diese Unterredung werde ich nie vergessen, denn sie ging mir wirklich an die Nieren. Kaum war ich eingetreten, hielt er mir mein unchristliches Verhalten und meine politische Ignoranz vor. Er erklärte, man habe es satt, ständig etwas über mich in den Zeitungen zu lesen, und es tue ihm leid, daß er vor einiger Zeit verpflichtet gewesen sei, mir die Goldmedaille der Administration der Kap-Provinz zu verleihen, denn ich hätte sie nicht verdient.

Als ich sein Büro verließ, blieb ich an der Tür stehen und sagte: »Würden Sie bitte Mrs. Malan herzliche Grüße von mir ausrichten?«

Er antwortete, er bezweifle, daß meine Grüße erwünscht seien.

Die letzten Worte, die ich an Dr. Malan richtete, waren: »*Moet nooit se fonteintjie, van jou water sal ek nooit weer drink nie*«. Übersetzt bedeutet das: »Zu der Quelle, aus der man getrunken hat, soll man nie sagen, daß man nie wieder ihr Wasser trinken wird« – ein Versuch, eine spätere Versöhnung nicht ganz auszuschließen, auch wenn sie äußerst unwahrscheinlich war.

Ich habe nie wieder ein Wort mit ihm gesprochen. Kurz darauf gab er sein Amt als Administrator der Kap-Provinz auf und starb einige Jahre später an einem Herzinfarkt.

Obwohl ich die Politik der Nationalen Regierung offen kritisierte, blieb ich doch immer ein loyaler Südafrikaner, und wann immer es möglich war, verteidigte ich mein Land, wenn es meines Erachtens zu Unrecht angeklagt wurde.

Dieses Verhalten machte mich sowohl in Südafrika – weil ich »gegen die Regierung« war – als auch außerhalb seiner Grenzen – weil ich »für Südafrika« war – unbeliebt. Ich saß zwischen allen Stühlen.

Barbara und ich reisten nach wie vor sehr viel, vor allem, als überall in der Welt *One Life* in den Schaufenstern der Buchläden auftauchte. Das Buch wurde schließlich in dreizehn Sprachen übersetzt und brachte der »Chris-Barnard-Stiftung« 500 000 Rand ein. Das war eine Menge Geld, wenn man bedenkt, daß der Rand damals 1,35 Dollar wert war und ein Haus durchschnittlich 5000 Rand kostete.

Anläßlich des Erscheinens des Buchs in den USA sollte ich in der Sendung *Meet the Press* auftreten. Von diesem Auftritt im Fernsehen versprachen wir uns große Publicity für *One Life*.

Leider wollten die Vertreter der Presse nichts über meine Biographie hören, sondern beschränkten sich auf Fragen zu den Fortschritten auf dem Gebiet der Herztransplantation. Es war also schlichtweg unmöglich, das Buch auch nur zu erwähnen.

Die Verleger kritisierten mich deswegen heftig, aber wie hätte ich das denn machen sollen, wenn man mich über meine Ergebnisse bei Herztransplantationen befragte? Das wäre so gewesen, wie wenn ich gesagt hätte: »Wir haben drei Patienten, die die Operation schon geraume Zeit überlebt haben«, und dann das Buch in die Hand genommen und erklärt hätte: »Übrigens, meine Biographie, *One Life*, ist eben erschienen – kaufen Sie sich gleich morgen ein Exemplar.«

Aber schließlich und endlich habe ich nie behauptet, ein guter Verkäufer zu sein.

Das ganze Land freute sich auf das MCC-Kricket-Turnier. Die Südafrikaner sind sehr sportbegeistert, und obwohl Rugby der eigentliche Nationalsport ist, war jedes internationale Sportereignis ein Stimulans für die geachtete Gesellschaft.

Da es Nicht-Weißen untersagt war, in Südafrika mit Weißen oder gegen Weiße anzutreten, und da ihre Sporteinrichtungen einen wesentlich niedrigeren Standard hatten als die der Weißen, versuchte jeder vielversprechende nicht-weiße Sportler, Südafrika zu verlassen und sich in einem anderen Land niederzulassen, wo die Voraussetzungen, daß sein Talent gefördert wurde, günstiger waren.

Einer dieser Südafrikaner war der schon erwähnte Kricketspieler namens Basil d'Oliviera, der nach England gegangen war. Das MCC gab die Zusammensetzung seiner Mannschaft bekannt, und d'Oliviera gehörte, entgegen allen Erwartungen, nicht zum Team. Zufällig saß ich zu jener Zeit einmal mit einem Kabinettsmitglied im selben Flugzeug und schlug ihm vor, daß es doch eine sehr öffentlichkeitswirksame Geste wäre, d'Oliviera einzuladen, das Team zu begleiten, und sei es nur als Beobachter.

»Nein, bloß nicht«, wehrte er ab, »wir wollen uns auf gar keinen Fall in die Entscheidung des MCC einmischen.«

Wenige Tage später gab ein Mitglied des englischen Teams bekannt, daß es nicht zur Verfügung stehe, und statt seiner wurde d'Oliviera von den Engländern aufgestellt.

Jetzt hatten die Nationalisten keinerlei Bedenken, sich in die Entscheidung des MCC einzumischen, und erklärten, ein Team, zu dem ein farbiger Spieler gehöre, sei in Südafrika nicht willkommen.

Das Turnier wurde natürlich abgesagt, und eine neue Kampagne zur Isolierung Südafrikas im Bereich des Sports wurde in Gang gesetzt, die rasch an Einfluß gewann und zahlreiche Unterstützer fand. Einer der Anführer dieser Kampagne war ein weißer Südafrikaner namens Peter Hain, ein anderer ein ehemaliger MCC-Kricketspieler, David Sheppard.

Ich war, wie viele andere, angesichts dieser Situation entrüstet und niedergeschlagen zugleich. Ich interessierte mich seit jeher für Sport, und obwohl ich den Standpunkt der Kritiker verstehen konnte, war ich doch der Ansicht, daß ein

Boykott dem Volk, dem er angeblich helfen soll, nur schadet. Mittlerweile habe ich meine Meinung geändert.

Die BBC London, der meine Einstellung bekannt war, lud mich ein, zusammen mit Peter Hain, David Sheppard und anderen in der Sendung von Malcolm Muggeridge, *The Question Why*, über dieses Thema zu diskutieren.

Ehe ich abreiste, ging ich zum Premierminister, Mr. John Vorster, und informierte ihn über die bevorstehende Auseinandersetzung. Ich war fest entschlossen – und gab dies auch deutlich zu verstehen –, daß ich keinesfalls versuchen würde, ihre Apartheidpolitik zu verteidigen, daß ich aber in der Tat mein Bestes tun würde, um Südafrika zu verteidigen.

Mir war bekannt, daß John Harris, ein guter Freund von Peter Hain, gehängt worden war, weil er auf dem Bahnhof von Johannesburg eine Bombe gezündet hatte.

Dies war die erste gewalttätige Demonstration – oder ein »terroristischer Akt« – gegen die Apartheid gewesen, dem in den nächsten Jahren viele weitere folgen sollten. Das Ergebnis des Unternehmens war, daß Unschuldige getötet und verstümmelt wurden. Es gelang mir, einige Dias von der Explosion im Bahnhof zu besorgen, darunter das von einem Kind, das schwere Verbrennungen erlitten hatte.

Barbara wünschte mir viel Glück und nahm auf der Galerie im Studio Platz.

Diskussionsleiter war zwar Malcolm Muggeridge, aber vor Beginn der Sendung überredete ich einige Techniker und den Produzenten der Show, sich darauf einzustellen, ein paar von den Dias zu zeigen, falls ich sie brauchte.

In meinen einleitenden Worten erklärte ich, wohl alle von uns stimmten darin überein, daß die Apartheid inakzeptabel sei und verschwinden müsse. Meinungsverschiedenheiten gäbe es lediglich hinsichtlich der Methoden, derer man sich dabei bedienen sollte.

Meiner Ansicht nach – denn ich kannte die »Wagenburg-Mentalität« der Afrikaander – sollte man den Kontakt und die Freundschaft erhalten, dabei aber einen gewissen Druck ausüben; andere hingegen hielten es für die einzig richtige Methode, jeglichen Kontakt abzubrechen und das Land zu isolieren. Noch andere hielten eine gewalttätige Konfrontation für das einzige probate Mittel.

»Ich bin kein Politiker«, erklärte ich, »ich bin Arzt, und ich kann Leute nur behandeln, wenn ich mit ihnen in Berührung komme. Ein Berührungspunkt ist immer auch ein Druckpunkt, und was Südafrika braucht, ist Druck, um der Apartheid ein Ende zu machen – durch eine Isolierung des Landes und seines Volkes wird man gar nichts erreichen. Und Sie würden gut daran tun, die Worte Abraham Lincolns zu beherzigen: ›Den Schwachen stärkt man nicht dadurch, daß man den Starken schwächt.‹«

Dann bat ich, die Bilder von der Zerstörung zu zeigen, die die Explosion in dem Bahnhof angerichtet hatte. Ein Dia zeigte das Kind mit den grauenhaften Brandverletzungen. Das Studiopublikum reagierte mit Rufen des Entsetzens, und das Ganze untermauerte wirkungsvoll meine Argumentation.

»Diese Photos«, sagte ich und wog meine Worte sorgfältig ab, »diese Photos zeigen den Tod und die Verstümmelung unschuldiger Menschen. Und diese Art von Aktion befürworten viele als eine Möglichkeit, die südafrikanische Regierung zu stürzen: durch Unmenschlichkeit auf niedrigstem Niveau.« Ich blickte Peter Hain direkt an. Er hatte die unausgesprochene Anspielung natürlich bemerkt – und andere auch.

Peter Hain war wütend, und als er das Wort ergreifen konnte, beschränkte sich sein Kommentar darauf zu erklären, er verstehe jetzt, warum die südafrikanische Regierung mich als ihren »besten Botschafter« bezeichne. An diesem Abend ließ seine Beredsamkeit ihn offenbar im Stich; ich glaube, die Dias hatten seinem Standpunkt von vornherein jegliche Glaubwürdigkeit genommen.

An diesem Punkt schaltete sich Lord Alport ein und sagte, er teile meine Ansicht. Auch er sei ein leidenschaftlicher Gegner der Apartheid, aber Demonstrationen wie die von Peter Hain, »Stop the Seventy Tour«, hätten nur die eigentlichen Ziele in den Hintergrund rücken lassen und lediglich dazu beigetragen, die öffentliche Meinung in England gegen den Standpunkt der Anti-Apartheid-Bewegung aufzubringen. »Schlimmer noch«, fügte er hinzu, »diese gewaltsame

Ausübung von Druck, wie sie die Bilder eben gezeigt haben, hat nur den Effekt, den Einfluß der Extremisten in Südafrika zu stärken. Es ist von ausschlaggebender Bedeutung, den Kontakt aufrechtzuerhalten, denn eine Lösung der Probleme dieses Landes können nur die Südafrikaner selbst herbeiführen, niemand sonst.«

Schließlich beteiligten sich alle, einschließlich des Publikums, an der Diskussion. Ob das letztlich sehr viel gebracht hat, weiß ich nicht. Mir wurde jedenfalls in den darauffolgenden Jahren klar, daß die Isolierung im Bereich des Sports wesentlich dazu beigetragen hat, den Reformprozeß in Gang zu setzen.

Ich habe mich nie gescheut, Fehler einzugestehen, und wann immer sich später die Gelegenheit bot, habe ich in Südafrika öffentlich erklärt, wenn wir dereinst wieder vorbehaltlos an den internationalen Sportereignissen teilnehmen dürften, dann sollten wir Peter Hain ein Denkmal errichten. Und dazu stehe ich.

Es war ungeheuer frustrierend, daß wir aus Mangel an Empfängern unser Transplantationsprogramm nicht weiterführen konnten, und in einem Interview mit der Presse machte ich deutlich, daß wir von den Kardiologen nicht die Unterstützung bekamen, die wir gebraucht hätten.

Pamela Diamond, eine ortsansässige Reporterin, die sich stets standhaft geweigert hatte, irgend etwas Positives über mich und meine Arbeit zu schreiben, veröffentlichte umgehend einen Bericht, der von Kritik nur so strotzte.

In Norman Shumway fand sie einen Gesinnungsgenossen. Nur zu gern ließ er einige verächtliche Bemerkungen über mich los: »Ehrlich gesagt, ich habe gar nicht gewußt, daß Professor Barnard nach wie vor an Herztransplantationen interessiert ist. Ich hatte den Eindruck, daß seine Interessen sich auf den Bereich der Politik und des gesellschaftlichen Lebens verlagert haben.«

Dies ergänzte Diamond durch den Hinweis, daß Shumway »die Grundlagen für die Transplantationschirurgie gelegt« habe und daß einer seiner Patienten schon »vier Monate länger überlebt hat als Professor Barnards einziger überlebender Transplantationspatient«. Allerdings erwähnte sie nicht, daß die Erfolgsquote von Norman Shumway besorgniserregend niedrig war.

Ich war jedoch mittlerweile ziemlich abgehärtet gegen derlei gehässige Angriffe von Reportern, die versuchten, sich zu profilieren. Schon lange hatte ich es aufgegeben, mir Gedanken über das zu machen, was die Presse über mich sagte.

Obwohl dieser Zeitungsbericht eigentlich dazu gedacht war, mir zu schaden, hat er einem Menschen das Leben gerettet: Ungefähr eine Woche später rief mich Mr. Dirk van Zyl an und erklärte, er habe in der Zeitung etwas über Herztransplantationen gelesen und würde gerne wissen, ob ihm das helfen könne.

Ich bat ihn, zu uns zu kommen, und es stellte sich heraus, daß er ein hervorragender Kandidat war: Erst siebenunddreißig Jahre alt, litt er an einer ischämischen Herzerkrankung im Endstadium. Ich wußte, daß wir sein Leben retten konnten – und gleichzeitig war dies natürlich eine gute Gelegenheit, all denjenigen, die sich so abfällig äußerten, zu zeigen, daß ich sehr wohl noch an Herztransplantationen interessiert war.

Glücklicherweise wurde uns schon eine Woche, nachdem Mr. van Zyl ins Krankenhaus gekommen war, ein geeigneter Spender angeboten. Damon Meyer, ein fünfunddreißigjähriger Farmarbeiter, war nach einem Sturz von einem Baum gestorben. Seine Witwe Elizabeth gab, ohne zu zögern, ihre Einwilligung, sein Herz zu entnehmen.

Am 10. Mai 1971 wurden, wie bei den vorangegangenen Transplantationen, der Spender und der Patient in zwei aneinandergrenzende Operationssäle geschoben. Ozzie anästhesierte van Zyl und bereitete ihn für die Operation vor, während Marius und ich in der Teeküche warteten.

Plötzlich hörten wir, wie jemand eilig den Korridor entlanghastete (wenn man einmal in der Unfallabteilung gearbeitet hat, kann man sehr gut unterscheiden, ob jemand, der läuft, es nur eilig hat, oder ob es sich um einen Notfall handelt).

»Prof! Ozzie braucht Sie im Operationssaal A – er hat

Schwierigkeiten!« Die Stationsschwester machte auf dem Absatz kehrt und rannte in den Operationssaal zurück.

Wir sprangen beide auf und streiften uns unsere Masken über Nase und Mund, während wir in den Operationssaal stürmten.

Dort erwartete uns das totale Chaos. Ozzie mühte sich verzweifelt ab, einen Schlauch in die Luftröhre einzuführen, während er durch das Laryngoskop spähte. Dr. Koot Venter applizierte eine äußerliche Herzmassage und drückte alle vier oder fünf Sekunden mit aller Kraft auf das Brustbein. Johan und Dene schlossen die Schläuche der Herz-Lungen-Maschine an, damit wir, falls nötig, auf Bypass gehen konnten. Pikkie, die Stationsschwester, zog hastig ihren Kittel, ihre Handschuhe und ihren Mundschutz über, und ein paar andere Krankenschwestern schwirrten in immer enger werdenden Kreisen um die anderen herum.

»Was ist passiert?« Eine rhetorische Frage, denn ich sah, daß während der Narkoseeinleitung das Herz zu fibrillieren begonnen hatte.

»Ganz plötzlich hat es einfach fibrilliert!« antwortete Koot Venter und versuchte verzweifelt, das Herz des Patienten zwischen Brustbein und Wirbelsäule zusammenzudrücken, um zumindest ein Minimum an Durchblutung aufrechtzuerhalten, damit das Gehirn keinen Schaden nahm.

Jetzt gelang es Ozzie, den Schlauch in die Luftröhre einzuführen. Nun konnte er den Patienten zumindest ausreichend beatmen.

»Oh, mein Gott, Ozzie!« stieß ich hervor. »Wir müssen unbedingt transplantieren, und jetzt stirbt uns der Patient weg, ehe wir auch nur die Chance hatten, seinen Brustkorb zu öffnen!« Ich nahm Koots Platz ein und massierte das Herz selber.

»Hat er überhaupt einen Blutdruck?« fragte ich und beschleunigte die Herzmassage.

»Ja, durchschnittlich 45 – und seine Pupillen haben sich kein einziges Mal geweitet.«

»Sie glauben also, daß mit seinem Gehirn alles in Ordnung ist?« Keine Antwort.

»Wenn wir das Herz nur fünf Minuten lang zum Schlagen bringen, können wir die Brust öffnen und auf Bypass gehen! Marius, du und Koot desinfiziert euch die Hände – Johan, sind Sie soweit, auf Bypass zu gehen?«

»Zwei Minuten noch, Prof.«

»Ozzie, geben Sie Lidocain und Bikarbonat – Schwester, die Defibrillatorelektroden.« Ich unterbrach die Massage und nahm die Elektroden, auf denen jedoch die elektrolytische Paste fehlte (die unbedingt notwendig ist, um den elektrischen Strom zu leiten). Ich wollte schon ein paar nicht ganz salonfähige Dinge brüllen, beherrschte mich dann aber. Alle waren in Panik. Es hatte keinen Sinn, herumzuschreien und alles nur noch schlimmer zu machen.

»Elektrolytische Paste, bitte«, bat ich so ruhig wie möglich, drückte etwas davon vorne und seitlich auf die Brust des Patienten und legte die Elektroden auf.

»Okay, Ozzie, probieren wir's! Defibrillator an!«

Van Zyls Körper bäumte sich auf, als innerhalb von 10 Millisekunden 3500 Volt durch seine Brust jagten und eine Energie von 122 500 Watt erzeugten.

Ich beobachtete den Bildschirm des Elektrokardiographen. Nur eine gerade Linie war zu sehen, und das monotone Pfeifen des Monitors hallte durch den Raum, unterbrochen nur von zwei oder drei QRS-Komplexen. Dann wieder Fibrillieren.

Ich begann erneut zu massieren. »Schnell einen A-Streifen, wahrscheinlich ist er noch azidotisch.«

»Ich habe gerade arterielles Blut abgenommen.« Ozzie kümmerte sich schon um dieses Problem. »Das Blut scheint ausreichend mit Sauerstoff angereichert zu sein«, fügte er hinzu.

»Noch etwas Lidocain und Bikarbonat, Ozzie, dann versuchen wir noch einmal zu defibrillieren.« Ich bemühte mich, zuversichtlich zu klingen, aber allmählich begann ich mich mit der Tatsache abzufinden, daß es uns nicht gelingen würde, das Herz wieder in Gang zu setzen. Vermutlich hatte er während der Narkoseeinleitung einen Herzanfall erlitten.

Ich ließ dem Medikament ein paar Minuten Zeit, um zu

wirken, und versuchte dann erneut, das Herz zu defibrillieren. Nichts.

Wenn ich ihn nur an die Herz-Lungen-Maschine anschließen könnte! Das Problem war jedoch, daß ich nicht gleichzeitig eine äußerliche Herzmassage applizieren und den Brustkorb öffnen konnte.

Durch die gleiche Krankheit, die seine Koronararterien geschädigt hatte, waren auch seine Beinarterien so stark verengt, daß ich nicht einmal diese Gefäße benutzen konnte, um partiell auf Bypass zu gehen. Ich mußte einfach das Herz zum Schlagen bringen, ehe wir weitermachen konnten.

Mittlerweile waren dreißig Minuten vergangen, seit das Herz stehengeblieben war, und wir hatten mindestens fünfzehnmal vergeblich versucht, es zu defibrillieren. Wie lange sollten wir noch weitermachen, ehe wir zu dem Schluß kamen, daß die Situation hoffnungslos war, und mit der Behandlung aufhörten, so daß das Gehirn abstarb?

Das war die Entscheidung, die ich jetzt treffen mußte.

Ich sah zu Ozzie auf. »Was meinen Sie, Oz?«

»Chris, ich glaube, es ist aussichtslos«, erklärte er. Voller Mitleid schaute er auf van Zyls Gesicht hinunter und streichelte sanft den Kopf unseres Patienten.

»Glauben Sie, daß sein Gehirn noch in Ordnung ist?«

Das war der entscheidende Punkt. Es hätte keinen Sinn, ein Herz zu transplantieren, nur um nach der Operation festzustellen, daß der Patient nie mehr aufwachen würde.

»Ich weiß es nicht mit Sicherheit – aber seine Pupillen haben sich nicht geweitet.«

Ich setzte die Massage fort. Von dem, was ich jetzt beschloß, würde das Leben oder der sichere Tod dieses tapferen Mannes abhängen, der aufgrund eines Artikels, den er in einer Zeitung gelesen hatte, voller Hoffnung zu uns gekommen war.

»Versuchen wir es noch mal, Oz«, sagte ich und nahm die Defibrillatorelektroden. Auf der Brust Dirk van Zyls hatten die wiederholten Elektroschocks bereits zwei tiefrote Male hinterlassen.

»Okay, Oz – Defibrillator an!«

Erneut bäumte sich der Körper auf. Auf dem EKG war eine gerade Linie zu sehen. Dann ein Schlag... eine lange Pause... noch ein Schlag... und dann kamen die Reaktionen regelmäßiger und häufiger. Das monotone Pfeifen ging plötzlich in ein fröhliches »Piep... Piep« über.

»Es schlägt!« hörte ich jemanden flüstern, als hätte er Angst, das Herz könnte seine Stimme hören und wieder aufhören zu schlagen.

»Druck bei ungefähr 50 mm«, meldete Ozzie.

Ich rannte in den Waschraum und brüllte unterwegs über meine Schulter: »Okay, geht auf Bypass! Marius, mach dir keine Sorgen, wenn es blutet, schneid ihn einfach auf, die Blutung können wir später stillen.« Wie wild schrubbte ich meine Hände. Bitte, lieber Gott, gib uns genügend Zeit, um ihn an den Oxygenator anzuschließen.

Als ich meinen Platz am Operationstisch einnahm, war das Herz, das sich so hartnäckig geweigert hatte zu schlagen, bereits freigelegt.

»Verabreichen Sie das Heparin, Oz.«

Wir führten einen einzigen Venenkatheter in den rechten Vorhof und einen Katheter in die aufsteigende Aorta ein und schlossen beide an die Herz-Lungen-Maschine an. »Pumpe an!« Das Ganze hatte sieben Minuten gedauert.

Im weiteren Verlauf der Transplantation kam es zu keinerlei Komplikationen mehr, und Dirk van Zyl wachte auf, ohne einen Hirnschaden erlitten zu haben.

Die postoperative Phase verlief völlig problemlos, und es gab keinerlei Hinweise auf eine Abstoßung. Vier Wochen nach der Operation wurde er entlassen.

Dieser Mann hatte sehr viel Mut und einen starken Willen. Zwei Wochen nach seiner Entlassung aus dem Krankenhaus nahm er seine Arbeit wieder auf – ganztägig.

Bislang ist Dirk van Zyl der Transplantationspatient, der die Operation am längsten überlebt hat: zweiundzwanzig Jahre. Mich schaudert, wenn ich daran denke, wie nahe ich daran war aufzugeben.

Barbara und ich reisten sehr viel, einfach weil es so unproblematisch war. Wir brauchten nichts weiter zu tun, als die

Wohnungstür hinter uns abzuschließen. Keine Kinder, keine Haustiere, kein Garten, die versorgt werden mußten.

In Kapstadt hatten wir nur einen kleinen Freundeskreis, da die meisten von Barbaras Freunden in Johannesburg wohnten. Aus diesem Grund gingen wir nur selten aus. In der Zwischenzeit hatte auch Emiliano Sandri geheiratet und zog mit seiner Frau Monica in das Haus, in dem wir während des ersten Weltkongresses für Herztransplantation die herrliche Party gefeiert hatten. Es war nicht allzuweit vom »La Corniche« entfernt, und oft machten Barbara und ich abends noch einen kleinen Spaziergang zu ihnen.

Monica erwartete ihr zweites Kind, und Barbara war ebenfalls ganz versessen darauf, schwanger zu werden. Ich machte mir große Sorgen, denn seit wir verheiratet waren, hatten wir keinerlei Vorsichtsmaßnahmen getroffen. Wir fanden, daß es aufgrund meines Alters besser wäre, so bald wie möglich ein Baby zu haben. Aber nach über einem Jahr war sie immer noch nicht schwanger.

Oft lag ich nachts wach und überlegte, was ich tun sollte, wenn ich Barbara enttäuschte und wir keine Kinder haben könnten. Ich wußte, wie ungeheuer wichtig das für sie war.

Einmal kam eine Gruppe von Wasserskisportlern aus Europa nach Kapstadt, und Deidre bat mich, etwas mit ihnen zu unternehmen. Wir aßen im *La Perla* und gingen anschließend alle in unsere Wohnung in Clifton. Barbara, die sich nicht wohl fühlte, ging gleich zu Bett.

Als ich später ins Schlafzimmer schaute und feststellen mußte, daß einer meiner jungen Gäste umgekippt war und neben ihr auf dem Bett lag, beschloß ich, daß die Party lange genug gedauert hatte; immerhin war es schon nach Mitternacht.

Ich scheuchte sie alle aus der Wohnung und ging wieder ins Schlafzimmer. Barbara saß auf dem Boden und weinte.

»Ich werde nie ein Baby bekommen!« schluchzte sie immer wieder und wiegte sich hin und her, ein in sich zusammengekauertes kleines Bündel Elend. Sie hatte keine Ahnung, daß sie bereits im zweiten Monat schwanger war.

Wie ungeheuer erleichtert war ich, als Jacques, ein alter Freund und damals Barbaras Gynäkologe, es bestätigte!

Hellauf begeistert waren auch Fred und Ulli, als sie erfuhren, daß sie in Kürze ein Enkelkind bekommen würden. Obwohl sie das nie äußerten, glaube ich doch, daß sie sich insgeheim einen Jungen wünschten, einen Erben, der Freds Dynastie fortführen könnte.

Die südafrikanische Chamber of Mines hatte einen Kredit in Höhe von einer Million Rand zur Verfügung gestellt, um den Aufbau eines Forschungszentrums zu unterstützen, das sich ausschließlich auf Projekte im Zusammenhang mit Transplantationen und Immunologie konzentrieren sollte. Das Gebäude war jetzt fertig, und wir waren soweit, unsere Suche nach Lösungen der zahlreichen Probleme der Transplantationschirurgie auszuweiten.

Eines Tages kam Winston Wicomb zu mir, ein junger Student, der gerade sein Examen gemacht hatte und jetzt seine Doktorarbeit schreiben wollte. Ich diskutierte mit ihm über die Schwierigkeiten, die sich dadurch ergaben, daß wir nicht in der Lage waren, Herzen nach der Entnahme aus dem Spender länger zu lagern. Diese Frage faszinierte ihn, und er begann sofort, an der Lösung des Problems zu arbeiten, Methoden zum Schutz des Herzmuskels während einer längeren Ischämie zu entwickeln.

Schon vor ein paar Jahren hatten wir uns damit befaßt, wie man Nieren nach ihrer Entfernung aus dem Körper des Spenders eine Zeitlang lagern könnte, ohne daß sie Schaden nahmen. Damals hatte Dr. Ackermann, der zu der Zeit im Labor arbeitete, mit einer neuen Idee aufgewartet. Er entnahm die Niere aus Spender A und pflanzte sie für 24 bis 48 Stunden vorübergehend Tier B ein. Später holte er sie wieder heraus und transplantierte sie in Patient C. Tier B fungierte also für die Zeit, in der die Niere aufbewahrt werden mußte, sozusagen als Pflegemutter für die Niere. Da sie sich nur für kurze Zeit in B befand, war eine Behandlung gegen Abstoßung nicht erforderlich.

Im Labor hatte das zwar hervorragend funktioniert, aber bei einem Menschen war die Methode nie angewandt worden.

In den paar Monaten meiner Zusammenarbeit mir Dr. David Hume in Richmond, Virginia, hatten wir das Problem diskutiert, wie man Patienten behandeln sollte, die wegen einer schweren Leberinsuffizienz im Koma lagen. Eine künstliche Niere war bereits entwickelt worden, an die man den Kreislauf eines Patienten mit schwerer Niereninsuffizienz anschließen konnte. Sie reinigte sein Blut, bis seine eigene Niere sich spontan erholte oder eine Transplantation vorgenommen werden konnte. Diese Technik wird als Hämodialyse oder Blutwäsche bezeichnet.

Aufgrund der komplizierten Funktionsweise der Leber gab es aber noch keine künstliche Leber. Die einzige Methode, das Blut eines Patienten mit Leberinsuffizienz zu reinigen, bestand darin, ihn an eine andere Leber anzuschließen. Damals versuchte man es mit einer Schweineleber – mit mäßigem Erfolg.

Im Rahmen unserer Diskussion machte ich den Vorschlag, daß es besser wäre, den Patienten an ein unversehrtes Tier anzuschließen, und daß ein Gorilla als jederzeit verfügbarer Primat für diesen Zweck am geeignetsten wäre, vor allem, wenn man das Blut des Gorillas durch Menschenblut der Gruppe ersetzte, die der Patient hatte.

Dr. Hume hielt das für eine großartige Idee und arbeitete sie weiter aus. Ich verließ damals Richmond jedoch, ehe wir die Methode klinisch anwenden konnten.

Rein zufällig hörte ich eines Tages im Groote Schuur, wie Professor Saunders sich mit einigen anderen über einen Patienten unterhielt, der wegen Leberinsuffizienz im Koma lag. Ich wandte mich also an sie.

»Ich glaube, ich habe eine Idee, wie wir Ihren Patienten aus dem Koma holen können.«

Alle sahen mich an. »Sie meinen, wir sollen ihn an eine Schweineleber anschließen?«

»Nein, an einen lebenden Gorilla«, antwortete ich selbstsicher.

»Sie machen wohl Witze«, spottete Professor Saunders.

»Nein, ganz und gar nicht.« Und ich erklärte ihm kurz, wie ich mir das vorstellte.

»Das funktioniert nicht«, meinte jemand.

Nachdenklich sah ich ihn an und sagte: »Wissen Sie, die Chirurgie entwickelt sich derart rasant, daß jemand, der erklärt, etwas sei nicht machbar, normalerweise von einem anderen überholt wird, der genau das schon macht.«

Nach einigem Hin und Her entschlossen sie sich, meine Idee auszuprobieren, da der Patient todkrank war und sie nichts zu verlieren hatten.

Das Labor schwirrte jetzt vor Aufregung. Ein großer männlicher Gorilla war bereits anästhesiert, und Boets, der farbige Laborassistent, rasierte gerade die Brust des Tieres. Keiner wußte, wie es jetzt weitergehen sollte, also erklärte ich es ihnen: »Als erstes schließen wir den Gorilla an die Herz-Lungen-Maschine an.« Das war nicht weiter schwierig, denn seit einiger Zeit verwendeten wir bei unseren Transplantationsversuchen Gorillas statt Hunden.

»Sobald das Tier auf Bypass ist, kühlen wir es auf zehn Grad Celsius ab.«

Gespanntes Schweigen.

Ich wandte mich zu Hamilton, dem anderen Laborassistenten, einem Xhosa: »Haben Sie eine ausreichende Menge eiskalter Ringer-Lösung?«

»Ja, Prof.« Hamilton kannte sich mit Operationen genauso gut aus wie irgendein beliebiger junger Arzt.

»Okay. James, wenn diese Temperatur erreicht ist, stoppen Sie die Herz-Lungen-Maschine, und wir bluten den Gorilla aus. Anschließend pumpen Sie Ringer-Laktat durch den Arterienschlauch; das Blut aus den Venen brauchen wir nicht mehr.

»Wir waschen und reinigen ihn also gewissermaßen, Prof?« lachte Boets.

»Ja, und wenn er sauber ist, füllen wir seine Venen nicht mit Wein wie Ihre« – Boets trank ganz gerne ein Gläschen –, »sondern mit menschlichem Blut, und zwar über den zweiten Oxygenator. Ich habe James schon gebeten, ihn mit dem Blut aufzufüllen, das heute vormittag raufgeschickt worden ist.« Da es keine weiteren Fragen gab, gingen wir nun Schritt für Schritt so vor, wie ich es ihnen erklärt hatte.

Als wir das Tier, nachdem wir sein Blut durch menschliches ersetzt hatten, wieder erwärmten, begann das Herz langsam zu schlagen, wurde allmählich schneller und behielt einen guten Druck bei. Wir hatten jetzt also einen Gorilla mit Menschenblut.

Der Gorilla wurde von der Herz-Lungen-Maschine abgekoppelt und, immer noch in Narkose, in das Krankenhaus gebracht, in dem der Patient in tiefem Koma lag. Die Besucher, die auf dem Korridor standen und uns zusahen, wie wir die Krankenbahre vorbeirollten, ahnten ja nicht, was für ein ungewöhnlicher Patient unter dem weißen Laken verborgen war.

Das Venen- und Arteriensystem des Gorillas und des Patienten wurden über kleine Pumpen miteinander verbunden, um den Blutfluß zu regulieren.

Sobald die Klemmen gelockert wurden, strömte ein kleiner Teil des Bluts des Patienten stetig durch den Gorilla, dessen gesunde Leber jetzt die Verunreinigungen im Blut des Patienten, dessen eigene Leber nicht funktionierte, beseitigen konnte.

Wir überwachten sowohl den Patienten als auch den Gorilla, und schon kurze Zeit später zeigten Bluttests, daß die Verunreinigungen aus dem Blut des Patienten verschwanden. Nach ungefähr sechs Stunden gab es erste Anzeichen, daß der Patient aus dem Koma erwachte. Doch jetzt standen wir vor einem Problem, mit dem andere Ärzte wohl noch nie konfrontiert waren.

Plötzlich dämmerte es mir: »Herrgott! Was wird der Kerl denken, wenn er neben einem Gorilla aufwacht?«

Verdutzt sahen mich die anderen an.

»Vielleicht glaubt er, daß er als Affe wiedergeboren worden ist!« witzelte jemand.

Aber es war in der Tat ein ernstes Problem. Schließlich sedierten wir ihn und hielten ihn im Halbschlaf, so daß er nicht wahrnahm, was um ihn herum vorging. Nach zwölf Stunden zeigten die Tests, daß der Zustand des Kranken sich erheblich gebessert hatte. Wir warteten noch drei Stunden, dann koppelten wir das Tier ab und brachten es ins Labor zurück.

Dem Gorilla schien diese Tortur nicht weiter geschadet zu haben; er entwickelte lediglich eine leichte Gelbsucht. Der Patient wachte wieder vollständig aus dem Koma auf.

Ich war nicht sonderlich überrascht, als ich ein paar Tage später in den Zeitungen las, daß die amerikanischen Ärzte wieder zum Angriff übergegangen waren und behaupteten, ich hätte ihnen diese Methode gestohlen.

»Es war *meine* Idee«, sagte ich, als ich die Zeitungen las, »aber wen, zum Teufel, interessiert das schon – es hat funktioniert.« Und den ganzen Weg nach Hause pfiff ich fröhlich vor mich hin.

»Ärgert dich das nicht, wenn andere Leute dir vorwerfen, daß deine Idee eigentlich von ihnen stammt, und wenn in Wirklichkeit sie deine Methoden stehlen?« fragte Barbara.

»Nein, eigentlich nicht«, lächelte ich. »Sie können immer das kopieren, was ich gemacht habe – aber nie werden sie es schaffen, das zu kopieren, was ich tun werde.«

Etwa ein Jahr später bot sich uns die Gelegenheit, eine große Operation durchzuführen, die Transplantation eines Herzens und beider Lungenflügel. Nach umfangreichen Untersuchungen entschlossen wir uns, Adrian Herbert zu operieren. Er litt an einer tödlichen Lungenkrankheit, die auch sein Herz in Mitleidenschaft gezogen hatte.

Obwohl bislang weltweit nur zwei solcher Operationen durchgeführt worden waren und beide Patienten nur wenige Stunden beziehungsweise Tage überlebt hatten, machten wir uns daran, die damit verbundenen Probleme genauestens zu untersuchen.

Eine Komplikation, über die ich gelesen hatte, war die Blutungsgefahr, da bei dem Patienten beide Lungen und die Arterien und Venen, die zum Herzen führen, sowie die linke Vorkammer und die Bronchi entfernt wurden. Dabei mußte man in dem Bereich hinter dem Herzen – in dem sich, vor allem bei Patienten, die lange Zeit blausüchtig waren, oft eine Menge Blutgefäße befinden – sehr viel schneiden.

Deshalb entwickelten wir eine neue Technik, indem wir nicht die Luftröhre, sondern den rechten und den linken

Bronchus jeweils separat anfügten. Bei dieser Vorgehensweise blieben die Lungenarterien und die linke Vorkammer, nachdem man sie abgebunden und übernäht hatte, im Körper des Patienten. Auf diese Weise vermied man das viele Schneiden, das vorher so oft zu Blutungen geführt hatte.

Das Ganze versprach einigermaßen spannend zu werden, da wieder das alte Team im Operationssaal war. Marius sollte das Herz und die Lunge des Spenders entnehmen, und Rodney würde mir bei der Transplantation helfen. Ich war froh, daß er mir assistierte, denn ich hatte noch nie eine Lungenoperation durchgeführt und wollte, daß er die Luftröhren miteinander verband.

Im Publikum saß allerdings jemand Neuer: meine schwangere Frau.

Barbara wollte mir unbedingt einmal beim Operieren zusehen, also hatte ich sie in den Operationssaal mitgenommen, damit sie sich die Herz- und die Lungentransplantation anschauen konnte. Ich war ziemlich sicher, daß sie nicht lange durchhalten und spätestens nach dem ersten Schnitt gehen würde. Ich hatte mich geirrt: Mit großem Interesse verfolgte sie die ganze Operation. Ich glaube, ich war genauso stolz auf sie wie sie auf mich.

Die neue Technik erwies sich als sehr unkompliziert, und wir führten die Operation ohne weitere Probleme zu Ende. Aber wie entscheidend ein winzig kleiner Fehler für das Endergebnis sein kann!

Dr. Hannes Meyer, ein sehr fähiger Chirurg, der bei mir sein Praktikum absolvierte, verschloß die Brust. Als er ein letztes Mal überprüfte, ob an irgendwelchen Stellen Blut durchsickerte, bemerkte er, daß in der Nähe der rechten Bronchialanastomose eine Arterie blutete. Er fragte mich, ob er sie verätzen könne, um die Blutung zu stoppen, und ich stimmte zu.

Die postoperative Phase verlief glatt. Beide Lungenflügel und das Herz funktionierten einwandfrei – bis zum siebten Tag, als man bei einer routinemäßigen Röntgenuntersuchung Luft im Brustraum feststellte. Zwar suchte ich zuerst nach harmloseren Gründen, aber die eigentliche Ursache war offensichtlich. Die rechte Bronchialanastomose war aufgegangen, und dort trat Luft aus.

Rodney und ich untersuchten den Patienten sofort und stellten fest, daß an genau der Stelle, wo die Arterie verätzt worden war, einige Nähte geplatzt waren. Wahrscheinlich war durch die Verätzung nicht nur die Blutung gestillt worden, sondern auch das umliegende Gewebe abgestorben. Wir schlossen das Loch und umwickelten es mit einem Muskellappen aus der Brustwand.

Der Patient überstand diesen Eingriff ganz ordentlich, obwohl es ihm, klinisch gesehen, nicht mehr so gut ging wie vorher. Ich betete zu Gott, daß die Stelle jetzt verheilte, aber meine Gebete wurden nicht erhört. Am dreizehnten Tag nach der Operation war wieder Luft im rechten Brustraum.

Rodney schlug vor, einen Schlauch in die Brust einzuführen und an eine Thoraxdrainage anzuschließen; es bestand durchaus die Möglichkeit, daß die offene Stelle sich von selber schloß.

Im Lauf der nächsten Tage beobachtete ich die Flasche und hoffte inständig, daß das Blubbern nachlassen oder aufhören würde, aber nein: Es wurde immer stärker. Schließlich war das Leck so massiv, daß es die Atmung des Patienten ernstlich beeinträchtigte. Es gab nur eine Möglichkeit, und zwar die Entfernung des rechten Lungenflügels und die Verschließung des Bronchus. Den Eingriff führte Rodney durch.

Es bildete sich kein neues Leck mehr, aber mit dem Patienten ging es nach dieser Operation rasch abwärts, und er starb am dreiundzwanzigsten Tag.

Obwohl ich mir die Schuld daran gab, daß wir an der Stelle, wo die Bronchi miteinander verbunden worden waren, verätzt hatten, kann noch etwas anderes die Komplikation verschlimmert haben: die großen Mengen von Steroiden, die der Patient erhalten hatte. Es ist bekannt, daß Steroide den Heilprozeß hemmen.

Bis zur Entdeckung eines neuen Medikaments gegen Abstoßung, das eine Reduzierung der Kortisondosis ermöglichte, blieb Adrian Herbert der Patient, der eine solche Herz-Lungen-Transplantation am längsten überlebt hatte. Dieses neue Medikament, Cyclosporin, wurde ab 1980 in der klinischen Praxis eingesetzt. Mittlerweile haben Herztransplantationspatienten eine Chance von 75 Prozent, länger als fünf Jahre zu überleben – das ist wesentlich günstiger als bei den meisten Formen von Krebs.

Vier Monate später kam mein Sohn auf die Welt. Etwa eine Woche, ehe die Wehen einsetzten, fing Barbara an, alle ihre Schränke aufzuräumen. Sie packte alle ihre Sachen fein säuberlich weg und zahlte alle ihre Rechnungen. Mich machte das ungeheuer nervös, und ich fragte mich, ob es ein unheilvolles Vorzeichen war.

Als in den frühen Morgenstunden die ersten Wehen einsetzten, rief ich Jacques an und brachte Barbara auf schnellstem Weg in das Mowbray Maternity Hospital. Kurz darauf traf auch Jacques ein. Er untersuchte sie und erklärte, die Wehen seien noch sehr schwach.

An dem Tag mußte der Sohn von Captain Friedmann, einem guten Freund von mir, vor Gericht erscheinen. Er war des illegalen Diamantenkaufs angeklagt, in Südafrika ein sehr schweres Vergehen, weit schlimmer als Steuerhinterziehung.

Meiner Überzeugung nach war der junge Mann in eine Falle der Polizei gegangen. Das funktioniert folgendermaßen: Eine Spezialeinheit der Polizei macht ständig Jagd auf Leute, die irgend etwas mit illegalem Diamantenkauf zu tun haben. Im Interesse der Gesellschaft De Beers, die das Monopol auf Diamanten hat, schnappen sie mit schöner Regelmäßigkeit solche Gauner. Leider sind die Leute, die sie erwischen, meistens ganz normale, gesetzestreue Bürger, die irgendwie finanziell in der Klemme stecken und von verdeckt arbeitenden Polizeiagenten mit der Aussicht auf schnelles Geld geködert werden.

Großmaul, das er war, hatte der Junge vielleicht damit geprahlt, daß er mit ungeschliffenen Diamanten handle, aber ich bin sicher, daß er bis zu diesem Zeitpunkt nichts dergleichen getan hatte.

Er hatte einen Anruf von zwei Fremden erhalten, die erklärten, sie wüßten, daß er in finanziellen Schwierigkeiten stecke, und könnten ihm helfen. Sie hätten ein paar wunderschöne, große, ungeschliffene Diamanten, die er für billiges Geld kaufen und teuer weiterverkaufen könne.

Zwar erklärte er den Anrufern, er wisse nicht einmal, wie er die Steine loswerden sollte, aber sie redeten ihm weiter zu und erklärten, auch dabei könnten sie ihm helfen.

Der dumme Junge fiel darauf herein und vereinbarte ein Treffen mit den beiden Männern, um Mitternacht in einer Tiefgarage. Er verstand so wenig von Diamanten, daß sie ihm ohne weiteres ein paar Stückchen Glas hätten andrehen können, aber in dem Augenblick, als er die Steine nahm und das Geld aushändigte, verhafteten die Kerle ihn und sperrten ihn über Nacht in eine Zelle auf dem Polizeirevier. Erst am nächsten Tag konnte sein besorgter Vater ihn gegen Kaution herausholen.

Die Ungerechtigkeit des Ganzen empörte mich. Für mich war es ungefähr so, als sagte man zu einem, der Hunger hat, er könne für ein paar Cent einen Laib gestohlenen Brots kaufen, und verhaftete ihn dann wegen des Besitzes von gestohlenem Eigentum.

Obwohl ich mir große Sorgen um Barbara machte, ging ich also ins Gericht, um zugunsten des Jungen auszusagen; vielleicht würde dann das Urteil milder ausfallen.

Als ich vor dem Richter stand, war ich sehr nervös. Ich hatte in der Nacht kaum geschlafen, und ich fürchte, ich machte keinen allzu großen Eindruck auf ihn. Jedenfalls sagte ich aus, was für ein guter Kerl der Junge sei und daß er aus einer angesehenen Familie stamme. Daß er sich zu so etwas habe verleiten lassen, sei ein einmaliger Lapsus gewesen, ansonsten sei er ein ehrlicher Junge.

Man verurteilte den armen Kerl zu eineinhalb Jahren Gefängnis, das heißt, er mußte diese Zeit unter hartgesottenen Verbrechern verbringen. Ganz klar, der Richter mußte die Interessen des Big Business vor so einem gefährlichen Bösewicht schützen.

Der Tag, der zu einem äußerst bedeutsamen und glücklichen Tag werden sollte, fing also recht enttäuschend an. Ich versuchte, meine Deprimiertheit mit einem Achselzucken abzutun, und fuhr auf dem schnellsten Weg zur Entbindungsklinik.

Die Wehen kamen noch immer in ziemlich großen Abständen und waren nicht besonders stark. Ich hielt Barbaras Hand und redete ihr gut zu, wenn einer der schmerzhaften Krämpfe einsetzte, damit sie sich entspannte.

Aber auch als die Fruchtblase platzte, wurden die Wehen nicht stärker. Um sechs Uhr abends untersuchte Jacques Barbara noch einmal und fragte mich, ob er einen anderen Gynäkologen hinzuziehen könne, da er sich Sorgen machte wegen der Flüssigkeit, die aus der Gebärmutter austrat und Spuren von Mekonium (dem Mageninhalt des Babys) enthielt, und auch wegen des erhöhten Pulses des Fetus.

Nach einer Weile kam er zurück und erklärte, es sei ein fetaler Gefahrenzustand eingetreten; man sollte das Baby am besten sofort mit Kaiserschnitt holen.

Ich ging zu Barbara, erklärte ihr die Situation und daß Jacques empfohlen habe, einen Kaiserschnitt zu machen. Nach achtzehn Stunden Wehen war sie völlig erschöpft und stimmte bereitwillig zu.

Als man sie in den Operationssaal rollte, dachte ich erbittert daran, wie sie erst vor ein paar Tagen alle ihre Sachen und Unterlagen in Ordnung gebracht hatte. Ich setzte mich in das Wartezimmer und drehte fast durch vor Angst.

Wie oft sagen wir Ärzte zu den Angehörigen der Patienten: »Machen Sie sich keine Sorgen.« Eine verdammt blöde Bemerkung! Ich schwor mir, das nie wieder zu jemandem zu sagen.

Nach ungefähr einer Viertelstunde kam die Oberschwester, um mir zu sagen, daß Barbara anästhesiert sei und Jacques gleich anfangen werde.

»Wie lange wird es dauern?« Ich hatte keine Ahnung, denn seit der Zeit, als ich vor fast zwanzig Jahren zum letztenmal bei einem Kaiserschnitt dabeigewesen war, hatte sich viel verändert.

Würde das Baby lebend zur Welt kommen? Hatte das Gehirn des Kindes durch den fetalen Gefahrenzustand Schaden genommen? Würde mit Barbara alles in Ordnung sein?

Hundertmal jagten mir diese Fragen durch den Kopf, als

ich so dasaß und wartete. Eine Ewigkeit schien zu verstreichen, ehe die Schwester zurückkam – lächelnd.

»Es ist ein Junge, Prof!«

»Ist er gesund?« war alles, was ich sagen konnte, ehe mir Tränen der Dankbarkeit in die Augen stiegen.

»Er ist vollkommen normal – kommen Sie, er wird gerade auf die Säuglingsstation gebracht, kommen Sie, kommen Sie, und sehen Sie sich Ihren Sohn an.« Und sie zog mich am Arm mit sich.

Die Tür zum Operationssaal öffnete sich, und eine Schwester rollte das Bettchen heraus, in dem mein Sohn lag. Er war winzig und noch mit Blut verschmiert.

Da die Wehen sich so lange hingezogen hatten, war sein Kopf durch den dabei ausgeübten Druck länglich verformt, aber er war das Wunderschönste, was ich je gesehen habe – und ich hatte den Eindruck, daß er mir ähnlich sah. »Willkommen auf dieser Welt, mein schöner, mein wunderschöner Sohn.« Ganz nebenbei fragte ich mich, ob ich wohl lange genug leben würde, um ihn großwerden zu sehen.

Ich ging wieder in das Wartezimmer, um auf Jacques zu warten und Barbara zu sehen, wenn sie auf die Station zurückgebracht wurde.

Gerade eben hatte ich ein vollkommenes kleines Menschenwesen betrachtet, mit kleinen Fingern, von denen jeder einen kleinen Nagel hatte, mit einer Nase, einem Mund und Augen, die sehen konnten. Milliarden von Zellen, zu Organen, Drüsen und Geweben mit überaus komplizierten Funktionen gruppiert, von denen der Mensch mit all seinem Wissen und all seiner Klugheit die meisten nach wie vor nicht versteht und wahrscheinlich nie verstehen wird.

Das Wunder von Empfängnis, Schwangerschaft und Geburt.

Wenn man bedenkt, daß zwei Zellen, so winzig, daß man sie nur unter dem Mikroskop wahrnehmen kann, miteinander verschmolzen waren, um den Prozeß auszulösen, der mein Kind hervorbrachte. Daß diese zwei Zellen alle Anweisungen in sich getragen hatten, um die millionenfachen Prozesse zu steuern, die es formten. Und daß jede Zelle in seinem winzigen Körper alle diese Informationen gespeichert hatte, die abgerufen werden konnten, um ein neues menschliches Wesen, das ihm glich, hervorzubringen.

Was für ein Meisterwerk der Mensch doch ist! Es muß einen Gott geben.

»Hallo, Chris«, unterbrach Jacques mich in meinen Gedanken. Ich blickte auf.

»Danke, ich danke Ihnen«, war alles, was ich herausbrachte, ehe meine Stimme versagte und mir die Tränen kamen. Ich drückte ihm beide Hände.

»Der Kleine und Barbara sind wohlauf. Ich glaube, wir haben das Richtige gemacht; um ein Haar hätten wir ihn verloren.« Er legte seinen Arm um meine Schulter und redete im Gehen ruhig auf mich ein.

Nachdem ich kurz zu Barbara hineingeschaut hatte, die noch ziemlich benommen von der Narkose war, und Fred und Ulli angerufen hatte, machte ich mich auf den Heimweg und tat mein Bestes, um den Medienleuten auszuweichen, die nur eines wissen wollten: Wie sich ein Mann in meinem Alter fühlt, wenn wieder ein Baby im Haus ist.

Ob ich ihn füttern würde?

»Nein, ich habe keine Titten.« Lautes Gelächter.

Ob ich ihn baden und wickeln würde?

Ich lachte nur und erklärte, ich hätte keine Ahnung, wie man so etwas macht.

Zu Hause versuchte ich zu schlafen. Der Verkehrslärm war abgeebbt, und nur noch das Rauschen der Wellen, die sich am Strand unter meinem Fenster brachen, war zu hören. Mitten in der Nacht rief ich im Krankenhaus an, da ich mir plötzlich fürchterliche Sorgen machte – mit dem Ergebnis, daß eine verschlafene Schwester mir versicherte, alles sei in bester Ordnung.

Meine Gedanken wanderten zu dem vollkommen geformten Kind in dem Bettchen zurück. Ich grübelte über das Leben und den Tod nach, und mir wurde klar, daß ich mehr über den Tod wußte als über das Leben.

Der Tod ist eine klinische Diagnose, die gestellt wird, wenn bestimmte Symptome und Anzeichen vorliegen, genauso wie bei der Diagnose einer akuten Blinddarmentzündung oder eines Magendurchbruchs.

Aber was ist Leben? Darüber hatte ich mich einmal mit dem verstorbenen Ben-Gurion unterhalten, der die Ansicht vertreten hatte, auch Tische und Stühle besäßen ein Leben. Ich hatte dem nicht zugestimmt, da man meiner Auffassung nach nur auf etwas, das sich selber reproduzieren kann, den Begriff »Leben« anwenden kann. Aber ist das wirklich alles?

Am nächsten Vormittag ging ich auf dem Weg zu Barbara beim Rotkreuz-Kinderkrankenhaus vorbei, um nach einigen meiner Patienten zu sehen; am Vortag war ich einfach nicht dazu gekommen.

Hier fand ich die Antwort auf meine Frage. Und zwar, weil jemand aus Nachlässigkeit einen Essenswagen in einer Ecke der Krankenstation stehenlassen hatte. Einen Augenblick hatte das Personal nicht aufgepaßt, und schon wurde er von einer unerschrockenen Mannschaft gekapert, die aus zwei Leuten bestand, einem Fahrzeugführer und einem Maschinisten. Letzterer setzte das Gefährt in Bewegung, indem er es im Laufen mit gesenktem Kopf vor sich her schob, während der Fahrer auf der unteren Platte des Essenswagens kauerte, den er mit einem Arm umklammerte, während er gleichzeitig das Gefährt steuerte, indem er einen Fuß auf dem Boden schleifen ließ. Die Rollenverteilung verstand sich von selbst: Der Maschinist war blind, und der Fahrzeugführer hatte nur einen Arm.

Eines hatten die beiden allerdings vergessen: daß auch das längste Rennen einmal ein Ende haben muß. In diesem Fall endete es mit dem Geklirr zerbrechender Teller, gefolgt von dem erbosten Schimpfen der Schwester, die den Protest der beiden: »*Ag sister, ons practise maar net vir die grand pree (Ach Schwester, wir üben doch nur für den Grand Prix)*« beiseite fegte und die beiden Missetäter wieder in ihre Betten scheuchte.

Der Maschinist war ganze sieben Jahre alt; beim Brand eines Schuppens hatte er sein Augenlicht und einen Großteil seines Gesichts eingebüßt. Er hatte schon etliche der qualvollen Operationen hinter sich, durch die sein Kinn von dem vernarbten Gewebe gelöst werden sollte, das es noch so fest mit seinem Hals verband, daß er seinen Kopf nur heben konnte, wenn er seinen Mund öffnete. Zur Zeit des *Grand Prix* war er ein wandelnder Alptraum mit einem abstoßenden, verwüsteten Gesicht und einem langen Hautlappen, der von der einen Seite seines Halses auf den Körper herabhing: das Hauttransplantat, das seinen Kopf aus dieser fleischigen Falle befreien und seinem Kinn etwas Bewegungsfreiheit verschaffen sollte.

Man hatte dieses Transplantat von einem nicht verbrannten Teil seines Körpers abgetrennt und zu einer Art Schlauch zusammengerollt. Das eine Ende des Lappens war, um die Blutversorgung aufrechtzuerhalten, nach wie vor mit der ursprünglichen Stelle verbunden, während das andere nach oben geschlagen und auf seinen Hals transplantiert worden war. Sobald es fest genug am Hals angewachsen war, würde man den Schlauch entrollen, so daß man einen glatten Hautlappen hatte. Unter dem Kinn würde man das vernarbte Gewebe entfernen und dann die Haut auftransplantieren – eine sehr lange und schmerzvolle Prozedur, die eine Reihe komplizierter Operationen erforderte.

Wenn alles gutging, würde er seinen Hals wieder einigermaßen frei bewegen können, und die meisten der schrecklichen Narben wären verdeckt. Das würde jedoch Wochen dauern, in denen er in den Operationssaal hinein- und wieder herausgerollt wurde und in denen die Wunden verheilen mußten. Und die ganze Zeit müßte er die monströsen Bandagen ertragen – für einen Siebenjährigen ein wahrer Alptraum.

Kurz nachdem Ruhe und Ordnung auf der Station wiederhergestellt waren, und obwohl die furchtbaren Drohungen der Schwester noch in der Luft hingen, spitzte er unter seiner Bettdecke hervor und erklärte: »Wir haben gewonnen!« Seine eingesunkenen Augenhöhlen richteten sich, in der unheimlichen Art der Blinden, blicklos auf mich, und sein Kopf bewegte sich ruckweise auf und ab. Es war unglaublich: Er lachte.

Der Fahrer war neun Jahre alt. Bis zum Alter von sieben hatte er so ziemlich alle Krankheiten durchgemacht, war also ein »Veteran«. Schon seine Kindheit war von Krankheit überschattet gewesen. Zuerst mußte er wegen einer schadhaften Herzklappe operiert werden. Von diesem Eingriff hatte er sich erstaunlich gut erholt, da erkrankte er an Kinderlähmung, in deren Folge ein Bein gelähmt blieb. Nach etlichen Knochenbrüchen war ihm nun sein rechter Arm amputiert worden: Knochenkrebs. Er erklärte mir, schuld an der Bruchlandung bei dem *Grand Prix* sei ein mechanischer Fehler an dem »blöden Karren«.

Als ich die Station verließ, stritten die Helden sich lautstark. Die Erkenntnis traf mich wie ein Blitzschlag: Ich hatte eben zwei Menschen gesehen, die vom Schicksal grausam geschlagen waren, und sie hatten mir eine Lektion in Sachen Leben erteilt.

Leben, das ist die Freude am Leben – die Feier, am Leben zu sein.

Sieben Tage nach der Geburt kamen Barbara und Frederick (wir hatten beschlossen, unseren kleinen Sohn nach Barbaras Vater zu benennen) heim. Mir wurde bald klar, daß jetzt jemand anderer der Herr im Haus war, vor allem als die Säuglingsschwester, die wir für ein paar Wochen angeheuert hatten, wieder weg war.

Dr. Rapkin, einer meiner Lehrer in Kinderheilkunde, hatte einmal gesagt, daß ein Baby nur aus drei Gründen schreit: Entweder fühlt es sich nicht wohl, oder es ist hungrig – oder einfach unartig.

Ich kam nie dahinter, warum Frederick in den ersten drei Monaten praktisch jede Nacht brüllte. Man sagte, es seien Koliken, also hat er sich anscheinend nicht wohl gefühlt. Aber eines kapierte ich einfach nicht: warum er untertags kaum Koliken hatte – das fing erst an, wenn ich nachts schlafen wollte!

Barbaras Mutter schickte ihr Mädchen, Lizzy, zu uns nach Kapstadt: eine übergewichtige, liebenswerte Frau mit glänzenden schwarzen Backen und einem unwiderstehlichen Drang, glucksend zu lachen. Und sie wußte genau, wie man Frederick beruhigen konnte.

Nach drei Monaten waren Barbara und ich völlig am Ende. Glücklicherweise hatte ich eine Einladung als Gastredner an Bord eines Luxuskreuzers, der *Chusan*, bekommen. Frederick war jetzt vier Monate alt, und die Koliken hatten sich glücklicherweise gegeben. Barbara brachte ihn nach Johannesburg zu Ulli und Fred, so daß wir auf Kreuzfahrt gehen konnten.

Der erste Anlegeplatz war Luanda, die Hauptstadt Angolas, das damals noch von den Portugiesen regiert wurde. Dann segelten wir über den Atlantik nach Südamerika.

Auf dieser Reise lernte ich einen wunderbaren kleinen Mann kennen. Klein, weil er nur 1,58 maß. Wunderbar, weil er sich nichts mehr wünschte, als andere Menschen froh zu machen. Er war Entertainer und veranstaltete jeden Abend eine Show, bei der ich mich immer köstlich amüsierte.

Als ich noch in die Grundschule gegangen war, hatte meine Mutter – wie die meisten Mütter zu jener Zeit – darauf bestanden, daß ich Klavierspielen lernte. Mein ältester Bruder hatte Jazzunterricht bei Felix de Cola gehabt. Ich hatte ihm oft zugesehen und zugehört, wenn er Jazz spielte, und nach einer Weile hatte ich ein paar Akkorde gelernt und konnte ein paar Schlager selber spielen. Einer von denen, die ich einigermaßen beherrschte, war *Red Sails in the Sunset*.

Eines Abends wollte Davey Kaye unbedingt, daß ich ihn auf dem Klavier begleitete. Ich muß zugeben, daß ich vor diesem Auftritt viel nervöser war als je vor einer Operation am offenen Herzen. Bei ein paar Akkorden griff ich daneben, aber ich glaube nicht, daß das jemandem auffiel – allerdings wurde ich nicht um eine Zugabe gebeten.

Auf der Kreuzfahrt verbrachten Barbara und ich sehr viel Zeit zusammen. In den südamerikanischen Häfen gingen wir nur selten von Bord, da die Menschenmenge auf den Straßen meistens gleich über uns herfiel.

Schließlich kehrten wir, nach vier herrlichen Wochen, wieder nach Kapstadt und zu unserem Sohn zurück. Er war sehr gewachsen, und es wurde allmählich Zeit, ihn taufen zu lassen. Allerdings sollte das auf keinen Fall in der Niederländischen Reformierten Kirche geschehen.

Ich hatte dieser Kirche den Rücken gekehrt, da sie untätig

zugesehen hatte, wie die farbige Gemeinde meines Vaters in die Vororte von Beaufort West umgesiedelt und seine Kirche in eine Sporthalle verwandelt worden war. Ich wollte nichts mehr mit diesen »Gottesmännern« zu tun haben, die ein Auge zugedrückt hatten, als die Nationale Regierung gegen das zweitwichtigste der Zehn Gebote verstieß: »Du sollst deinen Nächsten lieben wie dich selbst.«

Die Niederländische Reformierte Kirche hätte die Macht gehabt, Dr. Daniel Malan aufzuhalten, einen ehemaligen Pfarrer dieser Kirche, der für die Einführung der Rassentrennungspolitik der Apartheid verantwortlich war – denn er sah in den *Boere* »die Erwählten Gottes«. Die Kirche hätte auch die anderen »weisen Männer« (sic!) aufhalten können, als sie sich auf diese in der Hölle ausgeheckte Politik einließen. Statt dessen hatte sie sich befleißigt, zur Beruhigung ihres Gewissens entsprechende Bibelpassagen ausfindig zu machen.

Es gibt eine Geschichte von einem kleinen schwarzen Jungen, der in einem Städtchen auf dem Lande jeden Sonntagmorgen vor der Tür der Niederländischen Reformierten Kirche spielte. Als er sah, daß alle Leute in diese Kirche gingen, wurde er neugierig und wollte hinterher. Der Mann an der Tür hielt ihn jedoch auf und sagte, er sei schwarz, in die Kirche dürften aber nur Weiße hinein.

Das geschah Sonntag für Sonntag, bis eines Morgens der Mann bemerkte, daß der kleine Junge kein Interesse mehr daran zeigte, in die Kirche zu gehen. Also fragte er ihn nach dem Grund, und der Junge antwortete: »Letzte Nacht habe ich geträumt, daß ich vor der Kirche hier gesessen bin und geweint habe, weil Sie mich nicht hineinlassen wollten. Ich bin immer noch da gesessen, da ist Gott zu mir gekommen und hat mich gefragt, warum ich weine, also habe ich ihm gesagt, weil dieser Mann mich nicht hineinlassen will. Da hat er zu mir gesagt, ich soll deswegen nicht traurig sein, er selber ist seit ein paar Jahren in Ihrer Kirche auch nicht mehr willkommen.« Es ginge zu weit, wenn man unterstellen wollte, daß die Niederländische Reformierte Kirche Gott und die Menschlichkeit aus dem Auge verloren habe, aber es gibt vieles, auf das sie eine Antwort schuldig geblieben ist:

Nazih Zuhdi, Frank Sinatra und ich

Ein Abend mit Gina Lollobrigida

Barbara und ich

Es *stand* in ihrer Macht, die Apartheid zu verhindern. Warum hat sie diese Macht nicht genutzt?

Frederick Christiaan Zöllner-Barnard wurde in der anglikanischen Kirche getauft; anschließend feierten wir in John Schlesingers Haus »Summer Place«. John war der einzige Sohn eines sehr reichen Geschäftsmannes der Schlesinger-Dynastie und mußte nicht besonders viel arbeiten. Er wurde ein guter Freund von uns.

Die meisten Gäste waren entsetzt über meine kleine Ansprache. Es war eine Rede aus dem Stegreif, und für das Thema hatte ich mich erst entschieden, als ich einige schwarze Kinder sah, die vor dem Fenster vorbeigingen und lachten. Ich fragte mich, worüber diese Kinder in diesem Land überhaupt lachen konnten.

Als die Reihe an mich als den Kindsvater kam, ein paar Worte zu sagen, erklärte ich den Leuten, die sich in dem prunkvollen Landhaus der Schlesingers versammelt hatten, umgeben von allem nur erdenklichen Luxus, ich hoffte, mein Sohn würde dereinst dazu beitragen, daß sich in unserem Lande etwas ändere, damit die schwarzen und braunen Kinder tatsächlich etwas hätten, über das sie lachen könnten.

Barbara war sehr verärgert, und Fred schnitt mich für den Rest des Abends. John Schlesinger allerdings fand das Ganze furchtbar lustig – aber mag sein, daß der Jack Daniel's sein Teil dazu beigetragen hat.

Ich kochte vor Wut!

Immer häufiger kamen mir ausgesprochen häßliche Gerüchte zu Ohren, daß Vel Schrire den Ärzten erzählte, meine Ergebnisse bei der operativen Behandlung von Koronarerkrankungen seien schlecht, und sie sollten ihre Patienten nicht mehr in meine Abteilung im Groote-Schuur-Krankenhaus überweisen.

Terry O'Donovan hatte in einem anderen Krankenhaus eine kleine Privatpraxis für Operationen am offenen Herzen aufgemacht, und laut Vel erzielte er weit bessere Ergebnisse als ich.

Die Situation spitzte sich so zu, daß mir keine andere Wahl

blieb, als um eine Zusammenkunft mit Vel zu bitten, um über die Angelegenheit zu sprechen und sie, hoffentlich, zu klären.

Ich trug alle Einzelheiten des Klatsches und der Beschuldigungen zusammen, die ich in Erfahrung bringen konnte. Ich war entschlossen, Vel bei dem Treffen zu sagen, daß ich ihn für einen Mistkerl hielt; und dann wollte ich ihn fragen, warum er so scharf darauf war, mir Knüppel zwischen die Beine zu werfen.

Auf dem Weg zum Büro des Direktors begegnete ich Eugene Dowdle, auf dessen Meinung ich großen Wert legte. Ich erzählte ihm, daß ich auf dem Weg zu dem Treffen sei und was ich sagen wollte.

»Nein, Chris«, redete er mir zu, »das bringt überhaupt nichts – versuchen Sie lieber, sich mit ihm zu versöhnen. Probieren Sie es auf die sanfte Tour.«

Nachdem ich intensiv über seinen Rat nachgedacht hatte, kam ich zu dem Schluß, daß Eugene wahrscheinlich recht hatte. Ich würde versuchen, so taktvoll vorzugehen wie nur möglich.

»Möchten Sie anfangen?« fragte mich der Direktor. Wir waren um einen Tisch in seinem Büro versammelt. Alle machten ein überaus ernstes Gesicht: lauter angesehene Ärzte, die sich mit einem völlig kindischen Verhalten befassen sollten.

»Ja, Dr. Burger. All das bedrückt mich sehr. Unsere Erfolge in den vergangenen dreizehn Jahren beruhten nicht zuletzt auf der engen Zusammenarbeit zwischen den Chirurgen und den Kardiologen, das heißt zwischen Vel und mir.«

Vels Gesicht blieb ausdruckslos.

»Ich erinnere mich, wie Vel bei sich zu Hause eine Party gab, um mit uns den Jahrestag der ersten Operation am offenen Herzen hier in Kapstadt zu feiern – mit Kuchen und einer brennenden Kerze. Es gab eine Zeit, da war mein Tag nicht richtig gelaufen, wenn ich nicht in der Herzklinik gewesen war und mit Vel geredet hatte. Wir sind immer gute Kollegen und Freunde gewesen.«

Immer noch zeigte Vel keinerlei Gemütsregung, also fuhr ich fort, bestimmte Ereignisse in den letzten Jahren in Erinnerung zu rufen, um zu zeigen, welch enge Beziehung zwischen uns bestanden hatte.

»Ich bin hierhergekommen, um in aller Freundschaft einem geschätzten Kollegen und Freund die Hand zu reichen und ihn zu fragen, ob wir nicht wieder zusammenarbeiten und den kleinlichen Zänkereien und Tratschereien ein Ende setzen können.« Tödliches Schweigen. Alle Augen richteten sich auf Vel.

Seine Antwort fiel kurz und bündig aus. Er räusperte sich und wandte sich an Dr. Burger, so als wäre ich Luft. »Ich bin bereit, wieder mit Professor Barnard zusammenzuarbeiten – aber wir werden nie mehr Freunde sein.«

Im ersten Augenblick hatte ich eine ungeheure Wut, daß ich dem Rat Eugene Dowdles gefolgt und so versöhnlich gewesen war – ich hätte ihm meine Meinung sagen sollen, wie ich es vorgehabt hatte. Damals wußte ich nicht, daß Vel am darauffolgenden Tag operiert werden sollte, da er an Schmerzen in der Bauchgegend und an Gelbsucht litt.

Die Chirurgen diagnostizierten einen inoperablen Krebs der Bauchspeicheldrüse.

Ich bin überzeugt, der Grund für Vels unerklärliches Verhalten war diese tödliche Krankheit. Trotz allem, was passiert war, war ich froh, daß ich nicht auf ihn losgegangen war.

Er bekämpfte den Krebs mit der ihm eigenen Entschlossenheit, starb aber zwei Monate vor der Geburt meines Sohnes.

Voller Zuneigung erinnere ich mich an ihn als Freund und als einen der besten Kardiologen, die ich je gekannt habe.

In mein Leben traten drei Männer, die meine Zukunft entscheidend beeinflussen sollten: Armin Mattli, Peter Sellers und Aris Argyriou.

Ganz unerwartet – ich kannte ihn gar nicht – rief Armin Mattli mich vom Hotel *President* in Kapstadt an. Er erklärte, er würde sich gerne kurz mit mir unterhalten, und wir verabredeten uns in der Bar. Als ich kam, saß er draußen auf der Veranda und genoß ein Bier und den Sonnenuntergang.

Armin war Deutschschweizer und stammte aus Zürich; er

fing damit an, daß er mich und meine Arbeit ungeheuer bewundere.

»Wie ich gehört habe, leiden Sie an Arthritis, Herr Professor«, begann er. Mein erster Gedanke war: O nein, nicht schon wieder ein neues Wundermittel!

»Ich bin der Besitzer der Klinik *La Prairie* in der Schweiz«, fuhr er fort; offenbar hatte er meine Reaktion nicht bemerkt. »Wir behandeln verschiedene Krankheiten, indem wir den Patienten lebende Zellen aus Lammfeten injizieren. Meine Ärzte sind der Ansicht, daß wir auch Ihnen helfen können.« Er trank einen großen Schluck Bier und wischte sich mit dem Handrücken den Schaum von den Lippen.

»Ich habe von der Klinik gehört, Mr. Mattli, aber die Ärzteschaft hält Ihre Behandlungsmethode für reichlich fragwürdig und Ihre Behauptungen für wissenschaftlich nicht begründet.« Ich dachte noch bei mir, daß das vielleicht ein wenig unhöflich war, aber was soll's – gelegentlich ist es das beste, die Dinge beim Namen zu nennen.

Mattli war überhaupt nicht eingeschnappt, sondern erklärte lächelnd: »Aber Tausende von Patienten, die wir behandelt haben, fühlen sich wesentlich besser, und das ist es doch, was wirklich zählt.«

Da hatte er nicht unrecht.

»Ich möchte Sie gerne in meine Klinik einladen, damit Sie sich selber ein Bild davon machen. Sie haben nichts zu verlieren. Ich werde für die Reisekosten aufkommen, und die Behandlung wird Ihnen nicht in Rechnung gestellt. Wir würden gerne Ihre Meinung hören.«

»Sie haben recht, ich habe nichts zu verlieren – außer mein Leben! Wenn ich eine schwere Allergie auf die tierischen Eiweiße entwickle, die Sie injizieren, sterbe ich möglicherweise«, erklärte ich ernst.

Aber ich muß zugeben, allmählich freundete ich mich mit der Idee an.

»Herr Professor, in den vierzig Jahren, seit die Klinik existiert, haben wir mehr als 30 000 Patienten behandelt, und kein einziger ist gestorben. Jeder einzelne Patient wird vor der Behandlung sorgfältigst auf mögliche Allergien untersucht; fallen die Tests positiv aus, dann desensibilisieren wir ihn und treffen spezielle Vorsichtsmaßnahmen.«

Eine Weile musterten wir einander schweigend. Er hatte offenbar auf jeden Einwand eine Erwiderung parat und klang sehr selbstsicher und überzeugend. Mir wurde klar, daß er ein gewiefter Geschäftsmann war.

»Die Behandlung führt auch zu einer Verjüngung diverser Körpersysteme«, erklärte er schelmisch lächelnd und trank sein Bier aus.

»Na ja, wie Sie bereits sagten, zu verlieren habe ich eigentlich nichts, ich nehme also Ihr großzügiges Angebot an«, willigte ich ein, und wir schüttelten uns die Hände.

One Life hatte sich ausgesprochen gut verkauft, aber ich hatte, wie schon erwähnt, finanziell nicht von dem Erfolg profitiert. Daher beschloß ich, ein zweites Buch zu schreiben und diesmal nur 50 Prozent des Erlöses für Forschungszwecke zur Verfügung zu stellen.

Die koronare Herzerkrankung wird seit jeher als Todesursache Nummer eins in der westlichen Welt bezeichnet, da man ihr nicht umfassend vorbeugen kann und die eigentliche Ursache unbekannt ist. Die Leute bekommen eine Heidenangst, wenn sie das bedrohlich klingende Wort nur hören, und bis zum epidemischen Auftreten von AIDS waren die Worte, die am meisten Furcht einflößten, »Herzanfall«, »Schlaganfall« und »Krebs«. Mir schwebte ein Buch vor, das den Leuten neue Hoffnung gab: Zuerst wollte ich die Krankheit in allen Einzelheiten erklären und dann darlegen, in welchem Maße die moderne Medizin den Betroffenen helfen kann.

Schon bald wurde das Buch *Heart Attack. You Don't Have to Die* (deutscher Titel: *Schach dem Herztod*) veröffentlicht, bei dem mir mein Kollege Eugene Dowdle sehr geholfen hat.

Anläßlich des Erscheinens des Buches in England gaben die Verleger eine Cocktailparty, zu der auch Peter Sellers eingeladen war, da er ein paar Jahre zuvor einen Herzanfall erlitten hatte.

Dieser Mann faszinierte mich, denn er schauspielerte pausenlos. Ich hatte noch nie einen Menschen von einer derart überschäumenden Lustigkeit kennengelernt. Er konnte jeden imitieren, und auch meinen Akzent machte er hervorragend nach. Die einzige Rolle, die er nicht beherrschte, war die des Peter Sellers, und das fand ich sehr traurig. Nach der Cocktailparty aßen wir zusammen zu Abend und verabredeten, in Verbindung zu bleiben. Das taten wir auch, und im Lauf der nächsten Jahre trafen wir uns häufig und gerne.

Der dritte, Aris Argyriou, war ein sehr liebenswerter, übergewichtiger Grieche Anfang Dreißig. Die Ärzte hatten bei ihm ein vergrößertes Herz diagnostiziert, und eines Morgens tauchte er unangemeldet in meinem Büro auf.

Aris war Bauingenieur, und man sah auf den ersten Blick, daß er aus einer sehr guten Familie kam. Seine Kleidung war tadellos – Gucci-Schuhe, ein Pierre-Cardin-Jackett und eine Seidenkrawatte von Hermès. Auf der Stelle lud er Barbara, mich und Frederick ein, auf der Insel Rhodos Ferien zu machen; er war dort Teilhaber zweier Hotels.

Ich überwies ihn in die Herzklinik, wo er untersucht wurde und die Bestätigung erhielt, daß sein Herz in der Tat vergrößert war – woran vermutlich der viele Chivas Regal nicht ganz unschuldig war. Glücklicherweise hatte er damals keine ernstlichen Probleme, aber wir rieten ihm, nicht ganz so üppig zu leben und etwas kürzerzutreten.

Ehe er nach Athen zurückreiste, suchte Aris mich noch einmal in meinem Büro auf und teilte mir mit, er beabsichtige, auf der Insel Kos, dem Geburtsort von Hippokrates, ein Gesundheitszentrum zu eröffnen, an dem er mich unbedingt beteiligen wollte. In einer zweistündigen Diskussion überredete ich ihn, statt dessen lieber ein Zentrum für Präventivmedizin zu gründen, da ich keine Lust hatte, mich auf etwas Pseudomedizinisches einzulassen.

Zu diesem Zweck sollten ein Fünf-Sterne-Hotelkomplex sowie ein mit den modernsten Einrichtungen ausgestattetes medizinisches Zentrum gebaut werden. Unsere Gäste sollten gründlich untersucht werden, in erster Linie um irgendwelche Risikofaktoren aufzudecken, die zu Herzanfällen, Krebs oder streßbedingten Leiden führen können.

Erforderlich wäre außerdem ein Behandlungszentrum, wo man den Patienten beibringen würde, ihren Lebensstil zu ändern, um die Risiken, die wir entdeckt hatten, zu verringern.

Aris war begeistert von dieser Idee. Wieder in Griechenland, gründete er eine Gesellschaft, deren Präsident ich wurde, und man begann mit dem Bau des *Hippokrates-Gesundheitszentrums*.

»Wie wär's, wollen wir ausgehen? Seit einem Monat sitzen wir jeden Abend zu Hause rum«, schlug ich Barbara an einem verregneten Sommerabend vor.

»Und das Baby?« fragte sie und nahm die Flasche aus seinem Mündchen.

»Bestimmt kann Lizzy sich ein paar Stunden um ihn kümmern, wir werden ja nicht lange wegbleiben.«

Ich wollte unbedingt für ein paar Stunden raus, denn allmählich machte mich dieser geregelte Lebenslauf unruhig: tagsüber die Klinik und abends die Wohnung. Barbara hatte eigentlich keine rechte Lust, aber sie fand, wenn ich gerne wollte, sollten wir ausgehen; sie übergab Frederick an Lizzy, die ihn fertig fütterte.

Wir hatten für diesen Abend zwei Einladungen. Also gingen wir zuerst zu einer Cocktailparty im Hotel *President* und machten uns dann auf den Weg zur Eröffnung eines neuen Steakhouse. Als wir die Hauptstraße von Sea Point Barbara entlangfuhren, machte ich den Vorschlag, das Steakhouse zu streichen und uns statt dessen ein gemütliches Abendessen zu zweit in unserem Lieblingsrestaurant, *Florentino's*, zu gönnen.

Ich hielt bei einer Parkuhr gegenüber dem Restaurant an. Wir überquerten die Straße und flüchteten aus dem Regen in die behagliche Wärme des kleinen Familienbetriebs, wo wir uns an einen kleinen, von Kerzen beleuchteten Ecktisch setzten.

Barbara bestellte Spaghetti, während ich mich für mein Lieblingsgericht entschied, ein Pfeffersteak. Der Besitzer, der gleichzeitig Küchenchef war, brachte uns eine Flasche besonderen Chiantis, um zu feiern: Seit Fredericks Geburt waren wir nicht mehr hier gewesen.

Wir verbrachten einen wunderschönen Abend zu zweit. Es war einer jener Abende, an denen rundweg alles stimmt: die romantische Atmosphäre, das Essen, das Trinken und einfach das Zusammensein. Das Leben war schön, und mir wurde plötzlich bewußt, daß Barbara mir in diesem Augenblick mehr bedeutete als je zuvor, wenn das überhaupt möglich war.

Sie war nicht nur meine Frau und meine Geliebte, sie war auch die Mutter meines Kindes. Uns vereinte ein gemeinsames Band, ein Mehr, für das zu leben sich lohnte. Zu sagen, daß wir überschwenglich glücklich waren, wäre grob untertrieben.

Ich zahlte, steckte ein paar Pfefferminz in den Mund, und wir traten hinaus auf die belebte Straße. Es nieselte immer noch. Ich legte meinen Arm um Barbaras Taille, und wir rannten über die Straße zu unserem Wagen.

In der Mitte der Straße blieben wir stehen, um ein paar Autos vorbeizulassen. Ich erinnere mich, daß ich nach rechts schaute und mir noch dachte: Die Lichter sind aber verdammt nahe. Als nächstes hörte ich Barbara schreien.

»Chris! CHRIS!« schrie sie, und ich merkte, daß Leute um mich herumstanden. »Was ist denn passiert?« stöhnte ich.

»Bleiben Sie ganz ruhig liegen. Sie sind von einem Auto angefahren worden«, sagte jemand. Dann hörte ich wieder Barbara:

»Was ist mit meinem Baby?«

»Ist mit Barbara alles in Ordnung?« versuchte ich zu sagen, aber ich konnte kaum sprechen, da meine Brust fürchterlich weh tat.

»Ja, sie ist okay, sie hat nur einen hysterischen Anfall«, hörte ich eine andere Stimme, und dann sank ich in tiefe, gnädige Bewußtlosigkeit.

Das nächste, woran ich mich erinnere, ist, daß ich in einem Krankenwagen lag und jemand mir eine Sauerstoffmaske über das Gesicht stülpte. Ich konnte nicht richtig atmen, und die Schmerzen in der linken Brust waren unerträglich. Ich legte meine Hand auf die Brust und spürte die Luft in dem Fettgewebe unter der Haut – es fühlte sich an wie eine zerbröckelnde Eierschale. Jetzt konnte ich mir allmählich einen Reim auf das machen, was passiert war.

Ein Auto war gegen meine Brust geprallt. Ein paar Rippen waren gebrochen, und eine oder mehrere hatten sich in meine Lunge gebohrt und sie perforiert. Und durch dieses Loch konnte Luft aus der Lunge in das subkutane Gewebe entweichen.

Den Stimmen nach, die ich undeutlich wahrgenommen hatte, war Barbara »okay«. Erst später erfuhr ich, daß eine der Stimmen zu einem Arzt gehört hatte, der zufälligerweise zur Stelle gewesen war.

Erneut betastete ich meine Brust. Mein Gott, dachte ich, ich werde einen Spannungspneumothorax bekommen und sterben. Von einem Spannungspneumothorax spricht man, wenn ein Leck in der Lunge wie eine Einwegklappe wirkt – Luft kann zwar austreten, aber die Klappe verhindert, daß sie zurückströmt. Binnen kurzem baut sich im Pleuraraum ein beträchtlicher Druck auf, der die Lunge zusammenpreßt und das Herz auf die gegenüberliegende Seite schiebt. Das führt zu Behinderungen der Atmung und des Kreislaufs und nicht selten zum Tod.

Ich ermahnte mich selber, möglichst flach zu atmen, damit beim Einatmen so wenig Luft wie möglich bewegt würde, um so den Druck und die Menge der entweichenden Luft zu reduzieren.

»Vorsichtig! Halten Sie seinen Arm fest! Wo ist der Sauerstoff?« Alle brüllten und rannten durcheinander, als ich auf einer fahrbaren Liege aus dem Krankenwagen zur Schwerverletztenstation im Groote Schuur gerollt wurde.

»Holen Sie Rodney!« stieß ich keuchend hervor, als ein Arzt kam und sich über mich beugte.

Die Schmerzen waren unerträglich, es war, als würde bei jedem Atemzug ein weißglühendes Messer in meiner Seite hin- und hergedreht, wenn die zersplitterten Enden der gebrochenen Rippen sich übereinanderschoben. Jedes einzelne Nervenende schmerzte teuflisch: Der Bohrer eines Zahnarztes, der sich in einen freigelegten Nerv wühlt, war im Vergleich dazu so etwas wie leichte Kopfschmerzen.

Glücklicherweise wurde ich vor Schmerzen alle paar Minuten ohnmächtig.

Ich kann jetzt verstehen, warum meine Patienten unter solchen Umständen nicht weiterleben wollen: Es existiert nichts mehr als der unsagbare Schmerz, und selbst der Tod wäre willkommen, nur um diesem Schmerz zu entfliehen. Der Unterschied zwischen meinem Zustand und dem eines todkranken Krebspatienten war jedoch, daß meine Gesundheit durch medizinische Behandlung wiederhergestellt werden konnte.

Rodney erklärte mir, er habe sich die Röntgenaufnahme angesehen und es sei nicht notwendig, einen Luftröhrenschnitt zu machen oder mich an ein Beatmungsgerät anzuschließen. Trotz zahlreicher Rippenbrüche war der Brustkorb stabil.

Ich spürte den Druck auf meiner Brust, als er den Trokar und die Kanüle einführte. Dann wurde ein Schlauch hineingeschoben und an eine Thoraxdrainage angeschlossen. Augenblicklich wurde das Atmen leichter – aber der Schmerz blieb gleich schlimm.

Immer wieder fragte ich nach Barbara, obwohl man mir versichert hatte, daß ihr nicht viel passiert sei. Was ich nicht wissen konnte: Sie war schwerverletzt und verdankte es einzig Gottes Güte, daß sie nicht infolge eines Genickbruchs tot oder vollständig gelähmt war.

Sie hatte mehrere Halswirbel gebrochen, aber glücklicherweise war das Rückenmark unverletzt geblieben. Ihr linkes Schulterblatt war ebenfalls zerschmettert worden, und ihr Körper war von Blutergüssen und Abschürfungen übersät.

Als man mich auf Station bringen wollte, bat ich, auf C 2 gebracht zu werden, meine eigene Station. In das Pflegepersonal dort setzte ich mehr Vertrauen.

Nachts hörte ich den Herzmonitor, und jedesmal, wenn das Piepsen schwächer wurde, dachte ich mir: Na schön, das ist es also, das Ende.

Sobald er von dem Unfall erfuhr, kam Marius ins Krankenhaus. Er blieb die ganze Nacht bei mir. Als ich am nächsten Morgen die Sonne aufgehen sah, wußte ich nicht, sollte ich froh sein oder nicht, daß ich noch lebte. Mir war nach Sterben zumute, aber ich wollte wissen, wie es Barbara ging.

»Barbara haben sie auch auf C 2 gebracht, sie liegt gleich nebenan«, sagte Marius. »Sie wird sich wieder erholen.«

»Was ist passiert?« ächzte ich. Schon bei der geringsten Bewegung durchzuckte mich ein höllischer Schmerz.

»Soweit ich gehört habe, war es Fahrerflucht«, erklärte er. »Nach Ansicht einiger Leute könnte das Ganze sogar politische Motive gehabt haben. Man hat einen Wagen gesehen, der offenbar eine Zeitlang vor dem Restaurant gewartet hat. Als ihr aus dem Restaurant gekommen und über die Straße gegangen seid, ist er vom Randstein losgefahren, auf euch zu, und dann verschwunden.«

Ich mußte an die Todesdrohungen denken, die ich erhalten und die ich auf die leichte Schulter genommen hatte.

»Er hat dich mit solcher Wucht getroffen, daß du gegen Barbara geprallt bist und ihr beide durch die Luft geschleudert wurdet, mitten in den Verkehr. Barbara ist glücklicherweise auf dem Heck eines Autos gelandet, sonst wäre sie auf der Stelle tot gewesen.

Übrigens, einer von den Leuten, die den Unfall beobachtet haben, war Arzt, und als er sah, daß du Schwierigkeiten mit dem Atmen hattest, hat er dir in den Mund gelangt, um zu sehen, ob dir irgendwas den Luftweg versperrt. In deiner Kehle hat er drei Pfefferminz gefunden.«

Bei der Vorstellung, daß auf dem Totenschein gestanden hätte: »Tod verursacht durch drei Imperial-Pfefferminz«, hätte ich am liebsten laut gelacht, wenn es nicht so fürchterlich weh getan hätte.

Marius betrachtete mich eine Weile schweigend, und ich sah die Sorge in seinen Augen.

»Da ist noch etwas«, sagte er schließlich. »Du hast möglicherweise einen Nierenriß. In deinem Urin ist ziemlich viel Blut.«

»Oh, mein Gott«, stöhnte ich, »was denn noch?«

»Der Urologe möchte, daß du für ein intravenöses Pyelogramm runterkommst.«

»Oh, bitte, Marius, muß das sein?« bettelte ich. »Jede Bewegung tut so verdammt weh!«

Noch ehe Marius antworten konnte, erschien Schwester

Geyer in der Tür: »Prof, der Transportdienst ist da, der Sie runterbringen soll.«

»Wo runter? In die Hölle runter!« fluchte ich. Und beschimpfte auf dem ganzen Weg hinunter in die Urologieabteilung jeden, der uns über den Weg lief.

Um die Nieren auf dem Röntgenbild sichtbar zu machen, wird ein jodhaltiges Präparat in eine Vene gespritzt. In der Niere wird das Kontrastmittel konzentriert und dann mit dem Urin ausgeschieden, so daß die Niere und die Harnwege röntgenologisch dargestellt werden können.

»Sind Sie gegen Jod allergisch?« fragte mich der Radiologe.

Ich schüttelte den Kopf. Die Schmerzen waren so schlimm, daß ich nicht einmal mehr sprechen konnte.

Er tastete nach einer Vene in meinem rechten Arm, und ich spürte den Einstich.

»Okay, jetzt müssen wir zehn Minuten warten.« Voller Dankbarkeit, daß mir zumindest ein paar Minuten Ruhe vergönnt waren, sank ich auf den Röntgentisch zurück. Da spürte ich, wie Übelkeit in mir aufstieg.

»Ich muß mich übergeben! Eine Nierenschale, schnell!« rief ich. Mehr konnte ich nicht sagen, denn schon begann ich zu erbrechen. Im Mund hatte ich den bitteren Geschmack von Galle, und bei jedem Würgen durchbohrten hundert Dolche meine Lunge.

Schweiß rann mir über die Stirn, und als ich ihn wegwischte, fühlte sie sich kalt und klamm an, wie bei einem Leichnam. Ich weiß nicht, wie lange diese Tortur dauerte, da ich etliche Male das Bewußtsein verlor.

»Ihre Niere ist nicht ernstlich beschädigt«, verkündete der Radiologe. »Sie können wieder auf die Station zurück.«

»Können Sie mir nicht etwas gegen die Schmerzen geben?« flehte ich den Arzt an.

»Wir wollen Ihnen nicht zuviel opiathaltige Schmerzmittel geben, sonst werden Sie noch süchtig«, kam die mitleidlose Antwort. »Verdammter Idiot!« brüllte ich innerlich.

Glücklicherweise tat mein Gehirn das, was ansonsten das Schmerzmittel bewirkt hätte: Es unterbrach die Impulse, die den Teil meines Gehirns unter Beschuß nahmen, wo das Bewußtsein sitzt, und ich war jedesmal heilfroh, wenn ich in den Strudel von Schwärze versank.

Meine Genesung machte nur langsam Fortschritte, vor allem, weil sich nach der Entfernung des Schlauchs wiederholt Flüssigkeit in der rechten Brust ansammelte. Terry mußte sie mit Hilfe einer Nadel, die er zwischen die Rippen einführte, absaugen.

Außerdem kam es zu einer wahrhaft demütigenden Komplikation: Kotstauung. Da ich nicht pressen konnte, war normaler Stuhlgang unmöglich. Der Kot sammelte sich im Dickdarm an und wurde so hart, daß Dr. Birkenstock ihn mit den Händen herausholen mußte, während ich in Narkose war. Es war dies die äußerste Erniedrigung, daß einer meiner Kollegen das tun mußte, aber mir ging es viel zu schlecht, als daß ich mir deswegen noch den Kopf zerbrochen hätte. Ich war überzeugt, daß ich mich nie wieder erholen und ein normal funktionierender Mensch werden würde.

Diese Erfahrung hat mich gelehrt, die kleinen Dinge des Lebens zu schätzen, die man normalerweise Tag für Tag als selbstverständlich betrachtet: daß man in der Lage ist, morgens ohne fremde Hilfe aufzustehen, ins Bad und auf die Toilette zu gehen, sich zu waschen und zu rasieren.

Als ich allmählich wieder zu Kräften kam und wieder lernte, alle diese Dinge selber zu tun, war jeder einzelne Schritt ein Sieg. Nie werde ich vergessen, was für ein Vergnügen es war, zum erstenmal wieder ohne fremde Hilfe ein Bad nehmen zu können.

Ich glaube, jeder Arzt, der selber einmal Patient war, wird durch diese Erfahrung fürsorglicher. So habe ich gelernt, wie wichtig es für den Patienten ist, daß er dem Arzt, der ihn versorgt, vollkommen vertraut. Auch das Vertrauen den Schwestern gegenüber ist ein unglaublich wichtiger Faktor; ein häufiger Wechsel des Pflegepersonals kann sehr nachteilig – und deprimierend – sein, da sich eine Bindung zwischen dem Patienten und der Krankenschwester entwickelt. Es ist in der Tat eine Art mütterlicher Liebe, die man dem Patienten so selten wie nur möglich entziehen sollte.

Der Facharzt für plastische Chirurgie richtete Barbaras Nase wieder ein, und wegen der gebrochenen Halswirbel mußte sie eine Halsmanschette tragen.

Nach einigen Wochen wurde sie aus dem Krankenhaus entlassen – nur um kurz darauf wieder eingeliefert zu werden, da ein Stück ihres Schulterblatts entfernt werden mußte, das sich fast durch ihre Haut bohrte.

Ulli kam aus Johannesburg, und sie und Lizzy kümmerten sich um Frederick.

Die Polizei verhaftete einen Schwarzen und beschuldigte ihn, uns angefahren und anschließend Fahrerflucht begangen zu haben. Ein paar Wochen nach meiner Entlassung aus dem Krankenhaus wurde der Fall vor dem Gericht in Kapstadt in erster Instanz verhandelt. Nachdem ich dem Richter alles erzählt hatte, woran ich mich erinnern konnte, und nachdem auch die Polizisten ihre Aussage gemacht hatten, wurde er mangels Beweisen freigesprochen.

Bis heute wissen wir nicht, wer versucht hat, uns zu überfahren.

Nachdem sie die Welt durchreist hatte, um an diversen Wasserskimeisterschaften teilzunehmen, studierte Deidre jetzt an der Universität von Stellenbosch; sie wollte Lehrerin werden. Andre besuchte, nachdem er ein Jahr bei der Marine vergeudet hatte, um seinen Wehrdienst abzuleisten, die Medizinische Fakultät der Universität von Kapstadt – er wollte Arzt werden wie sein Vater. Louwtjie wohnte nach wie vor in Zeekoevlei, zusammen mit den beiden Hunden Sixpence und Ringo, und meine Mutter saß immer noch im Altersheim in ihrem Rollstuhl und wartete auf den Tod.

Eine der wenigen Freuden im tristen Einerlei ihres Lebens war der Besuch, den Barbara ihr allwöchentlich abstattete. Sie brachte ihr gefüllte Krapfen mit, die Mutter mit Begeisterung aß, und unterhielt sich länger mit ihr als einer ihrer Söhne. Während meiner kurzen Besuche, einmal im Monat, rief sie oft ungläubig: »Chris, du hast ja ein solches Glück – sie ist so eine gute Frau!«

Die Huckepack-Transplantation

»Hi, Dad.« Ich erkannte die Stimme meines Sohns sofort.

»Andre, wie geht's? Was macht das Studium?« Da ich selber ziemlich ehrgeizig bin, wollte ich immer gern wissen, welche Fortschritte meine Kinder machten, vor allem natürlich jetzt, da sie beide die Universität besuchten und mein Sohn zudem in meine Fußstapfen treten wollte.

»Eine ziemlich mühsame Angelegenheit, Dad, aber daß ich dich anrufe, hat einen anderen Grund.« Ich merkte an seiner Stimme, daß irgend etwas ihn bedrückte. Niedergeschlagen fuhr er fort: »Martin ist sehr, sehr krank – sein Herz macht nicht mehr mit, und die Ärzte in Pretoria sagen, daß sie nichts für ihn tun können. Kannst du ihm helfen?« Seine Stimme versagte; ich glaube, er war den Tränen nahe.

»Kennst du ihre Diagnose?« fragte ich.

»Nach Ansicht des Kardiologen liegt es nicht an der Mitralklappe, die du vor sieben Jahren ersetzt hast, die funktioniert einwandfrei, und die Venentransplantate, die du später eingesetzt hast, sind auch völlig in Ordnung. Aber sein Herz ist vergrößert, und offenbar zieht seine linke Herzkammer sich fast überhaupt nicht mehr zusammen.«

Schuld daran war nach Ansicht der Ärzte das Absterben eines Großteils des Herzmuskels. Das bedeutete normalerweise, daß nur noch eine Transplantation helfen konnte.

»Wie alt ist er eigentlich?« fragte ich Andre. Ich überlegte bereits fieberhaft, denn wir hatten eine Regel, daß Patienten über fünfzig für eine Transplantation nicht mehr in Frage kamen. Andre wußte das auch.

»Er ist erst zweiundfünfzig und sehr gut in Form.« Ich hörte das Flehen in seiner Stimme.

»Dann bring ihn sofort nach Kapstadt runter, ich werde dafür sorgen, daß er ein Bett auf meiner Station bekommt. Mal sehen, was wir machen können.«

»Oh, danke, Dad! Tausend Dank! Ich hab' gewußt, daß du ihm hilfst!«

Als Andre in der Zeit meiner Scheidung von Louwtjie in Pretoria gelebt hatte, waren Martin Franzot und seine Frau Kitty ihm eine große Stütze gewesen. Sie hatten ihn sozusagen adoptiert, und ich bin sicher, Andre liebte Martin wie einen Vater.

Die Herzkatheteruntersuchung zeigte, daß das Herz durch die Verengung der Arterien, die es mit Blut versorgten, beträchtlich geschädigt war. Die Blutmenge, die bei jedem Herzschlag hineingepumpt wurde, betrug nur 20 Prozent des üblichen Volumens. Es war offensichtlich, daß nur eine Transplantation sein Leben retten konnte.

Andre war sehr stolz darauf, daß sein Vater diesem Mann, an dem er so hing, helfen konnte (»Du bist der beste Herzchirurg der Welt, Dad«). Er kam häufig zu mir in mein Büro, und wir besprachen die Operation in allen Einzelheiten.

Deidre und ich standen uns seit jeher sehr nahe, wegen ihres Wasserskifahrens, Andre hingegen war irgendwie immer zu kurz gekommen. Nun aber war unser Verhältnis zueinander so, wie es zwischen Vater und Sohn sein sollte. Wir hatten ein gemeinsames Interesse: Medizin und insbesondere Chirurgie.

Glücklicherweise bekamen wir schon bald einen geeigneten Spender. Ich rief Andre an und sagte ihm, daß wir transplantieren würden; wenn er wolle, könne er bei der Operation zusehen.

»Nein, Dad, ich stehe Martin zu nahe. Ich warte im Ärztezimmer. Ich wünsch' euch alles Glück der Welt.«

Es erwies sich als äußerst schwierig, Martins Herz herauszulösen, weil es aufgrund der Adhäsionen, die sich nach den beiden vorangegangenen Operationen gebildet hatten, fest mit der Brustwand verwachsen war. Sobald es jedoch freigelegt war, verlief die Operation als solche problemlos.

»Okay, Johan, Sie können mit dem Erwärmen beginnen. Ozzie, fangen Sie mit dem Beatmen an.«

Ich war diesmal ziemlich nervös, obwohl nicht mit weiteren Komplikationen zu rechnen war. Martin Franzot war nicht nur Andres »Adoptivvater«, sondern auch ein sehr guter Freund von mir.

»Sinusrhythmus!« verkündete irgend jemand freudig, als das Herz spontan zu schlagen anfing. Die Kontraktionen waren regelmäßig und stark.

»Okay, Johan, reduzieren Sie den Durchfluß.« Auf diese Weise würde die Herz-Lungen-Maschine die Funktion des Herzens nur noch teilweise unterstützen und das transplantierte Herz den Kreislauf partiell übernehmen.

»Durchfluß reduziert, Prof«, bestätigte Johan. Problemlos füllte sich das Herz und zog sich zusammen. Alles war normal.

»Okay, Pumpe aus.«

»Pumpe aus!«

Nun mußte das Herz mit der gesamten Kreislaufbelastung fertig werden.

»Der Druck fällt, Chris«, warnte Ozzie mich.

»Verdammt noch mal«, sagte ich leise. Ich sah, wie das Herz anschwoll, aber nicht in der Lage war, das Blut, das es erhielt, auszustoßen. Allerdings war das kein ungewöhnliches Problem, also machte ich mir keine allzu großen Sorgen.

»Okay, Johan, helfen Sie noch mal nach.« Ich wollte dem neuen Herzen für eine Weile einen Teil der Last abnehmen.

»Pumpe an – Viertelfluß«, erklärte Dene, die die Kontrolle der Herz-Lungen-Maschine übernommen hatte.

Sofort fing sich das Herz und zog sich wieder ganz zusammen.

»Geben wir ihm fünf Minuten, um sich zu erholen. Verabreichen Sie etwas Bikarbonat und Isoprenalin«, wies ich Ozzie an. »Wahrscheinlich sind das die Nachwirkungen der Phase, in der es ohne Blutversorgung war.«

In der Zwischenzeit untersuchte ich die Naht, ob irgendwo Blut durchsickerte. »Benachrichtigen Sie Andre«, bat ich die Stationsschwester. »Sagen Sie ihm, die Operation ist beendet, und es sieht gut aus.« Ich war selber überzeugt davon.

»Er steht draußen auf dem Gang und hat die Operation fast die ganze Zeit mitverfolgt«, erwiderte sie. »Er macht ei-

nen sehr glücklichen Eindruck und will Ihnen gratulieren.«
Ihre Augen lächelten.

»Okay, Pumpe aus!« Ich sah zu, wie das Herz reagierte, und in genau dem Augenblick bekam ich es mit der Angst zu tun: Es kam mit der Mehrbelastung nicht so zurecht, wie es das mittlerweile eigentlich sollte.

»Der Druck ist wieder unten, Prof«, hörte ich, während ich beobachtete, wie das Herz sich immer verzweifelter abmühte.

»Pumpe wieder an, Dene.« Eiskalte Furcht packte mich. Ich rang jetzt selber nach Atem. Würde ich nicht in der Lage sein, meinen Freund zu retten? Würde ich meinen Sohn wieder im Stich lassen, wie damals, als ich seine Mutter verlassen hatte und er ohne Vater gewesen war?

Es sah immer mehr danach aus, daß wir ihn nicht retten konnten. Über eine Stunde lang kämpfte ich darum, das Herz dazu zu bringen, seine Funktionen zu übernehmen, aber jedesmal, wenn ich die Pumpe abschalten ließ, füllte es sich – und versagte. Immer wieder.

So etwas war noch nie passiert. Warum ausgerechnet heute? Ich versuchte es von neuem, aber ich wußte – und ich sah in den Augen der Leute um mich herum, daß auch sie es wußten –, daß es nicht funktionieren würde.

Das Spenderherz hatte wahrscheinlich in den Phasen des niedrigen Blutdrucks, ehe ich die Transplantation hatte durchführen können, ernstlich Schaden genommen. Ich mußte jetzt die wahrscheinlich schwierigste Entscheidung in meinem ganzen Leben treffen.

Mit einem tiefen Seufzer sagte ich: »Dene, stellen Sie die Herz-Lungen-Maschine ab.« Ich hatte keine andere Wahl.

Ich beobachtete, wie das Herz sich erneut füllte. Es schlug immer langsamer, bis es zu fibrillieren begann.

Als sein Gehirn starb, keuchte Martin ein paarmal. Dann herrschte Schweigen im Operationssaal, während ich mich umdrehte und meine Handschuhe abstreifte. Ich ging hinaus zu Andre.

In seinen großen braunen Augen standen Tränen. »Was ist passiert, Dad?« schluchzte er.

»Er ist tot, Andre.« Mehr brachte ich nicht heraus, dann versagte meine Stimme, und ich fing ebenfalls zu weinen an.

»Aber *warum* ist er gestorben, Dad? Du hast ihm doch ein neues Herz eingepflanzt!«

»Er ist gestorben, weil das neue Herz den Kreislauf nicht in ausreichendem Maße übernehmen konnte, um ihn am Leben zu halten«, erklärte ich kläglich.

Er sah mich starr an und sagte: »Warum hast du dann nicht sein altes Herz zurückverpflanzt? Das hätte ihn zumindest am Leben gehalten.« Dann drehte er sich um und ging weg. Weg von seinem leiblichen Vater und weg von seinem Adoptivvater.

In dieser Nacht fand ich keinen Schlaf. Die Worte meines Sohnes: »Warum hast du dann nicht sein altes Herz zurückverpflanzt? Das hätte ihn zumindest am Leben gehalten« hallten in meinem Kopf wider.

Warum hast du nicht sein altes Herz zurückverpflanzt – das hätte ihn zumindest am Leben gehalten.

In den frühen Morgenstunden traf ich einen Entschluß: Ich würde ein Operationsverfahren entwickeln, bei dem das Herz des Patienten da blieb, wo es war, um das zu leisten, wozu es noch in der Lage war. Das Spenderherz würde ich dann so damit verbinden, daß es das alte Herz unterstützte, anstatt es zu ersetzen. Sollte irgend etwas mit dem Spenderherzen nicht in Ordnung sein, würde sein eigenes Herz den Patienten am Leben halten.

An diesem Morgen wurde die Idee der heterotopen Herztransplantation geboren (später bekam sie den Spitznamen »Huckepack-Transplantation«).

Es war noch dunkel, als ich aufstand, mich rasierte und anzog. Ich war besessen von der Idee und konnte es nicht erwarten, die Möglichkeit zu erforschen, daß zwei Herzen in der Brust eines Menschen schlugen.

Die Idee als solche war nicht neu. Zehn Jahre zuvor hatte ich Professor Demikhov in seinem Labor in Moskau besucht. Ihn könnte man mit Recht als den »Vater« der Herztransplantation bezeichnen. Noch vor der Erfindung der Herz-

Lungen-Maschine hatte er umfassende Forschungsarbeit auf diesem Gebiet geleistet.

Während meines Besuches dort hatte er mir einen Hund gezeigt, der mit zwei Köpfen durch die Gegend spazierte, wobei sich der zweite in einer heterotopen Position befand. »Heterotop« bedeutet: nicht an der anatomisch korrekten Stelle, wo sich das Organ eigentlich befinden müßte, sondern an einer falschen oder anomalen Stelle.

Ich hatte auch Nachdrucke von Arbeiten anderer Forscher gelesen, die die Möglichkeiten eines solchen Verfahrens im Labor untersucht hatten.

Was mir an den bislang entwickelten Methoden mißfiel, war folgendes: Man versuchte, das Herz in der linken Brust unterzubringen, und da sich hier bereits das Herz des Patienten befand, war nicht genügend Platz. Das bedeutete, daß man einen Teil des linken Lungenflügels entfernen mußte, um Platz zu schaffen. Meine Idee war jedoch, die Operation so durchzuführen, daß man das Spenderherz, falls es versagte, herausnehmen konnte und der Patient nicht schlechter dran war als vor der Operation.

An diesem Morgen war ich im Anatomiemuseum, noch ehe es offiziell öffnete. Ich nahm zwei Plastikmodelle des menschlichen Herzens und plazierte das eine dort, wo es sich normalerweise befindet. Dann hielt ich das zweite an verschiedene Stellen auf der rechten Seite, und innerhalb von zehn Minuten hatte ich in meinem Kopf die Operationstechnik ausgearbeitet, die es ermöglichen würde, in der rechten Brust ein zweites Herz zu plazieren, ohne daß dadurch die Funktion des rechten Lungenflügels beeinträchtigt würde.

Als nächstes ging ich ins Tierlabor. Ich wartete erst gar nicht auf den Aufzug, sondern rannte die Treppe zum vierten Stock hinauf. Ohne »Boets« zu begrüßen, fragte ich, ob Dr. Losman hier sei, ein Arzt aus Belgien, der bei mir praktizierte und gerade sein Laborjahr absolvierte.

»Ich ruf' ihn an, Prof«, erklärte Boets und ließ einen anästhesierten Gorilla auf dem Tisch liegen.

Ein paar Minuten später war Jacques da. »Tut mir leid, das gestern abend«, waren seine ersten Worte.

»Ich weiß nicht, was schiefgegangen ist, aber ich glaube, ich habe die Lösung des Problems gefunden. Ich will, daß Sie alle anderen Projekte einstellen und nur noch an der heterotopen Transplantation arbeiten.«

Verblüfft sah Jacques mich an.

»Ich will es Ihnen erklären.« Ich schäumte fast über vor Begeisterung. »Holen Sie die anderen auch gleich.«

Wir versammelten uns alle um den betäubten Gorilla.

»Wenn Sie ein Pferd haben, das eine schwere Last den Berg hinaufzieht, und es Mühe hat vorwärtszukommen, dann können Sie zweierlei dagegen unternehmen: Entweder spannen Sie das erschöpfte Pferd aus und ein neues ein, oder Sie lassen das alte Pferd noch so viel leisten, wie es kann, und spannen das frische Pferd neben ihm ein – um dem alten zu helfen.«

Sie sahen mich alle an, als sei ich jetzt endgültig übergeschnappt. Ich redete trotzdem weiter: »Das müde Pferd ist das versagende Herz. Die erste Methode ist die orthotope Transplantation: Das erschöpfte Pferd wird ausgespannt, und das frische Pferd muß nun die ganze Last ziehen.

Dem zweiten Verfahren liegt die Idee zugrunde, die wir jetzt ausprobieren werden: Das zweite Herz hat lediglich unterstützende Funktion, da das alte Herz einen Teil der Arbeit noch selber leistet.«

»Glauben Sie, daß in einer Brust genügend Platz für zwei Herzen ist?« fragte Jacques.

»Genau das wollen wir herausfinden. Jetzt hört mal genau zu.« Ich drehte mich zu der Tafel um und begann zu erklären.

»Zuerst nehmen wir Gorillas zum Experimentieren; ihr Brustkorb ist der Form nach dem des Menschen ähnlicher. Außerdem eignen sie sich weit besser für unsere Zwecke als Hunde. Haben Sie genügend Gorillas, Boets?«

»Ja, Prof, kein Problem.«

»Die Operationstechnik sieht folgendermaßen aus: Die Brust des Patienten wird entlang der Mittellinie, der Herzbeutel vertikal geöffnet. Bis zu diesem Punkt gehen wir also genauso vor wie bei jeder anderen Transplantation. Aber jetzt kommt das, was anders ist. Der linke Lungenraum wird geöffnet und die linke Seite des Herzbeutels abgetrennt. Auf diese Weise müßten wir genügend Platz zwischen dem unteren Teil des rechten Lungenflügels und dem Herzen des Patienten bekommen, um dort das neue Herz unterzubringen. Wir werden ja sehen, ob der rechte Lungenflügel dadurch zusammengedrückt wird, aber ich glaube nicht. Können Sie mir soweit folgen?«

Meine Augen wanderten durch den Raum: Alle schienen verstanden zu haben und sahen aus, als seien sie interessiert.

»Und jetzt müssen wir die Verbindung zum Spenderherzen herstellen – das ist einfach. Wir fügen die linken oberen Kammern und die rechten oberen Kammern jeweils Seite an Seite zusammen. Diese Öffnungen dienen als Ausflußklappen für das Herz, das versagt.« Ich drehte mich wieder um; auf der Tafel hinter mir war jetzt die schematische Darstellung der Anastomosen zu sehen.

»Nun zum Abfluß in die unteren Kammern: Auf der rechten Seite schließen wir die Lungenschlagadern, auf der linken Seite die Aorten jeweils mit ihrem Ende seitlich an. *Voilà!* Jetzt haben Sie zwei parallel geschaltete Herzen. Ist doch ganz einfach, finden Sie nicht auch?«

Ich glaube allerdings nicht, daß ich das Laborpersonal überzeugt hatte: Sie standen etwas verlegen herum, und keiner sagte ein Wort.

»Herrgott noch mal! Seid ihr denn so verdammt blöde, daß ihr nicht kapiert, welche Vorteile diese Methode bietet!« Ich wurde allmählich wütend. »Nehmen wir zum Beispiel das Problem, das ich gestern abend hatte. Als ich dem transplantierten Herzen mit der Herz-Lungen-Maschine nur ein kleines bißchen half, kam es ganz gut zurecht, und nur wenn es die gesamte Belastung übernehmen mußte, versagte es. Also, wenn ich das Herz des Patienten drinnengelassen hätte, um dem neuen Herzen das bißchen Unterstützung zu geben, das es noch leisten konnte, würde Martin Franzot noch leben. Und ich bin sicher, was auch immer mit dem Spenderherzen nicht in Ordnung war, das Problem war nur vorübergehender Natur, und das Herz hätte sich wahrscheinlich innerhalb weniger Stunden erholt und dann seine Funktionen voll übernommen.«

Jetzt hatte es bei Jacques gefunkt: »*Ahoui!* Wir fangen gleich damit an, Prof.« Er wandte sich zu seinen Kollegen um und klatschte begeistert in die Hände: »Okay, gehen wir's an!«

In der Medizin ist es möglich, oft sehr schnell einzuschätzen, ob eine neue Idee eine Zukunft hat. Wenn man sich monate- oder sogar jahrelang abgemüht hat, und es haut immer noch nicht hin, dann hat man sich höchstwahrscheinlich von Anfang an auf dem Holzweg befunden.

Die »Huckepack«-Situation funktionierte ab dem ersten Experiment.

Ich diskutierte die Idee mit Professor Wally Beck, dem Nachfolger Professor Schrires. Er wies darauf hin, daß das neue Herz nur die linke Seite des alten unterstützen mußte, da eine rechtsseitige Herzinsuffizienz normalerweise nicht auf einer Erkrankung der rechten Kammer beruht, sondern die Folgeerscheinung einer linksseitigen Herzinsuffizienz ist.

Bei unseren ersten beiden Operationen änderten wir die Technik leicht ab, und zwar so, daß die rechte Seite des Patientenherzens nach wie vor für den Lungenkreislauf zuständig war, während das Spenderherz lediglich die versagende linke Herzkammer unterstützte.

Das sollte sich als Fehler erweisen.

Das politische System in Südafrika deprimierte mich immer mehr, da niemand stark oder mächtig genug schien, irgend etwas dagegen zu unternehmen. Ich fühlte mich, wie so viele andere Südafrikaner auch, hilflos und verlor allmählich jede Hoffnung.

Die Nationale Partei hatte sich verschanzt, indem sie den Farbigen die Wahlberechtigung entzogen und die Wahlbezirke neu eingeteilt hatte, so daß ein paar tausend Stimmen in Orten wie Beaufort West – wo die Nationalisten fast einhellig unterstützt wurden – dasselbe Gewicht hatten wie über zehntausend Stimmen beispielsweise in einem Vorort von Kapstadt, wo man den Nationalisten sehr ablehnend gegenüberstand.

In allen Schlüsselpositionen der Verwaltung saßen *Broeder* – Mitglieder des *Broederbond*, der eine äußerst exklusive Afrikaander-Organisation war und ist. Ihre Parole lautet: »*Wees sterk*« (»Seid stark«). 1921, drei Jahre nach ihrer Gründung, wurde sie zu einem Geheimbund, der eine große Rolle bei der Formulierung der Apartheid-Politik der Nationalen Partei spielte, vor allem, weil die Mehrzahl der Spitzenpolitiker sowie die meisten hochrangigen Beamten verschworene Mitglieder des *Broederbond* waren.

Daß es eine solche Organisation überhaupt gab, ist schon erstaunlich. Aber noch unerklärlicher ist, daß so ein Haufen gottesfürchtiger Moralisten die Apartheid unterstützte, wenn man bedenkt, wie fromm sie waren (eines der schlimmsten »Verbrechen«, das ein *Broeder* begehen konnte, bestand darin, nicht regelmäßig in die Kirche zu gehen).

Ihre Politik des »Gleich, aber getrennt« war so widerwärtig, daß ich einfach etwas unternehmen mußte, und zwar mehr, als mich bei Dinnerpartys und Banketten dazu zu äußern.

Ich beschloß, einen Roman zu schreiben.

Er sollte in vielen Punkten auf meinen eigenen Erfahrungen und denen meiner Kollegen beruhen. Nun kann ich zwar ganz gut Geschichten erzählen, und es fällt mir leicht, Ideen zu formulieren, aber ich bin kein Romancier. Ich suchte also jemanden, der mir beim Schreiben des Buches *The Unwanted* (dt. Titel: *Die Erbsünde*) behilflich sein könnte, und fand Siegfried Stander.

Ich beschloß, zwei Hauptfiguren einzuführen – einen schwarzen Jungen und einen weißen Jungen. Beide wurden Arzt, und das Buch sollte all die Ungerechtigkeiten schildern, denen der schwarze Junge ausgesetzt war: die zweitklassige Ausbildung und daß es ihm, als er dann an der Medizinischen Fakultät war, nicht gestattet wurde, weiße Patienten zu untersuchen. Man erlaubte ihm nicht einmal, bei der Obduktion eines weißen Leichnams zuzusehen.

Die Geschichte würde die berufliche Laufbahn dieser beiden Figuren nachzeichnen; die Handlung sollte einige bizarre Wendungen nehmen und einen überraschenden Schluß haben – aber ich schätze, Sie werden das Buch selber lesen müssen.

Ich war sehr angetan davon, als es fertig war, und hielt es für ein recht gutes Buch. Von der afrikaansen Presse wurde es jedoch als Schund abgetan. Weder in den Vereinigten Staaten noch in Europa wurde es ein Bestseller, aber merkwürdigerweise wurde es in den Ländern hinter dem Eisernen Vorhang viel gelesen.

Obwohl die Tantiemen von *The Unwanted* mein karges Gehalt von 1200 Rand monatlich etwas aufbesserten, war das nicht genug, um meine Frau und meinen Sohn angemessen zu versorgen. Glücklicherweise erhielt Barbara jeden Monat einen großzügigen Zuschuß von ihrem Vater, so daß wir in »La Corniche« ein größeres Apartment beziehen konnten, bei dessen Einrichtung Barbaras Mutter uns half. Zum erstenmal in meinem Leben lebte ich in einer Wohnung mit Teppichböden und antiken Möbelstücken.

Barbara war ein luxuriöses Leben gewöhnt, in dem es ihr an nichts fehlte, und sie genoß es, Modellkleider zu tragen. Ich hatte ein schlechtes Gewissen, daß ich ihr all das nicht bieten konnte, obwohl sie sich nie beklagte. Sie hatte einen Mann und einen Sohn, und ich bin sicher, sie hätte auch in bitterster Armut gelebt, solange sie nur alle Widrigkeiten von ihrer kleinen Familie und ihrem Zuhause fernhalten konnte.

Emiliano Sandri, der nach dem Krieg nach Südafrika gekommen war und als Speisewagenkellner gearbeitet hatte, war schließlich, durch kluge Investitionen in Restaurants, ein reicher Mann geworden, und das brachte mich auf eine Idee.

Ich setzte ihm so lange zu, bis er mir eines seiner Restaurants in Newlands, in der Nähe der berühmten Kricket- und Rugbyplätze, verkaufte. Jetzt würde ich – zumindest glaubte ich das – reich werden!

Der Ansicht waren auch meine Freunde: »Ein Restaurant mit deinem Namen wird jeden Abend voll sein«, schwärmten sie. Allerdings mußte ich bald feststellen, daß ein Name allein wenig wert ist, wenn dahinter nicht Qualität und Professionalität stehen. Und auch wenn ein Restaurant gerammelt voll ist, heißt das noch lange nicht, daß es Gewinn abwirft.

Als ich das Restaurant von Emiliano übernahm, erklärte Monica, seine Frau: »Sie besteigen ein wildes Pferd.« Schon in den nächsten paar Monaten merkte ich, was sie damit meinte. Ein Restaurant zu führen bedeutet mehr, als Essen zuzubereiten und zu servieren und das Geld einzustreichen.

Jeden Monat starrten mich aus den Büchern rote Zahlen an. Statt mein Einkommen aufzubessern, fraß das Restaurant es auf. In schlaflosen Nächten versuchte ich herauszufinden, was ich falsch machte.

Ich war überzeugt davon, daß ich das bestmögliche Personal hatte – zwei äußerst erfahrene italienische Geschäftsführer und einen fähigen Küchenchef aus Belgien samt Gehilfen und Kellnern. In meiner Freizeit lief ich mir die Füße wund, um erstklassiges Gemüse, Obst und Fisch zu besorgen. Das Restaurant schien also gut geführt zu sein, und trotzdem zahlte ich drauf. Mir war klar, daß da etwas nicht stimmen konnte – aber was?

Jeden Samstagabend ging ich selber hin und mischte mich unter die Gäste, um zu hören, was sie vom Essen und vom Service hielten und worüber sie sich beschwerten. Später schloß sich dann Barbara mir an, und wir aßen gemeinsam zu Abend.

An einem dieser Abende schien alles glatt zu laufen, und ich freute mich sehr, als Barbara kam. Wir setzten uns an einen Tisch in der Ecke, von dem aus ich weiter die Gäste und das Treiben im Restaurant beobachten konnte. Dann passierte es.

Der Ober hatte dem Mann an einem Tisch mir gegenüber gerade einen »Angelfisch« serviert (im Gegensatz zu mit dem Netz gefangenem und dann eingefrorenem Fisch ist das frischer, mit der Angel gefischter Fisch).

Ich beobachtete, wie der Gast den Fisch eine Zeitlang musterte, den Teller unter die Nase hielt und daran roch. Dann reichte er ihn seiner Freundin, die ebenfalls daran schnüffelte. Sie rümpfte die Nase und hielt sie sich mit zwei Fingern zu.

Wie von der Tarantel gestochen, sprang ich auf. Ich rannte zu dem Tisch, riß den Teller an mich und stürmte damit in die Küche. Erst als ich außer Sichtweite war, blieb ich stehen, um an dem Fisch zu riechen.

Kein Zweifel: Der Fisch stank. Ich nahm ein paar andere Fische, die gerade zubereitet werden sollten – das gleiche. Ich drehte mich zum Küchenmeister um, der dem Hexentanz, den ich in der Küche aufführte, neugierig zusah.

»Ist Ihre verdammte Nase verstopft oder was, Sie blöder Fettsack?! Riechen Sie denn nicht, daß der Fisch verdorben ist?!« brüllte ich.

Ich drehte mich zu den Kellnern um: »Hat sonst noch jemand Angelfisch bestellt?«

»Nein, Sir, das war die erste Bestellung«, erklärte einer und wich vorsichtshalber zurück, falls ich auf die Idee käme, ihm den Fisch um die Ohren zu schlagen.

»Streichen Sie den Angelfisch von der Karte und sagen Sie allen, die welchen wollen, daß wir heute ausnahmsweise keinen frischen Fisch haben.«

Dann ging ich zu dem Gast, der ungefähr eine Minute ohne etwas zu essen dagesessen hatte, entschuldigte mich wortreich und erklärte, er könne alles bestellen, was er wolle – außer Angelfisch –, zudem jeden Wein, den er gerne hätte, und zwar auf Rechnung des Hauses.

Als ich mich wieder zu Barbara an den Tisch setzte, sah ich gerade noch, wie mein belgischer Küchenchef sein Jackett anzog und aus dem Restaurant verschwand, wobei er einen Schwall flämischer Flüche losließ.

Also stand schließlich ich, ein berühmter Herzchirurg, in der Küche und half bei der Zubereitung einer Palette der verschiedensten Gerichte. Ich weiß selber nicht so recht, wie wir den Abend durchstanden, aber die Gäste schienen zufrieden. Mir war jetzt klar, daß ich einige Veränderungen beim Personal vornehmen mußte. Ein paar Tage später kündigten auch die beiden italienischen Geschäftsführer – wie sich herausstellte, zu meinem Glück.

Jetzt stand ich also ganz ohne Personal da. Ich konnte mich unmöglich selber um das Restaurant kümmern. Aber ich hatte Glück: Tony Ingala, der mir zufällig einen Besuch abstattete, schlug vor, daß ich ihn und einen Freund, Aldo

Novati, das Restaurant führen lassen sollte, und zwar auf der Basis, daß sie mir monatlich eine bestimmte Summe zahlten und den Rest behielten.

Ab dem Tag hatte ich keine Probleme mehr mit dem Restaurant, und von Stund an warf es auch Gewinn ab. Meine Vermutung, warum es vorher Verluste gemacht hatte, konnte ich zwar immer noch nicht beweisen, aber die Tatsache, daß unter der neuen Geschäftsführung das Restaurant sofort erfolgreich war und Profit machte, sprach dafür, daß ich wohl nicht ganz daneben lag.

Die Eröffnung, daß Barbara wieder schwanger war, kam unerwartet, aber ich war hellauf begeistert. Christiaan Alexander Barnard wurde im gleichen Krankenhaus mit Kaiserschnitt – für den Barbara sich von vorneherein entschieden hatte – geholt, in dem zwei Jahre zuvor Frederick das Licht der Welt erblickt hatte.

Glücklicherweise kam es bei der Geburt zu keinerlei Komplikationen, und nach einer Woche war Barbara mit dem Baby wieder zu Hause.

Obwohl wir uns in Clifton sehr wohl fühlten, war in der Wohnung jetzt, mit einem zweiten Kind, einfach zuwenig Platz, also sah Barbara sich nach einem Haus um.

Nach monatelangem Suchen und Besichtigen entschied sie sich schließlich für »Waihoai«, ein wunderschönes Haus mit drei Schlafzimmern und 8000 Quadratmetern Grund in der englisch anmutenden Parklandschaft des Vororts Constantia – einer Wohngegend der Reichen, die meine finanziellen Möglichkeiten bei weitem überstieg. Glücklicherweise gefiel das Haus Fred und Ulli ebenfalls, und sie machten es Barbara zum Geschenk.

Eine Woche vor unserem Einzug war eine Frau in ihrem nicht weit von unserem neuen Heim entfernten Haus erschlagen worden. Wenn es dunkel wird, bin ich nicht gerade der Mutigste, und ich hatte Angst davor, die Sicherheit unserer kleinen Wohnung, wo so viele Leute um uns herum lebten, für das große, ziemlich abgelegene und von vielen Bäumen umstandene Haus aufzugeben. Aber schließlich zogen wir doch ein. Allerdings hatte ich nachts höllische Angst und wachte von jedem noch so kleinen Geräusch auf. Für einen Herzchirurgen bedeutet ein Anruf mitten in der Nacht immer eine schlechte Nachricht. Jetzt waren diese Anrufe noch unwillkommener, da sie bedeuteten, daß ich im Dunkeln allein zur Garage gehen mußte.

Da ich mit Peter Sellers befreundet war, baten mich ein paar Geschäftsleute, ihn zur Eröffnung eines Backgammon-Clubs in Johannesburg einzuladen. Er sagte bereitwillig zu.

Ein paar von uns holten ihn am Flughafen von Johannesburg ab. Als ein paar Inder ihn erspähten, gerieten sie in helle Aufregung; er posierte für Photos und imitierte dabei ihren Akzent vollendet, bis sie und wir vor Lachen nicht mehr konnten. Leider war die Eröffnung des Clubs dann ein ziemlicher Reinfall, denn wieder zeigte sich, daß Peter, wenn er kein Drehbuch hatte oder jemand anderen imitierte, ausgesprochen langweilig war.

Anschließend brach unsere Gesellschaft zum Chobe Game Lodge in Botswana auf.

Peter rauchte oft Haschisch, und eines Abends probierte ich auch ein paar Züge. Ich glaube, ich fühlte mich anschließend ein bißchen entspannter, aber ich hatte es nicht nötig, zu irgendwelchen Drogen Zuflucht zu nehmen, um der Realität des Alltags zu entfliehen, also rauchte ich nie wieder dieses Zeug.

Einmal kam es zu einem merkwürdigen Vorfall: Der Manager hatte beschlossen, »The Party« – einen Film mit Peter – vorzuführen. Nach der Hälfte des Films kamen die meisten Gäste zu dem Schluß, daß sie Besseres zu tun hatten, und verließen den Raum. Peter war sehr verärgert und schmollte für den Rest des Abends.

An einem anderen Abend erwähnte irgend jemand Tony Hancock, einen brillanten englischen Komiker, der Selbstmord begangen hatte. Peter verfiel in eine tiefe Depression und sprach eine ganze Zeit immer sehr ruhig und in völlig monotonem Ton mit mir.

Von Chobe aus fuhren wir, an den Victoria-Fällen vorbei,

nach Kapstadt zurück. Ich mußte wieder arbeiten; die erste Operation war ein Venen-Bypass bei einem Patienten, der an einer schweren koronaren Herzerkrankung litt. Peter schien sich dafür zu interessieren und fragte, ob er bei der Operation zusehen dürfe. Er wollte auch ein paar Photos von der Operation machen.

Es sorgte für ziemliche Aufregung, als ich in Begleitung eines so berühmten Mannes ins Krankenhaus kam. Während ich ihn herumführte und ihm alles zeigte, verteilte er Autogramme an das Personal. Einige meiner Kollegen waren so neidisch, daß sie es vorzogen, uns aus dem Weg zu gehen.

Eine der Schwestern erzählte mir später, sie habe folgendes Gespräch zwischen zwei Spezialisten mitangehört:
»Ist das da drüben bei Chris Barnard nicht Peter Sellers?«
»Ja. Ich frage mich nur, wer von den beiden der größere Schauspieler ist.«

Mein Sohn Andre wollte Peter unbedingt kennenlernen. Barbara gab daher eine kleine Party für meinen Sohn und ein paar Freunde. Damals hatten wir noch nicht alle Möbel und saßen beim Essen auf dem Boden.

Andre und seine Freunde waren fasziniert von Peter und seinen Geschichten. Ihm machte das Ganze offensichtlich auch großen Spaß, und wir kamen aus dem Lachen nicht heraus.

Als er nach London zurückreiste, war ich aus zwei Gründen traurig. Erstens hatten wir alle diesen begabten, wenn auch komplizierten Menschen liebgewonnen. Aber mir tat der Mann auch leid – er schien sehr einsam zu sein, und was ihn noch einsamer machte, war die Tatsache, daß er sich in seiner eigenen Gesellschaft nicht wohl fühlte.

Er war besessen von seiner Diät und gab zu, daß er im Grunde genommen ein Hypochonder war, der bei dem kleinsten Niesen hysterisch wurde. Er erklärte, oft hasse er die Person, die er im Spiegel sehe, und in einem schwachen Augenblick gestand er mir, daß er entsetzliche Angst davor habe, als Langweiler zu gelten. »Ich habe allmählich keine Rollen mehr, hinter denen ich mich verstecken könnte, Chris«, fügte er verzweifelt hinzu. Kaum hatte er das gesagt, als er aufsprang, sich ein Publikum suchte und ihm unwahrscheinlich komische Sketches vorführte.

Wie versprochen, hatte Mr. Mattli alles für meinen Aufenthalt in *La Prairie* vorbereitet, wo ich eine Woche lang bleiben wollte. Anschließend hatte ich vor, mich in Athen mit Barbara und den Kindern zu treffen, da Aris Argyriou uns eingeladen hatte, auf Rhodos Ferien zu machen.

Am Genfer Flughafen holte mich eine Limousine mit Chauffeur ab, und nach einer sehr angenehmen Fahrt durch die wunderschöne Landschaft wurde ich als Patient in die Klinik aufgenommen.

Die luxuriöse Unterbringung beeindruckte mich weit mehr als die Kenntnisse des medizinischen Personals. Nach einigen Untersuchungen beschloß man, daß ich Zellen von elf verschiedenen Organen erhalten sollte, darunter, soweit ich mich erinnere, Plazenta, Thymusdrüse, Keimdrüsen, Leber und Herz. Warum gerade von diesen Organen, war mir nicht ganz klar.

An dem Tag, als ich morgens die Injektionen erhielt, wurde ein trächtiges Schaf aus der berühmten »schwarzen Herde« der Klinik im Schlachthaus getötet. Unter allen möglichen Sicherheitsvorkehrungen, um eine Beschmutzung des Fetus zu verhindern, wurde das Lamm aus dem Muttertier herausgenommen und ins Labor der Klinik gebracht. Dort wurden die verschiedenen Organe herausgeschnitten und die Zellen isoliert, die man dann in gewöhnlichem Kochsalz suspendierte.

Der Arzt erschien zusammen mit drei Assistenten und einem Tablett, auf dem elf Spritzen lagen. Ich erfuhr, daß die Zellen von jedem Organ einzeln injiziert werden mußten – warum, das weiß ich bis heute nicht, denn wenn die Zellen vom Blut absorbiert werden und sich im Körper verteilen sollten, würden sie sich ohnehin vermischen. Ich glaube, das wurde eher gemacht, um den Patienten damit zu beeindrucken, was für eine aufwendige Behandlung er erhielt, damit er hinterher, ohne zu murren, seine Rechnung zahlte. Jedenfalls diskutierte ich nicht lange, sondern ließ mir fünf

Injektionen in die linke und sechs in die rechte Pobacke verabreichen. Da das nicht sehr sachgemäß geschah, hatte es den Effekt, daß ich tagelang nicht mehr richtig sitzen konnte.

Ich weiß nicht, ob die Behandlung irgend etwas brachte, aber abgesehen davon, daß ich leichtes Fieber bekam, schadete sie mir auch nicht – zumindest bemerkte ich keine nachteiligen Auswirkungen.

Ehe ich die Klinik verließ, führte ich mehrere Gespräche mit den Ärzten und mit Mr. Mattli. Sie hatten bereits Tausende von Patienten behandelt, von denen viele behaupteten, die Injektionen hätten ihnen genützt. Ich hatte jedoch insofern Bedenken, als nie irgendwelche kontrollierten Untersuchungen durchgeführt worden waren. Um einigermaßen überzeugende Schlußfolgerungen aus ihren klinischen Untersuchungen zu ziehen, hätten sie zwei vergleichbare Gruppen von Patienten nehmen müssen, von denen alle die gleiche Anzahl Injektionen bekamen. Die eine Gruppe wäre tatsächlich behandelt worden, die andere hingegen hätte keine Zellen erhalten. Bei solchen Experimenten ist es von ausschlaggebender Bedeutung, daß die Patienten nicht wissen, ob sie die Wirkstoffe injiziert bekommen oder nur Placebosubstanzen. Erst wenn man statistisch nachweisen kann, daß die Ergebnisse bei der Gruppe, die tatsächlich behandelt wurde, besser sind als bei der anderen, erkennt die Medizin diese Methode als wirksame Behandlung an. Es genügt einfach nicht, zu behaupten, ein bestimmtes Verfahren heile, »weil der Patient sich besser gefühlt hat«. Vielleicht hat er sich einzig und allein aus dem Grund besser gefühlt, weil er für die Behandlung mehrere tausend Dollar bezahlt hat!

Ich hatte nicht die geringste Lust, irgend etwas mit dem klinischen Programm zu tun zu haben, willigte aber ein, mich an einem Forschungsprojekt zu beteiligen: Wer weiß, vielleicht konnten wir experimentelle Beweise für die aus der klinischen Praxis abgeleiteten Schlußfolgerungen finden? Mr. Mattli berief mich also zum wissenschaftlichen Berater mit einem nicht unbeträchtlichen Gehalt.

Die von Dr. Niehans, der die Klinik vor vielen Jahren gegründet hatte, formulierte Theorie besagt, daß fetale Zellen, eben weil sie noch nicht reif sind, beim Patienten keine Immunreaktion hervorrufen. Die Zellen bleiben angeblich am Leben und siedeln sich nach der Absorption in den kranken oder erschöpften Organen an. Auf diese Weise verjüngen sie den Organismus und helfen gegen bestimmte Krankheiten.

Daher wurde auch empfohlen, daß der Patient nach den Injektionen Sonnenlicht, Alkohol und alles andere, was diese kleinen Zellen zerstören könnte, meiden solle.

Mir war klar, daß das blanker Unsinn war: Die fetalen Zellen, die von einem Lamm stammten, würden vom Immunsystem gleich als »nicht-eigen« erkannt und zerstört werden.

Meiner Ansicht nach beruhte ein eventueller positiver Effekt nicht darauf, daß diese Zellen am Leben blieben, sondern auf der Tatsache, daß sie, wenn sie abstarben, Substanzen freisetzten, die heilende und verjüngende Eigenschaften hatten.

Es gelang mir bald zu beweisen, daß ich recht hatte, und zwar zeigte ich, daß das Blut von derart behandelten Patienten eine viel höhere Konzentration von Antikörpern gegen Schafszellen aufwies als der Bevölkerungsdurchschnitt. Das wies darauf hin, daß das Immunsystem des Patienten sehr wohl auf das Vorhandensein von Schafszellen reagierte.

Es gab jedoch genügend klinische Hinweise auf einen positiven Effekt der Therapie, um mich neugierig zu machen, und mit Vermittlung von Mr. Mattli schloß ich mich dem Schäfer-Institut in Basel zur Fortführung dieses Forschungsprojekts an.

In Athen traf ich mich mit Barbara und den Kindern; sie war sehr argwöhnisch, was mein blau verfärbtes und äußerst empfindliches Hinterteil betraf. Ein paar Tage blieben wir im Hotel *Astor Palace*, dann ging es weiter nach Rhodos. Dort verbrachten Aris und ich viel Zeit zusammen und diskutierten das Projekt auf Kos.

Kurz nach meiner Rückkehr nach Kapstadt waren wir soweit, die erste heterotope Herztransplantation durchzuführen, und zwar bei Ivan Taylor, einem Neunundfünfzigjährigen, der aufgrund einer weitgehenden Zerstörung des Herzmuskels an tödlicher Herzinsuffizienz litt.

»Prof, Sie werden im Operationssaal gebraucht.« Mit diesen Worten holte Dene mich aus dem Aufenthaltsraum, wo ich zusammen mit Marius eine Tasse Tee trank.

Ich streifte meinen Mundschutz über und ging in Operationssaal A. Ich hatte mich für Jacques Losman als Ersten Assistenten entschieden, da er einen Großteil der Forschungsarbeit geleistet hatte. »Was gibt's?« Ich blieb am oberen Ende des Operationstisches stehen und schaute über die Abschirmung aus Leinentüchern, die den Anästhesisten vom Operationsfeld trennte.

»Eigentlich nichts«, antwortete er, ohne aufzublicken. »Ich dachte nur, Sie sollten sich das mal ansehen.« Er hatte den rechten Lungenraum horizontal und den Herzbeutel vertikal geöffnet.

»Soll ich weitermachen?«

»Ja, ich desinfiziere mir inzwischen die Hände. Lösen Sie mittlerweile schon mal die rechte Seite des Herzbeutels unten vom Zwerchfell und oben von der Umschlagsfalte an den Gefäßwurzeln ab, und passen Sie dabei auf den Zwerchfellnerv auf.« Ich drehte mich um und ging in den Desinfektionsraum.

Der Zwerchfellnerv verläuft entlang des Herzbeutels. Würde er beschädigt, so würde dies zu einer Lähmung der rechten Seite des Zwerchfells führen, was wiederum die Atmung des Patienten während der postoperativen Phase beeinträchtigen und die Genesung verzögern würde. Zudem würde sich das Zwerchfell nach oben in den Brustkorb heben, so daß für das zweite Herz nicht mehr genügend Platz wäre.

Als ich mit dem Desinfizieren fertig war und meine Hände und Arme abgetrocknet hatte, zog ich einen Kittel und Handschuhe an und ging in den Operationssaal A, um eine Operation durchzuführen, die noch nie an einem Menschen vorgenommen worden war. Wenn sie erfolgreich verlief, würde Mr. Taylor zwei Herzen haben – ich hätte dann das »frische Pferd« neben dem alten, erschöpften eingespannt.

Wir führten die Operation genauso durch, wie ich sie vor mehr als einem Jahr, nach dem Tod von Martin Franzot, im Anatomiemuseum geplant hatte.

Die einzige Abänderung bestand darin, daß wir die Lungenschlagader des Spenders nicht mit der des Patienten verbanden, sondern sie zur rechten oberen Kammer des Patientenherzens zurückführten. Das Spenderherz konnte nun die linke Seite des Patientenherzens unterstützen, aber seine eigene rechte Herzhälfte wäre nach wie vor für den Kreislauf zur Lunge zuständig.

Nachdem wir mit den Anastomosen fertig waren, wurde jedes Herz einfach mit einem Elektroschock in Gang gesetzt. Alle im Operationssaal schauten über die Abschirmung des Anästhesisten, denn keiner wollte sich den merkwürdigen Anblick von zwei Herzen, die in ihrer jeweils eigenen Frequenz schlugen, entgehen lassen.

Es gab keinerlei Hinweis darauf, daß die Herzen aufgrund von Platzmangel nicht richtig schlagen konnten. Zudem bestätigte der Anästhesist, daß der rechte Lungenflügel sich ungehindert ausdehnen konnte. Wir schlossen also den Brustkorb wieder.

Indem wir den Pulsschlag in einer Arterie des Patienten aufzeichneten, konnten wir uns eine ungefähre Vorstellung davon machen, wieviel Blut jedes Herz pumpte. Offensichtlich hatte das neue Herz bereits die Hauptlast übernommen.

Uns beeindruckten vor allem der hervorragende Kreislauf und der niedrige venöse Druck des Patienten. Wahrscheinlich beruhte dies auf der Tatsache, daß die rechte Pumpkammer des Patienten, die einen hohen Druck in der Lunge gewöhnt war, nach wie vor diesen Teil des Kreislaufs übernahm.

Unglücklicherweise stellte sich, nachdem Mr. Taylor aus der Narkose aufgewacht war, heraus, daß er einen Hirnschaden erlitten hatte. Ich begriff nicht, wie das hatte passieren können, denn ich war sicher, daß ich die gesamte Luft aus beiden Herzen ausgetrieben hatte. Außerdem war es zu keinem Zeitpunkt zu einem starken Druckabfall gekommen, der sein Hirn schädigen hätte können.

Da die Aorta von seinem Herzen durch Arteriosklerose

stark angegriffen war, hatten sich möglicherweise, als wir dieses Gefäß während der Operation abklemmten, Teile der kranken Auskleidung gelöst und waren in sein Gehirn gewandert.

Sein Zustand besserte sich nicht, und es war tragisch mitanzusehen, daß mein Patient jetzt zwar einen funktionierenden Kreislauf hatte, sein Gehirn aber nicht in der Lage war, dies wahrzunehmen und sich darüber zu freuen.

Die Nachricht von einer »erfolgreichen heterotopen Transplantation« machte überall auf der Welt Schlagzeilen, und die Mehrzahl der Wissenschaftsredakteure feierte sie als einen neuen Durchbruch in der Medizin. Die lokale südafrikanische Presse äußerte sich bei weitem nicht so begeistert über den medizinischen Aspekt, sondern konzentrierte sich auf die Tatsache, daß das Krankenhaus sich weigerte, das Begräbnis des Spenders zu bezahlen.

Als ich von diesem Irrsinn erfuhr, war es bereits zu spät. Ich war wütend über die unverantwortliche Berichterstattung und genauso wütend auf die Bürokraten im Krankenhaus, die sich hartnäckig weigerten zu zahlen. Hätte man mich nur gefragt, ich hätte die Kosten für das Begräbnis gerne von meinem mageren Arztgehalt bezahlt. So viel kann es außerdem gar nicht gewesen sein.

Einen Monat später pflanzten wir dem siebenundvierzig Jahre alten Mr. Goss, dessen Herzmuskel durch eine rheumatische Herzerkrankung stark angegriffen war, ein zweites Herz ein. Ein paar Jahre zuvor hatten wir bei ihm die Aortenklappe ausgetauscht, die aufgrund des gleichen rheumatischen Fiebers nicht mehr richtig funktioniert hatte. Es war von ausschlaggebender Bedeutung, daß seine eigene Aortenklappe vollkommen dicht schloß, da ansonsten das von dem zweiten Herzen gepumpte Blut in die linke Pumpkammer zurückfließen und sie dadurch einer nicht zu verkraftenden Belastung aussetzen würde.

Auch in diesem Fall waren wir beeindruckt, wie ausgezeichnet der Kreislauf des Patienten funktionierte, sobald beide Herzen zu schlagen anfingen. Einen Monat nach dem Eingriff konnte der Patient entlassen werden.

Ein paar Wochen später rief er an, offenbar ziemlich beunruhigt: »Prof, mir ist schwindlig, und ich habe Schweißausbrüche – ganz plötzlich hat das angefangen.«

Ich konnte mir nicht vorstellen, was da falsch gelaufen war. »Vielleicht haben Sie etwas Verkehrtes gegessen und sich den Magen verdorben«, erklärte ich meinem Patienten, um ihn zu beruhigen.

»Nein, Prof, ich glaube, irgendwas mit meinem Herzen ist nicht in Ordnung.« (Seltsam, daß diese Patienten nie von ihren zwei Herzen, sondern immer nur von »ihrem Herzen« sprechen, dachte ich.)

»Können Sie zum Krankenhaus fahren, oder soll ich Ihnen einen Krankenwagen schicken?« Ich wollte ihn sobald wie möglich in unserer Obhut wissen.

»Nein, ich kann selber fahren.« Er fuhr also ins Krankenhaus, wo wir ihn sofort auf die Intensivstation brachten.

Als wir ihn untersuchten, stellte sich heraus, daß sein Kreislauf schlecht war. Ungewöhnlich war, daß er einen sehr hohen venösen Druck hatte (der Druck in den Gefäßen, die das Blut vom Körper in das rechte Herz transportierten). Ich konnte mir immer noch nicht vorstellen, was passiert war, bis ich das Elektrokardiogramm sah: Bei seinem eigenen Herzen war es zu Kammerflimmern gekommen. Er hatte jetzt auf der rechten Seite keine Pumpkammer, da die rechte Seite des Spenderherzens nicht angeschlossen worden war. Die Kontraktionen der beiden rechten oberen Kammern konnten den Blutstrom in die Lungen nicht ausreichend regulieren.

Sofort defibrillierten wir sein Herz, und wie durch ein Wunder stabilisierte sich sein Kreislauf augenblicklich.

Dieser Zwischenfall überzeugte mich, daß es unbedingt notwendig ist, sowohl die linke als auch die rechte Seite des Patientenherzens durch das Spenderherz zu unterstützen, damit letzteres, wenn ersteres zu schlagen aufhört, den gesamten Kreislauf übernehmen kann.

Mr. Goss hatte also die zweifelhafte Ehre gehabt, als erster Mensch ein Auto zu steuern, ohne daß sein Herz schlug. Er lebte mehr als zehn Jahre mit den beiden Herzen; allerdings sollte dies nicht die einzige Komplikation bei ihm bleiben.

Barbara und ich erhielten eine Einladung von Imelda Marcos, der Frau des philippinischen Präsidenten, bei der Eröffnung des All Asia Heart Institute in Manila ihre Gäste zu sein.

Diese Einladung war einigermaßen ungewöhnlich, da Präsident Marcos einer der heftigsten Kritiker der Apartheid war. Man hatte mir erzählt, daß auf dem Flughafen von Manila ein großes Schild mit der Aufschrift stand: »Hunde und Südafrikaner unerwünscht.« Als wir zwei Wochen später eintrafen, konnte ich dieses Schild nirgends entdecken. Irgend jemand erklärte, man hätte es vorübergehend entfernt – aus Respekt vor mir.

Wir wurden ins Gästehaus des Palastes gebracht und zogen uns schnell für das Abendessen um, bei dem wir die anderen geladenen Gäste kennenlernten. Aus Amerika waren Dr. Denton Cooley und seine Frau, Dr. Don Effler mit Frau sowie Christina Ford, die attraktive italienische Frau von Henry Ford, gekommen. Sie war ohne ihren Mann hier, und zu Barbaras Kummer saß sie beim Essen neben mir.

Mein alter Freund aus Madrid, der Marqués de Villaverde, war ebenfalls anwesend, in all seinem Glanz. Auf der Gästeliste stand außerdem der italienische Filmproduzent Franco Rossellini.

Abgesehen von den diversen Diners und Rundfahrten, hatte ich zwei Verpflichtungen: die Eröffnung des Zentrums und einen Vortrag auf einem Medizinerkongreß.

Am Tag der Eröffnung saßen Barbara und ich auf dem Podium, zusammen mit Präsident Marcos, seiner Gemahlin und anderen VIPs.

Zuerst zogen Soldaten, Schulkinder, Krankenschwestern und andere gesellschaftliche Gruppen an uns vorbei. Anschließend sollte jeder der vier anwesenden Chirurgen ein paar Worte sagen.

Als ich an die Reihe kam, war ich sehr nervös. Alle waren gespannt, was der Arzt aus dem Land der Apartheid wohl sagen würde. Ich entschied mich für äußerste Höflichkeit. So wußte ich beispielshalber, daß Imelda Marcos einst eine »Miß Philippinen« gewesen war, und Ferdinand Marcos galt in seinem Land als großer Kriegsheld.

Ich begann also: »Sehr verehrter Herr Präsident, Madame Marcos, verehrte Gäste, meine Damen und Herren. Wir Südafrikaner wissen nur sehr wenig über die Philippinen. Wir wissen nur, daß es ein Land der schönen Frauen und der tapferen Männer ist. Ich habe jetzt ein paar Tage hier verbracht, und ich kann das nur bestätigen. In meinem Land gibt es auch schöne Frauen und tapfere Männer, und ich hoffe, Sie werden uns eines Tages besuchen, so daß wir Ihnen die Gelegenheit geben können, sich selber ein Bild zu machen.« Ich bekam den lautesten Applaus von allen. Das beweist, daß man, um unter solchen Umständen eine Rede zu halten, die ankommt, nichts weiter zu tun braucht, als sich kurz zu fassen und den Gastgebern auf Teufel komm raus zu schmeicheln.

Auf dem Medizinerkongreß lief es für mich nicht so gut. Der Vortragssaal war bis auf den letzten Platz gefüllt, und sogar Mrs. Marcos war gekommen.

Da wir gerade die zwei ersten heterotopen Transplantationen durchgeführt hatten, entschloß ich mich, darüber zu berichten. Ich sprach über die Vor- und Nachteile des Verfahrens, die chirurgische Technik und die begrenzte klinische Erfahrung, die wir damit hatten.

Als ich geendet hatte, fragte der Leiter der Sitzung, ob es noch irgendwelche Fragen gäbe. Dr. Effler stand auf. Seine gehässigen Angriffe gegen mich hatten absolut nichts mit Medizin, aber sehr viel mit persönlichen Animositäten zu tun.

Zuerst machte er mich für die Publicity in den Medien verantwortlich und beschuldigte mich, über meine medizinischen Erfahrungen in der Tagespresse, nicht aber in Fachzeitschriften zu berichten. Dann sagte er voraus, daß kein anderer Chirurg je eine solche Operation vornehmen würde und daß sie selbst in meinem Krankenhaus binnen eines Jahres in Vergessenheit geraten würde – falls Erfolg das Ziel sei.

Ich bin mit einem einigermaßen schnellen Verstand – und einer scharfen Zunge – gesegnet, und in diesem Fall legte ich besonderen Wert darauf, daß seine Beleidigungen sich im Endeffekt gegen ihn selber kehrten. Deshalb machte ich ihn höflich darauf aufmerksam, daß die Behauptung, er verfüge über ein profundes Wissen bezüglich Herztransplantationen, für einen Chirurgen, der nach zwei Versuchen keinen Überlebenden aufzuweisen hatte, etwas anmaßend sei, und fuhr fort: »Ich habe keinen Einfluß darauf, was die Zeitungen schreiben. Sie berichten über alles, was sie berichtenswert finden, und ich erfahre oft als letzter davon. Sie hatten offensichtlich ihre eigenen Quellen, aus denen sie erfuhren, was ich gemacht hatte – und das war dann ihre ›Nachricht des Tages‹.

Ich kann Ihnen jedoch versichern, daß wir, sobald wir das Gefühl haben, über ausreichende Erfahrung zu verfügen, einen vollständigen Bericht für die medizinischen Zeitschriften verfassen werden. Aber, Dr. Effler, ich habe nicht vor, noch einmal den gleichen Fehler zu begehen wie nach der ersten orthotopen Transplantation, als Leute wie Sie mich beschuldigten, ›verfrüht‹ berichtet zu haben!

Im übrigen«, fügte ich hinzu, »ist es sehr schwer, Ihren Forderungen zu genügen. Wir berichten entweder ›zu früh‹ oder ›zu spät‹ – vielleicht können Sie mir in Zukunft mit Ihrem Rat zur Seite stehen? Dann werden vielleicht alle zufrieden sein.«

Zu seiner Vorhersage, daß niemand sonst die heterotope Transplantation versuchen würde, erklärte ich: »Mein Instinkt sagt mir, daß im Verlauf der Weiterentwicklung der medizinischen Wissenschaft die heterotope Operation ein gängiges Verfahren wird. Man wird nicht zulassen, daß der Fortschritt gehemmt wird, wie Sie dies offenbar wollen. Allerdings bin ich kein Prophet und kann die Zukunft nicht vorhersagen. Abschließend, Dr. Effler, möchte ich Sie daran erinnern, daß ›Erfolg‹ kein ›Ziel‹ ist, sondern ein Ergebnis.«

Die Zeit sollte erweisen, daß Dr. Effler ein sehr schlechter Prophet war, denn in der Folge bedienten viele Chirurgen auf der ganzen Welt sich dieses Verfahrens. Erst vor einem Monat sprach ich mit einem führenden Mediziner auf dem Gebiet der Herztransplantation, Sir Magdi Yacoub, in London. Er erzählte mir, daß er noch häufig die »Huckepack«-Operation durchführe, wenn seiner Ansicht nach das Spenderherz zu klein sei und einer Unterstützung durch das

Patientenherz bedürfe, bis es sich ausreichend entwickelt hätte.

Auch meine Operationen nach dieser Methode zeitigten gute Ergebnisse. Von den ersten fünf Patienten, die wir operierten, waren drei zehn Jahre nach der Operation noch am Leben. Einem von ihnen, einem Fischer, geht es siebzehn Jahre, nachdem er das zweite Herz erhielt, immer noch prächtig.

Die Konferenz ging zu Ende, und Effler hatte es plötzlich sehr eilig wegzukommen. Imelda Marcos entschuldigte sich im Namen des Zentrums für seine Unhöflichkeit. Nun konnten wir alle uns ernsthaft der Aufgabe widmen, Urlaub zu machen.

Wir spielten oft Tennis oder Federball mit dem Präsidenten und seiner Frau und freundeten uns mit den beiden an. Einmal begleitete ich ihn sogar auf einer militärischen Exkursion. Die ganze Gesellschaft verbrachte die Nacht auf der Jacht des Präsidenten, und wir besuchten Corregidor, wo während des Zweiten Weltkriegs viele junge Männer gefallen waren. Die Halbinsel Batan in der Manila Bay hinterließ einen bleibenden Eindruck bei mir, und als ich allein an Deck des Schiffes stand und über das Wasser blickte, meinte ich den Widerhall des Geschützdonners und die Schreie der Soldaten zu hören.

Auf diese Halbinsel hatte General MacArthur sich schließlich zurückgezogen. 2000 Soldaten flüchteten sich auf die Inselfestung Corregidor – das gewaltige »Gibraltar des Ostens« –, aber 78 000 ergaben sich und wurden gezwungen, den 65 Meilen langen »Todesmarsch« von Mariveles nach San Fernando anzutreten.

An unserem letzten Abend in Manila gingen Barbara und ich in den Palast, um uns vom Präsidenten und seiner Frau zu verabschieden und ihnen für ihre Gastfreundschaft zu danken. »Nein, Sie reisen morgen nicht ab«, verkündete Imelda Marcos zu unserer Überraschung. »Sie werden mich zur Krönung des Königs von Nepal nach Kathmandu begleiten.«

Barbara wollte, der Kinder wegen, die Einladung ablehnen, aber ich zischte ihr zu, sie solle still sein: »Eine solche Gelegenheit wird sich uns nie wieder bieten!« Allerdings wies ich Mrs. Marcos darauf hin, daß es da etliche Probleme gäbe. Erstens würde man uns mit unseren südafrikanischen Pässen nicht gestatten, nach Nepal einzureisen, und zweitens hätten wir nicht die für all die Zeremonien bei einem solch feierlichen Ereignis angemessene Garderobe.

Imelda Marcos schob diese Einwände beiseite. Am nächsten Morgen wurden wir zum Büro des Präsidenten gebracht, und nachdem wir dem philippinischen Staat Gehorsam und Treue geschworen hatten, wurden wir zu Ehren-Filipinos ernannt und erhielten philippinische Pässe. Das eine Problem war somit gelöst.

Auch die Garderobe warf keine großen Probleme auf, wie wir kurz darauf feststellten. Eine Limousine holte Barbara und mich vom Palast ab und brachte uns zum Flughafen, wo Franco Rossellini und ein paar Funktionäre zu uns stießen. Wir flogen nach Hongkong, wo man uns in eine Suite des Hotels *Peninsula* brachte. Dort wartete bereits ein chinesischer Schneider, um bei mir Maß für einen Anzug, einen Abendanzug und einen Frack zu nehmen. Barbara wurde von einigen Damen mit einer Kollektion von Kleidern empfangen.

Während dieser Kostümprobe für die Krönungszeremonie gelang es mir, Barbara allein zu erwischen, und ich fragte sie: »Wie, zum Teufel, sollen wir alle diese Kleider und Schuhe bezahlen?« Das hörte einer der Funktionäre und beeilte sich, mich in diesem Punkt zu beruhigen: Das würde Mrs. Marcos schon regeln.

Franco Rossellini verbrachte den Tag damit, sich die Brust von einem chinesischen Tätowierer mit einem großen farbigen Drachen verzieren zu lassen.

Am nächsten Morgen waren alle Gewänder und Accessoires fertig, und wir flogen nach Manila zurück.

Am Tag darauf brachte uns der Privatjet des Präsidenten nach Kathmandu in Nepal. Außer Mrs. Marcos und ihrem Gefolge waren Rossellini, der Marqués de Villaverde, Christina Ford, Barbara und ich mit von der Partie. Franco unterhielt uns während des Fluges, obwohl er noch Schmerzen von seiner Tätowierung hatte, mit Geschichten. Unter anderem berichtete er von seinen Erlebnissen mit Maria Callas, mit der er einen Film gedreht hatte.

Wir waren im gleichen Hotel untergebracht wie Mrs. Marcos, und sie setzte alle Hebel in Bewegung, damit wir zu allen feierlichen Anlässen eingeladen wurden und es uns an nichts fehlte.

Vor jeder Feier versammelten wir uns im Foyer des Hotels. Dabei fiel Imelda Marcos auf, daß Barbara nur sehr wenig Schmuck hatte. Dem wurde sofort abgeholfen – sie wies eine ihrer Hofdamen an, Barbara in die Präsidentensuite zu begleiten. Eine Viertelstunde später erschien meine Frau geschmückt mit einem diamantenen Diadem und den prächtigsten Diamantohrringen, die ich je gesehen hatte. Allerdings dämpfte dies meine Laune für den Rest des Abends ein wenig, da ich mir unablässig Sorgen machte, was wohl passieren würde, wenn eines dieser unglaublich wertvollen Schmuckstücke verlorenginge.

An einem Abend gab Imelda Marcos eine Dinnerparty, zu der sie auch Prinz Charles und Earl Louis Mountbattan einlud, die sich anläßlich der Krönung ebenfalls in Kathmandu aufhielten. Ich plauderte angeregt mit Prinz Charles, der mir erklärte, sowohl seine Mutter als auch sein Vater hätten ihm viel von Südafrika erzählt. Leider könne er, aufgrund der politischen Probleme, unser Land nicht selber besuchen.

Earl Louis Mountbattan amüsierte sich prächtig und tanzte etliche Male mit Barbara. Sie war sehr gefragt, und einmal kam es sogar zu einem scherzhaften Streit zwischen ihm und Prinz Charles um den nächsten Tanz mit ihr. Ich merkte, daß Prinz Charles schöne Frauen zu schätzen wußte. Er bemühte sich sehr um Barbara und flüsterte ihr beim Tanzen ins Ohr.

Ich genoß die Gesellschaft des Earl Mountbattan sehr; wir unterhielten uns über seine Erlebnisse während des Krieges, als er Flottenadmiral gewesen war. Er konnte mir eine Menge interessanter Dinge über Nepal, Burma, Indien und die Philippinen berichten, da er Oberster Alliierter Befehlshaber in Südostasien und Vizekönig von Indien gewesen war.

Wie die meisten Menschen der freien Welt war ich entsetzt, als er vier Jahre später von acht Pfund Gelatinedynamit in Stücke gerissen wurde, eine Tat, für die eine Bande irischer Terroristen verantwortlich war.

Am nächsten Morgen machten wir mit Imelda Marcos einen Einkaufsbummel, und ich kann nur sagen, daß alle Gerüchte über ihre extravaganten Gewohnheiten zutreffen. Ich erinnere mich, daß sie ein Teppichgeschäft praktisch leerkaufte.

Schließlich flogen wir über Kalkutta und Bombay nach Südafrika zurück.

In Indien hatten wir keinerlei Probleme, da wir damals ja Bürger der Philippinen waren. In Bombay besuchte ich einige Kollegen, und da man mir eine Privataudienz bei Indira Gandhi zugesagt hatte, flog ich weiter nach Delhi, wo ich in einem der schönsten Hotels der Welt, dem *Oberoi*, wohnte.

Das Gespräch mit Indira Gandhi verlief anfangs sehr angenehm. Wir unterhielten uns über Medizin, insbesondere über Geburtenkontrolle, die sie nachdrücklich unterstützte, um die Armut zu bekämpfen. Auch über Südafrika sprachen wir.

Das große Problem, erklärte sie, sei die Apartheid. Dem konnte ich nur zustimmen, allerdings fügte ich hinzu, daß dies nicht nur für Südafrika gelte, sondern daß es überall auf der Welt Diskriminierung gäbe.

»Mrs. Gandhi, ich weiß, in Südafrika ist vieles nicht wie es sein sollte, aber den Leuten ist einfach nicht klar, daß es in Südafrika auch viel Gutes gibt.

Ich verspreche Ihnen, ich werde unsere Regierung dazu bringen, für alle Kosten aufzukommen, damit Sie eine Delegation in mein Land schicken können, die sich selber ein Bild machen kann. Sie werden überall freien Zugang haben und vor allem auch mit den Leuten aus Indien zusammentreffen, die sich in Südafrika angesiedelt haben, damit Sie sehen, was die so tun und treiben und wie es ihnen bei uns geht. Die einzige Bedingung wäre, daß Sie eine Presseerklärung abgeben, was für einen Eindruck Sie gewonnen haben.« Sie sah mich an und erklärte: »Tut mir leid, aber das geht nicht.«

Wenn ich darüber nachdenke, komme ich zu dem Schluß, daß ich einen ungünstigen Zeitpunkt gewählt hatte. Erst wenige Monate zuvor war sie vom Obersten Gericht des Wahlbetrugs für schuldig befunden und für die Dauer von sechs Jahren von der Ausübung aller öffentlichen Ämter ausgeschlossen worden. Unmittelbar danach, kurz vor meinem Besuch in Indien, hatte sie dann veranlaßt, daß 676 politische Gegner im Morgengrauen verhaftet wurden, hatte die meisten politischen Organisationen verboten und eine Gesetzesvorlage durchs Parlament gepeitscht, die ihr praktisch diktatorische Vollmachten einräumte.

Über eine derartige Scheinheiligkeit von politischen Führungspersönlichkeiten wie ihr, die mein Land heftig kritisierten, während die Zustände in ihrem eigenen Land schlichtweg schändlich waren, konnte ich mich nur wundern. Tatsache ist, daß sie in der Zeit, in der ich dort war, jede Berichterstattung über Kriminalität und wirtschaftliche Probleme in ihrem Land massiv zensierte. Sie schikanierte Redakteure, ließ Journalisten einsperren und Zeitungsverlage schließen.

Das, was sie in Indien machte, wäre in Südafrika unmöglich gewesen.

Wie dem auch sei, ich hatte keine besondere Lust, in einem indischen Gefängnis zu verschmachten, daher behielt ich meine Gedanken lieber für mich und entbot Mrs. Gandhi ein höfliches »Auf Wiedersehen«.

Zu Hause erwarteten mich schlechte Neuigkeiten. Mr. Goss hatte hohes Fieber, und alles wies auf eine Infektion der künstlichen Aortaklappe seines eigenen Herzens hin, das wir in seiner Brust gelassen hatten.

Eine schlimmere und schwerer zu behebende Komplikation konnte ich mir kaum vorstellen. Zwar hatten wir schon Erfahrungen mit Infektionen an künstlichen Herzklappen und wußten deshalb, daß sie äußerst schwierig zu behandeln sind, da die Klappe nicht von Blutgefäßen versorgt wird und die hohen Konzentrationen von Antibiotika deshalb nicht an die für die Infektion verantwortlichen Bakterien oder Pilze herankommen. Darüber hinaus wurde die Situation aber dadurch noch erschwert, daß man den Patienten immunsuppressiv behandelt hatte und daher von seinem eigenen Immunsystem nicht viel erhoffen konnte.

Nachdem ich das Problem ausführlich mit meinen Kollegen diskutiert hatte, kamen wir zu dem Schluß, daß wir sein Leben nur retten konnten, wenn wir die Klappe entfernten und die Aortenwurzel verschlossen. Allerdings würde dann kein Blut mehr aus der linken Pumpkammer fließen können.

Ich hatte einen Plan, also fingen wir mit der Operation an.

Als mein Patient an die Herz-Lungen-Maschine angeschlossen war und diese den Kreislauf übernommen hatte, machte ich einen großen Einschnitt in die linke Pumpkammer, um die Klappe von unten her freizulegen. Sie war übersät von infizierten Blutgerinnseln, und der Nahtring hatte sich teilweise schon von der Aorta abgelöst.

Wir entfernten die Klappe, die Nähte und soviel von dem infizierten Gewebe wie möglich, so daß ein großes Loch zwischen der Aorta und dem linken Ventrikel klaffte. Ich verschloß diese Öffnung mit einem der Segel der Mitralklappe (der Klappe zwischen der linken unteren und oberen Kammer).

Anschließend vernähte ich das Loch in dieser Klappe, so daß kein Blut in die linke untere Kammer fließen konnte. Da diese Kammer nicht in den Kreislauf einbezogen sein würde, schnitt ich einen Großteil ihres Muskels heraus und vernähte die große Wunde im Herzen sorgfältig.

Nach dem Erwärmen und nachdem wir die Aortenklemme entfernt hatten, übernahm das Herz sofort seine Funktion.

Mr. Goss' Kreislauf war insofern einzigartig, als das aus dem Körper zurückkehrende Blut von seinem eigenen Herzen in die Lunge gepumpt, das sauerstoffangereicherte Blut aus der Lunge jedoch vom Spenderherz in seinen Körper gepumpt wurde.

Anatomisch betrachtet, hatte mein Patient jetzt eineinhalb Herzen, und damit führte er ein sehr erfülltes und aktives Leben, das 3906 Tage währte.

»Rat mal, wer eben auf unsere Station gebracht worden ist«, begrüßte mich eines Morgens Marius vor unserer Visite. »Mr. Robert Sobukwe, der Führer des verbotenen Pan-African Congress (PAC)!«

Zu jener Zeit hatte die Nationale Partei völlig freie Hand. Ab den sechziger Jahren verbot sie verschiedene Organisationen und sperrte deren Führer ins Gefängnis oder schränkte ihre Freiheit ein.

Die meisten Weißen sahen dem untätig zu. Warum auch sollten sie sich einmischen? Sie führten ein angenehmes Leben, warum also die Dinge komplizieren? Uns ging es allen gut.

Viele von uns – außer ein paar einsamen Rufern in der Wüste – fanden sich damit ab und ignorierten die tagtägliche Ungerechtigkeit um uns herum. Ich gebe es offen zu, ich hätte mehr tun sollen. Als Robert Sobukwe mein Patient wurde, ergriff ich daher die Gelegenheit, aus erster Hand von einem Führer einer der schwarzafrikanischen Widerstandsbewegungen zu erfahren, was für Ängste sie hatten und welche Hoffnungen sie bewegten.

Robert litt an einem unheilbaren Lungenkarzinom. Er war ein todkranker Mann, glaubte aber immer noch daran, daß er den Tag erleben werde, an dem unser Land von den verderblichen Einflüssen der Apartheiddoktrin befreit würde.

Viele Stunden verbrachte ich bei ihm und versuchte, sein Leiden soweit wie möglich zu lindern. Da er an den Wochenenden nicht behandelt wurde, erlaubten wir ihm, das Krankenhaus zu verlassen, aber selbst diese kleine Geste des Mitgefühls wurde von einem unerbittlichen Sicherheitsapparat eingeschränkt. Als ich den wachhabenden Beamten erklärte, daß er ein todkranker Mann sei und niemandem mehr schaden könne, sagte man mir, ich solle mich um die medizinische Seite des Problems kümmern und die Sorge für die Sicherheit des Landes ihnen überlassen.

Der zuständige Beamte erklärte: »Sobukwe ist gefährlich, und die Einschränkung seiner Bewegungsfreiheit muß strikt eingehalten werden.«

Robert ertrug all diese Demütigungen und das Leiden, ohne sich zu beklagen, und nur einmal erlebte ich, wie er wütend wurde, als ich ihn nämlich mit Nelson Mandela verglich. »Vergleichen Sie mich nie mehr mit Nelson! Der ist ein Krimineller, ich nicht!« rief er leidenschaftlich.

Mir wurde klar, daß eine tiefe Kluft den PAC vom African National Congress (ANC) trennte, und erwähnte das Thema nie wieder.

Schließlich flog ich nach Pretoria zu Premierminister Mr. Vorster, weil ich versuchen wollte, etwas für Mr. Sobukwe zu tun. Nachdem ich ihm von meinen Gesprächen mit Robert berichtet und ihm erklärt hatte, was für ein intelligenter und einsichtiger Mensch er war, willigte John Vorster ein, mit ihm zusammenzutreffen, und bat mich, alles Notwendige in die Wege zu leiten.

Ich war außer mir vor Freude, daß es zu einer solchen Begegnung von historischer Tragweite kommen sollte, und konnte es gar nicht erwarten, meinem Patienten die gute Nachricht mitzuteilen.

»Robert, ich habe eine wundervolle Neuigkeit für Sie«, erklärte ich atemlos, nachdem ich die Treppe zu Station C 1 hinaufgerannt war. »Ich komme gerade vom Premierminister, er hat sich damit einverstanden erklärt, sich mit Ihnen zu treffen!«

Sein Gesicht verfinsterte sich, und seine Augen funkelten bedrohlich: »Ich habe Vorster nichts zu sagen. Ich werde mich erst dann mit ihm treffen, wenn er bereit ist, mir das Land zu übergeben.« Er lehnte sich in seine Kissen zurück und schloß die Augen. Thema beendet.

Ein paar Wochen darauf starb er. Ich erfuhr, daß seine beiden Kinder sich in den Vereinigten Staaten bei Andrew Young aufhielten, dem damaligen Botschafter der USA bei den Vereinten Nationen, und rief diesen an, um ihn zu fragen, ob er die Kinder zur Beerdigung ihres Vaters schicken könne.

Er antwortete, daß kein Geld für die Flugkarten zur Verfügung stünde, woraufhin ich mich bereit erklärte, selber welches aufzutreiben.

»Eschel, hier ist Chris Barnard.« Ich hatte Eschel Rhoodie

auf einer meiner Überseereisen kennengelernt und wußte, daß er auf verlorenem Posten dafür kämpfte, das Ansehen Südafrikas im Ausland zu heben.

»Ich weiß nicht, ob Sie mir helfen können, aber ich versuche, zwei Tickets von New York nach Johannesburg zu organisieren«, erklärte ich zögernd.

»Zu welchem Zweck, Chris?«

Ich fuhr fort: »Versprechen Sie mir, daß es nie jemand erfahren wird, wenn ich Ihnen sage, um was es geht?« Ich wußte, daß ein solches Geschenk einen Sturm der Entrüstung bei den rechten Nationalisten wie auch bei den Schwarzenbewegungen auslösen würde. »Ich glaube, Sie sind mit mir einer Meinung, daß wir die Schwarzen schamlos ausgebeutet haben. Wir wollen beweisen, daß uns das leid tut, indem wir die beiden Sobukwe-Kinder zur Beerdigung ihres Vaters einfliegen lassen.«

Die beiden Kinder Roberts kamen also zur Beerdigung ihres Vaters nach Südafrika. Ich habe nie wieder etwas von ihnen gehört, aber Mrs. Sobukwe bedankte sich bei mir. Kein Mensch erfuhr, woher das Geld gekommen war.

Die Zeit, die ich zusammen mit Robert Sobukwe verbracht hatte, hinterließ einen unauslöschlichen Eindruck bei mir. Daß dieser wunderbare Mensch so von Haß verzehrt gestorben war, belastete mich sehr.

Nachts lag ich wach, gequält von dem Gedanken, daß ich mich eigentlich mehr engagieren müßte. Daß ich, ohne Angst vor den Konsequenzen, viel mehr dazu beitragen müßte, dieses verderbte Regime zu stürzen. Daß ich eigentlich ein Terrorist werden müßte.

Aber ich wurde kein Terrorist. Ich saß auf dem Zaun und hatte Angst davor, herunterzufallen und in eins der beiden Lager zu geraten. Wie viele andere Afrikaander tat ich gerade so viel, daß mein Gewissen beruhigt war. Nur wenige von uns waren bereit, aufzustehen und ihre Stimme zu erheben. Wir waren alle Feiglinge, die sich mehr um ihre eigene Sicherheit und Bequemlichkeit bekümmerten als um irgend etwas oder irgend jemanden sonst.

Natürlich waren wir schnell mit Entschuldigungen zur

Hand. Ich hatte eine Familie und Kinder, für die ich verantwortlich war. Ich war kein Politiker. Wann immer sich die Gelegenheit ergab, sprach ich mich gegen die Apartheid aus. Aber was, zum Teufel, taten wir wirklich, um die südafrikanische Regierung zu Fall zu bringen? Nichts, außer daß wir nicht für die Nationale Partei stimmten – aber das war auch schon alles.

Gewisse Geschehnisse veranlaßten mich jedoch, meine Strategie zu ändern und eindeutiger zu agieren. Leider waren viele Leute der Ansicht, daß ich für die südafrikanische Regierung arbeitete, während ich mich in Wirklichkeit des Systems bediente, um gegen sie zu arbeiten.

Das Leiden der südafrikanischen Schwarzen, Farbigen und Inder wurde international von Premierministern, Präsidenten, Popsängern, Schauspielern und anderen hauptsächlich für ihre eigenen selbstsüchtigen Zwecke ausgenutzt: um in der Presse gut dazustehen und ihre eigenen Geldtaschen zu füllen.

Als der großspurige Teddy Kennedy Südafrika einen Besuch abstattete, begann ich wirklich an der Menschheit zu verzweifeln. Mit einem Schwall politischer Floskeln fiel er samt seinen ebenso ahnungslosen Hofschranzen hier ein, um *uns* Standpauken in Sachen Moral zu halten!

Verbissen bemühte er sich um öffentlichkeitswirksame Auftritte, die er bei den unterprivilegierten Bürgern Südafrikas absolvierte. Er füllte die Titelseiten, indem er von Diskriminierung schwätzte und durch die Townships stolzierte, sorgsam darauf bedacht, sich nur ja die Schuhe nicht schmutzig zu machen, und ebenso sorgsam darauf bedacht, daß immer Fernsehkameras dabei waren.

Und was tat er für die Schwarzen in Südafrika? Nichts, absolut nichts.

Scheinheiligkeit war die Losung des Tages, und die Anführer des Chors der Pharisäer waren die Vereinten Nationen. Während sie auf der einen Seite Südafrika als Bedrohung für den Weltfrieden verurteilten, nahmen sie andererseits Idi Amin mit offenen Armen auf.

Amin, ein ehemaliger Sergeant der King's African Rifles,

ergriff in Uganda die Macht und zwang den Menschen dort sein verheerendes, mörderisches Regime auf. Wie der Historiker Alan Parker sagte: »Keine andere politische Persönlichkeit des modernen Afrika hat so unverhohlen die Interessen einer kleinen Schicht seines Volkes gegen den Rest durchgesetzt.« Und trotzdem war Amin damals Vorsitzender der Organisation für Afrikanische Einheit!

Während die Kennedys und die Amins dieser Welt nichts als Schaden anrichteten, wurde Südafrika zum Bösewicht Nummer eins erklärt und weltweit verleumdet.

Donald Woods, ein südafrikanischer Zeitungsverleger, durfte sich, nachdem er in die »freie Welt« geflohen war, bei seiner Ankunft in New York vor den Vereinten Nationen über »Die Situation in Südafrika« äußern. Sogar Stevie Wonder, der schwarze Popsänger, erhielt Gelegenheit zu einem solchen Auftritt. Als jedoch jemand den Vorschlag machte, mir dasselbe Recht einzuräumen, und nachdem ich bei den zuständigen Stellen meine Referenzen angegeben und meine Qualifikation nachgewiesen hatte, teilte man mir mit, daß man mich »auf die Warteliste gesetzt« hätte.

Da stehe ich heute noch – zwanzig Jahre später.

Ich beschloß, ein Buch zu schreiben. Es umfaßt nur fünf Kapitel, in denen ich mich mit der Vielschichtigkeit und der ethnischen Vielfältigkeit der südafrikanischen Gesellschaft sowie mit der internationalen Scheinheiligkeit, dem Mißbrauch der Freiheit, der Möglichkeit einer politischen Lösung und Fragen der Zukunft auseinandersetze.

In Südafrika stieß das Buch weitgehend auf Ablehnung, da es die Abschaffung aller diskriminierenden Gesetze sowie die Einführung eines Wahlrechts nach dem Grundsatz ein Mann, eine Stimme forderte.

Auch im Ausland wurde das Buch nicht besonders gut aufgenommen, da es den Standpunkt vertrat, man solle auch andere Länder betrachten – und gegebenenfalls verurteilen –, in denen es ebenfalls Diskriminierungen und keine oder nur eingeschränkte Freiheiten gab.

Bei der sogenannten »freien Presse der westlichen Welt«

stieß besonders das Kapitel über den Mißbrauch der Freiheit auf Ablehnung.

Meiner Ansicht nach ist Freiheit ein Privileg, kein gesetzlich verbrieftes Recht, und wie bei jedem anderen Privileg ist damit eine gewisse Verantwortung verbunden. Freiheit kann den Menschen nicht einfach zugeteilt werden, ohne daß sie darauf vorbereitet und in der Lage sind, die an Freiheit gebundene Verantwortung zu übernehmen.

Einer der größten Mythen ist die »Pressefreiheit«. Die »Freiheit« soll einzig und allein darin bestehen, daß die Reporter uneingeschränkt Zugang zu allen Informationen haben. Aber genau hier endet die Freiheit, denn die Interpretation von irgendwelchen Nachrichten ist Sache der Redakteure, des Chefredakteurs und letztlich der Besitzer der jeweiligen Zeitungen. Was Sie und ich jeden Tag lesen, sind nicht Informationen, sondern die Ansichten dieser Zeitungsleute, die oft kein Gewissen, kein Ehrgefühl, kein Gefühl für moralische Verantwortung haben.

Pressefreiheit? Unbedingt. Aber Freiheit in Verantwortlichkeit, daß nämlich die jeweiligen Neuigkeiten wahrheitsgetreu weitergegeben werden, wobei Information und Kommunikation im Vordergrund stehen sollten, nicht die Gier nach Sensationen.

Als *South Africa – Sharp Dissection* (dt.: *Südafrika – Anatomie einer Verzerrung*) in Südafrika erschien, reagierten viele Nachrichtenredakteure erbost. Ich hatte einen äußerst empfindlichen Nerv getroffen, und das konnten sie nicht unwidersprochen hinnehmen. Etliche Zeitungen druckten vernichtende Rezensionen. Eine besonders wütende Kritik im *Natal Mercury* zitierte mich falsch und riß einzelne Sätze völlig aus dem Zusammenhang.

Ich beschwerte mich bei der Newspaper Press Union, woraufhin der Chefredakteur und ich vor einen Untersuchungsausschuß geladen wurden.

Der Redakteur erschien in Begleitung seiner Anwälte; ich hingegen kam alleine und legte meine Einwände gegen den Artikel dar. Dann schilderten die Anwälte der Zeitung ihre Sicht der Dinge. Das Ergebnis war, daß sie eine Entschuldigung und einen Widerruf veröffentlichen mußten. Allerdings war das ein Pyrrhus-Sieg, denn der Schaden war nicht wiedergutzumachen: Verleger in anderen Ländern wollten mit dem Buch nichts zu tun haben. Die einzige Ausnahme war Pierre Belfond in Frankreich.

Anläßlich des Erscheinens des Buches wurde ich nach Frankreich und Belgien eingeladen. Einige Reporter weigerten sich, zu meiner Pressekonferenz zu kommen oder mich zu interviewen, da ich als »Rassist« abgestempelt war. Was diese Leute einfach nicht begriffen: Für Südafrika zu sein bedeutete noch lange nicht, für die Apartheid zu sein.

Während dieses Aufenthalts lud mich einer der größten französischen Fernsehsender ein, in einer Live-Sendung über das Buch zu diskutieren, wozu ich mich gerne bereit erklärte. Als ich eintraf, brachte der Direktor des Senders seine Freude darüber zum Ausdruck, mich als Gast begrüßen zu dürfen, und erklärte, es träfe sich gut, daß ich an diesem Abend gekommen sei, da sie »rein zufällig« den Bericht eines österreichischen Dokumentarfilmers über Südafrika ausstrahlen wollten. Er würde es sehr zu schätzen wissen, wenn ich mir den Dokumentarfilm ansehen und anschließend einen Kommentar dazu abgeben würde. Ich willigte ein, bat aber darum, mir den Streifen vorher ansehen zu dürfen, um mir zu überlegen, was ich dazu sagen wollte. Er meinte, das sei nicht nötig. »Wir haben den Film gesehen, er ist sehr gut – eine ungeschminkte Wiedergabe der Verhältnisse in Südafrika.«

An dem Punkt hätte ich den Braten riechen müssen, vermute ich, aber da ich eine hohe Meinung vom französischen Fernsehen hatte, glaubte ich dem Mann aufs Wort. Ich nahm also Platz, und die Sendung begann.

Während der Vorführung blieb mir vor blankem Erstaunen der Mund offen stehen. Zwar hatte ich von dieser Art Berichterstattung gehört, hätte aber niemals gedacht, daß es derlei tatsächlich gibt. Es war von Anfang bis Ende eine völlige Verfälschung der Tatsachen. Eine offenkundige Lüge reihte sich an die andere. Ich konnte einfach nicht fassen, was ich da sah. Als es vorbei war, drehte der Direktor sich zu mir um und fragte mich, ob mir der Film gefallen habe.

»Ich könnte heulen«, erklärte ich, »daß ein Mann wie Sie, der über soviel Macht und Einfluß auf die Meinungsbildung in Ihrem Land verfügt, tatsächlich glaubt, daß das, was wir da eben gesehen haben, eine objektive Darstellung Südafrikas ist.«

Er sah mich erstaunt an und fragte: »Was wollen Sie damit sagen, Herr Professor?«

Ich schaute zum Publikum im Studio und dann wieder zu dem Direktor. Ich konnte nur den Kopf schütteln – es war einfach unfaßbar und schlechtweg abstoßend.

»Ich zögere nicht einzugestehen, daß in Südafrika vieles schrecklich falsch läuft und daß die Schwarzen oft schlimmer behandelt werden als Tiere. Aber warum, warum nur muß ein solcher Film Zuflucht zu so lächerlichen Verfälschungen und offenkundigen Lügen nehmen, um das zu verdeutlichen? Auf diese Weise büßt der Film jegliche Glaubwürdigkeit ein, denn jeder einigermaßen intelligente Mensch sieht, daß hier eine Lüge nach der anderen aufgetischt wird. Weit besser wäre gewesen, ehrlich über mein Land zu berichten, so daß das französische Volk sich aufgrund einer wahrheitsgemäßen Darstellung und nicht anhand eines so fürchterlichen Machwerks seine eigene Meinung bilden kann.«

»Das sind sehr schwerwiegende Anschuldigungen, Herr Professor. Können Sie beweisen, daß dieser Bericht Lügen enthält?« Er war offenbar ziemlich irritiert.

»Selbstverständlich kann ich das beweisen!« Ich war jetzt derart gereizt, daß die Worte nur so aus mir heraussprudelten.

»Erinnern Sie sich an die Szene, in der der Kommentator von dem zunehmenden Haß der Schwarzen gegen die Weißen spricht und wie sie sich darauf vorbereiten, das Regime gewaltsam zu stürzen?«

»Ja«, nickte er.

»Dann erinnern Sie sich bestimmt auch daran, daß eine Ansammlung von Schwarzen gezeigt wurde, die ihre geballten Fäuste in die Luft reckten und brüllten?«

»Ja, daran erinnere ich mich.«

Ich schwieg einen Augenblick, um dem, was ich jetzt sagen würde, mehr Nachdruck zu verleihen, so daß die Leute im Studio und die zu Hause vor ihren Fernsehern es nicht so schnell vergessen würden. Dann erklärte ich langsam und deutlich: »Diese Szene wurde bei einem Fußballspiel in einem Stadion in Johannesburg gefilmt und hat nichts, aber auch gar nichts mit politischer Gewalt zu tun!«

Aus dem Publikum war Gemurmel zu hören.

»Erinnern Sie sich an die Szene, in der junge Weiße Zielschießen mit Pistolen üben und in der dann diese Geräuschkulisse bleibt und gleichzeitig das schmerzverzerrte Gesicht einer schwarzen Frau eingeblendet wird?

Diese Frau brachte gerade ein Kind zur Welt – das hatte absolut nichts mit irgendwelchen Schießereien zu tun!«

Nun hatte ich das Studiopublikum eindeutig auf meiner Seite und nahm den Film Szene für Szene auseinander.

Dem Direktor der Fernsehstation war das Ganze äußerst peinlich, denn der österreichische Filmer hatte ihn ganz offenkundig hinters Licht geführt. Er lud mich daher ein, selber einen Film über Südafrika zu drehen, so, wie ich es sah, mit einem französischen Aufnahmeteam und auf Kosten des Senders.

Ich nahm dieses Angebot etwas später wahr; der Film hatte den Titel: *The Open Heart of South Africa*.

Etwas später kaufte die BBC den oben erwähnten »Dokumentarfilm«. Als die südafrikanische Botschaft in London erfuhr, daß er ausgestrahlt werden sollte, legte man den Verantwortlichen nahe, meine Kommentare dazu ebenfalls zu senden. Dieses Ersuchen wurde von der BBC strikt abgelehnt.

Im Verlauf der Dreharbeiten zu meinem Film über Südafrika hatte ich das Vorrecht und die Ehre, Mr. Breyten Breytenbach im Pollsmoor-Gefängnis zu interviewen.

Er war einer der angesehensten afrikaanssprachigen Dichter und hatte viele Jahre in Paris gelebt, wo er eine Vietnamesin geheiratet hatte. In Südafrika waren seit 1949 Ehen zwischen Angehörigen verschiedener Rassen verboten. Verärgert über die Heirat Breytens, hatte das Parlament dann eine Ergänzung zu der ursprünglichen Gesetzesvorlage eingebracht, die auch eine außerhalb des Landes geschlossene Ehe zwischen einem Südafrikaner und einer Frau anderer Rasse für ungültig erklärte.

1975 war er verhaftet worden, weil er eine Asiatin geheiratet und mit einem französischen Paß illegal nach Südafrika eingereist war. Zusätzlich wurden ihm unter Zugrundelegung der Gesetze gegen Terrorismus und Kommunismus noch elf weitere Verbrechen – einschließlich Waffenschmuggels, Planung gewalttätiger Sabotageakte, Ausspionierens von Häfen sowie Verschwörung – angelastet. (Zu jener Zeit bezog sich der Tatbestand der »Verschwörung« weniger auf das, was jemand tatsächlich getan hatte, sondern vielmehr darauf, was der Angeklagte zu tun *beabsichtigt* hatte. Um den Angeklagten zu überführen, brauchte man nur darzulegen, daß er mit »subversiven Elementen« Kontakt gehabt hatte.)

Ganz unerwartet hatte Breyten Breytenbach auf schuldig plädiert (vielleicht war dies Ausdruck eines unduldsamen Trotzes) und war zu neun Jahren Gefängnis verurteilt worden. Den Großteil seiner Strafe verbüßte er in Einzelhaft.

Die Staatsangestellten waren zumeist afrikaanssprachige Südafrikaner; er mußte also damit rechnen, noch schlechter behandelt zu werden als die anderen Gefangenen, da er in den Augen vieler Angehöriger dieser sozialen Schicht ein Verräter war.

Ich empfand tiefes Mitleid mit diesem äußerst sensiblen, wunderbaren Menschen, der ein Opfer der Umstände geworden war. Und es stimmte mich traurig zu sehen, daß die ungehobelten, groben Wärter, zu denen er nichts als »Ja, Sir« oder »Nein, Sir« sagen durfte, ihn fertiggemacht hatten. Eben diese Gefängnisaufseher machten mir auch Vorwürfe, daß ich ihn mit »Mister« anredete; für sie war er einfach »Breytenbach«.

Ich suchte John Vorster auf und bat ihn, Breyten freizulassen, da er keine Gefahr für Südafrika oder die südafrikanische Gesellschaft darstellte.

Vorster lehnte dies ab.

In Anwesenheit des Fernsehteams interviewte ich auch den damaligen Polizeiminister, Mr. Jimmy Kruger. Ich stellte ihm nur eine einzige Frage: »Wir lesen eine Menge darüber, daß Gefangene von der Polizei mißhandelt werden. Ich will nicht eines Tages so dastehen wie viele Deutsche, die sagen, sie hätten von den Konzentrationslagern nichts gewußt. Werden Gefangene von der Polizei gefoltert und geschlagen?«

Der Minister antwortete: »Polizisten sind keine Engel, und es kann durchaus vorkommen, daß sie einen Gefangenen etwas hart anfassen, aber ich kann Ihnen versichern, daß Gefangene weder geschlagen noch gefoltert werden.«

Nur wenige Wochen später beherrschte Steve Bikos Name die Schlagzeilen der internationalen Presse.

Biko war einer der bedeutendsten Vertreter des Black Consciousness Movement (BCM) und Präsident der Südafrikanischen Studentenorganisation (SASO), die später verboten wurde.

Er war unter dem Verdacht der Verbreitung »aufrührerischer Schriften« verhaftet und achtzehn Tage lang in einer Zelle der Polizei von Port Elizabeth festgehalten worden. Laut etlichen Berichten hatte man ihm alle Kleider weggenommen, um »ihn daran zu hindern, sich mit Hilfe seiner Kleidungsstücke aufzuhängen«.

Die Polizisten schworen, Biko sei bei einem Handgemenge während eines Verhörs »mit dem Hinterkopf gegen die Wand geprallt«. Der Bezirksarzt untersuchte ihn und fand »keinerlei Hinweis auf außergewöhnliche Krankheitserscheinungen«, gab jedoch später zu, daß er schwere Verletzungen festgestellt hatte.

Vier Wochen nach seiner Verhaftung wurde Steve Biko 700 Meilen weit nach Pretoria gebracht – nach wie vor nackt und in einem Polizeikombi angekettet. Er starb einen elenden, einsamen Tod auf einer Matte auf dem Steinboden eines Gefängnisses in Pretoria.

Krugers erste öffentliche Reaktion auf den Tod Bikos war ein achselzuckendes – »*Dit laat my koud*« (Das läßt mich kalt). Dann erklärte er, Biko sei infolge eines Hungerstreiks gestorben. Später stritt er ab, gesagt zu haben, daß Biko an einem Hungerstreik gestorben sei.

Die anschließenden Untersuchungen und das Gerichtsverfahren wurden von den internationalen Medien aufmerksam verfolgt, und zur Schande meines Landes wurde eindeutig klar, was da geschehen war.

Und es war geschehen, nachdem Jimmy Kruger mir – vor laufender Fernsehkamera – in die Augen geblickt und gesagt hatte: »Ich kann Ihnen versichern, daß Gefangene weder geschlagen noch gefoltert werden.«

Mittlerweile hatten wir das zehnjährige Jubiläum der ersten Herztransplantation gefeiert; insgesamt hatte unser Team lediglich einunddreißig Transplantationen durchgeführt. Zwanzig davon waren »Huckepack«-Operationen gewesen, von denen es sich bei zweien um extreme Notfälle gehandelt hatte. Wir hatten damals keine menschlichen Spender finden können und daher Tierherzen als vorübergehende Hilfsmittel verwendet, in der Hoffnung, daß das Herz des Patienten sich erholen würde, ehe das Tierherz abgestoßen wurde. Beide Versuche waren fehlgeschlagen.

Im ersten Fall hatten wir ein Gorillaherz eingepflanzt, das schon nach wenigen Stunden versagte. Bei dem zweiten Patienten war ein Schimpanse der Spender gewesen; der Patient hatte die Operation vier Tage überlebt, dann war das Herz abgestoßen worden.

Ich beschloß, keine Affen mehr als Spender zu verwenden, insbesondere keine Schimpansen: ein solches Tier zu opfern war eine äußerst gefühlsbeladene und traumatische Erfahrung für seinen Gefährten – und auch für mich.

Ehrlich gesagt, es war der weinende Schimpanse, der mir überhaupt erst ein Verständnis für tierische Intelligenz vermittelt hat. Der Schimpanse weinte, weil wir ihm sein Weibchen weggenommen und ihr Herz herausgeschnitten hatten.

Wenn zuvor jemand versucht hätte, mir weiszumachen, daß Schimpansen aus Liebe zueinander weinen können, hätte ich nur milde gelächelt und gefragt, ob der Frager in letzter Zeit vielleicht zuviel gelesen habe. Inzwischen habe ich meine Meinung geändert.

Ich vermute, ich könnte mich damit rechtfertigen, daß es dabei um völlig legitime wissenschaftliche Forschung und die Gesundheit meiner Patienten geht. Andere Chirurgen argumentieren so, aber ich weiß, es gibt eine Grenze, und wenn wir die überschreiten, geben wir etwas von unserer Menschlichkeit auf.

Der Schimpanse weinte nicht nur. Er schrie laut und jämmerlich. Er grämte sich und magerte ab; tagelang saß er einfach da und starrte vor sich hin.

Glücklicherweise hatten wir beschlossen, keine Schimpansenherzen mehr zu verwenden, und so blieb er am Leben. Es gelang uns sogar, auf dem weiträumigen Gelände einer herrlichen Farm in der Nähe von Kapstadt ein neues Weibchen für ihn zu finden. Ich war ganz begeistert, als ich später erfuhr, daß das neue Paar Nachwuchs bekommen hatte.

Was die anderen achtzehn Huckepack-Operationen betrifft, bei denen wir menschliche Herzen verwendet hatten, so waren zu diesem Zeitpunkt dreizehn Patienten noch am Leben; zwölf von ihnen waren aus dem Krankenhaus entlassen worden, und es ging ihnen gut.

Es war ein ganz normaler Tag, bis das Telefon klingelte. »Prof, gerade hat der Arzt von Jack Smith aus Johannesburg angerufen; es geht ihm gar nicht gut.«

Das war eine schlechte Nachricht, denn Jack war erst siebenundzwanzig, und nachdem wir ihm das zweite Herz eingepflanzt hatten, um sein eigenes, durch eine Muskelerkrankung unbekannter Ursache schwer geschädigtes Herz zu unterstützen, war es ihm prächtig gegangen.

»Jannie, sorgen Sie dafür, daß er so schnell wie möglich nach Kapstadt kommt«, wies ich Dr. Jannie Hassoulas an, den Nachfolger Dr. Bosmans in der Transplantationsabteilung.

Am nächsten Morgen traf Jack Smith ein; es ging ihm tatsächlich sehr schlecht. Die Untersuchungen ergaben, daß das transplantierte Herz praktisch überhaupt nicht mehr arbeitete. Der Grund war eine massive Abstoßreaktion.

Folgendes war passiert: Dem jungen Mann hatte sein rundes »Mondgesicht«, eine unvermeidliche Folge der hohen Kortisondosen, nicht gefallen, also hatte er schlicht und einfach seine Medikamente gegen Abstoßung nicht mehr genommen.

Wir begannen sofort wieder mit den immunsuppressiven Medikamenten, und am nächsten Morgen erklärte er, daß er sich etwas besser fühle. Aber zu meinem Entsetzen zeigte das Elektrokardiogramm, daß das Spenderherz jetzt gar nicht mehr schlug. Sein altes Herz, das wir in seiner Brust gelassen hatten, mußte es nun ganz alleine schaffen.

»Was sollen wir jetzt machen?« fragte ich Jannie, in der Hoffnung, er könnte mir einen guten Rat geben.

»Ich weiß auch nicht, Prof – ich schätze, wir müssen das abgestoßene Herz herausnehmen.« Jannie sah ungeheuer besorgt drein – wie übrigens meistens.

»Dann könnten wir ihm genausogut gleich die Kehle durchschneiden. Er würde die Operation in keinem Fall überleben, außer wir transplantieren noch einmal.«

»Dann benachrichtige ich gleich die Abteilung für Schwerverletzte und auch die Neurochirurgen, daß wir dringend ein Spenderherz brauchen.« Fünf Tage später warteten wir immer noch auf ein neues Herz.

Jannie machte ein Gesicht, als hätte die ganze Welt sich gegen ihn verschworen. »Kopf hoch, Jannie! Wir defibrillieren das Herz«, sagte ich aufmunternd, denn dazu hatte ich mich eben entschlossen.

Die fünftägige immunsuppressive Behandlung hatte höchstwahrscheinlich die Situation grundlegend verändert. Wir konnten also damit rechnen, daß ein Elektroschock das Spenderherz wieder zum Schlagen bringen würde.

»Gütiger Gott, Prof! Was passiert, wenn durch den Schock sein eigenes Herz zu fibrillieren anfängt?«

Das war eine durchaus realistische Möglichkeit. Ein Stromstoß könnte das Herz fibrillieren, vor allem, da es krank war – und in diesem Fall würde Jack wahrscheinlich sterben.

»Dann wenden wir eben bei beiden noch einmal einen Elektroschock an, oder fällt Ihnen vielleicht was Besseres ein?«

Jannie überlegte. »Wie sieht es mit Blutgerinnseln aus?«

Das war eine weitere Gefahr. Das Spenderherz hatte sich fünf Tage lang nicht zusammengezogen, und es bestand die

Möglichkeit, daß sich Blutgerinnsel gebildet hatten. Sobald das Herz wieder zu schlagen anfing, würde es das Gerinnsel ausstoßen, das unter Umständen in das Gehirn wandern würde. Die verheerende Folge wäre eine Hirnembolie. Das hätte ich vorher bedenken und ihn auf Antigerinnungsmittel setzen müssen, aber dazu war es nun zu spät.

»Bereiten Sie den Defibrillator vor, und rufen Sie Ozzie an, falls wir intubieren und beatmen müssen«, erklärte ich, obwohl es sich ja nicht um eine Operation handelte und eine Anästhesierung nicht erforderlich sein würde, sondern nur eine Ruhigstellung. Wir wollten den Defibrillator auf der Intensivstation benutzen.

Es war soweit. Ich hatte die Elektroden auf der Vorder- und Rückseite der rechten Brust angebracht, damit der Strom hauptsächlich durch das Spenderherz floß.

»Okay, Oz – los!«

Jack bäumte sich auf, als der Stromstoß durch seinen Körper jagte, und stöhnte. Alle sahen auf den Monitor des Elektrokardiographen. Und auf dem war nur eine gerade Linie zu sehen – für einen Herzchirurgen der deprimierendste Anblick überhaupt.

Dann begannen beide Herzen zu schlagen.

»Herrgott noch mal, Prof! Ich dachte schon, Sie hätten mir einen Vorschlaghammer auf die Brust gedonnert!« beschwerte Jack sich und rieb sich die Brust. Die bloße Tatsache, daß er bei Bewußtsein war, war Beweis genug, daß kein Blutgerinnsel in sein Hirn eingedrungen war. Ich fühlte die Pulse an seinen Beinen. Sie waren alle da.

»Jannie, wir haben Glück gehabt«, erklärte ich ohne Umschweife und lächelte meinem Kollegen zu. Jack Smith wäre mit Sicherheit infolge der Abstoßung gestorben, wäre nicht der alte Gaul noch dagewesen und hätte den Karren weiterhin den Hügel hinaufgezogen – noch ein Beweis dafür, daß die heterotope Transplantation ein erfolgversprechendes chirurgisches Verfahren ist.

Jack lebte noch zehn Jahre mit seinen beiden Herzen, aber leider setzte er die Medikamente gegen Abstoßung erneut ab, und beim zweiten Mal hatten wir kein solches Glück. Er starb.

Peter Sellers lud Barbara und mich zu einer mehrtägigen Kreuzfahrt entlang der Westküste Italiens auf einer Jacht ein, die er gemietet hatte. Er wollte einen Wagen schicken, um uns in Rom am Flughafen abzuholen. Die Einladung hätte zu keinem besseren Zeitpunkt kommen können. Ich hatte hart gearbeitet und war viel unterwegs gewesen – ein paar Tage auf dem Mittelmeer, zusammen mit Peter und Barbara, das versprach himmlisch zu werden. Ohne lange zu überlegen, sagte ich zu, und ein paar Wochen später flogen wir nach Rom. Wie versprochen wurden wir am Flughafen abgeholt; später trafen uns dann alle am Hafen. Peter hatte seine Tochter und seine neue Freundin, Lynne Fredericks, mitgebracht.

Die Jacht war sehr luxuriös, und wir verbrachten bei traumhaftem Wetter eine herrliche Zeit zusammen. Jeden Abend legten wir in einem anderen kleinen Hafen an und gingen zum Essen in ein Restaurant.

Am Tag bevor unsere Kreuzfahrt zu Ende ging, nahm Peter mich zur Seite und zeigte mir ein Elektrokardiogramm. »Was halten Sie davon, Chris?« fragte er scheinbar gelassen, aber ich spürte, daß er mich anstarrte, während ich mir das Elektrokardiogramm ansah.

Insgeheim betete ich, daß es nicht seines war. Es waren zahlreiche Extraschläge zu sehen, die von verschiedenen Bereichen der linken unteren Kammer ausgingen. Diese zusätzlichen Ventrikelsystolen sind oft ein Hinweis darauf, daß das Herz ohne Vorwarnung zu fibrillieren beginnen kann. Die Folge ist ein plötzlicher Tod, falls der Patient sich nicht zu genau diesem Zeitpunkt auf einer Intensivstation befindet.

Ich sah mir die Kurven wieder und wieder an und brachte es einfach nicht fertig, ihm die naheliegende Frage zu stellen. Er war meiner Meinung nach nicht gerade in der besten psychischen Verfassung, um mit einem solchen Problem fertig zu werden. Für den Hypochonder, der er war, mußte es ein wahrer Alptraum sein.

»Ist das Ihres?« fragte ich schließlich leise.

Er nickte und lächelte verkrampft.

»Ich fürchte, das sieht nicht sehr gut aus; Sie sollten sich mal gründlich untersuchen lassen.« Das wußte er natürlich selber, denn wer auch immer das Elektrokardiogramm gemacht hatte, er hatte ihm bestimmt das gleiche gesagt.

»Wen würden Sie mir empfehlen, Chris?« Ich wußte, er vertraute darauf, daß ich ihm ehrlich antworten würde.

»Na ja, es gibt viele gute Ärzte, überall auf der Welt, aber warum kommen Sie nicht nach Kapstadt? Wir haben dort ausgezeichnete Kardiologen, und Sie wären bei Freunden.«

Er willigte ein.

Sobald ich wieder in Kapstadt war, sprach ich mit Professor Beck darüber, und wir bereiteten alles für die Aufnahme von Peter Sellers ins Groote-Schuur-Krankenhaus vor.

Unglücklicherweise erhielt ich eine Einladung nach New York, die ich unmöglich ausschlagen konnte. Das bedeutete, daß ich nicht hier sein würde, wenn er in Johannesburg eintraf. Ich verschob also seine Einweisung ins Krankenhaus um eine Woche. Barbara sollte ihn und Lynne Fredericks am Flughafen abholen und ein paar Tage mit ihnen im Mala-Mala-Reservat verbringen, bis ich zurück war. Peter, den ich von dieser kleinen Änderung unseres Zeitplans unterrichtete, zeigte sich ganz zufrieden und erklärte, er freue sich darauf, ein paar Tage im Busch zu sein.

Als ich meinen Verpflichtungen in New York nachgekommen war und wieder in Johannesburg eintraf, waren kein Peter und keine Lynne am Flughafen. Lediglich eine Nachricht, die Barbara hinterlassen hatte, daß ich sie zu Hause bei ihren Eltern antreffen würde.

In »Three Fountains« erzählte Barbara mir, was passiert war. Sie hatte Peter und Lynne abgeholt, und alle drei waren, wie geplant, ins Mala-Mala-Reservat gefahren und hatten dort ein paar Tage verbracht. Eines Morgens hatte dann mein zukünftiger Patient verkündet, er werde nicht ins Groote Schuur gehen, sondern statt dessen nach Manila reisen, zu irgendwelchen Gesundbetern.

Ich konnte seine Bedenken, was eine Operation am offenen Herzen betraf, verstehen, aber nie hätte ich ihn für so töricht gehalten, auch nur im Traum zu glauben, daß irgendwelche Wunderheiler seine schwere Herzkrankheit heilen könnten.

Das war das letzte, was ich von ihm hörte – zumindest für eine Weile.

Ein paar Monate später – ich hielt mich gerade in London auf – rief mich eine Angestellte der saudiarabischen Botschaft an. Wir trafen uns in meinem Hotel, und sie erklärte, eine Prinzessin hätte sie gebeten, mich nach Saudiarabien einzuladen. Für sämtliche Kosten würde sie aufkommen.

Barbara und ich hatten bereits eine Einladung nach Jordanien, daher beschlossen wir, beides zu verbinden: Ich würde zuerst nach Riad fliegen und mich anschließend in Amman mit Barbara treffen.

Als ich nach London fuhr, um die Flugscheine und Visa abzuholen, plagte mich ein hartnäckiger Husten. Laut Röntgenaufnahme war meine Lunge frei, also schluckte ich Hustensaft – der nichts half. Der Flug nach Riad war ein Alptraum. Ich glaube, ich hatte zuviel Hustensaft getrunken, auf jeden Fall war mir sterbenselend.

Als das Flugzeug zur Landung ansetzte, nahm ein junger Araber neben mir Platz. Er erklärte, er hätte mich erkannt, und wir unterhielten uns. Dabei erzählte ich ihm, daß eine Prinzessin mich eingeladen hätte und daß ich außerdem vorhätte, einige Vorträge an der medizinischen Fakultät in Djidda zu halten. Als er sich erkundigte, wer mich am Flughafen abholen würde, erwiderte ich, vermutlich die Prinzessin.

»Professor Barnard, Sie kennen mein Land nicht. Es ist äußerst unwahrscheinlich, daß eine Prinzessin Sie persönlich abholt. Aber meine Leute werden sich zur Verfügung halten, und falls Sie nicht abgeholt werden, werden die sich um alles kümmern.« Ich hatte ganz vergessen, daß in diesem Land Frauen erst seit 1960 offiziell zur Ausbildung zugelassen waren und daß man die Sklaverei erst 1962 abgeschafft hatte.

Niemand holte mich vom Flughafen ab.

Der junge Mann, mit dem ich mich im Flugzeug unterhalten hatte, war der Sohn des Kronprinzen Fahd, und seine Leute brachten mich in sein Gästehaus, wo ich während meines Aufenthalts in Riad wohnte. Ich wage gar nicht daran zu denken, was passiert wäre, wenn ich dem Prinzen nicht begegnet wäre.

Er und seine Angestellten kümmerten sich rührend um mich. Sogar ein Treffen mit König Khalid arrangierte er; dieser interessierte sich sehr für meine Arbeit, da er selber an einer Herzkrankheit litt.

Ehe ich den Palast verließ, erklärte mir der Dolmetscher, der König würde gern zu einer gründlichen Untersuchung nach Kapstadt kommen, das sei aber aufgrund der politischen Lage nicht möglich. Statt dessen suchte er dann die Cleveland-Klinik auf – und starb dort.

Nachdem ich in Djidda fünf Vorträge gehalten hatte – unter großen Schwierigkeiten, da ich furchtbar unter Atemnot litt –, flog ich nach Amman, wo Barbara mich am Flughafen erwartete.

Ich ließ mich von einem Lungenspezialisten untersuchen, und der erklärte, ich litte an Asthma. Er verschrieb mir Medikamente zur Erweiterung der Bronchien, und der Husten wurde sofort besser.

Als ich mich eines Vormittags auf den Weg zu einem Vortrag machte, teilte man mir mit, daß Barbara und ich für den Abend zur Geburtstagsfeier des Königs eingeladen waren. Im Palast wurden wir König Hussein und seiner wunderschönen Königin vorgestellt. Ich empfand sofort große Sympathie für den jordanischen Herrscher – er war liebenswürdig, bescheiden und offenkundig sehr tapfer.

Während wir so herumstanden und Cocktails tranken, wer tauchte da auf? Peter Sellers und Lynne Fredericks. Er erspähte mich sofort, aber wir hatten erst nach dem Essen Gelegenheit, uns zu unterhalten.

»Hallo, Chris – ich bin wieder ganz gesund!« Er strahlte über das ganze Gesicht und erzählte mir die Geschichte, wie er nach Manila gereist war, wo der Gesundbeter elf Operationen an ihm vorgenommen hatte: in seinem Hotelzimmer und ohne Betäubung.

Zuerst dachte ich, das sei einer seiner üblichen Scherze, aber dann merkte ich, daß es ihm vollkommen ernst war.

Er berichtete, der Wunderheiler habe seinen Brustkorb mit den Fingern geöffnet. Bei dem ersten Eingriff hatte er das Blutgerinnsel aus seinem Herzen geholt. Offenbar hatte er nicht so tief operiert, wie ich das normalerweise tue; nur bei der Entfernung des Ödems aus seiner Lunge hatte er etwas tiefer in seinen Brustkorb gegriffen.

Ich fragte Peter nach der Verstopfung in der Arterie, die den Herzmuskel versorgte. Auch das war offenbar für den Wunderheiler von Manila kein Problem gewesen. »Er hat die Stelle einfach rausgeschnitten!«

»Wie hat er denn die beiden Enden miteinander vernäht, Peter?« fragte ich behutsam.

»Oh, die hat er einfach ineinandergesteckt«, und verdeutlichte dies, indem er die Spitzen seiner Zeigefinger aneinanderlegte.

»Ja, und dann habe ich ihn gebeten, mir auch gleich noch den Blinddarm rauszunehmen, da wir schon mal dabei waren. Ich habe keine Narbe, aber der Blinddarm ist raus.«

Lynne Fredericks bestätigte das alles. Sie war bei der »Operation« dabeigewesen, hatte alles beobachtet und sogar ein paar Photos gemacht.

Ihr schien sehr daran gelegen, seine absurden Vorstellungen zu bekräftigen, und sie berichtete: »Zuerst hat man ein weißes Tuch über Peter gebreitet: so eine Art von Röntgenaufnahme, denn auf dem Tuch haben sich dunkle Schatten abgezeichnet, und so konnten sie eine Diagnose stellen. Anschließend haben sie ihn massiert, bis plötzlich Blut kam, und dann schienen ihre Hände in seinen Körper zu schlüpfen.«

»Diese Leute vollbringen wirklich Wunder, Chris, und eines Tages werden Sie und die übrigen Ärzte ihre Arbeit anerkennen«, fügte Peter hinzu.

Er wollte nicht sagen, was er ihnen bezahlt hatte, sondern erklärte lediglich etwas verlegen, daß sie kein Honorar verlangt hätten.

Nachdem ich mir diese lachhaften Geschichten lange genug angehört hatte, fragte ich: »Peter, es liegt mir fern zu behaupten, daß das, was Sie mir da eben erzählt haben, nicht möglich ist, aber ich wäre wirklich sehr froh, wenn Sie in

England oder Amerika einen Kardiologen aufsuchen und mir eine Kopie seiner Untersuchungsergebnisse zukommen lassen würden.«

»Ja, und ich werde Ihnen auch die Photos schicken, die ich gemacht habe«, warf Lynne ein.

Ich habe weder die Untersuchungsergebnisse noch die Photos bekommen – nur ein Telegramm, ein Jahr später.

Obwohl ich beruflich auf einer Welle des Erfolges schwamm, ging es mit meinem Privatleben allmählich bergab.

Der Gesundheitszustand meiner Mutter hatte sich weiter verschlechtert, so daß wir sie schließlich in einem Krankenhaus unterbringen mußten, wo sie professioneller versorgt wurde. Ironischerweise war es dasselbe Krankenhaus, in dem meine beiden ersten Kinder zur Welt gekommen waren, das ehemalige Booth Maternity Hospital. Damals war es ein Haus für das beginnende Leben gewesen – jetzt kümmerte man sich dort um Menschen, deren Leben zu Ende ging.

Sie fragte noch immer, wann Gott kommen und sie zu sich holen würde, aber Gott ließ auf sich warten, da Ihm die medizinische Technologie in die Quere gekommen war. Die moderne Medizin, besessen von Spezialisierung und purer Technologie, strebt immer noch danach, heroische Glanzleistungen zu vollbringen, um Patienten »am Leben« zu halten.

Meine Mutter hatte, dank medizinischen Eingreifens, ihre erste schwere Gehirnblutung überlebt. Für sie bestand keine Hoffnung mehr auf etwas anderes als ein bedeutungsleeres Dahinvegetieren, gekettet an ihren physisch und psychisch hinfälligen Körper.

Eine Generation früher hätte der »Freund der Alten« sie erlöst: Sie wäre an Lungenentzündung gestorben. Heutzutage haben die Ärzte, durch ihr technisches Spielzeug blind für die Wirklichkeit, nichts anderes mehr im Sinn, als zu nähen, zu intubieren, zu pumpen, künstlich zu ernähren und am Leben zu halten. All dies dient eher dazu, dem beruflichen Ehrgeiz zu schmeicheln, als daß es im Dienste des Menschen steht.

Wir vergessen, daß diese Maschinen keine Liebe geben können.

Leben ist mehr als nur die Luft zum Atmen – und das ist alles, was ein Beatmungsgerät geben kann. Kein fühlendes Wesen kann es zufrieden sein, künstlich ernährt zu werden. Derlei Reparaturen des Herz-Lungen-Systems sind, im streng theologischen Sinn, die Hölle auf Erden: Hölle ist ein Ort ohne Liebe, und in einem Leben, das durch Apparate künstlich aufrechterhalten wird, kann es keine echte Liebe geben.

Jeden Morgen wurde meine Mutter geweckt, gewaschen, gefüttert, angezogen, in einen Rollstuhl gesetzt und schließlich wieder ins Bett gebracht – um am nächsten Morgen zu einem weiteren Tag der Verlorenheit, der Langeweile und Erniedrigung zu erwachen.

»Wann wird Gott mich zu sich nehmen?«

»Bald, Mutter, bald, das verspreche ich dir.«

Barbara merkte allmählich, daß die Sicherheit, die sie in unserer Ehe gesucht hatte, trügerisch war. Das war nicht ihre Schuld. Sie erklärte sich sogar einverstanden, mit mir auf eine abgelegene Farm in der Karru zu ziehen – heraus aus unserem gesellschaftlichen Leben und weg von allem, was ihre für sie lebensnotwendige kleine Familie bedrohte. Wir sahen uns nach Farmen in der Gegend von Beaufort West um, fanden aber keinen geeigneten Zufluchtsort, wo wir uns hätten verstecken können.

Eine einzigartige Kombination von Umständen führte dazu, daß wir nicht einen einzigen Augenblick Ruhe hatten. Wir waren Gestalten des öffentlichen Lebens, und als solche wurden wir ständig von den Medien beobachtet und von den Photographen gejagt. Es war die große Zeit des Teleobjektivs, und ganz egal, wo wir hingingen, wir waren nie allein. Das ging soweit, daß wir sogar in der größten Abgeschiedenheit die Kameraaugen spürten. Wir mußten ständig auf der Hut sein, um nur ja den Photographen keine Gelegenheit zu geben, ein »einmaliges« Photo zu ergattern.

Sogar ganz alltägliche Vorkommnisse nutzten diese Kerle.

Zum Beispiel saß ich in einem Restaurant und aß Spaghetti, da machte ein Blitzlicht PLOP!, und schon war ich verewigt, wie mir eine Nudel aus dem Mund hing. Wenn Barbara mich nicht direkt anschaute, »redeten wir nicht mehr miteinander«, wenn ich mit einer anderen Frau tanzte, befand sich unsere Ehe »in einer schweren Krise«, wenn wir jeweils alleine irgendwo hingingen, hatten wir »uns getrennt«.

Wir bemühten uns so sehr, ein normales, ruhiges Leben zu führen, aber es ist unmöglich, in einem Boot sanft auf einem Fluß dahinzugleiten, wenn er Hochwasser führt und man auf einen Wasserfall zusteuert.

Ich dachte, mit der Zeit würde es möglich sein, ein Leben wie jeder andere Mensch auch zu führen, aber nein – kaum sah man mich in Begleitung eines Mädchens, gab das eine Photographie und eine Geschichte her. Derlei schien für die Zeitungen von ungeheurer Bedeutung zu sein, etwas, das die Öffentlichkeit einfach erfahren *mußte*.

Eines Abends ging ich in New York mit dem südafrikanischen Konsul essen. Anschließend fragte er mich, ob ich schon einmal im *Studio 54* gewesen sei.

»Nie gehört. Ist das eine Kunstgalerie?«

Alle lachten und bestanden darauf, daß ich mitkäme: »Sie werden sich prächtig amüsieren – das wird ein echtes Erlebnis – alles, was Rang und Namen hat, geht dorthin.« Also beschlossen ein paar von uns, dem Nachtclub einen Besuch abzustatten.

Als wir anlangten, wartete eine lange Schlange auf Einlaß. Einer aus unserer Gruppe ging zum Türsteher und erklärte ihm, daß ich da sei und nur kurz mal reinschauen wolle. Sogleich ließ man uns ein, während die anderen draußen warten mußten – und das war ein Fehler, wie sich später herausstellen sollte.

Drinnen genossen Tausende die phantastischen Lichteffekte und die laute Musik. Ich bat eine der Damen in unserer Gruppe um einen Tanz, was mir als etwas völlig Normales erschien. Was konnte daran schon falsch sein: eine Tanzfläche, Musik und jemand, mit dem ich tanzen konnte.

Kaum waren wir fünf Sekunden auf der Tanzfläche, als ein

Blitzlichtgewitter über uns hereinbrach, und alle Kameras waren auf mich und das Mädchen gerichtet. In einem Augenblick des Déjà-vu dachte ich: Oh, mein Gott, in so einer Situation warst du doch schon mal – und mir fiel der Abend in Baden-Baden ein, als ich mit Uta Levka getanzt hatte. Fluchtartig verließen wir die Tanzfläche – aber es war schon passiert, und die »belastenden« Photographien waren im Kasten.

Erst später erfuhr ich, daß die Zeitungsleute den Türsteher bestochen hatten. Es war ein Fehler gewesen, daß wir meinen Namen benutzt hatten, um bevorzugt behandelt und vor den anderen eingelassen zu werden.

Noch in derselben Nacht wurden die Photographien in alle Welt gedrahtet. Die südafrikanischen Zeitungen kauften sie auf der Stelle – ganz klar, schließlich ging es um eine ungeheuer wichtige Geschichte!

Barbara war verständlicherweise wütend, obwohl ich den Konsul bat, sie anzurufen und ihr die ganze Angelegenheit zu erklären. In diesem Augenblick faßte ich den Entschluß, die Kerle mit ihren eigenen Waffen zu schlagen, und schwor mir, ihnen nie wieder Gelegenheit zu geben, mich mit einer anderen Frau außer meiner eigenen zu photographieren. Die Leute von der südafrikanischen *Sunday Times* waren jedoch zu gewitzt und zu gerissen, wie ich einige Wochen darauf feststellen mußte.

Ich war zu einem Abendessen mit anschließendem Tanz in Richards' Bay eingeladen, einer Stadt in Natal, wo der Mhlathuze in den Indischen Ozean mündet. Sie war nach Sir Frederick Richards benannt, einem Admiral der britischen Royal Navy, der den Oberbefehl bei den Kämpfen gegen die Zulus gehabt hatte, als die Engländer das Land kolonisiert hatten. Unglücklicherweise konnte Barbara mich aus irgendeinem Grund nicht begleiten.

Gegen Ende des Abends bat mich der Manager des Hotels, in dem die Veranstaltung stattfand, mich zusammen mit dem Personal photographieren zu lassen. Es waren ungefähr sechs Leute, und nachdem wir für das Photo posiert hatten, forderte ich einige der Damen zum Tanzen auf, einschließlich der Kellnerin, die neben mir gestanden hatte.

Zehn Tage später war in der südafrikanischen *Sunday Times* die Schlagzeile zu lesen:

»*Barnard haut auf den Putz – mit einer Kellnerin!*«

Um zu beweisen, wie prächtig ich mich mit dieser Kellnerin amüsiert hatte, war eine Photographie abgedruckt, die uns beide nebeneinander zeigte. Als Barbara das Bild sah, brach sie in hysterisches Schluchzen aus und schrie, daß es ihr jetzt reiche, sie gehe und wolle sich scheiden lassen. Je mehr ich mich bemühte, ihr zu erklären, was an diesem Abend wirklich geschehen war, um so mißtrauischer wurde sie.

Ich konnte mir nicht vorstellen, woher die dieses Photo von mir und dem Mädchen hatten. Schließlich fuhr Vito, ein Freund von mir, zur Richards' Bay und ließ sich von den Kellnern eine Bestätigung über den tatsächlichen Verlauf des Abends geben, um Barbara zu beweisen, daß alles völlig harmlos gewesen war.

Er kam mit der Bestätigung zurück – und dem Bild. Diese Mistkerle von der Zeitung hatten einfach alle anderen Personen auf dem Gruppenphoto herausgeschnitten, so daß nur noch die Kellnerin und ich zu sehen waren, in trauter Zweisamkeit.

Daraufhin rief ich Tertius Myburgh an, den Herausgeber der *Sunday Times*; ich kannte ihn ganz gut, und er war zudem ein hochangesehener Journalist. Ich fragte ihn, wie er eine derart zweitklassige, fadenscheinige Berichterstattung hinnehmen und es zulassen konnte, daß eine offenkundige Lüge zusammen mit einer gefälschten Photographie veröffentlicht wurde.

Seine Antwort war schlichtweg nicht zu fassen.

»Ich dachte, das sei witzig.«

Mir war absolut klar, daß dies nicht der eigentliche Grund dafür war, daß er der Veröffentlichung der Geschichte zugestimmt hatte: Die Times Media Company steckte damals in beträchtlichen finanziellen Schwierigkeiten und kämpfte verzweifelt um höhere Auflagen. Als einer der Nachwuchsreporter mit dieser erlogenen Geschichte zu ihm gekommen war, einzig und allein darauf bedacht, seinen Namen unter dem Bericht zu sehen, hatte Tertius Myburgh eine Chance gewittert, die Auflage zu steigern – ohne Rücksicht darauf, was für verheerende Auswirkungen das für meine Frau, meine Kinder und meine Ehe haben könnte.

Wie dem auch sei, dank Vitos Eingreifen, der die Wahrheit an den Tag brachte, überstand unsere Ehe diese Krise – aber es blieben tiefe Narben zurück.

Trotz all dieser Hochs und Tiefs führten wir im Grunde genommen eine glückliche Ehe. Frederick und Christiaan wuchsen zu zwei hübschen, gesunden Jungen heran. Für sie war es ein Glücksfall, daß wir in Kapstadt lebten und sie die South African College School – SACS Junior – besuchen konnten, die älteste Schule in Südafrika.

Im Grunde meines Herzens bin ich ein Farmer, und so genoß ich den großen Garten in »Waiohai« in vollen Zügen und führte auch etliche Verbesserungen ein. Beispielsweise ließ ich eine automatische Sprinkleranlage installieren, so daß der Garten nachts bewässert werden konnte und der Rasen immer grün und üppig blieb. Hinter dem Haus baute ich mein eigenes Gemüse an und verbrachte viele befriedigende Stunden damit, meinen kleinen Garten umzugraben, zu pflanzen und zu ernten. Außerdem ließ ich ein geräumiges Vogelhaus bauen und hatte schließlich eine große Sammlung südafrikanischer und exotischer Vögel.

Da die Jungen damals fast den ganzen Tag in der Schule waren und Barbara zwei Dienstboten hatte, die sich um den Haushalt kümmerten, hatte sie viel freie Zeit. Zusammen mit Bertha, der Freundin von Tony Ingala, eröffnete sie im Zentrum von Kapstadt eine Boutique mit dem Namen »B & B«, die zumindest anfangs ein durchschlagender Erfolg war.

Auch Andre, mein Sohn aus erster Ehe, machte mir viel Freude. Er war ein zurückhaltender, gutaussehender junger Mann, der sich so richtig in sein Medizinstudium hineinkniete. Seine Prüfungen bestand er mit viel besseren Noten, als sein Vater je gehabt hatte. Ich war immer sehr ehrgeizig gewesen – in der Schule schon und auch auf der Universität –, daher war ich ungeheuer stolz auf seine Leistungen und nahm lebhaften Anteil daran.

Deidre, meine Tochter aus erster Ehe, war eine ruhelose Seele. Ich glaube, ich war – eben weil wir uns, vor allem in der Zeit, als sie Wasserski fuhr, so nahegestanden hatten – so etwas wie ein ruhender Pol für sie gewesen. Mit der Scheidung ihrer Eltern war dieser stabilisierende Einfluß dahin, und sie ließ sich ziellos in jede Richtung treiben, in die die Strömung sie trug. Schließlich machte sie an der Universität von Stellenbosch ihr Lehrerinnen-Abschlußexamen und heiratete einen soliden, bodenständigen Afrikaander, Kobus Visser.

Anläßlich ihrer Hochzeit gaben wir einen Empfang in meinem Restaurant *La Vita*. Barbara bot all ihre gesellschaftliche und organisatorische Begabung auf, um ihn zu einem glanzvollen Ereignis zu machen. Dazu bezogen wir die gesamte Dean Street Arcade – das Restaurant befindet sich im Zentrum dieser eleganten Einkaufsstraße in Newlands – in unsere Feier ein.

Mein Freund und Kollege Syd Cywes, der eine umfangreiche Orchideensammlung besaß, lieh mir etwa dreißig Töpfe mit diesen herrlichen Pflanzen, die in voller Blüte standen, und wir plazierten sie zwischen den Tischen.

Es wurde wirklich ein glanzvolles Ereignis, und meine Tochter strahlte vor Glück. Ich muß gestehen, ich freute mich so sehr für sie, daß ich mich an diesem Abend ein wenig betrank.

Eines Morgens reichte mir Sue Edwards, meine neue Sekretärin, einen Brief von amnesty international in Wien. Darin wurde ich gebeten, mich für einen politischen Gefangenen einzusetzen, Strini Moodley, der sich angeblich in Einzelhaft befand, an Tuberkulose litt und nicht ärztlich versorgt wurde.

Ich schrieb also an den Gefängnisbeauftragten, der umgehend den Erhalt meines Briefes bestätigte und versprach, die Angelegenheit zu untersuchen.

Zwei Wochen darauf erhielt ich sein ausführliches Antwortschreiben, in dem er mir mitteilte, Strini Moodley sei des Terrorismus für schuldig befunden worden und folglich kein politischer Gefangener. Er befinde sich nicht in Einzelhaft, leide nicht an Tuberkulose und werde regelmäßig von einem Arzt untersucht.

Ich schrieb amnesty international und gab diese Informationen weiter. Sie antworteten umgehend und wiesen die Informationen als nicht der Wahrheit entsprechend zurück – ob ich so freundlich sein würde, weitere Nachforschungen anzustellen? Das tat ich – mit dem gleichen Ergebnis. Nachdem einige Briefe hin- und hergegangen waren, erklärte ich schließlich, daß sie meine und ihre Zeit vergeudeten, da ich nicht mehr tun konnte, als die Tatsachen, die man mir mitteilte, an sie weiterzuleiten.

Strini Moodley war aktives Mitglied des Black Consciousness Movement und des Terrorismus schuldig befunden worden. Später war er für die Öffentlichkeitsarbeit der AZAPO zuständig (»Azanian People's Organisation« – mehrere schwarze politische Organisationen wollen, daß Südafrika »Azania« genannt werden soll – was kein guter Name ist, denn er leitet sich von dem griechischen Wort azanein ab, das »trocken« bedeutet und in Evelyn Waughs Roman *Black Mischief* der Name eines korrupten afrikanischen Königreiches ist).

Einen Monat später erhielt ich einen Brief von Mr. Moodleys Anwalt, in dem er mich auf 10 000 Rand verklagte, weil ich seinen Klienten als »Terroristen« bezeichnet hatte. Ich war zutiefst verletzt, denn ich hatte wirklich mein Bestes getan, um diesem Mann zu helfen, und das einzige Ergebnis meiner Bemühungen war, daß ich nun selber verklagt wurde.

Ich wollte das nicht einfach hinnehmen und eine willkommene Einnahmequelle für irgendwelche Gefangene werden, die auf diese Weise mühelos zu Geld kommen wollten, daher bat ich wieder einmal meinen Freund Noel Tunbridge um Rat, den Anwalt, dem es bis jetzt noch immer gelungen war, mich aus allen Schwierigkeiten herauszuhalten.

Dies sei ein Fall für das Oberste Gericht, erklärte er, und daher wäre es erforderlich, einen bei Gericht zugelassenen Rechtsanwalt einzuschalten. Er schlug Harry Snitcher vor, einen hochangesehenen Juristen, den ich selber gut kannte.

Wir trafen uns in seinem Anwaltszimmer, und nachdem ich meine Geschichte vorgetragen hatte, meinte er, mein Fall sei so hieb- und stichfest, daß kaum ein Zweifel am Ausgang des Prozesses bestünde. Wir erhoben also Einspruch gegen die Anschuldigungen und klagten auf Übernahme der Kosten durch die Gegenseite.

Drei Wochen später rief Noel mich an, mit miserablen Neuigkeiten. Er sagte, er wie auch Harry Snitcher seien der Meinung, ich solle mich zu einem außergerichtlichen Vergleich bereit erklären. Ihre Gründe klangen einleuchtend: Strini Moodley verfügte über keinerlei finanzielle Mittel: Selbst wenn ich den Prozeß gewinnen würde, einschließlich einer Kostenübernahme durch die Gegenseite, wäre er nicht in der Lage, die Gebühren zu bezahlen. Letztendlich müßte also ich für die hohen Gerichtskosten aufkommen. Ich erklärte mich, soweit ich mich erinnere, mit der Zahlung von 3000 Rand einverstanden, aber das Ganze hinterließ einen bitteren Nachgeschmack – nun ja, immerhin hatte ich wieder etwas dazugelernt.

Wenig später erhielt ich erneut einen Brief von amnesty international, mit der Bitte, doch so freundlich zu sein, ihnen bei einem anderen Gefangenen zu helfen. Ich überlasse es der Vorstellungskraft des Lesers, sich auszumalen, was ich mit diesem Brief gemacht habe.

»Professor Barnard? Ihre Mutter hat wieder einen Schlaganfall gehabt, und ich fürchte, ihr Zustand hat sich bedenklich verschlechtert«, teilte mir die Stationsschwester in dem Krankenhaus mit, in dem meine Mutter versorgt wurde.

Ich erklärte, ich würde gleich kommen. Auf dem Weg zur Klinik überlegte ich, ob Gott vielleicht jetzt die Schranken, die die medizinische Wissenschaft errichtet hatte, niederreißen und ihren Wunsch erfüllen würde.

Meine Mutter erkannte weder Marius noch mich, aber sie murmelte ununterbrochen vor sich hin: »Danke, vielen Dank.«

Ich vermute, sie spürte, daß ihr Leiden sich seinem Ende näherte, und war dankbar, davon erlöst zu werden. Ihre

Lunge war massiv gestaut, und sie konnte nicht mehr schlucken.

»Der Arzt hat vorgeschlagen, daß wir ihr Antibiotika geben und einen Schlauch in ihren Magen einführen, um sie zu ernähren«, erklärte die Schwester.

»Und warum wollen Sie das machen?« wollte Marius wissen. »Wir können sie doch nicht einfach so da liegen lassen«, antwortete die Schwester und sah uns beide tadelnd an.

Ich fragte sie: »Glauben Sie, daß medizinisches Eingreifen sie soweit wiederherstellen wird, daß sie uns dafür dankbar ist, noch am Leben zu sein?«

Keine Antwort.

Ich wandte mich zu Marius um: »Bist du ebenfalls der Meinung, daß wir jegliche Behandlung einstellen und lediglich dafür sorgen sollten, daß sie so wenig leidet wie nur möglich?« Marius nickte, und in dem Augenblick flüsterte meine Mutter, als hätte sie uns gehört, erneut: »Danke, vielen Dank«, und schloß die Augen.

In dieser Nacht holte Gott sie zu sich.

Als die Schwester mich anrief, um mir zu sagen, daß meine Mutter eingeschlafen war, nahm ich das mit gemischten Gefühlen auf. Ich war traurig, daß diese wundervolle Frau, die es in ihrem Leben so schwer gehabt und die nur für ihre vier Söhne gelebt hatte, nun tot war.

Ich sah sie vor mir, wie sie an ihrer Singer-Handnähmaschine saß und bis spät in die Nacht Hosen und Jacken für ihre Söhne nähte.

Ich sah sie, wie sie vor dem Herd stand und den Deckel des Eisentopfes lüftete, um die Lammkeule zu wenden, die wir als Sonntagsbraten verspeisen würden.

Aber ich sah auch, wie sie, gepeinigt von Schmerzen und äußerster Erniedrigung, in dem Krankenhausbett lag.

Maria Elizabeth hatte ihren Frieden gefunden, und ich war froh, daß sie nun endlich dort war, wohin sie sich immer gesehnt hatte, an einem Ort, wo sie nicht mehr unter Blasenentzündung, Verstopfung und ständigen Schmerzen litt.

Meine Mutter hatte sich immer gewünscht, neben ihrem

fünften Sohn begraben zu werden, der an einer angeborenen Herzschwäche gestorben war, lange bevor ich auf die Welt kam. Als es mit dem kleinen Abraham zu Ende ging und er kaum noch atmen konnte, hatten meine Eltern ihn nach Fish Hoek gebracht, einem kleinen Fischerdorf auf der Halbinsel am Kap, nahe am Meer.

Dort war er gestorben und auf einem Friedhof in der Nähe von Muizenberg begraben worden. Ich war nie an seinem Grab gewesen, aber das Beerdigungsunternehmen fand es, und der Wunsch meiner Mutter ging in Erfüllung.

Wir warteten darauf, daß der Trauergottesdienst begann. Der Sarg meiner Mutter stand vor der Kanzel. Marius und seine Frau Inez, Barbara und ich sowie Joyce, die Frau meines ältesten Bruders Barney – die ihn vor vielen Jahren in Bitterkeit und Haß verlassen hatte –, saßen zusammen in der vordersten Reihe.

Da trat Barney, in Begleitung der Frau, mit der er jetzt zusammenlebte, in die Kirche und blieb wie angewurzelt stehen, als er Joyce erblickte. Wut und Abscheu spiegelten sich auf seinem Gesicht. Es sah aus, als würde er auf dem Absatz kehrtmachen, aber er überlegte es sich anders und ging direkt auf die Bank zu, wo wir alle saßen. Mit dem Finger wies er auf Joyce und rief so laut, daß seine Stimme in der Kirche widerhallte: »Was, verdammt noch mal, willst denn du hier?« Ich war nur froh, daß meine Mutter das nicht mitansehen und -anhören mußte. Marius nahm Barney beiseite und forderte ihn auf, etwas mehr Achtung vor seiner Mutter zu zeigen. Dieser beruhigte sich und setzte sich mit seiner Freundin in die hinterste Ecke der Kirche.

Wir begruben meine Mutter neben Abraham, und das machte wiederum Schlagzeilen: Man beschuldigte uns, ein Grab entweiht zu haben.

Das Leiden meiner Mutter und das eines Patienten auf meiner Station, Mr. van Rooyen, der langsam an einem Lungenkarzinom erstickte, festigte in mir die Überzeugung, daß bei todkranken Menschen Sterbehilfe erlaubt sein muß.

Mit der Unterstützung zweier Freunde, Bob Malloy in Kapstadt und Steve Donaghue in New York, setzte ich mich in einem Buch mit dem Titel *Good Life, Good Death* (deutsch: *Glückliches Leben, würdiger Tod*) mit den religiösen, sozialen, medizinischen und juristischen Aspekten aktiver und passiver Sterbehilfe auseinander.

Im Anschluß daran verfaßte ich ein weiteres Buch, diesmal wieder zusammen mit Siegfried Stander, *In the Night Season* (deutsch: *Nacht, steh mir bei*). Darin reagieren meine beiden Protagonisten, zwei Ärzte, völlig entgegengesetzt, als sie mit einer Frau konfrontiert werden, die an unheilbarem Brustkrebs leidet. Der eine vertritt die These, man müsse drastisch eingreifen bis zum bitteren Ende, während der andere sich für die menschlichere Alternative entscheidet, nichts zu unternehmen.

Ich bereiste Europa und die Vereinigten Staaten, um für die beiden Bücher zu werben, was mir Gelegenheit gab, die Probleme todkranker Menschen einer breiten Öffentlichkeit – und der Ärzteschaft, die dem gegenüber oft die Augen verschließt – zu Bewußtsein zu bringen.

In der Regel scheuen Ärzte davor zurück, in der Öffentlichkeit ihre wahre Einstellung zur Sterbehilfe kundzutun, obgleich die meisten sie auf die eine oder andere Weise praktizieren. Viele von ihnen würden nie zugeben, daß bei einem todkranken Patienten ein Zeitpunkt kommt, zu dem die Behandlung eingestellt werden sollte.

Der Patient sollte in Würde sterben dürfen.

Ich war jedoch schon immer der Ansicht, daß es uns erlaubt sein müßte, noch weiter zu gehen. Wenn erst einmal die gesetzlichen Hindernisse aus dem Weg geräumt sind, sollte die Gesellschaft zulassen, daß der Arzt dem Leben eines todkranken Patienten aktiv ein Ende setzt – allerdings erst, wenn alle medizinischen Möglichkeiten, ihn zu heilen, ausgeschöpft worden sind.

Aufgrund der beiden Bücher traf ich erneut mit David Frost zusammen, und diesmal zog ich den kürzeren.

Es war unsere dritte Begegnung; bei dem zweiten Interview ein paar Jahre zuvor hatte ihm Thomas Thomson assistiert, der Autor des Buches *Hearts*, das sich mit der Rivalität zwischen den beiden Medizinern Denton Cooley und Michael deBakey befaßt.

Normalerweise ziehe ich es vor, mich nicht auf ein Interview vorzubereiten oder im voraus zu erfahren, welche Fragen man mir stellen wird, einfach um spontan reagieren und antworten zu können. Das funktioniert bei mir am besten. In dem Fall hielt ich mich leider nicht an diese Regel.

Eschel Rhoodie teilte mir mit, daß Frost außer mir auch noch einen ehemaligen südafrikanischen Staatsangehörigen eingeladen hätte, und fragte mich, ob ich meinerseits Unterstützung seitens seines Ministeriums gebrauchen könnte.

Es handelte sich um einen Rechtsanwalt, der die Partei der Unterdrückten in Südafrika ergriff und blendend die Rolle des armen, aber großherzigen Menschenfreundes spielte.

Rhoodies Informationsministerium klärte mich darüber auf, daß dieser Mann Südafrika so überstürzt verlassen hatte, daß er ein prachtvolles Haus sowie zwei BMWs und einen Mercedes zurückgelassen hatte; vermutlich hatte er mit der Verteidigung dieser »armen, unterdrückten Menschen« eine Menge Geld verdient. Auch nachdem er das Land verlassen hatte, lebte er weiterhin auf großem Fuß.

Da ich über diese Vorausinformationen verfügte, ging ich mit einer vorgefaßten Meinung in die Sendung. Das sollte sich als ein großer Fehler erweisen.

David Frost begann: »Professor Barnard, Sie haben wiederholt geäußert, daß man Ihr Land unfair behandelt. Können Sie uns ein Beispiel dafür geben?«

Ich erwiderte: »Für diese Äußerung gibt es viele Gründe, aber ich will Ihnen ein Beispiel nennen. Erst vor kurzem wurde Südafrika als das einzige Land herausgestellt, das den Weltfrieden bedrohe, und die Vereinten Nationen haben ein totales Waffenembargo gegen uns verhängt.

Dazu möchte ich folgendes sagen: In Südafrika sind viele Dinge nicht in Ordnung, aber erstens finde ich nicht, daß Südafrika den Weltfrieden bedroht, und zweitens sind wir, falls wir tatsächlich eine Bedrohung darstellen, nicht das einzige Land, in dem es Diskriminierung, Unterdrückung und politische Gefangene gibt. Was ist mit dem übrigen Afrika?

Was ist mit Indien und großen Teilen Asiens? Es gibt so viele Länder, in denen Tod und Zerstörung weit schlimmere Ausmaße angenommen haben, warum also greift man Südafrika als Sündenbock heraus?«

David wandte sich an den anderen Gast und fragte ihn nach seiner Meinung dazu. Der Ex-Südafrikaner fing an, all die südafrikanischen Gesetze aufzuzählen, die unser Land zum »Weltfeind Nummer eins« machten.

Ich tat so, als wüßte ich nicht, wer dieser Mann war, und unterbrach ihn in seinen Schmähreden, indem ich ihn fragte, ob er Südafrikaner sei, was er natürlich bejahte.

Törichterweise fuhr ich fort: »Oh, ja, ich erinnere mich, sind Sie nicht derjenige, der aus Südafrika abgehauen ist?« und erwähnte die Autos, die er zurückgelassen hatte, geißelte seine Scheinheiligkeit und so in der Art. Ich dachte, ich könnte ihn damit bloßstellen.

David Frost ist nicht dumm. Ihm war sofort klar, daß ich auf das Gespräch sehr wohl vorbereitet war. Er sagte: »Professor Barnard, Ihr Erinnerungsvermögen kehrt sehr rasch zurück. Sie kennen meinen anderen Gast, obwohl Sie so tun, als wäre das nicht der Fall?«

Zudem läßt David Frost sich von seinem Killerinstinkt leiten. Er wußte, jetzt hatte er mich vorgeführt, und goß nun schneidenden Sarkasmus und Hohn über mich aus.

Doch dann passierte mir das Allerdümmste überhaupt – mir platzte der Kragen.

»Mr. Frost, Sie haben mich zu dieser Sendung eingeladen, um über Sterbehilfe zu diskutieren, aber jetzt nutzen Sie und Ihr Freund die Gelegenheit, um mein Land schlechtzumachen. Ich bin nicht bereit, mich auf dieses Spielchen einzulassen.« Damit stand ich auf, nahm mein Mikrophon ab und ging.

Im Gehen bekam ich noch seine letzte schadenfrohe Bemerkung mit: »Ihnen ist doch wohl klar, Professor Barnard, daß Sie heute abend die Gelegenheit gehabt hätten, für Südafrika zu sprechen, aber Sie haben sie vertan.«

Die ganze Nacht tat ich kein Auge zu, weil ich mich derart zum Narren gemacht hatte und weil er völlig recht hatte: Ich hatte mir eine hervorragende Gelegenheit entgehen lassen.

Eine Woche später erhielt ich ein Telegramm von Peter Sellers: »Lieber Chris, ich habe Sie in der Frost-Sendung gesehen. Sie haben sich unglaublich blamiert. Für einen so intelligenten Menschen wie Sie ist das keine Art, sich zu verhalten. Peter.«

Die Wahrheit ist immer schmerzhaft, aber noch mehr schmerzte mich, daß dies das letzte war, was ich von ihm hörte; ein paar Monate später starb er.

Ich rede mir gerne ein, daß er keinen Groll mehr gegen mich hegte, als er starb. Und ich war sehr froh, von seinem Sohn zu hören, daß sein Vater in der Nacht vor seinem Tod noch gesagt hatte: »Ich hätte mich operieren lassen sollen, als ich noch die Gelegenheit dazu hatte – bei Chris.«

Welche Ironie des Schicksals: ein halbes Jahr nach seinem Tod heiratete seine Frau, Lynne Fredericks, David Frost – vielleicht hat Frost also letztendlich uns alle beide ausgestochen.

»Chris, ob Sie wohl zu mir ins Hendrik-Verwoerd-Haus kommen könnten – ich habe einen äußerst wichtigen Auftrag für Sie.« Der Anruf kam von Eschel Rhoodie.

Im vorangegangenen Jahr hatte mich das Informationsministerium wiederholt darum gebeten, an bestimmten Fernsehsendungen teilzunehmen und Kontakte zu Politikern und Botschaftern in verschiedenen Teilen der Welt herzustellen.

Ich hatte für diese Arbeit nie ein Honorar verlangt, aber man ersetzte mir meine Auslagen. Diese Zahlungen erfolgten zudem auf etwas ungewöhnliche Weise. Ich wurde nie aufgefordert, irgendwelche Belege oder Quittungen vorzulegen. Vielmehr lief das Ganze so ab, daß Eschel mir hin und wieder einen Umschlag mit Bargeld gab, dessen Empfang ich bestätigte.

Wiederholt fragte ich ihn, ob ich diese Einkünfte versteuern müsse, aber er äußerte sich nicht dazu. Das machte mir solches Kopfzerbrechen, daß ich mich sogar an Owen Horwood, den damaligen Finanzminister, wandte. Er war sich ebenfalls nicht sicher, wie ich in dieser Sache verfahren sollte, und erklärte, darüber müsse erst noch entschieden werden.

Noch heute bin ich meinem Buchhalter, Mr. Lotter, dankbar, denn er bestand darauf, daß ich das Geld in meiner Einkommensteuererklärung deklarierte.

Als später der »Informationsskandal« die südafrikanische Regierung ins Wanken brachte, hatte ich nichts zu verbergen, denn ich hatte dem Finanzamt mitgeteilt, daß die Regierung mir meine Auslagen ersetzte. Zwar hielt ich nach wie vor die Art der Bezahlung für reichlich merkwürdig, aber ich hatte mir nichts zuschulden kommen lassen.

Als ich an diesem Tag Eschel in seinem Büro aufsuchte, erklärte er mir, Südafrika würde Einbußen in Millionenhöhe erleiden, falls die amerikanischen Gewerkschaften ihre Absicht, Südafrika zu boykottieren, in die Tat umsetzten. Deshalb bat er mich, nach Amerika zu fliegen und zu versuchen, den Gewerkschaftsführer George Meanie von diesem Vorhaben abzubringen.

In Washington wurde ich von einigen Leuten Rhoodies abgeholt, die mir die nötigen Informationen darüber gaben, was für eine Katastrophe Südafrika drohte.

Als sie mich am nächsten Morgen vom Hotel zum Büro der Gewerkschaft fuhren, zeigten sie mir einen Artikel, der in der *Washington Post* erschienen war und in dem ausführlich über den Tod eines mexikanischen Gefangenen in einem amerikanischen Gefängnis berichtet wurde. Er war an den Verletzungen gestorben, die Polizisten ihm zugefügt hatten. Man hatte sogar in seinen Haaren Fäkalien und Urin gefunden. Das ähnelte dem Fall Steve Biko ganz auffallend.

George Meanie war ein älterer Herr, der mich höflich, aber nicht gerade herzlich begrüßte. Ich spürte sein Mißtrauen mir gegenüber. Also fing ich an, indem ich ihm von meiner Arbeit erzählte und ihm so lebhaft wie möglich unsere Erfahrungen mit den Huckepack-Transplantationen schilderte. Mit der Zeit hatte ich gelernt, daß dies die beste Vorgehensweise ist; normalerweise gelingt es so, das Eis zu brechen und ein Gespräch in Gang zu bringen.

Diese Geschichten schienen ihn sehr zu interessieren, und ich merkte, wie er allmählich auftaute.

Nun erklärte ich ihm, wie dringend wir Geld brauchten, um unsere Arbeit fortführen zu können, und sagte, ich hätte gehört, daß er unserer Wirtschaft mit einem umfassenden Boykott durch die Gewerkschaften immensen Schaden zufügen wolle.

»Warum machen Sie das, Mr. Meanie?«

Auf der Stelle verdüsterte sich sein Gesicht. »Haben Sie vergessen, wie man Steve Biko behandelt hat?«

»Mr. Meanie, ich bin zutiefst beschämt, zugeben zu müssen, daß dies in meinem Land geschehen ist – aber glauben Sie, daß nur die südafrikanische Polizei sich derlei zuschulden kommen läßt? Könnte das nicht auch anderswo geschehen, selbst in den Vereinigten Staaten?«

Er lachte abschätzig: »Oh, hier würde so etwas nie passieren – schließlich sind wir hier in Amerika!«

Offenbar hatte er keine Zeitung gelesen. Ich langte also in meine Tasche und zog den Zeitungsausschnitt hervor.

Er las ihn und lehnte sich in seinem Stuhl zurück.

Nach einer Höflichkeitspause fuhr ich in gelassenem Ton fort: »Mr. Meanie, wenn Sie glauben, daß dieser Boykott etwas bringt, dann nur zu. Aber ich bitte Sie, schicken Sie, ehe Sie zu dieser Maßnahme greifen, eine Delegation nach Südafrika, um sich aus erster Hand über die Lage dort zu informieren. Sie werden feststellen, daß nicht alle Weißen Rassisten sind und daß im großen und ganzen alle Rassen zusammenarbeiten, um die Situation zu ändern. In unserem Land ist vieles nicht in Ordnung, aber es gibt auch vieles, das gut ist bei uns, und es wird ständig besser.«

Der Boykott fand nicht statt.

Wiederholt hatte Barbara erklärt: »Chris, wenn du schon mit anderen Mädchen ausgehst, dann, bitte, sag es mir. Es tut nicht so weh, wie wenn ich es von anderen Leuten erfahre.« Ich nahm ihre Bitte ernst und hielt mich daran – mit verheerenden Folgen.

Barbara war gerade nach Übersee gereist, um für ihre Boutique einzukaufen, als ich einen Anruf von Dr. Nico Diederichs, dem damaligen Finanzminister, erhielt. Er lud mich zu einer Dinnerparty ein, die er in Pretoria für die Schwester des Schah gab.

Die Schah-Familie hatte eine gefühlsmäßige Bindung an Südafrika: Während des Zweiten Weltkriegs war der Vater des damaligen Schah in seinem Exil in Johannesburg gestorben. Es waren Bestrebungen im Gang, das Haus, in dem er gestorben war, in ein Museum umzuwandeln.

Ich nahm die Einladung an, und im Verlauf des Abends bot ich der Besucherdelegation an, falls sie je nach Kapstadt kämen, würde ich sie gerne eines Abends ausführen. Nicht einen Augenblick lang dachte ich, daß sie auf dieses Angebot zurückkommen würden.

Einige Tage darauf erhielt ich einen Anruf, daß ein paar Mitglieder der Delegation sich freuen würden, wenn ich ihnen das Nachtleben von Kapstadt zeigen könnte. Nun war ich auf diesem Gebiet alles andere als eine Autorität, aber ich konnte die Bitte schlecht ablehnen. Also unternahmen einige der Jüngeren – in Begleitung ihrer Leibwächter – an diesem Abend mit mir einen Streifzug durch ein paar Nachtlokale.

Als Barbara zurückkam, erzählte ich ihr davon. Ich habe die Frauen immer geliebt, aber ich habe sie nie verstanden – und Barbara machte da keine Ausnahme. Sie tobte vor Wut!

»Wie konntest du nur! Was hast du dir dabei eigentlich gedacht? Dich mit irgendwelchen jungen Dingern herumzutreiben, sobald ich außer Sichtweite bin!« Das war wirklich stark, wie sie die Sache sah!

Ich versuchte, vernünftig zu argumentieren, aber das ist, wie jeder Mann weiß, eine undankbare Aufgabe. »Es handelte sich um eine Delegation von hochrangigen offiziellen Besuchern, Liebling. Die Mädchen, die zu der Gruppe gehörten, waren die ganze Zeit von ihren Leibwächtern flankiert. Selbst wenn ich irgend etwas anderes im Sinn gehabt hätte – was, ich schwör's, nicht der Fall war –, ich hätte ständig die Leibwächter als Publikum dabeigehabt, denn die sind nicht von ihrer Seite gewichen. Ich schwöre dir, es war ein absolut harmloser Abend.«

Aber Barbara weigerte sich schlichtweg, mir auch nur zuzuhören, und nahm die »fadenscheinigen« Ausreden überhaupt nicht zur Kenntnis. Sie war zutiefst verletzt, und ihre alten Ängste und ihr Gefühl der Unsicherheit verstärkten sich.

Sie war so durcheinander, daß sich ihr Gesundheitszustand ernstlich verschlechterte. Sie aß immer weniger und nahm zusehends ab – ich glaube, daß dies ein unbewußter Hilfeschrei war und ein Versuch, auf diese Weise Zuwendung und Mitleid zu erzwingen.

Meine Weit begann, in sich zusammenzubrechen. Das Schlimmste war, daß ich allmählich das Interesse am Operieren verlor. Oft suchte ich morgens nach irgendwelchen Entschuldigungen, um nicht ins Krankenhaus fahren zu müssen, und ließ zu, daß meine Assistenten einen immer größeren Teil meiner Aufgaben in der Klinik übernahmen.

Nicht einmal in meinen schlimmsten Träumen wäre ich auf die Idee gekommen, daß je der Tag kommen würde, an dem ich mir mit Widerwillen die Operationshandschuhe überstreifte.

Der nächste Schlag kam, als Marius kündigte und nach Johannesburg ging. Ein paar Monate zuvor hatte er mir vorgeschlagen, den klinischen Bereich ihm zu überlassen und mich ganz auf die Forschung und Verwaltungsangelegenheiten zu konzentrieren. Damals hatte ich das als Beleidigung empfunden – und ihm das auch gesagt. Jetzt wurde mir, allerdings zu spät, klar, daß er recht gehabt hatte. In der Zeit, in der ich häufig ins Ausland gereist war, hatte er umfassende Erfahrungen im Leiten der klinischen Abteilung gesammelt. Jetzt fehlte uns seine Erfahrung, und unsere Ergebnisse, insbesondere in der Transplantationschirurgie, spiegelten das wider.

Die Arthritis, die sich in den letzten Jahren, seit ich Barbara geheiratet hatte, nicht mehr bemerkbar gemacht hatte, flackerte wieder auf. Polyarthritis bedeutet nicht nur Schmerzen und geschwollene Gelenke. Der permanente lokale Entzündungsprozeß ruft auch andere Symptome hervor, beispielsweise Erschöpfungszustände, Depressionen und Gereiztheit, was meiner Ehe auch nicht eben zuträglich war.

Erschwert wurde das Ganze noch durch den sogenannten Informationsskandal. Denn obwohl ich nicht darin verwickelt war, versuchten einige Reporter, mich durch entsprechende Andeutungen mit hineinzuziehen, allerdings ohne Erfolg.

Der parlamentarische Rechnungsprüfer behauptete, ungenannte Beamte des Informationsministeriums hätten in den letzten drei Jahren diversen Leuten erhebliche Mittel zukommen lassen, ohne dazu berechtigt zu sein. Laut dem Bericht waren ohne Wissen des Schatzamts und des Parlaments an die 460 000 Dollar für südafrikanische Öffentlichkeitsarbeit ausgegeben worden. Das war jedoch nur die Spitze des Eisbergs; schließlich war von Summen in Millionenhöhe die Rede, und immer mehr Beteiligte wurden namentlich bekannt.

In der Folge des Skandals trat Premierminister John Vorster zurück, ebenso Connie Mulder, der als nächster Premierminister gehandelt worden war. Eschel Rhoodie, Staatssekretär im Informationsministerium, fiel in Ungnade. Er war der Urheber der Idee gewesen, das Image Südafrikas im Ausland aufzubessern. Sein Plan war es gewesen, einen Geheimfonds zur Finanzierung einer »psychologischen und propagandistischen Kriegsführung« einzurichten, um ausländische »Meinungsmacher und Entscheidungsträger« zu beeinflussen. Connie Mulder (Informationsminister), Dr. Nico Diederichs (Finanzminister) und John Vorster (Premierminister) hatten dem Vorhaben zugestimmt.

»Wenn es sich als notwendig erweist, einen Journalisten dahingehend zu beeinflussen, daß er keine negativen Artikel über Südafrika mehr schreibt... wenn es sich zu diesem Zweck als notwendig erweist, ihm und seiner Freundin einen Urlaub auf Hawaii zu finanzieren... wenn es sich als notwendig erweist, einem Politiker oder einem Journalisten einen Pelzmantel zu kaufen, dann müßte ich die Möglichkeit haben, dies zu tun...«, hatte Rhoodie gesagt. Und man hatte ihm grünes Licht gegeben.

Die Medien stürzten sich auf den Fall und enthüllten reihenweise skandalöse Geschichten, eine abenteuerlicher als die andere. Das reichte von einem fehlgeschlagenen Versuch der Regierung, die *Washington Star* zu übernehmen, bis hin zur »Anheuerung von Mördern«, um Leute, die »zuviel wußten«, aus dem Weg zu räumen.

Aufgrund meiner Bekanntschaft mit Eschel Rhoodie war ich gelegentlich mit Connie Mulder zusammengetroffen, einem meines Erachtens äußerst pragmatischen Politiker. Wenn er Premierminister würde, dann, davor war ich überzeugt, würde er auf schnellstem Wege mit der Apartheid aufräumen.

Ich nutzte alle meine Verbindungen und meinen Einfluß, um Stimmen für ihn zu sammeln, aber er büßte nicht nur seinen Anspruch auf Führerschaft ein, sondern mußte infolge des »Informationsskandals« auch als Minister zurücktreten.

Eines habe ich nie begriffen: warum er später so rechtsgerichtet wurde. Ich bin sicher, im Grunde genommen glaubte er nicht daran, daß dies der richtige Weg für Südafrika war. Ich vermute vielmehr, daß seine Verbitterung ihn der Nationalen Partei entfremdete und ins ultrarechte Lager trieb.

Es gab eine Zeit, da hielt ich es für möglich, die Einstellung der Regierung durch sanfte Überzeugungskraft zu ändern, und habe das auch lange versucht. Ich hatte mich geirrt. Sie waren nun schon so lange an der Macht und waren dabei derart überheblich und diktatorisch geworden, daß dies nicht gelingen konnte, also wandte ich mich schließlich endgültig von der Nationalen Partei ab.

Eine beängstigende Anzahl junger Südafrikaner und auch älterer Fachkräfte, Männer wie Frauen, verkauften ihre gesamte Habe und wanderten in Länder wie die Vereinigten Staaten, Kanada, Australien und Neuseeland aus.

Damals kursierte der Witz: Wer ist loyaler Südafrikaner? Jemand, der es nicht schafft, sein Haus zu verkaufen und sich eine andere Staatsangehörigkeit zu verschaffen.

Es waren vor allem zwei Überlegungen, die diese Leute dazu bewogen auszuwandern: die niedrigen Gehälter für Akademiker und die ungewisse politische Situation. Einige waren der Ansicht, daß ihre Kinder in einem Land, das so voller Haß und Unterdrückung war, keine Zukunft hätten.

Ich hatte selber etliche lukrative Angebote erhalten, aber immer abgelehnt, da ich das Gefühl hatte, daß ich Südafrika nahezu alles verdankte. Es war nicht nur das Land, in das meine Vorväter 1708 aus Köln eingewandert waren und wo sie sich als freie Bürger angesiedelt hatten, es war auch das Land, das mir meine Ausbildung ermöglicht und Gelegenheit gegeben hatte, die erste Herztransplantation durchzuführen.

Ich liebte mein Land und war überzeugt, irgendwann würde die Regierung sich besinnen und ihre Politik der Rassentrennung aufgeben, die unserem Land verheerenderen Schaden zugefügt hatte als eine Atombombe.

Wir standen in der Welt zunehmend isoliert da und wurden allgemein verachtet. Etliche Male war mir von ausländischen Universitäten die Ehrendoktorwürde angetragen worden, aber da die Studenten dagegen protestiert und erklärt hatten, sie würden nicht zulassen, daß ich den Campus betrete, wurden die Angebote rückgängig gemacht.

Einige Länder untersagten südafrikanischen Ärzten die Teilnahme an medizinischen Kongressen, und die Mittel von dort für medizinische Forschungen bei uns waren versiegt.

Eines Tages erhielt ich einen Brief von einem Kollegen, der ausgewandert war und mir mitteilte, in Neuseeland hätten sich einige Zeitungen ausführlich über eine Anschuldigung ausgelassen, die in einem soeben erschienenen Buch mit dem Titel *Slaughter of the Innocent* gegen mich erhoben worden war.

In dem Buch wurde behauptet, ich hätte einem Gorilla ohne Betäubung das Herz »herausgerissen«, und der Autor beschrieb in allen grausigen Einzelheiten, wie das Gebrüll des Gorillas das Personal und die Patienten im Krankenhaus irritiert und schockiert hätte.

Er drängte mich, gerichtliche Schritte zu unternehmen, da diese Berichte auch ihren eigenen Forschungsbemühungen großen Schaden zufügten.

Man hatte mir von diesen Anschuldigungen berichtet, aber sie waren derart lächerlich, daß ich sie nicht ernst genommen hatte und davon ausgegangen war, daß auch kein anderer einigermaßen intelligente Mensch derlei Behauptungen Glauben schenken würde.

Offensichtlich hatte der Verfasser des Buches nie einen lebenden Gorilla zu Gesicht bekommen. Diese Tiere sind ungeheuer kräftig und tückisch, und ihre oberen Eckzähne sind länger als die eines Löwen. Es wäre vollkommen unmöglich, einen Gorilla festzuhalten und ihm sein Herz herauszureißen.

Ganz abgesehen davon – warum sollte ich so etwas machen? Erstens ist mir alles Leben kostbar. Und zweitens stehen in einem großen Forschungszentrum wie unserem immer genügend hervorragende Anästhesisten zur Verfügung.

Ich suchte also wieder einmal Noel Tunbridge auf, und wir reichten Klage gegen diese Zeitungen in Neuseeland sowie in England und den USA, die ebenfalls diese Beschuldigungen veröffentlicht hatten, ein. In Neuseeland und England billigten die Gerichte mir Schadensersatz zu. In den Vereinigten Staaten hingegen rieten mir die Anwälte, keine weiteren Schritte zu unternehmen, da ich als Person des öffentlichen Lebens ein »leichtes Opfer« wäre. Es sei äußerst unwahrscheinlich, daß man im Land der Freien und Aufrechten meiner Klage stattgeben würde.

Es ist eine Tatsache, daß die Verbreitung böswilliger Verleumdungen gewissen Leuten eine Art morbiden Lustgewinns verschafft. Barbaras sogenannte Freunde schienen Gefallen daran zu finden, ihr bei jeder sich bietenden Gelegenheit das Neueste über meine »Affären« zu berichten.

Ich leugne nicht, daß ich damals auch andere Frauen attraktiv fand und ihnen mehr Aufmerksamkeit schenkte als je zuvor, aber ich liebte meine Frau und meine Familie viel zu sehr, um auch nur mit dem Gedanken zu spielen, mich auf eine ernsthafte Geschichte einzulassen.

Zudem hatte Barbara mich gewarnt, sie würde sich, wenn ich je wieder etwas mit einer anderen Frau hätte, auf der Stelle scheiden lassen. Aber irgendwie konnte ich mir nicht vorstellen, daß sie soweit gehen würde. Ich war meiner selbst äußerst sicher und glaubte, sie würde nie den Mut aufbringen, die Geborgenheit, die ich ihr gab, aufs Spiel zu setzen. Es sollte jedoch ein böses Erwachen für mich geben.

Es war mein neunundfünfzigster Geburtstag und einer jener Abende, an denen einfach alles stimmt. Wir genossen es beide in vollen Zügen. Nach dem Essen gingen wir noch in den Nachtclub *Charlie Parker* tanzen und dann – und das war der schönste Teil des Abends – nach Hause und ins Bett.

Am nächsten Tag mußte ich zu einer ausgedehnten Vortragsreise in die Vereinigten Staaten fliegen, um für ein Buch zu werben, *The Body Machine*, an dem ich mitgearbeitet hatte.

Wie immer brachte Barbara mich zum Flughafen. Sie war sehr abergläubisch und zelebrierte immer ein kleines Ritual, indem sie mir mit dem Finger das Kreuzeszeichen auf die Stirn machte. Außerdem waren diese Abschiede meist sehr tränenreich. Diesmal war es jedoch ganz anders – nur ein Küßchen auf die Wange und ein fast beiläufiges Lebewohl. Kein Kreuz auf die Stirn. An dem Tag fiel mir das nicht weiter auf. Erst als ich mir später alles durch den Kopf gehen ließ, wurde mir klar, ich hätte spüren müssen, daß da etwas nicht in Ordnung war.

Ich rief sie von New York aus an; sie freute sich und war ganz aufgeregt, als sie meine Stimme hörte. Während der nächsten Wochen blieben wir telefonisch in Kontakt, wie immer, wenn ich alleine reiste. Schließlich standen mir noch einige abschließende Interviews in San Francisco, Los Angeles und Seattle bevor, ehe ich nach Hause zurückkehren konnte.

In San Francisco quartierte ich mich in das Hotel *Stanford Court* ein. Am nächsten Morgen wollte ich gerade zu meinem Interview aufbrechen, als das Telefon läutete.

»Hallo, Chris«, sagte Noel Tunbridge, »ich fürchte, ich habe schlechte Nachrichten für Sie.«

Mein erster Gedanke war, daß Barbara oder eines meiner Kinder einen Unfall gehabt hatte, und meine Stimme zitterte, als ich fragte, was los sei.

»Barbaras Anwalt hat mich gerade angerufen. Sie hat die Scheidung eingereicht.«

Schweigen. Ich konnte einfach nicht glauben, was ich da eben gehört hatte.

»Warum?« war alles, was ich herausbrachte. Mir war ganz schwindlig, und ich versuchte zu überlegen, was ich getan haben konnte, daß sie zu einem so drastischen Mittel gegriffen hatte. Jetzt zitterten mir auch die Knie, so daß ich mich auf die Bettkante sinken ließ.

Noels Stimme klang traurig, als er erklärte: »Laut Barbara haben eure beiden Dienstmädchen erzählt, daß sie Sie, als Barbara vor ein paar Monaten nicht da war, mit einem Mädchen im Bett erwischt hätten.«

Das waren gar keine so schlechten Nachrichten! Ich war erleichtert, als ich hörte, was Barbara zu diesem Schritt getrieben hatte: eine offenkundige Lüge. Ich konnte beweisen, daß das nicht stimmte, also würde alles wieder in Ordnung kommen. Mein Puls ging wieder etwas ruhiger, und ich bat Noel, Barbara zu überreden, meine Rückkehr abzuwarten, damit ich alles erklären könnte.

»Ich werd's probieren, aber sie scheint fest entschlossen«, antwortete er unsicher und fügte hinzu: »Ihr Vater ist sogar nach Kapstadt gekommen, um mit ihren Anwälten zu sprechen. Aber ich versuch's und ruf Sie morgen wieder an.«

Die Tatsache, daß Fred sich bereits eingeschaltet hatte, war eindeutig ein schlechtes Zeichen. Nachdem ich schier endlos das Telefon angestarrt hatte, brachte ich die Interviews, die für diesen Tag angesetzt waren, irgendwie hinter mich und beschloß, den Rest der Vortragsreise abzusagen und nach Hause zu fliegen, um meine Ehe zu retten.

Am nächsten Vormittag rief Noel wieder an, diesmal mit noch schlechteren Nachrichten. Barbara hatte nicht nur abgelehnt, meine Rückkehr abzuwarten, sie hatte ihm auch aufgetragen, mir zu sagen, falls ich versuchen sollte, nach »Waiohai« zu kommen, würde sie für ein gerichtliches Hausverbot sorgen. Schlagartig wurde mir klar, wie ernst die Lage war.

Ich war in einem fremden Land, um mich herum nichts als unbekannte Gesichter. Nie hatte ich mich einsamer und verlassener gefühlt. Vollkommen am Boden zerstört und allein – ich hatte niemanden, mit dem ich jetzt reden hätte können, und ein Zuhause hatte ich auch nicht mehr.

Da fiel mir ein, daß eine Freundin in Kapstadt, Gloria Craig, mir die Telefonnummer ihrer Tochter Jenny gegeben hatte, die in Los Angeles wohnte. Sie war eine ehemalige Freundin von Don Mackenzie und sehr hübsch.

Ich beschloß, Seattle zu streichen und sie anzurufen. Ich

berichtete ihr, was ich eben erfahren hatte, und erklärte, ich hätte vor, nach Los Angeles zu fliegen. Ob wir uns wohl treffen könnten?

In Los Angeles quartierte ich mich im *Beverly Hills* ein. Jenny half mir sehr, meine Depression zu überwinden, so daß ich sogar meine Termine in Los Angeles wahrnehmen konnte; unter anderem war ich Gast in der *Dinah Shaw Show*.

Ich war jetzt wieder etwas zuversichtlicher und trug in der Show sogar ein Liedchen vor – was sich allerdings als grauenhafter Fauxpas erwies. Scherzend erklärte ich: »Natürlich sind Sie die Dinah, von der wir, als ich noch klein war, immer gesungen haben: ›*Dinah, is there anyone finah, in the state of Carolinah*…‹.« Ich fand das sehr komisch, aber sie musterte mich abschätzig und erklärte: »So alt bin ich nun auch wieder nicht.«

Ansonsten ging die Show glatt über die Bühne, und ich erzählte ihr sogar, vor Millionen von Amerikanern, daß meine Frau mich gerade verstoßen hatte. Sie blickte in die Kamera und richtete einen Appell an Barbara, mich wieder in Gnaden aufzunehmen.

Auf der Rückreise absolvierte ich in London einen Gastauftritt in der *Michael Parkinson Show*; in Madrid hielt ich einen Vortrag. Trotz einiger verführerischer Angebote ließ ich mich auf keine sexuellen Abenteuer ein; allerdings brachte mir das zum Bewußtsein, daß ich jetzt wieder ein Single war.

Ein Single? War es das, was ich wollte? Auf die Idee war ich noch gar nicht gekommen. Ich hatte nur einen Gedanken gehabt: Bloß keine Scheidung! Aber jetzt war ich mir nicht mehr so sicher, was ich wirklich wollte. Mittlerweile hatte ich mich etwas von Noels Anrufen erholt, und mir wurde nun klar, daß mir verschiedene Möglichkeiten offenstanden.

Sollte ich alles nur Menschenmögliche tun, um meine Ehe zu retten, oder sollte ich den Dingen einfach ihren Lauf lassen? Einerseits wäre ich dann frei von all den Zwängen, die eine Ehe einem auferlegt, aber andererseits taten Frederick und Christiaan mir leid. Sie waren beide noch so klein. Immerhin hatten Deidre und Andre, die schon viel älter gewesen waren, als ich von Louwtjie geschieden worden war, bleibende psychische Schäden davongetragen.

Scheidung ist oft ein selbstsüchtiges Sich-Davonstehlen aus der Verantwortung, die eine Ehe mit sich bringt. Meiner Ansicht nach sind Eltern, die sich streiten, immer noch besser als gar kein Zuhause.

Mitten in meinen Grübeleien setzte ich mich plötzlich ruckartig in meinem Sitz im Flugzeug auf. Nicht ein einziges Mal hatte ich an meine Liebe zu Barbara gedacht.

Fritz Brink holte mich am Flughafen ab und half mir, der Presse aus dem Weg zu gehen. Er und seine Frau Maureen, zwei wundervolle Freunde – die gleichzeitig Geschäftspartner von mir waren, denn ein Jahr zuvor hatte ich in ihrem Hotel ein drittes *La Vita*-Restaurant eröffnet –, luden mich ein, in ihrem *Tableview Hotel* zu wohnen, von wo aus man einen wundervollen Blick auf den Tafelberg und die Bucht hatte.

Ich rief Barbara an, und wir verabredeten uns zum Essen im Hotel Hohenhort in Constantia. An dem Abend war sie sehr gefühlvoll, und ein paarmal standen Tränen in ihren blauen Augen.

Ich versuchte, ihr zu erklären, daß die Geschichte, die die beiden Dienstmädchen ihr aufgetischt hatten, eine glatte Lüge war. Ich war damals erkältet gewesen, und ein Freund war zusammen mit einem jungen Mädchen mich besuchen gekommen. Nach einer Weile war der Freund gegangen, während das Mädchen noch ungefähr eine Stunde geblieben war und mit mir geplaudert hatte.

»Es stimmt einfach nicht, daß sie zu mir ins Bett geschlüpft ist. Schließlich war ich krank, und es war hellichter Tag, Türen und Fenster standen offen, und ich wußte, daß die Dienstmädchen da waren. Du glaubst doch nicht etwa im Ernst, daß ein ausgebuffter alter Fuchs wie ich so dumm ist, sich unter diesen Umständen ein Mädchen ins Bett zu holen?« versuchte ich ihr die komische Seite des Ganzen klarzumachen.

Aber sie glaubte mir einfach nicht. »Beide haben das übereinstimmend gesagt, Chris – beide!«

Vielleicht hätte ich an jenem Abend meine Ehe retten können – wenn auch möglicherweise nur für kurze Zeit –, denn als ich sie nach »Waiohai« zurückbrachte, weinte sie und bat mich, mit ins Haus zu kommen. Ich lehnte ab, warum, weiß ich selber nicht. Ich vermute jedoch, daß dies der Tropfen war, der für Barbara das Faß zum Überlaufen brachte. Wie oft habe ich in den kommenden Monaten diese Entscheidung bitterlich bereut!

Die beiden Jungens hatten gerade Weihnachtsferien, und ich nahm sie nach *Swartvlei* (afrikaans: »der schwarze See«) mit, zwanzig Kilometer von der Knysna-Lagune entfernt; Fritz hatte dort ein Haus. Einen Teil ihrer Ferien sollten meine beiden Söhne mit mir verbringen.

Am Telefon erklärte Barbara, sie wolle die Scheidung so rasch wie möglich hinter sich bringen; ob ich nach Kapstadt kommen könnte, um mich mit ihren Anwälten zu treffen und die Modalitäten zu regeln?

Barbara, ihr Vater, die beiden Anwälte und ich versammelten uns in Noel Tunbridges Büro. Alle waren sehr gereizt, und ich wäre fast hinausgestürmt, als man mich der Untreue bezichtigte.

Wir einigten uns schließlich auf die Bedingungen: Wieder einmal wurde ich aus meinem Zuhause hinausgeworfen, genau wie damals von Louwtjie. Diesmal standen mir nur meine Kleider und drei Möbelstücke zu: ein Stuhl aus »Stinkholz« – das einzige, was ich von meinen Eltern geerbt hatte –, ein Stuhl, den Barbaras Mutter uns, und ein Schreibtisch, den ihr Vater mir geschenkt hatte. O ja – und das Bett und die Matratze, auf der ich angeblich dieses Mädchen flachgelegt und meine Ehe zerstört hatte.

Einen Monat vor dem Tag, an dem wir unseren zwölften Hochzeitstag gefeiert hätten, ging Barbara mit den Anwälten zum Gericht in Kapstadt, und der Richter besiegelte die Scheidung.

Ich war noch mit den Jungens in Swartvlei. Am frühen Morgen fuhr ich zu den Knysna-»Heads«, zwei hochaufragenden Felsen an der Mündung der Knysna-Lagune – hierher hatte ich mich auch vor dreiundzwanzig Jahren geflüchtet, um den Tod meines Vaters zu betrauern.

Eine Scheidung ist in gewisser Hinsicht schlimmer als Sterben. Tod ist etwas Endgültiges, etwas, wogegen man nichts tun kann. Scheidung ist ein Alptraum, den man lebt – immer wieder heimgesucht von der sehnsüchtigen Hoffnung, vielleicht doch wieder zueinander zu finden.

Damals verstand ich nicht, warum Barbara es mit der Scheidung so eilig hatte. Ich hatte sie gebeten, uns noch eine Frist zuzugestehen, denn vielleicht gelänge es uns ja, unsere Schwierigkeiten beizulegen. Aber sie war nicht zu bremsen gewesen.

Ich muß zugeben, daß ich in gewisser Hinsicht froh war, wieder frei zu sein, und ich legte ein Gelübde ab, nie wieder zu heiraten. Zweimal war das Experiment fehlgeschlagen; es hatte keinen Sinn, es noch einmal zu probieren.

Aus irgendeiner seltsamen Überlegung heraus hatte ich die Vorstellung, daß Barbara jetzt allein zu Hause säße und sich über den Verlust ihres wundervollen Ehemannes grämte. Dieser Traum schwächte bis zu einem gewissen Grad den Schock meiner Trennung von ihr, meinem Heim und meinen Kindern ab. Das Ganze schien mir nicht mehr so schlimm, wenn ich es in diesem Licht betrachtete.

Und dann passierte es.

Eines Sonntagnachmittags brachte ich die Kinder nach »Waiohai« zurück. Barbara sonnte sich am Pool, in Gesellschaft eines jungen, braungebrannten, sexy Kerls, der in einer knappen Badehose umherschlenderte, als wäre er hier zu Hause.

Da fiel der Groschen.

Das nächste halbe Jahr litt ich unbeschreiblich und wurde immer verbitterter. Die Eifersucht fraß mich förmlich auf.

Mein berufliches Engagement reduzierte sich nahezu auf Null. Andere Ärzte übernahmen meine Aufgaben, während ich immer weniger arbeitete. Zwar ging ich nach wie vor jeden Morgen in mein Büro in der Medizinischen Fakultät – um vor mich hinzustarren und irgendwelche Pläne zu schmieden, wie ich Barbara zurückerobern könnte. Als ich eine Chance zur Versöhnung gehabt hatte, da hatte ich sie ausgeschlagen. Aber jetzt, da ein anderer Mann mit im Spiel war – noch dazu ein junger, attraktiver, viriler Kerl –, wurde dies zu meinem Haupt-, wenn nicht sogar zu meinem einzigen Lebensinhalt. Es wurde eine Obsession.

Glücklicherweise hatte meine Sekretärin, Celeste McCann, selber eine Scheidung und eine Trennung von ihrem Freund durchgemacht. Sie bewahrte mich davor, daß ich völlig vor die Hunde ging.

Wenn ich jetzt auf die Monate nach meiner Scheidung zurückblicke, schäme ich mich für mein verachtenswertes Verhalten. Tief drinnen wußte ich, daß ich nicht mehr verheiratet sein wollte, aber andererseits wollte ich auch nicht, daß ein anderer Barbara bekam. Das männliche Ego ist wirklich ein seltsames Ding.

Ich fand es damals völlig in Ordnung, mit einer anderen Frau zu schlafen, aber wenn ich mir Barbara in den Armen eines anderen vorstellte, wäre ich am liebsten gestorben. Ich wollte Obszönitäten brüllen und mit dem Kopf gegen die Wand rennen, so verheerend war meine Eifersucht. Mehr als einmal kamen mir ernstliche Zweifel an meiner Zurechnungsfähigkeit. Außerdem wurde ich den Gedanken nicht los, daß ich vielleicht doch zu alt für sie war.

Nach vielen Tagen völlig irrer Überlegungen und Planungen hatte ich meine verrückte Strategie entwickelt: Als erstes mußten die Dienstboten, die diese ruchlosen Lügen verbreitet hatten, bestraft werden. Und dann mußte ich soviel wie möglich über ihren neuen Liebhaber herausbekommen, um ihn in Mißkredit zu bringen. Und schließlich wollte ich Barbara so nahe wie möglich bleiben und mich ihr immer von meiner besten Seite zeigen.

Die beiden verlogenen Schlampen hätte ich am liebsten erwürgt, doch nicht einmal in meiner damaligen krankhaften Verwirrtheit konnte ich mich zu Gewalttätigkeiten entschließen. Ein Zauberdoktor, das wäre die Lösung. Ich hatte viel über die übernatürlichen Kräfte des schwarzen *Sangoma* gehört. Er konnte einen Zauber über eine Person aussprechen, der ihr schlimmes Leiden brachte oder sogar den Tod.

Soviel ich gehört hatte, brauchte er diese Person nicht einmal zu kennen oder auch nur zu sehen. Man mußte nur ir-

Zu Besuch bei meiner Mutter

Zu Besuch bei Indira Gandhi

Glücklich vereint mit Karin und Armin

gendeinen Gegenstand herbeischaffen, welcher der Person gehörte, die man bestraft haben wollte.

Ich machte mich also auf die Suche nach einem *Sangoma*.

Bei den Dreharbeiten zu dem französischen Dokumentarfilm hatte ich mich mit einem Zauberdoktor in Johannesburg unterhalten. Aber das war eher ein Medizinmann gewesen, der die Leute zu heilen versuchte – ich brauchte jedoch einen, der genau das Gegenteil tat.

Schließlich erzählte mir der schwarze Fahrer von Fritz und Maureen Brink, er kenne einen solchen Mann, und arrangierte ein Treffen mitten im Busch, in der Nähe des Flughafens von Kapstadt. Damit seine schwarze Magie wirkte, brauchte der Zauberdoktor nichts weiter als eine Flasche Gin. Ob er sie wohl benötigte, um irgendeinen geheimnisvollen Trank zu mischen?

Als ich schließlich zu ihm gebracht wurde, war ich ziemlich enttäuscht. Weder war er in ungegerbte Tierhäute gehüllt, noch hatte er sich einen Knochen durch die Nase gebohrt. Er versicherte mir jedoch, daß er wirklich ein *Sangoma* sei und die bösen Geister herbeizitieren könne, wann immer er sie brauche. Ich erklärte ihm mein Problem und bat ihn, sich die schlimmste Bestrafung für die beiden Mädchen auszudenken. Dann gab ich ihm den Gin und 500 Rand, um die Prozedur zu beschleunigen.

Meine erste Aufgabe war damit erledigt. Die beiden Dienstmädchen würden langsam dahinsiechen. Ein paar Wochen darauf erzählte ich ihnen ganz gelassen, was für ein Schicksal sie erwartete – worauf sie mich auslachten und einen Monat später noch immer bei bester Gesundheit waren. Ein paar Monate später kündigten die beiden, und ich vermute, sie lebten glücklich – und gesund – bis an ihr Lebensende. Ich hingegen lebte nur noch von einem Telefonanruf zum nächsten, voller Hoffnung, Barbaras Stimme zu hören.

Alles hätte ich getan, um sie zurückzuerobern.

Statt dessen berichtete sie mir, als ich sie zu einem Abendessen – mit roten Rosen und französischem Champagner – ausführen durfte, wie »wundervoll« ihr neuer Freund war. Wie gutaussehend und gut gebaut er war und wie aufregend sie ihr »neues Leben« fand. Sie legte es, dessen bin ich mir sicher, darauf an, sich an mir für die vielen Tränen zu rächen, die sie meinetwegen vergossen hatte, denn jedes Wort, das sie über Joe sagte, durchbohrte mein Herz wie ein Dolch.

Als ich eines Sonntagabends die Kinder, die das Wochenende bei mir verbracht hatten, nach »Waiohai« zurückbrachte, war er bei ihr. Er bot mir etwas zu trinken an, und wir setzten uns alle drei ins Wohnzimmer. Jetzt war der »Eindringling« der Gastgeber und ich der Gast.

Nach einer Weile entschuldigte Barbara sich und erklärte, sie müsse sich jetzt fürs Abendessen umziehen. Joe und ich setzten unser äußerst liebenswürdiges Gespräch fort.

Etwa eine halbe Stunde später kam Barbara zurück und fragte mich, ob ich schon zu Abend gegessen hätte. Im Grunde nahm ich nicht an, daß sie mich einladen würden, gemeinsam mit ihnen zu speisen, dennoch antwortete ich beflissen: »Habe ich, ehrlich gesagt, noch nicht.«

»Na schön, dann mußt du uns jetzt entschuldigen, wir wollen essen.« Und damit ließen die beiden mich allein im Wohnzimmer sitzen.

Ich stand auf und ging zum letzten Mal durch die Haustür von »Waiohai«.

Wieder allein

Franz Prazzl, angesehener Reporter einer Wiener Zeitung, rief mich an, um mir mitzuteilen, daß ich zum Opernball eingeladen sei. Man hatte die junge österreichische Schauspielerin Evelyn Engleder gebeten, an diesem Abend meine Dame zu sein.

Franz und seine Frau Elisabeth holten mich am Flughafen Schwechat in Wien ab und brachten mich in das grandiose Schwarzenberg-Palais mit seinen prachtvollen Rokokomöbeln und Kronleuchtern. Das Hotel war der Inbegriff des Besten, was Wien zu bieten hat, und das war vermutlich auch der Grund, daß die Königin von England und etliche Staatsoberhäupter dort logierten.

Abends gingen wir essen, und nachdem ihre Vorstellung in einem der kleinen Theater von Wien zu Ende war, gesellte Evelyn sich zu uns. Sie war eine umwerfende Frau Mitte Zwanzig und, obwohl sie dies abstritt, eine ehemalige »Miß Österreich«.

Den nächsten Vormittag hatte ich für mich; ich spazierte durch den Park des Hotels und sah, daß nebenan ein Film gedreht wurde. Ich dachte, es wäre vielleicht ganz lustig, einmal zuzusehen, wie so etwas gemacht wird.

Man erklärte mir, daß das Leben Wagners verfilmt würde; ob ich Richard Burton vorgestellt werden wolle?

Ich sagte: »Nichts könnte mir mehr Vergnügen bereiten, als diesen großen Schauspieler kennenzulernen.« Man begleitete mich also hinein. Richard Burton saß auf einem Sessel, in ein Kostüm der Zeit Richard Wagners gekleidet, und wartete auf seinen Auftritt.

Er lud mich ein, abends in seinem Hotel mit ihm zu speisen; um acht Uhr würde mich ein Wagen abholen. Ich war ganz aufgeregt, daß ich ein paar Stunden in Gesellschaft dieses brillanten Mannes verbringen sollte, über den ich soviel gelesen hatte.

Als ich abends in seinem Hotel eintraf, saß er in der Halle und trank Martini aus Wassergläsern. Offensichtlich hatte er sich schon einige genehmigt, und als das Gespräch dann auf Medizin kam, zeigte er sich, verständlicherweise, einzig an Lebertransplantationen interessiert.

Nach einer Weile, als wir uns schon ein wenig kennengelernt hatten, äußerte ich sehr behutsam, es sei doch eigentlich ein Jammer, daß ein Mann mit seinen außergewöhnlichen Fähigkeiten seine Gesundheit durch zuviel Trinken untergrabe.

Seine Antwort war ziemlich barsch und eindeutig: »Verpissen Sie sich.«

In meiner Schulzeit war der »König Lear« Pflichtlektüre gewesen. Ich konnte mich noch an ein paar Verse erinnern, die ich jetzt zitierte.

Daraufhin erklärte er mir, was ich da täte, sei »den Barden hinzumorden«, und rezitierte seinerseits mindestens fünf Minuten lang in seinem tiefen, wohlklingenden walisischen Bariton. Nicht ein einziges Mal verhaspelte er sich, und jedes einzelne Wort kam klar und deutlich.

Ich war fasziniert.

Währenddessen wurden ihm laufend Martinis in Wassergläsern serviert. Ich wies den Kellner an, ihm keine mehr zu bringen, aber der erklärte mir, er könne sich unmöglich weigern, einem Gast das zu bringen, was er bestellte.

Dann machte der Mann, der mir eigentlich beim Essen Gesellschaft leisten wollte, ein kleines Nickerchen, so daß ich mich an die Chips und Oliven hielt. Denn mir dämmerte allmählich, daß dies wahrscheinlich das einzige sein würde, was man uns als Abendessen servierte.

Als er wieder aufwachte, wollte er sich unbedingt weiter unterhalten, also erzählte ich ihm von meiner Scheidung und wie ich versuchte, meine Ex-Frau zurückzuerobern.

»Heiraten Sie nie Ihre Ex-Frau noch einmal, ich hab's versucht, und es war eine Katastrophe.« Inzwischen fiel ihm das Sprechen schon etwas schwer.

»Aber Elizabeth Taylor ist doch bestimmt eine der faszinierendsten Frauen der Welt?« fragte ich.

»Elizabeth Taylor? Ha! Elizabeth Taylor ist ein Ausbund an Vulgarität!«

Ich war enttäuscht, daß wir kein nüchternes Gespräch miteinander führen konnten, denn er schien ein äußerst sensibler Mensch zu sein.

Er bestellte noch einen Martini, und ich bestellte ein Taxi.

Der Wiener Opernball war noch viel glanzvoller, als ich mir je hätte träumen lassen. Die Herren waren im Frack, und die Damen trugen herrliche Ballkleider. Hunderte von Paaren wirbelten zu den Klängen von Strauß-Walzern anmutig über das Parkett.

Unter den siebenhundert Gästen befand sich auch der Herzog von Edinburgh, aber leider konnte ich mich nur kurz mit ihm unterhalten. Auch Richard Burton war gekommen, ging aber bald wieder. Man berichtete mir, er hätte Schwierigkeiten gehabt, sein Gleichgewicht zu wahren, so daß man es vorgezogen hatte, ihn von den Kameras und den berühmten Persönlichkeiten fernzuhalten.

Bis spät in die Nacht hinein tanzte ich mit Evelyn. Eine bessere Partnerin hätte ich mir nicht wünschen können. Sie war einfühlsam und voller Verständnis; die Sache hatte nur einen Haken: Sie hatte einen Freund.

Mein Aufenthalt in Wien trug ein wenig zur Wiederherstellung meines Selbstvertrauens bei, obwohl ich immer noch sehr litt. Ich reiste nur ungern ab, denn ich hatte in Wien einige wunderbare Menschen kennengelernt. Aber ich hatte ein Treffen mit Mr. Mattli und Dr. Schäfer vereinbart.

Armin Mattli holte mich in Genf vom Flughafen ab, und wir fuhren direkt zum Schäfer-Institut nach Basel. Ich war sehr gespannt auf die Ergebnisse der Experimente, die ich während meines letzten Besuches zusammen mit Rolf Schäfer geplant hatte. Falls sie positiv waren, hätten wir einen experimentellen Beweis dafür, daß die von der Klinik *La Prairie* aufgestellten Behauptungen wissenschaftlich begründet waren.

Einige Jahre zuvor hatte eine Gruppe von amerikanischen Forschern gezeigt, daß es möglich war, den Alterungsprozeß von Zellen in Kulturen – dabei werden Zellen in einem Nährboden außerhalb des Körpers gezüchtet – zu beobachten und zu untersuchen. Entsprechend ihren Berichten lebten bestimmte, als Fibroblast (aus dem Bindegewebe stammende) bezeichnete Zellen, die einem menschlichen Fetus entnommen und unter idealen Umweltbedingungen kultiviert wurden, nicht ewig. Was auch immer man anstellte, irgendwann hörten sie auf, sich zu vermehren, veränderten ihre Form und starben ab. Mit anderen Worten: Wir tragen alle unseren Tod in unseren Zellstrukturen.

Nun sollte Schäfers Experiment beweisen – oder widerlegen –, daß fetale Zellen ein oder mehrere biologische Elemente enthalten, die das Einsetzen des Alterungsprozesses bei den Zellen einer Gewebekultur hinauszögern und ihn möglicherweise sogar umkehren.

Er entnahm Hamsterfeten Fibroblast und kultivierte es, analog der Vorgehensweise der amerikanischen Forscher; sobald er jedoch Anzeichen dafür bemerkte, daß die Zellen zu altern begannen, brachte er Zellen eines Lammfetus in die Kultur ein.

Die mikroskopischen Aufnahmen, die er mir zeigte, faszinierten mich: Sie ließen darauf schließen, daß sowohl die Veränderung der Form als auch die Unfähigkeit, sich weiter zu vermehren, in der Tat umgekehrt werden konnten, wenn man fetales Gewebe injizierte.

Mein Haupteinwand richtete sich dagegen, daß die Leute von der Klinik aufgrund dieses Experiments behaupteten, die Behandlung habe einen *Verjüngungseffekt*. Das war nicht zu beweisen. Bei dem Experiment Schäfers lebten die fetalen zusammen mit den alternden Zellen in der Kultur weiter. Bei den Patienten, die in der Klinik behandelt wurden, war dies jedoch nicht der Fall, da die Zellen, wie wir bereits gezeigt hatten, kurz nach der Injizierung durch das Immunsystem des Patienten zerstört wurden.

Obwohl also die ersten Ergebnisse ermutigend waren, mußten wir noch weitere Experimente durchführen, in deren Verlauf die Zellen eines Lammfetus kurz nach ihrer Einbringung in die Zellkultur zerstört würden. Zu diesem

Zweck würden wir in dem Hamster Antikörper gegen Schafszellen produzieren. Wenn man diese Antikörper gleichzeitig mit den fetalen Zellen in die Gewebekultur einbrachte, würden sie (wie beim Menschen) zerstört werden. Und wenn wir *dann* zeigen konnten, daß sie den Alterungsprozeß hemmten, würden wir wissen, daß die fetalen Zellen bei ihrem Absterben irgendwelche gegen das Altern wirksame Faktoren freisetzten.

Mit anderen Worten: Dann könnten wir klinisch beweisen, daß die Behandlungsmethoden in *La Prairie* den Alterungsprozeß aufhielten.

Dr. Schäfer schlug vor, wir sollten zusätzlich untersuchen, ob bestimmte Moleküle in den Zellmembranen, Glykosphingolipide genannt, genetische Reparaturmechanismen fördern. Ich bat ihn, mir das genauer zu erklären.

Er ging zur Tafel und zeichnete sechs kleine gelbe Kreise; in die Mitte eines jeden machte er einen dunkelroten Punkt. »Das hier sind Zellen, die Bausteine jeglichen lebenden Gewebes«, begann er. »Jede Zelle stellt eine kleine Fabrik dar, die eine Vielfalt von Proteinen erzeugt, die für ein gesundes Leben von ausschlaggebender Bedeutung sind.«

Er sah uns über den Rand seiner Brille an.

»Proteine bestehen ihrerseits aus Tausenden kleinerer Moleküle, die man als Aminosäuren bezeichnet und die in einer Vielzahl unterschiedlicher Sequenzen angeordnet werden, je nachdem, welche Art Protein hergestellt werden soll. Diese Sequenzen werden durch Befehle aus diesem Zentrum festgelegt.« Er zeigte auf die roten Punkte in den gelben Kreisen. »Der Kern – konzentrierte Kernsäure. Können Sie mir folgen?«

Mr. Mattli nickte; die Frage hatte ihn aus seinem Schlummer gerissen.

»Ich will Ihnen dies anhand eines einfachen Beispiels erklären: Eine Frau backt einen Kuchen und befolgt dabei die Anweisungen von einem Tonband. Die lauten, daß sie Mehl, Zucker, Butter, Backpulver und ein Ei vermischen soll. Dieses Tonband kann man mit dem genetischen Material vergleichen, das der Frau – die für die Zelle steht – Anweisungen für die Zutaten – im Fall der Zelle die Aminosäuren – liefert. Auf diese Weise erfährt sie, wie sie die Zutaten mischen soll.«

Mattli waren die Augen wieder zugefallen. Obwohl ich diese Erklärung schon oft gelesen hatte, war ich aufs neue erstaunt, wie einfach dieser komplexe Prozeß im Grunde genommen ist. Man darf nicht vergessen, daß es zwar nur zwanzig Aminosäuren gibt, diese jedoch, da sie in unglaublich vielen unterschiedlichen Sequenzen angeordnet werden können, Tausende verschiedener Proteine bilden.

»Stellen Sie sich jetzt einmal vor«, fuhr Dr. Schäfer fort, »was passiert, wenn das Tonband beschädigt ist und das Mehl ausläßt. Dann wird aus dem Kuchen wohl kaum etwas werden.

Unglücklicherweise ist die vitale Kommandozentrale der Zelle ständig Angriffen von Faktoren innerhalb und außerhalb des Körpers ausgesetzt. Dies führt zu Beschädigungen der genetischen Moleküle und, wenn diese Schäden nicht behoben werden, zu einer Verzerrung der Anweisungen, die die Zelle erhält. Glücklicherweise haben sich im Lauf der Jahrmillionen, seit denen auf diesem Planeten Leben existiert, verschiedene Reparaturmechanismen herausgebildet.

In der Jugend besteht ein empfindliches Gleichgewicht zwischen Beschädigung und Reparatur. Erst wenn die Schäden nicht mehr alle repariert werden können, setzt der Alterungsprozeß ein.« Dr. Schäfer hielt inne und trank einen Schluck Wasser.

»Das heißt also, Dr. Schäfer, wenn wir eine Substanz entdecken, die die genetischen Reparaturmechanismen fördert, haben wir ein Mittel gegen das Altern entdeckt?« fragte ich.

»Genau«, erwiderte er und wischte sich mit dem Handrücken den Mund ab. »Und ich bin der Ansicht, daß es sich bei den Glykosphingolipiden um solche Substanzen handelt.«

Wir besprachen, welcher experimentellen Modelle wir uns bei diesen Untersuchungen bedienen sollten; anschließend schlug Armin Mattli vor, noch ein Bier trinken zu gehen.

Die Tatsache, daß ich in Basel wieder mit Forschung und

medizinischen Problemen in Berührung gekommen war, verlieh mir neuen Auftrieb. Vielleicht war die Lage doch nicht so aussichtslos, wie ich geglaubt hatte – vielleicht hatte ich noch aufregende Zeiten vor mir.

Lennie Kristal, einer der Direktoren von »Multimedia«, der Gesellschaft, mit der ich bei dem Buch *The Body Machine* zusammengearbeitet hatte, hatte in Haifa einen Kongreß zum Thema »Menschheit 2000« organisiert.

Auf der Fahrt vom Flughafen Tel Aviv nach Haifa berichtete er mir, daß er zwölf Redner eingeladen hätte, die als Autoritäten auf ihrem Gebiet galten. Sie würden ihre Prognosen für das Jahr 2000, bezogen auf ihren jeweiligen Fachbereich, vortragen. Naheliegenderweise sollte ich mich zu medizinischen Problemen äußern.

Da ich noch an meinem Vortrag arbeiten wollte und schon im Flugzeug gegessen hatte, blieb ich an dem Abend lieber im Hotel.

Nachdem Lennie gegangen war, brachte mir die Kargheit meines Hotelzimmers die ganze Trostlosigkeit und Leere meines jetzigen Lebens zum Bewußtsein. Es gab nichts in dem Raum, das mich irgendwie hätte trösten können. Keine weiblichen Kleidungsstücke im Schrank, nicht der Hauch eines Parfums oder irgendwelche Cremes im Bad. Da stand ich nun, hatte meine Koffer immer noch nicht abgesetzt und hatte das Gefühl zu ersticken. Irgend etwas mußte ich einfach unternehmen, um mich aus meiner Niedergeschlagenheit zu befreien – irgendwas.

Deshalb beschloß ich, Maureen Brink in Kapstadt anzurufen, vielleicht hatte sie irgendwelche Neuigkeiten, die mich etwas fröhlicher stimmten.

Bei den Brinks dauerte es immer seine Zeit, bis jemand abhob, aber diesmal wartete ich unendlich lange. Ob sie nach Swartvlei gefahren waren? Eben wollte ich wieder auflegen, als ich die fröhliche Stimme Maureens hörte.

»Maureen, hier ist Chris.« In dem Moment fing ich an zu weinen und konnte kaum sprechen. »Ich bin in Haifa – haben Sie etwas von Barbara gehört?«

»Ja – sie ist gerade hier. Sie ist zu Besuch bei uns.« Maureens Fröhlichkeit und die Lebenslust, die in ihrer Stimme mitschwangen, stimmten mich noch trauriger.

»Ich will nicht mehr leben, Maureen. Es gibt nichts mehr, wofür es sich zu leben lohnt!« brach es aus mir heraus. Ich habe nicht die leiseste Ahnung, warum ich das sagte, denn noch nie hatte ich an Selbstmord gedacht. Vielleicht rechnete ich damit, daß diese rührselige Nummer Barbara umstimmen würde.

»Sagen Sie so etwas nicht, Chris! Sie müssen auch an Ihre Kinder denken und an die vielen Freunde, die Sie mögen.«

»Nein, Maureen, ohne Barbara bedeutet mir das alles nichts.« Und jetzt weinte ich richtig.

»Bleiben Sie dran, Chris, Fritz möchte mit Ihnen sprechen.«

»Hallo, Chris, na, wie geht's denn so?« fragte mein alter Freund, bemüht, dem Gespräch eine Wendung ins Unverbindliche zu geben und das Thema zu wechseln.

»Fritz, ich habe nur angerufen, um mich zu verabschieden. Ich habe eine Packung Schlaftabletten, und die werde ich jetzt schlucken«, erklärte ich unbeirrt.

»Warten Sie! Barbara möchte mit Ihnen sprechen.«

Und plötzlich hörte ich die vertraute, geliebte Stimme. Aber sie klang kalt und unbeteiligt.

»Reiß dich zusammen! Was ist denn in dich gefahren?« Ich brachte es nicht fertig, jetzt mit ihr zu reden, also legte ich den Hörer auf und setzte mich auf mein Bett.

»Selbstmord«, murmelte ich. »So eine Scheißidee. Was ich brauche, ist ein guter Fick.«

Ich beschloß also, mich auf die Suche nach einer Frau zu machen – aber warum eigentlich nur nach einer? Warum nicht gleich ein Dutzend?

Yoram, ein weiterer Direktor von »Multimedia«, war in Begleitung seiner Freundin, einer ausnehmend hübschen Australierin namens Victoria Storay, gekommen. Sie meinte, daß ihre Schwester Karen vielleicht nach Israel kommen würde, wenn ich sie anriefe, denn sie lebte in Scheidung. Da sie keine Kinder hatte und auch sonst nichts sie dort hielt, dachte ich, sie könnte genau die Richtige sein, um meine Depressionen zu verscheuchen. Vorausgesetzt natürlich, sie wäre so wie ihre Schwester.

Keinen Augenblick länger hielt ich dieses Leben ohne eine Frau aus, also wählte ich die Nummer, die Victoria mir gegeben hatte. In Sidney war es jetzt wahrscheinlich mitten in der Nacht, aber das war mir egal. Das Telefon läutete schier endlos, und schließlich meldete sich eine verschlafene männliche Stimme. Ohne ein Wort zu sagen, legte ich auf.

Bei meiner Rückkehr nach Kapstadt fand ich eine Einladung vor, in Singapur an Bord des Kreuzschiffes *Rotterdam* zu gehen, um über Bombay und Mombasa nach Durban zu segeln.

Ich hoffte, daß dies genau die richtige Medizin für mich sein würde, um endgültig über Barbara hinwegzukommen.

Also ging ich in Singapur an Bord des Kreuzschiffes. Aber selten habe ich eine so schlimme Zeit durchgemacht, denn im Grunde genommen wollte ich nur eines: Barbara bei mir haben. Unablässig erzählte ich von den herrlichen Tagen, die wir zusammen an Bord der *Chusan* verbracht hatten.

Sogar dem Kapitän vertraute ich an, wie verzweifelt ich war. Er machte den Vorschlag, ihr zu telegrafieren, sie solle in Mombasa an Bord kommen. Sie würde bestimmt nicht nein sagen.

Ich schickte also ein sentimentales Telegramm, daß eine Luxuskabine auf sie warte, mit roten Rosen und eisgekühltem Champagner, erklärte ihr, wo wir überall anlegen und was für eine herrliche Zeit wir zusammen verbringen würden. Als das Schiff in Mombasa andockte, stand ich an Deck und ließ meine Augen über die Menge auf dem Kai schweifen, in der Hoffnung, daß Barbara auf mich wartete.

Sie war natürlich nicht da. Alte Narren sind die größten Narren.

Am nächsten Tag, als immer noch weit und breit keine Barbara zu sehen war, beschloß ich, Mr. Wandera zu besuchen, einen kenianischen Patienten, bei dem ich vor einem Jahr eine Huckepack-Operation durchgeführt hatte. Er hatte mir damals erzählt, daß er in Mombasa wohne und sich, wenn ich je dorthin käme, freuen würde, mich zu sich einzuladen und mir die Gegend zu zeigen.

Pech gehabt: Die kenianischen Beamten erlaubten mir, mit meinem südafrikanischen Paß, nicht, das Schiff zu verlassen. Daß Mr. Wandera, ein Schwarzafrikaner, mit dem Herzen eines weißen südafrikanischen Mädchens in der Brust in Kenia lebte, störte sie nicht, aber der Chirurg, der die Operation vorgenommen hatte, war hier nicht erwünscht.

Ich war froh, als wir wieder ablegten.

Wieder zurück in Kapstadt, beschloß ich, meinen Kreuzzug zur Rückeroberung Barbaras fortzusetzen. Die erste Phase meines Plans, die Bestrafung der Dienstmädchen, war völlig danebengegangen. Jetzt wollte ich alles über den Mann herausfinden, mit dem sie zusammenlebte, und ihn unmöglich machen.

Ich stellte Nachforschungen über sein Privatleben an, versuchte herauszufinden, ob er vorbestraft war, und bemühte mich sogar darum, daß er zum Militär eingezogen wurde. Ich tat alles, um ihm oder seinem Ruf zu schaden. Aber ich fand nichts weiter heraus, als daß er ein Liebling der Frauen war. Ihrer einhelligen Meinung nach war er Gentleman vom Scheitel bis zur Sohle, sehr rücksichtsvoll, sehr liebenswürdig. Die meisten Frauen, mit denen ich mich unterhielt, fanden ihn so attraktiv, daß sie durchaus nichts dagegen gehabt hätten, das Bett mit ihm zu teilen.

Alle diese Auskünfte machten die Sache nur noch schlimmer. Wieder kein Glück. Inzwischen hatte ich allerdings einen unerwarteten, aber nicht zu unterschätzenden Verbündeten gefunden: Barbaras Vater.

Fred war sehr enttäuscht gewesen, als er erfahren hatte, daß sein möglicher Schwiegersohn in spe ein portugiesischer Disco-Besitzer war. Im Grunde genommen hatte er sich immer gewünscht, daß seine Tochter in eine bedeutende Familie einheiratete, möglichst in eine adelige. Diesen Wunsch, seinem Reichtum die Würde und den Glanz eines Adelstitels zu verleihen, trifft man nicht selten bei Leuten, die ein großes Vermögen gemacht haben. Die Heirat mit mir war im

Grunde genommen auch nicht das gewesen, was er eigentlich wollte, aber er hatte sich damit abgefunden, trotz meiner eher obskuren afrikaansen Abstammung. Ich war wenigstens ein Professor mit fünf akademischen Titeln und eine bekannte Persönlichkeit des gesellschaftlichen Lebens.

Seiner Ansicht nach war Joe einfach nicht gut genug für seine Tochter.

Ich war über die Wendung, die die Dinge nahmen, natürlich hocherfreut. Dabei hätten wir uns denken können, daß unser Widerstand die Entschlossenheit Barbaras, um ihren Freund zu kämpfen, nur noch verstärken würde. So, wie sie damals bereit gewesen wäre, auf einer einsamen Farm in der Karru zu leben, so war sie jetzt bereit, in guten wie in schlechten Zeiten zu Joe Silva zu halten.

Nichts hatte mich meinem Ziel näher gebracht, also beschloß ich in meinem halbverrückten Zustand, Barbara eifersüchtig zu machen.

Ich ließ Gerüchte verbreiten, daß phantastisch reiche Frauen und Schönheitsköniginnen in mein Leben getreten wären. Nur zu gerne gestattete ich den Reportern, mich in Begleitung hinreißender Mädchen zu photographieren (die alle Freundinnen von Freunden von mir waren). Es war eine der wenigen Gelegenheiten, bei denen ich dankbar für die Publicity war, die ich genoß.

Immer noch litt ich unsäglich, und die Aussicht auf einen naßkalten Winter am Kap, allein in einem einsamen Zimmer mit Blick auf den grauen Atlantik und Robben Island, war unerträglich. Ich beschloß also, mit Frederick und Christiaan Ferien auf Rhodos zu machen, bei meinem Freund Aris Argyriou.

Ich rief ihn an; er freute sich sehr darüber, daß wir ihn besuchen wollten. Vor allem würde mir das Gelegenheit geben, mich selber von den Fortschritten zu überzeugen, die das Gesundheitszentrum auf der Insel Kos machte. Er versprach, im *Paradise Hotel* die »Adam Suite« für uns zu reservieren.

Ein paar Tage später plauderte ich mit Dene und erwähnte ganz nebenbei, wie angenehm es wäre, ein nettes Mädchen als Reisegefährtin zu haben, einerseits, damit sie mir Gesellschaft leistete, andererseits aber auch, damit sie auf Frederick und Christiaan aufpaßte, wenn ich abends ausging. Dene schlug mir vor, doch einfach ein Mädchen zu fragen, das ganz in der Nähe von Zeekoevlei aufgewachsen war und jetzt in Swellenham wohnte, einer kleinen Stadt etwa drei Autostunden von Kapstadt entfernt. Ich bat Dene, sie anzurufen und zu fragen, ob sie Lust hätte, uns zu begleiten.

Ich erinnerte mich an Cathy, als sie noch ein Schulmädchen gewesen war: eine niedliche kleine Blondine, die schon damals einen ungeheuren Sexappeal ausgestrahlt hatte. Allerdings war ich mir ziemlich sicher, daß sie kein Interesse daran haben würde, mit uns zu kommen.

»Prof, Dene ist am Apparat.«

Ich nahm den Hörer: »Hi, Dene – vermutlich hat sie nein gesagt.«

»Ganz und gar nicht, Prof. Sie sagte, Sie sollten mal zu ihr rauskommen.«

Noch am selben Nachmittag fuhr ich nach Swellenham und quartierte mich dort in einem kleinen Hotel ein.

Als ich dann Cathy erblickte, die gerade in ihrem kleinen Garten arbeitete, hatte ich das Gefühl, sie wäre genau die Richtige.

Sie war es – und ein paar Tage später brachen wir vier nach Athen auf. Natürlich sorgte ich dafür, daß die Presse Wind davon bekam, obwohl Cathy es nicht für besonders klug hielt, sich mit mir zusammen photographieren zu lassen.

Bei unserer Ankunft stellte ich fest, daß die »Adam Suite« eben die war, in der Barbara und ich, zusammen mit unseren beiden Söhnen, schon einmal untergebracht gewesen waren. Erneut überfielen mich Erinnerungen, und die ersten paar Tage war ich ziemlich gedrückter Stimmung. Cathy war jedoch eine wundervolle Gefährtin, und die Jungens genossen ihre Ferien in der Sonne. Im Lauf der Zeit schloß ich das blonde holländische Mädchen in mein Herz, aber sie bestand darauf, daß wir – zumindest solange die Kinder dabei waren – gebührenden Abstand voneinander hielten.

In der Zwischenzeit war Barbara zu ihren Eltern in die Villa d'Este am Comer See gereist, wo wir einmal, noch zur Zeit unserer Ehe, bei Freunden zu Gast gewesen waren. Sie rief an, um mich zu fragen, ob Frederick und Christiaan für eine Woche zu ihnen kommen könnten. Nur zu gerne willigte ich ein.

Aris begleitete die Kinder auf ihrer Reise nach Como, und ich blieb allein mit Cathy in der »Adam Suite« zurück.

Ein paar Tage später – allmählich verblaßte die qualvolle Erinnerung an Barbara – rief diese völlig unerwartet an und bat mich, sofort in die Villa d'Este zu kommen. Sie war völlig aufgelöst, denn ihr Vater hatte verlangt, daß sie ihre Beziehung zu Joe abbräche.

Ich erklärte also Cathy, ich müsse für ein paar Tage weg, würde mich aber anschließend in Athen mit ihr treffen, um den Rest meines Urlaubs gemeinsam mit ihr zu verbringen. Mittlerweile empfand ich aufrichtige Zuneigung für das bescheidene kleine Mädchen, das mit beiden Beinen fest im Leben stand.

In Mailand holte mich ein Fahrer ab und brachte mich in die Villa d'Este. Als ich schließlich Barbara gegenüberstand, sah ich, daß sie geweint hatte. Sie habe am Vormittag Joe angerufen, berichtete sie, und zwischen ihnen sei alles aus.

Darüber war ich natürlich sehr erfreut. Mir war allerdings nicht klar, daß Fred und ich uns etwas vormachten. In Wirklichkeit war Barbara keineswegs bereit, mit Joe zu brechen.

An dem Abend gingen Barbara und ich nach dem Essen in eine Disco, aber es gelang uns einfach nicht, unser Zusammensein so zu genießen wie früher. Barbara litt.

Außerdem machte ich einen großen Fehler: Ich erzählte ihr von Cathy. Sie war fürchterlich wütend und bestand darauf, daß ich auf der Stelle anrief und die Beziehung abbrach. Sie erklärte, wenn sie schon ein Opfer bringen müßte, könnte sie das gleiche auch von mir erwarten.

Nachdem ich stundenlang versucht hatte, nach Rhodos durchzukommen, erreichte ich schließlich Aris und bat ihn, Cathy zu erklären, daß ich nicht nach Griechenland zurückkehren würde. Er solle sie doch bitte in ein Flugzeug nach Südafrika setzen.

Nach unserer Rückkehr nach Kapstadt sahen Barbara und ich uns ziemlich häufig. Sie wollte einen klaren Schlußstrich unter die Vergangenheit und die Erinnerungen, die »Waiohai« barg, ziehen. Daher beschloß sie, es zu verkaufen, und erstand ein neues Haus in Newlands. Ich half ihr beim Einziehen, zog aber selber nicht ein, denn inzwischen hatte ich erfahren, daß sie sich wieder mit Joe traf.

Das tat mir sehr weh. Es fiel mir schwer, mit ihr zusammenzusein und gleichzeitig zu wissen, daß sie mit einem anderen liiert war. Eines Abends rief das Kindermädchen mich an und erklärte, Barbara sei ausgegangen und Christiaan habe entsetzliche Ohrenschmerzen. Ich fuhr gleich hin; der Kleine litt furchtbar. Professor Sellars, der Leiter der HNO-Abteilung im Groote Schuur, kam auf meinen Anruf hin sofort und untersuchte meinen Sohn. Er bestätigte, daß es sich um eine akute Mittelohrentzündung handelte, und verordnete die entsprechende Behandlung.

Kurz darauf rief Barbara an; sie habe gehört, daß es zu Hause Schwierigkeiten gäbe. Ich berichtete ihr, was passiert war.

»Na schön, wenn mit dem Jungen jetzt wieder alles in Ordnung ist, kannst du ja ruhig nach Hause fahren«, erklärte sie mit eisiger Stimme.

»Nein, nein, ich bleibe noch ein Weilchen hier, falls er wieder zu weinen anfängt.«

Sie knallte den Hörer auf die Gabel, und eine halbe Stunde später stürmte sie ins Haus.

»Wieso bist du immer noch hier?« fragte sie wütend. »Jetzt hast du es geschafft, mir einen wunderschönen Abend zu versauen.«

»Du triffst dich also wieder mit Joe?«

»Ja, und wenn du es genau wissen willst: Wir werden zusammenziehen«, erklärte sie herausfordernd. »Es ist mir scheißegal, was ihr davon haltet, mein Vater und du.«

Ich hatte schon lange geahnt, daß es dazu kommen würde. Weiß der Himmel, warum ich mir überhaupt die Mühe gemacht hatte, es noch einmal mit ihr zu versuchen.

In den nächsten Monaten gab ich mir größte Mühe, wieder

Geschmack am Operieren zu finden – ohne Erfolg. Außerdem verabredete ich mich mit so vielen Mädchen wir nur möglich – das allerdings durchaus mit Erfolg.

Eines Tages rief mich Darcey Farrell an und lud mich ein, nach Perth zu kommen und bei einer Veranstaltung mitzuwirken, deren Erlös behinderten Kindern zugute kommen sollte, einem »Telethon«. Im Jahr davor war ich zusammen mit Barbara dort gewesen und hatte mit meiner Ukulele großen Erfolg gehabt. Damals hatte ich auch, zusammen mit Lana Cantrell, den Sketch »Oh Doctor, I'm in Trouble« vorgeführt, und das Ganze hatte ungeheuer Spaß gemacht.

Ich sagte zu und fragte Darcey, ob es ihm etwas ausmachen würde, Karen Storay-Dowdle in Sidney anzurufen und sie zu fragen, ob sie mir ein paar Tage Gesellschaft leisten würde. Denn ich hatte Victoria und ihre Idee, ihre Schwester sei genau das richtige Mädchen für mich, nicht vergessen.

Erwartungsvoll fuhr ich mit Darcey zum Flughafen von Perth, um Karen abzuholen. Sie war zwar nicht so hübsch wie ihre Schwester, aber ihre slawischen Züge, ihr kurvenreicher, statuengleicher Körper und ihr ausgeprägter australischer Akzent waren sehr reizvoll.

Dieses Jahr war Sammy Davis jr. der Star des »Telethon«, und seine glanzvolle Vorführung von »Bojangles« ist mir unvergeßlich. Wieder trat ich zusammen mit Lana Cantrell auf: Wir spielten »Cinderella, Rockafella«.

Karen entpuppte sich als großartige Gefährtin, aber zu meiner Überraschung erklärte sie, ihre gesamte Habe befinde sich in ihrem Koffer und sie sei nach Perth gekommen, um mit mir zusammen nach Kapstadt zu fahren.

Darauf war ich nicht gefaßt gewesen. Das hätte ja bedeutet, Eulen nach Athen zu tragen. Ich machte ihr also vor, ich hätte etliche Auslandsreisen vor und sie hätte sich einen ungünstigen Zeitpunkt für einen Besuch bei mir ausgesucht.

Als ich wieder in Kapstadt war, mußte ich feststellen, daß mein Interesse an meiner Arbeit nach wie vor minimal war; aber zumindest hatte ich auf Bitten von Multimedia zwei weitere Bücher verfaßt.

Das eine handelt davon, wie man seinen Lebensstil ändern

muß, wenn man unter Arthritis leidet: *The Arthritis Handbook. How to Live with Arthritis* (dt.: *Mit Arthritis leben*). Das zweite trägt den Titel *Heart Attack – All You Have to Know about It* (dt.: *Schach dem Herztod*) und setzt sich mit der Vorbeugung gegen einen Herzanfall auseinander.

Außerdem machte ich einen halbherzigen Versuch, wieder einmal zusammen mit Siegfried Stander einen Roman zu schreiben. Er wurde später, vor allem dank der Bemühungen Siegfrieds, unter dem Titel *The Faith* (dt.: *Arche der Hoffnung*) veröffentlicht.

Aus Sidney erhielt ich zahlreiche nächtliche R-Gespräche. Karen Storay-Dowdle wollte wissen, wann sie nach Kapstadt kommen könne. Diese Frau wußte, was sie wollte.

Schließlich ließ ich mich erweichen und schickte ihr ein Ticket. Hin- und Rückflug. Economy class.

Meinen sechzigsten Geburtstag feierte ich mit meinen Freunden Norma und Mike Rattray in Mala Mala. Dorthin waren Barbara und ich vor ein paar Monaten gefahren, als wir ausprobieren wollten, ob wir uns noch genügend liebten, um es noch einmal miteinander zu probieren.

In Kapstadt lud Barbara mich zur Feier meines Geburtstages zu sich nach Hause ein. Wie immer hatte sie sich alle erdenkliche Mühe gegeben, um unsere kleine Feier zu einem unvergeßlichen Abend zu machen. Wirklich eine sehr nette Geste.

Wir setzten uns an den prachtvoll gedeckten Tisch. Da läutete das Telefon. Für mich.

»Chris? Hier ist Maureen«, flüsterte die Stimme am anderen Ende der Leitung, »kann ich reden?«

»Ja, natürlich, was gibt's denn?«

»Gerade ist jemand auf dem D.-F.-Malan-Flugplatz angekommen.« Sie wisperte immer noch geheimnisvoll.

Ich begriff immer noch nicht, was das Ganze sollte. Maureen nahm mich gelegentlich auf den Arm, und ich dachte, das sei einer ihrer üblichen Scherze. Doch dann erklärte sie: »Karen Storay-Dowdle ist da und möchte wissen, wo Sie stecken.«

Verdammt. Sie hätte zu keinem ungünstigeren Zeitpunkt eintreffen können. Was sollte ich jetzt machen?

»Maureen, bitte, tun Sie mir einen Gefallen. Schicken Sie jemanden hin, um sie abzuholen, und bringen Sie sie für diese Nacht in irgendeinem Hotel unter.« Jetzt flüsterte ich ebenfalls. Warum, wußte ich selber nicht.

»Probleme?« fragte Barbara amüsiert, als ich mich wieder an den Tisch setzte.

»Nein, du kennst doch Maureen. Sie kann es nicht lassen, mir kleine Streiche zu spielen.« Und wir begannen mit dem Essen, obwohl mir der Appetit vergangen war.

Wir waren gerade beim Nachtisch angelangt, als das Telefon erneut läutete. Wieder war Maureen dran. Sie erklärte, ich müsse unbedingt kommen, sofort; das Mädchen sei hysterisch geworden und beschuldige mich, sie wie irgendein dahergelaufenes Straßenmädchen zu behandeln. Wenn ich nicht auf der Stelle käme, würde sie das nächste Flugzeug zurück nach Australien nehmen.

Ich ging ins Eßzimmer zurück und bat Barbara, mich zu entschuldigen. Es sei etwas Unvorhergesehenes dazwischengekommen. Ich merkte, daß sie gekränkt war. Sie hatte sich solche Mühe gegeben, den Abend zu einem kleinen Fest zu machen, und jetzt rannte ich einfach davon.

Karen weigerte sich, im Hotel zu bleiben, und bestand darauf, bei mir einzuziehen. Ich war mittlerweile aus dem Hotel der Brinks ausgezogen und wohnte jetzt in ihrem Haus in Bloubergstrand (»Strand des Blauen Berges«), einem Küstenvorort gleich hinter Tableview.

In dieser Nacht kamen wir kaum zum Schlafen, also schlug ich am nächsten Nachmittag vor, ein kleines Nickerchen zu machen. Ich war gerade am Einschlafen, als ich Stimmen hörte.

»Onkel Chris und Karen ruhen sich gerade ein bißchen aus«, hörte ich Maureens Enkelin unschuldig erklären.

»Das sehe ich ein, daß die sich ausruhen müssen«, kam Barbaras sarkastische Antwort.

Mein Gott. Barbara! Barbara war hier!

»Raus mit dir«, zischte ich Karen zu und stopfte ihre Sachen, die sie gerade erst ausgepackt hatte, in den Koffer. Sie sah mich halb verschlafen, halb verwirrt an. Wahrscheinlich glaubte sie, ich hätte jetzt endgültig durchgedreht und es sei vielleicht gar keine schlechte Idee, so schnell wie möglich das Weite zu suchen.

Ich öffnete das Fenster, das auf den Garten führte, und schob Karen mitsamt ihrem Koffer hindurch.

Unvermittelt wandte ich mich um und sah meine schlimmsten Befürchtungen erfüllt: Barbara stand reglos da und schaute sich die Vorstellung an, die wir ihr boten. Ein grotesker Anblick: Karen halb drinnen, halb draußen und ich, wie ich gerade ihren Koffer zum Fenster hinauswerfen wollte. Ein Alptraum.

Die Zeit schien stillzustehen. Nach einer Ewigkeit drehte Barbara sich wie in Zeitlupe um und verließ den Raum. Das letzte, was ich sah, war der Ausdruck der Abscheu, die sich auf ihrem Gesicht spiegelte – als hätte sie in eine Zitrone gebissen.

Ich half Karen, ins Zimmer zurückzuklettern, das sie nun drei Monate lang mit mir gemeinsam bewohnen sollte.

Obwohl weder meine Tochter noch die Brinks, noch sonst einer meiner Freunde sie mochten, heilte das Zusammensein mit Karen allmählich meine Wunden, und ich erholte mich körperlich und seelisch. Sie half mir sogar, mit dem Rauchen aufzuhören.

Ehe sie nach Australien zurückflog, lud ich sie und ihre Schwester Victoria ein, ein paar Wochen später mit mir auf der QE 2 von Sidney nach New York zu reisen. Als Gastredner auf dem Cunard-Schiff konnte ich eine Begleitperson mitnehmen, und als Anrechnung auf mein Honorar stellte man mir noch ein zweites Ticket zur Verfügung.

In der Zeit zwischen Karens Abreise und unserem Wiedersehen in Sidney ging ich mit verschiedenen anderen Mädchen aus, und allmählich verblaßte die Erinnerung an Barbara.

Sie und Joè hatten meinen Segen, und ich wünschte den beiden alles Gute, anders als ihr Vater, in dessen Augen diese Verbindung nach wie vor unmöglich war.

Ich engagierte mich nun stärker im Restaurantgeschäft. Tony Ingala hörte im *La Vita* in Newlands auf, und wir eröffneten gemeinsam in der Nähe ein Steakhouse. Auch hier hatten wir viele Gäste, aber es warf keinen Gewinn ab. Nach ein paar Monaten verkaufte ich es, und wenig später brannte es aus.

Tony überredete mich, mit ihm als Partner eine Pizzeria in Tokai aufzumachen, einem Vorort in der Nähe von Constantia. Leider kam es zu einer heftigen Auseinandersetzung zwischen uns, und wir beendeten unsere Zusammenarbeit, ehe das Restaurant eröffnet wurde.

Etwas später trat der Präsident des Welgemoed-Golfclubs an mich heran. Man plane ein neues Clubhaus mit Restaurant – ob ich nicht interessiert sei?

Ich fragte Chris Lesley, den Küchenchef des Steakhauses, ob er Lust hätte, in diesem neuen *La Vita* mein Geschäftsführer zu werden. Er nahm das Angebot an, und wir feierten eine glanzvolle Eröffnung, zu der wir etliche Prominente aus der Gegend einluden.

Chris hatte für diesen Abend ein paar Schülerinnen aus Welgemoed als Serviererinnen engagiert. Ich kann mich erinnern, daß mir eine von ihnen besonders auffiel.

Insgesamt hatte ich jetzt also drei Restaurants – das in Newlands, das in Maureens Hotel in Tableview und jetzt das in Welgemoed.

Eileen le Roux, Maureens Schwester, lud mich zur Geburtstagsparty ihres Sohnes ein. Damals war ich mit einer Anästhesistin liiert, Dr. Sheila Etoe, in die ich mich auf Anhieb verliebt hatte. Ich konnte mir sogar vorstellen, sie zu heiraten – falls ich je wieder ein solches Risiko eingehen wollte. Sie war schön, intelligent, reif, hatte den gleichen Beruf wie ich und war wie ich alleinstehend. Schon früher, im Operationssaal, war sie mir aufgefallen, und ich hatte mich immer sehr darum bemüht, einen besonders guten Eindruck zu machen, wenn sie für die Narkose zuständig war. Ich lud also Sheila ein, mich auf die Party zu begleiten.

Wir tanzten gerade einen Walzer, als ich ein junges Mädchen bemerkte, das ganz allein auf der Treppe saß, die zur

Tanzfläche führte. Sie trug ein gelbes Kleid, und merkwürdigerweise fiel mir auf, daß sie ein Pflaster auf ihrem großen Zeh hatte. Plötzlich setzte mein Herz aus: Es war das gleiche zauberhafte Wesen, das bei der Eröffnung des *La Vita* in Welgemoed bedient hatte.

Als der Tanz zu Ende war, bat ich Lauhan, den Sohn von Fritz, mir die Telefonnummer des Mädchens im gelben Kleid zu beschaffen.

Ein paar Drinks später nahm ich all meinen Mut zusammen und bat sie um einen Tanz. Sie hieß Karin – »wie Ihre Freundin aus Australien«, erklärte sie lachend, während ihre blauen Augen mich anstrahlten. Sie hatte einen vollen, sinnlichen Mund und den herrlichen Körper eines Mädchens, das dazu geboren scheint, Bikinis zu tragen. Plötzlich sehnte ich mich verzweifelt danach, öfter mit diesem Mädchen zusammenzusein. »Nein, sie ist viel zu jung«, seufzte ich leise und ging auf die andere Seite des Raumes.

Als ich wieder mit Sheila tanzte, bemerkte sie ganz nebenbei: »Das Mädchen in dem gelben Kleid hat es dir anscheinend angetan?« Unbekümmert zuckte ich die Achseln und grinste.

Lauhan brachte mir tatsächlich die Telefonnummer. Sie war mit Lippenstift auf die Rückseite einer Streichholzschachtel geschrieben. Offenbar hatte Karin nichts dagegen gehabt, daß er mir ihre Nummer gab. Ich konnte es kaum erwarten, sie am nächsten Tag anzurufen.

»Könnte ich bitte Karin sprechen?« Mein Mund war trocken vor Aufregung.

»Ich seh' mal eben nach, ob sie da ist«, antwortete eine Jungenstimme. Wahrscheinlich ihr Bruder.

»Hallo, hier ist Karin.«

Das war wohl das Schönste, was ich seit Jahren gehört hatte. Ich wollte etwas sagen, aber meine Stimme versagte. Ich deckte die Sprechmuschel mit meiner Hand ab und räusperte mich erst einmal. »Karin? Hier ist Chris. Erinnern Sie sich – wir sind uns gestern abend begegnet.«

»Oh, ja, natürlich. Was kann ich für Sie tun?« Ich bin sicher, daß sie ein wenig enttäuscht war. Sie hatte mir erzählt, daß sie sich gerade von ihrem Freund getrennt hatte – vielleicht wäre es ihr lieber gewesen, wenn er am Telefon gewesen wäre?

»Wie wär's, wenn wir heute abend zusammen essen gehen?« Ihre kühle Reaktion, als sie meine Stimme gehört hatte, hielt mich davon ab, mehr zu sagen, und ich war schon nahe daran, das Handtuch zu werfen.

»Na ja, ich weiß nicht so recht, ich kenne Sie ja kaum.«

»Karin, wir haben heute den 14. Februar – der Tag, an dem ich Barbara geheiratet habe. Ich möchte heute abend nicht allein sein.« Einen Augenblick schwieg sie. Wahrscheinlich dachte sie bei sich: Was für eine rührselige Geschichte! Aber dann sagte sie: »Okay, wo wollen wir uns treffen?«

Es kostete mich ungeheure Mühe, mir meine Aufregung nicht anmerken zu lassen. »Kommen Sie ins *La Vita* in Welgemoed, das kennen Sie ja. Ich hole Sie dort um sieben ab, und dann fahren wir weiter nach Newlands.« Schnell legte ich den Hörer auf, ehe sie es sich anders überlegen konnte, und rief Aldo an, um für uns reservieren zu lassen. Außerdem bat ich ihn, eine Vase mit roten Rosen auf den Tisch zu stellen.

Sie war noch schöner, als ich sie in Erinnerung hatte, und obwohl sie erst achtzehn war, stand sie mit beiden Beinen fest im Leben. Für ihr Alter war sie sehr weit, und jeder Augenblick in ihrer Gesellschaft war mir kostbar.

Nach dem Essen wollte ich nicht, daß der Abend schon zu Ende war, also schlug ich ihr vor, im *Hard Rock Café* noch etwas zu trinken.

Als wir uns setzten, machte eine Studentin die Runde, die Blumen verkaufte; es war ja Valentinstag. Normalerweise ärgere ich mich über diese Mädchen – sie verkaufen die Blumen zu einem horrenden Preis und sind Meisterinnen darin, einen in Verlegenheit zu bringen. Denn es ist schwer, dankend abzulehnen, wenn sie erklären: »Ihre charmante Begleiterin würde sich bestimmt freuen, wenn Sie ihr eine Rose schenken.«

Aber an dem Abend fragte ich nicht nach dem Preis, sondern kaufte gleich den ganzen Strauß.

Ich erzählte Karin, daß ich vorhatte, eine Kreuzfahrt zu unternehmen, und bat sie, in Italien dazuzustoßen. Ich würde alles organisieren; sie bräuchte nichts weiter zu tun, als in einer Woche meine Sekretärin anzurufen.

Als ich sie in Welgemoed bei ihrem Wagen absetzte, machte ich nicht den Versuch, sie zu küssen. Irgend etwas in mir riet mir, behutsam vorzugehen.

Am nächsten Tag brach ich nach Australien und zu der QE-2-Kreuzfahrt auf – mit der anderen Karen.

Man möchte meinen, daß es nichts Langweiligeres gibt, als sich tagelang an Bord eines Schiffes aufzuhalten. Ganz im Gegenteil: Immer ist irgend etwas los. Untertags konnten wir zwischen Aerobics, Tanzunterricht, Kartenspielen, Vorträgen und Dutzenden anderer Veranstaltungen wählen. Und abends nach dem Essen sahen wir uns entweder einen Film an oder amüsierten uns in einem Kabarett oder tanzten bis nach Mitternacht zur Musik von Joe Loss und seiner Band. Und die Disco machte erst in den frühen Morgenstunden zu.

Auf hoher See zu sein vermittelt einem ein wunderbares Gefühl der Sicherheit. Das Schiff ist so etwas wie eine kleine Stadt, in der für alles gesorgt ist. Trotzdem fühlen viele Leute sich sehr einsam, vor allem ältere Frauen, die ihren Mann verloren haben. Sie buchen eine Kreuzfahrt in der Hoffnung, daß das Leben ihnen möglicherweise doch noch etwas zu bieten hat.

Ich erinnere mich an einen besonders traurigen Vorfall. Die Frau war bestimmt schon in den Sechzigern, aber ihr Begleiter sah so jung aus, als hätte er noch nicht einmal seinen Führerschein gemacht. Als die Musik endete, geriet sie mit einer anderen Frau ungefähr gleichen Alters in Streit. Sie stritten sich um das Bürschchen, das affektiert lächelnd in sicherer Entfernung stand, während die beiden einander Beleidigungen ins Gesicht schleuderten. Ehe es zu Handgreiflichkeiten kam, griffen die Stewards ein.

Beide Frauen waren sehr reich. Sie trugen exquisite Haute-Couture-Modelle, von denen eines ungefähr soviel kostete wie ein Kleinwagen, und der Schmuck, mit dem sie behängt waren, bereitete höchstwahrscheinlich dem Zahlmeister schlaflose Nächte.

Die eine war die Witwe eines wohlhabenden Geschäftsmannes, die andere hatte in den USA im gesellschaftlichen Leben des Mittleren Westens eine führende Rolle gespielt. Beide machten einen gebildeten und kultivierten Eindruck, aber da standen sie und stritten sich um die Zuwendung eines geistlosen Gigolos.

Die Siegerin zog triumphierend mit ihrem Jüngling ab, während die andere an einem Tisch alleine weitertrank. Ich sehe noch den Ausdruck grenzenloser Einsamkeit und Verlorenheit in ihrem Gesicht, wie sie so dasaß und sich mit dem teuren Fusel vollaufen ließ. Sie starrte in ihr leeres Glas, als könne sie dort die Antwort finden.

Sie war an dem Punkt angelangt, an dem man sich unweigerlich dem einen elementaren Problem stellen muß – daß man im Grunde genommen allein und ganz auf sich selber gestellt ist, selbst wenn es um einen herum von Menschen wimmelt.

Der Mensch ist ein Herdentier, er braucht andere Menschen. Der ursprüngliche Grund dafür, sich zusammenzutun, war ganz einfach der, daß allein zu sein den Tod bedeutete. Unsere Zivilisation hat uns zwar in materieller Hinsicht abgesichert, aber sie ignoriert den ursprünglichen Herdeninstinkt: unser Bedürfnis nach anderen Menschen, mit denen Kontakt zu haben bedeutet, daß man noch am Leben ist.

Einsamkeit und die Angst vor dem Alter sind zwei Seiten ein und derselben Medaille – des geistigen Absterbens. Die lärmende Gesellschaft vieler Leute zu suchen ist eine instinktive Reaktion: Man läuft vor dem Tod davon.

Daher der unausgesprochene Glaube, die Einsamkeit abwenden zu können, wenn es nur genügend Leute gibt, die einem sagen, daß man gebraucht wird. Und daher auch die Illusion, man könne, wenn man sich mit jungen Leuten umgibt, dem Tod ein Schnippchen schlagen.

Wenn einsame Menschen zutiefst verzweifelt sind und wenn sie über die entsprechenden Mittel verfügen, dann kaufen sie sich das, was sie nicht haben können – und eben dies taten die beiden Damen in dem Salon auf der QE 2 an jenem Abend.

Beide taten mir ungeheuer leid. Ich legte den Arm um meine fünfundzwanzigjährige Freundin, und wir gingen zu Bett.

Karen hatte zwar studiert, sich in den letzten zwei Jahren jedoch mehr für Rennpferde interessiert. In Kapstadt hatte ich sie voller Stolz beim »Metropolitan Handicap« (das entspricht in etwa dem Royal Ascot) den Clubmitgliedern vorgeführt. Das »Met« ist ein bedeutendes gesellschaftliches Ereignis, und ich genoß es, zusammen mit Karen daran teilzunehmen; sie sah genauso hinreißend aus wie meine Begleiterin im Vorjahr, Barbara, war aber noch jung und hübsch.

Sie hatte auch einen ausgeprägten Sinn für Humor, aber trotz all ihrer Vorzüge und obwohl sie mir wirklich sehr geholfen hatte, bedauerte ich es, daß es nicht Victoria war, die meine Kabine mit mir teilte.

Und außerdem konnte ich natürlich die andere Karin nicht vergessen. Um den Kontakt mit ihr aufrechtzuerhalten, schickte ich ihr aus jedem Hafen, in dem wir anlegten, eine Ansichtskarte: Bali, Singapur, Bangkok, Hongkong und Hawaii. Ich schrieb ihr, wie sehr sie mir fehlte und daß ich mich darauf freute, sie wiederzusehen.

Als die QE 2 Kurs auf die Vereinigten Staaten nahm, begann ich mir zu überlegen, wie ich von dem Schiff wegkommen könnte – und von Karen. Ich tat mein Bestes, um sie mit einem der Söhne einer reichen Familie, die mit an Bord war, zu verkuppeln, aber sie wollte unbedingt bei mir bleiben; offenbar betrachtete sie mich als ihren zukünftigen Ehemann. Der junge Multimillionär schien sie überhaupt nicht zu interessieren.

Abends ließ ich sie immer bei einer Gruppe junger Leute zurück, in der Hoffnung, daß sich irgend etwas tun würde. Aber spätestens zehn Minuten später klopfte sie an die Tür meiner Kabine.

Schließlich erklärte ich ihr rundheraus, daß sie keine Zukunft mit mir hätte und daß ich in Honolulu von Bord gehen würde, da ich in England zu tun hatte. Sie könne, wenn sie wolle, nach New York weiterreisen. Für alle Fälle überreichte ich ihr ein Ticket für einen Flug zurück nach Sidney.

Mittlerweile hatte ich meiner Sekretärin Celeste telegraphiert, sie solle bezüglich des geplanten Treffens mit Karin Setzkorn in Italien nichts weiter unternehmen, da ich vorhatte, nach Hause zu kommen.

Karen Storay-Dowdle und ich trennten uns in Honolulu. Sie war traurig, fand sich aber mit den Tatsachen ab.

Ein paar Wochen später, wieder zurück in Südafrika, erhielt ich einen Brief von Victoria, die mir berichtete, Karen hätte, kaum daß ich von Bord war, gleich etwas mit einem anderen Mann angefangen. Etwa ein Jahr später traf ich sie in New York wieder – sie war jetzt glücklich verheiratet und erwartete ein Baby. Was aus der hübschen Victoria geworden ist, weiß ich leider nicht.

Gleich nach meiner Ankunft in Kapstadt rief ich Karin an. »Hallo, Karin – ich bin wieder da«, erklärte ich freudig.

Es dauerte einen Augenblick, ehe sie antwortete: »Oh, hallo.«

Vielleicht hatte sie in der Zwischenzeit einen anderen kennengelernt? »Hast du einen neuen Freund?«

»Nein, einen Freund eigentlich nicht – eher so etwas wie einen guten Bekannten«, erwiderte sie.

Ich war ungeheuer erleichtert, daß die Tür nicht ganz zu war. »Na schön, wie wär's, wenn wir heute abend zusammen essen?« Ich hatte mir bereits überlegt, was ich in den kommenden Wochen vorhatte, und wollte so bald wie möglich meine Pläne mit ihr besprechen.

»Nein, tut mir leid, aber ich stecke mitten im Examen. Du weißt ja, wie das ist, ich hab' wieder mal alles bis zur letzten Minute hinausgeschoben und muß heute abend wirklich arbeiten.«

Als ich mich zum ersten Mal mit Karin verabredete, hatte sie nicht so gewirkt, als nähme sie Zuflucht zu irgendwelchen fadenscheinigen Ausflüchten. Trotzdem fragte ich mich, ob sie mir auf diese Weise höflich zu verstehen geben wollte, daß ich es besser aufgeben sollte. Ich hakte also nach: »Irgendwann mußt du was essen. Warum nicht mit mir zusammen? Wir treffen uns im *La Vita* in Welgemoed. Dort essen wir eine Kleinigkeit, und sobald wir fertig sind, gehst du wieder an deine Bücher.«

Damit war sie einverstanden, und Chris Lesley, der Karin natürlich kannte, reservierte einen Ecktisch für uns, wo wir ungestört wären.

Um Punkt halb acht erschien sie in der Bar. Mein Gott, ich hatte ganz vergessen, wie wunderschön sie war. Vorsicht, Chris, mach dich nicht zum Narren. Diesmal mußt du behutsam vorgehen, das könnte etwas auf Dauer sein, ermahnte ich mich selbst.

Wir gingen gleich ins Restaurant. Karin bestellte Hummer, ich Langusten. Chris Lesley war ein hervorragender Küchenchef, und das Essen schmeckte vorzüglich. Mir war sein Kochtalent vor ein paar Monaten aufgefallen, als er noch in dem Steakhouse gearbeitet hatte. Ich mochte ihn und seine Frau Anne sehr gerne und hatte den beiden etwas Geld geliehen, so daß sie sich eine Einrichtung kaufen konnten. Sie wohnten jetzt in Welgemoed, ganz in der Nähe des Restaurants, und machten sich recht gut. Inzwischen verdienten sie soviel, daß sie sich sogar einen Hubschrauber hatten leisten können.

Karin wollte keinen Nachtisch, lediglich einen Cappuccino. Die Zeit war wie im Flug vergangen, und ich mußte endlich mit meinem Anliegen herausrücken.

Ich zog einen Kugelschreiber und ein Blatt Papier heraus, faßte mir ein Herz und stellte, während ich redete, eine Liste zusammen: »Karin, ich muß in nächster Zeit auf meine Farm in Sedgefield, dann nach Johannesburg, zu der Wahl der ›Miß Südafrika‹. Anschließend haben die Rattrays mich gebeten, vor einigen Gästen in Mala Mala einen Vortrag zu halten.«

Fragend blickte sie mich an, als wollte sie sagen: »Und was hat das alles mit mir zu tun?«

»Ich würde mich freuen, wenn du mit mir kommen würdest. Es ist schrecklich, alleine zu reisen«, beantwortete ich ihre unausgesprochene Frage.

Ich weiß nicht, ob ich das einigermaßen geschickt formuliert hatte. Ich konnte nur hoffen, daß sie jetzt nicht glaubte, ich wolle sie nur als Bettgefährtin mitnehmen. Sie war noch so jung, so unschuldig, also fuhr ich hastig fort: »Wenn es dir irgendwann zuviel wird, kannst du ohne weiteres wieder nach Hause fahren, jederzeit.«

Sie trank einen Schluck Cappuccino, ehe sie antwortete: »Das muß ich mir erst noch überlegen.«

Sie fuhr mit ihrem eigenen Wagen nach Hause zurück, während ich mich auf den Weg nach »Rockhaven« machte, dem Haus von Fritz und Maureen Brink in Bloubergstrand.

Abschied von der Klinik

Am nächsten Morgen ging ich zu einer meiner mittlerweile seltenen Visiten ins Groote Schuur und anschließend ins Rotkreuz-Krankenhaus.

Ich kannte nicht einmal mehr die Namen der Patienten, und keinen einzigen von ihnen hatte ich selber operiert.

Wie hatte das nur geschehen können, daß ich mich von etwas abgewandt hatte, das fünfundzwanzig Jahre untrennbar zu meinem Leben gehört hatte? Das ein Teil von mir gewesen war, ein Teil, dem ich soviel Freude und auch Anerkennung verdankte. Lag der Grund darin, daß die Herzchirurgie keine Herausforderung mehr für mich darstellte?

Routineoperationen langweilten mich. Tag für Tag Bypässe legen oder Herzklappen ersetzen – das war, als äße ich zu jeder Mahlzeit immer das gleiche.

Als Folge der Apartheid hatte sich die wirtschaftliche Lage derart verschlechtert, daß an einen weiteren Ausbau der Abteilung nicht zu denken war. Wir brauchten jetzt sogar eine Sondergenehmigung, wenn wir ausländische Patienten ins Krankenhaus aufnehmen wollten. Außerdem litten wir unter chronischem Mangel an Pflegepersonal, vor allem auf der Intensivstation, was sich wiederum lähmend auf die Routineoperationen auswirkte.

Man muß wissen, wann es an der Zeit ist aufzuhören. Wenn man mit seiner Arbeit Erfolg haben will, muß man morgens gespannt sein auf den Tag und die Anforderungen, die er an einen stellt. In meinem Fall war diese Spannung weg: Ich empfand keine Begeisterung mehr für meine Arbeit.

Jetzt mußten die jüngeren nachrücken, und merkwürdigerweise war ich kein bißchen neidisch. Ich wollte mit Anstand aus meinem Amt scheiden und empfand dabei nicht eine Spur von Bedauern.

Der ständige Druck, unter dem ich seit 1967 gearbeitet hat-

te, und das Wiederaufflackern der Arthritis, die sich gelegentlich sehr verschlimmerte, hatten ihren Tribut gefordert.
Und: Man erinnert sich nur an Sieger. Man erinnert sich nur daran, wie du beim letzten Rennen abgeschnitten hast. Man erinnert sich nicht daran, was du vor Jahren geleistet hast, sondern einzig und allein daran, wie du gestern gearbeitet hast. Der Zeitpunkt, endgültig aufzuhören, war für mich sehr nahe gerückt.
Eines Nachmittags statteten der Rektor der Universität und der Dekan der Medizinischen Fakultät sowie die Leiter einiger Fachbereiche verschiedenen Abteilungen einen Besuch ab, um zu sehen, welche finanziellen Mittel man für Forschung, medizinische Geräte und Personal benötigte. Sie kamen auch in mein Büro, und nachdem wir Höflichkeitsfloskeln ausgetauscht hatten, fragten sie mich, was die Abteilung für Herzchirurgie am dringendsten brauche.
»Einen neuen Abteilungsleiter«, antwortete ich, ohne zu zögern.
Sie sahen mich völlig verblüfft an.
»Er macht Witze – es sind noch vier Jahre bis zu seiner Pensionierung«, stellte einer von ihnen fest.
Aber die Art, wie ich sie ansah, schien sie zu überzeugen, daß ich keine Witze machte.
»Meinen Sie das wirklich ernst?« fragte Professor Saunders nach einem kurzen Schweigen.
»Absolut – mir reicht's. Ich schaffe es einfach nicht mehr. Es wird Zeit, daß ein anderer, jüngerer die Zügel in die Hand nimmt. Das hätte, ehrlich gesagt, schon vor zwei Jahren passieren sollen.«
Nun wurde ihnen klar, daß es mir wirklich ernst war, also unterhielten wir uns darüber, wie ich früher in den Ruhestand gehen und trotzdem meine volle Pension beziehen könnte. Wir beschlossen, gesundheitliche Gründe geltend zu machen.
Der Termin wurde festgesetzt: Am 31. Dezember 1983 würde ich zum letztenmal die Tür zu meinem Büro in der Medizinischen Fakultät hinter mir schließen, zu einem Büro, in dem ich so viele Jahre hindurch mich über meine Erfolge

gefreut und über meine Fehlschläge gegrämt hatte. Nur eine Bitte hatte ich: keine Abschiedsfeiern, bei denen die Leute Tee und Sandwiches serviert bekommen und sich verlogene Reden anhören müssen. Auf derlei konnte ich verzichten.

Als ich nach Hause fuhr, fühlte ich mich von einer ungeheuren Last befreit, denn jetzt konnte ich meine Arbeit im Krankenhaus vernachlässigen, ohne daß mein Gewissen mich plagte.

Ich rief Karin an und fragte sie, ob sie über meinen Vorschlag nachgedacht hätte. Sie hatte sich entschieden, zunächst mal nur die Einladung zur ersten meiner geplanten Reisen anzunehmen und dann zu sehen, wie sich die Dinge entwickeln würden.

»Ich hole dich morgen früh von zu Hause ab, und dann fahren wir zu meiner Farm runter.« Da es Wochenende war, versäumte sie an der Technischen Hochschule nichts.

Als ich an dem Abend Jacques Leroux traf, berichtete ich ihm, wieviel Glück mir seine Party gebracht hatte: Ich war jetzt so etwas wie der offizielle Freund von Karin.

»Sie Glückspilz! Hinter dem Mädchen sind jede Menge junger Männer her, und Sie haben sie gekriegt!« Wir lachten beide.

»Na ja, Sie wissen doch, wie es so schön heißt: Besser der Liebling eines alten Mannes als die Sklavin eines jungen.«

»Verhalten Sie sich ihr gegenüber anständig, Chris, sie ist noch Jungfrau«, waren seine Abschiedsworte.

Ich fragte mich, woher er das wußte.

Um neun Uhr am nächsten Morgen fuhr ich in einem Sportwagen, den mir die Firma Datsun geschenkt hatte, vor ihrem Haus in der Nederburgh Avenue in Welgemoed vor.

Karin und ihre Mutter traten aus der Haustür und kamen zu mir ans Auto. Karin trug weiße Söckchen und flache Schuhe. Ihre Mutter hatte ihren kleinen Koffer in der Hand.

»Hallo, Karin, guten Morgen, Mrs. Setzkorn«, begrüßte ich sie, als sei es ein ganz normaler Tag.

»Guten Morgen, Chris«, erwiderten sie unisono. »Passen Sie gut auf sie auf, Chris«, fügte ihre Mutter hinzu. »Sie ist meine einzige Tochter.« Damit holte sie ein Photo hervor, das die sechsjährige Karin zeigte, die auf meinem Schoß saß – es war das Photo, das die Mutter vor vielen Jahren in Buffelsbaai aufgenommen hatte.

Schweigend fuhren wir los.

»Multimedia« hatte sich mit einer anderen Firma namens »Goldcrest« zusammengetan, um eine Dokumentarfilmserie über die Funktionsweise der verschiedenen Systeme des menschlichen Körpers – etwa des Herz-Kreislauf-, des Magen-Darm-, des zentralen Nervensystems und so weiter – zu drehen. Spezialeffekte und modernste audiovisuelle Techniken sollten das Ganze anschaulich machen. Mich bat die Firma, den Begleittext zu sprechen.

Ich ging davon aus, daß ich mir einfach den Szenenablauf der einzelnen Sendungen ansehen und dann im Off aus dem Stegreif etwas dazu sagen würde, aber als ich eintraf, überreichte man mir ein Skript. Es war in einem mir völlig fremden Stil verfaßt und paßte überhaupt nicht zu meiner üblichen Ausdrucksweise. Einige Worte und Begriffe hatte ich nie zuvor gehört, ganz zu schweigen von der richtigen Aussprache.

Ein Sprecherzieher kam zu mir ins Hotel, um mir mit der korrekten Aussprache zu helfen. Mein *Boere*-Englisch war für das anspruchsvolle Programm offenbar nicht gut genug. Das verstand ich nicht – die hatten mich doch bestimmt schon im Fernsehen gehört und mußten wissen, was für ein Englisch ich sprach.

Ich hatte zwei Tage Zeit, um den Text auswendig zu lernen. Stundenlang stand ich vor dem Spiegel und übte.

Schließlich kam der Tag meines Debüts als Schauspieler, meine erste Erfahrung, wie es ist, Filmstar zu sein: Es gab jemanden, der mich anzog, einen anderen, der sich um mein Make-up kümmerte, und einen dritten, der für meine Frisur zuständig war. Überall schwirrten Kameraleute sowie Ton- und Beleuchtungstechniker herum, ein Regisseur machte sich wichtig, und außerdem war eigens jemand für mein Englisch zuständig. Und dann war es soweit. Ich sollte durch eine Tür treten und sieben Schritte in einen Garten gehen, mich umdrehen, in die Kamera blicken und drei Zeilen aufsagen. Kleinigkeit.

»Ruhe! Kamera fertig! Und… Action!«

Ich kam durch die Tür, machte meine sieben Schritte, blieb stehen, drehte mich um und schaute in die Kamera. Die Kamera schaute zurück. Und – Fehlanzeige.

Ich erinnerte mich nicht mal mehr an das erste Wort.

»Schnitt!« brüllte der Regisseur, und plötzlich durchzuckte ein Schmerz meine Brust – ganz bestimmt Angina pectoris!

Der Regisseur versuchte mich zu trösten. »Keine Sorge, Prof., das passiert selbst den erfahrensten Schauspielern – und es wird auch Ihnen noch des öfteren passieren. Wir probieren es einfach noch einmal. Bleiben Sie ganz ruhig.«

Er hatte recht – es passierte noch mal. Immer und immer wieder.

Ich bin sicher, die Leute, die mir zusahen, sagten sich: »Von dem Kerl lasse ich mich bestimmt nicht operieren – der weiß ja überhaupt nicht, was er als nächstes tun muß.«

Schließlich – etwa nach dem zwanzigsten Versuch – schien der Regisseur mit der Gartenszene zufrieden zu sein.

Dann kam die Szene im Swimming-pool. Ich sollte unter Wasser quer durch den Pool schwimmen und beim Auftauchen sagen: »Ich war jetzt lediglich zehn Sekunden unter Wasser, und schon bin ich außer Atem. Es gibt Leute, die können es, wenn sie ausreichend trainieren, mehrere Minuten unter Wasser aushalten.«

Nachdem ich den kurzen Text ein paarmal vermasselt hatte, wäre ich am liebsten für immer unter Wasser geblieben. Aber irgendwann war dann der – äußerst geduldige – Regisseur doch zufrieden, und der Kameramann seufzte hörbar vor Erleichterung.

Am nächsten Tag kam es noch schlimmer. Auf einer Couch hatte sich ein wunderschönes weibliches Model ausgestreckt, und eine Spezialkamera wanderte über ihren nackten Körper. Ich fürchte, ich habe meinen Text kein einziges Mal richtig hingekriegt.

An dem Abend befaßten sich ein paar Leute von Goldcrest-Multimedia mit meiner Befähigung, den Begleittext zu sprechen. Und am nächsten Tag erklärten sie mir, daß es wohl besser wäre, wenn ich lediglich ein paar einführende Worte zu jeder Sendung sagen würde. Auf höfliche Weise brachten sie damit zum Ausdruck, daß ich aus dem Film draußen war.

Meiner Karriere als Schauspieler war also nur kurze Dauer beschieden.

Anscheinend war Karin damit zufrieden gewesen, wie ich mich auf unserem Ausflug zu meiner Farm verhalten hatte, denn sie begleitete mich auch zur Wahl der »Miß Südafrika« und ebenso auf dem Abstecher nach Mala Mala.

Ich war sehr angetan von dem jungen Mädchen. Sie war nicht nur ausnehmend hübsch, sondern immer auch sehr gepflegt und tadellos gekleidet und schien sich in der Gesellschaft von Leuten wohl zu fühlen, die doppelt oder dreimal so alt waren wie sie. Es machte ungeheuer Spaß, mit ihr zusammenzusein, und immer gab es etwas zu lachen.

Wider alle Erwartungen hatte Fritz sich nach einem schweren Autounfall wieder vollständig erholt. Wir beschlossen, daß er und seine Familie zusammen mit mir und meinen beiden Kindern einen Urlaub auf Rhodos verbringen sollten. Da Karin und ich mittlerweile fest liiert waren, lud ich sie ebenfalls ein. Es war zugleich eine gute Gelegenheit für sie, Frederick und Christiaan besser kennenzulernen.

Auch diesmal hatte Aris die »Adam Suite« für mich reserviert. Mittlerweile hatte ich in drei aufeinanderfolgenden Jahren mit drei verschiedenen Frauen in dieser Zimmerflucht logiert.

Da Fritz und seine Familie noch andere Ecken Europas sehen wollten, flogen sie mit Karin nach London und Wien weiter. Ich wollte dann in Rom wieder zu ihnen stoßen, denn für die Zwischenzeit hatte Tony Ingala mich zu einer kleinen Kreuzfahrt entlang der Küste des damaligen Jugoslawien eingeladen.

Anschließend spielte ich noch Schiedsrichter bei der Wahl einer »Miß Topless« in Jugoslawien und flog dann nach Rom, um mich mit Karin zu treffen. Wir stiegen im *Hassler* ab. Fritz und seine Familie trafen noch am gleichen Abend ein, und wir verbrachten eine herrliche Zeit in dieser wundervollen Stadt.

Mittlerweile betrachtete ich Karin als meine feste Freundin und genoß die Gesellschaft dieser außergewöhnlichen Frau. Leider mußte sie nach Kapstadt zurück, da sie einen Vertrag als Model abgeschlossen hatte. Und ich wurde in London zu weiteren Filmaufnahmen erwartet.

Ich wußte gleich, daß etwas nicht in Ordnung war, als ich endlich wieder in Kapstadt landete und sie nicht am Flughafen war, um mich abzuholen. Was konnte es bloß sein? Wir hatten uns in Rom sehr zärtlich voneinander verabschiedet. Vielleicht wartete sie bei Fritz und Maureen auf mich? Sicher war sie dorthin gefahren, um Blumen in mein Zimmer zu stellen.

Aber bei den Brinks waren keine Blumen und auch keine Karin.

Als ich bei ihr zu Hause anrief, war ihre Mutter am Apparat und erklärte, Karin sei ausgegangen, wich aber meinen Fragen aus und meinte, ich solle mit ihrer Tochter selber sprechen.

Endlich, nach mehreren vergeblichen Versuchen, erreichte ich sie am Telefon. Sie erklärte, ihre Verpflichtungen als Model nähmen sie voll in Anspruch, daher könnten wir uns in den nächsten Tagen unmöglich sehen. Als ich aber nicht locker ließ, willigte sie schließlich ein, sich noch am gleichen Abend mit mir zu treffen.

Es war so mit das Schlimmste, was mir so kurz nach meiner Scheidung von Barbara passieren konnte: Karin erklärte, sie hätte über unsere Beziehung nachgedacht und sei zu dem Schluß gekommen, daß der Altersunterschied schlicht zu groß sei. Es könne einfach nicht gutgehen, denn wenn sie mit mir zusammen sei, vermisse sie ihre jungen Freunde und sehne sich nach all dem, was sie unternommen habe, ehe sie mich kennengelernt hatte.

Schon immer hatte ich mich vor dem Alter gefürchtet und gewußt, daß es sich früher oder später zwischen mich und mein Glück stellen würde. Aber ich hatte nicht damit gerechnet, daß das schon so bald passieren würde. Es gab so vieles, das ich Karin geben konnte und das ihre jungen Freunde ihr nicht bieten konnten. Andererseits, so dachte ich, gab es nur wenig, das sie ihr geben konnten und ich nicht.

Nachdem ich sie nach Hause gebracht hatte, fuhr ich nach »Rockhaven« zurück. Ich war am Boden zerstört. Was sollte ich tun? Noch einmal kämpfen und versuchen, sie zurückzuerobern? Das würde ich kein zweites Mal durchstehen, dieses Gegrübel, das Aushecken von irgendwelchen Plänen und den nagenden Kummer.

Am nächsten Morgen rief ich ihre Mutter an, die ebenfalls sehr niedergeschlagen war. Ihrer Meinung nach übten Karins Freunde großen Einfluß auf sie aus. Sie hatten ihr eingeredet, es sei ein schrecklicher Fehler, ihre Jugendjahre mit einem alten Mann zu vergeuden; eines Tages würde sie das bitter bereuen.

Was sollte ich dazu sagen? Vielleicht hatten sie ja recht. Ich versuchte, mich mit dem Gedanken zu trösten, daß es unmöglich war, die Zukunft vorherzusagen. Vielleicht würde sie es sich anders überlegen und es doch mit mir probieren?

Ihrer Mutter hatte Karin erklärt, sie wolle kein Wort mehr über Chris Barnard hören, sonst zöge sie aus. Also blätterte ich in meinem kleinen Notizbuch mit alten Telefonnummern und dachte bei mir: Ich werd' der kleinen Hexe beweisen, daß es jede Menge junger Mädchen gibt, die liebend gerne ihre Jugendjahre mit diesem alten Mann vergeuden würden.

Vor allem wollte ich Sheila Etoe wiedersehen; sie war mindestens Mitte Dreißig, also war der Altersunterschied nicht ganz so groß. Allerdings war sie aus Schaden klug geworden: Einmal hatte ich sie fallenlassen, damals, als ich Karin haben konnte, und sie dachte gar nicht daran, wie sie mir klipp und klar sagte, sich noch mal auf eine ernsthafte Beziehung mit mir einzulassen, um dann vielleicht einfach wieder abserviert zu werden.

Also schlief ich wahllos mit irgendwelchen Mädchen.

Schließlich war es soweit: Es galt, vom Groote Schuur Abschied zu nehmen. Der Direktor bestand auf einer kleinen Feier, die im Speisesaal des Schwesternheims stattfand. Das letztemal war ich hier gewesen, als ich Louwtjie den Hof gemacht hatte. Was war seitdem alles geschehen!

Nach den obligaten Sandwiches zum Tee und der obligaten Rede des Direktors erhielt ich mein Geschenk »für fünfundzwanzig Jahre treuer Dienste«. Es war in einer länglichen Schachtel verpackt. »Eine Rolex wahrscheinlich«, dachte ich, während ich ungeduldig das Papier aufriß.

Es war eine Krawatte mit dem Emblem des Krankenhauses. Auf dem Etikett stand: »Waschbar«.

Im Rotkreuz-Krankenhaus fand ebenfalls eine kleine Feier statt, zu der auch Andre, mittlerweile Kinderarzt, kam. Ich war sehr stolz, als er so neben mir stand. Dort wurde mir kein Geschenk überreicht – vielleicht waren sie zu dem Schluß gekommen, eine Krawatte reiche für beide Krankenhäuser.

Mein Personal gab, mit finanzieller Unterstützung der Firma Sandoz, eine Party im *La Vita*. Das war wirklich ein schöner Abend – sogar Karin war als meine Begleiterin mitgekommen, was natürlich zu allerlei Gerüchten Anlaß gab.

Das Geschenk, das sie mir dort überreichten, war weit passender: eine riesige Schachtel, aus der, als ich sie öffnete, ein hübsches junges Mädchen sprang. Ich bedankte mich bei allen und erklärte, ich könne es gar nicht erwarten, nach Hause zu gehen und mit meinem neuen Spielzeug zu spielen.

Wieder ging die QE 2 auf Kreuzfahrt, und wieder wurde ich eingeladen, als Gastredner an Bord zu kommen. Die Reise sollte von Los Angeles nach Singapur gehen.

Noch immer zog Karin die Gesellschaft ihrer gleichaltrigen Freunde vor, und ich hatte schon fast alle Hoffnung aufgegeben. Dennoch beschloß ich, einen letzten Versuch zu wagen. Kurz bevor ich zur Frankfurter Buchmesse und anschließend über New York nach Los Angeles flog, um dort an Bord der QE 2 zu gehen, rief ich Karin an und sagte, ich würde sie gerne sehen. Ob wir uns bei Maureen treffen könnten?

Dort erzählte ich ihr von meinen Reiseplänen und sagte

ihr, ich würde ein Erster-Klasse-Ticket nach New York für sie hinterlegen. Gebucht hätte ich bereits. Am Kennedy-Flughafen würde eine Limousine sie abholen und ins *Carlyle* bringen, wo ich ein Zimmer für sie reserviert hätte. Sie bräuchte sich nicht gleich zu entscheiden. Falls sie jedoch käme, würden wir uns in New York treffen und gemeinsam nach Los Angeles fliegen, um dort an Bord der QE 2 zu gehen.

Ich flog also nach Frankfurt ab. In Deutschland schaffte ich es tatsächlich, mich wieder einmal zusammen mit einem nackten Mädchen photographieren zu lassen; das Bild wurde in einer Illustrierten veröffentlicht. Noch immer hatte ich nicht gelernt, daß man Journalisten nicht über den Weg trauen darf. Wahrscheinlich würde Karin das Photo zu Gesicht bekommen, und dann konnte ich jegliche Hoffnung aufgeben, sie je wiederzusehen – jetzt oder irgendwann in der Zukunft.

Sobald die Leuchtschrift: »Bitte anschnallen« erloschen war, verstellte ich meine Rückenlehne nach hinten, setzte die Kopfhörer auf und wählte den Kanal mit Country-Music, die ich gerne mag. Also machte ich es mir bequem und entspannte mich bei einem Glas Champagner.

Als erstes kam ein Lied über eine Liebesgeschichte mit unglücklichem Ausgang, ich glaube, es hieß *Somebody Done Somebody Wrong Song*. Das nächste hatte mein Vater sehr gemocht: *Silver Threads Among the Gold* – ein sehr trauriges Lied. Ich wollte schon einen anderen Kanal einstellen, hörte mir dann aber doch noch das nächste an. Es war *Please Daddy, Dont Walk So Fast* und handelt von einem Vater, der seine Frau und seinen Sohn verläßt – für meinen Geschmack traf es meine Lage etwas zu gut. Ich behielt zwar die Kopfhörer auf (dann wird man nicht von anderen Passagieren behelligt), stellte aber die Musik ab und schloß die Augen. Hatte ich nicht genau das meinem ersten Sohn angetan, Andre? War ich zu schnell gegangen, so daß ich ihn hinter mir gelassen hatte?

Ich dachte an jenen Tag zurück, an dem der Professor für Rechtsmedizin mich angerufen und gebeten hatte, sofort zu ihm zu kommen. Er teilte mir mit, Drogenfahnder hätten ihm berichtet, daß Andre sich häufig selber Betäubungsmittel wie Valdoron N und Pethidin verschrieben und in verschiedenen Apotheken gekauft hätte.

Professor Schmidt erklärte, er werde, da wir befreundet seien, die Sache im Augenblick nicht weiterverfolgen. Ich mußte ihm jedoch versprechen, mit meinem Sohn zu reden und ihn dazu zu bringen, sich in Behandlung zu begeben.

Ehrlich gesagt war mir schon ein paarmal aufgefallen, daß Andre, wenn er und seine Frau zu mir zum Abendessen kamen, verschlafen gewirkt hatte und gelegentlich während der Unterhaltung eingenickt war. Wir hatten alle geglaubt, er hätte Nachtdienst oder säße zuviel hinter seinen Büchern.

Damals hatte ich keinerlei Verdacht geschöpft. Allerdings habe ich mir seither oft die Frage gestellt, ob ich die Angelegenheit, wenn es sich um einen meiner Patienten gehandelt hätte, auch so leichthin abgetan hätte, ohne genauer nachzufragen.

Als ich jetzt auf meinem Flug über den Ozean an seine Kindheit und Jugendjahre zurückdachte, mußte ich mir beschämt eingestehen, daß ich mich kaum erinnerte, wo Andre bei bestimmten, für mich wichtigen Ereignissen gewesen war. Wo war mein Sohn gewesen, als man mir die Ehrenbürgerwürde der Stadt Kapstadt verliehen hatte, wo war er gewesen, als Frederick und Christiaan geboren wurden? Und wo war er eigentlich jetzt, in diesem Augenblick?

Ich erinnerte mich, wie ich damals Andre gebeten hatte, zu mir in die Medizinische Fakultät zu kommen.

»Andre, du hast da ein ernstes Problem.«

Er sah mich mit seinen dunkelbraunen Augen an, die denen seiner Mutter ähnelten.

»Was meinst du damit, Daddy?« Aber ich merkte, daß er genau wußte, wovon ich sprach.

»Ich meine das«, antwortete ich und las ihm die Liste der Apotheken vor, die man mir ausgehändigt hatte.

Er ließ sich auf einen Stuhl fallen und sagte sehr ruhig: »Ich bin froh, daß du es weißt, Dad. Ich habe immer wieder versucht, mir ein Herz zu fassen und mit dir darüber zu reden. Es hat alles so harmlos angefangen, aber jetzt habe ich es nicht mehr unter Kontrolle. Es war dumm von mir, überhaupt damit anzufangen, und ich muß unbedingt damit aufhören.«

Er versuchte nicht, irgendwelche Entschuldigungen für seine Medikamentenabhängigkeit anzuführen, obwohl das naheliegend gewesen wäre: Er hatte einen Autounfall gehabt und immer noch starke Schmerzen im Bein. Ohne weiteres hätte er also behaupten können, daß er die Medikamente deswegen nahm. Aber das sagte er nicht – er wußte, daß er krank war und sich einer Behandlung unterziehen mußte.

Ich rief einen Psychologen an und vereinbarte einen Termin für Andre, machte mir aber später nicht die Mühe nachzufragen, wie die Dinge sich weiterentwickelten: Hier endete meine väterliche Fürsorge.

Ein paar Monate später wurde er ins Groote-Schuur-Krankenhaus eingeliefert. Ich brauchte eine Sondergenehmigung, um ihn zu besuchen. Es brach mir fast das Herz, als ich meinem Sohn in einem derart heruntergekommenen Zustand sah: in Jeans, unrasiert und ohne einen Funken von Stolz.

Wieder ein paar Monate später waren die Ärzte mit den Fortschritten, die er machte, zufrieden. Er wurde entlassen und mußte sich erneut den Realitäten des Lebens stellen.

Mittlerweile stellt sich mir das Problem folgendermaßen dar: Mein bedauernswerter Sohn war – vermutlich, weil weder ich noch Louwtjie ihm den nötigen Rückhalt gegeben hatten – unfähig gewesen, mit der rauhen Wirklichkeit fertig zu werden. Also hatte er den einfachsten Weg gewählt.

Nicht einmal, daß er verheiratet und Vater von zwei prächtigen Kindern war, hatte das wiedergutmachen können, was in seiner Psyche während seiner Kindheit angerichtet worden war. Er konnte diese Welt nur ertragen, wenn er sie durch eine rosa Brille betrachtete, und diese Brille verschaffte er sich, indem er sich selber Betäubungsmittel verschrieb.

Er hatte kaum an meinem Leben teilgenommen. Ich war in der Tat zu schnell gelaufen, so daß er nicht mitgekommen war. Das mußte sich ändern, und ich schwor hier und jetzt, an Bord des Flugzeugs, einen heiligen Eid, mich nach meiner Rückkehr nach Kapstadt intensiver um meinen Sohn zu kümmern. Es gab so vieles, das wir miteinander tun konnten, so vieles, für das es sich zu leben lohnte. Es ist nie zu spät.

Die Stewardeß kam und bat mich, meine Sitzlehne gerade zu stellen, da wir uns dem Kennedy-Flughafen näherten. Anders als auf den südafrikanischen Flughäfen wurde ich hier bei meiner Ankunft als VIP behandelt, und die Einreise- und Zollformalitäten waren schnell erledigt.

Ich wurde von einem Fahrer erwartet, der mich in einer Limousine auf dem mittlerweile schon vertrauten Weg nach New York City brachte, wo ich mich im *Carlyle* eintrug. Der stellvertretende Geschäftsführer begleitete mich auf mein Zimmer. Er schloß die Tür auf – und da war Karin und wartete auf mich. Ich schloß die Tür hinter mir und ging auf das Bett zu, auf dem sie lag.

»Liebe mich, Chris«, flüsterte sie.

Karin

Dr. Nazih Zuhdi hatte ebenfalls bei Dr. Lillehei in Minneapolis studiert. Allerdings hatte er mit seinem Forschungsprogramm erst angefangen, als ich schon weg war. Mit großem Interesse hatte ich seine Arbeit über Hämodilution gelesen.

Als man damit begann, bei Operationen die Herz-Lungen-Maschine einzusetzen, gingen sämtliche Chirurgen davon aus, daß sie mit menschlichem Blut gefüllt werden müsse, das mit dem des Patienten kompatibel war. Zu diesem Zweck war es notwendig, vor der Operation vier bis sechs Personen Blut abzunehmen. Dadurch verzögerten sich Notoperationen, und die Blutbanken waren oft überfordert, vor allem wenn zehn bis zwölf Operationen pro Tag durchgeführt wurden. Die Verwendung so großer Mengen menschlichen Bluts erhöhte zudem die Wahrscheinlichkeit, daß es zu Komplikationen kam, die bei Bluttransfusionen auftreten können.

Mit seinen Untersuchungen erbrachte Dr. Zuhdi den Nachweis, daß man die Herz-Lungen-Maschinen auch mit verdünntem Spenderblut oder mit einer einfachen physiologischen Lösung füllen kann, beispielsweise Ringer-Laktat. Nach der Verlegung des Bypass wird das Blut langsam in den Körper des Patienten zurückperfundiert. Seine Nieren scheiden dann, unter Umständen mit Hilfe von Diuretika, die überschüssige Flüssigkeit aus. Obwohl infolge Verdünnung des Blutes der Hämoglobinspiegel sinkt, werden die lebenswichtigen Organe viel besser durchblutet. Auf diese Weise kann man Operationen am Herzen entweder ganz ohne oder mit nur einigen Millilitern Spenderblut durchführen.

Seit der Veröffentlichung dieser Untersuchungen bedienen sich Chirurgen in aller Welt dieses Verfahrens der Hämodilution.

Nach Beendigung seiner Ausbildung ließ Nazih Zuhdi sich in Oklahoma City nieder und wurde einer der angesehensten Herzchirurgen. Nach meiner Pensionierung hatte er mich eingeladen, nach Oklahoma zu kommen und ihm bei der Initiierung eines neuen Herztransplantationsprogramms zu helfen.

In New York trafen wir uns mit Nazih und seiner Frau Annette. Da, wie er mir mitteilte, die Eröffnung des neuen Herzzentrums von Oklahoma im Baptist Medical Centre kurz bevorstand, lud er Karin und mich ein, nach unserer Seereise ihre Gäste zu sein. Das würde uns auch Gelegenheit geben, uns ein wenig umzusehen und zu überlegen, ob wir uns in Oklahoma niederlassen wollten, und sei es auch nur für ein paar Jahre. Karin und ich besprachen das miteinander, und da sie die Vereinigten Staaten kaum kannte, beschlossen wir, die Einladung anzunehmen.

Voller Unternehmungslust brachen wir beide von New York auf. Der Alte und die Junge hatten beschlossen, es miteinander zu wagen. Ehe wir in Los Angeles an Bord der QE 2 gingen, statteten wir Disneyland einen Besuch ab, dem Inbegriff der Traumwelt Walt Disneys. Auch die Queen Mary und die »Spruce Goose« sahen wir uns an. Seit jeher bin ich ein großer Bewunderer von Howard Hughes, der meiner Ansicht nach ein echtes Genie war. Daher wollte ich auch unbedingt das sehen, was alle Welt als seine absurdeste Verrücktheit bezeichnete: das größte Flugzeug aus Holz, das je gebaut worden war, mit einer Spannweite von 96 Metern. Hughes hatte es 1942 selber entworfen, und es hatte sich nur ein einziges Mal in die Luft erhoben.

Der erste Anlegeplatz auf unserer Kreuzfahrt war Honolulu, wo wir ein paar Tage in Pearl Harbour verbrachten. Es hatte etwas Gespenstisches, wie wir da auf dem Wrack der *Arizona* standen, im Bewußtsein, daß die sterblichen Überreste der Seeleute, die mit ihr untergegangen waren, noch immer irgendwo durch ihren Rumpf trieben.

Karin vertrug das Reisen per Schiff nicht besonders gut und wurde ein paarmal seekrank. Glücklicherweise lief die QE 2 mehrere Häfen an – Bali, Manila, Hongkong und schließlich Singapur.

Am nächsten Tag sollte Karin über Taipeh nach Hause

fliegen, während ich nach London mußte, da die Dokumentarfilmserie noch nicht abgeschlossen war. Mittlerweile hatte man sich für den Titel *The Living Body* entschieden.

Der Tag in Singapur verging viel zu schnell. Wir besuchten den weltberühmten Vogelpark und waren beide beeindruckt, wie sauber die Stadt war. Das bestärkte mich in meiner Ansicht, wie wichtig Disziplin ist. Viele Städte könnten von Singapur eine Menge lernen.

Am nächsten Vormittag brachte ich Karin zum Flughafen und kehrte, da ich selber erst gegen Abend fliegen mußte, ins Hotel zurück. Unterwegs durchlebte ich noch einmal die wundervolle Zeit, die wir zusammen verbracht hatten. Ich fühlte mich rundherum glücklich, hatte keine Sorgen und fand das Leben einfach herrlich.

Als ich in mein Zimmer kam, läutete das Telefon.

Die Dame in der Vermittlung erklärte, der Anruf komme aus Südafrika, und stellte ihn durch. Ich hörte die vertraute Stimme von Fritz Brink.

»Chris? Hier ist Fritz. Es ist etwas Fürchterliches geschehen.« Er schwieg. Dann: »Andre hat gestern nacht Selbstmord begangen.«

Ich sank auf den Stuhl neben dem Telefon und schüttelte wie wild den Kopf, als könnte ich damit das, was ich eben gehört hatte, abwerfen.

»Fritz, was ist denn passiert?«

»Seine Frau hat ihn heute morgen tot in der Badewanne gefunden, als sie vom Nachtdienst nach Hause kam. Mehr weiß ich auch nicht, mein Lieber.«

»Ist er ertrunken? War es vielleicht ein Unfall?«

»Ich weiß nichts Näheres, Chris. Wann können wir mit Ihnen rechnen?«

»Das kann ich nicht auf Anhieb sagen, Fritz – ich geb' Ihnen Bescheid.«

»Es tut mir so leid, Chris, wir alle fühlen mit Ihnen. Sie wissen, wie gern wir Andre hatten.«

»Danke, Fritz.«

Und noch vor wenigen Tagen hatte ich geglaubt, es sei nie zu spät. Nun war es zu spät.

In den letzten drei Wochen hatte mein Sohn darum gekämpft, das reale Leben in den Griff zu bekommen – während ich auf einem Luxuskreuzschiff in einer Traumwelt gelebt hatte.

»Ich wollte ihm zeigen, wie sehr ich ihn liebe, sobald ich wieder zu Hause bin«, schluchzte ich laut, »und jetzt ist es zu spät.« Meine Stimme klang hohl, und meine Hände begannen unkontrollierbar zu zittern.

Wenn ich ihn nur angerufen hätte! Oder ihm wenigstens eine Karte geschickt hätte – vielleicht wäre es dann nicht passiert. Zu spät.

Es war das zweite Mal in meinem Leben, daß ich in einem fremden Land, in dem ich keine Freunde hatte, eine schlimme Nachricht erhielt. Das erste Mal, als Noel Tunbridge mich wegen der Scheidung angerufen hatte, und nun dies.

Ich zwang mich, etwas zu unternehmen, und rief die Singapore Airlines an und erhielt die Information, am schnellsten käme ich nach Südafrika, wenn ich nachmittags nach London abflöge, dort träfe ich am nächsten Morgen ein und könnte dann am Abend mit South African Airways nach Johannesburg und weiter nach Kapstadt fliegen.

Es wurde die traurigste Reise meines Lebens.

Als Verfechter von Euthanasie und Selbstmord (den man in bestimmten Fällen als eine Art aktiver Euthanasie betrachten kann) tröstete mich der Gedanke, daß Andre in eine bessere Welt eingegangen war als die, in der er gelebt und gelitten hatte. Sein Leben war am Ende so wenig lebenswert gewesen, daß es nur noch eine Qual für ihn war.

Irgendwie überstand ich die lange Heimreise. Die Presse hatte bereits ausführlich über den Schicksalsschlag berichtet, und am Flughafen von Kapstadt warteten Horden von Reportern, um meinen Kummer auf ein Photo zu bannen.

Fritz holte mich ab, und wir fuhren direkt zu Andre nach Hause – zu dem, was einst sein Zuhause gewesen war. Seine Frau Gail, die sich sehr tapfer hielt, weinte leise vor sich hin, als wir eintrafen. Sie konnte nicht verstehen, warum er diesen letzten Schritt getan haben sollte, und war felsenfest überzeugt, daß es sich um einen Unglücksfall handelte.

Sie war Krankenschwester, und um ein bißchen dazuzuverdienen, machte sie dreimal in der Woche Nachtdienst im Rotkreuz-Krankenhaus. An diesem speziellen Abend hatte sie Schicht gehabt; Andre war mit den Kindern zu Hause geblieben. Etwas später hatte Deidre angerufen. Andre hatte ihr erklärt, er habe am nächsten Tag eine Prüfung und wolle deswegen noch ein heißes Bad nehmen und dann früh schlafen gehen.

Als Gail am nächsten Morgen nach Hause gekommen war, hatte sie sich gewundert, daß die Kinder noch schliefen und die Haustür verschlossen war. Sie war um das Haus herumgegangen, in dem es merkwürdig still war. Dann hatte sie durch das Badfenster geschaut und ihren Mann gesehen, in der Badewanne liegend, tot. Auf dem Boden hatte eine Spritze gelegen.

Vielleicht hatte er Angst vor der bevorstehenden Prüfung gehabt und hatte im Tod einen Ausweg gesehen, um sich dieser Realität nicht stellen zu müssen. Gail ihrerseits glaubte, daß er einfach das Bedürfnis gehabt hatte, sich zu entspannen, und deswegen zu der Droge gegriffen hatte – daß sein Tod also ein Unfall war.

Die eigentliche Todesursache war eindeutig Ertrinken, also konnten beide Theorien zutreffen. Darüber dachte ich jedoch nicht lange nach. Ich wußte nur eines: Mein Sohn war tot.

Seitdem quält mich die Frage, ob mein Sohn hätte gerettet werden können. Ich bezweifle es. Den richtigen Zeitpunkt hatten wir versäumt. Ich hätte ihm die Liebe und Zuwendung geben müssen, die er so dringend gebraucht hätte, als er noch ein kleiner Junge war. Es war meine Schuld.

Die Angehörigen saßen in der vordersten Bank in der Kapelle neben dem Krematorium. Karin war der Ansicht gewesen, sie würde ihre Achtung vor Andre am besten dadurch bekunden, daß sie nicht an dem Trauergottesdienst teilnahm.

Barbara hatte, als sie die Nachricht erhielt, sofort Gail angerufen und ihr ihre Hilfe angeboten. Sie kam auch zu der Trauerfeier.

Ich saß neben Deidre und Louwtjie.

Man trug den Sarg herein und stellte ihn vorne in der Kapelle ab. Wir sangen »Näher, mein Gott, zu Dir«, und Deidres Mann Kobus las den 23. Psalm. Es war ein sehr schlichter Gottesdienst.

Ich starrte den Sarg an und konnte mir Andre vorstellen, wie er dort lag. Endlich hatte er Ruhe gefunden. Ich hatte ihn nach seinem Tod nicht mehr sehen wollen. Ich wollte ihn als den stolzen jungen Mann bei der Abschiedsfeier seines Vaters und als den eifrigen Studenten in Erinnerung behalten. Ich wollte mir den Zauber seines sanften Lächelns bewahren.

Der Gottesdienst war zu Ende, und wir verließen die Kapelle. Ich wandte mich noch einmal um und sah schwarzen Rauch aus dem Kamin des Krematoriums aufsteigen. Das war alles, was von meinem Sohn blieb: eine Handvoll Asche.

Ich nahm den Posten eines »Scientist in Residence« am Baptist Medical Centre in Oklahoma an. Mein Monatsgehalt entsprach zwei Jahresgehältern eines Professors an der Universität von Kapstadt.

Kurz vor unserer Abreise erhielt ich einen Bericht von Schäfer, in dem er mitteilte, die Experimente hätten aufregende und ermutigende Ergebnisse erbracht.

Bei einem der Experimente hatte er lebende Zellen einer bestimmten Dosis ultravioletter Strahlung ausgesetzt. Das hatte natürlich zu einer Schädigung des genetischen Materials geführt. Anschließend waren die Zellen in zwei Gruppen unterteilt worden. Die eine, die als Kontrollgruppe fungierte, war weiter inkubiert worden. Zusätzlich hatte man jedoch radioaktive (und als solche etikettierte) Aminosäuren – die Bausteine des Proteins – hinzugefügt. Auch die Zellen der zweiten Gruppe waren weiter inkubiert worden, ebenfalls unter Hinzufügung radioaktiver Aminosäuren. In diesem Fall hatte man aber noch zusätzlich Sphingolipide eingebracht.

Nach mehreren Tagen hatte Schäfer die Zellen aus dem Nährboden genommen und die Radioaktivität in ihnen gemessen. Dabei hatte er festgestellt, daß die Radioaktivität in der Kontrollgruppe sehr niedrig, bei den mit Glykosphingolipiden behandelten Zellen jedoch beträchtlich war.

Diese Ergebnisse legten den Schluß nahe, daß bei beiden Gruppen die ultraviolette Strahlung zu einer Schädigung des genetischen Materials geführt hatte. In der Kontrollgruppe war es danach jedoch nur zu einer minimalen oder gar keiner genetischen Wiederherstellung gekommen, so daß die Zellen nicht mehr in der Lage gewesen waren, Proteine herzustellen, wie das Fehlen radioaktiver Bausteine zeigte.

In der zweiten Gruppe hatte – darauf ließ die erhebliche Konzentration radioaktiver Aminosäuren, schließen – die Einbringung der Glykosphingolipide offenbar eine Wiederherstellung angeregt, so daß eine Proteinsynthese stattfinden konnte.

Dennoch, irgend etwas störte mich. Die Ergebnisse unserer Experimente fielen immer so aus, wie wir es uns gewünscht hatten. Als erfahrener Forscher wußte ich, daß derlei nie so einwandfrei funktioniert, es sei denn, man hat unwahrscheinliches Glück.

In Oklahoma wurden wir mit »großem Bahnhof« empfangen, zu dem auch Nazih und Annette Zuhdi gehörten. Man brachte uns in eine herrliche Suite im *Waterford Hotel*, wo wir wohnen sollten, bis man eine Wohnung für uns gefunden hatte.

Nazih und seine Kollegen hatten bereits mit dem Transplantationsprogramm begonnen. Als ich eintraf, berichtete er mir von seinen großen Plänen für einen raschen Ausbau.

Ich freute mich auf diese neue Herausforderung, aber etwas belastete mich. Ich entdeckte plötzlich Anzeichen für eine Blockierung im Dickdarm. Schmerzen hatte ich zwar keine, aber man konnte hören, daß mein Darm hyperaktiv war. Das verursachte mir nicht nur schlaflose Nächte, sondern war auch äußerst peinlich, wenn ich in Gesellschaft anderer Leute war. Sobald das Blubbern und Gurgeln begann, starrten mich natürlich alle an.

Ein guter Freund von mir war erst vor kurzem an Dickdarmkrebs gestorben, und ich war überzeugt, ich hätte das gleiche. Nächtelang lag ich wach und machte mir Gedanken darüber, wie meine Zukunft aussehen würde, falls meine Diagnose stimmte. Ich hatte, ehrlich gesagt, sogar Angst davor, einen Arzt zu konsultieren, da ich befürchtete, er würde meine Ängste bestätigen.

Schließlich vertraute ich mich Nazih an, und er kümmerte sich um einen Termin beim Gastroenterologen des Baptist Medical Centre.

Dr. Richard Welch war einer von jenen Ärzten, zu denen ein Patient spontan Vertrauen faßt. Er machte einen entscheidungsfreudigen Eindruck und schien genau zu wissen, was in einer bestimmten Situation zu tun war.

Nachdem er mich gründlich untersucht hatte, erklärte er, ein gutes Zeichen sei, daß in meinem Stuhl kein Blut war. Um sicherzugehen, sollten wir jedoch auf jeden Fall eine Kolonoskopie machen.

In meiner Zeit als Internist hatte man nur einen kleinen Bereich des Dickdarms untersuchen können, da man zur Spiegelung eine starre Metallkanüle durch den Anus einführte, die sich den Darmwindungen natürlich nicht anpassen konnte. Mit der Entwicklung der Fiberoptik war das Kolonoskop nicht nur viel dünner, sondern auch sehr biegsam geworden. Jetzt konnte man daher den gesamten Dickdarm und sogar einen Teil des Dünndarms von innen untersuchen.

Da der Dickdarm für die Untersuchung völlig leer sein mußte, war die Vorbereitung auf diese Untersuchung grauenhaft. Es fing mit einer großen Menge Sennatee an, und anschließend mußte ich ein Glas Abführmittel nach dem anderen trinken. Die ganze Nacht verbrachte ich auf der Toilette, bis mein Stuhl wirklich nur noch aus Wasser bestand.

Vor der eigentlichen Untersuchung verabreichte man mir ein Beruhigungsmittel, und die Prozedur als solche war nicht weiter schlimm, abgesehen davon, daß der Arzt das Kolonoskop nur etwa 15 Zentimeter weit einführen konnte, selbst nachdem er den Darm wie einen Ballon mit Luft aufgepumpt hatte.

Er erklärte mir, der untere Teil des Dickdarms sei an einer Stelle stark verengt. Der Grund dafür sei jedoch mit Sicherheit kein Tumor. Da er hinter dieser Verengung nichts sehen konnte, schlug er vor, einen Kontrasteinlauf machen zu lassen.

Mit meinem wie eine Trommel gespannten und aufgeschwollenen Bauch machte ich mich auf den Weg zur Röntgenabteilung. Ich muß gewatschelt sein wie eine schwangere Ente.

Der Arzt, der diese Untersuchung durchführte, war ganz anders als Richard Welch. Im Gegensatz zu diesem hielt er mich nicht über den Fortgang der Untersuchung auf dem laufenden, sondern schaute nur besorgt und verwirrt drein. Als er sich die Röntgenaufnahmen ansah, hörte ich ihn murmeln: »Mann, der hat echt Probleme!«

Um ein Haar hätte ich ihn angebrüllt: »Was für Probleme, du Arschloch? Red doch!« Aber ich hielt den Mund und wartete geduldig. Wieder einmal wurde mir klar, daß man als Arzt den Patienten nie in eine Verschwörung des Schweigens verstricken darf.

Schließlich wandte er sich wieder zu mir. So, jetzt kommt's, dachte ich mir, und machte mich auf das Schlimmste gefaßt.

»Professor, Sie haben eine massive Striktur im Dickdarm. Ich habe sie mir genau angesehen – es gibt aber keinerlei Hinweise auf eine bösartige Läsion. Es handelt sich um einen schweren Fall von Divertikulitis, und ich vermute, die Verengung ist eine Folge des Abheilens dieser Läsionen. Also nichts, worüber Sie sich Sorgen machen müßten.«

Am liebsten wäre ich ihm um den Hals gefallen! Zum ersten Mal seit Wochen schlief ich wieder die ganze Nacht durch, ohne in Gedanken mein Testament abzufassen.

Wir lebten uns schnell in Oklahoma City ein, und ich war viel mit Dr. Zuhdi zusammen. Untertags arbeiteten wir gemeinsam in der Klinik, und abends führte er uns meistens in eines der Restaurants zum Essen aus.

Die Zuhdis waren Moslems. Nazih Zuhdi studierte den

Koran, und sonntagabends hielt er gelegentlich interessante Vorträge darüber.

Der Koran, die Heilige Schrift des Islam – im Glauben der Moslems das unumstößliche Wort Gottes, das der Engel Gabriel dem Propheten Mohammed diktiert hat – beeindruckte mich zutiefst. In gewisser Weise schließt er alle Religionen in sich ein, die Gott als die höchste Macht betrachten.

Was das Berufliche betraf, so stellte ich sehr bald fest, daß Nazih ein hervorragender Chirurg war, auch wenn mir seine Art, sich um die Patienten auf seiner Station zu kümmern, fremd war. Vi, eine ausgebildete Krankenschwester, die ganztags für ihn arbeitete, war für die Vorbereitung der Patienten auf die Operation wie auch für die Versorgung nach der Operation zuständig. Dr. Zuhdi selber wurde nur bei größeren Komplikationen hinzugezogen. Soviel Verantwortung hätte ich nie delegieren können.

Zudem wandte man weit mehr Zeit für intensive Beratungen und zusätzliche Untersuchungen auf als ich. Der Grund dafür war vermutlich die permanente Furcht vor Prozessen. Jedenfalls stiegen dadurch die Krankenhauskosten für die Patienten beträchtlich.

Nach ein paar Tagen sprach ich mit Dr. Zuhdi über meine zukünftigen Pflichten. Wir kamen überein, daß ich lediglich das Forschungsprogramm überwachen sowie beratende Funktion haben sollte. Zusätzlich würde die Öffentlichkeitsarbeit für das Transplantationsprogramm und das Herzzentrum in meine Zuständigkeit fallen.

Das Team am Baptist Medical Centre hatte bislang drei orthotope Transplantationen durchgeführt. Ich diskutierte mit Nazih die Vor- und Nachteile der heterotopen Operation, und wir beschlossen, bei den nächsten paar Fällen nach dieser Methode vorzugehen.

Im Groote-Schuur-Krankenhaus hatten wir nach dem Tod von Martin Franzot die Huckepack-Operation routinemäßig durchgeführt. Aber jetzt konnte man mit Hilfe von Cyclosporin die Abstoßung besser kontrollieren, und zudem kam es nur selten zu wirklich massiven Abstoßreaktionen. Mir war daher klar, daß der heterotopen Operation nicht mehr die gleiche Bedeutung zukam wie früher und daß man sie nicht mehr routinemäßig vornehmen sollte.

Meiner Ansicht bot sie sich vor allem in den Fällen an, in denen feststand, daß das Spenderherz aus irgendwelchen Gründen nicht in der Lage war, nach der Operation den Kreislauf selbständig aufrechtzuerhalten. Das postoperative Versagen des Spenderherzens war mittlerweile einer der Hauptgründe für Todesfälle bei Transplantationen. Dieses Risiko konnte man durch eine Huckepack-Operation verringern. Allerdings sollte dies von Fall zu Fall entschieden werden.

Dr. Zuhdi wandte das Verfahren bei den nächsten drei Patienten an, von denen einer starb (aus Gründen, die in keinem Zusammenhang mit der Operation standen). Aber die Kritik und der Druck, das Programm einzustellen, wurden – wie ich das schon in Kapstadt erlebt hatte – zunehmend stärker, so daß uns nichts anderes übrigblieb, als zumindest vorläufig die Herztransplantationen einzustellen.

Christiaan und Frederick kamen uns besuchen und wollten Amerika kennenlernen. Nach zwei Wochen in Oklahoma flogen Karin und ich mit den beiden nach Florida, um ihnen Disney World und Sea World zu zeigen. Auf der Rückfahrt von Orlando machten wir zwei Tage in Tampa Station, um Dr. Pupello zu besuchen, der dort ebenfalls ein Herztransplantationsprogramm plante.

Von Tampa aus konnten wir in St. Louis einen Anschlußflug nach Washington erreichen. Ich hielt das für eine hervorragende Gelegenheit, den Kindern ein paar der großartigen Museen in der Hauptstadt der Vereinigten Staaten zu zeigen. Da wir in St. Louis nur eine Viertelstunde Zeit hatten, um in das andere Flugzeug umzusteigen, fragte ich einen der Angestellten, ob auch unser Gepäck rechtzeitig befördert werden könnte. Der erklärte, wenn es nicht auf diesem Flug mitkäme, dann sicher beim nächsten. Offensichtlich war es ihm ziemlich egal, ob das für uns irgendwelche Unannehmlichkeiten mit sich brachte.

Wir kamen in Washington an, und weit und breit war

nichts von unserem Gepäck zu sehen. Fast hatte ich damit gerechnet.

Nachdem wir die entsprechenden Formulare ausgefüllt hatten, ließen wir uns von einem Taxi zum Washingtoner *Hilton* bringen. Dort hatte die American Medical Association großzügigerweise Zimmer für uns reservieren lassen. Die Suite war herrlich, und das entschädigte uns für die Enttäuschung, ohne unsere Sachen auskommen zu müssen.

Wir begannen den nächsten Tag voll freudiger Erwartung und waren überzeugt, daß uns ein interessanter und angenehmer Tag in dieser Stadt bevorstand. Karin und die beiden Jungens gingen schon nach unten. Ich selber wollte noch ein paar Telefonate erledigen und mich dann in der Halle mit ihnen treffen.

Ungefähr fünfzehn Minuten später klopfte es an die Tür. Ein Hotelangestellter erklärte mir, ich müsse auf der Stelle das Zimmer räumen, da im Hotel ein Brand ausgebrochen sei. Er schien sehr gelassen und beruhigte mich, es sei nur für kurze Zeit.

Als ich aus dem Hotel auf die Straße trat, hatte sich bereits eine riesige Menschenmenge um das Gebäude angesammelt. Ich konnte Karin und meine Söhne nirgendwo entdecken und machte mir plötzlich fürchterliche Sorgen. Vielleicht waren sie noch im Hotel und wußten nicht, daß es brannte? Möglicherweise steckten sie in einem Aufzug fest oder waren in dem Qualm und Rauch ohnmächtig geworden?

Verzweifelt begann ich nach ihnen zu suchen und schrie ihre Namen, während ich mich durch die Masse der pervers faszinierten Schaulustigen drängte, von denen viele lachten und Witze machten, als seien wir im Karneval. Grimmig dachte ich bei mir, daß die menschliche Rasse sich seit den öffentlichen Hinrichtungen des 19. Jahrhunderts nicht wesentlich geändert hatte.

Da ich meine Familie nirgends finden konnte, bahnte ich mir schließlich mit den Ellbogen einen Weg zu einem Polizisten, der vor dem Gebäude stand und seelenruhig eine Cola trank.

»Entschuldigen Sie, ich suche meine Frau und meine Kinder. Sie halten sich möglicherweise noch in dem Hotel auf. Könnten Sie mir bitte helfen?« Ich versuchte, mir die eiskalte Furcht, die in mir aufstieg, nicht anmerken zu lassen.

Er streckte seine Hand hoch, als wolle er den Verkehr zum Stillstand bringen, und nahm dann die Colaflasche vom Mund.

»Treten Sie zurück«, befahl er mir lakonisch. Offenbar hatte ich ihn in seiner Konzentration gestört, denn er schien nicht mehr so recht zu wissen, was nun wichtiger war: seine Cola oder ich. Die Cola trug den Sieg davon.

»Aber ich mache mir Sorgen um meine Familie!«

»Wenn Sie nicht zurücktreten, nehme ich Sie fest, Mann«, knurrte er. Er schien äußerst zufrieden mit sich selber, weil er seine Pflicht über die Vorschriften hinaus erfüllt hatte, und konzentrierte sich nun ganz darauf, seine Cola auszutrinken.

Ich mußte an den englischen Bobby denken, der mir geholfen hatte, als ich mich in London verlaufen hatte, und konnte nicht umhin, die beiden miteinander zu vergleichen. »Gott helfe Amerika«, murmelte ich vor mich hin und wandte mich ab. Ich wußte beim besten Willen nicht, was ich jetzt tun sollte.

In diesem Augenblick sah ich Karin und die beiden Jungens auf mich zurennen. Sie hatten sich genau solche Sorgen um mich gemacht, da sie ihrerseits geglaubt hatten, ich sei noch im Hotel beim Telefonieren. Erleichtert fielen wir uns in die Arme.

Stundenlang standen wir nun herum und hatten keine Ahnung, was eigentlich los war. Man erfuhr auch nichts. Also gingen wir, statt unsere Zeit zu vergeuden, ins Raumfahrtmuseum und besichtigten anschließend einige Baudenkmäler.

Als wir am Nachmittag zum Hotel zurückkamen, durften wir immer noch nicht hinein. Glücklicherweise hatte man uns mittlerweile in einem anderen Hotel Zimmer zur Verfügung gestellt.

Ich rief bei der Fluggesellschaft an und erkundigte mich nach unserem Gepäck. Es war tatsächlich inzwischen eingetroffen, und sie hatten es zum *Hilton* bringen lassen. Da sie mich jedoch nicht angetroffen hatten, war es wieder zum Flughafen zurückgebracht worden.

Ich bat sie, mir die Sachen doch bitte sofort zu schicken; ich würde solange hier warten. In der Zwischenzeit gingen Karin und die Kinder in unser neues Hotel.

Nach einer Stunde kam der Kombi der Fluggesellschaft mit dem Gepäck. Ich erklärte dem Fahrer unsere mißliche Lage. Ob es ihm etwas ausmachen würde, mich mitsamt dem Gepäck zu unserem neuen Hotel zu bringen? Er winkte ab: Seine Anweisungen lauteten, die Koffer ins *Hilton* zu bringen, und damit basta.

Ich hatte keine Lust, mit ihm zu streiten. Also sah ich ihm zu, wie er unser Gepäck auf dem Gehsteig ablud und wegfuhr. Glücklicherweise erwischte ich gleich ein Taxi und fuhr zu meiner Familie.

Mir stand jedoch noch ein weiteres recht aufschlußreiches Zusammentreffen mit einem Vertreter der Washingtoner Polizei bevor.

Am nächsten Tag waren wir schon früh auf den Beinen und fuhren zum Arlington-Friedhof, wo wir uns die Gräber der beiden Kennedy-Brüder ansahen. Anschließend besichtigten wir das Ford Museum, in dem Abraham Lincoln ermordet worden war. Während Karin die Jungens ins Hotel zurückbrachte, fuhr ich zum *Hilton*, um meine Sachen aus dem Schließfach zu holen. Diesmal wurde ich von einem Polizisten, der ein Hot dog aß, angehalten.

Ich erklärte ihm, daß mein Paß, meine Flugscheine und mein Geld im Hotelsafe verwahrt waren und daß ich am nächsten Tag ins Ausland fliegen müsse und zu diesem Zweck unbedingt meine Dokumente brauche.

Amerikanische Polizisten sind äußerst einfallsreich. Er gab mir den weisen Rat, mir einen neuen Paß und neue Flugscheine zu besorgen. Es fehlte nicht viel, und er hätte mir, so vermute ich, auch noch geraten, mir neues Geld zu beschaffen.

Ich bemühte mich verzweifelt, nicht die Geduld zu verlieren, und sagte: »Dann können vielleicht Sie mir helfen. Hier ist der Schlüssel zu meinem Schließfach. Ich erteile Ihnen hiermit die Vollmacht, alle meine Sachen aus dem Hotelsafe zu holen.«

Nein, dazu war er nicht berechtigt. Ich bemerkte, daß die ganze Zeit, während wir palaverten, zahlreiche Leute in dem Hotel ein- und ausgingen. Ich erklärte also dem Polizeibeamten: »Hören Sie, ich habe den Schlüssel, darf aber nicht zu meinem Schließfach; Sie dürften zu dem Schließfach, sind aber nicht berechtigt, den Schlüssel an sich zu nehmen. Dürfte ich dann vielleicht einen von diesen Leuten bitten, das für mich zu erledigen?«

Nachdem er ein Weilchen überlegt hatte, meinte er, das gehe wohl in Ordnung.

Also wandte ich mich an einen der stellvertretenden Geschäftsführer, der mich mit in das Hotel nahm und mir erlaubte, meine Dokumente aus dem Schließfach zu holen. Als ich anschließend an dem Polizisten vorbeikam, sah dieser mich völlig desinteressiert an und leckte sich den Senf von den Fingern.

Am nächsten Tag konnten wir nicht schnell genug aus Washington wegkommen.

In New York, das Karin und den Jungens bedeutend besser gefiel als Washington, wohnten wir ein paar Tage im Hotel *Pierre*. Anschließend flogen wir mit der South African Airways nach Kapstadt zurück, um ein paar Tage Ferien zu machen.

Vorher sollte jedoch zum einundzwanzigsten Geburtstag von Karin eine phantastische Party im *La Vita* stattfinden. Wie bei Deidres Hochzeit wollten wir auch diesmal die ganze Dean Street Arcade mit einbeziehen.

Als wir das Programm für den Abend besprachen, schlug mich jemand für die Geburtstagsrede vor. Ich kannte Karin noch nicht lange genug, um irgend etwas über ihre Kindheit und Jugend zu erzählen. Außerdem sind derartige Reden meist fürchterlich langweilig. Also ließ ich mir etwas ganz anderes einfallen. Statt eine Rede zu halten, würde ich Dias vorführen, die sie in verschiedenen Lebensabschnitten zeigten, und dazu eine jeweils passende Musik spielen lassen.

Karin lud eine Reihe Schulfreunde und -freundinnen ein, ich einige ältere Gäste. Die Tische plazierten Aldo und Gino in der Arkade; das Buffet wurde im Restaurant aufgebaut. Hilton Ross und seine Band sollten für Live-Musik sorgen.

Als ich mit meiner Rede dran war, trat ich ans Mikrophon. Zur Überraschung aller gingen die Lichter aus, und das erste Bild erschien auf der Leinwand: Karin als Baby. Dazu sang Louis Armstrong *Hello Dolly*, das Lieblingslied von Karins Vater.

Das vierte Dia zeigte Karin im Alter von sechs Jahren, wie sie auf meinem Schoß saß (das war das Photo, das ihre Mutter fünfzehn Jahre zuvor in Buffelsbaai aufgenommen hatte). Dazu sang Maurice Chevalier *Thank Heaven for Little Girls*.

Auf dem letzten Bild saß meine Freundin, jetzt einundzwanzig Jahre alt, wieder auf meinem Schoß. Und dazu der Beatles-Song: »*When I get older, losing my hair, many years from now – will you still be sending me a Valentine, birthday greetings, bottle of wine... will you still need me, will you still feed me – when I'm 64?*« (»Wenn ich älter werde und mir die Haare ausgehen, irgendwann, nach vielen Jahren – schickst du mir dann noch eine Valentinskarte, Geburtstagsgrüße, eine Flasche Wein... wirst du mich dann noch brauchen, wirst du dann noch bei mir sein – wenn ich 64 bin?«)

Daraufhin: Lachstürme – zweifelsohne war das eine meiner besten Reden überhaupt.

Nun verkündete ich, auch Karin wolle ein paar Worte sagen. Während sie nach vorne ging, setzte die Musik ein, und Karin spielte eine kleine Szene zum Text: *Oh Doctor, I'm in trouble*, während ich die Antwort sang: *Well, goodness gracious me*. Tagelang hatten wir dieses Lied von Sophia Loren und Peter Sellers geübt – es war ein perfekter Schlußpunkt unter meine »Rede«, so wie überhaupt der ganze Abend ein riesiger Erfolg war.

Ich hatte in Buffelsbaai ein Haus gemietet, und wir verbrachten dort zusammen mit Frederick und Christiaan zwei Wochen der Weihnachtsferien. An einem der Tage rief mich George van Wyck, ein alter Bekannter, von Plettenberg Bay aus an und berichtete mir, daß sein Ferienhaus öffentlich versteigert werden sollte. Er bat mich, zu der Auktion zu gehen und das Gebot ein wenig in die Höhe zu treiben, der Auktionator wisse Bescheid und würde mein Gebot nicht annehmen, so daß keine Gefahr bestand, daß ich schließlich auf dem Haus sitzenblieb.

Karin und die Jungens begleiteten mich. Das Bieten kam nur sehr zäh voran, und als der Auktionator endlich bei 230 000 Rand angelangt war, dachte ich, jetzt wäre es an der Zeit, meinem alten Freund ein wenig zu helfen, und rief: »235 000 Rand!«

Schweigen.

»Keine weiteren Gebote?« fragte der Auktionator. »Zum ersten, zum zweiten und« – er hieb mit seinem Hammer auf den Tisch »zum dritten: das Haus geht an Professor Barnard!« Ich wollte aber kein Haus in Plettenberg Bay!

Als ich anschließend mit George sprach, konnte er sich nicht erklären, wie das passiert war, meinte aber, falls ich das Haus doch wolle, könne ich es mitsamt der Einrichtung und allem Drum und Dran haben. Im Endeffekt stellte sich heraus, daß es ein Glückskauf war.

Im neuen Jahr kehrten Karin und ich nach Oklahoma zurück, und ich führte meine Arbeit als »Scientist in Residence« fort.

Eines Tages rief Armin Mattli mich an und bat mich, ihn in New York zu treffen, da er mir einen Vorschlag unterbreiten wolle. Wir hatten uns mittlerweile angefreundet, und er war mir gegenüber immer sehr entgegenkommend gewesen, vor allem in finanziellen Dingen.

Wir trafen uns also in New York, und er berichtete mir, er habe mit einer Creme namens *La Prairie* großen Erfolg gehabt, sie aber vor einigen Jahren an eine andere Firma verkauft. Jetzt habe er ein neues Präparat entwickelt, das Glykosphingolipide (GSL) enthielt, da wir mit unseren Experimenten gezeigt hatten, daß diese GSL etwaige durch ultraviolette Strahlung entstandene Schäden beheben könnten. Und weil durch ultraviolettes Licht bedingte Schädigungen der Hautzellen einer der Gründe für das Altern seien, könne dieses Präparat den Alterungsprozeß verzögern oder sogar umkehren.

Ich wandte ein, meiner Ansicht nach könne man aus der Tatsache, daß dieser Mechanismus in Zellkulturen funktioniert hatte, nicht den Schluß ziehen, daß die GSL bei Zellen in der lebenden Haut die gleiche Wirkung hatten.

Auf diesen Einwand erwiderte Mattli, Dr. Schäfer habe einen, wie er es nannte, »transdermalen Faktor« entwickelt. Er hatte experimentell – indem er die Glykosphingolipide etikettierte – gezeigt, daß bei Anwesenheit dieses Faktors ein Molekül in die äußere Schicht der Haut eindrang. Des weiteren hatte er gezeigt, daß es dann in die Membranen der tieferliegenden Hautzellen integriert wurde. Dr. Schäfer und seine Leute hatten umfassende klinische Tests durchgeführt, und das Präparat schien all das, was es versprach, auch zu halten.

Da ich mich weder an der Herstellung noch am Testen des Präparats beteiligt hatte, lehnte ich es ab, dafür zu werben. Doch Armin Mattli versicherte mir, das wolle er auch gar nicht. Ich solle lediglich über die Experimente berichten, mit denen ich mich im Labor von Schäfer befaßt hatte.

Daraufhin machte ich einen der größten Fehler meines Lebens; hunderttausendmal habe ich ihn bereut. Ich sagte: »Okay, ich mach' es.«

Am nächsten Morgen frühstückten wir zusammen mit Mr. Alfin, dem leitenden Direktor einer Firma, die Parfums herstellte. Er zeigte sich äußerst interessiert daran, das Präparat weltweit zu vertreiben. Ich sollte ihm lediglich auf eine auch dem Laien verständliche Weise die Ergebnisse unserer Forschungen erklären. Das tat ich, und Mr. Alfin schien sehr angetan von dem Präparat. Anschließend fuhren Karin und ich nach Oklahoma zurück.

Ein paar Monate später erhielt ich eine Vereinbarung zwischen Mr. Alfin und dem Chris-Barnard-Forschungsinstitut. Darin hieß es, meine Rolle beschränke sich darauf, über die in Zusammenarbeit mit Dr. Schäfer durchgeführten Experimente zu referieren. Außerdem dürfe mein Name erst dann im Zusammenhang mit dem Präparat genannt werden, wenn die American Medical Association ihre Zustimmung gegeben habe. Für meine Mitarbeit erhielte das Chris-Barnard-Forschungsinstitut eine Vergütung in Höhe von 75 000 Dollar. Als ich den Vertrag las, hatte ich nach wie vor ein ungutes Gefühl. Allerdings konnte ich keine Schwachstellen entdecken und hatte auch den Eindruck, daß meine Kollegen nichts dagegen haben könnten, wenn ich mich darauf beschränken würde, lediglich die Forschungsergebnisse zu referieren. Das allerdings sollte sich als großer Irrtum erweisen.

In Oklahoma zogen wir in ein kleines Gästehaus, das uns ein Kardiologe des Baptist Medical Centre angeboten hatte. Er selber lebte mit seiner Frau und seinen vier Kindern nebenan. Das war viel besser, als weiterhin im Hotel zu wohnen, denn jetzt hatte Karin ihr eigenes kleines Zuhause, so daß sie den ganzen Tag über beschäftigt war. Ich war damals sehr viel unterwegs, vor allem im Bundesstaat Oklahoma, um Vorträge über das Krankenhaus und die dort geleistete Arbeit zu halten.

Unglücklicherweise war die Arthritis wieder aufgeflackert. Zeitweise wurde sie so schlimm, daß Karin mir morgens beim Ankleiden helfen mußte. Aber zumindest konnte ich nach wie vor meinen täglichen Verpflichtungen nachkommen.

Eines Tages rief Mr. Alfin mich an und bat mich, anläßlich der Lancierung des Präparats, das *Glycel* heißen sollte, für ein paar Tage nach New York zu kommen. Er hatte bereits Interviews mit einigen der großen Frauenzeitschriften arrangiert. Mit dem Einverständnis Nazih Zuhdis und des Krankenhauses nahm ich mir also ein paar Tage frei.

In New York holte mich Mr. Alfin am Flughafen ab und brachte mich mit einer Limousine ins *Pierre*, wo mir eine luxuriöse Suite zur Verfügung stand und ich fürstlich bewirtet wurde. Als die Interviews begannen, fiel mir auf, daß die Reporter *Glycel* hartnäckig als »Ihre Schönheitscreme« bezeichneten. Jedesmal gab ich mir die größte Mühe, ihnen klarzumachen, daß ich das Präparat weder entwickelt noch getestet hatte und daher keinen Anspruch auf die Bezeichnung »meine Creme« erheben konnte. Ich könne lediglich über die Experimente zu Glykosphingolipiden etwas sagen.

Aber die Geschichte war einfach zu gut, um sie nicht auszuschlachten, und so wurde *Glycel* als »Barnards Creme« berühmt. Mit der Zeit tauchte mein Name auch auf den Packungen und Dosen auf, aber anstatt sofort dagegen Einspruch zu erheben und Alfin wie auch Mattli zu erklären, daß ich den Vertrag als gegenstandslos betrachtete, da sie sich nicht an die Vereinbarungen gehalten hatten, ließ ich die Dinge einfach treiben.

Mittlerweile ist mir klar, daß mich die Hotelsuite, der französische Champagner und all der Aufwand, den man mit mir trieb, verführt hatten. Ich hatte mich schlichtweg einwickeln lassen.

Zunächst fand die Creme reißenden Absatz, aber sie forderte auch harsche Gegenreaktionen bekannter Kosmetikfirmen heraus, die das Präparat heftig kritisierten. Urplötzlich tauchten im Fernsehen bekannte Dermatologen auf, die beteuerten, »meine« Behauptungen seien falsch, was sie aber in keinem einzigen Fall wissenschaftlich begründeten. Und kein einziges Mal erhielt ich Gelegenheit, zu den gegen mich oder die GSL erhobenen Vorwürfen Stellung zu nehmen. Da diese Leute nicht dumm waren, verrieten sie den Zuschauern natürlich auch nicht, daß sie ihrerseits von konkurrierenden Kosmetikfirmen angeheuert worden waren.

Damals kamen mir Gerüchte zu Ohren, daß Dr. Bruno Reichart, der nach meinem Ausscheiden in Kapstadt zum Leiter der Herzchirurgie berufen worden war, mit einigen der altgedienten Ärzte in der Abteilung nicht besonders gut auskam. Ich war also nicht sonderlich überrascht, als Dr. Dimitri Novitzky und dann auch Dr. David Cooper Kontakt mit mir aufnahmen und fragten, ob ich ihnen eine Anstellung in Oklahoma vermitteln könnte.

Ich sprach mit Dr. Nahzi Zuhdi darüber und betonte, daß es sich um hochqualifizierte Ärzte handelte, die eine echte Bereicherung für sein Team darstellen würden. Er fing Feuer, und da er über eine unheimliche Begabung verfügte, immer das zu bekommen, was er wollte, wechselten die beiden Chirurgen im Lauf der nächsten Jahre ans Baptist Medical Centre, das nun wahrscheinlich das beste Team hatte, das es damals überhaupt gab.

Das klinische Programm der Transplantationsabteilung lief mittlerweile auf Hochtouren, und wir erkundeten die Möglichkeiten, einige der Forschungsprojekte fortzuführen, an denen Dr. Novitzky in Kapstadt gearbeitet hatte.

Darüber hinaus nahm ich Kontakt mit Professor Thomson vom Fachbereich Zoologie an der Universität Oklahoma auf, um Möglichkeiten für eine eingehendere Erforschung der Glykosphingolipide zu sondieren.

Er schlug vor, das Überleben einzelliger Organismen, sogenannter Tetrahymena, zu untersuchen, nachdem sie ultraviolettem Licht ausgesetzt gewesen waren. Eine Gruppe sollte mit GSL behandelt werden, die andere als Kontrollgruppe fungieren.

Inzwischen wurde auch Karin von Mr. Alfin beschäftigt. Sie bildete die Mädchen in den Geschäften aus, in denen *Glycel* verkauft wurde. Sie war mehr auf Reisen als ich, und ich bewunderte vorbehaltlos, wie dieses in einer ruhigen Vorstadt von Kapstadt geborene und aufgewachsene Mädchen problemlos in einem fremden Land und mit den raffinierten Tricks des amerikanischen Marketing zurechtkam.

Mr. Alfin war ein netter Mensch. Er hatte nur einen Fehler: Er umgab sich mit den falschen Beratern. Wäre *Glycel* ohne den ganzen Wirbel auf den Markt geworfen worden und hätte man meinen Namen etwas zurückhaltender und professioneller eingesetzt, dann wäre er heute, dessen bin ich mir sicher, der Vertreiber einer der meistgekauften Cremes der Welt. *Glycel* war damals eines der wenigen Präparate, dessen angebliche Wirkungen wenigstens zum Teil durch veröffentlichte Untersuchungsergebnisse bestätigt wurden.

Eins verstand ich nicht: Obwohl die Hersteller konkurrierender Präparate viel weitergehende Behauptungen aufstellten, zweifelte kein Mensch an der Wirksamkeit ihrer Produkte. Ganz anders bei *Glycel*, das von allen Seiten heftig kritisiert wurde. Die Federal Trade Commission leitete sogar eine Untersuchung ein.

Sowohl Dr. Schäfer als auch ich nahmen vor dem Untersuchungsausschuß zu den Vorwürfen Stellung, und meines Wissens konnten keinerlei Verstöße gegen die Bestimmungen festgestellt werden. Man hatte zwar einiges an unseren experimentellen Methoden auszusetzen, aber unsere Ergebnisse müssen korrekt gewesen sein, denn in der Folge bestätigten die Forschungen Professor Thomsons, daß Glykosphingolipide lebende Zellen vor Schäden durch ultraviolettes Licht schützen.

Doch damit hatte die Hexenjagd noch längst kein Ende.

Das »Christiaan-Barnard-Forschungsinstitut« war zwar von Mr. Mattli gegründet worden, aber es sollte sich herausstellen, daß ich in dem Punkt ebenfalls einen Fehler gemacht hatte: Ich hatte der Stiftung das Recht eingeräumt, sich beim Vertrieb und der Werbung für ihre Produkte meines Namens zu bedienen, solange dies nicht mit meiner Tätigkeit als Arzt kollidierte. Dafür sollte ich 10 Prozent des Gewinns der Stiftung erhalten.

Man hat mir vorgeworfen, ich hätte mich nur des Geldes wegen für *Glycel* eingesetzt – ein Motiv, das allerdings, vermute ich, bei den meisten Leuten der Grund dafür ist, daß sie arbeiten. Diejenigen, die glauben, ich sei dadurch Millionär geworden, irren ganz gewaltig. Insgesamt habe ich bei diesem unsinnigen Unternehmen nicht mehr als 200 000 Dollar verdient. Mattli war derjenige, der die Millionen kassierte. Er verkaufte das Patent und die Rechte für den Vertrieb an Mr. Alfin, der überdies das Produkt und auch das Verpackungsmaterial von ihm beziehen mußte. Zudem gelang es dem gewieften Geschäftsmann Mattli, sich aus all den Verleumdungskampagnen herauszuhalten.

Und dann kam das Schlimmste.

Ich erhielt einen Brief des American College of Surgeons, ich hätte, da ich ein Fellow war, wegen »standeswidrigen Verhaltens« vor einem Disziplinarausschuß zu erscheinen. Die gegen mich erhobenen Vorwürfe stützten sich allerdings nicht auf wissenschaftliche Berichte, sondern auf irgendwelche Geschichten in Zeitungen und populärwissenschaftlichen Zeitschriften. Ich traute meinen Augen nicht, als ich den Brief las, und rief sofort an, um zu erfahren, was er sollte. Die Sekretärin am Telefon gab mir den Rat, mir einen guten Anwalt zu nehmen.

Worauf ich erklärte, ich sei kein Verbrecher und könne mir außerdem in den Vereinigten Staaten keinen Anwalt leisten. Darüber hinaus wies ich sie darauf hin, daß sämtliches Werbematerial, in dem mein Name genannt wurde, von der American Medical Association (AMA) abgesegnet worden sei. Wenn ich das beweisen könnte, meinte sie, würde mir das sehr helfen.

Daraufhin rief ich Mr. Alfin an, erinnerte ihn daran, daß sie laut Vertrag lediglich von der AMA genehmigtes Material verwenden dürften, und wollte wissen, ob sie sich daran gehalten hätten. Das bejahte er, da es ja schließlich Bestandteil unseres Vertrags sei. Doch als ich einen Beweis dafür verlangte, konnte er mir lediglich bestätigen, ein Arzt, der der AMA angehörte, habe die Texte durchgesehen.

Ich war wie vor den Kopf geschlagen.

Nachdem ich eingehend über die ganze Sache nachgedacht hatte, schrieb ich einen langen Brief an das College, in dem ich mein Erstaunen darüber zum Ausdruck brachte, daß eine so renommierte Institution einen angesehenen Fellow wie mich lediglich aufgrund irgendwelcher Zeitungsberichte eines standeswidrigen Verhaltens beschuldigte. Sodann erhärtete ich die von mir aufgestellten Behauptungen mit einer vollständigen Übersicht über die in Basel geleistete Forschungsarbeit und fügte abschließend hinzu, ich hätte weder Zeit noch Lust, mich weiter an dieser albernen Auseinandersetzung zu beteiligen. Falls sie jedoch darauf bestünden, die Sache weiterzuverfolgen, möchten sie doch bitte meinen Austritt zur Kenntnis nehmen.

Ich unterschrieb und führte alle meine akademischen Titel auf, außer dem eines F.A.C.S. (Fellow of the American College of Surgeons) – eine etwas kindische Reaktion, die zur Folge hatte, daß ich ein paar Wochen später ein kurzes Antwortschreiben erhielt, man hätte meinen Austritt zu Kenntnis genommen.

Jetzt gehörte ich also nicht mehr dem American College of Surgeons an, was mir allerdings, so seltsam das klingen mag, absolut nichts ausmachte. Jedenfalls brachte es keinerlei persönliche Nachteile mit sich.

Das American College of Cardiology verhielt sich besonnener. Dieser Institution gehöre ich nach wie vor an, und darauf bin ich sehr stolz.

Die Zusammenarbeit zwischen Dr. Zuhdi und Dr. Novitzky gestaltete sich einigermaßen turbulent. Beide waren sehr ehrgeizig, und Nazih mußte sich sehr ins Zeug legen, um nicht die Kontrolle über seine Abteilung zu verlieren. Dr. Cooper, ein wahrer englischer Gentleman, wirkte ausgleichend und vermittelnd. Aber trotz der persönlichen Reibereien zwischen Zuhdi und Novitzky war ihr Herztransplantationsprogramm eines der erfolgreichsten in den Vereinigten Staaten.

Mittlerweile bereiteten sie sich auf eine Herz-Lungen-Transplantation vor. Diese Operation ist vom Technischen her nicht schwierig, aber nach wie vor gab es Probleme mit dem Zusammennähen der Luftröhren und der rechtzeitigen Diagnose einer beginnenden Abstoßung. Daher traf es sich günstig, daß Dimitri Novitzky in seiner Zeit in Kapstadt bereits Erfahrungen mit diesem Verfahren gesammelt hatte.

Zu diesem Zeitpunkt setzte ich mich mit Dr. Zuhdi und den Direktoren des Baptist Medical Centre zusammen, um mit ihnen über meine Zukunft zu sprechen. Meiner Ansicht nach funktionierte das Herztransplantationsprogramm mittlerweile reibungslos, so daß meine Anwesenheit nicht mehr erforderlich war.

Doch da Dr. Zuhdi nicht wollte, daß ich mich zurückzog, und es mir in Oklahoma City sehr gefiel, schlossen wir einen Kompromiß: Zunächst würde ich Urlaub machen und danach für ein weiteres Jahr zurückkommen und bis zum zwanzigsten Jahrestag der ersten Herztransplantation bleiben.

Karin und ich reisten also wieder nach Südafrika, um weitab vom Winter in Oklahoma Urlaub zu machen und um die Kinder zu besuchen. Auch sie machte sich Gedanken über ihre Zukunft. Sie fand es ziemlich lästig, ständig zwischen der Wohnung ihrer Eltern und meinem Einzimmerapartment in Bloubergstrand hin- und herzupendeln. Erschwert wurde diese Situation noch durch die Tatsache, daß wir in Oklahoma jetzt eine eigene Wohnung im Gästehaus hatten.

Nach unserem Urlaub kehrte ich in die USA zurück. Mr. Alfin hatte mich um ein Gespräch gebeten, und anschließend würde ich mein letztes Jahr am Baptist Medical Centre absolvieren. Karin wollte später nachkommen.

Als ich mich in New York mit Mr. Alfin traf, konnte ich mich des Gefühls nicht erwehren, daß er in ernsten Schwierigkeiten mit der Schönheitscreme *Glycel* steckte: Die Verkaufszahlen waren in erschreckendem Maße zurückgegangen, und es kursierten Gerüchte, die Federal Drug and Food Administration (FDA) habe eine Untersuchung eingeleitet.

In Oklahoma erfuhr ich, daß das Gästehaus nicht mehr zur Verfügung stand. Großzügigerweise bot mir jedoch der Direktor der Krankenhausverwaltung Zimmer in dem kleinen Hotel an, in dem die Klinik Angehörige der Patienten unterbrachte. Das war sehr praktisch, denn nun konnte ich direkt von meinem Zimmer aus in mein Büro gelangen.

Zur gleichen Zeit rief Karin mich aus Kapstadt an und erzählte mir, in der Nähe der Wohnung ihrer Eltern, gegenüber einer Kinderkrippe, stehe ein Haus zum Verkauf, ihrer Ansicht nach sei es genau das Richtige für uns. Ich rief also Noel Tunbridge an und bat ihn, ein lachhaft niedriges Angebot zu machen – vermutlich hoffte ich unbewußt, daß aus dem Kauf nichts würde.

Ein paar Tage später meldete er mir, man hätte mein Angebot angenommen. Jetzt hatte Karin also ihr eigenes kleines Zuhause.

Dem Thema Heirat war ich immer aus dem Wege gegangen. Vor ein paar Monaten allerdings, in Oklahoma, hatten wir zum ersten Mal darüber gesprochen. Karin war den Tränen nahe gewesen und hatte mit bebender Stimme erklärt, daß sie nicht bereit sei, so weiterzuleben wie bisher.

»Ich kenne deine Einstellung«, hatte sie gesagt und sich die Augen abgetupft, »ich weiß, daß du Bedenken hast, ein drittes Mal zu heiraten. Aber du mußt auch meinen Standpunkt verstehen. Ich bin noch sehr jung, und ich kann mich nicht einfach so dahintreiben lassen, ohne zumindest eine vage Vorstellung zu haben, wie es weitergehen soll.«

»Natürlich verstehe ich das«, hatte ich ruhig erwidert. »Gib mir nur ein bißchen Zeit, um mit mir selber ins reine zu kommen.« Es war eine schwierige Situation. Ich hatte dieses wunderschöne Mädchen sehr liebgewonnen, das sich mit meinem unsteten Leben und meiner körperlichen Behinderung abgefunden hatte, ohne sich auch nur ein einziges Mal zu beklagen.

Sie hatte mir geholfen, mein Jackett anzuziehen, wenn die Schmerzen in meiner Schulter so schlimm waren, daß ich meine Arme nicht über den Kopf heben konnte. Und sie hatte es auf eine Weise getan, als sei dies etwas ganz Selbstverständliches und bedürfe keiner besonderen Anstrengung. Nie hatte sie mir das Gefühl vermittelt, daß sie mich pflege. Es wäre äußerst schwierig, wahrscheinlich sogar unerträglich, wenn sie nicht mehr ein Teil meines Lebens wäre.

Ich sprach mit Nazih Zuhdi über meine Probleme. Da er Karin sehr gerne mochte, zögerte er nicht, mir zur Heirat zu raten: »Sie sollten Ihrem Glücksstern danken, daß ein Mädchen wie Karin bereit ist, ein altes Fossil wie Sie zu heiraten!« lachte er.

Das Vordringlichste war in seinen Augen, daß ich auf der Stelle einen Verlobungsring kaufte. Ich kannte mich mit Diamanten nicht aus, wußte aber, daß nicht nur die Größe, sondern auch Farbe und Reinheit eine Rolle spielen und daß es besser ist, einen Stein mit Zertifikat zu kaufen.

Nazih dagegen fand, daß es mehr auf die Größe ankam. »Ach was – kein Mensch wird die paar Flecken sehen«, erklärte er, als wir uns einen Stein ansahen. Ich kaufte also den 2.75karätigen Diamanten und ließ ihn als Solitär fassen.

Karin war bereits auf dem Weg nach Oklahoma, und ich

hatte eine Überraschung für sie – versteckt in einem kleinen, mit Samt ausgeschlagenen Kästchen.

Sie rief mich von New York aus an, um mir zu sagen, daß einer ihrer Koffer fehlte, und zwar ausgerechnet der mit ihren schönsten und teuersten Kleidern. Obwohl die Leute von der Swissair ihr versichert hatten, daß er mit dem nächsten Flugzeug kommen und ganz bestimmt in das TWA-Flugzeug nach Oklahoma umgeladen würde, für das sie gebucht hatte, warteten wir – ich holte sie ab – vergeblich an dem Gepäckfließband. Von dem Koffer keine Spur.

Karin fing an zu weinen. Was blieb mir da anderes übrig: Ich gab ihr das Schächtelchen. Als sie es öffnete, jauchzte sie laut vor Freude. Sie fiel mir um den Hals, und beide lachten wir vor Glück. Ich streifte ihr den Ring über den Finger, und wir küßten uns. Das war unsere Verlobung auf dem Flughafen von Oklahoma.

Am folgenden Tag lernte ich die seltsamen Methoden der Fluggesellschaften näher kennen. Wir wußten, daß der Koffer in Zürich angekommen war; das hatte die Stewardeß in der Lounge erster Klasse bestätigt. Und wir wußten, daß der Koffer in New York nicht angekommen war, denn er war nicht da. Also war es sonnenklar: Verantwortlich für den Verlust des Gepäckstücks war die Swissair. Doch weit gefehlt – zuständig war die TWA, da diese Gesellschaft der letzte Spediteur war. Daß der Koffer bei der TWA nicht angekommen war, spielte offenbar keine Rolle.

So etwas von Gleichgültigkeit dem Kunden gegenüber hatte ich noch nie erlebt. Weder die Swissair noch die TWA boten Karin, die ohne ihr Gepäck dastand, auch nur eine Zahnbürste an. Für sie stellte sich das Ganze vermutlich so dar: Sie hatten Karin an ihrem Bestimmungsort abgeliefert, und damit endete ihre Zuständigkeit.

Am Abend darauf saß Karin in unserem Wohnzimmer und betrachtete ihren Verlobungsring. Ich dachte, sie bewundere im Licht der Tischlampe den wunderschönen Diamanten, da sagte sie plötzlich: »Chris, der Stein ist ja ganz fleckig!«

»Laß mal sehen«, erwiderte ich und gab mich überrascht.

Kein Zweifel: Selbst ich mit meinen alten Augen sah die Flecken. Ich wußte, daß sie mit dem Ring nicht glücklich sein würde, also ging ich in das Geschäft, in dem ich ihn gekauft hatte, und sie erstatteten mir das Geld zurück. Ein paar Wochen darauf fuhren wir nach New York. Diesmal kaufte ich einen kleineren Diamanten – aber mit einem Zertifikat für Reinheit und Farbe.

Die Arthritis war so schlimm geworden, daß ich mich praktisch nicht mehr bewegen konnte. Auf den Rat des Rheumatologen in Oklahoma hin nahm ich jetzt Goldtabletten. Da dieses Medikament toxische Auswirkungen auf Nieren und Knochenmark haben kann, ließ ich jeden Monat Blut und Urin untersuchen.

Nach ein paar Monaten stellte sich heraus, daß ich allmählich blutarm wurde. Es handelte sich um die Art Anämie, die sich infolge eines chronischen Blutverlusts entwickelt. Ich ließ sofort meinen Stuhl untersuchen, und tatsächlich, er enthielt Spuren von Blut. Jetzt war ich endgültig davon überzeugt, daß ich Dickdarmkrebs hatte. Wieder einmal machte ich Nacht für Nacht mein Testament.

Und wieder suchte ich Dr. Richard Welch auf, den Gastroenterologen. Er schlug vor, noch einmal eine Kolonoskopie und gleichzeitig auch eine Gastroskopie zu machen. Und wieder die qualvolle Vorbereitung auf den Eingriff und das angstvolle Warten auf das Ergebnis.

Diesmal untersuchte der Arzt zuerst meinen Magen. Anschließend gelang es ihm, das Kolonoskop durch den Anus an der Verengung vorbeizuführen, so daß er den gesamten Dickdarmbereich untersuchen konnte.

Seiner Ansicht nach war der Blutverlust die Folge einer Entzündung der Magenauskleidung, vermutlich hervorgerufen durch die Medikamente gegen meine Arthritis. Kein Krebs. Was für eine Erleichterung! Ich kam mir vor wie jemand, dessen Todesurteil zum zweitenmal umgewandelt worden ist.

Unser Aufenthalt in Oklahoma näherte sich seinem Ende. Doch bevor wir abreisten, sollte noch eine Veranstaltung zum zwanzigsten Jahrestag der ersten Herztransplantation stattfinden, und Nazih Zuhdi und seine Kollegen ließen es sich nicht nehmen, sie zu einer wahrhaft denkwürdigen Feier zu machen. Sie luden alle Mitglieder des ursprünglichen Operationsteams ein, die sie aufspüren konnten, und auch alle Ärzte, die während meiner Ausbildung in Minneapolis mit mir zusammengearbeitet hatten.

Was wie gelinder Wahnsinn aussah, hatte doch Methode, denn die Feier wurde von den Medien ausführlich kommentiert. Ich flog nach New York, um dort in der Sendung *Good Morning America* aufzutreten. Auch von Südafrika aus wurde ich, über Satellit, interviewt. Allerdings schien Marietta Kruger, die Berichterstatterin, sich kaum für die Fortschritte auf dem Gebiet der Transplantationschirurgie zu interessieren. Weit wichtiger waren ihr offenbar meine neue junge Freundin und das Gerücht, ich hätte mir das Gesicht liften lassen.

Präsident Reagan schrieb mir einen sehr freundlichen Gratulationsbrief, die südafrikanische Regierung hingegen ließ kein Sterbenswörtchen verlauten.

Am 4. Dezember 1987 reisten Karin und ich aus Oklahoma ab, um uns in Kapstadt trauen zu lassen. Zuerst ging es nach Dallas. Von dort aus wollten wir nach Paris weiterfliegen, wo ich im Fernsehen auftreten sollte.

Als wir in Dallas ankamen, holte uns ein Herr im Flugzeug ab und erklärte, er müsse bei uns bleiben, bis wir an Bord unseres Flugzeugs nach Paris gingen. Er folgte mir sogar auf die Toilette. Bis heute weiß ich nicht, warum ich bewacht wurde, vermute jedoch, daß der Grund eine Morddrohung war, die ich vor einiger Zeit erhalten und die das Krankenhaus dem FBI gemeldet hatte.

Als wir schließlich in Kapstadt eintrafen, war es dort Sommer, und wir fuhren mit Frederick und Christiaan zu unserem erst kürzlich erstandenen Haus in der Plettenberg Bay, um Ferien zu machen. Doch Karin drängte, daß wir nach Kapstadt zurückfuhren, da für die Hochzeit eine Menge vorzubereiten war. Wir wußten schon in etwa, wie wir die Feier gestalten wollten, und zwar wollten wir im *La Vita* heiraten. Ein guter Freund, der katholische Priester Pater Tom Nicholson – er hatte Christiaan getauft –, sollte uns trauen.

Karin war fest entschlossen, daß niemand anderer als der brillante Errol Arendz ihr Hochzeitskleid entwerfen dürfe. Errol ist das südafrikanische Gegenstück zu Yves St. Laurent, wenn nicht sogar besser. Barbara hatte einige seiner frühen Modelle vorgeführt, und ich glaube, sie hat ihm damit bei seinem Start zu einem der angesehensten und gesuchtesten Couturiers des Landes sehr geholfen.

Da ich der Ansicht war, daß die Medien genug Geld mit den Barnards gemacht hatten, fand ich, es sei an der Zeit, daß wir selber etwas an uns verdienten. Ich verkaufte also die Exklusivrechte für die Hochzeit an *Rapport* und war angenehm überrascht, wieviel sie dafür zu zahlen bereit waren. Bei der abendlichen Feier sollten Sicherheitsleute die Reporter und Photographen fernhalten und lediglich Roelof Vorster und Bernard Jordaan von *Rapport* einlassen.

Wir luden einige unserer Freunde aus den Vereinigten Staaten und Europa ein, unter anderen Nazih und Annette Zuhdi, Armin Mattli, Aris Argyriou sowie Manny und Elizabeth Villafana. Es war unmöglich, alle diese Vorbereitungen vor der Presse geheimzuhalten, und fast täglich prangte eine neue Schlagzeile auf den Titelseiten der Zeitungen:

BARNARD LÄSST BOMBE PLATZEN

Chris, 62, heiratet
Karin, 22

Hier befand ich mich allerdings in bester Gesellschaft: Die andere Titelgeschichte berichtete von den »Seltsamen Geheimnissen um die Heirat von Charles und Diana«.

Und so ging es weiter:

**PROF WIRD NICHT
HEIRATEN**

**KARIN WILL DIE EHE
CHRIS – WILL ER ODER WILL ER NICHT?**

**HOCHZEITSGLOCKEN FÜR CHRIS
UND KARIN – UNSINN!**

**BARNARD HEIRATET –
ABER WANN?**

**CHRIS UND KARIN HEIRATEN
IM JANUAR**

**CHRIS UND KARIN:
FRISCH VERHEIRATET INS NEUE JAHR**

**GEHEIMNIS UM DAS
HOCHZEITSKLEID**

DAS GROSSE EREIGNIS!
Tag: 23. Januar
Uhrzeit: 19.00
Ort: Restaurant *La Vita*
Anlaß: Prof. Chris und Karin heiraten

Die Vorbereitungen zur Hochzeit wirbelten einigen Staub auf. Als erstes trat das Innenministerium an Pater Tom heran und machte ihn darauf aufmerksam, daß unsere Eheschließung, wenn sie in einem Restaurant erfolgte, nicht rechtsgültig wäre. Eine Trauung mußte entweder in einer Kirche oder in einem Standesamt, oder in einem Privathaus vollzogen werden.

Pater Tom rief daraufhin den Bischof an, um die Rechtmäßigkeit der Heirat bestätigen zu lassen. Dieser gab sich zwar sehr wohlwollend, wies aber darauf hin, daß die katholische Kirche unsere Ehe nicht gutheißen könne, da ich geschieden war.

Am Freitagabend – am Samstag sollte die Feier im Restaurant stattfinden – begaben Karin und ich uns in Begleitung von Nazih und Annette, unseren Trauzeugen, in Pater Toms Wohnung, wo uns ein Standesbeamter traute. Wir machten keinen großen Wirbel darum, um uns nicht die Vorfreude auf den kommenden Abend zu verderben.

Karin bestand darauf, daß wir die Nacht vor unserer »eigentlichen« Hochzeit getrennt verbrachten. Nach einer kleinen Feier in Maureens Restaurant schlief ich also in der ersten Nacht meines Honigmondes in dem Zimmer im Hotel der Brinks, in dem ich damals über die Trennung von Barbara getrauert hatte. Das schien Jahrhunderte zurückzuliegen. Es ist schon erstaunlich, wie die Zeit solch tiefe Wunden zu heilen vermag.

Am Nachmittag des darauffolgenden Tages ging ich zuerst in die Wohnung von Gloria Craig in Sea Point, um mich anzukleiden, und von dort aus gleich ins *La Vita*. Ich wollte mich selber vergewissern, ob für das große Fest alles bereit war.

Aldo, Gino und Rudi hatten den Abend zuvor und den ganzen Tag damit verbracht, die Arkade herzurichten, so wie damals für die Hochzeit Deidres und für Karins einundzwanzigsten Geburtstag. In einer Ecke war die Bar, bestückt mit allem, was das Herz begehrte, einschließlich Moët et Chandon zum Anstoßen – ein Hochzeitsgeschenk von Vito. Im Restaurant selber wurde ein Buffet aufgebaut: frische Austern, Hummer, geräucherter Lachs und dazu eine Auswahl von warmen Gerichten. Die Tische in der Arkade waren weiß gedeckt und mit Lilien und rosa und weißen Rosen geschmückt.

Vor dem Restaurant hatte sich inzwischen eine riesige Menschenmenge angesammelt. Allmählich trafen auch die Gäste ein, die Herren in schwarzem Anzug und die Damen im Abendkleid.

Ich sah auf die Uhr – es war schon zehn nach sieben, aber die Braut ließ sich immer noch nicht blicken. Um halb acht ertönten auf der Straße Hochrufe. Die Band baute sich neben der Tür auf und spielte den Hochzeitsmarsch. Pater Tom und ich nahmen unsere Plätze ganz vorne ein.

Ich starrte in Richtung Tür, sah aber nichts als die Blitzlichter der Kameras. Wahrscheinlich war Karin draußen stehengeblieben, um den Photographen Gelegenheit zu geben, ein Photo zu ergattern. Dann erhoben sich alle Gäste, und sie trat am Arm ihres Vaters ein – eine feenhafte Erscheinung in weißem Gewand. In diesem Augenblick wurde mir klar, daß Nazih Zuhdi hundertprozentig recht gehabt hatte – ich durfte mich glücklich schätzen. Nur hatte er nicht geahnt, wie glücklich.

Ich hatte gedacht, ich sei mittlerweile Profi im Heiraten, aber als ich Karin erblickte, war ich überwältigt und konnte nur mit Mühe die Tränen zurückhalten. Vor meinen Augen verschwamm alles, und ich sah nicht einmal, wie ihr Vater mir seine Hand entgegenstreckte, um mir alles Gute zu wünschen. Während der Zeremonie, die eigentlich nur eine Bekräftigung der bereits am Abend zuvor vollzogenen Trauung war, mußte ich ein paarmal schlucken, und ich sah, daß auch Karin mit den Tränen zu kämpfen hatte.

So wurden wir innerhalb vierundzwanzig Stunden zum zweitenmal zu Mann und Frau erklärt.

Nur eine einzige Rede wurde gehalten – von mir, und sie war sehr kurz. Ich wollte sie so schnell wie möglich hinter mich bringen, um anschließend den Abend genießen zu können. Ich erklärte, dies sei meine dritte und letzte Hochzeit. Außerdem könne Karin sich glücklich schätzen, da sie über Nacht Ehefrau, Mutter und Großmutter geworden sei. Und zu guter Letzt versprach ich ihren Eltern, daß auch sie bald Großeltern sein würden. Die Gäste reagierten mit überraschtem Lachen. Wahrscheinlich glaubten sie, Karin sei bereits schwanger.

Bald war das Fest in vollem Gange, und alle waren bester Laune. Sogar die Kellner und das Küchenpersonal veranstalteten eine kleine Feier. Soviel ich weiß, blieben alle bis zum Schluß – bis auf meinen Sohn Christiaan. Für ihn war es das erste Mal, daß er soviel Alkohol trinken durfte, wie er wollte, und nach der Halbzeit kippte er einfach um.

Am nächsten Morgen, es war Sonntag, wurden uns die Zeitungen gebracht. Unter der Schlagzeile:

EINE TRAUMBRAUT

berichtete *Rapport* von »der Hochzeit des Jahres«.

In der *Sunday Times*, die offenbar sehr darauf bedacht war, etwas ganz Unverwechselbares zu bringen, prangte die Schlagzeile:

DAS IST AUS DER KLEINEN GEWORDEN

Darunter – fast ganzseitig – die Photographie von Karin, wie sie als Sechsjährige auf meinem Schoß sitzt. Auf dunklen Kanälen hatten die Leute von der Zeitung sich das Bild beschafft und es ohne Genehmigung veröffentlicht, vermutlich aus Gehässigkeit, weil ihre Konkurrenz, *Rapport*, die Exklusivrechte bekommen hatte.

Mit Noel Tunbridges Hilfe erhielt Karins Mutter später Schadensersatz für die widerrechtliche Veröffentlichung des Photos. Ich für mein Teil ignorierte die boshaften Seitenhiebe in der Geschichte, die die *Sunday Times* brachte, einfach und benutzte die Zeitung schließlich als Fidibus für unser mittägliches Grillfeuer. Am Montagmorgen begleiteten unsere Gäste aus Amerika und Europa Karin und mich nach Johannesburg, wo wir im *Blue Train* in die Flitterwochen fuhren.

Der *Blue Train* ist einer der luxuriösesten Züge der Welt. Ursprünglich hieß er *Zambezi Express* und verkehrte zwischen Bulawayo und Kapstadt. Zu Beginn des 20. Jahrhunderts gestaltete man die lange Reise etwas bequemer, indem man den Zug mit eleganten Salonwagen, eichengetäfelten Spielwagen und einem Bibliothekswagen mit in Leder gebundenen Folianten ausrüstete. Der Gold- und dann der Diamantenrausch sorgten dafür, daß der Zug sich noch lange Zeit großer Beliebtheit erfreute, und es kamen noch andere dazu: der *Diamond Express*, der *Imperial Mail* und der *African Queen*.

Die Fahrt mit dem *Blue Train* von heute – in Wirklichkeit einem Fünfsterne-Hotel auf Rädern – war ein herrlicher Beginn unserer Hochzeitsreise. Als der Zug am Abend in Beaufort West einfuhr, erwartete uns eine freudige Überraschung: Auf dem Bahnsteig drängten sich farbige Einheimische, die gekommen waren, um Karin und mir alles Gute für die Zukunft zu wünschen.

Unser Aufenthalt in Mala Mala war ein Hochzeitsgeschenk von Norma und Mike Rattray. Mala Mala ist seit jeher mein liebster Wildpark, und Norma und Mike verwalten ihn hervorragend. Man kann dort eine beeindruckende Vielfalt wild lebender Tiere beobachten, darunter immer »die großen Fünf«. Mit einer Fläche von 18 000 Hektar ist Mala Mala, der an den berühmten Kruger-Nationalpark grenzt, der größte – und im übrigen auch der älteste – private Wildpark in Südafrika und im Grunde genommen ein Luxushotel mitten im afrikanischen Busch. Es gilt als die weltweit schönste Gegend für eine Safari und wird unweigerlich jedes Jahr zu einem der zehn beliebtesten Reiseziele der Welt gewählt. Schon seit langer Zeit geben Filmstars und Königliche Hoheiten sich dort ein Stelldichein.

Dort war ich zusammen mit Barbara gewesen, vor und nach unserer Scheidung. Dorthin war ich an meinem sechzigsten Geburtstag gefahren – allein. Und dorthin kam ich später mit Karin, vor und nach unserer Hochzeit. Für mich gibt es keinen Ort auf der Welt, wo man besser zu sich selber finden kann, als Mala Mala.

Als wir wieder in Johannesburg waren, wünschten Karin und ich unseren Freunden Lebewohl und kehrten in unser Stadthaus in Welgemoed zurück.

Ungefähr drei Monate später begann die Presse, sich in Spekulationen darüber zu ergehen, ob und wann Karin schwanger würde. Mir machte das allmählich auch Kopfzerbrechen, vor allem weil sie einen Monat vor unserer Hochzeit die Pille abgesetzt hatte. Erneut suchte mich mein gefürchteter Feind heim, die Angst, zu alt zu sein. Hatte vielleicht mit den Jahren meine Spermienzahl abgenommen? Oder die Beweglichkeit der Spermatozoen? Mein Stolz ließ es jedoch nicht zu, einen Urologen zu konsultieren. Ich beschloß, genau auf Karins Zyklus zu achten und mehr oder weniger exakt die Zeit des Eisprungs zu bestimmen, um dann in dieser Phase unser Sexualleben zu intensivieren.

Ich fuhr in die Karru, 640 Kilometer weit weg von Kapstadt, da die Farmarbeiter mit dem elektrischen Zaun, den ich dort für teures Geld hatte ziehen lassen, nicht zurechtkamen. Vor kurzem hatte ich meinen Wildbestand mit einigen Elenantilopen aufgestockt. Es war unbedingt notwendig, sie einzuhegen, sonst würden sie sich binnen kurzem auf dem Grund und Boden meines Nachbarn tummeln.

Die Tage vergingen wie im Flug, während ich versuchte, den Zaun hinzukriegen. Eines Tages saß ich vor dem Hochspannungskasten, als ich plötzlich einen Hieb auf den Kopf spürte, als hätte mir jemand mit einem Vorschlaghammer eins übergezogen. Ich wurde nach hinten geschleudert und fiel zu Boden, wo ich halb besinnungslos liegenblieb.

Nach ein paar Minuten hatte ich mich soweit erholt, daß ich mir zusammenreimen konnte, was passiert war. Vermutlich hatte ich mich vorgebeugt und war dabei mit der Stirn an den Metallkasten gekommen, und für 30 Millisekunden waren 6000 Volt durch mein Gehirn gejagt. Mag sein, daß das mein Gedächtnis aufgerüttelt hatte, denn plötzlich fiel mir ein, daß heute der Stichtag war, der Tag, an dem nach meinen Berechnungen bei Karin der Eisprung erfolgte. Ich raste nach Kapstadt zurück, und sechseinhalb Stunden später stürmte ich die Treppe hinauf zu Karin und führte mich zwei Tage lang auf wie ein brünstiger Löwe.

Am dritten Tag war ich völlig erledigt und mußte mich erst einmal ausruhen.

Zwei Wochen später brachen Karin und ich nach Kos auf. Ihre Periode war fällig, und jedesmal wenn sie auf die Toilette ging, rechnete ich damit, daß sie mit schlechten Nachrichten zurückkehrte. Aber es tat sich nichts.

Von Kos aus reisten wir nach Wimbledon zum Tennisturnier. Jetzt machten sich allmählich erste Anzeichen und Symptome einer Schwangerschaft bemerkbar: Karin klagte, sie fühle sich wie aufgeblasen und ihre Brüste würden größer.

Man weiß, daß es bei Frauen, die sich sehr nach einem Kind sehnen, unter Umständen zu einer Scheinschwangerschaft kommt. Obwohl keine Befruchtung stattgefunden hat, treten alle Symptome einer Schwangerschaft auf, und die Periode bleibt aus. War das auch bei Karin der Fall?

Nach unserer Rückkehr nach Kapstadt konsultierte sie gleich einen Gynäkologen, Harry Mukheiber, einen guten Freund von mir.

Christiaan und Frederick waren gerade zu Besuch, aber ich mußte auf die Farm zurück und mich um den elektrischen Zaun kümmern. Als noch am gleichen Abend Karin anrief, sagte sie nur ein einziges Wort: »Positiv.« Im Hintergrund hörte ich die beiden Jungens brüllen und lachen. Karin berichtete mir, daß sie ganz aus dem Häuschen waren und wie wild durch das Zimmer tanzten. Das erleichterte mich sehr, denn ich hatte schon befürchtet, sie würden auf das neue Geschwisterchen eifersüchtig sein.

Ich legte den Hörer auf und ging hinaus in den stillen Abend. Ich blickte zu den Sternen empor und sandte ein stummes Gebet gen Himmel, in dem ich Gott für das kleine Leben dankte, das jetzt in der Frau, die ich so sehr liebte, heranwuchs.

Karins Schwangerschaft verlief ziemlich problemlos. Jede neue Phase versetzte uns in helle Aufregung: Als wir zum erstenmal die Herztöne des Babies hörten und dann, als Karin zum erstenmal spürte, wie es sich bewegte.

Ich begleitete sie zur Ultraschalluntersuchung. Auf dem Monitor konnte ich ganz deutlich die Arme und Beine und den kleinen Körper erkennen. Das kleine Menschenwesen lutschte schon am Daumen. Karin wollte nicht wissen, ob es ein Junge oder ein Mädchen war, also sagte ich es ihr nicht. Meinerseits entwickelte ich eine krankhafte Angst, das Kind wäre vielleicht nicht normal. Der untersuchende Radiologe beruhigte mich aber: Soweit er sehen könne, sei mit dem Baby alles in Ordnung.

Da es nicht möglich war, mit dieser Untersuchung festzustellen, ob ein Down-Syndrom vorlag, rief ich Professor Peter Beighton an, den Leiter der Abteilung für Humangenetik, bei dem Andre ein Jahr lang gearbeitet hatte. Wir sprachen über die Möglichkeit, bei Karin eine Fruchtwasseruntersuchung zu machen, um Mongolismus auszuschließen. Er riet mir davon ab und erklärte mir, die Wahrscheinlichkeit, daß die Kinder von nicht mehr ganz jungen Vätern an Mongolismus leiden, sei nicht allzu groß. Das Risiko einer Fehlgeburt nach einer Fruchtwasseruntersuchung sei weit größer als das Risiko einer angeborenen Schädigung. Jetzt war ich nicht mehr ganz so ängstlich, aber die Ungewißheit quälte mich nach wie vor.

Weihnachten und Neujahr verbrachten Karin und ich mit den Kindern in der Plettenberg Bay. Sie war im siebten Monat.

Eines Abends, wir saßen im Wohnzimmer, sagte sie plötzlich zu mir: »Chris, ich glaube, die Wehen setzen ein!«

»Unsinn. Das bildest du dir nur ein«, versuchte ich sie zu beruhigen. Innerlich geriet ich jedoch in Panik: Wir hatten uns dieses Baby so sehr gewünscht, und jetzt kam es möglicherweise zu früh!

Wie groß waren die Überlebenschancen eines Kindes, das acht Wochen zu früh auf die Welt kommt? Ich zermarterte mein Gehirn und versuchte, mich an die pädiatrischen Vorlesungen zu erinnern. »Komm, setz dich neben mich, und wenn du das Gefühl hast, daß du eine Kontraktion hast, dann sag es mir, damit ich den Uterus fühlen kann.« Kaum hatte ich das gesagt, da setzte sie sich hin und erklärte: »Jetzt!«

Ich legte meine Hand auf ihren Bauch. O mein Gott, kein Zweifel, das waren Wehen! Ich fühlte, daß der Uterus gespannt war. Am Morgen hatte sie auf dem Parkplatz vor dem Supermarkt mit ihrem Auto einen anderen Wagen gerammt. Möglich, daß die Erschütterung die verfrühten Wehen ausgelöst hatte. »Ich hab' dir doch gesagt, daß du dich schonen sollst!« brüllte ich, mehr aus Angst als aus Ärger. »Aber nein, du mußtest durch die Gegend kutschieren! Ich weiß nicht mal einen Arzt in dieser gottverlassenen Gegend hier, geschweige denn einen Gynäkologen!«

»Ruf doch *Oom* Gert an. Der wohnt ständig hier. Er wird wissen, wen wir anrufen müssen«, schlug sie völlig gelassen vor – ehrlich gesagt, war ich überrascht, wie ruhig und gelassen sie war. (»Oom« ist ein afrikaanses Wort für »Onkel«; es wird oft als respektvolle Anrede für einen alten Mann gebraucht).

Ich rannte nach oben zum Telefon; in dem Augenblick ging das Licht aus – einer der häufigen Stromausfälle in der Plettenberg Bay. Es war stockfinster, und ich konnte Oom Gerts Nummer nicht finden. Verdammt und zugenäht!

»Karin, du bleibst ruhig hier sitzen – ich lauf' schnell zu ihm rüber.« Mein Herz klopfte wie wild, und ich konnte keinen klaren Gedanken mehr fassen. Man möchte meinen, ein Arzt, der so oft mit Notsituationen konfrontiert war, in denen es um Leben und Tod ging, würde in so einem Fall ruhig und überlegt handeln. Aber das war etwas ganz anderes. Diesmal ging es um meine Frau und um das Leben meines ungeborenen Kindes.

Schimpfend und fluchend stolperte ich durch das Unterholz und kam schließlich bei Oom Gerts Haus an. Bei ihm war auch alles dunkel, aber ich hörte, daß er da war. Wie wild hämmerte ich an die Tür.

Als er öffnete, merkte er sofort, daß ich völlig außer mir und ganz zerkratzt war.

»Was ist denn los, Chris? Angst im Dunkeln?«

»Lassen Sie die Scherze, Gert – wir stecken in großen Schwierigkeiten«, unterbrach ich ihn und platzte mit der Geschichte heraus.

»Aber da ist doch dieser Gynäkologe aus Johannesburg, der hier Urlaub macht – er wohnt gleich neben Ihnen. Warum haben Sie den nicht einfach geholt?«

Herrgott! Das hatte ich ganz vergessen. Ich rannte also wieder los. »Warten Sie!« rief Gert mir hintendrein. »Ich hol' nur meine Taschenlampe und komme mit.«

Glücklicherweise war Dr. Andre van der Walt zu Hause und kam sofort mit zu uns. Er bestätigte, daß Karin Wehen hatte, wollte sie jedoch erst einmal untersuchen, um zu sehen, ob der Muttermund offen war. Arztkoffer hatte er natürlich keinen dabei, also rannte ich wieder los, diesmal zur Apotheke, um Gummihandschuhe und ein Gleitmittel zu besorgen.

Im Schein von Oom Gerts Taschenlampe untersuchte der

Arzt Karin. Er beruhigte uns – es handelt sich um Scheinwehen, denn die Gebärmutter hatte sich nicht geöffnet. Kein Grund zur Sorge. Im Gegenteil, die Kontraktionen waren gut für das Baby.

Wieder rannte ich zur Apotheke, um krampflösende Tabletten zu holen, die Andre van der Walt verschrieben hatte, damit die Scheinwehen aufhörten.

Mittlerweile war ich völlig erschöpft, physisch und psychisch. Ich hatte nur noch einen Gedanken – wir mußten so schnell wie möglich nach Hause zurück.

Kaum waren wir wieder in Kapstadt, als die nächste Katastrophe über uns hereinbrach. Eines Abends rief Karins Bruder an: Er war gerade beim *La Vita* in Welgemoed vorbeigefahren und hatte Rauch aus dem Restaurant aufsteigen sehen.

Ich war nicht sonderlich beunruhigt, denn es passierte des öfteren, daß die Abzugsgebläse Feuer fingen, weil sich Fettreste angesammelt hatten. Solche kleinen Brände waren leicht zu löschen.

Und in jedem Fall wäre ja Chris Lesley da und würde sich darum kümmern.

Fünf Minuten später hörte ich Karin im Schlafzimmer nach mir rufen. Ich rannte nach oben, wo sie am Fenster stand und hinausstarrte. 10 Meter hohe Flammen schlugen aus dem Restaurant. Kein Zweifel – es brannte lichterloh.

»Wäre es nicht besser, wenn du hinfährst?«

»Wozu? Ich kann den Brand doch nicht löschen. Außerdem höre ich schon die Feuerwehr.«

Am nächsten Morgen fuhr ich in den Golfclub. Das Restaurant mit allem Drum und Dran war restlos zerstört. Ich fand Chris Lesley, der sich die traurigen Überreste ansah.

»Was ist passiert, Chris?« fragte ich ihn.

»Ich weiß es selber nicht, Prof. Mein Bruder und ich saßen drinnen, als das Feuer ausbrach. Wir versuchten, es mit den Feuerlöschern unter Kontrolle zu bringen, aber es hat sich so schnell ausgebreitet, daß wir einfach keine Chance hatten.«

Er machte einen erschöpften Eindruck, und jetzt konnten wir ohnehin nichts mehr machen.

»Sie haben doch die Versicherung weiterbezahlt?«

Er starrte mich an: »Prof, Sie hatten das Restaurant nicht versichert, aber machen Sie sich keine Sorgen, ich habe es selber versichern lassen.«

Das kam mir reichlich seltsam vor; ich war überzeugt, daß ich bei der Übernahme des Restaurants eine Versicherung abgeschlossen hatte.

Karin und ich fuhren zu seiner Wohnung, da Anne, seine Frau, ebenfalls ein Baby erwartete und der Brand sie völlig aus der Fassung gebracht hatte. »Prof, jetzt ist alles aus!« jammerte sie, als sie mich erblickte. »Aus und vorbei.«

»Machen Sie sich nichts draus, Anne«, tröstete ich sie und legte meinen Arm um sie. »Wir bauen einfach ein neues Restaurant, ein noch schöneres.« Ich versuchte, sie zu beruhigen, aber sie wurde immer hysterischer.

»Aber alles, was wir besitzen, das Haus, die Möbel, die beiden Autos, der Hubschrauber, das haben wir alles mit dem Geld von *La Vita* gekauft, und jetzt ist es aus und vorbei.« Sie schluchzte hemmungslos.

Ich fuhr zur Apotheke, um etwas Valium zu besorgen, und erklärte ihr, wieviel sie nehmen sollte.

Mir ging einfach nicht aus dem Kopf, was Chris wegen der Versicherung gesagt hatte. Als wir nach Hause kamen, holte ich daher den Vertrag hervor, den wir abgeschlossen hatten, als er das Management übernommen hatte. Sorgfältig las ich mir das Dokument durch.

Ja. Ich hatte recht gehabt. Da stand es, klar und deutlich: Er war verpflichtet gewesen, die Prämien für die bestehende Versicherung weiterzuzahlen.

Daraufhin rief ich ihn an und erklärte ihm diese spezielle Vertragsklausel. Er erklärte, er hätte mich wohl irgendwie mißverstanden, aber die Prämien in der Tat weitergezahlt; er hatte sie sogar erhöht.

Das beruhigte mich, und ich verschwendete keinen Gedanken mehr daran. Sobald die Versicherung bezahlte, würde ich ein neues *La Vita* bauen, und Chris und Anne Lesley würden wieder meine Geschäftsführer werden.

Eine Woche später erfuhr ich, daß die Lesleys Verhandlungen für den Kauf eines Restaurants ganz in der Nähe führten. Als ich Chris deswegen fragte, erklärte er, er sehe sich auch bei anderen Restaurants um, würde aber nichts ohne mich unternehmen.

Drei Wochen später rief mich der Präsident des Golfclubs vom Welgemoed an und fragte mich, ob ich wisse, daß die Versicherungsgesellschaft gezahlt hatte und der Scheck an Chris Lesley gegangen war.

Was, zum Teufel, geht da vor? dachte ich bei mir und rief den Versicherungsmakler an. »Ganz recht, Herr Professor«, erklärte dieser, »das Geld wurde an Chris Lesley ausgezahlt, denn die Versicherung lief auf seinen Namen. Ungefähr vor einem Jahr hat er die ursprüngliche Police annullieren lassen und das Restaurant auf seinen Namen versichert.«

Wortlos legte ich auf. Jetzt war mir klar, was da gespielt wurde.

Harry Mukheiber hielt es für das beste, Karin durch einen Kaiserschnitt zu entbinden. Irgendwie war das zu den Zeitungen durchgedrungen, und prompt erhielt ich Briefe, die mich in Grund und Boden verdammten, weil ich es Karin »nicht erlaubte«, das Kind auf natürliche Weise zur Welt zu bringen.

Keiner dieser Leute machte sich die Mühe, sich zu überlegen, warum wohl der Gynäkologe sich zu einem Kaiserschnitt entschlossen hatte. Eigentlich hätte ihnen doch klar sein müssen, daß dies medizinische Gründe hatte.

Als Termin wurde der 25. Februar festgesetzt. Ich war bis jetzt kein einziges Mal bei der Geburt meiner Kinder dabeigewesen. Ich konnte mir nicht vorstellen, wofür es gut sein sollte, wenn der Mann während der Entbindung bei seiner Frau bleibt. Aber Karin war stur und wollte von meinen Einwänden nichts wissen. Ich *mußte* dabeisein.

Es war ein merkwürdiges Gefühl, wieder in einen Operationskittel zu schlüpfen, nachdem ich vier Jahre lang keinen mehr angehabt hatte.

Als ich in den Operationssaal kam, saß Karin auf dem

Operationstisch, ihren bloßen Rücken mir zugewandt. Dr. Prins, der Anästhesist, führte gerade die Nadel in den subduralen Bereich ein; sie hatte sich für einen epiduralen Kaiserschnitt entschieden. Als er die geeignete Stelle gefunden hatte, injizierte er ein lokal wirkendes Betäubungsmittel und führte dann durch die Nadel einen dünnen Schlauch für weitere Injektionen ein, die entweder noch während der Operation oder danach verabreicht werden sollten, um die Schmerzen zu lindern.

Karin legte sich hin und lächelte mich an. Sie war ganz ruhig, fast heiter. Man deckte sie mit mehreren Decken zu, da sie leichten Schüttelfrost bekam, als die Narkose zu wirken begann.

Ich hatte Harry nicht kommen hören. Jetzt stand er im Operationssaal, vergnügt wie immer.

»Hallo, mein Schatz«, begrüßte er Karin. »Sie möchten wohl gerne Ihr Baby sehen?«

»Ich kann es kaum erwarten«, erwiderte Karin mit dem strahlendsten Lächeln, das ich je gesehen habe.

Erst jetzt bemerkte er mich. »Hi, Chris! Sie sind wohl gekommen, um mich zu kontrollieren?«

Harry wirkte so gelöst, als würden wir gleich zu einem Picknick im Grünen aufbrechen. Ich jedoch betete im stillen – das gleiche Gebet, das ich immer wieder vor mich hingesagt hatte, seit ich erfahren hatte, daß Karin schwanger war: Bitte, lieber Gott, laß das Kind normal sein.

Karin wurde abgedeckt, und Harry machte einen Einschnitt direkt oberhalb der Schamhaare. »Wann können wir anfangen, Dr. Prins?« rief er. Offenbar wollte er Karin glauben machen, daß er noch nicht angefangen hatte.

»Sie haben den Schnitt schon gemacht!« lächelte Karin. »Versuchen Sie nicht, mich auszutricksen.«

»Spüren Sie etwas?« fragte Dr. Prins besorgt.

»Nein, nichts – aber ich merke, daß die auf meinem Bauch rumfuhrwerken.«

Als nächstes trennte Harry die beiden Bauchmuskeln vertikal durch. Ich fummelte mit meiner Kamera herum, um ein paar Photos zu machen, sobald das Baby herauskam.

Plötzlich schoß ein Schwall mit Blut vermengter Flüssigkeit hervor.

Was, zum Teufel, hatte er jetzt durchschnitten! Doch dann wurde mir klar, daß Harry bereits im Uterus war. Er steckte seine rechte Hand hinein, und dann drückten Dr. Prins und der assistierende Chirurg auf Karins Bauch.

Ich stand wie hypnotisiert da. Was machten die da? Ich hatte seit meiner Studentenzeit keinen Kaiserschnitt mehr mitangesehen.

In der Gebärmutter tauchte ein schwarzer Haarschopf auf. Behutsam hob Harry das kleine Köpfchen heraus. Mit beiden Händen umfaßte er es und zog dann sanft, um zuerst die rechte und dann die linke Schulter herauszuholen. Dann glitt der Körper wie von selbst aus dem Leib.

Er hielt das Baby mit dem Kopf nach unten. Dr. Vermeulen, ein Kinderarzt, stand bereit, um das Baby auf etwaige Mißbildungen zu untersuchen.

»Es ist ein Junge«, sagte Dr. Prins sanft zu Karin. Als hätte das Kind das gehört, fing es in dem Augenblick an zu brüllen, um seine Ankunft kundzutun.

Es war das Wundervollste, was ich je in meinem Leben gehört habe.

Tränen der Freude strömten Karin und mir übers Gesicht.

Armin war geboren.

Dank

Ich bin der Argus Reference Library, dem Beaufort West Museum, Philip Blaiberg (*Looking at My Heart / Mein zweites Herz*), Dr. David Cooper, Frikkie Erasmus, dem Groote-Schuur-Krankenhaus, David Harrison, David Jones, Bob Malloy (*The Chris Barnard Column*), Alan Palmer, Prof. Jannie de Villiers und allen, die bei der Zusammenstellung des Materials geholfen haben, zu Dank verpflichtet.

Mein besonderer Dank gilt Chris Brewer. Ohne seine ermunternde Unterstützung und Hilfe hätte ich dieses Buch nie vollenden können.

Bildnachweis

Fotos: The Argus, Don Mackenzie, Paris Match, Stern
Grafik S. 520: Jutta Winter

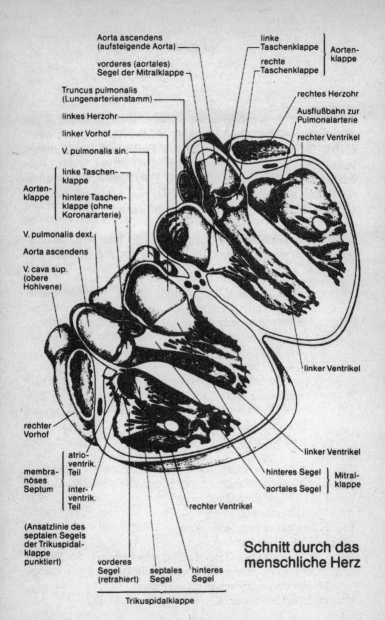

Schnitt durch das menschliche Herz

Glossar

Abdomen: Bauch, Unterleib.
Abstoßung: Zelluläre oder humorale Abwehrreaktion des Empfängerimmunsystems gegen das transplantierte Organ, wodurch letzteres in seiner Funktion beeinträchtigt wird.
Adhäsion: Gewebeverwachsung oder -verklebung infolge einer Entzündung oder nach einer Operation.
ALS = Antilymphozytenserum: Antiserum gegen Lymphozyten; bewirkt längeres Überleben eines Transplantats durch Hemmung der zellulären Transplantatabstoßung.
Anämie: Blutarmut.
Anastomose: Hier Gefäßverbindung.
Aneurysma: Sackartige Ausweitung einer Arterienwand.
Angina pectoris: Plötzlich einsetzende Schmerzen im Brustkorb in Verbindung mit Atemnot und Erstickungsgefühl. Verursacht durch verminderte Blutzufuhr in die Herzmuskulatur.
Angiographie: Röntgenologische Darstellung von Blutgefäßen nach Injektion eines Kontrastmittels.
Anoxie: Sauerstoffmangel.
Arteriosklerose: Krankhafte Veränderung der Arterien (Verhärtung, Verdichtung und Elastizitätsverlust).
A-Streifen: Ein Rhythmusstreifen des EKG zur Feststellung der Synchronität der Herzerregung.
Atrioventrikulär: Zwischen Herzvorhof und Herzkammer gelegen.
Atrium: Rechter beziehungsweise linker Vorhof des Herzens.
Azidose: Abnormale Erhöhung des Säuregehalts des Blutes und extrazellulärer Flüssigkeiten.
Azidotisch: Übersäuert.
Biopsie: Entnahme von Gewebe zur histologischen und zytologischen Untersuchung.
Blausucht: Hochgradige Zyanose (blaurote Färbung) des ganzen Körpers infolge mangelnder Sauerstoffsättigung des Blutes, besonders bei angeborenen Herzfehlern.
Blue babies: siehe Blausucht.

Bronchus (pl. Bronchi): Ast der Luftröhre.
Bypass: Gefäßüberbrückung durch ein Gefäßtransplantat, um verengte oder verschlossene Gefäßabschnitte zu umgehen.
Defibrillation, defibrillieren: Medikamentöse, elektrische oder mechanische Methode zur Beseitigung von Herzkammerflimmern.
Dialyse: Blutwäsche, Blutreinigung mittels eines Dialyseapparates (künstliche Niere).
Diastole: Auf die Herzkontraktion (*Systole*) folgende Erschlaffung und Erweiterung des Herzens, bei der die Herzkammern mit Blut gefüllt werden.
Diathermie: Erwärmung des Körpers oder von Körperteilen durch hochfrequenten Wechselstrom.
Distal: Weiter vom Rumpf entfernt.
Divertikel: Sackförmige Ausstülpung eines Hohlorgans, meist im Verdauungstrakt.
Divertikulitis: Divertikelentzündung.
Drainage: Ableitung von Flüssigkeitsansammlungen aus Körperhöhlen oder von Wundsekret aus Operationswunden.
Embolie: Blockierung beziehungsweise Verstopfung eines Organgefäßes durch in die Blutbahn gelangte körpereigene oder körperfremde Substanzen (siehe *Embolus*).
Embolus: Gefäßpfropf; in die Blutwege verschleppter Fremdkörper (Blutgerinnsel, Fetttropfen, Luftblase), der ein enges Gefäß verstopft und die Durchblutung behindert.
Fallotsche Tetralogie: siehe Tetralogie, Fallotsche
Fibrillation, fibrillieren: Unregelmäßige Kontraktionen einzelner Muskelfasern. Siehe Kammerflimmern.
Hämodilution: Blutverdünnung.
Hämodynamik: Physikalische Grundlagen der Blutströmung.
Heparin: Gerinnungshemmende Substanz.
Herzblock: Unterbrechung des Reizleitungssystems im Herzen; Folge: unkoordinierte Kontraktionen von Atrium und Ventrikel.
Herzinsuffizienz: Ungenügende Herzleistung aufgrund von Herz(muskel)schwäche.
Heterotop: Gewebe oder Organ an einer atypischen Stelle des Körpers; Transplantation an eine den normalen anatomischen Verhältnissen nicht entsprechende Stelle.

Huckepack-Transplantation: Das eigene (geschwächte) Herz verbleibt an Ort und Stelle; zusätzlich wird ein Spenderherz transplantiert (das zweite Herz liegt dem ersten wie ein Rucksack auf).

Immunsuppression: Unterdrückung oder Abschwächung der Reaktivität des Immunsystems zur Ausschaltung einer unerwünschten Immunreaktion (vor allem der Transplantatabstoßung).

Ischämie: Blutleere einzelner Organe oder Organteile infolge mangelnder Blutzufuhr.

Kammerflimmern: Hyperdyname Form des Herzstillstands infolge unkoordinierter hochfrequenter Kontraktionen der einzelnen Muskelfasern.

Kardiomyopathie: Herzmuskelerkrankung unklarer Genese.

Kardiovaskulär: Herz und Gefäße betreffend.

Katheter: Kanüle oder Sonde zur Einführung in Organe.

Kolonoskopie: Untersuchung von Teilen des Dickdarms oder des gesamten Dickdarms mit Hilfe eines biegsamen Endoskops.

Koronararterien: Herzkranzarterien.

Mitralklappe: Zweizipflige Herzklappe zwischen linkem Atrium und linkem Ventrikel.

Myokarditis: Entzündung des Herzmuskels.

Orthotop: Transplantation an eine den normalen anatomischen Verhältnissen entsprechende Stelle.

Ösophagus: Speiseröhre.

Oxygenator: Bestandteil der Herz-Lungen-Maschine, in dem das Blut mit Sauerstoff angereichert wird.

Perfusion: Durchströmung des Körpers oder einzelner Organe mit Flüssigkeit, beispielsweise künstliche Durchströmung des Körpers mit Hilfe der Herz-Lungen-Maschine oder Durchströmung von Organen mit reiner Konservierungslösung zum Zwecke einer späteren Transplantation.

Pleura: Brustfell.

Pulmonal: Die Lunge betreffend, zu ihr gehörend.

Pyelogramm: Röntgenbild des Nierenbeckens und der ableitenden Harnwege nach intravenöser Injektion eines Kontrastmittels.

QRS-Komplex: Kammerkomplex; intraventrikuläre Erregungsausbreitung im EKG.

Respiratorische Insuffizienz: Unfähigkeit der Lunge, einen adäquaten Gasaustausch zu gewährleisten.

Ringer-Laktat-Lösung: Infusionslösung, geeignet für kurzfristigen Blutersatz; enthält Natrium-, Kalium- und Kalziumchloride.

Septum: Scheidewand, hier zwischen linker und rechter Herzkammer.

Sinus-Rhythmus: Vom Sinusknoten bestimmter normaler Rhythmus der Herztätigkeit.

Spannungspneumothorax: Bei einer Lungenverletzung gelangt beim Einatmen Luft in den Pleuralraum, beim Ausatmen kommt es zu einem Ventilverschluß der Wunde, so daß die Luft im Intrapleuralraum nicht mehr entweichen kann und die Lunge zusammengepreßt wird.

Stenose: Verengung von Gängen oder Öffnungen.

Sternum: Brustbein.

Systole: Kontraktion des Herzmuskels, bei der Blut in die Aorta und in die zur Lunge führenden Arterien gepumpt wird (siehe *Diastole*).

Tetralogie, Fallotsche: Kombination angeborener Herzfehler (Pulmonalstenose, Ventrikelseptumdefekt, Dextroposition = hohe Rechtslage der Aorta und Hyperthropie = Vergrößerung des Herzens); in die Aorta strömt sowohl venöses wie auch arterielles Blut.

Thorax: Brustkorb.

Trachea: Luftröhre.

Trikuspidalklappe: Dreizipflige Segelklappe zwischen rechtem Atrium und rechtem Ventrikel.

Trokar: Chirurgisches Instrument (in einem Röhrchen steckende Nadel mit Griff und dreikantiger Spitze) zur Punktion von Körperhöhlen, um Flüssigkeiten aus Körperhöhlen zu entfernen.

Vena cava: Hohlvene; die obere und untere Hohlvene transportieren das Blut zum Herzen zurück.

Ventrikel (ventriculus cordis): Rechte beziehungsweise linke Herzkammer.

Xenotransplantat: Transplantat von einem Individuum, das einer andere Spezies angehört.

Politik und Zeitgeschehen im Heyne Sachbuch

Aktuell: Der Islam

19/210

Außerdem erschienen:

Thomas L. Friedman
Von Beirut nach Jerusalem
19/178

Peter Scholl-Latour
Das Schwert des Islam
19/226

Stichwort: Islam
19/4007

Stichwort: Frauen im Islam
19/4041

Wilhelm Heyne Verlag
München

John le Carré

Perfekt konstruierte Spionagethriller, spannend und mit äußerster Präzision erzählt.
»Der Meister des Agentenromans« *DIE ZEIT*

Eine Art Held
01/6565

Der wachsame Träumer
01/6679

Dame, König, As, Spion
01/6785

Agent in eigener Sache
01/7720

Ein blendender Spion
01/7762

Krieg im Spiegel
01/7836

Schatten von gestern
01/7921

Ein Mord erster Klasse
01/8052

Der Spion, der aus der Kälte kam
01/8121

Eine kleine Stadt in Deutschland
01/8155

Das Rußland-Haus
01/8240

Die Libelle
01/8351

Enstation
01/8416

Der heimliche Gefährte
01/8614

Der Nacht-Manager
01/9437

Wilhelm Heyne Verlag
München

Ulrich Wickert

»Wir gehen jetzt erst mal um die Ecke ins Café de Flore, den ehemaligen Literatentreff, einen Café Crème und ein paar Croissants bestellen. Doch das ist eigentlich eine andere Geschichte.«

19/336

Weitere Titel von Ulrich Wickert im Heyne-Taschenbuch:

Frankreich
Die wunderbare Illusion
19/161

Weltblicke
*New York - Tokyo - Paris
in 50 Tagen um die Welt*
19/188

Wilhelm Heyne Verlag
München

»Albert Einstein – Mensch und Mythos«
Bild der Wissenschaft

Armin Hermann
Einstein
Der Weltweise und sein Jahrhundert
592 Seiten mit 16 Seiten Abbildungen auf Tafeln
und 30 Abbildungen im Text. Leinen

»Das Buch von Armin Hermann ist der seltene Fall einer
literarischen Wissenschaftler-Biographie, es vermittelt
einen lebendigen, unmittelbar ansprechenden Zugang zu Einstein
auf der Grundlage der neueren Forschung. Hermanns Buch ist
ohne Vorkenntnisse zu lesen, der Autor versetzt den Leser mitten
hinein in ein bewegtes Leben in bewegter Zeit,
ohne dabei die Fragen unserer Zeit aus dem Auge zu verlieren –
ob es sich dabei um die Rolle der Frauen in der Wissenschaft,
um das Engagement von Wissenschaflern für den Frieden oder
um Fremdenfeindlichkeit in Deutschland handelt.«
Prof. Dr. Jürgen Renn,
Direktor des Max-Planck-Instituts für Wissenschafts-
geschichte und Wissenschaftstheorie in Berlin

»Es gehört eine gehörige Portion Mut dazu, eine weitere
Einstein-Biographie zu schreiben, wo doch
sicher schon ›alles‹ über Einstein gesagt wurde.
Tatsächlich hat sich Armin Hermann dieser Herausforderung
bravourös gestellt.«
Neue Zürcher Zeitung

»Ein Buch, das die Lust am Erzählen und die engagierte
Teilnahme des Autors auf jeder Seite spüren läßt.«
Stuttgarter Zeitung

Piper